U0043396

王次回詩集

王彥泓著・鄭清茂校

出版說明

今存明末王次回詩詞，僅〔疑雨集〕、〔疑雲集〕二種。他如〔泥蓮〕等書，雖見著錄，遍尋不獲，疑已湮滅，或在若存若亡間。茲將所傳二集，合爲一册。校飭厥文，並加標點，重排付印。〔疑雨〕在前，〔疑雲〕在後，題曰〔王次回詩集〕，以便讀者。每集四卷，其編排次第，一仍舊貫，未稍更易，藉保各集原貌。二集所收，除〔疑雲〕卷四爲詞，不紀年外，其他各卷，皆古近體詩（惟〔疑雨〕卷一有詞二闋），並繫干支。今特在各干支下，附註帝王年號及西曆紀年，以資對照。又前人爲各集所撰序跋，可得而見者，皆按時代先後，分別予以收錄。蓋由此當可槩見各集抄本傳寫之源流，及其初刻重雕之來龍去脈也。

二集之中，〔疑雨〕刊刻於前，當在清康熙年間。其後坊本疊出，似頗風行。惟早期刊本，已不易得。目前尚可入手者，率皆清末民初之物。中以郋園葉德輝氏所刻者最佳，刊於光緒三十一年乙巳（一九〇五）。校讎訂譌，堪稱周詳，惜無註釋，是美中有不足耳。註有二家：一爲常熟丁國鈞註，稍嫌簡略，宣統二年庚戌（一九一〇）付梓。近有民國六十二年，臺灣文光圖書公司影印本，標題〔丁註疑雨集〕。二爲古吳句漏後裔釋，甚爲賅備，書名〔王次回疑雨集註〕，有民國七年，上海文明書局刊本。其後屢經重版，通行之廣，尚無出其右者。此註成稿，當在丁註之後，蓋可斷言。惟文明刊本扉頁，謂四明抱經樓藏本，則究爲原刻，抑係翻版，以無序跋可徵，疑莫能明。案句漏後裔者，未審何許人。頃承敝業師臺靜農先生相告，殆是葛洪之苗裔，以抱朴子曾求爲句漏令，修煉於句漏山之寶圭洞也。

句漏後裔註，顯係據丁註而增益之者。其採丁註，至於八九；而所增益，或相倍蓰，足見博洽。雖間有厖雜之嫌，不無參考價値。故本書卽以此註爲底本。其正文則以各本校之，並檢〔列朝詩集〕、〔明詩綜〕、〔明詩紀事〕等所選次回詩，如有異文，卽在下註云：一作某字或某句。至其註釋，則比對兩家之說，丁註所有而句漏後裔註所缺者，擇其的當者添入。遇有管見所及，不揣謭陋，亦偶一補之，惟不別作案語。註引經史筆記，或前人詩詞文賦，則查對原書，逐一讎校，頗多諟正。其有節錄過簡，以至晦澀難解，不易句讀者，則徵諸出處，酌量補引，以求通順達意。拂塵掃葉，事本難盡。仍有引文數條，以原書一時難求，勘校無憑，雖有疑難，不敢強作解人。幸讀者諒之。

〔疑雲集〕較爲晚出，始刻於黃山程文遠。有程氏弁言，並附泰興李定所撰易氏藏抄本序，俱不誌年月。而程李二氏，究爲何時人士，亦不甚了了。故其付梓年代，無從推斷。疑在乾隆之後，或遲至清末，亦未可知。然則與其臆度，毋寧存疑。博雅君子，幸匡教之。

此集刻本，通行不廣，少爲人知，遠不如〔疑雨〕之膾炙人口。既乏需求，翻刻自匙。多年訪求，輾轉查詢，僅得哈佛燕京學社所藏一種，係民國七年國學維持社再版本，乃吳興王文濡據程氏刊本重雕者。以無他本可校，僅施新式標點。其有誤植之字，顯而易見者，並予訂正。此集未見有註，雖猶有憾，然作註費時，亦非淺學所堪勝任，姑仍其缺，以俟世之好事者。

拙作〔王次回研究〕一文，係多年前舊作，原載臺灣大學「文史哲學報」第十四期。今稍加改訂，收入本書，以代導言。非敢敝帚自珍，或可供讀者了解次回其人其詩之一助云耳。

本書之出版，呈吾師臺靜農先生賜題封面；吾友香港大學莊申兄慨贈文明版〔王次回疑雨集註〕；史坦福大學莊因兄爲各集題字；又哈佛燕京學社圖書館胡嘉陽女士，代查並複印該館所藏〔疑雲集〕與郎園重刻〔疑雨集〕。附誌於此，藉伸謝忱。

鄭清茂　中華民國七十一年壬戌之冬，識於美東曰可居

聯經出版事業公司校印

王次回研究

鄭清茂

一、前言

> 我文壇之好西洋藝術者，恆謂中國之詩，如非故衒清寂枯淡之氣；卽強作豪壯磊落之概，一無道出人類胸中之奧秘弱點者。此或得之。然試繙王次回〔疑雨集〕，全集四卷，悉皆情癡、悔恨、追憶、憔悴、憂傷之文字。其形式之端麗，辭句之幽婉，又其感情之病態，往往可與蒲特雷（Charles Baudelaire, 一八二一——一八六七）之詩相對抗。在中國詩集中，吾不知尚有如〔疑雨集〕之富於肉體美者。蒲特雷〔惡之華〕（*Les fleurs du mal*）集中橫溢之倦怠頹唐之美，蓋可直移之爲〔疑雨集〕之特徵也㊀。

這是已故日本現代名作家永井荷風（一八七九——一九五九）推崇明末詩人王次回的話。荷風不但極力推崇〔疑雨集〕，拿次回與法國文學史上最偉大詩人之一的蒲特雷相比，而且在他自己的作品裏，時加引用；欽慕之情，往往溢於言表㊁。這在中日文學關係史上，的確是一件值得注意的事。王次回在中國，尤其在二十世紀的今天，可說是一個被遺忘的詩人。在目前通行的各種詩歌選本或文學史著作裏，很少有提到他的。沒想到這個在本國被冷落的詩人，竟在日本受到如此的賞識和重視。套句孔子的話，「道不行，乘桴浮於海，從我者，其荷風與？」㊂在次回死後約三百年，能够在東方海外的扶桑三島上，獲得了像荷風這樣忠實的知音，也可算是一段稀有的奇緣了。

永井荷風年輕時，以模仿法國自然主義，發表〔地獄之花〕（一九〇二）等作，名噪一時。但自遊學美、法歸國後，有感於東西文化背景之懸殊，深切地意識到文學的創作，非靠單純的模仿所能奏功，乃倡導所謂「風土文學」，一反當時文壇的崇洋風尙，專心致志地去發掘並宣揚東方的傳統美學的價值。因此，綜觀他終生的作品，雖然在筆法、技巧方面頗受西洋文學的影響；但其內容所表現的意境情調，卻是道道地地的東方色彩。如「雨瀟瀟」（一九二一）、〔濹東綺譚〕（一九三七）等名作便是很好的例子。這些作品，正如某些批評家所指出，都充溢着濃厚的「東洋詩情」㊃。所謂「東洋」，自然包括中國與日本而言。固然荷風並不如夏目漱石（一八六七——一九一六）那樣善於漢詩，也不如森鷗外（一八六二——一九二二）那樣善於漢文，但由於自小卽受中國文學的薰陶，對中國詩文具有很高的鑑賞能力。他曾經說，在明治維新（一八六八）以前，「日本文化的本店是中國」，並且勸告青年學子之想成爲作家者，起碼要懂得中文或西方文字㊄。而事實上，他自己從未間斷過對中國文學的閱讀和欣賞。關於中國文學和永井荷風的關係，我已另有專文討論過，在這裏只好從略㊅。

一般說來，外國人欣賞中國文學都有他們獨特的立場和觀點，與我們習以爲常的看法往往有所不同。這一點是值得我們注意的。荷風對中、日、法等國的文學都有深厚的修養，因此他對中國文學所表示的意見，似乎更值得我們重視。就因爲這個緣故，當我看到荷風上面那段話後，引起了探討王次回的生平和作品的興趣。我首先想到的問題是：王次回到底是什麼樣的人？他的詩是否如荷風所說的那樣端麗幽婉？於是，我開始尋找他的詩集，並且盡可能地涉獵明末淸初的詩選、詩話、方志、雜記等。數月來雖無大獲，卻也略有所得，已大致可以了解這個詩人的生平以及作品之一斑了。

本文寫作的目的，就是企圖利用目前所獲的資料，重建這位被遺忘的詩人王次回的生平傳記，並試論他的文學特徵及其源流。在敍述傳記部分，由於資料零碎不全，難免含有一些推測，但這是無可奈何的事。好在本文只是初步的研究，希望以後還有機會加以修正或補充。

二、王次回的著作

不用說，爲了了解王次回的生平及其文學，他本人的著作是最重要的資料。所以首先我想考察一下他到底有什麼著作。據淸光緒乙酉（一八八五）〔重修金壇縣志〕卷九「人物志」所載王次回小傳云㊆：

王彥泓，字次回。歲貢生。博雅有俊才。詩工豔，格調逼眞韓致光。所著有〔泥蓮〕、〔疑雨〕等稿；嘗手錄成帙，筆精墨妙，人稱雙絕。任松江訓導。年甫艾而沒。

這條是我所見到的次回傳記中比較完整的。其中提到他「著有〔泥蓮〕、〔疑雨〕等稿」。所謂〔疑雨〕，當卽指現傳〔疑雨集〕而言。參照其他有關文獻，大都載有這部詩集的名字。諸如〔明詩綜〕、〔明詩紀事〕、〔隨園詩話〕等，都說王次回有〔疑雨集〕，但不標卷數㈧。〔金壇縣志〕及〔江南通志〕在〔疑雨集〕下標明四卷㈨。但〔古今詩話〕則謂二卷㈩。在正史中，如張廷玉（一六七二——一七五五）〔明史〕、或萬斯同（一六三八——一七〇二）等的〔明史稿〕，都沒有著錄。至於四卷本和二卷本之不同，是否由於所收詩篇有多少之別，抑或析二卷爲四卷，因手頭沒有其他本子可供比較，實在很難斷言。不過，四卷本似乎最爲通行。現在我所用的是葉氏（德輝）觀古堂刻本，刊於光緒三十一年（一九〇五），就是四卷的本子。

據嚴繩孫（一六二三——一七〇二）給〔疑雨集〕初刻本所作原序云：「今〔疑雨集〕之名，籍甚江左。少年傳寫，家藏一帙。漑其餘瀋，便欲名家。而本集顧未有鋟版，以傳者。侯子蔚礮讀而賞之。爰加校訂，付之剞劂；由是先生之詩，顯然共之天下矣。」（〔疑雨集〕，以下簡稱〔雨〕）嚴繩孫，字蓀友，號秋水，江蘇無錫人，是康熙年間頗有名氣的學者和書畫家，也善於詩詞，著有〔秋水集〕八卷等。明天啟三年（一六二三）生；康熙四十一年（一七〇二）卒。年八十歲。他於康熙十八年（一六七九）以布衣薦舉博學鴻儒，授翰林院檢討，與修〔明史〕，充日講起居注官。以後又任山西鄉試正考官，旋遷左中允。但不久他就告歸鄉里，杜門不出了㊀。嚴繩孫這篇序文沒有註明日期，因此我們也就無法確切地斷定到底在哪一年〔疑雨集〕被「付之剞劂」而「共之天下」。不過從上面所述他的生平看來，該序可能作於他舉博學鴻儒的康熙十八年（一六七九）以後，在他去世的康熙四十一年（一七〇二）以前。那麼，由此可以推知，〔疑雨集〕初刻本的出現，最早在康熙四十一年以前的一、二十年間。所以刊行〔疑雨集〕的侯文燦（蔚艭）在序裏說：「（次回）先生之去今，百有餘年矣。」不過他所說的「百有餘年」並不太正確。事實上還不到一百年。關於這一點，只要對照一下我在下面所考訂的次回的生卒年代，就可明白，這裏不多贅了。

為什麼這本小小的詩集隔了那麼久才「付之剞劂」呢？這似乎是一個值得探討的問題。據侯文燦敍述〔疑雨集〕之來源說：「先生既歿，其遺孤尚幼，詩幾散軼矣。而其故交彼仲于君藏之巾笥，屢欲售之剞劂，後因循未果。蠹蝕塵侵，又幾散軼矣。而今尚有錄而存之者。」（〔雨〕序）這裏提到的于彼仲，即于儒穎，金壇人，工詩詞（詳〔明詞綜〕卷七）。是次回生前的好友之一。不用說，當侯氏刊刻〔疑雨集〕時，他也已去世很久了。依我猜想，〔疑雨集〕之遲遲不能刊行，除了由於次回本人生前窮苦潦倒，死後遺孤尚幼，家境蕭條，無法自資出書外，又由於這本詩集所收的多半是所謂香奩體，在社會表面上，尤其在左右學術思想界的道學先生眼光裏，不但是不登大雅之堂，甚至是有礙風化的。因此，儘管到康熙年間，正如嚴繩孫所說，〔疑雨集〕之名還「籍甚江左」，也得不到公開的支持和鼓勵，於是只好聽任鈔本在暗中流傳了。

再者，次回死後不久，卽逢明室覆亡；滿族入關，建立新朝。淸代前百年之間，國家由混亂而進入一統的局面。在學術思想方面，自顧炎武（一六一三——一六八二）、黃宗羲（一六一〇——一六九五）、王夫之（一六一九——一六九二）等明朝遺民，相繼倡導經世致用之學後，學風大變。於是學者們孜孜矻矻於「習六藝之文，考百王之典，綜當代之務」，期以「修己治人之學」，代替自宋以來「明心見性之空言」[二]。在這樣的學風影響之下，詩壇也自然拋棄了世紀末的靡靡之音，而回到儒家溫柔敦厚、雍容典雅的傳統中去了。這種傾向在時代稍後的沈德潛（一六七三——一七六九）等所選的〔唐詩別裁〕（一七一四）、〔明詩別裁〕（一七三九）及〔國朝詩別裁〕（一七五九）諸書中，表現得最爲明顯[三]。在這樣的外在環境之下，像〔疑雨集〕這種香奩詩集，當然更容易被人忽視或疏遠，因而也就影響到其刊刻的日期了。

不過，拋開倫理道德的通俗觀念，而從純藝術的觀點來看，〔疑雨集〕的確是一部值得欣賞、值得流傳的作品。一種藝術作品之能否流傳後世，多半決定於其本身價值的高低，至於外在的條件往往是次要的。日本名漢學家吉川幸次郎先生在討論元雜劇在中國文學史上的意義時，曾應用這個理論——即「大凡文獻之能流傳與否，往往決定於其本身所具有的一種必然性」——來肯定現存元雜劇的文學價值㊃，頗多精闢的見解。我們討論〔疑雨集〕時，也可採取同樣的觀點。這本詩集雖然在社會表面上不受重視，也久無刊本公之於世，但是如上所說，卻一直擁有相當的讀者。從這個事實看來，該書本身的確具有傳世的「必然性」，因此即使沒有侯文燦這個熱心家，也不至於立刻湮沒，而且遲早總會有別人出來加以刊印的。侯文燦似乎了解這個道理，所以在談到他刊印〔疑雨集〕的動機時說：「余之爲是刻也，余非知先生者也。夫亦先生之詩所爲光怪陸離，久而欲出者，自不可遏抑焉爾。」（〔雨〕序）就因爲有這種「不可遏抑」的「必然性」在發生作用，所以終於有刻本問世。於是「萬本萬遍，膾炙人口」（〔疑雲集〕以下簡稱〔雲〕），李定序），風靡一時。固然道學家如沈德潛之流，曾斥之爲「最足害人心術」㊄，但名士如朱彝尊（一六二九——一七〇九）、王士禎（一六三四——一七一一）、袁枚（一七一六——一七九七）等，卻頗致推許之言（詳後）。因此爲了迎合讀者的需要，在侯氏刊本問世後，到清朝末年又陸續地出了幾種刊本。除葉氏觀古堂刊本外，還有嘉慶間（一七九六——一八二〇）陸氏五知堂刊巾箱本、騷餘館刊本（日本東京大學藏）、光緒五年（一八七九）廣東雙門底登雲閣刊本，及來歷不明的袖珍本等。進入民國以來，刊本更多。我所看到的，就有掃葉山房石印本（年代不明），宣統二年（一九一〇）常熟丁國鈞注本，民國七年上海文明書局刊古吳句漏後裔註釋本、及民國二十三年上海啟智書局刊新式標點鉛印本等。

王次回的詩集，除〔疑雨集〕之外，又傳有〔疑雲集〕四卷。美國哈佛燕京學社（Harvard-Yenching Institute）藏有民國七年（一九一八）上海國學維持社刊本。據該書王文濡跋語，可知這個版本是依黃山程氏（文遠）刊本重刻的。而程氏原刊本，據李定〔疑雲集〕序，則出自易肯構家藏抄本，「係其先人以百金估諸（次回）先生逡裔名嗣原者。」這裏提到的李定、易肯構、嗣原及程文遠，不知何許人，因爲沒有資料，無法了解他們的身世及時代。不過據李定序：「〔疑雨集〕已刊於梁溪侯氏，萬本萬遍，膾炙人口。惟〔疑雲集〕則尚在若存若亡之間。」可見〔疑雲集〕的刊行要比〔疑雨集〕遲得多。〔疑雲集〕刊刻後，似乎不如〔疑雨集〕之流行，也不大爲人所知。而且事實上，〔疑雲集〕給人的印象的確也不如〔疑雨集〕的整飭。那麼，〔疑雲集〕會不會是假的呢？我想，從其中詩詞的格調、題材、用語、年代等資料來判斷，不會是假的。但是可能含有一些經人竄改或羼入的部分（詳後）。程文遠序云：「〔葆簃光雜誌〕有〔疑雲集〕贈阿招詩兩首，檢查此集，只差一字。」如果這是實話，〔疑雲集〕之非贋本，也就不容懷疑了。

王次回生前必定做了不少詩，但多半是應酬之作，所以自己難得保存下來。〔疑雨集〕（卷三）裏有一首詩的小序云：「余舊詩悉已遺忘，而韜（弢）仲皆爲存錄。展閱一過，覺無端往事，交集胸懷，悵然久之。」這些被弢仲存錄下來的詩，據前引侯文燦序「故交弢仲藏之巾笥」的話來推測，很可能是後來刊印〔疑雨集〕的底本，起碼也是其中很重要的一部分。次回的詩，做得多，存得少，還可從下面的一件事獲得證明。他曾於崇禎十年（一六三七）「集年來所作豔體詩，得二百五十餘首，錄成一册。」（〔疑雨〕卷二）一年之間，僅豔體詩就有這麼多，如果把他一生所做的各體詩加在一起，一定是個相當可觀的數目。可惜大部分都遺失了。我懷疑他在這一年所收集的那些豔體詩二百五十餘首，說不定就是〔金壇縣志〕小傳裏提到的那本〔泥蓮〕。但只是猜測而已。〔泥蓮〕似乎已不傳。查了許多目錄，都不見記載。不過在重修〔金壇縣志〕時（一八八五），也許還可以看到，不然不會提到該書的名字。但這也很難說，因爲既名之曰「重修」，可能是根據以前的記錄照抄而來的。

除了寫詩之外，王次回也偶爾塡詞。〔中國人名大辭典〕說他：「詞不多作，而善改昔人詞，殊有加毫頰上之致。」這個評語大致是不錯的。〔疑雲集〕卷四所收的都是詞，共一百零二闋。〔疑雨集〕卷一也收有「滿江紅」兩闋；其中一闋又見於〔明詞綜〕（卷六），但有幾個字不同。至於次回是否有散文著作傳下來，這是一個令人困惑的問題。明末清初的周亮工（一六一二——一六七二）在討論〔水滸傳〕時，曾引用〔金壇王氏小品〕㊅。何心及R G. Irwin 認爲這個「王氏」就是王彥泓㊆。不知何所據而言？他們並沒有舉出任何憑證，很難令人信從。因爲「金壇王氏」有文名者，不止次回一人；而且在有關次回的文獻裏都沒有提到〔小品〕這個書名。周亮工在他處也引用過〔小品〕，但察其文筆，不類次回風格（〔書影〕卷一）。總之，這個〔小品〕是否次回的著作，還待將來進一步的考證，這裏只好暫時存疑。

根據上面的考察，可知王次回的著作現在流傳於世者，只有〔疑雨〕、〔疑雲〕兩集。核對〔列朝詩集〕、〔明詩綜〕、〔明詩紀事〕及〔明詞綜〕等所選次回的詩詞，都出自〔疑雨集〕。錢謙益（一五八二——一六六四）在編選〔列朝詩集〕時，〔疑雨集〕尚未刊刻，無疑是採自當時通行的鈔本。所以他在「王廣文彥泓」小傳裏，只說：「詩多豔體，格調似韓致光。他作無聞焉。」（丁集十六）並沒有指出任何固定的書名。至於〔疑雲集〕，由於出書更晚，錢謙益自不必說，朱彝尊等也不見得有緣目睹，因此在他們編的詩詞選集裏，自然不可能加以引用。他如〔泥蓮〕等作，恐怕早就在若存若亡之間，更無人注意了。

三、王次回的生卒年代

現在我們僅知王次回是明末的詩人，但並不曉得他到底生於何年，卒於何時。明末是個極爲混亂的時代，不少重要文獻尙且散失，何況像次回這樣一個落魄的書生，有關他的記錄本來就少，再經過數百年後，卽使本來有些，也因不受重視而埋沒掉了。幸而他還傳有兩部詩集，其中所收作品，除〔疑雲集〕卷四的詞外，都按年代先後編列，並附有甲子年號。這在考訂他的年代時，的確有莫大的便利。

〔疑雨集〕的年代起自乙卯，終於壬午，〔疑雲集〕則起自壬申，終於辛巳。前者共有二十八年；後者只有十年，而且與前者重複。在〔疑雨集〕戊辰年下所收「新歲竹枝詞」十三首之五有小注云：「是歲崇禎元年，新天子更化，朝野欣然，有再生之喜。」（卷二）這條小注是推測次回年代的最基本的資料。以崇禎元年戊辰（一六二八）爲基準，向上下推算，可知〔疑雨集〕起首之年乙卯是萬曆四十三年（一六一六）；終結之年壬午是崇禎十五年（一六四二）。次回傳世的作品，包括〔疑雲集〕，都出現於這二十八年之間，依常理推想，這段該是他做詩最多最成熟的時期。

在〔疑雨集〕最後一年，卽壬午年（一六四二）年號下，有小注云：「六月十八日戌時長逝矣。哀哉痛哉！廿二日聞訃後，記此。其青衣啟祥來說。」（卷四）這條小注無疑是別人加上的。我認爲這個人是于儒潁。前面說過，〔疑雨集〕刊本很可能是出自次回故交于儒潁所藏鈔本。而且，次回長逝的消息是由「其青衣啟祥來說」的，可見這個聞訃的人一定是死者生前的好友，又是死者家裏的熟客，所以「其青衣」才會「來說」，也才有「來說」的必要。拿這個看法和〔疑雨集〕出自于儒潁所藏鈔本的看法相對照，很明顯的，這個加注的人似乎非于儒潁莫屬。至少其可能性是相當大的。

那麼，這條小注既然是次回生前好友所加，又明白地記有月日和時辰，其可靠性也就不容懷疑了。雖然對這條小注，葉德輝（一八六四——一九二七）曾表示懷疑說：「惟四卷壬午年下忽有小注：『六月十八日戌時長逝，云云。』與上下文不相屬，以無別本可證，亦姑仍之。」（〔雨〕重刻序）但我想這個疑問之所以發生，除了小注本身顯得太突然，而「與上下文不相屬」之外，還有其他原因，那就是葉氏沒考慮到〔疑雨集〕是出自次回好友于儒潁所藏鈔本，因而對這條顯然是別人所加的小注感到困惑。還有，清代有些文獻誤認次回爲「國朝」或「本朝」的詩人。這與該小注所說逝於壬午年（卽明崇禎十五年），顯然是矛盾的。如袁枚稱「本朝王次回」（〔隨園三十八種〕收〔隨園詩話補餘〕卷十七）；又前引〔金壇縣志〕卷十一「藝文志」的著錄，也說：「〔疑雨集〕四卷，國朝王彥泓撰。」這種錯誤的形成是不難了解的。王次回的詩雖然膾炙人口，名滿江左，但因爲生前無赫赫功名，只是一個落魄潦倒的書生，所以一般人都只欣賞他的詩，而不大注意他的生平。結果他的生平越來越模糊，至於生卒年月更不用說了。再加上〔疑雨集〕的刊印，又在次回死了很久，改朝換代以後的康熙年間，於是很容易令人發生錯覺，以爲他死於滿清入關以後，如此一錯，他就變成「國朝」或「本朝」的人了。

其實，王次回卒於明亡以前的事實是不容懷疑的。關於這一點，除上面所引小注外，還有不少資料可供旁證。第一、從崇禎十五年（一六四二）以後他沒有作品留下來；第二、〔明詩綜〕、〔明詞綜〕分別選有他的詩詞；第三、乾隆元年（一七三六）所修〔江南通志〕卷一百九十四「藝文志」，著錄〔疑雨集〕於「明朝」項下。凡此種種都足以證明次回是明朝的人。那麼，袁枚及〔金壇縣志〕的錯誤既已顯而易見，葉氏的疑問也就不值得重視了。

決定了王次回去世的年月以後，下面的問題是他到底生於哪一年？活了幾歲？據前引〔金壇縣志〕的王彥泓傳，他是「甫艾而沒」。按〔禮記〕「曲禮」上云：「五十曰艾，服官政。」那麼，次回是剛過五十歲便去世了。〔金壇縣志〕不知何所據而言？不過我想一定是有根據的。否則編修者可以像處理其他人物的傳記一樣，乾脆不標明年齡。這裏既然明說「甫艾而沒」，自然有其可靠性。現在我們不妨先暫時假定他活了五十歲，那麼從他去世的崇禎十五年（一六四二）向上推算，他應該生於萬曆二十一年癸巳（一五九三）。然後，我們可以利用別的資料來檢討這個假設，看能不能成立。

崇禎十三年庚辰（一六四〇），次回作有「悼詞」四章，有句云：「乍識春愁三十外，不禁離淚五更初。」（〔雨〕卷四）這裏所謂「乍識春愁」，當卽指其妻賀氏病故而言。賀氏於崇禎元年戊辰（一六二八）年初得病，同年五、六月間去世[六]。如以崇禎十五年（一六四二）次回五十歲來推算，在這一年他是三十六歲，與詩上所說「三十外」大致相吻合。次回與賀氏是在萬曆四十三年乙卯（一六一五）結婚，有「催妝詩」六首等可證（〔雨〕卷一）。賀氏于歸後，身體似乎一直不大好，所以臨死前曾告訴丈夫說：「病眠常自斷炊烟，曠廢蘋蘩十二年。」（〔雨〕卷二）。「記永訣時語四首」，有小注云：「俱出亡者口中，聊爲譜敍成句耳。」）從萬曆四十三年（一六一五）結婚算起，到崇禎元年（一六二八）她去世爲止，正好十二年多，不到十三年，所以才說「曠廢蘋蘩十二年」。雖然在別處，次回還有「十載同愁一笑稀」（〔雨〕卷二「病婦」）。「儼敬如賓近十年」（同上，「悲遺十三章」第八首）或「十年蓼鬢嫁時荆」（同上，「記永訣時語四首」之二）等句子，但那是受每行詩的字數所限制，不得不如此說。其實在詩文裏，十年也可以解釋爲約十年，或十多年。

其次，在崇禎十二年（一六三九）又有一首「歲暮客懷」云：「讀書二十年，作客二十載。」（〔雲〕卷三）。平常學童開始入學多半在七、八歲之間，次回大概也不例外。那麼，拿這個年齡加上「讀書二十年」和「作客二十載」，得出來的結果是四十七、八歲。在這首詩出現後的第三年，次回便去世了。那時他該是五十歲或五十歲左右，大致合乎「甫艾而沒」的記錄。

從上面所引的資料，以及根據這些資料所做的考察，我們可以斷定〔金壇縣志〕甫艾而沒的說法是可靠的。於是我們可以在王次回的傳記裏加上這麼一段話：

生於明萬曆二十一年（一五九三），卒於崇禎十五年（一六四二），享年五十。萬曆四十三年（一六一五）結婚。其妻賀氏於崇禎元年（一六二八）病逝。

這個結論是否完全正確，還不敢斷言。不過，我相信大概是不錯的，最多也不過差一兩年而已。因此，為了方便起見，在下面敍述他的生平時，就以這個年代為標準。

關於王次回的生卒年代，似乎還沒有人仔細做過考訂的工作。據我所知，只有吉川幸次郎先生及奧野信太郎先生曾分別指出次回的死年，與我所訂的相同，但未註明生年歲數。又英國有名的東方學者 Arthur Waley 在所著袁枚的傳記裏，提到王次回時，附帶地註明「約一六二〇——一六八〇」[19]。這顯然是出自於純粹的猜測，沒什麼證據可言。如果他看過〔疑雨集〕，這個錯誤就不至於發生了。

四、王次回的家世

錢氏〔列朝詩集〕小傳說次回是「恭簡公樵之諸孫」(丁集下)。金壇王家原是江左望族，久負盛名。尤其在明代出了一個王樵(一五二一——一五九九)之後，在地方上更受推重。王樵，字明遠，舉嘉靖二十六年(一五四七)進士。歷任刑部員外郎、南京鴻臚卿、太僕少卿、大理卿、刑部侍郎等。而且「邃經學，易、書、春秋皆有纂述」，現傳有〔方麓居士集〕等書。其子王肯堂，字宇泰，也是很有名望的人物。萬曆十七年(一五八九)進士，歷官至福建參政。又精於醫學，著作甚多(〔明史〕卷二百二十一「列傳」)。雖然自王樵、王肯堂以後，金壇王家已有中衰的傾向，但究竟是書香門弟，一脈相傳，仍舊出了不少能文善詩的名士，如王錯、王元綜、王彥泓、王朗等，便是其中的佼佼者。

王錯，字叔聞。錢謙益非常推重他，在〔列朝詩集〕裏稱他為「王遺民錯」，並用長達八百五十字左右的篇幅介紹他的為人及詩文，足見其傾慕之情(丁集十四)。王錯也是「樵之諸孫」之一，但高次回一輩。叔姪兩人形同摯友，常在一起唱和酬酢。所以錢氏說次回「與其叔叔聞為同志」。據〔列朝詩集〕(丁集十六)所記王錯小傳云：

數踏省門不得舉，閉門下鍵，讀書尚志，欲期古人於千載之上。流俗無知者。……三之長安，國事日非，東西交訌，登臨弔古，憂時歎世，胸中塊壘，發之於詩，往往牢愁結轖，不能盡其百一。歸里，益不自聊。屏居郭外，游於酒人，日沉飲自放而已。亂後，每摳衣循髮，以不卽死爲恥。……一日，從里人飲，大醉。病臥三日，遂不起。丙戌（一六四六）之十月也，年已七十矣。

可見他是一個久困場屋的落魄書生。〔江南通志〕卷一百九十四「藝文志」著錄有〔王叔聞詩集〕二十卷，數量相當可觀。〔列朝詩集〕選有他的詩共九十首之多，並在小傳裏引用他本人的「病錄存草序」全文。這本詩集是在崇禎乙亥（一六三五）八月朔日編成的（詳〔列朝詩集〕丁集十六），以後可能併入〔王叔聞詩集〕。另外，錢氏又給他單獨編了一本〔王叔聞詩鈔〕，見於乾隆年間〔禁書總目外省移咨應燬各種書目〕之中⑩。在最近出現的「天啟崇禎兩朝遺詩」（順治間陳濟生編）第八卷目錄上，也有王錙的名字，但「詩傳俱闕」。可能也是在乾隆年間被抽燬的。叔聞的著作之所以被清廷禁燬，除了他本人的反滿思想外，恐怕最主要的原因是受錢謙益所牽累。錢氏雖然一度降清，且爲禮部左侍郎。但到了乾隆時，由於語涉毀謗，他的著作，包括他編選的各種集子，一概受到燬版禁行的處分⑪。當然他極力推崇的明遺民王叔聞的詩集詩鈔，也就難於逃此刼數了。我們不曉得現在還有沒有叔聞的詩集傳世，不過，幸而在刼後重現的〔列朝詩集〕裏還存有他的詩九十首，也足够我們了解他作品的一般風格了。

叔聞有一首律詩，題爲「秋日與史子裕沽飲東村次回忽至」，年代不明。最後兩句云：「不是此流南巷客，深村誰肯遠相從？」另有「湘潭歎寄次回兩首」（〔列朝詩集」丁集十六)。在次回的詩集裏，也常常提到叔聞。如己未年(一六一九)的「雲間獨歸留別叔聞於青谿歸後寄之」(〔雨〕卷一)，全詩如下：

三年無處不盤桓，客舍逢君一破顏。
長共清尊足無恨，每聞佳句有餘歡。
閑來步緩烟郊晚，醒後談深雨榻寒。
今日獨歸翻似客，杏花狼藉不曾看。

又庚午年(一六三〇)也有一首「訪叔聞郊墅」(同上卷三)：

幾度披蘿獨訪君，醉吟醒讀隔籬聞。
白楊廢圃鴉千點，綠水閑門鴨一羣。
肯屑漢宮金買賦，疑尋蕭寺塚埋文。
聊堪自悅難持贈，淡宕新詩似白雲。

從這些詩裏，不難看出他們叔姪兩人情誼的一斑。前引〔列朝詩集小傳〕說叔聞於丙戌(一六四六)去世時，年已七十。那麼，次回應該小他十六歲左右。兩人在年齡上，既有大小之別，在輩分上，又有叔姪之分，而能如此親近，的確是難能可貴的。我覺得次回開始學詩時，一定曾受叔聞的指點和影響。雖然沒什麼證據，但依常理，年輩小的人向年輩大的人請教，該是很自然的事。

不過在他們之間，卻有一個令人困惑的問題。那就是在〔疑雲集〕（卷三）己卯（一六三九）下，次回有「哭叔聞」七律一首，如下：

每謂君才晚必伸，那知天竟喪斯人！
酒杯尚憶生前興，詩卷空餘篋裏春。
白馬未能棺次哭，炙雞終擬墓前陳。
年來親串多乖忤，目斷江雲淚滿襟。

如果這首詩的確是次回「哭叔聞」的，那麼叔聞應該死於崇禎十二年己卯（一六三九），或以前不久。但這與錢氏說他死於丙戌（一六四六）的記載不合。於是關於這首詩，可有下面的幾種假設：

一、叔聞的確死於此詩作成之年，卽崇禎十二年。錢氏之說是誤傳。

二、此詩原是次回悼別人的，被後人誤以爲哭叔聞之作。

三、此詩原是別人悼次回的，因雜在次回詩中，後人整理時，遂誤爲次回悼他人所作。

四、此詩原爲別人悼叔聞的，或別人假託次回之名悼叔聞的。

現在我們不妨逐條地加以檢討。關於第一個假設，我以爲錢氏的記錄不可能是誤傳。據〔列朝詩集〕（丁集十六）王遺民鐕小傳云：「丁亥（一六四七）多，過金壇，得其（

叔聞）詩於御君。篝燈疾讀，俯仰太息。當吾世有叔聞而不能知；且叔聞或知余而余不知叔聞，余之陋則已甚矣。」御君卽于玉立（中甫）之子于鑾，曾與其兄鑒之（昭遠）一起學詩於叔聞，後來又一起師事錢謙益。錢氏旣然在金壇于家獲得叔聞的詩文及其死訊，時間又在叔聞去世的次年，那麼，他似乎不至於弄錯叔聞去世的年月。可見這個假設是不能成立的。

第二個假設也好像很難成立。如果說是次回悼別人的，到底是誰？似乎應該有所注明才對，總不至於被誤爲哭叔聞的詩。而且檢查當年，卽己卯年（一六三九），在次回的親友之中並沒有過世的人。

第三個假設的可能性並非沒有，因爲該詩起句云：「每謂君才晚必伸，那知天竟喪斯人！」可知被悼者年紀還不頂老，又是個一直不得意的人。這與次回的生平年齡大致相合。但是，如果這首詩是別人悼次回的，似乎也該有題目或注語之類，卽使雜在次回遺詩中，也很容易認得出來；而且萬一弄錯了，也好像不至於放在己卯年中。

最後，只剩下第四個假設了。前面說過，〔疑雲集〕雖非贋品，但其中似乎有些經後人竄改或羼入的部分。在叔聞去世後，以他在當地的文名，一定有不少朋友寫詩哀悼他。這些詩也許爲次回後人所得，因而在編〔疑雲集〕時，一不小心，就把別人「哭叔聞」一詩也鈔進去了。還有一個可能性是在〔疑雲集〕仍未刊刻以前，有人故意假託次回之名，做了這麼一首詩插入其中，以期流傳不朽。徵諸中國假託他人製造假書風氣之盛行，這種假說不見得完全是無稽之談。

總之，關於「哭叔聞」這首詩，的確是令人困惑的。我在上面只是針對這個問題提出了幾種假設，但事實上並沒有眞正地加以解決。除非有朝一日，我們能發現更確實可靠的資料，這個令人困惑的問題，恐怕會永遠存在的。

在「樵之諸孫」中與叔聞同輩的，還有王元鍨，也是一個很特出的人物。〔江南通志〕（卷一百六十八）的「人物志」「隱逸」項下，有他的小傳：「王元鍨，字闇然。鐕從弟。明末棄舉子業，以醫濟人。貧者亦與上藥不取償。終身野服，有隱操。」他所以「棄舉子業」，恐怕也是屢困場屋的結果。從他「以醫濟人」的職業推想，說不定他是王肯堂的兒子。如上所說，肯堂精於醫學，根據通俗的看法，有其父必有其子，假定他們有父子的關係，並非不可能。只是毫無具體的憑據可言，在這裏還是不下判斷的好。金壇王家一定有族譜流傳下來，如果能找到一種比較詳細的，這個問題就不難解決了。

此外，〔列朝詩集〕王叔聞小傳提到他曾一度「依其叔有」。這個「有」當為肯堂同輩，但不知是否王樵之子？叔聞又有從兄某做過南安令（南安縣在雲南省），不知其名(三)。在〔疑雨集〕裏次回好幾次提到五叔父和六叔父。上面所舉的這些人當然都是金擅王家出身的，當時好像都在做地方官。只有次回的五叔於崇禎九年（一六三六）進京，次回有題爲「送五叔父北上兼和來韻」一首（〔雨〕卷四）。詩云：

狂瀾文運已多年，正賴如椽力挽牽。
金馬故爲家舊物，火牛頻遇聖朝憐。
吾宗自愛詩傳鉢，臣叔尤躭易絕編。
堪報先公還一事，表章經學御筵前。

次回在這首詩裏對其家世頗有自得之色。王家久以詩詞經學代代相傳，儘管「狂瀾文運已多年」，但還是時有名家出現。最後一句「表章經學御筵前」，該是指其五叔進宮講學而言。這無疑是自王樵、肯堂而後，王家最值得驕傲的一件事，怪不得他要說「堪報先公還一事」了。總之，次回生長在這樣以文學傳鉢的家庭裏，又有那麼多叔伯兄弟共同切磋，他之所以成爲詩人，可說是很自然的。

最後，我想順便介紹一下次回的女兒王朗。她在清初曾以詩詞書畫稍獲令譽。〔明詞綜〕（卷十一）收有她的詞「浪淘沙」（閨情）一闋[三]。據〔江南通志〕卷一百九十四「藝文志」，著有「羼提閣詩集」，但恐已不傳。又據馮金伯（治堂）纂〔國朝畫識〕（卷十六）引〔無錫縣志〕云：

秦朗，金沙王彥泓（泓）之女。彥泓工爲豔體詩，傳寫滿江左。朗有夙慧，擅寫歌詩小詞及畫，水墨梅花，並稱絕調。

這裏稱她爲秦朗，是因爲她丈夫姓秦。〔國朝畫識〕（卷十六）又引〔江南通志〕㈣，因爲是有關她生平難得的資料，亦錄之如下：

秦德澄妻王氏，無錫人。素承庭訓，聰慧善吟咏，兼工繪事。爲沒骨花鳥，於前人規格外，自闢畦徑。年二十餘，寡居守節，自號羼提道人，又曰無生子。有集三卷，自序之。

從這些資料，可知她受推重的情形。她在繪畫方面，既然能「於前人規格外，自闢畦徑」，其造詣一定是相當高的。鄭昶的「中國畫學全史」附錄四「現代畫家傳略」把她歸於「墨梅」門。可惜相隔數百年的今天，她的畫已經很難看到了。

王朗的生平，尤其是她的婚姻，似乎也值得介紹一下。〔清朝書畫錄〕云：「王朗，字仲英，秦宮諭松林之嗣母。」（盛鑅輯〔清代畫史〕卷十八引），可知她是嫁給秦德澄做後妻的。再看前引「年二十餘，寡居守節」的話，如以十六、七歲結婚來算，她的婚姻生活大概不到十年。而且她的年齡一定比秦德澄小的多，可說是一對老夫少妻。那麼，爲什麼她要嫁給這樣一個老頭子當後妻呢？從當時社會的風俗習慣來想，這個婚姻無疑是由媒妁之言，父母之命所安排的。很可能是次回與秦德澄有點交情，而秦家又是無錫望族，這樣一想，他們的結合也就不會顯得不自然了。

王朗大概是次回前妻賀氏所生的。當賀氏於崇禎元年（一六二八）病重彌留時，次回有詩「述婦病懷」（〔雨〕卷二）云：

嬌癡稺女最關情，新讀毛詩一半生。
忍死看他成長去，喘絲親訓兩三聲。

這個嬌癡稚女可能就是王朗。如果這個推測不錯，那麼王朗在她母親去世時，該已六、七歲，正是開始認字讀書的年齡，所以說她「新讀毛詩一半生」。而以後十多年間，直到次回去世爲止，她也才有機會「素承庭訓」，從她父親學習作詩塡詞的方法。

至於次回其他兒女的情形，我們知道得很少。雖然他在詩裏偶爾也提到他的兒子，但他們到底是什麼樣的人，叫什麼名字，都無從考知。前引李定〔疑雲集〕序所提到的次回後裔名嗣原者，也許是他的孫子。要之，在次回的子孫之中，除王朗稍有令名於藝壇外，好像沒什麼出色的人才。

五、王次回的交遊

和大部分詩人一樣，王次回也有些經常在一起酬唱的朋友。據我的統計，〔疑雨集〕有詩八百六十二首，詞兩闋；〔疑雲集〕有詩五百十四首，詞一百零二闋。把兩集詩詞加起來，共得一千四百八十首。其中約有九成以上是酬贈或唱和之作。檢查次回詩中所出現的人，約有六十多名。如按出現次數的多少來排列，次序是弢仲、端已、孝先、雲客、叔聞、于氏兄弟、櫟園、蓮公、楊子常……。那麼，這些人究竟是什麼樣的角色？下面我想利用有限的資料，簡單地介紹一下他們的生平。因爲我覺得，爲了了解王次回的爲人，這是一個不可忽略的手續。固然好友之間不必具有相同的性格，但是，「道不同，不相爲謀」，他們彼此之間至少有些共同的嗜好，以及類似的人生遭遇和處世態度。

弢仲就是于儒穎，在上面討論〔疑雨集〕的刊刻經過時，我們已經不止一次地提過他了。但有關他的資料卻非常的少。據我所知，只有王昶（一七二四——一八〇六）編的〔明詞綜〕（卷七）說他是「金壇人」，連小傳也沒有。因此，我們不得不在次回的詩集裏尋找他的消息。崇禎九年丙子（一六三六）次回有一首詩，題爲「戲贈弢仲四十初度」（〔雨〕卷四），知他在這一年是四十歲，再向上推算，他應該生於萬曆二十五年（一五九七），比次回小五歲，可說是同一世代的人。該詩如下：

十樣生香十索篇，裙裾妙悟有詩傳。
柔鄉永錫君難老，惑溺纔當不惑年。

這首詩附有小注云：「時丁娘在坐。」丁娘是妓女通稱，隋妓丁六娘詩「從郎索花燭」等十首，卽「十索篇」，是個有名的典故。看樣子，弢仲是一個公子哥兒型的人物。徵諸次回跟他往返的詩篇，可知他除了偶爾離家遨遊外，一直住在故鄉金壇。他的一生，大概正如次回祝他生日的詩所說，只是惑溺柔鄉，醉心豔詩，沒做過什麼大事。無疑的，他是個富家子弟，起碼也是個不必爲生活奔勞的人。次回從小就常跟他在一起。天啟七年（一六二七）春天，次回出外時，有五首詩送他，題云：「丁卯春，余辭家薄遊，端己首唱驪歌。情詞凄宕，征途吟諷，依韻和之，並寄弢仲，以志同慨。」其中第一首附有小注說：「余與端己、弢仲，每經日不面，夜必把燭相就，率以爲常。」由此足見他們友誼是多麼深厚。如非志同道合，他們的交情似乎不至於如此親密而持久。大概他們在一起所談的，也不外乎詩詞書畫加上醇酒美人。

弢仲的詩詞現在所傳者絕少。不過有一點可以斷言的，他的作品一定多半是豔體。次回於崇禎十年（一六三七）曾套用弢仲「未經惆悵不知愁」之句，作了「四時曲」四首（〔雲〕卷二）。這一句出自他的詞「浣溪紗」，正好見於「明詞綜」（卷七）：

一片心情眼底柔，倦容疏態越風流。未經惆悵不知愁。　鴛譜怪來鍼線減，工夫強半爲梳頭。日西初見下妝樓。

平心而論，這首詞並無新意，不過倒是寫得相當輕逸流麗，有點像溫庭筠（八二〇——八七〇？），洋溢着一種慵懶倦怠的頹廢美。次回似乎特別喜歡這首詞。因此幾年後，於崇禎十三年（一六四〇），他又演其最後一句成絕句二十首，有小序云：「弢仲有『

日西初見下妝樓』句，不記其爲起句結句也。客居無俚，爲足成之，卽用爲起、結句，各得十絕。」（〔雲〕卷三）從這些詩詞的關係上，我們也不難了解他們氣味相投的情形。

至於端已、孝先、雲客諸人，我們所知道的更少。不過從次回的詩集裏，可知他們都是次回多年的老友，經常在一起喝酒飲詩，探花尋柳，過着頹廢浪漫的生活。孝先曾於崇禎六年（一六三三）參加秋試，次回賦詩送他，有「奇士劇譚聊捫蝨，男兒低首暫雕蟲」之句（〔雨〕卷三）。雲客姓唐，住郊外龍山精舍，他後來於崇禎九年（一六三六）上北赴春官，以後他們就很少見面了。次回有「送雲客赴春官」詩（〔雨〕卷四）：

吟壇飲社共髫年，互語閑情事幾聯？

我已荷衫卸拘束，君今芸閣竚摩編。

這一年，次回已四十五左右，雲客恐怕也在四、五十歲之間。

于氏兄弟昭遠和御君也是常跟次回在一起的詩友。他們的父親于玉立是萬曆年間紅過一時的東林黨人。萬曆十一年（一五九六）進士，除刑部主事，進員外郎，尋進郎中。「倜儻好事，海內建言，廢錮諸臣，咸以東林爲歸。玉立與通聲氣，東林名益盛。」（〔明史〕「列傳」一百二十四）後來他雖貶了官，但畢竟是做過朝臣的人，因此退隱鄉居之後，在地方上依然名望甚高。錢謙益就跟他訂過「忘年之交」。然而他的兒子們就不大成器了。據〔列朝詩集小傳〕（丁集下）說：「昭遠兄弟，如二惠之競爽，思振起之，皆困於場屋。昭遠邑鬱呼憤，嘿嘿不得志，年才五十，發病而死。」御君則活得年壽較長，與次回之間的往來也較多。在丁亥年（一六四七）錢謙益過金壇時，他還活着。不過，他們兄弟的生卒年月，已不可考了。另外有一個于嘉，字惠生，好像也跟次回頗有來往。在〔列朝詩集小傳〕（丁集下）裏，次回就是附在他後面的。但在次回詩集裏，卻看不到他的名字，大概有關他的詩都遺失了。惠生與昭遠兄弟可能是近親關係。他是個監生，錢氏說他「家世仕宦，以高材困於鎖院，遂棄去。肆力爲詩，苦愛溫、李、皮、陸諸家。字撫句搜，忘矢廢食。妙解聲樂，畜妓曰弱雲，色藝俱佳，晚而棄去，忽忽不樂。」王叔聞有「于惠生參中聽妓二首」（〔列朝詩集〕丁集十四），其一云：

> 畫苑夜泱泱，瓊巵下酒香。
> 鵶啼深院月，梅影隔簾霜。
> 箔霧雙彎出，裙風一燕翔。
> 錦屏圍燭豔，笙鼓改華裝。

可見這位不願「以高材困於鎖院」的于惠生，過的也是相當淫靡頹廢的生活，把他的精力都消耗在酣歌醉舞之中了。

明朝末年，黨禍頻仍，流賊蜂起，整個國家正在風雨飄搖當中。但這一羣江南才子們對這種思想上、政治上及社會上動盪混亂的局面，聽而不聞，視若無睹，彷彿根本無動於衷，沒有什麼反應。他們故意塞住自己的耳朵，蒙蔽自己的眼睛，痲醉自己的神經，而追求着感官的快感於聲色酒肉之中，感傷地吟着粉飾太平的詩歌。他們組織了一個詩社，叫做「狂社」；同人數目雖時有增減，但弢仲、端己、孝先、雲客和次回幾乎有會必到，另外御君和次回的兩個姐夫攸礪如、荊文始也經常出面。合起來一共是八個人。崇禎五年（一六三二）十二月十七日，他們又有聚會。次回曾有長詩一首描寫當時的情形。從「消寒雅集視成例，一時壇坫爭先開」，可見熱鬧之一斑。這次聚會有三人缺席，所以次回遺憾地說：「相邀擬仿八仙飲，不速偏少三人來。」而且由於彼此都是久困場屋的落魄書生，三杯下肚，熱鬧過後，難免樂極生悲，引起「風塵自憐俗士俗，斜觴自笑身無才」的感歎（〔雲〕卷一）！

這個狂社的同人似乎個個都是名副其實的狂徒，次回本人更是當中的典型角色。他曾經因詩得罪別人，事後不得不向別人道歉，並且作詩聊自解嘲。此外，從下面這件事也可以看出他們的作風。那是崇禎三年（一六三〇）夏天的事：

長至前一日，霜月甚冷。飲于孝先齋頭，俄而醉矣，睡矣。端己、弢仲、孝先頻呼不覺，繼以扶攜擁掖，余竟頽然。其時僮僕無一人從者。弢仲卒倩一客，負余以歸，且行歌相送，直至余居。呼吾兒起，置余於所坐胡牀，覆以被衾，而後去。四鼓始醒。兒云若此。因紀以一詩，誌友生之誼愛云。

這是次回的一首詩的小序（〔雨〕卷三）。看樣子，次回對酒並不是頂強的人，否則絕不至於俄而醉矣，全身頽然；還要麻煩弢仲等背着回來，且行歌相送。這首詩的起句是「醒時相勸醉相扶，感謝朋歡念病夫。」結句是「純是鹿車風誼在，不容徒作酒狂呼。」像他們這種流連詩酒，放浪不羈的作風，在通俗的眼光裏，當然是難免「酒狂」之譏的。但是，他們的人生哲學或處世態度，卻正建立在拋棄或反對這種通俗倫理觀念的基礎之上。在儒家合理主義的樊籠裏，他們也曾以傳統的「君子之道」勉勵自己，期待着有一天羽翮已成時，能够一飛冲天，一鳴驚人，以便獻身於治國平天下的大業。然而在他們久困場屋之後，失望悲憤之餘，難免興起懷才不遇之感。他們了解如果通往經國濟世之門打不開，卽使懷有滿腹經綸，最多也不過是空談罷了。於是，爲了逃避或反叛這種不如意的現實世界，不得不另尋人生的出路。他們在潛意識裏所渴望的是自由，超乎一切仁義道德的自由，以便從那約定俗成的社會秩序裏解放出來。結果，爲了這個不是目的的目的，他們終於親近詩酒，沉湎聲色，企圖以薄倖之名聊以自慰了。

王次回有一個姓賀的朋友，也是「花間歌酒舊同羣」之一。他因爲屢次文戰不利，

「憤懣悲騷，托之好內，以自發攄，竟得疾不起」，而一命嗚呼。這個人可說是他們這一羣中最極端的例子。次回有兩首詩輓他（〔雨〕卷三），其一云：

翔龍折翼性難馴，判向柔鄉頓此身。
奇藥剩堪娛一夕，同欄何止浴三人。
當時縹帙香沾粉，此日麻筵飯雜塵。
欲覓窈娘重問訊，鳳窠飛散別枝春。

所謂「判向柔鄉頓此身」，不也就是次回本人和他那一羣朋友正在走的路子嗎？又所謂「翔龍折翼」及另外一首所說的「國士埋玉」，也正流露了他們身爲儒生的悲哀和心理的矛盾。翔龍而折翼難飛，國士而埋玉終生，雖然是悲悼朋友的夭折，但也表現了次回哀憐自己懷才不遇的感慨。

不過，次回和他這一羣朋友，儘管在日常生活裏追求聲色，蔑視既成的社會秩序，背棄傳統的道德觀念，甚至在思想方面帶有濃厚的虛無主義的色彩，但他們除耽溺聲色，追求肉體感官的滿足之外，卻個個都是「肆力爲詩」，以至於「字撫句搜，忘矢廢食」的苦吟詩人。這兩種生活態度看似互相矛盾，但其實並不盡然。聲色乃所以滿足感官，而詩詞卻足以昇華心靈，兩者可說是存在於不同的層次上。就這些人來說，吟詩塡詞或藝術的創造，亦卽唯美的（Aesthetic）活動，才是他們生命的眞正目的。感官的享受只是爲了達到這個目的的手段而已。早在晚唐，杜牧（八〇三—八五三）已有「浮生除詩皆強名」的宣言；司空圖（八三七—九〇八）也有「此生只是償詩債」的自白。這種爲詩犧牲終生的觀念，事實上在中國已有長遠的歷史，而尤其明顯地表現於晚唐以後的落魄詩人。因爲他們生逢末世，既絕立功之門，又無立德之望，只好藉詩以言志，抒寫胸懷，以求知音，並期流傳不朽，也算是一種立言的事業了。王叔聞在其〔病餘存草〕的自序（〔列朝詩集〕丁集十四引）裏說：

念身世無可戀，唯平生吟咏，是胸懷所寓，而悉委墮不收，不能無念。……在祈陽僧舍作詩云：「風波盜賊五千里，況是衰羸近死身。悔帶〔病餘詩〕一卷，不將淨本傳同人。」蓋恐其與此身俱沒也。

可見比起「吟咏」來，身世是不算什麼的。他所念念不忘的是如何使自己的詩流傳下去，不至於「與身俱沒」。那麼，人因詩傳，他也可以沾點身後之名了。這可說是一般文人的共同心理。叔聞如此，次回及狂社的同人又何嘗不如此呢！

在次回的詩集中有一個比較特別的人物，就是次回稱爲姨翁的櫟園。他不是狂社的同人，也不是金壇的同鄉，但無疑的跟次回有親戚關係。他是唐順之（一五〇七—一五六〇）之曾孫，亦卽唐鶴徵（一五三八—一六一九）之孫。次回有幾首詩是送他的。其中有一首長達四十八句，作於崇禎二年（一六二九），附有序云（〔雨〕卷二）：

櫟園姨翁，幽棲久矣。忽走京師，人咸以官情疑之。余獨知其不然也。既而爲荆川先生請謚，朝奏疏，夕報可。客復有進議者曰：「此時陳乞一蔭，得旨如寄耳。」嘐然曰：「吾馳走黃塵，爲先公易名兩字耳。今幸邀主恩，歸報家廟，安能更貪羈紲，爲故山猿鶴笑耶？」飃然策騎歸，逍遙林木。余竊怪向之疑者，眞以腐鼠意鵷雛也。……

荆川先生就是唐順之，字應德，武進人。在明朝文學史上，他是反對前後七子復古運動的「唐宋派」健將之一。反對模擬古人，主張「直據胸臆，信手寫出」（見「與茅鹿門主事書」，〔唐荆川先生集〕收），與王愼中（一五〇九—一五五九）、茅坤（一五一二—一六〇一）、歸有光（一五〇六—一五七一）等爲同志。他不但是有名的文人，又是明朝的名臣、名將、名學者。其子鶴徵歷官至太常卿，也以博學聞名。據〔明史〕「列傳」（卷九十三）及〔列朝詩集小傳〕（丁集上）都說唐順之於「崇禎中追謚襄文」，未說年月。參照次回這個詩序，可知這個謚號是其曾孫櫟園於崇禎二年進京奏請獲准的。

次回在這首四十八句的長詩裏，首先歌頌唐順之的功業、人格、學問等，然後推許櫟園說：

落落名孫饒祖風，賜書千卷寄瘫容。

歌凝鸞鳳吹簫碧，醉怨棠梨落蘚紅。
奇文弱冠人傳誦，俠窟騷壇爭引重。

接着又讚揚請謚一事說：

千里孤裝觸雪行，不求身貴謁公卿。
清評會向清時吐，名士眞儒佇易名。
聖主從前勞寤寐，覽來未半催宣賜。
不用詞林舊例沿，雲章親定裏文字。

由此可知，唐順之的謚號襄文是崇禎皇帝親定，而且破例宣賜的。從「千里孤裝觸雪行」看來，時間不是在年初，就是在年底。但由於這首詩排在「夏日」一詩之後，年底的可能性要大得多。崇禎的登基無疑的曾給人民以新的希望。次回在當時，如前所引，就說過「新天子更化，朝野欣然，有再生之喜」的話。而在這首詩裏，也以清評、清時、名世、聖主等語，來表示他對新天子的觀感與期望。但這終究是一種夢想而已。崇禎雖有意重振明室，然而內憂已深，外患加劇，不到二十年之間，朱家天下便告潰滅了。

櫟園原名唐獻可，字君俞，也是〔列朝詩集〕中詩人之一。次回有時稱他爲「無可姨翁」。從上引次回詩，可知他饒有祖風，弱冠時就有文名，爲俠窟騷壇所推重。次回又在同詩裏說他：「幅巾東路秋蓴美，唯有狂吟頌天子。傲骨難投世網中，才名不藉家聲起。」此外，次回有七古一首，題爲「櫟園姨翁坐上預聽名歌並觀二劍卽事呈詠」（〔雨〕卷一）：

風流領袖詞壇伯，早歲傾家躭結客。
肝膽男兒四海空，却隨長黛操歌拍。
……
誰知唐勒牢騷況，剩託淸謳寫壯心。

根據次回的這些詩，我們不難了解櫟園爲人及生平之一斑。可能是由於家庭富有，但也可能是由於考場失意，他終生隱居不仕。性格狂放倨傲而有俠氣，愛結交朋友。過的是「韻寄烟霞，嗜耽松石。」（〔雨〕卷一「六松咏」）以及徵歌逐舞的悠閑生活。但許多迹象顯示着他似乎沒有狂社同人那種感傷主義的色彩。也許是身爲姨翁的關係，次回跟他酬酢的詩都很正經，往往尊敬多於親昵。總之，在次回的交遊當中，從通俗的眼光看來，櫟園可能是最正常的一個了。

六、王次囘的生平

我們雖已知道王次回大約生於萬曆二十一年（一五九三），卒於崇禎十五年（一六四二），但從他出生到萬曆四十三年（一六一五）有詩出現在〔疑雨集〕爲止，二十多年間，他的生平卻是一片空白。不過依常識推想，他一定和那些出身書香門第的子弟一樣，於七、八歲時入塾讀書，開始接受儒家的修齊治平的教育，一方面也偶爾學作詩詞。稍大後，常跟雲客等人「偸和劉郎六憶篇」（〔雨〕卷四「送雲客赴春官」），可見他很早就愛上豔體詩了。這使我連想到永井荷風年輕時的經驗來。他年紀大了後，曾回憶說：

十七、八歲時，我開始被放蕩的詩趣，卽經由美化的文字而引起的快感所侵襲。中國詩中那種所謂香奩體的美麗形式，不知多麼有力地迷惑了我的心。……於是我拋開功課，常常偸偸地練習作這類詩歌，而感到莫大的愉快㊂。

這兩人的少年時代的經驗，可說如出一轍，而他們以後終生的人品文學，又很相像。荷風雖不大作詩，但他那種充滿着頹廢感傷色彩的詩化散文，以及專門描寫藝妓遊女的小說創作，在本質上卻有共同的特徵，那就是，借用荷風的話，美麗形式的追求。

年輕時代的經驗往往能够決定一個人終生的趣味或嗜好。因此，當次回於二十二歲結婚時所寫的詩，已經是不折不扣的豔體詩了。如「催粧詩六首」之一（〔雨〕卷一）：

嬌羞不肯下粧臺，侍女環將九子釵。

寄語催粧人說道，輕施朱粉學慵來。

這裏所寫的無疑是他的妻子。香豔、俏皮，充滿着新婚燕爾的旖旎氣氛。他們婚後，直到妻子去世爲止，感情似乎一直很好。但這種愛情是建立在以家庭爲背景的義理之上，雖能持久，卻缺乏戲劇性的刺激與鼓盪。這對放蕩慣了的次回，自然是有所不足的。事實上，他在婚後仍然照常涉足花街柳巷；出外旅行時，更是到處留情，以求滿足他那難於馴服的感官本能。

萬曆四十四年（一六一六）以後，卽從結婚之次年，他就經常出外，遊歷四方了。這一年，他有吳行。隔一年，再度訪吳。接着又有京口（鎭江）之行。以後他出外旅行的次數越來越多。檢查他一生到過的地方，除本省江蘇各地外，有浙江、福建、安徽、湖南、湖北及北京等。我們不大淸楚爲什麼他老在外面遨遊。可能是爲了訪問親友，或處理家產；也可能是爲了參加考試，或謀求官職。但不管爲什麼出門，反正他只要一離家，差不多就有豔迹豔詩，如「吳行紀事七首」之一（〔雨〕卷一）：

相要不說卷衣裳，笑挽流蘇背燭光。
賴有暖言堪入骨，一宵輸意伴王昌。

這首詩作於萬曆四十四年丙辰，結婚後還不到兩年，家裏新人猶新，他卻在外縣做起嫖客「王昌」來了。兩年後他再到吳縣訪朋友賀無因時，也有「遊人竊探棲鴛去」的句子

(〔雨〕卷一「有所窺」)。

次回生來就是個工愁善感的人，再加上多年的流浪生活，自然容易引起對人生的浮沉漂泊之思。天啟元年（一六二一），當他二十九歲時，泛舟江上，就哀傷地寫道（〔雨〕卷一「江上」）：

回首江雲淚幾雙？酒空金盡在他鄉。
窮途自合親情斷，幽恨那堪世事忙？
……

年紀輕輕的，正該有四海爲家的胸襟的時候，他卻幽恨滿懷，嘆起窮途末路來了。對一個受過儒家修齊治平教育的青年而言，這種現象毋寧說是不正常的。爲什麼呢？我以爲他也許已不止一次地嘗到「名落孫山外」的滋味了。考試失敗對一個野心勃勃的青年，其打擊之大是可想而知的。說不定就是這個原因，引起他不斷地責備自己，感到前途茫茫，無所適從。此外從「窮途自合親情斷」一句裏，也可以看出，他的幽恨悲騷可能跟他的家庭有點關係。次回本來就已放浪成習，加上屢試不第，自然家裏的人會把他當作沒出息的分子看待了。

除了髮妻之外，次回似乎跟家裏的人感情不怎麼好。他在詩裏從來沒有懷念父母或家庭的話，只有一次提到他和昆季去避暑。在天啟六年，當他「辭家薄遊」時，寫給端己、弢仲的詩中，就有「鄉關事事驅人出，只有朋歡係客腸」的句子。尤其是他妻子去世後，他對家庭更少留戀了。崇禎二年（一六二九），卽賀氏死後第二年，可能又因「小試失意」而顯得消極悲觀。這年年底，他有「歲暮客懷」一首（〔雨〕卷二），最能表示他當時的心情：

無父無妻百病身，孤舟風雪阻銅墩。
殘冬欲盡歸猶懶，料是無人望倚門。

可見這時他的父親也已去世了。至於他母親呢？由於次回從未提到過，我們無法知道。不過當賀氏彌留時，曾說「侍奉姑嫜多闕略」的話（〔雨〕卷二「永訣時語四首」第一首），由此推測，當他們結婚時，母親還健在。但不知何時去世？他父親可能比較早去世，而他的母親，在次回寫那首「歲暮客懷」（一六二九）時，說不定還活着。如果是那樣，我懷疑這個母親並不是他的親母，也許是後母之類。對照「鄉園事事驅人出」的話，這種推想不是完全不合理的。但是否正確，我們就不敢肯定地說了。

此外，次回妻賀氏在家裏人緣也不大好，特別是老一輩的人對他頗有微言。次回在賀氏過世時曾說：

余內家素豪侈，而婦實儉約。居恆布衣，十年不製。病革之日，篋無金珠，惟典券數十紙，皆頻年藥債及女伴戚屬困乏者所移貸耳。內外尊人咸咎其糜費及

好施，而自窘之。婦心寃之。於永訣時自白一二語，實不能達意也。(同上，第二首小注)

所謂永訣時一二語，就是上面這條小注的本詩，如「媿因買藥金珠盡，浪負人間俠女名」等句。內外尊人對她既然有這種誤會，我們不難想像到，在當時那種複雜的大家庭裏，她的處境一定相當痛苦。這自然也使次回左右爲難。不過，從他上面那些替妻子辯護的話看來，他似乎是站在妻子這一邊的。怪不得賀氏去世後，他要說「料是無人望倚門」，而引起「縱使歸鄉仍是客，迢迢鄉路爲誰歸」(〔雨〕卷一「歸途自歎」)的感歎！

次回夫婦的感情雖然不錯，但在結婚十二年的歲月裏，卻是離多聚少。天啟七年(一六二七)春天和夏天，也許是爲了準備考試，或是爲了養病，次回「離居芙蓉湖外，久闊丁娘之索」。他的妻子經常遣人送東西給他，有茶、藥、沉水、袷衣、珮巾、雜香、銅箸、果仁、玫瑰、畫袋、白羽扇、封字等物。次回曾作十二首詩分詠這些東西，充分表現了他「觸緒縈思」，感激而懷念的心情(〔雨〕卷一)。但是像這種離居生活，感情再好，也「容易負良宵」，而且往往易於發生嫌隙。次回在同年的「客中得訊」一詩中，就有「傳去微詞猜薄倖，寄來清淚慰飄零」的話(〔雨〕卷一)。的確，在他們聚少離多的婚姻生活裏，次回卽使眞的「久闊丁娘之索」，還是免不了薄倖之嫌的。至於他的妻子呢，卻在家庭勃谿和閨房寂寞的雙重壓力下，隱忍克己地過着孤零零的寂寞歲月！

王次回自然了解妻子的處境和心情，但他似乎不曾積極地想辦法幫助或解決妻子的困難；相反的，他卻消極地採取了逃避的態度。不錯，他愛他的妻子，但那是一種憐愛，不是熱愛。他那股熱辣辣的感情只有在頹廢淫靡的歡場裏，只有在香豔華麗的詩詞上，才能傾瀉，也才敢流露。等到他妻子病重而去世時，他才回過頭來，重新回憶他們的婚姻，檢討自己的疏忽，而悟出一個失去妻子之人的悲哀。於是，他一連串地寫了不少悲痛的詩篇，如「婦病憂絕」二首、「述婦病懷」十二首、「呈外父時婦病方苦」一首、「悲遣十三章」、「過婦家有感」二首、「雜悲三首」、「記永訣時語四首」、「重遣三章」、及「重過婦家」一首等，都極爲深刻動人；除了同情病婦，哀悼死妻之外，字裏行間，充滿着自責、自悲，甚至自嘲的心情。在這些詩裏，他暫時擺脫了香奩氣息，而直抒胸臆；因此情感沉鬱逼眞，了無造作虛飾之迹，可說是他詩集中最上乘的作品。例如「述婦病懷」十二首之第五首（〔雨〕卷二）：

> 瘦質渾成笋一竿，隔衾猶自見巑岏。
> 平生守禮多謙畏，不受荀郎熨體寒。

前兩句寫病婦骨瘦如柴的衰弱身體，令人憐憫；後兩句寫夫婦守禮謙讓的婚姻生活，更令人同情。面對着這樣可憐的妻子，這位平日放浪慣了的丈夫，心裏一定充滿着不可名狀的悔恨和哀傷，而不能不追懷往事，自責薄情了。

賀氏去世後，次回變得更落寞寡歡了。追懷亡妻，悲悼身世，對酒當歌，無限淒涼。「今來醉也無人管，一度持觴一涕零。」在思念亡妻之餘，雖然曾經「欲倩畫公追笑靨」，但由於生前「疏闊較多歡洽少」，卻只能想起她「連歲泣時多」的音容，自然難免要「倍添今日淚綿綿」了（〔雨〕卷二「悲遣十三章」第五、八、九首）。不過，想想自己，終歸也要離開這個世界的，只有遲早之差而已。於是他又說（同上、第十三首）：

先行幾步諒無多，究竟同歸此逝波。
我已自知生趣短，暫停相待卻如何？

但事實上，這位「已自知生趣短」的詩人，當時只有三十六歲，正值壯年有爲的年齡，而竟如此頹唐，足見他生平之不如意和失掉妻子的悲哀。以後到他自己去世爲止，十多年間，他一直念念不忘這位亡妻。儘管他還有姨太太，也照舊涉足花街柳巷，但無論如何，在義理上或在良心上，卻一輩子無法彌補這次喪妻的創傷。他覺得自己是不能再正式享有妻室的人了，所以過了四、五年後，還流露着「無妻奉勸身還冷，多妾哀駘分自慚」的心情（〔雨〕卷四「夢遊十二首」第一首）。而且卽使當他沉醉於酒色的時候，也比較地冷靜，帶有「酒於痛飲非眞適，情向新歡未肯癡」的自我反省（〔雨〕卷三「

無聊」第一首）。

王次回在接二連三的不如意事之後，固然使他對現實世界感到失望，引起反感，甚至走向自暴自棄的路子，但在另一方面，卻使他更接近文學，而企圖在詩歌的創作過程中，求得短暫的安寧和慰藉。年齡越大，這種傾向也越明顯。依傳統的說法，詩是言志的工具。但這個「志」卻不必是那種經天緯地的偉大宏願。相反的，也不妨是一點聊以自慰的希望。詩不但可以發洩不平之鳴，也可以撫慰受創的心靈。詩是一種語言文字的藝術。一個練達的詩人，能利用語言文字來構造自己理想中的唯美的世界。次回自然是不會閑置這個機會的。在崇禎十二年（一六三九）。他做了「四不愁詩」，就是企圖藉詩以自我安慰的好例子。其第一首云（〔雲〕卷三）：

我今作客殊不愁，此身已得逍遙遊。
家況餓寒且莫問，不學王粲悲登樓。
何必金多方作樂，隨處皆堪揷我脚。
樊籠打破掣羈絛，海闊天空一黃鶴。

他還附有一篇短序，說明爲什麼要作這首詩：

昔張平子詠四愁詩，美人玉案，寄託遙深。其中有難以顯言者。予半世棲貧，頻年飄寄，崎嶇扼塞，較平子殆有過之。然卽事可欣，隨方取樂。平客氣之悲涼，暢余懷之浩落。楚囚相對，又何爲者？因反其說以自廣焉。

我們並不懷疑當他苦心孤詣地爲這「四不愁詩」撫字搜句的時候，能够「平客氣之悲涼，暢余懷之浩落」，而達到所謂「不愁」的境界。但是，一旦他放下筆桿，離開詩中美化的感受，而面對「頻年飄寄，崎嶇扼塞」的棲貧生活時，他是否還能不變地停留在「逍遙遊」的境界呢？答案是否定的。事實上，在那巧妙地裝飾過的文字後面，我們仍可嗅到一種「難於顯言」的深愁氣息。外表的豪放浩落，實足以反映內心的寂寞悲涼。雖然在這些詩裏，次回已無年輕時那種「回首江雲淚幾雙」的誇張表現，但在更純熟更微婉的手法上，我們仍可看出他的眞正面目。不管他如何地叫自己「即事可欣，隨方取樂」，他依然是「常學王粲悲登樓」的感傷詩人，更談不上「海闊天空一黃鶴」了。

次回雖然終生懷念他的亡妻，但像他這樣慣於追求感官享受的豔體詩人，絕對是不會永久甘於鰥居生活的。經過了「秋風長簟恨三年」的獨居歲月後，在崇禎三年（一六三〇），他遇見了一個所謂「國花第一」的風塵女子，名叫阿姚。大概就在這一年，阿姚就落籍而歸次回爲妾了。次回有幾首詩描寫他們定情的情形，例如（〔雨〕卷三「有贈」第三首）：

睡睫猶然怯曙暉，芙蓉顏色慰朝饑。
因留宋玉親炊飯，却賞王敦竟脫衣。

心許湔裙三日去，人知疊騎幾時歸。
還愁守到濃歡夜，瘦得蠻腰剩一圍。

這裏次回又恢復那種香奩的趣味來了。從此而後，有關阿姚的詩特別多，但都以豔體爲之。如次年（一六三一）所作的「問答詞」十六首（〔雨〕卷三），描寫閨房私談，一問一答，華麗旖旎，洋溢着赤裸的甜情蜜意。次回無疑的熱愛着阿姚，但他之愛阿姚是出自於濃烈的本能衝動，並非像愛他去世的髮妻一樣，是一種經由家庭倫理觀念濾過的平淡而持久的感情。因此次回對待阿姚的態度，有時難免有輕佻之嫌。雖然這位說過「情向新歡未肯癡」的詩人，也會說些「到死相尋意已堅」之類的海誓山盟式的話，但從阿姚「若是果將奴鄭重，莫相調笑路旁金」的話看來，次回對她似乎是不够鄭重的，甚至仍帶有些花街調笑的習氣。

阿姚是個虔信佛教的女人。或許由於次回經常在外雲遊，以致空閨寂寞，對佛教也就更迷信起來。「留賓晚食烹初韭，聽妾長齋讀妙蓮。」（〔雨〕卷三「補前雜遣三章」第三首）這是次回於崇禎六年（一六三三）所寫的句子，可見她是在家持齋的。但大概就在這一年，阿姚乾脆出家爲尼了。爲什麼呢？我們不大淸楚。從次回「雙棲梁燕劇生嫌，愁緒年來幾許添」的話，不妨假定他們之間曾發生了什麼嫌隙或衝突。阿姚的出家當然不是一件愉快的事。雖說次回之對待阿姚，就某種意義上說，並不十分鄭重或貞誠，但像她這樣堪稱「國花第一」的女人，在次回追求詩的生活當中，起碼是一個不可缺少的點綴物。因此，阿姚的離開，對次回而言，與其說是失去了一個相依為命的伴侶，毋寧說是失去了一件心愛的藝術品。他的傷心是不難想像得到的。「綺懷爭奈三年別，絮語難憑一紙書」（〔雲〕卷一「有所寄疊辛未年韻——阿姚」），正道出了他當時的心情。

不過，也許是阿姚的慧根不够深，也許是次回的一再勸說催促，阿姚在出家兩年後，卽在崇禎八年（一六三五），忽然又回來了。次回在高興之餘，又做了不少詩。如「夢辭十二首」、「續夢辭十二首」等，便是當時心情的寫照。此外又有句云：「愛河新浪濃於酒，醉得柔腸未許醒。」又云：「迎來桃葉春深渡，拜倒石榴豔奪裙。」（〔雲〕卷一）等等，字裏行間，洋溢着久別重聚的濃歡密愛。阿姚歸凡的消息一傳開，端己、岥仲等狂社同人也結伴來賀，都替他高興㉖。

阿姚歸凡這一年，次回是四十三歲。他到這時為止，如前所說，已參加過好幾次的科舉，但都不順利。從他的詩集裏，我們知道他有幾次雲間（松江）之行，大概與赴省應試有關。崇禎二年（一六二九）他三十七歲時，又「小試失意」，折翼而歸後，曾作詩「自遣」，發出「國士那爭肉眼評？未應蕭颯減歡情。」以及「寧藉福緣酬密愛，已甘歡分折才名」的感慨（〔雨〕卷二「小試失意自遣」及「歸後有贈」）。次回是地方生員出身的。明代是重科舉而輕貢舉的時代，因此一個人如想施展抱負，從事經國濟世的大業，非通過科舉的考試不可。這本來就很難，加以明自萬曆以還，已呈末世景象，考試制度腐敗不堪，正如顧炎武所說：「舉業至於鈔佛書，講學至於會男女，考試至於鬻生員，此皆一代之大變，不在王莽、安祿山、劉豫之下。」(〔日知錄〕)在如此黑暗的制度之下，即使是一個奮勉而有才學的書生，如非運氣好或走旁門邪道，也是很難金榜題名的。何況次回雖懷「沉博絕麗之才」(〔雲〕李定序)，但愛好詩詞勝於八股，當然希望更少了。

崇禎六年(一六三三)春天，次回又試了一次，也沒考取。在回家的路上感到無限的失望、慵懶。於是他寫了幾首詩聊自解嘲，如「試後歸舟雜興」第一首(〔雨〕卷三)云：

> 出院身輕笑解縧，茶坊書市獨遊遨。
> 童窺米盡慵逾甚，客覺瓶空飲不豪。
> 摘去旋生新白髮，贖來重典舊藍袍。
> 頻年自笑干時拙，博得江城就蟹螯。

這一年他是四十一歲，年齡已不算小了。在失望灰心之餘決定不再自討苦吃，又由於身體不好，所以同一年的秋試，他並沒參加，獨自「寓止荒僻」，在「一架藤花」下面，

「題糕補舊詩」㊂，企圖忘記俗世的煩擾。但在當時那種時代裏，放棄科舉等於放棄功名，換句話說，等於否定自己的將來，心情的難過是可想而知的。在他那「頻年自笑干時拙」的自嘲聲中，我們彷彿聽到一個失敗者心靈深處的無限悲痛。前途既已無望，還有什麼值得追求呢？就這樣子，次回更進一步地接近醇酒聲色，以及香奩詩的世界了。

崇禎七年（一六三四）立春之日，次回想着一年又已過去，更增加他窮途末路的悲哀。他無力地對着酒杯，寫下了「英雄肝膽窮途淚，一併消磨付酒杯」的句子（〔雲〕卷一「立春日作」）。次年，他的心情還是一樣的沉重，「感懷」（〔雲卷〕二）云：

伏櫪尚存千里志，讀書已負十年功。
一笑自尋消遣法，酒杯無事不教空。

但一年又過去了，他那千里之志仍無馳騁的機會。於是他依然重複着同樣的感慨，「示晚內」第一首（〔雨〕卷四）云：

磨耗雄心漸已空，十年醇酒婦人中。
如今換卻看花眼，一事纔堪學臥龍。

然而就在這一年，卽崇禎九年（一六三六），正當他「換卻看花眼」，而自以爲「纔堪學臥龍」時，他終於被舉爲貢生了。這時他的年齡是四十三歲。

關於次回舉歲貢的事雖有些文獻提到，但都沒注明是在哪一年。只有前引〔金壇縣志」「選舉志」說：「崇禎中歲貢。」那麼，大概就是崇禎九年了。這個看法雖無確證，但在這一年當他做了上引那首詩後不久，突然有北京之行，我認爲跟他舉貢有關係，否則似乎不會跑這麼遠的。次回對這個舉貢的消息並沒表示特別歡欣的心情。在北行的路上，這位「雄心漸已空」的詩人，胸臆間依舊充滿着悲憤和嗟歎。加之流賊到處橫行，他坐的船幾遭搶刼，更使他對一切感到灰心。同舟上有一個「赴文宗科試」的單兄，兩人時相唱和，聊慰旅愁。但想想人家，看看自己，雲泥殊路，不免又感愧交加，不能自已（〔雨〕卷四「和同舟單兄韻」第二首）云：

客路逢君眼乍明，笑談差慰旅魂驚。
世情眞比黃河濁，詩句偏同綠酒清。
蘇季揣摩知欲就，韓非孤憤正難平。
男兒一上燕丹墓，肯羨黃金買駿名。

這是次回送給單兄的幾首詩之一。這個姓單的同船旅客後來有沒考取「文宗科試」，我們不知道。次回好像也沒跟他繼續往來。只在離別時，送他「他日憶君雲路杳，能無回念阻風時？」幾句話而已（同上，第三首）。

次回到北京後，住了幾個月。除了辦些正經事外，常在茶肆酒館或花街柳巷間徘徊流連。在那裏他認識了一個青樓女子，名叫阿鎖，而且爲她寫了不少詩，都以豔體爲之。如「左卿阿鎖」三首、「再訪左卿」三首、「阿鎖雪中下馬」一首、「左姬閑話」一首、「車中再贈」二首、「別語」二首等。另外有十六首標以長題云：

臨行，阿鎖欲盡寫前詩，凡十一首，旣而色有未滿，曰：「斯語太文，妾不用此，可爲別製數章，取數月來情事蹤跡歷歷於心者譜之。勿誑勿豔，勿譽妾姿藝。如一語有犯，卽罰君一盃。」余曰：「固然。但每詩成，而卿以爲可，亦引滿賞此，何如？」一笑許諾。遂口占爲下酒。（〔雨〕卷四）

不用說，這樣做出來的詩都是非常香豔而又帶點輕薄的。對次回來說，他之認識阿鎖，不過是逢場作戲而已，不久就會忘得一乾二淨。固然這時他曾說：「新故兩俱拚不得，去留無計若爲情」的話（「左姬閑話」），但是現在，他的確能够做到「情向新歡未肯癡」的境界；相處數月後，搖手一別，也就像一場夢似的變成過去了。

這次北京之行，好像也沒什麼收穫。年底踏雪歸來，依然無所事事，閑極無聊，牢騷滿腹。有一天在夜闌人靜的時候，對着月光下初發的梅花，回想着自己的一生。「歸來見月偶作」（〔雲〕卷二）云：

幾年萍梗泛江湖，書劍歸來對酒壚。
明月近人如欲語，梅花得我不嫌孤。
消磨豪氣蜂腰瘦，掃蕩閑愁蝶夢無。

自有名山能託業，而今方解覓眞吾。

他平心靜氣地檢討着自己多年來的奔波勞碌，到底是爲了什麼？原來那一股豪放之氣，沒想到卻換來掃不盡的閑愁。如今平生壯志也消磨殆盡了。「書劍」既已無用武之地，何不另尋寄託之道？他終於發現了眞正的自己。這個「眞吾」是不適於求德立功的，但他卻還有一條路可走，那就是作詩，也就是名山事業。

這樣一想，他的心情就寬慰得多了。此後兩年之間，次回仍然閑置着。這時雲客已赴春官，只有弢仲、端己偶爾聚在一起，喝酒吟詩。但年輕時那種狂浪的作風已不復存在了。於是他有更安靜的時間和環境從事讀書作詩，或反省自己的生平。這幾年他所作的詩也不少，多半是所謂披瀝胸襟，舒展情懷的作品。有時也寫寫詠史詩，藉古人以志同慨。但是，想想文章詩詞又有什麼用處？充其量不過是失敗者的無病呻吟而已。崇禎十一年（一六三八），他終於發出這個疑問來了。「曉起」（〔雲〕卷二）云：

殘月飄無迹，梅花凍一林。
燈知今夜夢，劍識壯年心。
魂魄偎寒鳥，生涯食字蟫。
文章眞廢物，何處賣黃金！

原以爲自己已覓得了「眞吾」，且曾以名山事業自許，但是，一想起不值錢的文章，對着荒廢的書劍，依舊是不能了然於心。文人的矛盾悲哀，眞是一種不可救藥的致命傷。次回這種矛盾的心情在「擬左太沖詠史」五首中，表現得尤爲深刻（〔雲〕卷三）。如其第三首云：

風塵滿天地，鬱鬱我心憂。
遭逢異時命，幾輩能封侯？
著書老虞卿，未必垂千秋。
何如驂鸞鶴，上與喬松儔？
朝遊歷三島，暮歸遍九州。
俯視世上人，憧擾皆蜉蝣。

仔細想一想，這輩子封侯既已無望，而卽使能像戰國時代的虞卿一樣著書立說，在這「風塵滿天地」的亂世裏，也不見得能够流傳後世，永垂千古。那麼，人生也差不多沒什麼希望了。唯一還可以做的，就是遺棄這個世界，學仙人喬松遊歷三島，歸遍九州，而獨與天地精神相往來。從這首詩我們可以看出，次回的心境又有了重要的轉變。簡言之，由儒家的入世哲學走向道家的出世觀念裏去了。但成仙之說不過是人類幻想的產物，在現世裏根本無人能做到，何況像次回這樣「拌爲溫柔誤一生」（〔雲〕卷三「有憶」）的詩人！

然而正當他幻想成仙的時候，卽在崇禎十一年（一六三八）年底，做官的機會卻姍姍而來了。職位是華亭縣的「訓導」，可說是最起碼的小官。尤其在明朝末年，各地儒學多半有其名而無其實，訓導也者只是聊備一格而已。當時俗稱廣文，往往含有輕視或嘲笑意味。但不管怎樣，對次回來說，畢竟是有勝於無。而且這是他一生之中首次，也是最後一次，受到的僅有的官職，儘管不理想，起碼也可以領點薪水解決一下「半世棲貧」的窮境，那麼何樂而不爲呢？

關於次回任華亭訓導一事，諸書多有記載，但也有作「松江訓導」者（見前引〔金壇縣志〕小傳）。案華亭屬於松江府，所以兩說並不衝突。次回自己也常把雲間（松江）和茸城（華亭）混在一起，不加區別。我在上面說他於崇禎十一年受命爲訓導，並非有固定的明確記錄，而是根據下面的資料推測的結果。檢查他的詩集，崇禎十二年（一六三九）起的詩大部分作於松江及華亭。他於崇禎十一年年底奉命後，大概先赴松江，在那裏迎接新年（「松郡迎春遙憶故園諸女伴……」），然後再轉到華亭（「初到茸城感賦」）。所以事實上，他是於任命那年年底離開金壇，而於次年年初正式就職的。

初到華亭那年，又有律詩六首，題云：

東坡生日，用小坡〔斜川集〕中「大人生日」韻五首寄孝先，並示里中諸同人，上年十二月十九日，孝先招集同人祝先生生日於龍山，余成七古一首。同人約余來歲作東道主。今年滯跡雲間，深以莫踐前約爲憾。青陽逼歲，旅感叢生，迴首鄉關，益增離索，因作此以寄焉。（〔雲〕卷三）

從這裏我們可以知道，這一年他一直滯跡雲間，如非有固定職業，他是不會住這樣久的。此外，在次年，卽崇禎十三年（一六四〇），他又有「兩載離鄉居異地，一椽湫隘同蝸寄。」（〔雲〕卷三「花朝日刪社諸友招飲，余未赴也……」）以及「兩載馳驅吳越路，茸城風景略能諳。」（〔雲〕卷三「茸城」）等語，都足以證明我上面的假設。而且此後他所結交的朋友也不同了。其中最常見的是蓮公、楊子常、張洮侯等。他們也有一個詩社，叫做刪社。次回常跟他們一起唱和。

訓導是個閑散的工作。次回在職的幾年間，似乎過着極爲淸靜悠然的生活。如「事簡門常靜，交疏日覺長。」（〔雲〕卷三「客窗聽雨」）便是當時心情的寫照。但在寂寞無聊之餘，也難免引起身世之感。故有「涼薄世情窺冷眼，蕭條旅況剩閑身」（〔雲〕卷三「歲暮客松郡作」）之句。但是一般地說，次回在華亭訓導任內，無論在生活態度和詩歌作風方面，已完全脫去了年輕時代那種濃郁的香豔氣息和誇張的感傷色彩，而進入平淡枯寂的境界去了。

當他在華亭的第三年，卽崇禎十三年（一六四〇），有一件事似乎是値得我們注意的。這一年次回有「悼詞四章」（〔雨〕卷四），有「哭伊三萬六千場」等句，可見他所追悼的一定是跟他有密切關係的女人。那麼，到底是誰呢？該詩第三首云：

總帳金爐久斷烟，扶牀小女更誰憐？

尋求藥杵空過蜀，封寄啼綃直到燕。

膽小定難奔向月，情多誠恐礙生天。

六如偈罷朝雲瞑，寫賸金經數幅箋。

從這首悼詩看來，我想這個女人是阿姚。第一，阿姚歸凡是在崇禎八年（一六三五），如有孩子，最大的也不過是「扶牀小女」的年齡；第二，阿姚是虔信佛教的人，所以這裏特別提到六如、「金經」；第三，阿姚是次回的妾，所以這裏有朝雲的字樣。綜合這些資料，阿姚的可能性是很大的。不管怎樣，次回爲了失掉這個女人，一定非常傷心。尤其是作客他鄉，更會倍增生離死別的淒涼。

這時次回也快五十了。老來無伴，又加多病，的確也需要別人來照顧服侍，所以他曾設法買妾（〔雨〕卷四有「買妾詞」十首），但恐怕在還沒物色到一個理想的對象時，他便於崇禎十五年（一六四二）六月十八日撒手西歸了。〔列朝詩集〕說他「以歲貢爲訓導，卒於官。」再參照他死前一年所作的「將返松江書懷留別茂仲」看來，他大概死在華亭的客舍。享年五十。

關於王次回的生平，本來資料就少，而後人又往往任意加以猜測添刪，所以頗多失實之處。傳之既久，習焉不察。如袁枚等人誤他爲「本朝」之人，卽其一例。又如〔疑雲集〕李定序云：

金沙王次回先生，懷沉博絕麗之才，伊鬱不平之志，美人香草，微詞寓意，生平所作，豔體爲多。先生當萬曆時，慨國政之淩夷，傷邊事之荆棘。久困場屋，司鐸終身。遭家多故，中年喪偶，益以喪明。人生厄境，兼而有之。

在這段短短的話裏，除了「久困場屋，司鐸終身。遭家多故，中年喪偶」等，如上所述，是實情之外，有兩三點是值得商榷修正的。第一、李定說次回「慨國政之淩夷，傷邊事之荆棘」，就不免誇張了些，稍有以己意度人之嫌。在明末那種亂世裏，一個受過傳統儒家教育的書生，自然不能沒有感慨悲傷。但有人是面對現實，慷慨陳言以褒貶得失，但有人卻逃避現實而悲悼身世。次回是屬於後者。儘管在他的詩裏有的是「美人香草」，但其「微詞寓意」不過是自己「伊鬱不平之志」而已。至少在他現存的詩集中，實在很難找出激昂的慨國傷邊的痕迹。事實上，他本人的問題已多如牛毛，自悼自悲之不暇，遑論國事？當然，我們也不能否認，次回一生的落魄潦倒，跟明末衰亂的局面多少總有關聯，但這只有加強他追求象牙之塔的傾向，並沒有對他的生活態度或詩詞作風發生直接的影響。如果有，那也是一種反面的作用罷了。

第二，李定序「當萬曆時，云云」，好像說萬曆年間（一五七三——一六一九）是次回最活躍最成熟的時期。這是不大正確的。這個錯誤無疑是沿襲〔疑雨集〕侯文燦序而來。該序云：「明萬曆中，金沙王次回先生以博學好古，聞名於時。」萬曆最後一年，卽四十七年（一六一九），根據上面我們所考訂的生卒年月，次回才二十七歲。到這一年爲止，他只在〔疑雨集〕裏留下約四十首詩，不到全部的二十分之一。事實上，他的詩詞大部分作於天啟、崇禎間（一六二一——一六四二）。而且既然說他「以博學好古，聞名於時」，按理應該在年紀稍大以後，那就非天啟、崇禎間莫屬了。最後，李定說次回「喪明」，不知何所據而言？案〔禮記〕「檀弓上」云：「子夏喪其子而喪其明。」喪明卽失明，亦卽目盲；又因爲子夏這個典故，轉而爲喪子之義。從李定序的前後文來判斷，他所說的「喪明」可能就是「喪子」。不管是「失明」或「喪子」，總之次回本人在詩詞裏既未提到此事，有關他生平的有限資料裏，也了無痕迹可尋；在還沒發現可靠的佐證以前，這裏只好存疑了。

七、王次回的詩

在考訂並介紹了次回的著作、交遊、家世和生平之後，我想從文學史的觀點，簡單地討論一下他的詩。

據我所知，在國人的中國文學史著作裏，只有甄陶的〔中國文學史概論〕（一二五頁）提到王次回，並引用「賦得隔水樓高」一首（此詩見於〔雲〕卷一），而加評語云：「金壇王次回的〔疑雨、疑雲集〕，沉博絕麗，以胸中幽怨，托於兒女情懷。振溫、李之風姿，爲明詩放一異采。只因爲道學所不取，致令一直不大爲人看重。」他這些話雖然多半抄自〔疑雨集〕侯文燦序文，但他能從純文學的觀點，排除一般文學史家的道學偏見，特別介紹王次回的作品，的確是難能可貴。在日本則有鈴木虎雄的〔支那詩論史〕（二二七——二三〇頁），吉川幸次郎的〔元明詩概說〕（二三二——二三三頁）等，介紹了王次回的〔疑雨集〕。但都很簡略。吉川先生把次回附於竟陵派，不置評語。鈴木則在討論袁枚與沈德潛的爭論時，順便談到〔疑雨集〕，並發表他的意見說：「在道德風教上不足爲訓的，有時也有文學上的價值。古今東西，不乏其例。一般言之，沈德潛之見，似有所偏；而袁枚之說，亦嫌過分。就王次回詩而言，余寧贊成沈叟。」可見鈴木是站在否定的立場的。

在中國文學的傳統裏，儒家的——更確切地說，宋明理學的——道學觀念，往往是衡量作品的權威標準，因而所謂勸善懲惡的題材也就構成了作品的主要成分。這種現象在西洋不能說沒有，但那是屬於社會人士的通俗道德的價值判斷，就文學而論文學，這種判斷就退居次要了。如勞倫斯（D. H. Laurence, 1885-1930）及蒲特雷等人的小說、詩歌，雖然被政府或教會指責或禁止，但一般文學史家卻能給以適當的評價，而在文學史上賦與應得的崇高地位。然而在中國，情形就不同了。即使是對很平常的情詩，不是加以道學化的注釋，如前人之解〔詩經〕「國風」，就是強調其告誡上的作用，如陳田〔明詩紀事〕（辛籤卷三十二）云：「錄〔詩〕不廢桑中，可以爲戒也。後之爲豔詩者幾於勸矣。余錄次回詩，以備一格，嘗鼎者知一臠足矣。」由於這種觀念作祟的結果，作家本身也往往受到影響，而不敢公然主張其作品的應有價值。王次回自然也不例外，他曾經嘲笑自己是「下場老妓在家僧」（〔雲〕卷三「有懷」），心情之矛盾令人同情。此外，有些所謂「誨淫誨盜」的小說，作者都不敢透露眞名，成爲後來學者之間爭論的重要題目。結果中國人對文學的研究，多半偏重於作者或作品的考證考訂，而忽略了作品本身的分析或批評。

關於次回的詩，向來很少有人加以討論，偶有一些也只是寥寥幾句，略爲介紹而已，根本談不上研究或批評。據我所知，除〔列朝詩集〕、〔明詩綜〕、〔明詞綜〕及〔明詩紀事〕等選集的小傳外，在淸代詩話之類的著作裏提到次回的，可說是少之又少。孫潛有集〔疑雨集〕句廿四首（〔吳門畫舫續錄〕）。袁枚在〔隨園詩話〕裏提到他五、六次，大概是最多而且最捧場的了。但次回最好的知音，恐怕還是日本的永井荷風，這位異國知音一共引用或推許次回的詩，竟有二十多次。如果他知道次回在本國受冷落的情形，不曉得會有什麼感想？

向來評次回詩者，幾乎都以香奩體或豔詩名之。一般說來，這個看法是不錯的，但仍有些不能一概而論的地方。這一點我在下面還要談到。在中國詩史上，香奩體可說是源遠流長，早在〔詩經〕「國風」裏就有不少所謂桑中風懷之作。不過那些詩篇多半是採自民間的歌謠，雖有兒女之私，風月之情，但還停留在原始樸實的階段，殊少牀笫脂粉的氣息。其後屈原（西元前三四三？——二九〇？）的美人香草，宋玉的巫山雲雨，開始以象徵的手法處理男女私情，爲豔詩開了一個新境界。固然屈原、宋玉並非豔體詩人，但他們的作品，尤其在手法方面，無疑的跟後來的豔詩有密切的關係。其後在漢「陌上桑」，在晉有「子夜歌」等。至於梁時徐陵（五〇七——五八三）所編的〔玉臺新詠〕，也含有不少豔詩，對後代具有莫大的影響。不過直到中唐爲止，香豔之作雖然處處可見，卻尚以「哀怨」爲主，較少過度的感傷色彩和病態的心理描寫。降至晚唐、五代，李商隱（八一三——八五八）、溫庭筠、韓偓（八四四——九二三）等輩出，競作香奩之體，一時蔚爲風氣。於是豔詩的性質也逐漸改變，原先那種樸質純厚的原始風味喪失殆盡；而其影響所及，以後作者更進一步走向靡麗感傷方面去了。明末的王次回可以說是屬於這一流派的產物。他的詩或許並不見得能「振溫、李之風姿」，但的確是足以「爲明詩放一異采」的。

關於「香奩體」這個名詞，似乎有加以附帶說明的必要。所謂「香奩」原爲婦女收放粉鏡等化粧用品的箱子，在六朝以來的文章裏，尤其在豔詩中，就常常露面。如唐沈佺期（六五〇——七一三？）有「百福香奩勝裏人」之句。其後，凡是詩詞涉及閨閣者，換句話說，凡是歌詠裙裾脂粉者，都叫做香奩體，因此這種體裁先天就有注重形式的傾向。不過，香奩體這個名詞的正式成立，恐怕要在韓偓〔香奩集〕問世之後。該書自序云：

余溺章句，信有年矣。誠知非丈夫所爲，不能忘情，天所賦也。……柳巷青樓，未嘗糠粃；金閨繡戶，始予風流。咀五色之靈芝，香生九竅；咽三危之瑞露，春動七情。如有責其不經，望以功掩過。

這段話可拿來代表一般香奩詩人的矛盾心理。他一方面直覺地認爲：「不能忘情，天所賦也。」但在另一方面，卻又覺得躭溺章句之中，實「非丈夫所爲」，而怕人「責其不經」。有一說是〔香奩集〕原爲和凝所撰，凝後貴，乃嫁其名爲韓偓㊅。不管這個說法是否正確，由此至少可以了解一個事實，那就是一般文人學士，爲了面子問題，都不願以香奩詩人自居。不過值得注意的是，韓偓在序裏又說：「望以功掩過。」察其含意，仍有自得之色；似謂香奩體雖是「不經」之物，但也自有其功用，不能一概抹殺。這種功用主義的主張，事實上是跟「詩序」所謂「言之者無罪，聞之者足戒」的儒家傳統倫理觀念一脈相通的。換言之，他是想藉香奩體對讀者的「勸戒作用」，以肯定其存在的合理價値；可說是一種遷就傳統詩教的妥協態度。但自晚唐五代而後，這種妥協的態度就淡薄下去了。一般香奩作者大都只是爲藝術而藝術，但求自由抒發胸臆，而很少顧慮通俗的傳統倫理觀念。如宋時「好爲淫冶謳歌之曲」的柳永（九八七？——一〇五三？），卽其一例。降至明季，由於政治社會的腐敗，朝野上下競唱靡靡之音。得志者每以甘言媚語求祿，失意者亦以豔詩冶詞自遣，再加上李贄（一五二七——一六〇二）等一派「狂禪」作風的影響，所謂「酒色財氣不礙菩提路」，終於形成對傳統的「溫柔敦厚」的反動思想。公安、竟陵諸子隨之，所作詩文亦多「任性而發」，不拘格套。而走到極端處，如袁宏道（一五六八——一六一〇）竟有「新詩日日千餘言，詩中無一憂民字」的傾向（「顯靈宮集諸公以城市山林爲韻」）。但這種傾向在儒家的傳統社會裏畢竟是一種道學家所不齒的「異端」，而足以加強所謂「文人無行」或「文人無用」的觀念。如王次回就有「文章眞廢物」之言。這等於否定了自己辛辛苦苦做出來的詩歌的文學價值。我覺得把這種文人心理寫得最透徹的是淸代的鄭燮（一六九三——一七六五）。〔鄭板橋集〕「後刻詩序」云：

古人以文學經世，吾輩所爲，風花雪月而已。逐光景，慕顏色，嗟困窮，傷老大，雖刳形去皮，搜精抉髓，不過一騷壇詞客爾。何與於社稷民生之計，三百篇之旨哉！

這段文字在中國文人思想史的演變上，可說是很重要的文獻。這裏明白地否定了自〔詩經〕以來傳統詩教的倫理價值，揚棄了自曹丕（一八六——二二六）〔典論〕「論文」以來「文章者經國之大業，不朽之盛事」的文學觀念，肯定了騷壇詞客的無用思想。雖然這種所謂「文人無用」的思想，事實上早已存在，至遲在明末已很明顯，但卻沒有人像鄭燮這樣肯定而坦率地由自己揭發出來。

在討論了豔詩或香奩體的簡單歷史，以及文人——特別是豔詩作者——的思想演變後，這裏我想介紹一下前人對王次回的評論。香奩體既然非次回所獨創，故一般人評論其詩時，往往溯其源流，明其來歷。如朱彝尊〔靜志居詩話〕云：

風懷之作，段柯古〔紅樓集〕不可得見矣。存者玉溪生最擅場，韓冬郎次之。由其緘情不露，用事豔逸，造語新柔，令讀之者喚奈何，所以擅絕也。後之為豔體者，言之唯恐不盡，詩焉得工？故必琴瑟鐘鼓之樂少，而寤寐反側之情多，然後可以追韓軼李。金沙王次回結撰，深得唐人遺意。……誦之感心娛目，迴腸蕩氣。（〔明詩綜〕卷六十七引，又見於〔明詩紀事〕卷三十二）

可見朱氏是以「必琴瑟鐘鼓之樂少，而寤寐反側之情多」為標準來欣賞次回詩的，並認為在這一點上次回「可以追韓（偓）軼李（商隱）」而「深得唐人遺意」。這的確是持平之論。他並引用了次回詩的起句三、中聯十一、結句八，一共二十二聯為例，證明他的看法。起句如：「雨下春泥月下霜，幾年辛苦是蕭郎。」中聯如：「燒燈院落更衣影，聽曲簾櫳點屐聲。」結句如：「殘陽欲渡梅梢盡，纔向紅腮拂鏡奩」等。

袁枚也對次回頗爲推許，如：「王次回詩往往入人心脾。」(〔隨園詩話〕卷十四)又如：「香奩體至本朝王次回，可稱絕調。」(同上〔補遺〕卷十二) 但並沒有較具體確切的評論。沈德潛編〔國朝詩別裁〕，未收次回詩，這位主張性靈說並提倡婦女文學的詩人，曾作書難之。這件事見於〔隨園詩話〕(卷一)：

本朝王次回〔疑雨集〕，香奩絕調，惜其只成此一家數耳。沈歸愚尚書選國朝詩，擯而不錄，何所見之狹也？嘗作書難之云：「關雎爲國風之首，卽言男女之情。孔子刪詩，亦存鄭、衛。公何獨不選次回詩？」沈亦無以答也。

前面已經說過，沈德潛編選詩集是以道學觀點爲取舍標準的。如云：「大約去淫濫以歸雅正，于古人所云微而婉，和而莊者，庶幾一合焉。」(〔唐詩別裁〕序) 又云：「皆深造渾厚，和平淵雅，合於言志永言之旨；而雷同沿襲，浮豔淫靡，凡無當於美刺者屛焉。」(〔明詩別裁〕序) 在這樣的標準之下，次回的詩當然是會被擯而不錄的。案〔國朝詩別裁〕成於乾隆二十四年(一七五九)，但由於含有錢謙益等所謂「叛徒」的詩，曾於二十六年(一七六一)交付翰林院檢查，然後才刻版印行。袁枚上面這封信恐怕是在該書編後，但還沒出版以前寄給沈德潛的。沈氏雖沒回這封信，但在該書的「凡例」云：

詩必原本性情，關乎人倫日用，及古今成敗興壞之故者，方爲可存。所謂其言有物也。若一無關係，徒辨浮華，又或叫號撞搪以出之，非風人之旨矣。尤有甚者，動作溫柔鄉語，如王次回〔疑雨集〕之類，最足害人心術，一概不存。

我覺得這條凡例與袁枚的信有點關係。至少從「尤有甚者」一句起下面有關次回的話，可能是收到袁枚的信後故意附加上去，藉以表明其立場；而且也算是給袁枚的一個間接的答覆。否則沈氏似乎沒有特別提到次回〔疑雨集〕的必要。

此外，跟沈德潛站在相似立場之上的，如倪鴻〔桐陰清話〕說：「〔疑雨集〕皆香奩之什。王笠舫大令素不喜之。……余謂言情之作，當有寤寐求之之意，不可有伊其相謔之風。〔疑雨集〕不免近於猥褻，宜大令之不滿也。」嚴繩孫對於香奩體及次回詩也有些簡單扼要的意見，其「重刻〔疑雨集〕序」云：

詩發乎情，而「王風」之變，「桑中」、「洧外」，列在三百，爲豔歌之始。其後「讀曲」、「子夜」，寂寥促節。在唐則玉溪惝怳，旨近楚騷；韓相香奩，言猶微婉。於是金壇王先生彥泓，以閎肆之才，寫宕往之致，窮情盡態，刻露深永，可謂橫絕今古也。

這段話對次回眞是恭維到極點，以至於說「橫絕今古」。但嚴氏也擺脫不了道學的觀念，所以又附帶地說：「雖其酣嬉蕩佚，不可謂爲正音，然由後以觀盛衰之端，感慨系之矣。」這樣一來，幾乎等於推翻上面的恭維的話了。從純文學的觀點則揚之，但從道德的觀點則抑之。在儒家社會裏這是難免的現象，除非能就文學而論文學，這種矛盾的心理是永遠無法消除的。

我覺得前人論次回之爲人及其詩，當以侯文燦「〔疑雨集〕序」的意見最爲得體。其文雖長些，但爲了便於窺其全豹，也錄之如下：

次回先生詩，沉博絕麗，無語不香，有愁必媚，玉台、西崐而後，不易多得。……次回先生窮年力學，屢困場屋，斷瑤琴，折蘭玉，其坎坷潦倒，實有屈子之哀，江淹之恨，步兵之失路無聊，與杜少陵無家垂老之憂傷憔悴，而特托之於兒女丁寧，閨門婉戀，以寫其胸中之幽怨，不得概以紅粉青樓、裁雲鏤月之句目之也。

侯氏是第一個刊刻〔疑雨集〕的人。在刊刻的過程中，他一定曾細心的加以校訂斟酌，因此對次回的生平和詩詞有較深刻的認識，才能道出如此富於同情的話來。這裏固然免不了替次回辯護之嫌，但沒有朱、袁的一味推崇，也沒有嚴氏的又褒又貶，可說是相當平心靜氣的論調。查次回詩中，如屈原、江淹（四四四——五〇五）、阮籍（二一〇——二六三）、杜甫（七一二——七七〇）等人，都是他經常提到而藉以寄其慨歎的。例如「悼紅吟」小序云：「嗚呼！僕本狂人，生多恨事。……語出傷心，聊學步兵之哭。」（〔雲〕卷一）像這樣托之兒女、寓之古人的例子，在他的詩集中俯拾卽是，在此不多舉了。

從上面所介紹的，已大致可以了解前人評論之一斑了。其實，據我所知，有關這方面的資料大概也只是如此而已。一般讀者對次回詩的態度，我們是不難了解的。好之者自得其樂，明知其好而吝於推介；惡之者切齒痛恨，未讀其詩已不屑一顧。怪不得前人對他的評論這樣少。當然，這也不能全怪以前的人，如果次回是第一流的詩人，卽使是一個豔體作者，如韓偓、李商隱、溫庭筠、柳永等大家，情形無疑的就會不同了。雖然永井荷風曾拿他跟法國大家蒲特雷相提並論，但那是就所謂形式之端麗幽婉，及感情之病態感傷等特徵的彼此相似所得的結論，如論思想深度、意象結構、象徵手法等諸要素，次回的確還是差些。這種差別固然與兩人的所處的文化背景及所用的語言特性有關，但卽使除掉這些因素不論，次回的詩雖然值得一讀，他還是很難算是第一流詩人。主要原因是他雖有承前的功勞，卻沒有啟後的作用。並且格局不大，缺乏普遍性，所以只能爲一部分人所接受，而無法普及而成爲世界性的文學。這是爲先天所限，往往非人力所能挽回或彌補的。

最後我想對次回的詩略予討論。我以爲他的詩可以分成三個時期。第一：從他開始作詩起至崇禎元年（一六二八），其妻去世前爲止，姑名之曰前期。第二：從其妻去世後至崇禎十一年（一六三八），卽任華亭訓導之前止，姑名之曰中期。第三：他在華亭的最後幾年，卽從崇禎十二年（一六三九）至十五年（一六四二）去世爲止，姑名之曰晚期。下面就按這個分期舉例來加以說明。

第一：前期是次回詩的成熟過程，特徵是華麗、香豔，同時帶有多少誇張及做作的傾向，可說是「少年不識愁滋味，爲賦新詞強說愁」的階段。這時他的興趣是集中於香奩體的製作。如「無題四首」之四：

> 栽培豔質向瑤階，取次簾櫳不放開。
> 裹手倩人收寶鈿，含顰揀樣畫香煤。
> 腰肢未許同行儗，性格還從夫壻猜。
> 阿母錯憐教不嫁，幾回偸看畫圖來。

這是一首描寫他新婚時期的詩，外表豔麗，無語不媚，的確足以娛人心目，但論內容卻很貧乏空虛。次回不如李商隱之好用或善用典故，但卻大量地堆砌「香奩詞彙」，如豔質、瑤階、簾櫳、寶鈿、含顰、香煤、腰肢等，藉以增加感官的效果。借句俗話，這是一種類似「繡花枕頭」的詩。試再拿同時的「催粧詩六首」來看，就有嬌羞、粧臺、九子釵、朱粉、笙歌、嚴粧、雙黛、玉筯、憐惜、嬌嗔、佩璫、寶鏡、象牀、鴛鴦、鳳凰、青鳥、雲鬟、雪肌、拭淚、鴛機等，眞是不勝枚舉。這些早期的詩與其說是詩，毋寧說是一種筆墨遊戲。作詩的熱情是有的，但還談不到有什麼深刻的內容。

除香奩體外，這時期他也留下了不少言愁的詩。如「無題」、「咏史」、「江上」、「感懷雜詠」、「強歡」、「自悼」等。如「強歡」（〔雨〕卷一）：

悲來塡臆強爲歡，不覺花前有淚彈。
閱世已知寒暖變，逢人眞覺笑啼難。
詩堪當哭狂何惜？酒果排愁病也拚。
無限傷心倚棠樹，東南枝下獨盤桓。

平心而論，不管在聲調節奏或遣詞用字方面，乍看這是一首够得上形式端整的好詩，四平八穩，令人喜歡。但總覺得所表現的感情太露了些，因而細加推敲，就可發現有點不自然的誇張感傷的痕迹。這裏也用了不少悲歡、淚彈、寒暖、笑啼、哭、愁、傷心等字眼，由此可知作者言愁，仍是一種表面功夫，如非無病呻吟，卽是有意渲染。換句話說，這裏所言的愁還是「人工的」成分居多，而出之眞情者較少。好詩吟愁，往往於言外得之，不是僅靠堆砌之法所能奏功的，而次回之缺點正在於此。

第二：中期是次回詩完全成熟的階段。年齡的增加與外在的遭遇，可以加深一個人對人生的認識。在這一時期裏，次回由於經驗到喪妻之痛、考試失敗之恥及家庭不和等不幸事件，他的詩有了顯著的改變與進步。結果寫情則深刻沉重，用辭則含蓄微婉。雖然主調仍是感傷，但已少華飾而多眞情。就技法而言，已從注重外表的豔麗，而趨向紓發內在的哀歎。如哀悼其妻的「空屋」：

秋屋凝塵暗簟紋，冷風蕭瑟動靈裙。
牀頭剩藥求醫賣，篋底遺香任婢分。
痛定更思貧婦歎，才荒猶缺奠妻文。
淒涼欲就魂筵醉，把酒相呼泪雨紛。

拿這首詩跟前引「強歡」比較一下，就不難看出不同的地方。由於所寫的是實實在在的固定對象，所以情能眞而意能摯，不必借助於外表的誇飾或堆砌。這裏沒有「不覺花前有淚彈」或「逢人眞覺笑啼難」那樣直接浮淺的表露；卻有「篋底遺香任婢分」或「才荒猶缺奠妻文」這樣曲折婉轉的含蓄。前者是爲說愁而故意造情，後者是因觸物而自然生情。同一情字，因題材或寫法之差異，可相去千里。薛雪「一瓢詩話」曾謂次回詩「不落窠臼」，而且不拖泥帶水，無「土氣息，泥滋味」。蓋指其能自出機杼，又能超俗自然而言。我覺得「空屋」一詩足以當之，只是還不能脫一「沾」字。一般說來，次回言情，能深而不能廣，亦卽能言一己之情而不能言天下眾人之情；因此讀者所感受到的往往是「同情」多於「共鳴」。單就這一點，次回已缺少成爲偉大詩人的起碼條件了。

在這中期約十年間，次回的好詩的確不少。其中除了一部分寫病婦及悼亡者外，大都是酬贈、追憶、旅況之作，當然也還有不少香奩豔曲。他所寫的友生之愛、漂泊之感或身世之歎，頗能動人心絃而引起同情。如「感舊」（〔雨〕卷三）：

收拾殘書剩幾篇？輕狂蹤跡廿年前。
笑傾犀首花間盞，醉扶蛾眉月下船。
黃祖怒時偏自喜，紅兒癡處絕堪憐。
如今與味銷磨盡，剩愛銅鑪一炷烟。

永井荷風曾引用這首詩，謂「此詩誠能代我道出病中獨居之生涯者」，而備致讚賞之意（「雨瀟瀟」）。從這首詩中，我們看出次回的頹廢、倦怠和慵懶。追懷從前之狂浪蹤跡，面對如今之索漠心境，一則色彩鮮麗，一則情景暗淡。以殘書、鑪烟對照犀首、蛾眉，更增感人的效果。一股寂寞凄涼之氣，溢於文字之外。其實像這種詩已超出香奩的範圍。雖仍不免於兒女私情，但已非主題，不過藉之以襯托身世之感而已。從「如今與味銷磨盡，剩愛銅鑪一炷烟」，我們看出次回已有去濃豔華麗而企求平淡枯寂的傾向。這種傾向終於形成了他晚期的特色。

第三：晚期雖只有三年多，但從他離金壇赴華亭起，無論在思想或詩歌上，都有明顯而重要的改變。他已快五十歲了。這時期他雖然依舊爲情所困，但至少他已能從靜觀自然中求得暫時的解脫。借用他自己的詩句來做譬喻，他雖偶爾還會「痛惜寒衣委地香」，但也會享受「喜看淡日穿雲色」（〔雨〕卷四「嫩晴踏訪殘梅次蓮公韻」）。如他送給雲間的祝壽詩（〔雨〕卷四，敍云：「雲間物外人也，其幽懷佳尙，不可一世，而時混跡於聲酒，流賞於翰墨，直寄其牢騷焉耳。衣白先生贈句云『無事到心頭。』豈徒然哉！敬演其意爲壽。」）：

茶竈香篝自掩關，小樓眠坐對春山。
家居梓澤蘭亭側，人在林逋魏野間。
出谷青猶沾杖履，飲池紅已駐容顏。
東南隱逸將成傳，誰謂玄眞未易攀？

這首詩固然寫的是別人的生活，但由其仰慕之情亦足以反映次回的心境。詩中充滿着對自然的親近，對風雅文人的欣羡，以及對物外的嚮往，而了無病態的感傷色彩或豔麗的脂粉氣息。這首詩正是他追求「剩愛銅鑪一炷煙」的願望的表露。像這樣的詩可說是次回晚年的典型作品。我在前面說過，我們不能一概以香奩體來論他的詩，就是指這些晚年的作品而言。

次回晚年，由於獲得了一個訓導的小官職，有固定收入，不愁衣食之資，又由於工作清閑，交遊又少，所以有更多的時間去從事修心養性的工夫。有時他的確也能做到「即事可欣，隨方取樂」的境界。這種暫時的超脫多半表現在歌詠自然的作品裏，如七絕「夏日曉起」第一首（〔雲〕卷三）：

牆外青山弄曉光，微吟閒步枕谿廊。
市喧未起心源靜，消受南窗一味涼。

清新平淡如行雲流水，使人連想到陶淵明（三六五——四二七）或王維（六九九——七五九）。假使拿菜餚來比，次回早期和中期的作品如山珍海味，色味俱全，足以娛人心目；而晚期的作品卻如白菜豆腐，似無味而其味無窮。又五言詩如「獨酌」（〔雲〕卷三）：

憂來聊命酒，獨酌庭松陰。
清風弄疎影，候鳥流佳音。
逕幽淡俗慮，池淨清塵襟。
浮生無百歲，役役休勞心。
何如素吾位，沉酣吐新吟。

七律如「初夏書齋獨坐」（〔雲〕卷三）：

參差新竹映窗紗，默坐文窗日影斜。
喚雨鳴鳩藏楝樹，欹風雛燕拂桐花。
翩翩稚蝶翻閒慢，簇簇羣蜂鬧晚衙。

自愛蕭疏有餘味，小爐親煮火煎茶。

五絕如「卽事」（〔雲〕卷三）：

曉起西窗坐，焚香淡世情。
樹頭幽鳥過，相與說新晴。

像這類詩還可舉出很多。要之，都簡潔清新，平易近人，頗有唐詩風貌。我總覺得，如果王次回多活十年八年，他一定能在香奩詩之外，再開拓一個自然詩或田園山林的新境界，而不至於叫袁枚惋惜他「只成此一家數耳」。遺憾的是天不假以年，就在他剛走向新風格的時候，一代詩人忽然長逝。這是次回本人的不幸，也是整個中國詩史上的一大損失。

原載〔國立臺灣大學文史哲學報〕
第十四期（民國五十四年十一月）
民國七十年一月十日校改

附註

㈠ 永井荷風「初硯」（一九一七），〔荷風全集〕第十四卷，二九二頁。岩波書店版（一九六三）。

㈡ 如「初硯」、「曝書」（一九一八）、「雨瀟瀟」（一九二一）及〔斷腸亭日乘〕等。

㈢ 〔論語〕公冶長第六章。「荷風」處原為「由」，此處畬改。

(四) 詳佐藤春夫（一八九二——一九六四）「永井荷風之詩情」，見〔明治大正文學研究〕第十號，二——三頁。唐木順三〔無用者之系譜〕，九一——九三頁，筑摩書房，一九六〇。奥野信太郎〔文學導讀〕一二一——一二二頁，新潮社，一九五六等。

(五) 荷風「小說作法」（一九二〇），見〔全集〕第十四卷，四〇〇頁。

(六) 「永井荷風與漢文學」，〔中國文學在日本〕收，二二五——二四八頁，臺北純文學出版社，民國五十七年。

(七) 此縣志既曰「重修」，則必有所本。查朱士嘉撰〔中國地方志綜錄〕（民國二十四年，商務印書館），知〔金壇縣志〕有康熙二十二年（一六八三），乾隆十五年（一七五〇）等刊本。則此光緒重修本所載王次回小傳，當係沿襲前此之縣志而來。

(八) 詳朱彝尊〔明詩綜〕卷六十七，二〇頁。康熙年間刻本。卷三十二，三頁。光緒己亥（一八九九）陳氏刻本。又陳田〔明詩紀事〕辛籤，又袁枚〔隨園詩話〕（〔隨園三十八種〕收）卷一，五頁，光緒壬辰（一八九二）勤裕堂刊本。

(九) 尹繼善修〔江南通志〕卷一百九十四「藝文志」集部四〇頁。乾隆元年（一七三六）刊本。又〔金壇縣志〕卷十一藝文志（同註七）。

(十) 王昶（一七二五——一八〇七）〔明詞綜〕卷六引，一四頁。嘉慶七年（一八〇二）刊本。

(十一) 詳鄭昶編〔中國畫學全史〕四七七頁。又清史館編〔清史列傳〕卷七十，三四——三五頁。民國十七年（一九二八）中華書局刊本。

(十二) 詳顧炎武〔日知錄〕卷七，六頁。「夫子之言性與天道」條。同治壬申（一八七二）湖北崇文書局刊本。

(十三) 沈德潛選詩之標準，詳各別裁序文或凡例（見後）。

(二四) 吉川幸次郎〔元雜劇研究〕，四頁。又詳同書「序說」，一——一五頁。昭和二十九年（一九五四）岩波書店第二版。鄭清茂中譯本，民國四十九年，藝文印書館。

(二五) 沈德潛〔清詩別裁〕（〔國朝詩別裁〕）凡例，二頁。萬有文庫本。

(二六) 周亮工〔書影〕卷一，八頁。上海刊本（一九五八）。

(二七) 詳何心〔水滸研究〕，一三四頁（一九五四），及 R.G. Irwin: The Evolution of a Chinese Novel Shui-hu-Chuan, 五八頁，及一〇二頁 Note 2，（一九五三）。案 Irwin 氏定〔王氏小品〕為次回之作，係根據：㈠鄒之誠〔骨董瑣記〕卷三所引〔王氏小品〕；㈡倪文燦〔疑雨集〕序謂次回於「明萬曆中……以博學好古，名聞於時。」然查〔骨董瑣記〕所引〔王氏小品〕，並無次回之名；而次回之「名聞於時」不在「明萬曆中」，余在本文中已加糾正。即使次回確「名聞於萬曆中」，亦不能據之以斷言〔王氏小品〕之王氏即次回也。

(二八) 次回於戊辰年（一六二八）有詩云：「兩月三喪哭不乾，雁行相對雪衣冠。」其題為：「仲父水部公，世母焦孺人，余妻賀氏，相繼奄逝。七月之望，同諸父昆弟設薦孟蘭盆道場，云云。」知其妻逝於五、六月間。見〔雨〕卷二。

(二九) 吉川：〔元明詩概說〕二三七頁，岩波書店，一九六四。奧野〔文學導讀〕一二四頁。Arthur Waley: Yuan Mei, Eighteenth Century Chinese Poet, p. 170, Grove Press Inc., New York, 1956.

(三〇) 見〔清代禁書總目四種禁書總目〕，五四頁。杭州抱經堂校補本。

(三一) 詳〔禁書總目四種〕所附歷年乾隆諭旨。又詳〔四庫館查辦違礙書籍條款〕，如乾隆四十一年（一七七六）上諭：「跡附後，肆詆毀之餞謙益輩，尤反側僉邪，更不足比於人類矣。」普林斯頓大學葛思德華文藏書庫(Gest Oriental Library)藏鈔本第三期，二一頁。

(十二) 叔聞有「讀從兄南安令崇禎太平曲有感」五古一首。見〔列朝詩集〕丁十四，七七頁。

(十三) 詞云：「疏雨滴青蘝，花壓重椽。繡幃人倦思厭厭。昨夜春寒眠未足，莫捲湘簾。羅袖護摻摻，怕拂香奩。獸爐香，倩侍兒添。為甚雙蛾常鎖翠，自也憎嫌。」作成年月不詳，或許在其喪夫之後。

(十四) 按尹修〔江南通志〕未見王朗小傳，〔國朝畫識〕所引蓋為別本。

(十五) 〔荷風全集〕第五卷，二九〇——二九一頁。「下谷之家」。

(十六) 〔雨〕卷四，「阿姚之歸凡，同心皆為余喜，而向來知其事者，端己、弢仲也，於是來賀，賦謝一章。」

(十七) 詳〔雨〕卷三，「予不與秋試，寓止荒僻，中秋前二日，孝先、仁令、叔冽，携具過存，飲談良久，即事題贈」二首。

(十八) 見沈括（一〇三一——一〇九五）〔夢溪筆談〕卷十六「藝文」三，一〇五頁。〔叢書集成初編〕本。關於此問題，詳徐復觀「韓偓詩與香奩集考」（載於〔民主評論〕第十五卷第四一五至四一六期）。民國五十三年。

目錄

疑雲集

仙　夢中

己卯年　古近體詩四十二首……四二二

人日同人小集分咏昌黎人日詩韻　海棠詞　春思　四不愁詩　舟次　阻風　有見　聞鶯
有悼　擬左太沖詠史　夏閨吟　悼詞　哭叔聞　立秋　雨夜　七夕偶成　酒醒　咏雞
冠花　雨到雲間　喜雨　初到茸城感賦　落葉四首　重九日舟中作　東坡生日用小坡斜
川集中大人生日韻五首寄孝先並示里中諸同人上年十二月十九日孝先招集同人祝先生生
日於龍山余成七古一首同人約余來歲作東道主今年滯跡雲間深以莫踐前約爲憾青陽逼歲
旅感叢生廻首鄉關益增離索因作此以寄焉　歲暮述懷　憶梅

庚辰年　古近體詩四十四首……四三一

弢仲有日西初見下妝樓句不記其爲起句結句也客居無俚爲足成之卽用爲起結語各得十絕
花朝日刪社諸友招飮予未赴也翌日蓮公以所作見示并以不到爲訊次韻報之　茸城　上
巳日同人携酒修禊白龍潭上次蓮公韻　成婦嘆　苔錢　初夏　題羅敷彈箏圖爲仲父叔器
作　二陸讀書臺　和友人留別原韻　追悼爲某女自經作　暫歸里門同弢仲飮家釀戲咏
有感　歲暮歸家自述所懷　多閨　臘八粥同端己弢仲聯句

辛巳年　古近體詩四十六首……四三八

征婦怨　春日閒步　食鮮蕨菜因賦　有悼　初夏書齋獨坐　卽事　別有所謂　寄蘭陔衡

絲雨集詩

莊因題

原刻本嚴繩孫序

詩發乎情，而「王風」之變，桑中洧外，列在三百，爲艷歌之始。其後，「讀曲」「子夜」，寂寥促節。在唐則玉溪惝恍，旨近楚騷；韓相香奩，言猶微婉。於是，金壇王先生彥泓，以閎肆之才，寫宕往之致。窮情盡態，刻露深永，可謂橫絕古今也。今「疑雨集」之名，籍甚江左。少年傳寫，家藏一帙，溉其餘瀋，便欲名家，而本集顧未有鋟板以傳者。侯子蔚齋，讀而賞之。爰加校定，付之剞劂。由是，先生之詩，顯然共之天下矣。嗟乎！金沙當承平之日，甲第相望。一時裙屐子弟，席華膴，擅才情，平居以聲色相徵逐。拂袖拄釵，留髡送客之事，習爲故常。至於擘牋刻燭，才亦足以副之。故當日能詩之士，蓋多其人，而風尚所歸，並同一轍。雖其酣嬉蕩佚，不可謂爲正音，然由後以觀盛衰之端，感慨系之矣。余既喜蔚齋之能刻是詩，而因徵論其世，以俟後之覽者定焉。無錫嚴繩孫題。

原刻本侯文燦序

明萬曆中，金沙王次回先生，以博學好古，名聞於時。其爲詩多艷體。向嘗於〔列朝詩集〕中，窺見其一二，意殊未竟也。歲庚午，余選詞於亦園。旣輟簡，客有謂余者曰：「次回先生詩，沉博絕麗，無語不香，有愁必媚。『玉臺』『西崑』而後，不易多得，惜其遺稿未刻也。盍付之梓？」余曰：「諾。」因出其所藏〔疑雨集〕以示余。余讀而愛之，爲之弁其首曰：凡物之精神嘗萃於是者，其光怪陸離，必有不可遏抑之處。次回先生窮年力學，屢困場屋。斷瑤琴，折蘭玉。其坎坷潦倒，實有屈子之哀，江淹之恨，步兵之失路無聊，與少陵無家垂老之憂傷憔悴。而特托之於兒女丁寧，閨門婉戀，以寫其胸中之幽怨，不得概以紅粉青樓、裁雲鏤月之句目之也。先生旣歿，其遺孤尚幼，詩幾散軼矣。而故交徵仲于君，藏之巾笥，屢欲售之剞劂，後因循未果。蠹蝕塵侵，又幾散軼矣，而今尙有錄而存之者。嗟乎！物之出也有俟，其藏也有待。先生之去今，百有餘年矣，而先生之精神，有嘗萃於是者。余之爲是刻也，余非知先生者也。夫亦先生之詩，所爲光怪陸離，久而欲出者，自不可遏抑焉爾。梁溪後學侯文燦書于野草堂。

郎園重刻本葉德輝序

前明王次回〔疑雨集〕，專爲香奩艷詩。錢牧翁〔列朝詩集〕、朱竹垞〔靜志居詩話〕、王文簡〔漁洋詩話〕，均極推重之。乾隆時，沈歸愚選〔明詩別裁集〕，擯斥不錄，袁子才作書諍之。見所作〔隨園詩話〕。又孫淵如〔祠堂書目〕，載有四卷本，與今傳本同。孫目分內外編，而入此于內編集部，是知其集流傳海內。以朱王袁孫諸先生之鴻辭博學，而心折其人，然則歸愚之兢兢別裁，殆不免于村夫子之見矣。余幼時見書棚通行袖珍本，訛謬甚多。家有其書，屢爲友人持去。近則科舉將廢，聲律一事，已漸無人考求。彼漢魏六朝以降，各家之詩，且坐視其泯滅，而無所顧惜，何況是集之晚出者乎！

光緒五年，廣東雙門底登雲閣，有新刻本，即據袖珍本重雕。長沙粟谷青戶部挍出以見示，字句訛奪，或在疑似之間。因與谷青分卷校讐，重寫付刻，而後可以句讀焉。惟四卷壬午年下，忽有小注：「六月十八日戌時長逝云云。」與上下文不相屬，以無別本可證，亦姑仍之。據嚴繩孫原序云，集名「籍甚江左……未有鋟梓以傳者」，是此集在當時，本未刊行。其心力足以自傳于今日，不可謂非厚幸也。今廣東刻本，繕校未精。詩家聞名購求，亦且道遠莫致。茲本出，則家絃戶誦，近亦足傳百年。所願後之人，續金壇之豔緣，袪歸愚之腐習，庶乎榛苓香草，不失風騷之傳。斯則予表章此書之意與？光緒三十一年乙巳七月立秋。長沙葉德輝序。

丁國鈞註本自序

光緒紀元之歲，桐鄉金君次良，讀書余家。笈中有舊鈔本王次回〔疑雨集〕，係次回故交于君珵仲所手錄，足正坊刻之誤者甚夥。次良曾影鈔副本二，因乞藏其一。課餘相與覽諷以爲樂。遇隸事奧隱處，次良時時持卷相質；余輒爲標著于書眉。積年餘，書眉幾滿，而次良別去。臨行，堅以全注是集相勸勉。余意亦願成之。搜采羣籍，稿凡兩易。中間遊閩遊皖遊鄂，恆置行篋，偶一展閱，時復增補所未備。細字錯互，猝不易認。而意慚厭倦，雜厠亂帙中，不復省視。今歲，趙劍秋都轉託曹君直舍人，索觀甚殷。蓋前同肄業南菁書院時，曾見余是注焉。因檢舊稿，重加董理，付寫官錄成清本。昔黃石牧先生，曾注是集而未成。余因同學之慫恿，得積漸成稿。繕寫甫竟，嗜痂者爭假傳錄，並有願任剞劂者。惜次良墓木已拱，不獲見是注之有定本焉。撫卷泫然。時宣統戊申孟冬，常熟丁國鈞秉衡氏記於江南圖書館。

丁註本李詳序

詩有六義，其三曰比，在古原與賦興分編，孔子合之，令人各揣其意之所在。鄭衞之詩，多託爲男女慕悅之詞，而鄭卿即賦之以見志，未可以淫褻視之也。「古詩十九首」，多具此義。至「子夜」「讀曲」諸歌，則一意淫放，蕩不可稽；比幾於賦矣。唐之義山，以格詩寫之，寓意最工；其姨子韓氏致堯和之。義山之詩，有吳江朱氏爲之表章。致堯詩，近有吾友震鈞在廷，著〔香奩發微〕。李韓之詩，皆知其有爲而言矣。

明之季葉，金壇王次回出所著〔疑雨集〕，遂集此體之大成。其倅色揣稱，盡態極妍，讀之，使人迴腸傷氣。猥薄子弟，爲其所惑者多矣。然次回實負沈博絕麗之才，以意遣詞，而隸事必古。雖以通儒，猶不能盡舉其所出。其集之不敝於天壤者，亦以此。今之嗜次回詩者，能誦其詞，試詰以某隸某事，往往瞠目，致謝不敏。無他，憑虛易循，徵實難悉也。余同門友丁君秉衡，以餘事注此。舟車所至，攜以自隨。歷數十年，始寫有定本。余請而觀之，則一一疏豁，略無滯義。次回所誤用者，如「竊鐵」「同欄」諸條，能證其誤之所由。又考次回所與往來者，綜其貫履，其人多不通朝籍。君乃展轉得之，可謂甚難。所惜於「畫壁蒼煙陸士龍」句，未知其審，君頗引爲憾。余謂：「

無害。〔文選注〕爲最古矣，然金章盈笥，秋儲競巧，吾家崇賢不能悉也；於崇賢無損。然則此與君何損哉？況君於『江斆描摹』，證之『南史』，能糾近刻，改『江』爲『強』之誤，又足自多矣。」君曰：「善。姑以副贈子，其爲我點勘，著以姓氏。」余徇君之請，特附鄙說於內，一泰山之豪芒耳。將付友印行，而紀其厓略於右；所以詑吾丁君，且使世之讀者，毋以銳思流俗爲病也。時宣統庚戌四月，興化李詳。

疑雨集註 卷一

金壇王彥泓次回著
古吳 句漏後裔釋
鄭 淸 茂 校

乙卯年 萬曆四十三年 公元一六一五

花燭詞

（庾信詩）洞房花燭明。

四月春蠶已剝綿，困人風日嫁人天。（朱淑眞詩）困人天氣日初長。（李白詩）今朝風日好。（宋無名氏詞）簫鼓家家，正是嫁人天氣。不知織就鴛鴦錦，（溫庭筠詞）煖香惹夢鴛鴦錦。廢卻如花幾夜眠。（王僧孺詩）二八人如花。

無題

弄玉當年未嫁時，（「列仙傳」）蕭史者，秦穆公時人，善吹簫。穆公女弄玉好之，公妻焉。（白居易詩）好是仙人子，花宮未嫁時。（羅隱詩）我未成名君未嫁。徘徊好影自矜持。（「後漢書」）昭君顧影徘徊。（「世說」）任育長年少時，甚有令名，神明可愛，時人謂育長影亦好。（「晉書」）王氏諸少並佳，然聞信至，咸自矜持。幾從畫府迴嬌靨，（譚用之詩）何處邀將歸畫府。（梁簡文帝詩）夢笑開嬌靨。羞向花間曳綺綦。（「漢書・班倢伃傳」注）綦，履下飾也。千蝶帳深縈短夢，（薛婉詩）香消千蝶帳。（蘇軾詩）暗香入戶尋短夢。九雛釵重困初笄。（「飛燕外傳」）后手紫玉九雛釵爲昭儀簪髻。（庾信「蕩子賦」）弄玉初笄。（「禮」）女子十有五年而笄。朝回夫壻鳴騶去，（高適詩）旌旆逐鳴騶。卻下珠簾不敢窺。（一作背）

學書不學衛夫人，（「翰墨志」）衛夫人，汝陰太守李矩妻也。善鍾繇法。王逸少嘗師事之，著「筆陣圖」。（「書斷」）衛夫人，名鑠，字茂漪。（杜甫詩）學書初學衛夫人。度曲惟教唱柳君。（「西京賦」）度曲未終。（「吹劍錄」）東坡問客：「吾詞比柳耆卿，何如？」對曰：「柳郎中詞，只好十七八女郎，執紅牙拍，歌『楊柳岸，曉風殘月』之句。」鸚鵡自將新律教，（陸遊詩）閒把新詩教鸚鵡。猧兒閒取練香薰。（唐無名氏詩）門外猧兒吠。（李賀詩）練香薰鵲腦。鏡中籌就嬌顏色，（李頎詩）鏡裏朱顏看愈嬌。帳裏驚回好夢魂。（白居易「長恨歌」）九華帳裏夢魂驚。一榻茶煙清似水，（朱熹詩）茶烟裊細香。金釵劃作斷腸紋。（孫淑詩）閒劃金釵記月痕。

瓊樹瑤枝分外清，（「世說」）王戎曰：「太尉神姿高徹，如瓊樹瑤林，自是風塵外物」。（「鶴林玉露」）唐人詩云：「纔到僧房分外清」。雒川應是舊儀形。（「洛神賦」）容與乎陽林，流眄乎雒川。（唐彥謙詩）非烟非霧隔儀形。閣中碧玉誰人識？（「樂府詩集」）碧玉，汝南王妓也。（庾信詩）定知劉碧玉，偷嫁汝南王。樓上羅敷祇自名。（樂府「陌上桑」）秦氏有好女，自名爲羅敷。三尺吐雲嫌髻短，（唐張碧詩）金盤解下叢鬢碎，三尺巫雲綰朝翠。五銖含霧喜身輕。（「博異志」）岑文本問：「衣服皆輕細，何土所出？」對曰：「此上清五銖服。」（劉禹錫「秦娘歌」）長鬢似雲衣似霧。（李商隱詩）趙后身輕欲倚風。從來不作多情調，（張賁詩）仙郎共許多情調。羞讀關雎第四聲。

栽培艷質向瑤階，（陳後主「玉樹後庭花」）新粧艷質已傾城。（吳融詩）雪射瑤階月。取次簾櫳不放開。（「說文」）櫳，房室之疏也。（崔顥詩）春意罷簾櫳。裹手倩人收寶鈿，（杜牧詩）骰子逡巡裹手拈，無因得見玉攙攙。（梁簡文詩）開函脫寶鈿。含顰揀樣畫香煤。（元好問「眉詩」）石綠香煤淺淡間。腰肢未許同行僁，（李義山詩）披香新殿鬥腰肢。性格還從夫壻猜。（李中詩）性格孤高世所稀。阿母錯憐教不嫁，幾回偷看畫圖來。

催粧詩六首

（胡三省「通鑑注」）唐人成婚之夕，有催粧詩。

嬌羞不肯下粧臺，（昭明太子詩）嬌羞不肯出。侍女環將九子釵。（「杜陽雜編」）同昌公主下嫁，有九子鸞釵。寄語催粧人說道，（王僧孺詩）含情寄一語。輕施朱粉學慵來。（羅虬「比紅兒詩」）薄粉輕朱取次施。（「飛燕外傳」）合德施小朱，號慵來粧。

十步笙歌響碧霄，（王維詩）前路擁笙歌。（楊巨源詩）碧霄傳鳳吹。嚴粧無力夜迢迢。（古樂府「焦仲卿婦」詩）新婦起嚴粧。（韓偓詞）落花和雨夜迢迢。休將雙黛憑人試，（徐陵「玉臺新咏」序）南都石黛，最發雙蛾。留與張郎見後描。（「漢書・張敞傳」）嘗爲婦畫眉。

說嫁心驚盡日癡，尊前玉筯鎮雙垂。（「六帖」）魏甄后，面白，泪雙垂如玉筯。鎮，猶常也。不知夫壻尤憐惜，卻勝嬌嗔阿母時。（司空圖詩）娥眉新畫覺嬋娟，鬭走將花阿母邊。

羞向明窗結佩璫，（謝混詩）明窗通朝暉。（「集韵」）璫，耳珠也。（朱熹賦）佩明月而爲璫。穿衣寶鏡暗生光。（「晉東官舊事」）太子納妃，有穿衣大鏡一具。

生憎烏鵲來相噪，（「天寶遺事」）時人家聞鵲聲，以爲喜兆。嘿嘿無言下象牀。（「國策」）孟嘗君行國之楚，獻象牀。

當初忍笑畫鴛鴦，（韓偓詩）舉袂佯羞忍笑時。（韓偓詩）有時閑弄筆，亦畫兩鴛鴦。眞箇如今擬鳳凰。（「左傳」）懿氏卜妻敬仲，其妻占之曰：「吉，是謂鳳凰于飛，和鳴鏘鏘。」別卻羣仙拜王母，已聞青鳥報劉郎。（「漢武故事」）忽有一青鳥從西方來。東方朔曰：「此王母欲來也。」有頃，王母至。（李商隱詩）劉郎已恨蓬山遠。

雲作雙鬟雪作肌，（李白詩）綠鬟雙雲鬟。（雷淵詩）雪作肌膚玉作容。天教分付與男兒。轉身拭淚銀河畔，別卻鴛機再不歸。（上官儀詩）亇移花影上鴛機。

丙辰年 萬曆四十四年 公元一六一六

吳行紀事

月鐘霜瓦凍鴉啼，夢裏楓橋卻向西。（張繼「楓橋夜泊」詩）月落烏啼霜滿天，江楓漁火對愁眠。姑蘇城外寒山寺，夜半鐘聲到客船。（「一統志」）楓橋在蘇州府西七里。

暖語未終天忽曉，不堪空作翠鄉迷。

相要不說卷衣裳，（梁簡文帝詩）行聞玉佩已相要。（「樂府古題要解」）有秦王卷衣曲，言咸陽春景及宮闕之美，秦王解衣以贈所歡也。（李白「秦女卷衣」詩）侍妾卷衣裳。笑挽流蘇背燭光，（「海錄碎事」）流蘇帳，盤繪繡之，毬五彩，錯爲之，同心而下垂者也。賴有暖言堪入骨，（荀子）與人善，言暖於布帛。（溫庭筠詩）入骨相思知不知。一宵輸意伴王昌。（馮衍書）寫神輸意。（崔顥詩）十五嫁王昌。

遶身一步也堪憐，（元曲）行一步，可人憐。特地呼來放膝邊。（杜甫詩）特地引紅粧。問道初寒身怕冷，今宵多半要裝綿。（方干詩）更有仙花與靈鳥，恐君多半未知名。（杜甫詩）衣冷欲裝綿。

遶殘絳蠟啼千筯，（蘇軾詩）絳蠟燒殘玉斝飛，離歌唱徹萬行啼。筯，謂玉筯。見前催粧詩註。碎嚼冰蠶攬萬絲。（「拾遺記」）員嶠山有冰蠶，以霜雪覆之，然後作繭，長一丈，其色五彩。水國不生紅豆子，贈卿何物助相思。（「晏子春秋」）河泊以水爲國。（王維詩）紅豆生南國，春來發幾枝？勸君多采擷，此物最相思。

尊前一笑兩相同，（杜牧詩）惟覺尊前笑不成。映燭羞顏旖旎紅。（李白「長干行」）羞顏未嘗開。旖旎，猶阿那也。更有銷魂人不見，（「麗情集」）詹天游屬意宋駙馬家粉兒，口占曰：「白藕香中見西子，玉梅花下遇昭君，不曾眞個也銷魂。」宋遂以粉兒與之，曰：「請天游眞個銷魂也。」斷雲零雨數聲中。（金趙可「贈妓詞」）恨斷雲零雨，不見高城。

愛弄黃金佛手香，（曾鞏「橙」詩）黃金戲球相蕩磨。（「羣芳譜」）佛手柑，木似朱欒，其實如人手，有指，清香襲人。不因清囀不輕嘗。（何景明賦）協雲簫而清囀。從今奪卻春鶯舌，（沈與求詩）宿露園林鶯舌亂。只辦雙柑聽繞梁。（「世說補」）戴仲若，春日攜雙柑斗酒。人問何之？答曰：「聽黃鸝聲。」（「列子」）韓娥鬻歌於雍門，既去，而餘音繞梁，三日不絕。

感郎珍重不能羞，（朱熹詩）珍重個中無限樂。（孫綽「情人碧玉歌」）感郎不羞赧。（韋莊詞）縱被無情棄，不能羞。夜淺春深一作香濃。掩畫樓。（祖詠詩）月出夜方淺。（秦觀詩）入簾飛絮報春深。（李商隱詩）畫樓西畔桂堂東。翠澀乍慵花上蝶，（曹松詩）葉澀栖蟬穩。紅酣常溼雨中鳩。（王安石詩）荷花落日紅酣。

丁巳年 萬曆四十五年 公元一六一七

燈宵記事

燈樓月沼映春雲，（荀濟詩）數泛明月沼。（李商隱詩）樓上春雲水底天。簫鼓風前院院聞。（梁元帝文）簫鼓騰空。（王建「宮詞」）院院燒燈如白日。但是酒旗歌板地，（元稹詩）試問酒旗歌板地。一時淒切想離羣。（裴羽仙詩）獨下瑤階轉淒切。（「禮．檀弓」）吾離羣而索居，亦已久矣。

踏月一作霧。天街豔步狂，（溫庭筠詩）折花兼踏月，多唱柳郎詞。（韓愈詩）天街小雨潤如酥。微風一路一作道染衣香。（李商隱詩）惟有衣香染未消。

遊人暗逐芳塵去，（蘇味道「上元日夜遊」詩）暗塵隨馬去。（陸雲賦）蒙紫庭之芳塵兮。拾得兒家紫佩囊。（杜甫詩）莫佩紫荷囊。

春空淡白似一作照銀紗，（溫庭筠詩）月色淡白涵春空。（「齊東野語」）紗之輕者曰銀條紗。一徑幽尋避月華。（陸龜蒙詩）野烟園裏自幽尋。（歐陽修詞）

闌干倚處，待得月華生。記得畫橋西（一作南）畔去，（陰鏗詩）畫橋長且曲。綠楊陰下是他家。（孫賁詩）綠楊陰下玉驄嘶。趙李鈿車昔昔遊，（阮籍「詠懷」詩）西遊咸陽中，趙李相經過。（白居易詩）曲江碾草鈿車行。（周邦彥詞）鈿車如水，時時花徑相過。（「列子」）昔昔夢爲國君。按：昔昔卽夜夜也。酒邊燈下共遲留。（元好問詩）每逢花下卽遲留。如何月照金堂夜，（沈佺期詩）盧家少婦鬱金堂。只有梅花伴莫愁。（梁武帝詩）盧家少婦名莫愁。（吳景奎詩）梅花相伴竹平安。

無題

玉壺傳點出花叢，（李商隱詩）玉壺傳點咽銅龍。青鳥銜箋尚未通。（劉禹錫詩）能言青鳥罷銜箋。砌就銀灣烏不渡，（「雞跖集」）銀灣謂銀河也。築成瑤島鶴難逢。（陸遊詩）放鶴去尋三島路。春濃逗夢三千里，（顧夐詞）倚東風，春正濃。路暗迷人十二峯。（李端詩）巫山十二峯，皆在碧虛中。（李中詩）巫峽夢終迷。蠟照漸微香炧冷，（李商隱詩）蠟照半籠金翡翠。（又）香炧燈昏奈爾何。珮聲纔達畫堂東。（「西征賦」）想珮聲之遺響。（許渾詩）莫醉笙歌掩畫堂。

繞枕離懷話未窮，（雍裕之詩）況是正離懷。河梁只在此樓中。（李陵「別蘇軾」詩）携手上河梁，遊子暮何之？迎愁月剩三分白，（徐凝詩）天下三分明月夜。隔淚燈搖一點紅。詞調有「燭影搖紅」。有霧不曾（一作爲）遮別路，（陳子昂詩）別路繞山川。隨風想得過花叢。（「列子」）隨風東西。（張易之詩）蝶舞萬花叢。王昌望裏千回首，（韓偓詩）王昌只在此牆東。（杜甫詩）十步一回首。滿院簾櫳颺曉風。簾櫳，見乙卯「無題」註。

戊午年　萬曆四十六年　公元一六一八

入吳訪賀無因

心期如水較清深，（楊巨源詩）應將清淨結心期。（李白「贈汪倫」詩）桃花潭水深千尺，不及汪倫送我情。未許湘波隔桂林。（張平子「四愁詩」）吾所思兮在桂林，欲往從之湘水深。勝賞每邀雌蜺句，（謝朓賦）餐勝賞之芳青。（「南史・王筠傳」）沈約製郊居賦示筠。筠讀至「雌蜺連蜷」，約撫掌欣忭，曰：「僕嘗恐人呼蜺爲霓。」壯情時警怒鼃吟。（唐太宗詩）封泥負壯情。（「韓非子」）越王慮伐吳，欲人之輕死也，出見怒鼃，乃爲之式。從者曰：「奚敬於此？」王曰：「爲其有怒氣故也。」機邊手爪歡何似，（古詩）顏色雖相似，手爪不相如。新人工織縑，故人工織素。鏡裏頭顱嘆不禁。（陸游詩）功名正爾嘆頭顱。此夕吳裝冷煙月，（洪适詩）雨溜吳裝膩。橫塘清嘯一相尋。（「蘇州府志」）橫塘在吳縣西南十三里，有橫塘橋，風景絕勝。（李山甫詩）清嘯坐忘機。

昆季避暑分韻得清字

大地炎埃隙地淸，（朱超然詩）當夏苦炎埃。烏衣遊集葛衣新。（「南史・謝宏微傳」）叔父混，與族子靈運、瞻、晦、曜、弘微以文義賞會，常共宴處，居在烏衣巷，故謂之烏衣之遊。（錢起詩）秋風生葛衣。已隨雁序流三雅，（杜甫詩）九秋驚雁序。（魏文帝「典論」）劉表有酒爵三：曰伯雅、曰仲雅、曰季雅。更倚篪音奏四聲。（「詩・小雅」）仲氏吹篪。（「齊書・陸厥傳」）沈約等，文皆用宮商，以平上去入爲四聲，以制韻。慕寂未能捐麈拂，（「南史・陳顯達傳」）麈尾蠅拂，是王謝家物，汝不須捉此。卽取於前燒除之。淩寒何事熨棋枰。（「世說」）劉眞長見王丞相導，時大熱，丞相以腹熨石棋枰局。阿連更借幽心句，（「南史・謝靈運傳」）惠連不爲父方明所知。靈運謂方明曰：「阿連才悟如此，而尊作常兒遇之。」一夕西堂夢草生。（「南史・謝惠連傳」）十歲能屬文，族兄靈運嘉賞之。嘗於永嘉西堂思詩，竟日未就，忽夢見惠運，卽得「池堂生春草」，大以爲工。嘗云：「此語有神功，非吾語也。」

有所窺

（自注）春日訪無因，尚在內寢。侍兒囑余勿喚，因留八句。

花影花香攪睡情，香融繡被夾羅輕。（李商隱詩）繡被焚香獨自眠。（李商隱詩）夾羅委篋單綃起。楚雲入夢渾迷曉，（張謂詩）紅粉青蛾映楚雲。蜀酒禁愁一作眠誤達晨。曲曲銀屏低拂燕，（金幼孜詞）瓊樓十二敞銀屏。層層珠箔略聞鶯。（郭珏詩）美人當窗捲珠箔。（溫庭筠詩）透簾斜月獨聞鶯。遊人一作狂朋竊探棲鴛去，（蔡紳詩）玉芝香裏彩鴛棲。刻向琅玕一作闌干記我曾。琅玕，竹也。（劉禹錫詩）傳粉琅玕節。

賦得隔水樓臺

一寸心期百尺樓，心期，見前「訪賀無因」詩註。（「晉書・樂志」）百尺高樓與天通。明河界作兩邊秋。唐宋之問有「明河篇」。移開月扇朝雲出，（李商隱詩）月扇未障羞。（宋玉「高唐賦」）朝爲行雲。掩過銀屏夜月收。（韋莊詩）覺來紅燭隔銀屏。鬢態易迷花影亂，（溫庭筠詩）鬢態件愁來。衣香暗接水光一作煙浮。（庾信「春賦」）屋裏衣香不如花。殘陽沒後寒燈小，（徐璣詩）殿淨燈光小。各自垂簾背面愁。（李商隱詩）背面秋千下。

睡起

韓偓有「睡起」詩。

睡起卽尊前，前墀露魄圓。（江淹詩）月華散前墀。（唐彥謙詩）露冷風輕露魄圓。晚花疎更好，秋鳥靜堪憐。風露當歌落，（陶潛詩）淒淒風露交。（魏武帝「短歌行」）對酒當歌。星河向酒懸。（許渾詩）玉杯瑤瑟近星河。宿酲猶未解，（陸游詩）宿酲留得件春愁。（「說文」）酲，酒病也。於此復陶然。（「晉書・劉伶傳」）飲酒食肉，陶然復醉。

卽事

醉色風前減，（楊巨源詩）醉色未侵花。茶香雨後添。（白居易詩）茶香飄紫筍。香妝仍把卷，（戒昱詩）看妝墮玉簪。（白居易詩）把君詩卷燈前讀。相對一爐煙。（梁簡文帝詩）爐煙入斗帳。

王敬宏夫人（「南史」）王裕之，字敬宏。名與宋武帝同，故以字行。

碧澗青林自掩關，（林逋詩）碧澗流紅葉，青林點白雲。（羊士諤詩）園亭但掩關。調停朱粉傳雙鬟。（「本傳」）敬宏所居舍亭山，林澗環周，備極登臨之美。左右嘗使二老婦女，戴五條辮，著青紋袴襹，飾以朱粉。江陵隔歲書題絕，只道貪游未得閒。荊州刺史，治江陵，今湖北江陵縣。（岑參詩）相憶在書題。（「本傳」）敬宏求為天門太守。及之郡，妻弟荊州刺史桓元遣信要令過己。敬宏至巴陵，謂人曰：「靈寶正當欲見其姊，我不能爲桓氏贅婿。」乃遣別船送妻往江陵，彌年不迎。山郡無事，恣其遊適，意甚好之。爲探雛鳳過高齋，更戀新涼未卽回。（李商隱詩）雛鳳清於老鳳聲。（司空圖詩）清香浥露對高齋。（「本傳」）敬宏女適尚書僕射何尚之弟述之。敬宏嘗往何氏看女，遇尚之不在，因寄齋中臥。俄頃，尚之還，敬宏使二婦女守閤，不聽尚之入，云：「正熱不堪相見，君可且去。」底事江陵經歲去？桓元只合買舟來。

御君（「金壇縣志」）于鑾，字御君，少從外舅韓敬于吳興，詩文皆得其指授。近得鬼歌，有「流水斷橋魂不渡，夜深孤影月明中」之句，因廣其境成篇。

夜永迷靈逐恨飄，（李商隱詩）楚厲迷魂逐恨遙。漆燈閃爍隔溪橋。（「江南野史」）沈彬既葬穴，其處乃古冢。其間儼然復見一古燈臺，漆燈一盞。閃爍，光不定貌。

(王僧孺文)日流閃爍。荒途露下千蟲歇，(溫庭筠詩)蟲歇紗窗靜。絕壑風生萬木號。(陸游詩)風顛萬木號。水澗獨來愁不渡，山阿誰在語相邀。(「楚詞・山鬼」)若有人兮山之阿。由來地下悲秋況，還與人間共寂寥。

京口寓興，次叔聞韻

(「一統志」)鎭江，春秋時吳地。三國時，吳曰京口。(「列朝詩集小傳」)王遺民錙，字叔聞，恭簡公樵之諸孫。

三山新沐翠琉璃，(「里道記」)金、焦、北固，世稱爲京口三山。(李白詩)三山半落青天外。(貢奎詩)扁舟高枕臥看山，青入齊雲雨新沐。喜是殘尊未涸時。(杜甫詩)殘尊席更移。出郭斜過穿苑路，傍林低度拂人枝。(白居易詩)垂楊拂頂枝。江聲遠和松風轉，(李白詩)長歌吟松風。山色遙連麥浪吹。(歐陽修詩)野潤風吹麥浪寒。幽徑夕陽常醉臥，往來空羨牧羊兒。(李白詩)金華牧羊兒，乃是紫煙客。酒痕衫袖尚淋漓，(白居易詩)襟上杭州舊酒痕。日壓重檐睡醒時。慕寂未能捐一作蠲弈具，(「南部新書」)密以弈具陳於前。尋幽何必見花枝。(司空圖「詩品」)步屧尋幽。多才筆舌臨江咏，(「創業起居注」)筆舌紛綸。(蘇軾「前赤壁賦」)釃酒臨江，橫槊賦詩。入夢簫聲隔岸一作院吹。昨夜城南新得句，韓愈有「城南聯句」詩。(陸游詩)路近城南已怕行。愁中偷賦比紅兒。(唐羅虬「比紅兒詩序」)云「比紅兒」者，爲官妓杜紅兒作也。美貌年少，機智慧悟，不與羣妓等。余知紅兒者，乃擇古之美色，灼然可稱於史傳者數十輩，優劣於章句間，遂題「比紅兒詩」一百首。

半帆閣避暑

長林莽莽翠扶檐，(杜甫詩)莽莽萬重山。柳下風來散午炎。(庾信「小園賦」)柳下風來。綠粉清凝千箇竹，(李賀詩)綠粉掃天愁露濕。(「史記·貨殖傳」)竹萬箇。紅衣飄動萬枝蓮。(趙嘏詩)紅衣落盡渚蓮愁。雲迴樹影移茶竈，(白居易詩)趁暖泥茶竈。雨送林香入酒船。(沈佺期詩)林香酒氣元相入。(李白詩)會稽無賀老，却放酒船回。一曲清歌高閣迥，一作遠。(李後主詞)一曲清歌，暫引櫻桃破。(張蠙詩)聲纔調高山閣迥。半帆銜斷夕陽烟。(陸遊詩)驚鶖飛破夕陽煙。

寄周以眉 (原注)逸其全。

□□□□□ □□□□□ 相逢曾半醉，(庾信詩)酒醺人半醉。一別竟殘年。(崔塗詩)一年春又殘。

獨酌

旅酒銜愁薄，(李賀詩)旅酒侵愁肺。庭梅寓賞孤。(溫憲詩)寓賞有餘情。偶來清月伴(韓愈詩)清月出嶺光入扉。惟與博山俱。（「西京雜記」）丁緩作九層博山香爐。（李商隱「柳枝詩序」）以博山香，待與郎俱。

己未年 萬曆四十七年 公元一六一九

雲間獨歸，留別叔聞於青溪，歸後寄之

（「明一統志」）松江郡，名雲間，因陸雲有雲間陸士龍之語而名。（「江南通志」）青溪在江寧府治西七里。

三年無處不盤桓，（曹子建詩）盤桓北闕下。（「廣雅」）盤桓，不進也。客舍逢君一破顏。（盧綸詩）逢人強破顏。長共清樽足無恨，（歐陽修詩）日與佳客陳清樽。（「後漢書．孔融傳」）座上客常滿，樽中酒不空，我無恨矣。每聞佳句有餘歡。（「唐書．權德輿傳」）每遇一勝景，聞一佳句，怡然獨笑，如獲珍寶。閒來步緩一作散煙郊晚，（溫庭筠詩）不能騎馬度煙郊。醒後談深雨榻寒。（盧士衡詩）幾同寒榻聽疎鐘。今日獨歸翻似客，杏花狼藉不曾看。（曹唐詩）狼藉梨花滿城月。

無題

幾層芳樹幾層樓，（梁元帝「纂要」）春禾曰華樹、芳樹。只隔佳期一作歡娛不隔愁。（武元衡詩）春風何處有佳期。月裏一作花外遷延微一作惟

見影，（「神女賦」）遷延引身。 花間一作月中 尋覓略聞謳。（李商隱詩）峽中尋覓常逢雨。 吳歌淒斷偏相入，（李商隱詩）閶門日暮吳歌遠。（庾信詩）哀怨聲淒斷。 楚夢微茫不易留。（王勃「江南弄」）巫山連楚夢。（陳子昂詩）巫山彩雲沒，高邱正微茫。 時節落花入病酒，（張泌詩）落花時節近清明。 睡魂經一作驚 雨思悠悠。（「詩」）悠悠我思。

曾見

（自注）詩本不工，存其深恨，聊堪當泣，何忍長歌？按：曾，音擘，過目也，暫見也。

別來清減轉多姿，（蘇軾詩）玉人頩頰更多姿。 花影長廊曾見時。（梁簡文帝詩）微笑出長廊。 雙鬟淡煙雙袖淚，（高啓詩）煙鬟倚然一神女。（李商隱詩）還將兩袖淚，同向一窗燈。 偎人剛道莫相思。

盈盈

盈盈一翠條，（古詩）盈盈一水間，脈脈不得語。（陸龜蒙詩）十二旒前舞翠條。 的的望中嬌。（「淮南子」）的的者獲。（注）的的，明也。 祇恐風飄去，（「拾遺記」）帝常以衣帶縛麗娟之袂於重幙之中，恐隨風而去也。 還愁日炙銷。（「杜陽雜編」）寶歷二年，浙東國貢舞女二人。每歌罷，上令藏之金屋寶帳，蓋恐風日所侵故也。 迎來纔得近，背去又成遙。（朱慶餘詩）中流相去忽成遙。 路轉齊回首，東風一作飛花 咽百勞。（「博物志」）百勞形似鵂鶹。

詠史

不愁身短恨情長，（「魏書・陸俟傳」）卿身雖短，慮何長也。春去空餘樹底芳。（姚合詩）尋芳樹底行。恍隔紗窗聞暗佩，（李白詩）碧紗如煙隔窗語。欲搴重幙睹明粧。（「義山雜錄」）重幕下似有人。（鮑照樂府）明粧帶綺羅。盃澆翠影神同醉，（趙嘏詩）桃李春多翠影重。筆寫蘭儀語亦香。（謝莊「宋孝武宣貴妃誄」）誕發蘭儀，光啓玉度。漢殿傾城眞浪說，（「漢書」）李夫人本以娼進。初，夫人兄延年嘗於上前歌曰：「北方有佳人，遺世而獨立，一顧傾人城，再顧傾人國。寧不知傾城與傾國，佳人難再得？」上歎息曰：「世豈有此人乎？」平陽公主因言延年有女弟。上召見之，由是得幸。及病篤，上自臨候之。夫人蒙被謝曰：「妾久寢病，形貌毀壞，不可以見帝。」上必欲見之。夫人遂轉面唏歔而不復言。（王炎詩）朱旛浪說勸農桑。生前掩面鬱金床。（自注）殷淑儀。（「南史」）宋孝武帝殷淑儀，麗色巧笑，寵冠後宮。及薨，上痛愛不已。每寢，先於靈床酌奠酒飲之，既而慟哭不能自反。時有巫者能見鬼，說帝言貴妃可致。帶大喜，令召之。有少頃，果於帷中見形如平生。帝欲與之言，默然不對。將執手，奄然便歇。帝尤哽恨。

冠劍紛紜出石城，（溫庭筠詩）去時冠劍是丁年。（左思「吳都賦」）戎車盈于石城。偏從佳客問分明。只應不避蘭成妬，（「小名錄」）庾信幼而俊邁，聰敏絕倫。有天竺僧呼信爲蘭成，因以爲小字。（李商隱詩）只應不憚牽牛妬。歷歷鶯喉說太淸。（劉禹錫詩）鶯喉入夏瘖。太淸，梁武帝最後年號，凡三年。歷，通嚦。（元曲）似嚦嚦鶯聲花外囀。（「南史・梁宗室傳」）蕭韶，太淸初爲舍人，城陷奉詔西奔。及至江陵，人士多往尋覓，令韶說城內事，韶不能人人爲說，乃疏爲一卷，客問者便示之。湘東王聞而取看，謂曰：「昔王韶之爲『隆安紀』十卷，說晉末之亂離。今之蕭韶，亦可爲『太清紀』十卷矣。」韶乃更爲「太清紀」。

花顏玉帶擁高城，（李白詩）花顏笑春紅。（曹唐詩）雲衫玉帶好威儀。迢遞情人到楚荆。（謝靈運詩）迢遞陟陘峴。（「樂府集」）江南謂情人曰歡。此日青油開別榻，不知傳酒是一作屬何人。（自注）蕭韶案。（「本傳」）韶爲幼童，庾信愛之，有斷袖之歡。衣食所資，皆信所給。遇客，韶亦爲信傳酒。後爲郢州刺史，信西上江陵，途經江夏，韶接信甚薄，坐青油幕下，引信入宴，坐信別榻，有自矜色。

無題

倚樹臨樓臥酒罏，（「史記集解」）罏，酒肆也。以土爲墮邊，高似罏。清狂判得費工夫。（「漢書」）清狂不慧。（杜甫詩）裘馬頗清狂。判，通拚。（「晉書」）工夫萬計。寒輕泥拔金釵飲，（元稹「悼亡詩」）泥他沽酒拔金釵。醉淺伴邀小玉扶。（白居易詩注）小玉，夫差女名。（元稹詩）小玉上床鋪夜衾。粉跡一作染著書新指暈，（韓偓詩）帶粉猶存舊指痕。（「妝樓記」）張尚書妓女多涉獵，人有借其書者，往往粉脂痕印於青編。翠痕沾袖舊眉圖。（「古今注」）魏宮人多作翠眉。（「開元遺事」）明皇幸蜀，令畫工作十眉圖。閒來花下偏相絮，（「兩抄摘腴」）方言以濡滯不決絕爲絮。（劉孝標書）丁寧絮語。昨製一作味無題事有無？

庚申年 泰昌元年 公元一六二〇

燕

別卻天涯到畫梁，（古詩）相去萬餘里，各在天一涯。（成彥雄詩）紫燕呼雛語畫梁。天涯幾處爲廻腸。（宋玉「高唐賦」）廻腸盪氣。橫塘掠水經微雨，（陸游詩）掠水燕交飛。小院拖花過夕陽。飛去定尋前歲景，舞來猶帶隔林香。雙棲碎語前檐月，（沈佺期詩）海燕雙棲玳瑁梁。夢入關河夜正長。

辛酉年 天啓元年 公元一六二一

江上

回首江雲淚一雙，一作幾（杜甫詩）江東日暮雲。（李賀詩）凭欄一雙淚。酒空金盡在他鄉。（杜牧詩）陶潛官罷酒瓶空。（「國策」）黃金百斤盡。窮途自合親情薄，一作斷。（鮑照詩）窮途悔短計。（白居易詩）與君別是一親情。（李商隱詩）東來西去人情薄。幽恨那堪世事忙？（韓偓詩）幽恨更誰知？兩岸草花秋寂歷，（釋喜佳詩）野花秋寂歷。一船煙月夜淒涼。不知身是孤飛鳥，（崔塗「孤雁」詩）未必逢矰繳，孤飛自可疑。誤欲裁箋（一作猶誤題箋）寄孟光。（自注）末二句戊辰年改定，故云。（「後漢書・梁鴻傳」）字妻曰德耀，名孟光。

壬戌年 天啓二年 公元一六二二

贈馮元甫

濁醪傾罷奈愁何，（「魏都賦」）濁醪如河。（杜牧詩）獨憐風景奈愁何。 客有馮驩慰放歌。（「國策」）馮驩爲孟嘗君客，彈其鋏而歌。（杜牧詩）放歌曾作昔年遊。 伏驥志償（一作飛騎肯辭）燕市雪，（一作價。）（魏武帝詩）老驥伏櫪，志在千里。（「史記」）郭隗謂燕昭王曰：「昔有以千金買駿馬骨者，期年而駿馬至者三。」 困鯨羞借楚江波。（元稹「蟻」詩）嚼食困蛟鯨。（「莊子」）昨有中道而呼者，顧視車轍中有鮒魚也。問之，對曰：「我東海之波臣也。」周曰：「諾，我且南游吳越之王，激西江之水而迎子。」 更薪滅竈鴻應少，（「語林」）比舍先炊，已，呼伯鸞，及熱釜炊，鸞曰：「童子鴻不因人熱者也。」滅竈更炊之。 集菀辭枯烏更多。（「國語・晉語」）優施乃歌曰：「暇豫之吾吾，不如烏烏。人皆集於菀，己獨集於枯。」 肝膽只君堪付託，（「後漢書・竇融傳」）口陳肝膽。 爲抽心鐵一橫磨。（「五代史」）晉有橫磨大劍十萬口。（李商隱詩）心鐵已從干鏌利。

癸亥年 天啓三年 公元一六二三

贈龔君瑞

閉戶繙書有幾車，(范成大詩)睡起繙書覺夢中。(「莊子」)惠子多方，其書五車。 青燈深夜映窗紗。(陸龜蒙聯句)燈光靜隔紗。(陸游詩)青燈有味是兒時。 半簾蕉雨時飄硯，(陸游詩)故種芭蕉待雨聲。(李商隱詩)一春夢雨常飄瓦。 一砌松風靜煮茶。(李白詩)吹笙舞松風。(蘇軾「煎茶」詩)颼颼欲作松風鳴。 筆陣戰酣蠶食葉，(「韓墨志」)衛夫人善鍾繇法，著「筆陣圖」。(陸游詩)下筆春蠶食葉聲。 文心磨鍊鐵沉沙。(「南史．劉勰傳」)撰「文心雕龍」五十篇。(杜牧詩)折戟沉沙鐵未消。 今朝試向溪頭步，幾樹寒一作疏梅盡着花。(唐球詩)花帶溪頭曉露開。(王維詩)來日綺窗前，寒梅着花未？

所見

油壁紅簾映日開，(羅隱詩)油壁車輕嫁蘇小。(韓偓詩)紅簾不受塵。 晝羅氤麝送風來。(馬祖常詩)晝羅宮衣侵曉香。(梁武帝「游女曲」)氤氳蘭麝體芬芳。 明妝自是憐清沼，(李白詩)明妝麗服奪春暉。(馮小青詩)瘦影自憐春水照，卿須憐我我憐卿。 細步還應惜落梅。(焦仲卿詩)纖纖作細步。(于武陵詩)美人歌落梅。 嫁早怕逢先認客，(梁「捉搦歌」)小時憐母大憐壻，何不早嫁論家計？ 春寒愁上最高臺。(趙抃詩)一般情緒怕春寒。 尋幽賴有潘郎共，(李頎詩)潘郎振藻秋。便到斜陽且莫催。(郎士元詩)留連不畏夕陽催。

春晴

柳弱不堪扶，(杜甫詩)隔溪楊柳弱嫋嫋，恰如十五女兒腰。春愁劇鷓鴣。(白居易詩)花時同醉破春愁。(「唐本草」)鷓鴣生於江南，形如母鷄。翠煙三月盡，(權德輿詩)幅巾臨翠煙。紅雨一庭蕪。(李賀詩)況是青春日將暮，桃花亂落如紅雨。(戴叔倫詩)春風旅館長庭蕪。曉日鳩呼婦，(「埤雅」)鳩陰則屛逐其婦，晴則呼之。晴風燕引雛。(元稹詩)桃葉成陰燕引雛。東隣踏青女，(「歲時記」)上巳都人於江頭禊飲，踐踏青草，名曰踏青。今日在南湖。(梁元帝賦)逕南湖而廻渡。

贈康元始歸試雲間 (原注)不全。

碧水東風雨腳斜，(李頻詩)東風細雨斜。(「隋書・長孫晟傳」)磧北有赤氣如雨，腳下垂被地。暮春離客似離家。牛腰詩卷青舟載，(李白詩)詩載兩牛腰。(皮日休詩)好放青翰舟。龍腹才名白社誇。(魚豢「魏略」)時人號邴原爲龍腹。(杜甫詩)才名四十年。(「晉書」)董京寓洛陽建春門外白社。

重題

階前漫有忘憂草，（漫，徒也。（毛萇「詩傳」）萱草令人忘憂。）帳裏空垂蠲忿一作辟悶犀。（「杜陽雜編」）同昌公主下嫁，有蠲忿犀，圓如彈丸，帶之令人蠲忿怒。）惟有相思助吟興，（劉得仁詩）吟興忘飢凍。一篇纔了又重題。

效元相體（唐元稹「長慶集」有「雜憶詩」五首，皆用憶得雙文字。）

梨花淡淡玉亭亭，（蘇軾詩）梨花淡白柳深青。（獨孤及詩）玉顏亭亭與花雙。憶得雙文縞素晶。最是鏡前歡喜處，（「國策」）秦人歡喜，趙人恐懼。口脂一作斷紅蛾綠越分明。（杜甫詩）口脂面藥承恩澤。（「大業拾遺記」）煬帝宮女爭畫長蛾，螺子黛五斛，號蛾子綠，司空日給。

香絲一作鬢壓枕落玫瑰，（李賀詩）一編香絲雲撒地。（李商隱詩）主人淺笑紅玫瑰。憶得雙文睡臉廻。（王惲詩）醉臉紅勻睡未醒。（白居易詩）睡臉初開似翦波。底事沉吟忽如笑，（梁簡文帝「內人晝眠詩」）夢笑開嬌靨。與君剛在夢中來。（「雲仙雜錄」）史鳳使人致語曰：「請公夢中來。」

贈所歡（原注）逸其一

嚼花吹葉弄粧遲，(李商隱「柳枝詞序」)吹葉嚼花。(蘇軾詩)弄粧影橫斜。笑把花枝唱竹枝。(「樂府」)竹枝本出于巴渝。劉禹錫作「竹枝新詞」九章，由是盛于貞元、元和之間。(「唐書・劉禹錫傳」)郎州風俗甚陋，喜巫鬼，每祠歌竹枝。禹錫乃倚其聲，作「竹枝詞」十餘篇。千蝶帳深縈午夢，九雛釵重困春笲。二句解見乙卯「無題」詩註。人跨豔極偏耽靜，(元稹「贈雙文」詩)豔極翻含怨。天遣情多莫諱癡。(韓偓詩)天遣多情不自持。嫁得書生了一作不無謂，纏頭惟有一作只索斷腸詩。(「白居易詩」)纏頭無別物，一首斷腸詩。

橫塘 韓偓有「橫塘」詩。

卻持離淚下西軒，(樂府「華山畿曲」)離淚溢河漢。(陶潛「閑情賦」)曲調將半，景落西軒。絡緯秋聲玉砌喧。(「古今注」)莎雞一名絡緯。(李後主詞)雕闌玉砌應猶在。行過橫塘更添恨，(范成大詩)好風吹夢過橫塘。綠荷猶自蓋雙鴛。(杜牧詩)多少綠荷相倚恨。(鄭谷「詠荷」)多謝浣溪人未折，雨中留得蓋鴛鴦。

贈端己時湘雲在坐

淡月簾櫳畫燭筵，(蘇軾詩)銀釭畫燭照湖明。燕臺佳句柳枝憐。(李商隱「柳枝詩序」)從昆讓山詠余「燕臺詩」。柳枝驚問：「誰人爲此？誰人爲是？」讓山曰：「此吾里中少年叔耳。」香盤膩髮春雲溼，(楊億詩)薄雲齊髻膩。酒入寒肌夜玉妍。(趙章泉詩)渾疑丹換骨，不是酒侵肌。(韋楚老詩)十幅紅綃圍夜玉。眼媚暗流燈影外，（「開元天寶遺事」）念奴每執板，當筵顧盼。帝謂妃子曰：「此女妖麗，眼色媚人。」 喚聲低徹枕函邊。（鄭谷詩）好是五更殘酒醒，耳邊聞喚狀元聲。（韓偓詩）玉釵敲着枕函聲。 湘君一夕啼多少？染得衾斑似竹鮮。（「湘中記」）舜巡狩，崩于蒼梧。二妃以淚染竹，竹盡斑。（杜牧詩）將淚入鴛衾。

甲子年 天啓四年 公元一六二四

贈雲客

不爲郎歸不捲簾，碧莎春砌步纖纖。（李建勳詩）細草春莎沒繡鞵。（古樂府）纖纖作細步，精妙世無雙。 長裙畫帶同心結。（盧綸詩）自拈裙帶結同心。 斗帳歌聲刮骨鹽。（簡文帝詩）爐煙入斗帳。（權德輿詩）更奏新聲刮骨鹽。 險約最歡來意外，沉憂難諱到眉尖。（張協詩）沉憂結心曲。（黃公度詞）眉尖早識愁滋味。 風塵似屬猜防外，誰道防閑別自嚴。一作斜陽欲度梅梢盡，纔向紅窗拂鏡奩。（周繇詩）廻響轉黛喜猜防。（「唐書」）李益與李賀齊名，然少有癡病而多猜忌。防閑妻妾，過爲苛酷，而有散灰扃戶之事。

贈君錫卽用其韻兼有以勉之

珍重閒情肯浪癡，（梁昭明太子「陶靖節集序」）白璧微瑕，唯在「閒情」一賦。 一回踪跡幾回思。 目成歌席先偷笑，（「楚辭．九歌」）滿堂兮美人，獨與予兮目成。（白居易詩）綠藤陰下鋪歌席。（劉禹錫詩）淺笑低鬟初目成。淚盡離衫未解攜。（溫庭筠詩）淚盡羅巾夢不成。（韋莊詩）金管多情恨解攜。此夕一作日碧桃三度竊，（「博物志」）東方朔竊從朱鳥牖中窺王母。母謂武帝曰：「此小兒嘗三來盜我桃。」（高蟾詩）天上碧桃和露種，何年瓊樹一枝移。（韓偓詩）瓊樹長須浸一枝。憐君正在一作及花穠處，（「詩」）何彼穠矣，華如桃李。莫到成陰卻恨遲。（杜牧詩）自是尋春去較遲，不須惆悵怨芳時。狂風落盡深紅色，綠葉成陰子滿枝。

乙丑年 天啓五年 公元一六二五

病中柬友

憶別江皐酒半酣，（韋莊「江皐贈別」詩）不奈離情酒半酣。病身全似再眠蠶。（「蠶書」）蠶生九日不食，一日夜謂之初眠，又七日謂之再眠。維摩斗室經旬掩，（「維摩經」）維摩詰以其方便，現身有疾，以其身疾，廣爲說法。（辛棄疾詩）散花更滿維摩室。（黃庭堅詩）斗室何來豹脚蚊。願接枚生一快談。（「文選」枚乘「七發」）於是太子涊然汗出，霍然病已。

感懷雜咏

何處青林可卜居？（一作好）（庾信詩）青林隱士松。（「楚辭」）有「卜居」篇。　布帆空載一船書。（「晉書・顧愷之傳」）布帆無恙。（徐可先「韻府」）米芾喜蓄書畫，揭牌行船，曰米家書畫船。　埋文有塚嘶吞鳳，（唐劉蛻「梓州兜率寺文塚銘」）文塚者，長沙劉蛻復愚爲文，不忍棄其草，聚而封者也。（李商隱文）人驚吐鳳之才。　避債無臺敢食魚。（「通志」）周赧王多負債，無以歸，乃上謻臺避債，因名曰避債臺。（「國策」）馮驩彈鋏而歌曰：「長鋏歸來乎，食無魚。」　貧骨豈容仙藥換，（李商隱詩）換骨神方上藥通。　牢愁難借妙言除。（「漢書・揚雄傳」）作書，旁「惜誦」以下，至「懷沙」一卷，名曰畔牢愁。（枚乘「七發」）可以妙言要道除而去也。　臨邛四壁今如此，誰更同時識子虛？（「史記・司馬相如傳」）與文君自臨邛馳歸成都，家徒四壁立。（又）蜀人楊得意爲狗監侍上。上讀「子虛」而善之，曰：「朕不得與此人同時哉？」得意曰：「臣邑人司馬相如自言爲此賦。」上驚，乃召相如。

旅夢初回百恨新，（張喬詩）春宵多旅夢。（梁元帝詩）怨妾愁心百恨生。　寸腸焚絕淚成冰。（杜甫詩）寸腸增繾綣，（柳宗元「弔屈原文」）胡獨焚其中腸？（白居易詩）巾淚滴成冰。　窮途易感如楊子，（「列子」）楊子泣歧路，爲其可以南，可以北也。　舊里難歸似柏人。（「史記・張耳陳餘列傳」）上從東垣還，過趙。貫高等乃壁人柏人，要之置廁。上過欲宿，心動，問曰：「縣名爲何？」曰：「柏人。」「柏人者，迫於人也。」不宿而去。　駿價有誰沽死骨？（「國策」）古之君有以千金求千里馬者，三年不能得。涓人請求之。遣之，三月得千里馬。馬已死，買其骨五百金。　鯨波無分活枯鱗。（「莊子」）周謂鮒魚曰：「我南游吳越之王，激西江之水，而迎子。」鮒魚作色曰：「吾得升斗之水則活耳，君乃言此，不如早索我於枯魚之肆！」　多愁髀肉空如削，躍馬何曾及病身？（梅堯臣詩）檀溪躍過瘦的盧。（「三國志・先主傳」注）於劉表坐，上起如廁，見髀裏肉生，慨然流涕。還坐，表問故。曰：「吾身不離鞍，髀肉皆消。今不復騎，髀肉復生。日月若馳，老將至矣，而功業不建，是以悲耳。」（又引「世說」）劉備屯樊城，劉表請備宴會。表將蒯越、蔡瑁欲因會殺備。備潛逃，所乘馬名的盧。走度襄陽城西檀溪，溺不得出。備急曰：「的盧，今日厄矣！可努力！」的盧一躍三丈，遂得脫。

梯攻百道是愁心，（「呂氏春秋」）公孫般爲雲梯，欲以攻宋。（「吳越春秋」）越王愁心苦志。（庾信「愁賦」）攻許愁城終不破。痛飲排愁肺病侵。無計散懷惟痛哭，（白居易詩）吟詠散秋懷。（「晉書・阮籍傳」）車駕所窮，輒痛哭而返。難持孤憤寄登臨。（「韓非子」）有「孤憤」篇。（李白詩）江山留勝蹟，吾輩獨登臨。雪封客舍炊煙斷，（「宋史・王陶傳」）微時苦貧，大雪凍坐，日高無炊煙。風度僧寮藥氣深。（陸游詩）屋窄似僧寮。（李賀詩）寒宵藥氣濃。世味如茶嘗欲遍，（蘇軾詩）我亦世味薄。（「說文」）茶，苦菜也。剩餘殘骨付一亦作哀吟。（「魏志・管輅傳」）倚樹哀吟。病骨嶙巖又見春，（李賀詩）病骨傷幽素。百憂叢集未亡身。杜甫有「百憂集行」。朋歡散盡清言絕，（歐陽修詩）朋歡賴酒尊。（唐李石文）屢接清言，深蒙異分。家信來疏惡夢頻。（岑參詩）別後鄉夢數，昨來家信稀。（桓譚「新論」）博士弟子譚生，連三夜有惡夢。永夜獨醒如露鶴，（李白詩）思君達永夜。（「大戴禮」）千歲鶴警露而鳴。他年相弔只秋蠅。（「虞翻別傳」）死以青蠅爲弔客。蒲團欲覓消除法，（許渾詩）敗衲倚蒲團。心似驚波恨一作泪。轉新。（鮑照「櫂歌行」）驚波無留連。（陸游詩）剩題新恨付巴娘。

強歡

悲來塡臆強爲歡，（楊炯文）對白日以長號，悲來塡臆。（桓譚「新論」）強歡者，雖笑不樂。不覺花間有淚彈。（李益詩）看花行拭淚。（韓偓詩）轉身應取泪珠彈。

閱世已知寒暖變，(蘇軾詩)閱世如郵傳。逢人眞覺笑啼難。(陳樂昌公主詩)笑啼俱不敢，始信作人難。詩堪當哭狂何惜？(古詞)悲歌可以當泣。(杜甫詩)白頭猶是學詩狂。酒果排愁病也拚。(杜甫詩)先拚一飲醉如泥。無限傷心倚棠樹，東南枝下獨盤桓。(無名氏「枯樹詩」)東南枝如織。(「歸去來辭」)撫孤松而盤桓。

衢州見橘樹纍纍

笑蹙長蛾熨齒酸，(吳均詩)豐額畫長蛾。(韓偓詩)黍香熨齒金盤果。酒闌常記手摻摻。(「史記」)日暮酒闌。(「詩」)摻摻女手。車邊碧樹垂朱實，一作顆。(李貞孝「橘詩」)朱實似懸金。誰爲天涯寄合歡？(「楊妃外傳」)江陵進乳柑橘，結一合歡實。上與妃子持玩，曰：「此果似知人意。」

自悼

一片愁聲四壁蟲，(歐陽修「秋聲賦」)但聞四壁，蟲聲唧唧，如助余之歎息。勞勞魚目五更鐘。(「摭言」)魚晝夜未曾合目。(李賀詩)勞勞一寸心，燈花照魚目。(李商隱詩)五更鐘後更迴腸。自知荀粲年華促，(「荀粲別傳」)曹汝女有色，粲聘也。專房燕婉，恩愛異常，歷年後，婦病亡。粲痛悼不能已，已歲餘亦亡，時年二十九。(司馬彪詩)哀此年命促。已分崔郊智畫窮。(雍陶「英雄傳」于頔條)崔郊秀才與姑婢通。姑貧，鬻婢於連帥。郊思慕無已，即強親府署，願一見也。其婢因寒食，果出，值郊立於柳陰，馬上連泣，誓若山河。郊贈之以詩。嫉郊者寫其詩于座，于覲詩，令召崔生。郊甚憂悔。及見，遂命婢同歸。

靈藥幾時分月姊，（李商隱詩）嫦娥應悔偷靈藥。（元好問詩）素豔來從月姊家。綈袍端欲借天公。（「史記．范雎傳」）須賈取綈袍賜之。（「鶴林玉露」）有絕句云：「九州四海黃綿襖，誰似天公賜與均。」空堂泣下無人會，（白居易詩）坐中泣下誰最多？（朱熹詩）箇中有趣無人會。羞向琵琶問吉凶。（李賀「惱公詩」）琵琶道吉凶。

日日有雨（自注）時在漳南道中。

望見鄉山一抹青，（秦觀詩）林梢一抹青如畫，應是淮流轉處山。霎時風雨暗前汀。（沈會宗詞）一霎時光景也堪惜。（吳融詩）片雨渡前汀。天公也似人哀怨，每到斜陽一淚零。

死別

三年珍重感憐才，（劉禹錫詩）再三珍重主人翁。（杜甫詩）吾意獨憐才。此別應須到夜臺。（杜甫詩）此別應須各努力。（阮瑀「七哀詩」）漫漫長夜臺。中路相拋悲復愧，（江淹詩）君子恩未畢，零落委中路。幾時還望墓田來？（杜牧詩）禪智山光好墓田。

客思

月照林烏露入船，(韓愈詩)林烏啼迓客。也知鴛閣未成眠。(白居易詩)孤燈挑盡未成眠。閑窗燭臏猶鍼線，(于敖詩)寧止閑窗夢不成。(喬知之詩)曲房理鍼線。小榻香消尙管絃。(武元衡詩)香消芸閣閉。歌罷定應悲悄悄，(「詩」)憂心悄悄。夢來須認路綿綿。(沈約詩)夢中不識路，何以慰相思？(班彪「北征賦」)涉長路之綿綿。迴腸九曲那堪一作何須道，(李商隱詩)迴腸九迴後，猶有剩迴腸。此日迴腸幾萬千。(「報任安書」)是以腸一日而九迴。(柳宗元詩)江流曲似九迴腸。

山行慰肩輿者

岐嶒石路憫輿徒，(沈約詩)岐嶒起青嶂。猶喜羸形似鶴癯。(「西京賦」)始徐進而羸形。(元好問詩)飲啄常伴孤鶴癯。只是一作祇恨載將愁萬斛，(庾信詩)誰知一寸心，乃有萬斛愁。無緣一作由輕卸卻何如！

對花雜痛

瓊香一片委輕埃，(杜甫詩)一片花飛減卻春。(謝朓詩)散漫似輕埃。猶憶春時傍砌開。(韓愈詩)傍砌看紅藥。腸斷江南陳叔寶，(「陳書」)後主名叔寶。(黃庭堅詩)解道江南斷腸句。麗華身後卻一作恰歸來。(「南史・后妃傳」)張麗華，兵家女也。後主拜爲貴妃，甚被寵。遇隋軍克臺城，妃與後主俱入井。隋軍出之，晉王廣斬之淸溪中。

一度聽歌幾日哀，(晉「子夜歌」)惆悵客心傷。滿前花事眼慵擡。(劉克莊詩)花事匆匆了。(柳永詞)奈獨自慵擡眼。紅梨不識傷心客，(韓偓詩)江管棠梨葉正紅。猶倚東風送笑來。(湯惠休詩)爲君嬌凝復遷延，流目送笑不敢言。

分付庭花莫再開，(姜夔詞)怎忘得玉環分付。卷簾無復玉人來。(崔鶯鶯詩)隔墻花影動，疑是玉人來。花神若也相哀念，(元好問詩)朝薰暮染煩花神。爲結連枝向墓臺。(「列異志」)韓憑妻何氏美，宋康王欲奪之，乃捕殺憑。何氏作烏鵲歌以見志，自投臺下而死，遺書與帶，願與憑合葬。王怒，使人埋之，冢相望也。宿昔，有文梓生於二冢，旬日而大，合抱屈曲，體相連結，根交於下。(「長恨歌」)在地願爲連理枝。

歸途自嘆

畫屏人去錦鱗稀，(李商隱詩)銀燭秋光冷畫屏。(韓偓詩)精誠託錦鱗。愁見啼紅染客衣。(梁元帝詩)啼紅拭復垂。縱使到家仍是客，(潘岳詩)迢迢遠行客。迢迢鄉路爲誰歸？(昭明太子詩)行客行路遙，故鄉日迢迢。(宋之問詩)廻瞻鄉路遙。

鰥緒三十二韻

(李商隱詩)羈緒鰥鰥夜景侵。

映月熒熒燭，(「漢書・班固傳」注)熒燭熒熒，小光之燭也。凝寒瑟瑟裯。(楊炯賦)風蕭蕭兮瑟瑟。殘春添藥碗，(秦嘉妻與嘉書)琉璃碗一枚，可以服藥酒。獨夜減香篝。(王粲詩)獨夜不能寐。(酒賢詩)床前爇火添香篝。背立偷彈淚，(楊萬里詩)向人彈淚涕天流。低眠嬾卸頭。(韓偓詩)輕風滴礫動簾鉤，宿酒猶酣嬾卸頭。(司空圖詩)逐他女伴卸頭遲。臨風看蝶戲，(袁翻「思歸賦」)蝶兩戲以相追。聽雨替花憂。(孟郊詩)夜來風雨聲，花落知多少？臉薄三巵醉，(程垓詞)瘦從香臉薄。(蘇軾詞)醉臉春融。蛾彎兩筆愁。(溫庭筠詩)鸞蛾不識愁。疑來聞掣鎖(顧況「烏啼曲」)玉房掣鎖聲翻葉。夢好破鳴鉤。(李商隱詩)錦瑟驚絃破夢頻。(宇文虛中詩)滅燈驚好夢孤枕。玉箸辭征騎，(「彙苑」)玉箸，言婦人啼泣如玉箸也。(韓愈詩)曉日驅征騎。金錢卜去舟。(于鵠詩)衆中不敢分明語，暗擲金錢卜遠人。(李群玉詩)草暖沙長望去舟。悔多翻自笑，(陸機賦)或竭情而多悔。怨極不能羞。(韋莊詞)縱被無情棄，不能羞。泣盡重衫溼，(白居易「琵琶行」)座中泣下誰最多，江州司馬青衫溼。悲來獨繭抽。(謝宗可「無弦琴詩」)獨繭長繅底用抽？(郭璞「漢書注」)獨繭，一繭絲也。涼篸拋月簟，篸同簪。(溫庭筠「春愁曲」)涼簪墜髮春眠重。(陸游詩)月侵竹簟清無暑。薄袖倚霜樓。(杜甫詩)天寒翠袖薄。(蔡襄詩)霜樓助月明。悵望湔裙約，(「玉燭寶典」)元日至晦日爲酺食，士女湔裙度厄。丁甯拾翠儔。(侯寘詞)嘈嘈軟語丁甯切。(杜甫詩)佳人拾翠春相問。(曹植「洛神賦」)或拾翠羽。長煙迷別浦，(「初學記」)大水有小口別通曰浦。(儲光羲詩)極浦浮長煙。(孔平仲詩)別浦暝烟生。短照隔橫溝。(李商隱詩)溝橫夕照和。肺渴那堪療，(白居易詩)病來肺渴覺茶香。腸枯莫可搜。

（盧仝詩）三椀搜枯腸。悽聲傳鐵撥，（禰衡「鸚鵡賦」）音聲悽以激揚。（「樂府雜錄」）賀懷智善琵琶，以石爲槽，鵾鷄筋爲絃，鐵撥彈之。歡字隱金彄。（「西京雜記」）戚夫人以百鍊金爲彄環，照見指骨。上惡之，以賜侍兒鳴玉、耀光等各四枚。遠眺心如結，（朱熹詩）高齊一遠眺。（「詩」）我心蘊結。卑棲命不猶。（酈炎詩）修翼無卑棲。（「詩」）實命不猶。宜男那有驗？（「本草」）萱宜，懷孕婦人佩之，必生男，故名宜男。繡佛本無求。（杜甫詩）蘇晉長齋繡佛前。院靜鐘難曉，（賈島詩）未到曉鐘猶是春。宮深扇易秋。（班婕妤「怨歌行」）新裂齊紈素，皎潔如霜雪。裁爲合歡扇，團團似明月。出入君懷袖，動搖微風發。常恐秋節至，涼飆奪炎熱。捐棄篋笥中，恩情中道絕。驚皇開遠字，皇通惶。（「木蘭詩」）伙伴始驚惶。辛苦覓良郵。（陸機詩）辛苦誰爲心。（「增韻」）馬傳曰置，步傳曰郵。駭浪終危燕，（謝朓賦）駭浪浮天。（「瓦釜漫記」）燕窩，海燕所築，啣之飛渡海中。翮力倦，則擲置海面，浮之若杯，身坐其中。久之，復啣以飛，多爲海風吹泊山澳。愁霖實誤鳩。（梁元帝「纂要」）久雨曰愁霖。（「方言」）鳩，雄呼晴，雌呼陰。（王惲詩）錦鳩呼雨煙林外。忍看雲髻樣，（「洛神賦」）雲髻峩峩。空憶月眉修。（李賀詩）月眉謝郎妓。（「洛神賦」）修眉連娟。冷榻懸紅勝，（王建詩）僮眠冷榻朝猶臥。（「後漢書・輿服志」注）勝，婦人首飾也。虛房掩碧油。（陸機賦）排虛房而永念。（元稹詩）格子碧油糊。豔縱花徑窈，（庾肩吾詩）向嶺分花徑。香跡薛庭幽。（韓偓詩）豈無香跡在蒼苔。自此悲陳事，（韋莊詩）十年陳事只如風。從今惋獨遊。（李益詩）鶯聲引獨遊。（「南史・陶弘景傳」）有時獨遊泉石，望見者以爲仙人。猶疑屏後語，眞悔鏡前謀。星月明相照，（王僧孺「初夜文」）璧月珠星，含華相照。風波暗未休。（李商隱詩）風波不信菱枝弱。（白居易詩）世路風波子細諳。路遙心膽嫩，書杳怨猜稠。（高啓詩）翠羽驚啼莫怨猜。解珮憐江芷，（「神女傳」）江妃二女遊於江濱，逢鄭交甫，目而挑之，女遂解珮與之。交甫受珮，去數十步，空懷無珮，女亦不見。（顏之推詩）泛江采綠芷。貽環識石榴。（「拾遺記」）吳主與潘夫人遊昭宣之臺。酣醉，吐於玉壺中，使婢寫於臺下。得火齊指環，卽挂石榴樹上，因其處起臺，名環榴。有諫者曰：「今吳蜀爭雄，還劉之名將爲妖矣。」乃翻其名曰榴環臺。 湖橋尋畫舫，（薩都剌詩）畫舫笙歌步步仙。 苑陌盻香鞦。（「玉篇」）鞦，車鞦也。 遍踏蘼蕪逕，（「古詩」）上山采蘼蕪，下山逢故夫。 迴穿杜若洲。（「楚辭」）采芳洲兮杜若。 寄花含曉露，題葉信春流。（「本事詩」）顧況在洛遊苑中，于流水上得大梧葉。有詩曰：「一入深宮裏，年年不見春。聊題一片葉，寄與有情人。」 鮒（一作夜）蜸鱗鰈滯，鴛（一作晴）溪比翼澀。（「爾雅」）南方有比翼鳥焉，不比不飛，其名曰鶼鶼。 支機和淚贈，珍重避牽牛。（「荆楚歲時記」）武帝令張騫尋河源，至一處，見一女織。又見一丈夫，牽牛飲河。騫問何處。答曰：「可問蜀嚴君平。」織女取支機石與騫，後問嚴君平，曰：「某年某月，客星犯斗牛。」（李商隱詩）只因不避牽牛妬，故把支機石贈君。

丙寅年 天啓六年 公元一六二六

寄懷弢仲（「金壇縣志」）于儒穎，字弢仲。 秣陵（「吳錄」）張紘言於孫權曰：「秣陵，楚武王所置，名爲金陵。秦始皇東巡，望氣者云：『金陵地形有王者都邑之氣。』故掘斷連江，改名秣陵。」 并促歸騎（蘇軾詩）嶺梅不用催歸騎。

春光漂蕩別離天，（陸游詩）此身漂蕩等流槎。 心似游絲百尺牽。（李商隱詩）幾時心緒渾無事，得及游絲百尺牽。 見說人歸歸雁後，（薛道衡「人日詩」）人歸落雁後，思發在花前。 那堪淚落落花前。（杜甫詩）感時花濺淚。（李賀詩）對花拭淚下階遲。 南都翠黛宜爲史，（徐陵「玉臺新詠序」）南都翠黛，最發雙蛾。（「清異錄」）瑩姐畫眉，日作一樣。唐斯立戲曰：「西蜀有『十眉圖』，布之四方。汝眉癖若此，可作百眉。更假數年，當率同志修眉史矣。」　北里紅箋定幾篇？（「北里志」）裴思謙狀元及第後，作紅箋名紙十數，詣平康里，因宿里中。又（「天寶遺事」）長安平康坊，妓所居之地，每年新進士以紅箋名紙書謁其中，時人呼為風流澤藪。　爭似碧窗銀燭夜，（施肩吾詩）碧窗弄嬌梳洗晚。（韓愈詩）銀燭未銷窗送曙。　月痕依約話蟬聯。一作纏綿。（陸游詩）寂寂中庭伴月痕。（「晉書・王蘊傳」）與阿大語蟬聯，不得歸。

金堂不似桂堂深，（李商隱詩）未必金堂得免嫌。（又）畫樓西畔桂堂東。　十二軒窗黛一作靚色臨。（錢起詩）黛色青峰雲外出。　燕繞杏梁淹宿雨，（「長門賦」）飾文杏以為梁。（王維詩）桃紅復含宿雨。　蝶紛花樹澹朝陰。（許渾詩）花樹留歡夜漏分。（杜甫詩）朝陰改軒砌。　檀槽急語他年恨，（李賀詩）胡琴今日恨，急語向檀槽。　蠟燭嬌啼此夜心。（杜牧詩）蠟燭有心還惜別，向人垂淚到天明。　寄語遊韁歸及早，（王僧孺詩）含情寄一語。（唐彥謙詩）獨行無味放遊韁。（駱賓王詩）還轡歸期須及早。　東風催綠漸成林。（李白詩）東風已綠瀛洲草。

和于氏諸子秋詞

小屏低榻浣衣家，（陸游詩）花名記小屏。（「三峰集」）鄭源令婢萱草浣衣。萱草颿云：「郎君塵土太多，令人手皮俱脫。」　幾度論心掩碧紗？（陸機文）撫臆論心。（李嶠詩）雲窗綳碧紗。　此日踏歌門外過，（胡三省「通鑑注」）踏歌者，連臂而歌，踏地為節也。　牆頭認得刺桐花。（「南方草木狀」）刺桐，布葉繁密，花赤色。

曾將玉蕊餉妝臺，（周必大「玉蕊花辨證跋」）唐人甚重玉蕊花。其花條蔓，如荼蘼，柘葉紫莖。花八出，鬚如冰絲。上綴金粟，花心復有碧筒狀類膽瓶。其中別抽一英，出衆鬚上，散為十餘蕊，猶刻玉然，名爲玉蕊，乃在於此。低枕親聞暗麝來。（范成大「茉莉詩」）明粧暗麝俱傾國。爭一作可奈暮秋花事斷？閑窗驚喜蠟梅開。（「羣芳譜」）蠟梅，本名黃梅，原非梅種，以其與梅同時而香，又近之，故名。

喜到一作入眉端一作痕蹙又一作更彎，（陸游詩）閒愁那許上眉端。天然娟媚不須刪。笑供沉水和歡道，情燰長須似博山。（「古詞」）歡作沉水香，儂作博山爐。

月淨一作澹花寒曉鏡前，（李商隱詩）曉鏡但愁雲鬢改。初涼天氣嬾孤眠。（韓偓詩）已涼天氣未寒時。（劉鑠詩）秋風發初涼。（李白詞）女伴莫話孤眠。秋姿較比春姿豔，（溫庭筠詩）春姿暖氣昏神沼。（李賀詩）秋姿生白髮。試看霜楓似杜鵑。（杜牧詩）停車坐愛楓林晚，霜葉紅於二月花。（「格物總論」）杜鵑花，杜鵑啼時始開，故名之。

底事秋天易得明？曉風簾外有人行。今宵月好須重晤，（蘇軾詩）月色隨處好。草草一作昔昔猶多未訴情。（「篇海」）苟簡曰草草。（歐陽修詞）客情難訴。

關心日影轉前墀，（范成大詩）眼前無物可關心。（江淹詩）月華散前墀。又到蕭郎過院時。（「窮怪錄」）蕭總遊明月峽，神女從之，謂曰：「蕭郎過此，未曾見邀，今幸良辰，有同宿契。」重向鏡中看一遍，（薛逢詩）雲髻罷梳還對鏡。髻花刪卻半蔫枝。（蘇軾詩）深紅任早蔫。（「韻會」）蔫，物不鮮也。

每到尊前百恨攢，（李中詩）且飲一壺消百恨。意中人似畫中看。（「樂府記聞」）人謂張子野曰：「人咸目公爲張三中。謂公詞有心中事、眼中淚、意中人也。」

親斟一盞休辭滿，照見如花素一作鬢影寒。(王僧孺詩)二八人如花，三五月如鏡。(李程賦)伊酷似其素影，若同分於麗質。

涼月微星自抱衾，(「詩」)抱衾與裯。羅鞋點露曲廊深。(毛熙震詞)緩移弓底繡羅鞋。(郭鈺詩)草根露濕弓鞋繡。丁寧蠟燭休垂淚，(韓愈詩)浪憑青鳥通丁寧。(陳後主詩)思君如夜燭，垂淚到天明。爲照尋郎一寸心。(何遜詩)相思不可寄，眞在寸心中。

鍼線秋燈淡翠蛾，(「釋名」)蛾，蠶蛾也，其眉細而長。(李詠詩)南國佳人斂翠蛾。同心花樣費描摹。(劉禹錫「楊柳枝詞」)如今綰作同心結，將贈行人知不知？(白居易詩)玲瓏雲髻生花樣。明宵相贈今宵辦，莫誤歡期夕渡河。(羅願「爾雅翼」)鵲涉秋七日，首皆無故自髡。相傳是夕河鼓與織女會於漢東，役烏鵲爲梁以渡，故毛皆脫去。按：河鼓卽牽牛星。

花鳥釵頭扤細風，(「說文」)扤，動也。(杜甫詩)春臺引細風。水晶蝴蝶玉蓮蓬。(李商隱詩)水晶如意玉連環。偏憐宛頸偎人處，(陶嬰「黃鵠歌」)宛頸獨宿兮不與衆同。兩點柔藍映退紅。(王建詩)肉色退紅嬌。

生成羞怯性難除，卻笑遵途便攬袪。(「詩·鄭風」)遵大路兮，攬執子之袪兮。別有關心人不覺，(李羣玉詩)多少關心事，書灰到夜深。好風偏爲拂羅裾。(「古詩」)穆穆清風至，吹我羅衣裾。

卻要因循簟未鋪，鸚哥傳道畫堂呼。(「唐本草」)鸚鵡大者爲鸚䳇，小者爲鸚哥。(「霍小玉傳」)李益至小玉家，西北懸鸚鵡籠，見生入，鳥語曰：「李郎來，急下簾者。」(「詩謠」)蔡確貶新州，侍兒名琵琶者隨之，有鸚鵡甚慧，公每叩響板，鸚鵡卽傳呼琵琶。風光暫去消魂在，(司空圖詩)風光只在歌聲裏。贏得驚心也勝無。

(自注)「香奩集」：「卻要因循添逸興。」不知卻要爲何語？想亦助詞耳。(案)句係韓偓擁鼻詩。

奉墜征衫淚一雙，(李遹詩)征衫八月風。(李賀詩)凭軒一雙淚，奉墜綠衣前。**索居從此閉瑤窗。**(「禮・檀弓」)吾離羣而索居。(李商隱詩)龍護瑤窗鳳掩扉。

還愁夢裏尋郎去，(溫庭筠詩)八行香未滅，千里夢難尋。**煙月淒迷隔暮江。**(釋善住詩)江草晚淒迷。(「韓非子」)張敏與高惠爲友。每相思，卽便于夢中往尋。至半途，卽迷不知路。

殘陽歸去若爲情，將息臨歧有一聲。(李清照詞)乍暖還寒時候，最難將息。(杜甫詩)不作臨歧恨。**想到碧窗攜手處，**一作地。(杜甫詩)碧窗霜露濕。(又)攜手月同行。**月痕常**一作長。**見淚痕生。**(陸游詩)寂寂中庭伴月痕。(王建詩)金屋無人見淚痕。(白居易詩)但見淚痕濕。

半掩紅巾淚語低，(李白詩)紅巾拭淚生氤氳。(馬臻詩)夜深隣語低。**別離情味莫淒淒。**(王維詩)似有別離情。(唐彥謙詩)旅人情味悔思量。(韋莊詩)仲宣懷土莫淒淒。**鴛鴦守定雙飛願，**(崔國輔「湖南曲」)湖裏鴛鴦鳥，雙雙它自飛。**一任驚波浪影齊。**

折與梅花插帽簷，(「雲仙雜記」引「祥雲志」)梁緒梨花時簪之，壓損帽簷，至頭不能舉。(舒頔詩)何如偏惹帽簷花。**清霜寒透**一作沁**玉尖尖。**(杜牧詩)骰子巡巡裏手拈，無因得見玉尖尖。**尋常只伴熏爐坐，**(王維詩)妝成祗是熏香坐。(黃庭堅詩)薰爐宜小寢。**今日迎歡一**作乍**出簾。**(郭茂倩「樂府注」)江南謂情人曰歡。

缺一作涼**月橫窗燭半**一作未**銷，**(韓愈詩)缺月煩屢瞰。(何遜詩)華燭已銷半。**臥聞清露滴寒蕉。**(趙嘏詩)露濕紅蕉月滿廊。**悠揚別夢飄何處？**一作所。(張泌詞)別夢依依到謝家。(李商隱詩)悠揚歸夢惟燈見。**誰託愁魂爲一招？**(「楚詞」)有「招魂」篇。(范成大詩)不似愁雲四散飛。

風綃迴塘乍雪消，（馮延巳詞）風乍起，吹綯一池春水。謝娘窗戶隔紅蕉。（白居易詩）青蛾小謝娘。（「益都方物略記」）紅蕉花，葉小，其花鮮明可喜。殷勤更託（一作見）西隣女，試（一作爲）約湔裙爲（一作試）一招。（張昱詩）綠香盈岸好湔裙。（李商隱詩）湔裙杜若洲。所思迢遞隔三湘，（「楚詞」）折芳馨兮貽所思。（左思賦）曠瞻迢遞。（「寰宇記」）湘潭、湘鄉、湘陰爲三湘。爲繡長幡供法王。（溫庭筠詩）長幡迴𣳟遠。（「法華經」）法王無上尊。但是有情皆滿願，（范成大詩）大施門開須滿願。妙蓮花說不荒唐。（「妙法蓮花經」）此經能大饒益一切衆生，充滿其願。（「莊子」）謬悠之說，荒唐之言。

笑將裙帶縛箜篌，（「續齊諧記」）趙文韶夜倚門歌，忽遇一女子，曰：「聞君歌聲，故來相詣，能更爲一曲耶?」趙即爲歌「草生盤石」。女解裙帶，繫箜篌，腰叩之以倚歌。更卸金釵當酒籌。（白居易詩）笑折花枝當酒籌。此夜嫦娥最相羨，（王充「論衡」）羿請不死之藥於西王母，羿妻嫦娥竊以奔月，是爲蟾蜍。月輪斜照合歡裯。（薛道衡詩）復屬玉輪圓。（「古詩」）裁爲合歡被。

半睡花冠倦未除，（韓偓詩）半睡待郎看。（張說詩）繡裝帕額寶花冠。枕稜釵溜點羅袪。（韓偓詩）展轉不能起，玉釵垂枕稜。（白居易詩）綠鬟溜去金釵多。玉（一作蕭）郎何事潛來到？（裴思謙詩）小語低聲賀玉郎。笑倩迴燈整翠裾。（戴暠詩）拂枕薰紅帕，迴燈拂解衣。（李賀詩）華裾織翠青如葱。

綠珠歌笛截秋雲，（「晉書・石崇傳」）崇有妓綠珠，美而豔，善吹笛。（朱子文）劉善吹笛，有穿雲裂石之奇。（李商隱詩）遏雲歌響清。月皎霜高乍引（一作破）唇。吹動客腸幽怨事，（趙孟頫詩）更覺春愁惱客腸。（徐悱妻劉氏詩）欲知幽怨事，春閨深且暮。欲憑風寄桂堂人。（李商隱「無題」詩）畫樓西畔桂堂東。

白描紈扇夾湘筠，（「圖繪寶鑑」）趙孟堅善水墨白描花卉。（江淹詩）紈扇如圓月。（李東陽詩）湘筠憶舊斑。鬢影低遮一作斜籠淺露脣。（李賀詩）春風吹鬢影。

非是見君多掩斂，（李百藥「笙賦」）始掩斂而夷靡。不禁羞怩爲旁人。（崔鶯鶯詩）不爲旁人羞不起，爲郎憔悴卻羞郎。

手把瓊釵叩綠筠，（高道素賦）抽瓊釵以挑爐。（「樂書」）笛者，滌也。翦雲夢之霜筠，法龍吟之遺韻。一聲凄一作哀調激芳脣。（周密詞）寂寂怨琴凄調。

蕭郎半月無歸耗，（溫庭筠詩）門外蕭郎白馬嘶。（李商隱詩）赤嶺久無耗。便似迴文織恨人。（「晉書」）竇滔妻蘇氏，名蕙，字若蘭。滔爲秦州刺史，被徙流沙。蘇氏思之，織綿爲廻文璇璣圖詩以贈。滔宛轉循環以讀之，詞甚悽惋，凡八百四十字。（宇文虛中「烏夜啼詩」）妾機尚餘數梭錦，織恨傳情還未忍。

處處風波逐枕衾，（黃庭堅詩）一日風波十二時。相看今又到秋深。（陸游詩）井梧飄葉竟秋深。千闌百就多一作俱辛苦，（宋陳詵「別妓詞」）一年三載，千闌百就。（蔡琰「胡笳十八拍」）一生辛苦兮緣離別。只願君心似妾心。

憶着

憶着垂髫覆額時，（潘岳文）垂髫總髻。（李白「長干行」）妾髮初覆額。此生難負謝芳姿。（「古今樂府」）晉王珉好捉白團扇，與嫂婢謝芳姿有情，愛好甚篤。

半宵歡淚零殘燭，（戴叔倫詩）鄉淚半宵間。（韓偓詩）時復見殘燭。十載離腸攪亂絲。（杜牧詩）何事苦縈懷？離腸不自裁。（黃庭堅詩）心似亂絲情緒多。

相望莫辭千里隔，（魏文帝「燕歌行」）牽牛織女遙相望。（謝莊「月賦」）美人邁兮音塵闕，隔千里兮共明月。行蹤惟許月明知。（曹唐詩）若聞簫管是行踪。（高啓詩）斷魂惟有月明知。從今注定鴛鴦牒，（「清異錄」）朱起悅伯父虞部妓，精神恍惚，遇青巾者，曰：「人世陰陽之契，有繾綣司統之，其長官名氤氳大使。諸宿緣當合者，須鴛鴦牒下，乃成。」

一炷盟香一首詩。

雜記

斂笑防疑意緒埋，（王筠詩）斂笑動微嚬。（王融詩）詩中傳意緒，花裏寄春情。背人佯不隱紅鞋。（「詞林摘豔」）元樂府朱履曲卽紅繡鞋。分明簇蝶低鬟畔，認得花紋細股釵。（「酉陽雜俎」）簇蝶花，花共一蕊，如蓮房，色如退紅。（王建詩）低鬟轉面掩雙袖，玉釵浮動春風生。

病榻香消半掩關，（武元衡詩）香消無閣閉。（錢起詩）斜陽且掩關。別離耽誤一秋閑。（「金史・五行志」）耽誤盡少年人。近來本是梳頭少，（梁元帝詩）銀釭照梳頭。（杜甫詩）一月不梳頭。（項斯詩）手冷怕梳頭。約髻紅絲宛未殷。（杜預「左傳注」）殷音煙，今人謂赤黑色爲殷色。

燈邊調笑酒邊嗔，（李延年「羽林郎」詩）調笑酒家胡。寒透羅衫十月春。（薩都剌詩）碧羅衫色透春雲。（「歲時事要」）十月天時和暖似春，故曰小春。愛問插花時世樣，（蘇軾詩）自是風流時世妝。濶眉鬆一作鬖髻似何人？（「後漢書」）城中好廣眉，四方，且半額。（楊奐詩）畫眉從爾濶。（韓偓詩）髻根鬆漫玉釵垂。

弄藥爭花笑語稠，（李商隱文）弄藥爭花，紛我左右。忽然幽事到心頭。（韓偓詩）尋思閑事到心頭。眉尖怕被同袍覺，（蘇軾詩）眉尖已作傷春皺。(「詩」)與子同袍。強作無愁倍是愁。

青鳥閑將病耗傳，(薛道衡「豫章樂府」)願作王母青鳥使，飛來飛去傳消息。惹伊愁絕轉生一作堪憐。一作處還添。(侯寘詞)怨深愁絕。今朝教

向當窗一作中庭見，(古詩)盈盈樓上女，皎皎當窗牖。已試梳頭曉鏡前。一作暫出簾。(蘇軾詩)曉鏡開新妝。

墻陰繞遍卻空還，(「瑯嬛記」)紫竹約方喬暫會，因于墻陰之下，閒履蒼苔，而方不至，遂歸，作詞寄方，有「斷魂還向墻陰繞」之句。煙樹紅扉不啟關。(蘇軾詩)落日紅扉小院深。(韓偓詩)聞說經旬不啟關。會一作解得檀郎生性否？(李賀詩)檀郎謝女眠何處？(注)檀奴，潘安仁小字，後人因目夫曰檀郎。(「北史・齊神武帝紀」)生性通率。暮鐘時候怕身閑。(杜甫詩)衣冠起暮鐘。

暫見花間滴淚頻，斷腸滋味一番新。(韓偓詩)斷腸滋味阻風時。匆匆風影驚分處，(陳後主樂府)思君若風影，來去不曾停。尚自回頭囑付人。

窄闌逢處不擡頭，(元曲)羞答答，不肯把頭抬。臉暈猶含一作呈滅燭羞。(楊基詩)臉暈微渦散春纈。(晉「子夜四時歌」)開窗秋月光，滅燭解羅裳。卻憶一作翻憶未成歡愛日，(阮籍詩)攜手等歡愛，宿昔同衣裳。一番相見一迴眸。(白居易詩)迴眸一笑百媚生。

別緒

忍淚尊前不敢彈，（杜甫詩）忍淚獨含情。隔屏斜立見眉端。（陸游詩）閑愁那許上眉端？長途願作雲隨夢，（「高唐賦」序）怠而晝寢，夢見一婦人，願薦枕席。王因幸之而去。辭曰：「妾在巫山之陽，高丘之阻。旦爲行雲，暮爲行雨。」單枕難憑玉辟寒。（李商隱詩）犀辟塵埃玉辟寒。自信功名關妾分，儘留顏色待君歡。（「大業拾遺錄」）十二年，帝將幸江都，飛白題二十字賜守宮女，云：「我夢江都好，征遼亦偶然。但留顏色在，離別只經年。」歸來會有紅窗夜，（白居易詩）晝梁巧折紅窗破。免把離容再四看。（喻鳧詩）酒不上離容。

愁遣

雁叫蛩吟斷續聞，（顧況詩）江流雁叫哀。（許衡詩）清響雜蛩吟。餘酲猶未解宵分。一作餘酲解盡未宵分。（皮日休詩）餘酲夕未消。（「詩毛傳」）酒病曰酲。（「魏書・崔楷傳」）日昃忘餐，宵分廢寢。按：宵分，謂夜半也。羅衾寬甚渾無煖，（沈愚詩）羅衾積夢驚春晚。枉殺香篝夕夕薰。（劉克莊詩）深炷香篝掃地眠。

本謂無聊借酒澆，（羅隱詩）一醉解無聊。（陸游詩）多悶惟須賴酒澆。酒邊情味更無聊。不知悵望緣何事，但覺歡情旋一作日漸消。（宋玉「神女賦」）歡情未接，將辭而去。（秦韜玉詩）力不禁風旋旋消。

午夢迷離帶宿酲，（陸游詩）微倦故教成午夢。（「急就篇」）侍酒行觴宿昔酲。寸腸愁事獨惺惺。（杜甫詩）寸腸堪繾綣。（劉克莊詩）已醉強惺惺。排愁賸有聽歌處，到得聽歌又淚零。（韓愈詩）君歌聲酸詞且苦，不能聽終淚如雨。

進酒難如斷酒難，（「南史・江淹傳」）進酒數升。（白居易詩）病來從斷酒。幾番溫卻又重寒。平生多少尊前恨，（杜牧詩）惟覺尊前笑不成。未到潘年鬢已潘。一作皤。（潘岳「秋興賦」）余春秋三十有二，始見二毛。（陸龜蒙詩）不堪潘子鬢，愁促易髟髟。

眼前璧月照瓊枝，（「陳書・張貴妃傳」）後主每引賓客對，貴妃等遊宴，使共賦詩，互相贈答，采其尤麗者為詞曲，被以新聲，略曰：「璧月夜夜滿，瓊樹朝朝新。」翦斷牢愁進一巵。（張來詩）滿眼牢愁賴酒攻。記得風流江左主，一作事 破家時節酷裁詩。（馬令「南唐書」）元宗令王善感奏水調歌，善感惟歌「南朝天子愛風流」一句。元宗輒悟，覆杯而歎。（又）後主好音律，舊曲有念家山，演為念家山破，其聲焦殺而其名不祥，乃敗徵也。

寒踪

殘日東風雪半庭。薄寒輕醉幾時醒？連宵燭下聞裁勝，（韓偓詩）分明窗下聞裁勝。何處花前遇踏青？（楊齊詩）寒食人家事踏青。染袖不捹香漫滅，（「飛燕外傳」）飛燕與妹坐，悞唾其袖。合德曰：「姐唾染人紺碧，正如石上花。」移一作攜 燈長憶影娉婷。（「正韻」）娉婷，美好貌。（杜牧詩）垂手自娉婷。愁心只有吳歈覺，（「楚辭・招魂」）吳歈蔡謳奏大呂些。更向玲瓏仔細聽。（元稹「贈白居易詩」）休遣玲瓏唱我詩，我詩多是別君詞。（元稹自注）樂人商玲瓏，能歌予詩十首。（劉得仁詩）幽泉仔細聽。

歲晏無聊別緒盈，（「楚詞」）歲既晏兮孰華子。（獨孤及文）尊酒可以慰別緒。一枝梅萼寄卿卿。（「荆州記」）陸凱與范煜相善，自江南寄梅花一枝，詣長安與煜。

（韓偓詩）小叠紅箋書恨字，與奴方便寄卿卿。

浣紗衫袖年年濕，（「會稽志」）西施石在若耶溪，一名西子浣紗石。碧玉梳奩事事清。（「飛燕外傳」）碧玉膏奩一合。（盧江小吏詩）着我繡裌裙，事事四五通。態調一作調態幾曾因病減，鮮妍多是稱情生。（元稹詩）鮮妍脂粉薄。自憐身世淒涼足，（庾信賦序）傅燮之但悲身世，無處求生。（杜甫詩）江海日淒涼。單占名花第一名。（趙秉文詩）猶是人間第一花。

咏舊

玉杵擘將蜀道行，李白有「蜀道難」篇。不辭辛苦爲雲英。（陸機詩）翩翩宦遊子，辛苦誰爲心？當年只覺成都近，成都，今四川成都縣。未稱瓊漿一飮情。（「裴硎傳奇」）裴航秀才傭舟，載于襄漢。同載有樊夫人，國色也。航賂其侍兒，求達一詩。夫人答詩曰：「一飮瓊漿百感生，玄霜擣盡見雲英。藍橋便是神仙路，何必崎嶇上玉京？」航覽之，不達其旨。已抵襄漢，不告而去。航遍訪無跡，遂飾裝歸輦下。經藍橋驛，因渴下道求漿，見茅屋有老嫗緝麻。航揖之求漿，嫗咄曰：「雲英擎一甌漿來。」航因憶樊詩有「雲英」之句，深不自會。俄於葦箔下，出雙玉手捧瓷。航接飮之，眞玉液也。因還甌，遽揭，看見一女子，雖紅蘭之隱幽谷，不足比其芳麗，航植足不能去，謝嫗曰：「覩小娘子麗質驚人，願得納厚幣取之。」嫗曰：「我只此孫女，昨有神仙遺靈丹一刀圭，但須玉杵臼擣之，百日後可吞。君約取此女者，得玉杵臼，吾當與之。」航拜謝，願以百日爲期。嫗曰：「諾。」航至京不以舉事爲意，但於坊曲通衢，高聲訪玉杵臼。數月遇一貨玉老翁，曰：「近得虢州藥鋪卞老書，曰有玉杵臼貨之，我當爲書道達。」航愧荷珍重，果獲杵臼。遂步驟獨挈而歸，抵藍橋，爲嫗擣藥百日，遂取雲英仙去。（李頎詩）遠遊難稱情。

櫟園唐君俞之園也。(「列朝詩集小傳」)唐獻可，字君俞，武進人，荊川先生順之之曾孫。讀書任俠，蓄聲伎，鑒別古書畫器物，風流好事，播于江左。姨翁座上預聽名歌，幷觀二劍，卽事呈咏

風流領袖詞壇伯，(「世說」)魏舒堂堂，人之領袖。(蘇軾詩)諸人欲見風流伯。早歲傾家耽結客。(「後漢書・宗室齊武王縯傳」)傾身破產，交結天下雄俊。肝膽男兒四海空，(韓愈詩)肝膽一古劍。卻隨長黛操歌拍。(盧思道「美女篇」)微津染長黛。(方干詩)舞蝶似覺歌拍轉。(「釋名」)拍，搏也。以手搏其上也。(陳暘「樂書」)九章樂有拍板。烈士從來定賞音，(「史記」)烈士殉名。(黃庭堅詩)後有鍾期必賞音。周郎顧曲阮郎琴。(「吳志・周瑜傳」)少精音樂，三爵之後，其有闕誤，瑜知之必顧。時人謠曰：「曲有誤，周郎顧。」(「晉書・阮瞻傳」)善彈琴，人往求聽，不問貴賤、長幼，皆爲彈之。誰知唐勒牢騷況？(「史記」)楚有宋玉、唐勒、景差之徒者，皆好辭而以賦見稱。(宋玉「風賦」)唐勒讒之於王。剩對一作託清謳寫壯心。(梁簡文帝詩)清謳出絳唇。(魏武帝詩)烈士暮年，壯心未已。蕭疏襟寄嫌華屋，(李昌符詩)古原南北舊蕭疏。(曹植詩)生存華屋處。別向林塘選幽築。(杜甫詩)主人爲卜林塘幽。(韓維詩)駕言返幽築。摩詰軒窗儼畫圖，一作臺端足雨煙。(「唐書」)王維，字摩詰，築輞川別墅。(「宣和畫譜」)有王維輞川圖。(朱熹詩)自喜軒窗無俗韻。安昌簾幙傳絲竹。(「漢書・張禹傳」)河平四年，伐王商爲丞相，封安昌侯。禹性知音律，居大第，後堂時理絲竹管絃。弟子戴崇每候禹，延入後堂飲食。管絃鏗鏘，昏夜乃罷。練色知聲第一流，(魏文帝文)吾練色知聲，雅應此選。(「世說」)桓溫問眞長第一流是誰，曰：「正是吾輩。」檀痕親掐敎伊州。(湯顯祖詩)自掐檀痕敎小伶。(「唐書・禮樂志」)天寶樂曲多以邊地爲名，若涼州、伊州、甘州，是也。呼來絳樹皆瓊樹，

（魏文帝「與繁欽書」）今之妙舞，莫巧於絳樹。（「古今注」）魏文帝宮人絕所愛幸者，有莫瓊樹。（瑯嬛記）絳樹一聲，能歌兩曲。

倚遍笙樓卽鏡樓。（李後主詞）小樓吹徹玉笙寒。 臨川慧業鍾情兼妙悟。（「南史・謝靈運傳」），得道應須慧業。（「世說」）情之所鍾，正在吾輩。（「十六國春秋」）妙悟絕倫。 妖唱能傳作者心，（溫庭筠詩）鸞咽妖唱眞無節。 圓喉脆節如絲度。 隻字悠揚刻漏移，（李詢詩）吟蛩斷續漏頻移。 四筵傾耳盡支頤。（李白詩）請君爲我傾耳聽。（皮日休詩）支頤數片雲。 紅塵捲霧雙鸞出，（「拾遺記」）越貢美女，一曰夷光，一曰修明，吳王處以椒花之房，貫珠爲簾，若雙鸞之在輕霧。 翠一作繡帶從一作迎風一燕吹。（沈約樂府）燕裙傍日開，趙帶隨風靡。（陳後主詩）翠帶羅裙人爲解。 歌酣一作餘酒熱來孤憤，（「韓非子」有「孤憤」篇。） 畫鼓淵淵金石韻。（「世說」）禰衡被魏武謫爲鼓吏。正月半試鼓，衡揚枹爲漁陽摻撾，淵淵有金石聲。 奮袂低昂雪腕催，（楊惲書）是日也，拂衣而起，奮袖低昂。（溫庭筠「舞衣曲」）胡槽雪腕鴛鴦絲。 滿堂掩泣燈生暈。（白居易詩）滿座重聞皆掩泣。（王安石詩）殘燈生暗暈。 濁酒何人識信陵？（「史記・信陵君傳」）謝病不朝，與賓客爲長夜之飲。飲醇酒，多近婦女，日夜爲樂飲者四歲，竟病酒而卒。 感時悲一作傷事緒塡膺。（杜甫詩）感時花濺淚。（江淹賦）悲來塡膺。 飮醇長夜一作爲歡卜夜非荒讌，（「史記」）好爲淫樂長夜之飲。（顏延之「五君詠」劉伶）韜精日沉飲，誰知非荒讌？ 映柱一作燭下摩挲六尺冰。（徐積詩）匣藏三尺劍如冰。（梁「橫吹曲」）新買五尺刀，懸著梁間柱，一日三摩挲，劇於十五女。 丈夫意氣一作概矜然諾，（王褒詩）男兒重意氣。（「史記・灌夫傳」）好任俠，已然諾。 索隱曰：已音以，謂已許諾，必使赴其前言也。 不惜如花換干莫。（王僧儒詩）二八人如花。（「吳越春秋」）闔閭使劍匠作二劍，一曰干將，一曰莫邪。（李商隱文）干莫將用，不挫鋒鋩。 自是荆卿俠氣深，（「史記・刺客傳」）荆軻者，衛人也，燕人謂之荆卿。爲燕丹刺秦王，不成而死。（盧諶詩）朔鄙多俠氣。 非關石尉歡情薄。

(「世說」)石崇每燕集，常令美人行酒。客飲酒不盡，便斬美人。(「周秦行紀」)綠珠曰：「石尉性嚴忌。」(李羣玉詩)病久歡情薄。**座隅有客百愁盈，**(梁豫章王綜詩)歷亂百愁生。**更倩雲和囀一聲。**(「漢武內傳」)西王母命侍女董雙成，吹雲和之笙。**試問清狂能酷似，**(李商隱詩)未妨惆悵是清狂。**也應知是謝家甥。**(「晉書・何無忌傳」)桓元曰：「何無忌，劉牢之甥，酷似其舅。」(「梁書・王峻傳」)子琮爲國子生，尚始興王女繁昌縣主，不惠，爲學生所嗤，遂離婚。峻謝王，王曰：「此自上意，僕極不願如此。」峻曰：「臣太祖是謝仁祖外孫，亦不藉殿下姻婭爲門戶。」(黃庭堅詩)謝甥有逸興。

題徐雲閑故姬遺照

休把一作未許**丹青涴素**一作玉**顏，**(「漢書」)丹青所畫。(李白詩)青娥凋素顏。**天然標格小梅邊。**(李希眞「詠梅」詞)天然標格。(段克己詩)小梅初破月團圞。**由來絕色多難老，**(「侍兒小名錄」)孫亮愛姬四人，皆振古絕色。**贏得遺容**一作爲要情人**盡可憐。**

藥房展玩水沉薰，(「楚辭・九歌」)辛夷楣兮藥房。(「香譜」)沈香有三種，最上者曰水沉。**想得眞眞夜靜聞。**(「聞奇錄」)趙顏于畫工處，得一軟障，圖一婦人，甚明麗。顏謂畫工曰：「如何令生，某願納爲妻。」畫工曰：「余畫神也。此亦有名，曰眞眞。呼其名百日必應，應則以百家彩灰酒灌之，必活。」顏如其言，遂活。**不負芳盟同**一作如**皎日，**(「詩・王風」)穀則異室，死則同穴。謂予不信，猶如皦日。**願隨幽夢逐閑雲。**(司空圖詩)竹上題幽夢。(徐夤詩)不並行雲逐夢蹤。

丁卯年 天啓七年 公元一六二七

客中寄弢仲 （自注）即用端己驪歌韻。

何處遊踪好寄音？（陸機詩）歸雲難寄音。感君垂問敢沉吟。（白居易詩）垂問以鄙況。（「後漢書」）沉吟專思。幾時一放一作鼓山陰棹？（「晉書・王徽之傳」）嘗居山陰，夜大雪，初霽，忽憶戴安道。時戴在剡溪，便乘小舟詣之，造門不前而返。人問之，曰：「乘興而來，興盡而返，何必見戴。」空谷跫音一作聲快不禁。（「莊子」）逃虛空者，聞人足音，跫然而喜矣。（注）虛空，空谷也。

卜築幽巖怕俗侵，（李商隱詩）伊人卜築自幽深。尙通朋好不求深。（杜甫詩）祗應與朋友，風雨亦來過。（韓愈文）惟恐入山之不深。孤蹤一作悰只與君知道，爲戒妻孥莫浪尋。

丁卯首春，余辭家薄遊。（謝靈運詩）薄遊似邴生。端己首唱驪歌，（「漢書・王式傳」）歌驪駒。服虔曰：「逸詩篇名，見『大戴禮』，客欲去，歌之。其辭曰：『驪駒在門，僕夫具存；驪駒在路，僕夫整駕。』」後因謂告別之歌爲驪歌。情詞凄宕，征途吟諷，依韻和之，并寄呈弢仲，以志同歎。

幾夜猖狂別恨侵，（陶潛詩）猖狂獨長悲。（王勃詩）琴聲銷別恨。踏歌相送最情深。（李白「贈汪倫」詩）李白乘舟將欲行，忽聞岸上踏歌聲。桃花潭水深千尺，不及汪倫送我情。明朝獨醉黃茅店，（范成大詩）擊柝黃茅店。更有何人把燭尋？（自注）余與端己、弢仲，每經日不見，夜必把燭相就，率以爲常。

知君心賞寄燈樓，一作年年心事在燈樓。（張繼詩）故交日零落，心賞寄何人？（「明皇雜錄」）上在東都正月望夜，大陳燈彩。有巧匠毛順，創爲燈樓十二間。趁月追尋到曉籌。（庾信詩）何處可追尋？（王維詩）絳幘鷄人報曉籌。獨悵孤踪一作應恨狂朋漂泊去，（蘇軾詩）如今各漂泊。不能同着一作明朝誰問拾釵遊。（自注）予以人日出門。端己欲留余至燈後，竟以他迫不果。（「咸淳歲時記」）元夕至夜闌，有持小燈照路拾遺者，謂之掃街。遺鈿墮珥，往往得之，亦東都遺風也。

感君同病更知音，（「吳越春秋」）同病相憐。（「列子」）伯牙死，鍾子期絕絃，以世無知音者。許把閑情次第吟。陶潛有「閑情賦」。（白居易詩）醉把花枝取次吟。別去向誰吟一字？縱無離恨也一作釀成春症最難禁。（自注）端己詩云：「夙昔情歡爲賞音。」弢仲云：「相邀漫許作知音。」余三人交誼可知矣。（駱賓王詩）離恨斷征篷。

翹首南雲一作東風一雁翔，（陸機賦）指南雲以寄欽。（李商隱詩）玉璫緘札何由達？萬里雲羅一雁飛。媿無書問到池隍。（杜預「歲終帖」）道遠書問又簡。（「說文」）池隍，城池也，有水曰池，無水曰隍。鄉園事事驅人出，（孟郊詩）書此示鄉園。只有朋歡繫客腸。（歐陽修詩）朋歡賴酒聳。

薄倖江南杜牧之，（杜牧「遣懷」詩）落魄江湖載酒行，楚腰纖細掌中輕。十年一覺揚州夢，贏得青樓薄倖名。（案）牧，字牧之。花前落魄醉難支。（「史記」）家貧落魄。阻風中酒誰相伴？賴有韋莊一卷詩。（自注）端己詩册在余行篋中，韋莊亦字端己，故云。「見說江湖不歸事，阻風中酒過年年」，杜牧之詩也。「却愛紫薇情調逸，阻風中酒過年年」，韋端己詩也。實余目前眞景。

用前韻吟寄所思(張協詩)離羣戀所思。末一章代爲答

纔說休悲淚已侵，煖言相慰恨還深。(「荀子」)與人善言，暖於布帛。休論笑眼生花處，(韓偓詩)嗔怒難逢笑眼開。片刻愁容也醉心。後二句一作只消一刻含愁態，值得蕭郎到死尋。(王翰詩)愁容鏡獨知。(「列子」)列子見之而心醉。

此生不負會眞樓，唐元稹有「會眞記」，記張生、崔鶯鶯事。須占看花第一籌。(王建詩)對御難爭第一籌。只得一作是眼前拚一作難暫去，一作割可一作也知非是薄情遊。(「雲齋廣錄」)欲憑西去雁，寄與薄情看。

爲感臨歧囑付音，(杜甫詩)不用臨歧恨。客中從此戒愁吟。(戴復古詩)愁吟兩鬢絲。離悰先一作已是難支一作淘遣，支遣，出「宋史・孝宗本紀」，此作排遣解。更戒愁吟愈不禁。

東遊無路且南翔，(自注)時河梁皆涸。(李頻詩)遂意恣東遊。(「西京賦」)南翔衡陽。擲下空舲繫淺隍。(「楚詞」注)舲船，船有窗牖者也。曾共幾宵秋水泛，一逢佳月一迴腸。(李商隱詩)迴腸九迴後，猶有剩迴腸。

憑將書問答微之，(「會眞記」)崔氏有答張生書，張卽微之託名。瘦減容光我自支。(崔鶯鶯詩)自從消瘦減容光，萬轉千迴懶下床。衣上燭痕猶

未浣，是儂踪跡是郎詩。

又

憑將書尺答微之，（古詩）客從遠方來，貽我雙鯉魚。呼童烹鯉魚，中有尺素書。愁至春深漸不支。長日臥多宵不寐，（「詩」）耿耿不寐。一回情到展君詩。

行過毘陵（「一統志」）常州，秦爲會稽郡地，晉曰毘陵。唐雲客諸人（「武進陽湖合志」）唐字昭，字雲客，工詩文，善書畫。各賡前韻見贈，把酒臨歧，勉以壯夫之事。（李白文）僕本壯夫，慷慨不歇。豪篇麗句，遂滿行箱，醉誦醒吟，忘其寥落，寥落猶牢落。（陸機「文賦」）心牢落而無偶。輒私賦一章。

五疊悲歌慰寂寥，（「七啓」）悲歌入雲。（蘇軾詩）村酤慰寂寥。感君情煖勝綈袍。見前「自悼」題注。忽蒙郭璞貽明錦，（「南史・江淹傳」）夜夢一人，自稱張景陽，謂曰：「前以匹錦相寄，今可見還。」淹探懷，得數尺與之。又嘗夢一丈夫，自稱郭璞，曰：「我有筆在君處，可以見還。」淹乃探懷中五色筆與之。（按）璞無貽錦事，殆相連誤用。那羨王祥得佩刀？（「晉書・王祥傳」）呂虔有佩刀，工相之，以爲必登三公，可服此刀。虔謂祥曰：「苟非其人，刀或爲害。卿有公輔之量，故以相與。」客路山形如一作同劍鍔，（柳宗元詩）海畔尖山似劍鋩。坐中心事似波濤。（李賀詩）心事如波濤，中坐時時驚。此生擬一酬知遇，敢向秋風泣二毛。（自注）雲客有「不許秋風泣敝裘」之句，故答之。（潘岳「秋興賦」序）余春秋三十有二，始見二毛。

雲客有燈詞十絕句，命余屬和。（宋玉「對楚王問」）客有歌於郢中者，其始曰「下里巴人」，國中屬而和者數千人。因追憶金沙風物，金壇，古名金沙。（蘇軾詩）此間風物屬詩人。聊寫一二。以碎狹之才，賦荒寒之景，眞覺酸風拂人矣。（李賀詩）東關酸風射眸子。

水部池臺倚暮霞，工部，古為水部。迴廊燈影也堪誇。（沈與求詩）廻廊迤迤穿危嶠。遊人不愛蕭疏景，（李昌符詩）古原南北舊蕭疏。
只說城南太宰家。

翾一作翔風纖弱綠珠長，（「拾遺記」）石崇愛婢，名翾風，以姿態見美，得罪綠珠。梁氏女美而艷，石崇以眞珠三斛致之。十隊聯行避月光。（李賀詩）十騎簇芙蓉，宮衣小隊紅。
總爲叢一作從來看不細，枉教狂眼一時忙。（賀鑄詞）酒半醺時眼更狂。

琉璃珠絡翠堂懸，（姜夔「燈詩」）珠絡琉璃到地垂。（「咸淳歲時記」）元夕好事之家，多設五色琉璃泡燈。簇遍一作遍簇紅梅與白蓮。（李頎「燈詩」）百尺垂紅梅。

(韋承貽詩)白蓮千朵照廊明。漸近四更膏燭盡，(陳後主詩)度更銀燭盡。南廊猶剩一燈然。

令宰風流踏月觀，(李商隱詩)花縣更風流。(孫覿詩)長橋踏月隨幽件。紫衫烏帽酒顏丹。(白居易詩)紫羅衫動柘枝來。(陸游詩)烏帽翩翩白紵輕。(蘇軾詩)笑舞春風醉臉丹。樓頭不識官員貴，也當元宵景物看。

工緻清新說鈕家，能翻名畫不曾一作爭差。(元曲)意不爭差。就中一幅臨元宰，(「明史」)董其昌，字元宰，工畫。

流水孤村數點鴉。(陸游詩)落日疎林數點鴉。

名園新構水邊亭，(杜甫詩)名園依綠水。映竹當城面面青。(陸游詩)樓高面面看青山。曾被踏青人記取，(唐彥謙詩)草草踏青人。幾番燈影約牛星？

輕風吹鬢露華涼，(陳基詩)露華偏傍九宵多。臨去添衣又進房。(蘇軾詩)吹花風起却添衣。自愛畫橋淸月好，(司空圖「詩品」)畫橋碧陰。同行一作暫游原不爲燈光。

攬鏡重勻襯臉霞，(韓偓詩)向鏡輕勻襯臉霞。(又)臉霞橫接眼波來。且將風景對人誇。鄰姬笑指釵頭看，落卻垂枝幾一作穟花。(梁昭明太子詩)釵落鬢花空。(秦韜玉詩)何處橫釵帶小枝？(張說詩)隱髻連枝花。

城南蕭寺古池冰，(「國史補」)梁武帝造佛寺，令蕭子雲飛白大書一蕭字，號曰蕭寺。(按)金壇縣弘化門外有古寺，曰南禪，一名法華禪林，蕭寺當卽指此。愛月遊人到未曾？（孔平仲詩）愛月不成眠。有客近從梅里至，（「無錫縣志」）梅里在無錫縣東南三十里。紅毬雙送佛前燈。（明「蘇州府志」）彩箋鐫工細人物，出梅里，名梅里燈。（朱熹詩）明暗佛前燈。

同伴催歸意未能，清霜寒一作冷透薄羅層。（謝朓詩）清霜落素枝。（白居易詩）縹緲楚風羅綺薄。從教月落一作墜燈收盡，一作光少本看遊人一作閑行一作爲不看一作爲燈。（高啓詩）看燈人醉踏歌歸。

六松詠

無可姨翁韻寄煙霞，（「唐書・田遊巖傳」）臣所謂泉石膏肓，煙霞痼疾。嗜耽松石。丁卯春，雪中手植六松于庭，劚自幽崖，（「東都賦」）北動幽崖。選其奇秀，（「隋書」）四海之中，豈無奇秀？遂使軒窗宛若巖阿；（「晉書」）巖阿養粹。院落居然物外，（宋之問詩）歸來物外情。臥遊而快之。（「宋書・宗炳傳」）有疾還江陵，歎曰：「老疾將至，名山恐難遍覩。惟當澄懷觀道，臥以遊之。」凡所遊履，皆圖之於壁。時座客各陳詩，余亦題贈二首。

看竹栽桃事已慵（「世說」）王徽之，字子猷，時吳中士大夫家有美竹，欲觀之。便乘輿造竹下，詠嘯良久。主人灑掃請坐，不顧而去。（「晉書」）潘岳為河陽令，植桃李花，人號河陽一縣花。（劉禹錫詩）元都觀裏桃千樹，盡是劉郎去後栽。尚餘幽賞愛松風。（蘇軾詩）奔騰赴幽賞。（梁簡文帝詩）樹裏識松風。登樓爽籟陶宏景，（「南史・陶宏景傳」）造三層樓，宏景居其上，弟子居其中，賓客處其下。特愛松濤聲，庭院皆植松。每聞其響，欣然為樂。（王勃文）爽籟發而清風生。畫壁蒼煙陸士龍。（許渾「畫松詩」）雲間二室勞君畫，水墨蒼蒼半壁陰。（「晉書」）陸雲與荀隱未相識，會張華座，雲拱手曰：「雲間陸士龍。」荀曰：「日下荀鳴鶴。」俯視春妍終歷落，（白居易詩）春妍麗景草樹光。（王羲之詩）歷落松竹林。飽嘗冰雪倍青蔥。（謝偃「高松賦」）根含氷而彌固，枝負雪而更新。（揚雄「甘泉賦」）翠玉樹之青蔥兮。奇姿合作高人伴，日日苔階卓瘦筇。（劉禹錫「陋室銘」）苔痕上階綠。（賈島詩）一尋青瘦筇。飛蓋疏條秀十尋，（陸游詩）拂天松蓋偃。（庾信賦）疎條勁拓。月廊燈沼接輕陰。（梁簡文帝詩）夜樹有輕陰。霜暄翠粒洪崖飯，（李賀「五粒小松歌」）新香幾粒洪崖飯。（「神仙傳」）有洪崖先生。風裊微音叔夜琴。（「晉書」）嵇康，字叔夜。嘗夜分有客詣之，因索琴彈之，為廣陵散，聲調絕倫，遂以授康，誓不傳人。入戶尚搴雲外勢，逢時不換歲寒心。（「論語」）歲寒，然後知松柏之後彫也。（張說詩）衆芳搖落盡，獨有歲寒心。只應白鶴安巢穩，（韓愈詩）暮鳥已安巢。長見騷人跪石吟。（自注）樂園有雙鶴，移松之日，迴翔嘹唳，若欣有託云。（李白詩）哀怨起騷人。（劉勰「新論」）飽龍跪石而吟，孔子為之下車。

客懷

布帆東下月茫茫，（「晉書・顧愷之傳」）行人安穩，布帆無恙。（曹唐「遊仙詩」）人間無路月茫茫。春晝初長夜更長。懷袖不迷前歲字，（古詩）置書懷袖，三年字不滅。減衣猶戀隔年香。（李商隱詩）長吟遠下燕臺去，惟有衣香染未消。燈殘獨自聞鶗鴃，（「文選・思元賦」注）鶗鴃，一名杜鵑。至三月，鳴晝夜不已。（阮籍「詠懷」詩）鶗鴃發哀音。酒盡從誰典鷫鸘？（「西京雜記」）司馬相如以所着鷫鸘裘，就市人陽昌貰酒，與文君爲歡。珍重暮雲歸去雁，（李商隱詩）萬里雲羅一雁飛。爲傳音問與蕭娘。（高啓詩）兩年音問不相知。（白居易詩）雨夜泣蕭娘。

滿江紅詞二首

春雨霖一作霪霪，（「說文」）雨三日以往曰霖。（「韻會」）雨過十日以往曰霪。（鮑照詩）霧雨夏霖霪。正狼籍，落花堪哭。（曹唐詩）狼籍梨花滿城月。無聊賴，（「後漢書・公孫瓚傳」）無所聊賴。客窗滋味，（陸游詩）客窗商略惟當飲。幾宵殘燭？（釋無可詩）夜雨吟殘燭。眼底乍拋人一箇，（范成大詩）眼底傷心難制淚。（段成式詩）曾見當壚一個人，及時裝束好腰身。眉尖壓上愁千斛。（蔡襄詩）侵尋舊恨上眉尖。（庾信詩）且將一寸心，能容萬斛愁。問斷腸詞爲阿誰吟，（「盧氏雜錄」）賀鑄，字方回，工於詞，有東山樂府，妙絕一世。山谷嘗贈以詩，曰：「解道江南斷腸句，只今惟有賀方回。」（「本事詩」）開元中，兵士於短袍中得詩，云：「戰袍經手作，知落阿誰邊。」樓東玉。銀屏後，（溫庭筠詩）清歌響斷銀屏隔。闌干曲。（文同詩）晝闌憑曲曲。偎素臉，一作粉面。（趙長卿詞）憔悴素臉朱唇。（劉商詩）濃粧美笑面相偎。頻叮囑。愛明眸秋翦，（白居易詩）雙眸翦秋水。翠蛾嬌蹙。（史邦卿詞）翠黛嬌蛾愁來蹙，各樣嬌嬈更可憐。福簿苦無歡笑

聯經出版事業公司校印

分，病身甘（一作終）守孤單宿。望天公，鑒念一心人，成金屋。（「後漢書」）鑒念前世。（「漢武故事」）若得阿嬌，當以金屋貯之。眼角相勾，（司馬光詞）眉梢眼角，無計相迴避。誰道有這場拋散？怕向那定情簾下，（漢繁欽有「定情詩」。）訴愁窗畔。（曹植詩）愁心將何訴？（劉因「早起」詩）饑鼠號啼似訴愁。幾度卸妝垂手望，（隋煬帝詩）卸妝仍索伴。無端夢覺低聲喚。猛思量此際正天涯，（元稹詩）閒坐思量小來事。（韓愈文）一在天之涯。啼珠濺。（元稹詩）柳誤啼珠密。欲寄語，（王僧孺詩）含情寄一語。加餐飯。（古詩）呼童烹鯉魚，中有尺素書。上言加餐飯，下言長相思。難囑付，魚和雁。（杜甫詩）天上多鴻雁，池中足鯉魚。相看過半百，不寄一行書。隔雲山牽挽，寸心如線。（李商隱詩）如線如絲正牽恨，王孫歸路一何遙！善病每逢春月臥，（白居易詩）三旬臥度鶯花月。長愁多向花前歎。況如今、憔悴去儂邊，（「廣韻」）儂，我也。吳人自稱曰我儂。何曾慣！

感遇

心中覓得掌中擎，（杜牧詩）楚腰纖細掌中輕。（元曲）手掌上兒奇擎。肯向閒叢浪寄情。偶折梅花相伴醉，此心猶覺負卿卿。（「世說」）王安豐婦嘗卿安豐，王曰：「婦人卿壻，于禮爲不敬，後勿復爾。」婦曰：「憐卿愛卿，是以卿卿，我不卿卿，誰人卿卿？」

一顧難酬暗有期，（韓偓詩）一顧難酬覺命輕。自抽心繭報心知。（溫庭筠詩）心繭學蜘蛛。（李陵書）人之相知，貴相知心。擘肌爲紙肝爲墨，(宋雲行記)釋迦佛爲魔伏王時，打骨爲筆，剝皮爲紙，斮髓爲墨，寫「大乘經」。 尙訝吟成鬢未絲。(元好問詩)百年人事絲成鬢。

病春

櫻桃花盡雨霏霏，(「本草」)櫻桃樹不甚高，春初開白花，繁英如雪。(「霍小玉傳」)李益直抵勝業，見青衣立候，引入中門庭中，有四櫻桃樹。(杜甫詩)寒雨下霏霏。 漫炷沉香熨夾衣。(「梁書・林邑傳」)沉香者，置水中則沉。 誰見倩妝臨畫檻？(「陳書・張貴妃傳」)倩妝臨于軒檻。 自耽嬌病掩紅扉。(王建詩)白日臥多嬌似病。(蘇軾詩)落日紅扉小院深。 燭灰一作輝坐久餘三寸，帶眼愁來減一圍。(楊億詩)帶眼頻移奈瘦何！ 爲報春時最相憶，一作恨莫淹歸計等薔薇。(「格物論」)薔薇，一名刺紅，藤身多刺，花或白、或黃紫，開時，連春接夏不絕。(楊載詩)蒼卒排歸計，淹留著寓居。

丹誠

花繞迴廊曲繞梁，(杜甫詩)小院迴廊春寂寂。(「洞冥記」)王母至，與帝宴，歌奏「春歸」之樂，歌聲繞梁。 暗中偏認杜蘭香。(「墉城集仙錄」)杜蘭香者，漁父于洞庭之岸聞兒啼，四顧無人，惟三歲女子在岸側，漁父憐而舉之。十餘歲，天姿奇偉，忽有青童自空而下，攜女而去。將昇天，謂漁父曰：「我仙女杜蘭香也。」 登樓未定銀翹顫，(毛熙震詞)綠鬢雲散顫金翹。 避燭難禁鳳舄狂。(「漢武內傳」)七月七日，西王母降於殿前，履玄瓊鳳文之舄。(韋渠牟詩)月邀丹鳳舄。 怕見月痕催月姊，(陸游詩)月痕漸淺覺窗明。（司空圖詩）月姊殷勤留不住。恰宜秋色照一作對秋娘。（白居易「琵琶行」）妝成每被秋娘妒。持裙半一作刻留仙住，（「飛燕外傳」）中流歌酣，風大起，帝曰：「無方爲我持后。」無方捨笛持后履，久之，風霽。他日宮姝幸者，或襞裙爲縐，號曰留仙裙。纔隔紅簾便渺茫。（韓偓詩）紅簾不受塵。（李商隱詩）傾城消息隔重簾。（「長恨歌」）一別音容兩渺茫。

病晤

綺閣添香第一班，（酒賢詩）綺閣春深笑語稀。（「雲仙雜記」）姑臧太守張憲，使娼妓侍閣下。添香者，號麝姫。（孔平仲詩）注想常虛第一班。病來乞得半春閒。（蘇軾詩）因病得閒殊不惡。欲教宋玉聞消息，宋玉有「高唐」「神女賦」。（李商隱詩）誰與王昌報消息？盡知三十六鴛鴦。先倩雲翹覓往還。（「裴硎傳奇」）有仙女霧鬢霓裳，云是妻姊。杭拜訖後，問右史曰：「是小娘子之姊雲翹夫人。」畫扇故遮歡後眼，（「南史」）宋孝武賜何戢蟬雀扇，爲顧景秀所畫。（「團扇歌」）團扇復團扇，持許自遮面。紅梳元插睡一作舊時鬟。（王建詩）空插紅梳不作妝。堂前幾日傳呼喚，（王建「宮詞」）內中數日無呼喚。爲看愁蛾莫待刪。（韓偓詩）蛾彎兩筆愁。

丁卯夏，余離居芙蓉湖外，(「太平御覽」)「南徐州記」，芙蓉湖，又名上湖，即射貴湖。) 久澗丁娘之索，(「樂府詩集」)有「丁六娘十索歌」四首) 屢勤徐淑之遺，(「古詩紀」)漢秦嘉爲上郡掾，其妻徐淑寢疾，不獲面別，贈詩三章。徐亦有詩報之。(案) 嚴可均「全後漢文」輯徐淑「報嘉書」，有「今奉旄牛尾拂一枚，可以拂塵垢；越布手巾二枚；器中物幾具；金錯盌一枚，可以盛書；水琉璃盌一枚，可以服藥酒。」又云：「今奉細布襪一量，云云。」皆淑遺嘉之物。) 觸緒縈思，每物成咏，歸舟追錄一過，聊代晤言，置袖十年，定不漫滅。

蠶房初試碧旗新，(王建「田家詩」)蠶房新泥無風土。(「茶經」)茶有一旗一槍之號，言一葉一芽也。) 私餉天涯病渴人。(李商隱詩)命斷湘南病渴人。) 想得雙文梨頰畔，(元稹「雜憶」詩)皆用憶得雙文字。(杜甫詩)色好梨勝頰。) 雪甌斜倚獨含顰。(自注)右茶。(蘇軾「煎茶詩」)眩轉繞甌飛雪輕。(溫庭筠「照影曲」)翠鱗紅稺俱含顰。)

靈妃下士偶相憐，(郭璞「遊仙詩」)靈妃顧我笑。) 卻搗玄霜與駐年。(雲翹夫人詩)玄霜搗盡見雲英。(稽康「養生論」)卬疏以石髓駐年。) 想得雙文心愛好，怕(一作願) 郎風貌不(一作只) 如前。(自注)右藥。(「南史」)宋孝武選侍中，兼以風貌。(溫庭筠詩)夢中風貌似潘前。)

博山曾共幾摩挱？（溫庭筠「博山香爐詩」）博山香重欲成雲。犀合遙分一匊多。（「詩」）不盈一匊。想得雙文深意在，（陶潛詩）此中有深意。最宜人處是溫和。（自注）右沉水。

情多天付與單棲，（李商隱詩）單棲應定分。長是愁眠不解攜。一作鑴。（張繼詩）江楓漁火對愁眠。（杜甫詩）同人惜解攜。想得雙文也同病，故裁輕裌與相宜。（自注）右袷衣。（「韻會」）裌，夾衣也。（皮日休詩）晚來裝飾更相宜。

一方如水萬千絲，魚子紅編燕尾綏。（段成式詩）厭裁魚子深紅纈。（「爾雅」）繼旐曰旆。（郭璞注）帛續旐末爲燕尾者。想得雙文暗裁翦，（孔平仲詩）香羅裁作帕。乍拈還放避人時。（自注）右珮巾。

龍涎石葉各氤氳，（「香譜」）龍涎香，於香中最貴重，出大食國。又魏文帝時，題腹國貢石葉香，狀如雲母，可以避疾。（「舊唐書」）和氣氤氳。爭及歡來體自芬？（「世說」）梁武平建業，朝士皆造之。謝景滁時年二十，意氣閑雅，瞻視聰明。梁武目送良久，謂徐勉曰：「覺此生芳蘭竟體。」想得雙文載攜手，語香花氣一時聞。（自注）右雜香。（杜甫詩）花氣渾如百和香。（周邦彥詞）私語口脂香。

紅窗煖語篆煙長，（宋旡詩）自調綠綺背紅窗。（宋滌詩）香飄金屋篆煙長。撥火金釵事莫忙。（劉言史詩）手持金箸垂紅淚，亂撥寒灰不舉頭。想得雙文羨雙箸，一生同守博山香。（自注）右銅箸。

胡桃亂潰懊離時，（「蜀都賦」）蒲陶亂潰。嫩膜初褫似刻脂。（「雜事秘辛」）築玉刻脂。想得雙文勞素手，（曹植詩）攘腕見玉手。銀彄光動玉參差。（自注）右果仁。（趙光遠詩）細圓無節玉參差。（高啓詩）臂動玉釧鳴相和。

麴塵羅縐麝塵封，（元稹詩）杏子紅紗嫩麴塵。（溫庭筠詩）搗麝成塵香不滅。澹紫殷紅疊幾重。想得雙文斜插一作曾插髻，（梁簡文帝詩）疎花映鬢插。夢回檀枕墮香濃。（自注）右玫瑰。（李商隱詩）繡檀迴枕玉雕鎪。

戲拈小筆畫輕紗，（唐胡令能「美人繡幛詩」）手拈小筆上床描。（溫庭筠詩）輕紗掩碧烟。一對鴛鴦宿浪花。（梁元帝「鴛鴦賦」）朝浮兮浪花，夜集兮江沙。想得雙文惜驚散，（吉師道「鴛鴦詩」）渡頭驚起一雙去。故描荷葉與低遮。（自注）右書袋。（鄭谷詩）多謝浣溪人未折，雨中留得蓋鴛鴦。

鵁鶄瑩潔玉爲趺，（白居易詩）玉柄鵁鶄扇。子晉綸巾雅稱無。（「列仙傳」）王子喬，周靈王太子晉也，好吹笙，作鳳鳴。道士浮邱伯接名以上嵩山。（「正字通」）綸巾，巾名。（陳與義詩）涼氣入綸巾。想得雙文斜掩歛，（杜牧詩）掩歛下瑤階。月明難辨雪肌膚。（自注）右白羽扇。（「莊子」）肌膚若冰雪。

平生未學衛夫人，（杜甫詩）學書初學衛夫人。此日題封一字新。（韓愈詩）題封遠寄南宮下。想得雙文初弄筆，（歐陽修詞）弄筆偎人久。似濃如淡不曾勻。（自注）右封字。（韓偓詩）書羞字不勻。

客舍讀諷賦爲馮友作

（自注）在澄江豸院之南。（案）宋玉有「諷賦」，載「古文苑」。

罨畫樓開繡幕搴，（元稹詩）罨畫樓臺靑黛山。（劉孝威詩）璚綃挂繡幕。謝娥妝面一作風貌露嫣然。（「方言」）秦楚之間，美貌謂之娥。（韋莊詩）謝娥行處落金鈿。(李嶠詩)妝面迴青鏡。(宋玉「登徒子好色賦」)嫣然一笑,惑陽城,迷下蔡。兜鞋意緒無人見,(秦觀詩)倚闌無緒更兜鞋。覽鏡心情只自憐。(「雞肋集」)范覺民旦起,裹頭帶巾,必皆覽鏡。(陸機詩)顧影悽自憐。空院乍來終帶一作渾胆怯,(岑參詩)空院砌花開。(王涯詩)心怯空房不忍歸。小屏一作曲闌偷慰不成眠。一作偷凭覺鬢偏。(白居易詩)遮風展小屏。那知上客調飢甚,(李商隱詩)上客頷朱顏。(「詩·周南」)未見君子,惄如調飢。(毛傳)調,朝也。咏徹一作遍橫陳第二一作積雪篇。(「諷賦」)主人之女爲臣歌曰:「內怵惕兮徂玉床,橫自陳兮君之旁。」

喜行人至代作

當時曾悔與金鞭,(李白詩)金鞭遙指點。此日迎門一笑嫣。雖是黃塵滿衣帽,(黃縉詩)黃塵烏帽愧生平。可人風格自飄然。(「詩品」)可人如玉。(「世說」)李元禮風格秀整。

夜逢

花氣依微露氣濃,(宋之問詩)露浥千花氣。(朱熹詩)林坰回首更依微。(李商隱詩)日氣初含露氣乾。窄衫輕鬢夜堂逢。(薩都剌詩)紫袖窄衫花蕚繞。(范靜婦「滿願映水曲」)輕鬢學浮雲。(孟貫詩)夜堂鳴蟋蟀。纔看隱笑添雙靨,(溫庭筠詩)欲綻似含雙靨笑。(何遜詩)相看獨隱笑,見人還斂色。旋見凝愁簇一作壓兩峯。(馬臻詩)脈脈如凝愁。(柳永詞)別後愁顏，鎭斂眉峯。前院過來燈掩映，(庾信「燈賦」)秀華掩映。斜門歸去逕蒙茸。(李商隱詩)斜門穿戲蝶。(耶律楚材詩)雨餘花潤草蒙茸。後歡一作期已訂休相送，只到過一作池南第四松。

夕秀詞

(陸機「文賦」)謝朝華於已披，啓夕秀於未振。

尺六腰肢掌上擎，(「南史．羊侃傳」)舞妓張靜婉。腰圍一尺六寸，咸謂能掌上舞。簸錢年紀占歌名。(歐陽修詞)堂上簸錢堂下走，恁時相見已關心，何況到如今。(王貞白「妾薄命」詩)空傳歌舞名。調笙恰喜銅簧脆，(潘岳「笙賦」)㫤生簳，裁熟簧。(注)簧以熟銅爲之。(崔顥詩)調笙更炙簧。掃黛惟憐蠟蔕輕。(李商隱詩)掃黛開宮額。(溫筠庭詩)蠟珠攢作蔕。羞出畫屏推阿姊，(徐賁詩)生綃畫臥屏。(李賀詩)月明啼阿姊。笑障羅扇覷狂生。(杜牧詩)輕羅小扇撲流螢。(「後漢書．禰衡傳」)吏白，外有狂生，坐於營門。可能擁髻釵梁後，(韓偓詩)釵梁更擁髻。還向傍一作迷藏舊處行。(「致虛雜俎」)明皇與玉眞恆於皎月之下，以錦帕裹目，在方丈之間互相捉，謂之捉迷藏。

曉院

鏡裏朝花分外明，(梁簡文帝詩)朝花亂欲開。兩眉愁翠畫難成。(溫庭筠詩)毛羽斂愁翠。琉璃匣畔初拈筆，(徐陵「玉臺新詠序」)

琉璃硯匣，終日隨身。鸚鵡籠前乍合笙。（張璘詩）籠開鸚鵡報煎茶。（劉英詩）玉指初調未合笙。女伴那知當面笑？（韓偓詩）密跡未成當面笑。（趙孟頫詩）救忙多女伴。檀郎偏認隔簾聲。「檀郎」一見前。（元稹詩）櫻桃花下隔簾看。憑誰寄一作囑向銷魂道？（詹天游詩）不曾眞箇也銷魂。風日闌干慢出行。（吳師道詩）雲霧窗深風日隔。（按）此即「祗恐風飄去，還愁日炙銷」之意。

微詞

（「登徒子好色賦」）宋玉爲人，體貌閑麗，口多微辭。

繡床移近曲屏西，（權德輿詩）飛花落繡床。（陸游詩）小草斜行滿曲屏。道是空梁落燕泥。（薛道衡「昔昔鹽詩」）空梁落燕泥。顧我有懷留半面，（「詩・邶風」）顧我則笑。（「東觀漢記」）應奉詣袁賀，車匠開扉，出半面視奉。見人無計隱殘啼。含桃乍許鶯知味，（「禮・月令」）仲春之月，羞以含桃。（注）含桃，䴗桃也，爲鶯所含，故曰含桃。（李商隱「百果嘲櫻桃詩」）流鶯猶故在，爭得諱含來？瓊樹終教鳳穩棲。（李白詩）嘆息蒼梧鳳，不棲瓊樹枝。（「侯鯖錄」）元微之過襄陽，夜召名妓劇飲。將別，作詩云：「花枝臨水復臨隄，也照清江也照泥。寄語東風好擡擧，夜來曾有鳳凰棲。」纔動眼波心便會，（韓偓「席上有贈」詩）媚霞橫接眼波來。（「世說」）會心處，不必在遠。莫勞重憶綵牋題。（梁簡文帝詩）綵牋徒自苦。

懊離

東歸無奈又從西，幾日情悰雜笑啼？（李賀詩）當路雜啼笑。佳約每將愁並到，（謝靈運文）承佳約於往昔。良辰多與事難齊。書來蓬島防鸞誤，（溫庭筠詩）赤鸞雙鶴蓬瀛書。門隔桃溪怕蝶迷。（陶潛「桃花源記」）遂迷不復得路。惟有半衾餘煖在，（元稹「會眞記」）崔氏報生曰：「雖半衾如煖，而思之甚遙。」斷腸留得伴單棲。（鮑照詩）鸞歌鳳舞斷君腸。（梁簡文帝「烏夜啼曲」）羞言獨眠枕上淚，託道單棲城上烏。

紀事

月到西南倍可憐，（鮑照詩）始見西南樓，纖纖如玉鉤。照人雙笑影娟娟。（晉「子夜四時歌」）中宵無人語，羅幌有雙笑。（杜甫詩）雙照淚痕乾。（林逋詩）更禁初月吐娟娟。擎來始一作乍信雲非夢，注見前抱定還疑玉是煙。（「搜神記」）吳王夫差女紫玉，以未得童子韓重而死。重往哭奠葬所，玉見形而歌，邀重入塚，贈以明珠。王疑重發塚，趣收重。玉魂歸見王，明其事，母出抱之，如煙而散。忍把狂歡消此夜，（杜甫詩）更調鞍馬狂歡賞。難將辛苦答一作訴從前。由來半刻一作才知幽會千金值，（蘇軾詩）春宵一刻值千金。只得如花一黯然。（江淹賦）黯然銷魂者，惟別而已矣。（「廣韻」）黯然，傷別貌。

宮詞

歌雲笑電滿三千，（「博物志」）秦青撫節悲歌，響遏行雲。（「神異經」）東王公與玉女投壺，有脫誤不接者，天爲之笑。（張華注）今天不雨而有電光，是天笑也。（白居易「長恨歌」）後宮佳麗三千人。較似愁眉第一妍。（「漢書・梁冀傳」注）愁眉者，眉細而曲折。合德房櫳開曉雪，（「飛燕外傳」）趙主一產二女，長曰宜主。次曰合德。（羅鄴詩）疑將仙子出房櫳。麗華軒檻倚秋煙。見前「春病」詩注。（李紳詩）遠燈繁處隔秋煙。奇香百蘊湯泉試，（「飛燕外傳」）后浴五蘊七香湯，燎降神百蘊香。（鄭義眞詩）湯泉恆獨涌。（白居易「長恨歌」）溫泉水滑洗凝脂。佳果連枝一作同心驛騎傳。（「山堂肆考」）煬帝至廣陵，有郎將進合歡果。帝令小黃門以一雙馳賜吳絳仙，絳仙拜賜，私附箋進詩云：「驛騎傳雙果，君恩寵念深。」（庾信詩）細果上連枝。不是慧心爭解妬？斂衣遙望郎一作也潸然。（「史記・外戚世家」）尹夫人與邢夫人同時並幸，詔不得相見。尹夫人自請願望見邢夫人，帝許之，卽令他夫人爲邢夫人來前。尹夫人曰：「此非邢夫人身也。」帝曰：「何以言之？」對曰：「視其聲貌形狀，不足以當人主矣。」于是帝詔邢夫人衣故衣來前。尹夫人望見之，曰：「此眞是也。」于是低頭俛而泣，自痛其不如也。（「詩・小雅」）睠言顧之，潸焉出涕。

曉晤

睡聞呼喚尙朦朧，（溫庭筠詩）殘睡正朦朧。枕浪紋侵玉頰紅。（周邦彥詞）枕紅一線紅生玉。（陸游詩）睡臉餘痕印枕紋。（蘇軾詩）玉頰何勞獺髓醫？香獸半消金熨斗，（南唐後主詞）金爐次第添香獸。（梁簡文帝詩）熨斗金塗色。陽烏初射石屏風。（左思「蜀都賦」）陽烏迴翼乎高標。（溫庭筠詩）早寒先到石屏風。但也知蝶夢殷勤覓，（「莊子」）昔莊周夢爲蝴蝶。（楊萬里詩）殷勤臘覓幾朝霜？且喜狐踪曲折通。（韓偓詩）雁足應難達，狐踪浪得疑。（陸游詩）隣園曲折通。但許與歡淸晝伴，（方干詩）昔歲曾爲蕭史伴。不妨聊坐壁衣中。（「趙后遺事」）帝往后處，坐未久，聞壁衣中有嗽聲，乃去。

客中得訊

憶（一作自）殘啼隔畫屏，客程鶯語似丁甯。（晁補之詩）歲晚客程遙。（杜甫詩）便教鶯語太丁甯。新歡可惜春期阻，（陳後主詩）故嬌隔分別，新歡起舊情。（李商隱詩）佳期不定春期賒。好夢那堪子夜醒？（張建詩）月影曉窗留好夢。（呂溫詩）涼生子夜後。傳去微詞猜薄倖，（錢惟演詩）祇因金帶枕，聊爲達微詞。（杜牧詩）贏得青樓薄倖名。寄來淸淚慰飄零。（「麗情集」）灼灼，錦城官妓也，御史裴質與之善。裴召還，灼灼每遣人以軟綃聚紅淚爲寄。（杜甫詩）飄零何處歸。開函喜見翩翩字，（「陳書·蕭引傳」）此字筆趣翩翩，如飛鳥之依人。知習琴心內景經。（「黃庭內景經」序）「黃庭內景經」，一名「太上琴心文」。（「潛確類書」）昔人評「黃庭經」，如飛天仙人。

寒詞

昔年同社爲秋詞，今成往事。離居多感，（陸龜蒙詩）多情多感自難忘。歲晏不聊。（劉安「擬騷」）歲暮兮不自聊。觸緒生吟，（令狐楚文）心傷者，觸緒成悲。冰霜滿目。凜尖風之透骨，（王萬鍾詩）風尖月細春猶淺。（郝經詩）透骨寒凜凜。感皎月之映心。（「詩·陳風」）月出皎兮。多因夢後之思，添出酒邊之句。（唐庚詩）無計驅愁得，還推到酒邊。聊作秋聲貂續，（「晉書·趙王倫傳」）貂不足，狗尾續。歐陽修有「秋聲賦」。以爲春咏前驅。（李商隱詩）春詠敢輕裁。（「詩·衛風」）爲王前驅。命曰寒詞，得一十六首。

從來國色玉光寒，（「公羊傳」）驪姫者國色也。（李商隱詩）衣薄臨醒玉豔寒。晝視常疑月下看。況復此宵兼雪月，（李商隱詩）如何雪月交光夜，更在瑤臺十二層。白衣裳凭赤闌干。（元稹詩）美人初着白衣裳。（李白詩）紅泥亭子赤闌干。

吳綾拂體也生痕，（「洞冥記」）漢武帝所幸宮人麗娟，玉肌柔軟，不欲衣纓拂之，恐體痕也。初用輕紗別樣溫。（「老學庵筆記」）亳州出輕紗，舉之若無，裁以爲衣，眞若雲霧。半舊欲更心未忍，乍裁時節最承恩。（張說詩）承恩物自歡。

霜晨短景本無多，（蘇軾詩）莫向霜晨怨未開。（杜甫詩）歲暮陰陽催短景。不奈縈腸此事何。辦得歡前行一遍，回蹤已是暮鴉過。

雪壓紅樓照座明，（倪瓚詞）東風花外小紅樓。旋添香獸暖銀笙。（陸游詩）自燒熟火添香獸。（王世懋詩）醉後猶聞更暖笙。玉人相顧時時笑，（王維詩）燕趙多佳人，美者顏如玉。喜聽冰條落砌聲。（「開元天寶遺事」）冬至大雪，簷溜皆爲冰條，妃子使侍兒敲下二條看玩。

嬌病生憎酒氣烘，（蘇轍詩）寒侵酒氣微。尊前一作晝筵長捧玉杯空。（「帝王世紀」）紂作玉杯、象箸。無端阿姊詢閑事，（李商隱詩）階前逢阿姊。氳得羞紅似醉紅。（黃機詞）羞紅未到臉。（孟郊詩）醉紅不復力。

水沉清妙不生煙，（「唐本草」）沉香木之心節，置水則沉，故名曰沉香。獸焰微烘白玉錢。（李商隱詩）獸焰微烘隔雲母。（皮日休「白菊詩」）花樣還如鏤玉錢。終是護花心意切，（方回詩）養果護花身。倩郎移過一作近鏡函邊。（自注）瓶花畏香，故嫌相逼。（韓愈詩）極目寒鏡開塵函。

夜迢迢更路迢迢，（韓偓詩）落花和雨夜迢迢。（傅若金詩）晚望路迢迢。澹月飄燈自過橋。（蘇軾詩）澹月輕雲曉角哀。（李商隱詩）珠箔飄燈獨自歸。想得阿嬌然燭待，（蕭子顯詩）光照窗中婦，絕世同阿嬌。（佘靖詩）清燕固難停燭待。也應初換第三條。（薛能詩）更報第三條燭盡。弱骨柔肌屬體時，（元稹詩）忽復齒柔肌。（「飛燕外傳」）以輔屬體，無所不靡。相偎難許一作忍半衾離。注見前「懊離」寒宵最是宜人處，（成彥雄詩）洞房脈脈寒宵永。遮莫春風到被池。二句又作：如何買得春來到，只有寒宵與意宜。（「鶴林玉露」）詩家用遮莫字，蓋今俗語所謂儘教者是也。（宋祁詩）春風到被池。家常愛着白輕一作生綃，（嵇康文）此家常而不變者也。（「楊妃外傳」）貴妃每至夏月，常衣輕綃。纖弱難勝一束絲。忽覺眼前顏色換，檀郎生日是明朝。（李商隱詩）今朝歌管屬檀郎。

窗油映日滿樓明，（李商隱詩）犀帖釘窗油。雪豔初臨曉鏡清。（杜牧詩）雪豔照潭梅。（李商隱詩）曉鏡但愁雲鬢改。良久自看還獨笑，不防一作妨身畔立卿卿。（「世說」）王戎婦常呼戎卿，戎曰：「婦人卿壻，禮爲不敬，後勿復爾。」婦曰：「親卿愛卿，是以卿卿，我不卿卿，誰當卿卿？」

斜門通處偶然來，（李商隱詩）斜門穿戲蝶。軒右紅梅昨夜開。（僧齊巳「早梅詩」）昨夜一枝開。聊折一枝簪髻去，（陸凱詩）聊贈一枝春。（陳後主「梅花落」樂府）佳人早插髻。明朝分送綠窗栽。（韓愈詩）綠窗磨遍青銅鏡。

簇坐熏籠近玉窗，（「楚辭」注）篝可熏衣。（梁簡文帝詩）何時玉窗裏，夜夜更縫衣？悄無聲影斷鄰尨。（「詩・國風」）無使尨也吠。可知畫盡消魂字，金箸爐前倚一雙。（劉言史詩）手持金箸垂紅淚，亂撥寒灰不擧頭。（李羣玉詩）多少關心事，書灰到夜深。

並蒂雙柑贈絳仙，注見前「宮詞」。微酸隱忍常嬌妍。（元好商詩）生紅點點弄嬌妍。合歡心事相關處，（陳琳詩）慊慊心意關。欲剖難拚幾度憐。

娟娟霜月上梅枝，（盧仝詩）娟娟娥眉月。正是明醪熱酒時。（李賀詩）銅駝酒熟烘明醪。爲有辟寒香玉在，（李商隱詩）犀解塵埃玉辟寒。（溫庭筠詩）雀扇員員掩香玉。不能茗艼過三巵。茗艼，一作酩酊。（「晉書・山簡傳」）日夕倒載歸，酩酊無所知。（庾肩吾詩）長辭三巵雅。

弱質何曾避曉風，（劉商詩）空悲弱質柔如水。清霜留下去時蹤。（孟郊詩）清霜「委地。（王世貞詞）暈月旋收霜緊，怕去路香蹤還認。箇人眞與梅花似，（「北史・徐子才傳」）箇人底諱。一片幽香冷處濃。（孟貫詩）幽香省共聞。

羅巾書滿歲寒詞，（蘇軾詩）羅巾別淚空熒熒。（白居易詩）應能保歲寒。小字紅鈐付所知。（李賀詩）越王嬌郎小字書。冰雪心腸冰雪貌，（江總詩）淨心抱冰雪。（朱子「梅詩」）姑射仙人冰雪容。年年相對插梅時。

從改第八首

玉膩綿香細骨軀，（陳造詩）瓊酥玉膩信非凶。（歐陽修詞）雲曳香綿彩柱高。（「拾遺記」）石崇妓相戲曰：「爾非細骨輕軀，那得百琲眞珠？」暖相偎處恰愁吁。（劉商詩）濃粧美笑面相偎。（杜甫「雕賦」）頗愁吁而蹭蹬。嬌癡怕對春風換，（張以甯詩）小姑十三方嬌癡。（秦觀詞）歸來草木春風換。不似寒宵酷念奴。

(成彥雄詩)洞房脈脈寒宵永。(「猗覺寮雜記」)男曰奴，女曰婢，今則奴爲婦人之美稱。貴近之家，其婦女則又自稱曰奴。

閑事雜題

閑翻繡譜與端相，(周邦彥詞)仔細端相。 深緬葡萄淺睡香。(「漢書」)李廣利破大宛，得葡萄種歸漢。(「廬山記」)一比丘晝寢盤石上，夢中聞花香酷烈，及覺，求得之，因名睡香。 阿母慣嗔交頸鳥，(韓琮詩)伴嗔阿母留賓客。(「本草」)鴛鴦交頸而臥，其交不再。 只描雙蝶過秋棠。

水沉薰徹藕絲衫，(杜牧詩)瓊爐盡水沉。(元稹詩)藕絲衫子榴花裙。 寒一作明 映蝤蠐碧玉緘。(「詩」)領如蝤蠐。 行出畫闌一作向中庭 風日好，(李白「宮中行樂詞」)今朝風日好。 髻叢花片蝶飛銜。(「天寶遺事」)都中有妓楚蓮香者，國色無雙，每出入則蜂蝶相隨。

掠鬢初齊側眼看，(董寧詞)如今綠鬢還羞掠。 紅綿新試鏡光寒。(韓偓詩)紅綿拭鏡塵。(許渾詩)菱花初曉鏡光寒。 斜迴雪頸些些見，(司空圖詩)粉頸初迴如切玉。(「舊唐書・楊嗣復傳」)鄭覃曰：「臣近日未免些些不公。」 貝齒留痕恰惱歡。(「史記・東方朔傳」)臣齒如編貝。(「趙后遺事」)時帝齒痕猶在妾頸。

拾得殘箋詩幾行，一作：拾得紅牋有數行。 瘦斜書勢似蕭郎。(顧起元詩)漫憶中郎書勢在。(陸游詩)小詩墨燥字傾斜。(溫庭筠詩)門外蕭郎白馬嘶。 箇中底語留教看，一作莫教漏洩關心事。(蔡松年詩)欲語箇中趣。(「隋唐嘉話」)薛道衡聘陳，爲「人日詩」云：「入春纔七日，離家已二年。」南人嗤之曰：「是底語？誰謂北虜解作詩！」 貯向裙前瑟瑟囊。（「博雅」）瑟瑟，碧珠也。

愛染朱絲約髻心，（鮑照「白頭吟」）直如朱絲繩。退紅嫌淺絳嫌深。退紅即今之粉紅。（「花間集」）牀上小薰籠，昭州新退紅。通犀插久消光彩，（「漢書・西域傳」如淳注）通犀，謂中央色白，通兩頭。更遣尋求蜜蠟金。（「唐書・地理志」）歸州巴東郡土貢蜜蠟。

無端屑麝襯鞋池，（自注）南都有此。（「瑯嬛記」）徐月英臥履，皆以薄玉花爲飾，散以龍腦諸香屑，謂之玉香獨見鞋。問道携來與阿誰。（「三國志・麗統傳」）向者之論，阿誰爲失？笑殺冶城遊冶客，（「六朝事蹟」）冶城，今天慶觀，本吳鑄冶之所，因以爲名。（李白詩）岸上誰家遊冶郎。平生不見十香詞。（自注）「十香詞」載「焚椒錄」中，有「誰將煖白玉，雕出軟鈎香？」餘詞九章，皆言體自香也。（案）十香謂口香、髮香之類。遼耶律乙辛令人作此詞，以誣蕭后。「焚椒錄」，遼王鼎撰。

莫愁擎著鳳凰雛，（杜甫詩）豈知臺閣舊，先拂鳳凰雛。（案）樂曲有「鳳將雛歌」，見「晉書・樂志」。秀髮明眉粉玉搓。（宋左譽詞）滴粉搓酥。低笑喚卿親切看，（杜甫詩）綠雲親切歌聲上。阿侯姿貌似誰多？（梁武帝詩）河中之水向東流，洛陽女兒名莫愁。十五嫁爲盧家婦，十六生兒字阿侯。（「古詩」）欲和莫愁貌，須看阿侯容。

偶向燈前製錦鞋，（李商隱詩）願得將身賦錦鞋。半窗梅影下瑤階。（謝莊「雪賦」）廷列瑤階。良宵不厭薰香坐，（王維詩）粧成祗是薰香坐。爲聽蕭郎讀紫釵。「紫釵記傳奇」，明湯顯祖作。

丰神宜笑韻宜嗔，（張淮詩）南威不敢鬬丰神。（元曲）宜嗔宜喜春風面。隨意梳頭態更眞。流品自知應一作自信品流當第一，

(「南史・王僧孺傳」)究識流品。(戴叔倫詩)自憶專房寵，曾居第一流。　不勞尋見尹夫人。見前「宮詞」注。

友人招集不赴

爲感蘼蕪曲，(「古詩」)上山采蘼蕪，下山逢故夫。(駱賓王詩)蘼蕪舊曲終難贈。　無心賦錦鞋。溫庭筠有「錦鞋賦」。　憐香留故枕，(徐夤「胡蝶詩」)憐香偏繞綺羅衣。(「拾遺記」)漢武帝息于延涼之室，夢李夫人授以蘅蕪之香。帝驚起，香猶着衣枕，歷月不歇。　祝夢掩空齋。(羅隱詩)終日掩空齋。　酒畔紅酥手，(「齊東野語」)陸放翁「題沈氏園」詞：「紅酥手，黃藤酒，滿城春色宮牆柳。」　纓邊翠羽釵。(李端「襄陽曲」)雀釵翠羽動明璫。　暫堪同一醉，(戴叔倫詩)一醉寒宵誰與同？　幽恨幾時排？

京口不寐作

(「一統志」)京口，今丹徒縣地。(「建康實錄」)孫權初鎮丹陽，築城，因京峴山，謂之京鎮；又因門，謂之京口。

行役暮江邊，(「詩・魏風」)父曰嗟！予子行役，夙夜無寐。　寒袍未貯綿。(「本事詩」)開元中頒賜軍衣，有兵士於短袍中得詩曰：「蓄意多添線，含情更着綿。」　燈殘聊假寐，(杜預「左傳注」)假寐：不解衣冠而睡。　酒薄不成眠。(李商隱詩)酒薄吹還醒。　霜氣嚴侵被，(張來詩)霜氣徹寒被。　冰聲勁刺船。　平生惆悵事，俱到一作一　四更前。

寓夜

擊柝江城夜，（李白詩）江城五月落梅花。（韓愈詩）月暗秋城柝。登牀倦卸衣。（戴復古詩）多衣猶未卸。鼠翻書葉響，（高啓詩）鼠餓欲侵書。蟲逗燭花飛。（蘇軾詩）窗下獨無眠，秋蟲見燈入。（楊衡詩）燭花侵霧暗。匣劍陪孤憤，（李賀詩）憂眠枕劍匣。（溫庭筠詩）不應孤憤學牛衣。歌絃雜怨誹。（「史記・屈原列傳」）「小雅」怨誹而不亂。橋南新貴客，（陸游詩）舊交新貴例相忘。嘶馬一作燈火夜深歸。

妓有幽怨抱痾強對客者，悲而賦之

臥客朝酲尚未醒，（蘇舜欽詩）朝酲未解接春暉。寒粧先罷影伶俜。（「廣韻」）伶俜，行不正貌。（陳師道詩）顧影怪伶俜。香侵病肺常嗔見，（白居易詩）病肺慙杯滿。歌會愁心暫喜聽。（庾信詩）愁心欲死。愛把遠書看亹亹，（李商隱詩）遠書歸夢兩悠悠。（「禮記」）君子達亹亹焉。記將幽夢說惺惺。（李羣玉詩）沉吟想幽夢，閨思深不說。（劉克莊詩）已醉強惺惺。分明蠟燭身相似，（李賀詩）蠟淚垂蘭燼。纔上歡筵淚已零。（韋應物詩）歡筵慊未足。

即席代妓贈友赴試春官

（「通考」）唐開元二十四年，考功員外郎李昂爲擧人詆訶。帝以員外郎望輕，遂移貢擧于禮部，以侍郎主之，禮部選士自此始。

不解爲歡未是才，（李陵書）誰與爲歡？情文總自慧心開。（「史記」）情文俱盡。憑君會寫蛾眉手，（「詩・衞風」）螓首蛾眉。穩奪南宮第一來。南宮，本南方列宿，尙書省象之。省分六部，總其成於尙書令。唐宋以來，例以禮部知貢擧。故俗稱會試曰南宮試，中試曰捷南宮。

祝願郎腰玉帶圍，（蘇軾詩）病體難禁玉帶圍。臨歧誤問幾時歸。（杜甫詩）不用臨歧恨。男兒意氣宜豪擧，（「史記・信陵君傳」）平原君之遊，徒豪擧耳。休（一作也）似儂愁淚滿衣。（劉禹錫「竹枝詞」）水流無限似儂愁。

京口雪

征衫愁點雪霏霏，（李適詩）征衫八月風。（「詩・采薇」）雨雪霏霏。兩換歸期又未歸。（李商隱詩）君問歸期未有期。卻羨身輕如柳絮，（白居易詩）飄然轉旋迴雪輕。因風還傍（一作近）謝娘飛。（「晉書・列女傳」）王凝之妻謝道蘊，聰明有才辯。嘗內集而雪下，叔父安曰：「何所似？」兄子朗曰：「撒鹽空中差可擬。」道蘊曰：「未若柳絮因風起。」安大悅。

雪後郡樓曉望

棲禽迷路卻飛還，(王歸表詩)夕景動棲离。(陶潛「歸去來辭」)鳥倦飛而知還。翳水連雲一望間。更上郡樓西北看，銀山一作查山，下同今日是銀山。(「鎮江府志」)銀山在丹徒縣城西江口，舊名土山，俗呼豎土山，以與金山對峙，易名曰銀。

歲除日卽事

浮塵擾擾一身閑，(「神女賦」)紛紛擾擾，未知何意。(蘇軾詩)萬人如海一身藏。獨看城南雪後山。卻笑孤鴻也辛苦，(張說詩)孤鴻海上來。(李重光詩)天外孤鴻。曉雲飛出暮雲還。

典衣沽得看山杯，(杜甫詩)朝回日日典春衣。(虞集詩)有客歸謀酒，無言臥看山。一醉聊爲避債臺。慙愧青楓根下客，(「玄怪錄·鬼詩」)爺娘迗我青楓根。爺娘猶迗紙錢來。(范成大詩)烏啄紙錢風。(元稹詩)也曾因夢迗錢財。

疑雨集註　卷二

金壇王彥泓次回著
古吳　句漏後裔釋
鄭　清　茂　校

戊辰年 崇禎元年 公元一六二八

病婦

十載同愁一笑稀，（韋莊詩）六七年來春又秋，也同歡笑也同愁。艱難典盡嫁時衣。（「詩・王風」）嘅其嘆矣，遇人之艱難矣！（葛鴉兒詩）蓬鬢荊釵世所稀，布裙猶是嫁時衣。秦嘉浪迹猶分餉，注見卷一「丁卯夏離居芙蓉湖」詩。（楊萬里詩）浮蹤浪跡無拘束。蘇季空歸也下機。（「國策」）蘇秦說秦王，書十上而說不行。歸至家，妻不下紝，嫂不為炊。辛苦不曾因病減，形模全覺隔年非。（陸游詩）病骨羸然山澤癯，故應行路笑形模。相看一刻腸千斷，一作心俱碎悔殺從前幾事違。

索笑

索笑追歡意不窮，(杜甫詩)巡檐索共梅花笑。(蘇軾詩)往歲追歡地。風流日日事重重。(趙嘏詩)郎官何遜最風流。人間花草真堪愛，(「周書·蕭大圜傳」)開窗以臨花草。遇着春風盡向東。

新歲竹枝詞

吟魂易放早春天，(陸游詩)燈影伴吟魂。風物江南倍可憐。(陶潛「斜川詩」序)天氣澄和，風物閒美。底事蘭成能作賦？感懷偏在戊辰年。(庾信「哀江南賦」序)粵以戊辰之年，建亥之月。(案)蘭成，信小字。

春朝歲旦古難幷，(「紀曆撮要」)諺云，百年難遇歲朝春。十九年來見兩巡。神宗己酉、懷宗戊辰。(「左傳」)三巡數之。(注)巡，徧也。記得簇錢時未遠，簇錢見卷一「夕秀詞」注。對門除夕看迎春。(「禮」)迎春于東郊。

舊家姑娣別經年，(宋之問詩)少別已經年。歲月圍爐剖橘筵。(李中詩)煮茶燒栗興，早晚復圍爐。(「玄怪錄」)巴卬人家橘園有兩大橘，如三四斗盎。剖開，每橘有二老相對象戲。一叟曰：「橘中之樂，不減商山。」侍女卻防歡喜炭，(范成大「雪中送炭龔養正詩」)煩君笑領婆歡喜，探借新年五日春。笑花飛上畫裙緣。笑花，炭爆裂之火也。緣，邊也。

朋歡姍閱互經過，(古辭「華山畿」曲)時時見經過。背後綾紋刺幾何。(「雲仙散錄」)馮盛謂盧杞曰：「提綾紋刺三百爲名利奴。」邂逅肩輿不相問，（「詩・鄭風」）邂逅相遇。（蘇軾詩）肩輿任所適。　奚奴私見客名多。（「周禮」注）奴有小才智者曰奚。

閑行坊曲看春聯，（周美成詞）暗暗坊曲人家。（「金陵遺事」）太祖於除夕傳旨公卿士庶，家門上須加春聯一副。　暗露嬋娟屈戍邊。（司空圖詩）蛾眉新畫覺嬋娟。（「名義考」）門環雙曰金鋪，單曰屈戍。　小戶豈曾窺邸報？（「宋史・曹輔傳」）自是邸報聞四方。　也隨人寫太平年。（自注）是歲崇禎元年，新天子更化，朝野欣然，有再生之喜。（溫庭筠詩）四方無事太平年。

蔣侯旌騎出西村，姊妹同看倚戟門。（「太平廣記」）蔣子文，廣陵人也，常自謂骨青，死當爲神。漢末爲秣陵尉，逐賊傷額，死後屢顯靈異。吳主於是使使者封子文爲中都侯。（賈島詩）出得朱門入戟門。　笑恨芳香吳望子，不留冰玉永承恩。（「太平廣記」）吳望子姿容可愛。其鄉有鼓舞解神者，望子便往，半路，忽見一貴人乘船，問望子欲何至，具以事對。貴人云：「我今正往彼，可入船共去。」望子辭不敢，忽不見。望子既拜神座，見船中貴人儼然端坐，即蔣侯像也。問望子來何遲，因擲兩橘與之，數數見形。遂隆情好，心所欲輒空中下之。望子芳響流聞數里，頗有神驗，經三年望子忽生外意，神便絕往來。（孟郊詩）冰肌玉骨清無汗。

休甯藥炮舊知名，俊健游郎滿路擎。（張憲詩）生獶俊健雙臂長。　一炷挂香渾未了，（蘇軾詩）一炷清香盡日留。　手中拋過百千聲。

道北貧筵夕夕張。（「世說」）阮仲容步兵居道南，諸阮居道北。北阮皆富，南阮貧。（「詩・小雅」）賓之初筵。（「楚詞」）與佳人期兮夕張。　也呼朋社一猖狂。（「莊子」）猖狂不知所往。　怪來羅列珍羞甚，（「淮南子」）珍羞百種。　人日曾扳水部郎。（「荆楚歲時記」）正月七日爲人日。

莫怪河豚價不廉，（「本草」）河豚，江淮河海皆有之。春暮盡游水上，食飛絮而肥，南人多與荻芽爲羹，味最美。橋南酬過五千錢。誰知太宰歸田後，一作日。（杜甫詩）比興展歸田。只與屠沽意氣鮮。（「後漢書・禰衡傳」）卿欲使我從屠沽兒輩耶？

佛閣前頭照水梅，（白居易詩）行行都門外，佛閣正岧嶤。半晴天氣暖催開。嬌憨小妹驚看見，（王世貞詩）丫鬟十五太嬌憨。一日來攀四五回。

多少藍衫聚邑門，（殷文圭詩）拂地藍衫榜下新。提燈捧盒酒盈尊。（「歸去來辭」）有酒盈尊。須臾看點紅單出，箇箇僉名有沐恩。（韓偓詩）信是沐皇恩。

盼得一作望燈與趁踏歌，（「輦下歲時記」）先天初，上御安福門觀燈，令朝士能文者爲踏歌，聲調入雲。（高啓詩）却憶今宵滿城月，看燈人醉踏歌歸。縣門無榜奈愁何。（杜牧詩）獨憐風景奈愁何。可知巷陌蕭條夜，（朱淑眞詩）巷陌風輕燕子飛。（韓偓詩）門巷掩蕭條。圓一作成就歡期事轉多。

筆床硯匣本長閒，（徐陵「玉臺新詠序」）翡翠筆床，無時離手；琉璃硯匣，終日隨身。（羅鄴詩）高臺今日得長閒。每到新年說掩關。（駱賓王文）翫新年之淑景。（溫庭筠詩）寂寥常掩關。賓友到門俱謝卻，夜來相遇看鰲山。（「宣和遺事」）宣和四年，令都城自臘月朔放鰲山燈，至次年正月十五日夜，謂之預賞元宵。（王禹玉詩）雙鳳雲中扶輦下，六鰲海上駕山來。

和孝儀看燈詞十二首

簾外陰晴幾徧探，侍兒猶恐意難堪。（元稹詩）簾開侍兒起。雖然殘雪消還有，（蘇軾詩）新年暗消雪。且喜今朝尚十三。（「帝京景物略」）淳祐三年，請預放元宵，自十三日起，巷陌橋道，皆編竹張燈。

燈街試走一作初出斷紅䩄，（「會眞記」）雙臉斷紅。新嫁橋南第幾晨？夫壻卻扶佯不要，一回低媚一回嗔。（杜甫詩）每扶必怒嗔。

青油車子過斜陽。（蘇小小詩）郎乘油碧車。（溫庭筠詩）照日青油濕。風颺湘簾出畫裳。（范成大詩）明璫錦帶湘簾斑。（薛克搆詩）畫裳晨應月。曾在石家筵上見，是一作阿誰香氣試猜詳。（袁暉詩）春風識香氣。

步向庭梅遶幾巡，（杜甫詩）巡簷索共梅花笑。莫愁家月倍堪珍。（「樂府古題要解」）石城有女子，名莫愁，善歌謠。何須更看花燈去？（白居易詩）羅扇夾花燈，金鞍攢繡轂。若箇燈人似箇人。（自注）京師呼鼇山美人爲燈人兒，皆翦綵及通草爲之，鮮明妍潔，流動如生。（程大昌「演繁露」）若干者，設數之言也。干，猶箇也。若箇，猶言幾何枚也。

欲換明粧自忖量，（鮑照樂府詩）明粧帶綺羅。（邵雍詩）人生難忖量。莫教難認暗衣裳。忽然省得鍾情句，不辨花叢卻辨香。（元稹「雜憶詩」）寒輕夜淺繞廻廊，不辨花叢暗辨香。

小玉飛瓊動靜俱，（李賀詩）小玉開屏見山色。（「漢武內傳」）西王母侍女許飛瓊。幾回當面笑愁吁。（韓偓詩）密跡未成當面笑。眉梢（一作眼波）第一防他覺，（司馬光詞）眉梢眼角，無計相廻避。不審狂郎解得無？

暗風相約宋牆東，（元稹詩）暗風吹雨入寒窗。（宋玉「登徒子好色賦」）臣里之美者，莫若臣東家之子。（又）此女登牆闚臣三年，至今未許也。一寸靈犀（一作心）兩處同。（李商隱詩）心有靈犀一點通。南去北來多邂逅，（「詩」）邂逅相遇。忽然俱在寺門中。

風透珠燈蠟淚流，（王叔承「宮詞」）珠燈別起珊瑚架。（溫庭筠詩）亭亭蠟淚香珠殘。隅街簫（一作笙）鼓送人愁。（梁元帝文）簫鼓騰空。可（一作愁）憐心似青（一作清）霄月，（蘇軾詩）孤月此心明。（李白詩）攝身淩青霄。皎潔隨郎處處游。

舊曲薦來不耐聽，（「韻考」）薦，於疑切，物不鮮也。竹棚花火太因仍。（「容齋隨筆」）自正月十三起至十七止，滿城大小人戶，跨街以竹棚懸綵燈，鼓吹煙火，達旦不寐。（「易」）洊雷震。（疏）洊者，重也，因仍也。新歡新歲多新意，（一作：新春小院添春意。）（陳後主詩）新歡起舊情。（「南史」）裁製巧密，多有新意。刮骨鹽聲蛤月燈。（宋人詩）更奏新聲刮骨鹽。（「飛燕外傳」）眞臘夷獻萬年蛤，光彩若月。

爲把傾城再拜邀，（漢李延年歌）一顧傾人城，再顧傾人國。一生拚盡在今宵。自從相見春朝後，（王勃詩）那及春朝攜手度。病骨還知剩幾朝。（李賀詩）病骨猶能在。

尋常聲影限中門，密笑微香攪夢魂。（李商隱詩）徹香冉冉淚涓涓。（「詩」）祇攪我心。（劉希夷詩）夢魂何翩翩。此夕試燈一作上兼帖勝，（李商隱詩）試燈獨共餘香語。（蘇軾詩）年年帖勝翦宮花。一一作斷時同得在一作到西軒。（陶潛「閑情賦」）景落西軒。

丹誠默向紫姑陳，（「異苑」）紫姑神是人家妾，為大婦所嫉，每以穢事相次役。正月十五日，感激而死。故世人以其日作其形，夜於廁間或豬闌邊迎之，能占衆事。（「白居易「貢橘詩」）願憑朱實表丹誠。可得心期遂此春。（朱熹詩）心期本自幽。陵谷滄桑終日事，（「詩」）高岸為谷，深谷為陵。（「神仙傳」）麻姑云：「接待以來，已見東海三為桑田」。（按）東，亦作滄。不堪長作意中人。（陶潛詩）念我意中人。

又雜題上元竹枝詞

（「七修類稿」）唐開元間，謂天官好樂，地官好人，水官好燈。上元乃三官下降之日，故從十四至十六夜放燈。後增至五夜。

繡佛前頭結好因，（陸游詩）一炷爐香繡佛前。（顧況詩）靈山重結因。上元香火肅凌晨。（溫庭筠詩）香火有良願。（王褒詩）嚴駕早凌晨。懸旛一色燈籠錦，（「名臣言行錄」）仁宗張貴妃侍上元宴，有燈籠錦。名氏親書善女人。（「金剛經」）若有善男子善女人。

風雨元宵意倍傷，畫檐一作繡窗低拜掃晴娘。（杜牧詩）十二層樓敞畫檐。（「帝京景物略」）雨久，以白紙作婦人首，翦紅綠紙衣之，以苕帚苗縛小帚，令攜之，懸庭際，曰掃晴娘。若教掃得天邊雨，為掃離人淚兩行。（元曲）曉來誰染霜林醉。總是離人淚。（賈島詩）兩三行淚忽然垂。

腰身十七正嬌慵，（鮑照詩）閑麗美腰身。（李賀詩）春風爛熳惱嬌慵。珠鳳鞋帮一捻紅。（廖瑩中詞）軟玉香鉤，怪無端、鳳珠微脫。（蔣捷詞）紅膩鞋幫。（「全芳備俎」）唐明皇時，有獻牡丹者。貴妃匀面口脂手印於花上。來歲花開，有脂印紅迹。帝名爲一捻紅。（案）「詞譜」有「一捻紅」調。 不奈小橋春露滑，阿娘扶過石闌東。

瓦坼龜文一例看，斷橫連竪有悲歡。（「風俗通」）巫俗擊瓦，觀其文理分析定吉凶，曰瓦卜。（范成大詩）異鄉風物雜悲歡。 一聲脆響籠燈看，（蘇軾詩）脆響鳴牙齟。（周邦彥詞）籠燈就月，仔細端相。 暫作排愁事一端。（劉孝儀「嘆別賦」）愁非和而自來，憂試排而不却。

夜筵花果遶香爐，（李商隱「七夕詩」）花果香千戶。 心事年年問紫姑。（崔峒詩）更將心事問情人。 燈後踏青挑菜起，（「歲華紀麗譜」）三月三日踏青節。（「歲時記」）寒食挑菜。（蘇軾詩）七種共挑人日菜。 不知堪會那人無？

白縠單衫絕點埃，（宋玉「諷賦」）更被白縠之單衫。（郝經詩）門卷脩然絕點埃。 經年皎潔似初裁。（徐賁詩）文君機上錦初裁。 何須更取園蔬讖，偶趁同袍一摘來。（陶潛詩）歡言酌春酒，摘我園中蔬。（許渾詩）萬里別同袍。

婦病憂絕

藥餌無徵怪夢頻，（張佑詩）藥餌無徵待詔愁。（劉勰「新論」）怪夢者，所以驚庶人也。 漫勞一作將牲玉禱明神。（「詩・大雅」）靡神不舉，靡愛斯牲；圭璧既卒，甯莫我聽？ 巉巖骨出艱眠坐，（劉勰「新論」）聳石巉巖。（「讀曲歌」）飛龍落藥店，骨出只爲汝。 細碎心煩易（原注）入聲，次同自讀如此。喜嗔。

（韋昭「國語解」序）至於細碎，有所闕略。（「新語」）一事衆者則心煩。不爭一作奈睡眸清徹夜，可堪肝病苦怕一作逢春。繁華白日重門掩，繞榻啼痕滿六親。（「漢書」）以奉六親。（應劭注）六親者，父母兄弟妻子也。臂顫難擎潄一盃，羸形扶起望庭梅。（張衡「西京賦」）始徐進而羸形。花當病眼偏生好，（韋莊詩）病眼何堪送落暉。雨趁傷心特地催。口味斷來單剩藥，心愿一作香酬罷更無財。（韓偓詩）心香洞府開。窮途底事無計一作堪娛汝？（鮑照詩）窮途悔短計。聊折瓶花一兩栽。（高翥詩）多插瓶花供宴坐。

呈外父時婦病方苦

王郎才地本凡庸，（「世說」）王凝之謝夫人既往王氏，大薄凝之。太傅慰之曰：「王郎人身亦不惡，汝何以恨迺爾？」答曰：「不意天壤之中，乃有王郎。」（「晉書・王恭傳」）自負才地高華。（「史記」）才能不過凡庸。愛女憐才感謝公。（元稹「悼亡詩」）謝公最小偏憐女。羯末許陪狂爛熳，（「晉書・列女傳」）謝道蘊曰：「羣從兄弟復有封、胡、羯、末。」封謂謝韶，胡謂謝朗，羯謂謝玄，末謂謝川，小字也。（白居易詩）狂隨爛熳游。雲英敎捧醉朦朧。「雲英」注，見卷一。肯令癡婢恚一作隨中婦，（古樂府）中婦織流黃。喜見嬌雛似外翁。（元稹詩）扶牀小女君先識，應爲些些似外翁。共遶病人連夜坐，最傷心處此心同。（「宋史・陸九淵傳」）此心同，此理同也。

述婦病懷

琉璃調藥自看煎，（李賀詩）琉璃鍾，琥珀濃。盡日松濤小榻邊。（范仲淹詩）碧玉甌中素濤起。（蘇軾「煎茶詩」）颼颼欲作松風鳴。（王泠然賦）纔容小榻，更設短屏。

慵喚侍兒憑響板，鸚哥傳出翠簾前。（「侯鯖錄」）蔡確侍兒名琵琶，有鸚鵡甚慧，確每呼琵琶，即叩一響板，鸚鵡即傳呼不已。（元稹詩）桐花垂在翠簾前。

悶拈葉子強尋歡，（「農田餘話」）葉子戲始於宋太祖，令後宮習之以消夜。（李商隱詩）人生只強歡。自覺雙銀約指寬。（繁欽「定情詩」）何以致殷勤？約指一雙銀。

阿母無聊聽卜命，（劉長卿詩）愁中卜命看「周易」。脫將跳脫覓人看。（李賦詩）跳脫看年命。

消渴還疑一作愁骨亦消，（「史記・司馬相如傳」）病消渴。（又「張儀傳」）積毀消骨。玩冰銜玉總無憀。（「迷樓記」）煬帝入夏煩躁，醫進劑治之，仍乞置冰盤于前，日夕玩望之，以治煩躁。（「天寶遺事」）貴妃至夏苦熱，常有肺渴病，每日含玉魚於口中，藉其涼津沃肺。（韓偓詩）絲纏露泣，各自無憀。春來潑盡如泉淚，（李白詩）昔時橫波目，今作流淚泉。病肺除非引淚澆。（杜甫詩）且知寬病肺。

水沉隔座臥猶聞，一作：文茵龍腦睡來聞。（杜牧詩）瓊爐燼水沉。（張華詩）列坐文茵。（「酉陽雜俎」）龍腦香樹出婆利國，亦出波斯國。嬾着前春染麝裙。（「埤雅廣要」）麝好食柏葉香，在陰莖前皮內，別有膜袋裹之。（梁元帝詩）翻衫好染香。誰識病來顛倒想？（黃庭堅詩）全是顛倒想。愛香人卻怕香薰。

瘦質眞成筍一竿，隔衾猶見骨一作自見巑岏。（梅堯臣詩）岩岩瘦骨還依然。（「水經注」）巑岏分立。平生守禮多謙畏，

(「登徒子好色賦」)揚詩守禮，終不過差。(「唐書・吳湊傳」)才敏銳而謙畏自將。　不受荀郎熨體寒。(「世說」)荀奉倩與婦至篤，冬月婦病，乃出庭中自取冷，還以身熨之。

難憑銀葉鎮心驚，(「唐本草」)煉銀膏法，用白錫和銀箔及水銀合成之。潔硬如銀，安神定志，鎮心明目。　侍女牀前不敢行。　無奈藥爐初欲沸，(趙嘏詩)只愛吟詩傍藥爐。　夢中已作殷雷聲。殷，音隱。(「詩」)殷其雷。(「毛傳」)殷，雷聲也。(陳與義「病中詩」)不知藥鼎沸，錯認雨聲來。

一勺清漿價一金，(蘇軾詩)一勺清泉滿石盂。　駐顏難恃紫團參。(白居易詩)又無丹藥駐朱顏。(「本草」)蔘生潞州太行山上，謂之紫團蔘。(「寰宇記」)上黨縣紫團山，出人參紫草。　頭花臂釧看看盡，　賣到當年結髮篸。(曹植詩)與君初定情，結髮恩義深。

嬌癡稚女最關情，(元稹詩)嬌癡稚女繞床行。(方干詩)何事不關情？　新讀毛詩一半生。(「漢書・儒林傳」)毛公治「詩」，為獻王博士。(杜荀鶴詩)歸同弟姪讀生書。　忍死看他成長去，(「晉書・宣帝記」)我忍死待君。　喘絲親訓兩三聲。(李商隱詩)嬌喘細疑沉。

湯藥親嘗子婦該，(「禮記」)親有疾飲藥，子先嘗之。(又)養疾之藥，必親嘗之。　雲泥懸絕事堪哀。(白居易詩)昔年洛陽社，貧賤相提攜。今年長安道，對面隔雲泥。(「天隨子」)勢與力懸絕故也。　自知病骨輕如草，(蘇軾詩)病骨煩支持。　莫望尚書嫁女來。

更無兄妹與差肩，(李嶠文)差肩八座。　孤負劬勞阿母憐。(「詩・衞風」)母氏劬勞。　囑付一作向薄情狂壻道，　為加恭敬倍從前。

謝絕妖巫罷禱祈，(張衡賦)湯蠲體以禱祈兮。　不將牲命媚神祇。　刻肌寃苦傷心痛，(曹植文)刻肌刻骨。(「史記」)悲莫痛於傷心。

病者年來細得知。

前路無涯愛有涯，（「莊子」）吾生也有涯，而知也無涯。　一心趨向妙蓮花。（「五燈會元」）迦葉佛初生，光明照十方世界，池湧金蓮花。　眼前眷屬休悲戀，（白居易詩）遶身新眷屬。（「淨住子」）現於涅槃者復是增發悲戀之心。　九品同生也一家。（「觀無量壽佛經」）往生極樂世界者，分上中下三輩；輩分上中下三品，謂之三輩九品。

無題

眉蕚慵描出內稀，（庾信「鏡賦」）無復唇朱，纔餘眉蕚。　試晴風日浣羅衣。（王維「西施咏」）邀人傅香粉，不自着羅衣。　雪融香跡重臺樣，（韓偓詩）豈無香跡在蒼苔。（元稹「夢游春」詩）金蹙重臺履。　春減裙腰尺六圍。（王適詩）春着裙腰自無力。「尺六」，見卷一「夕秀詞」註。（庾信詩）纖腰減束素。　隨意梳勻都韻事，（杜甫詩）隨意數花鬚。　不形顰笑總沉機。（周興嗣文）工顰妍笑。（「後漢書・光武傳」贊）沉機先物。　無端午睡醒來晚，（朱淑真詩）正是午窗初睡醒。　驚認殘陽作曙暉。（羅隱詩）烏噪殘陽草滿庭。（岑參詩）西掖晴雲捧曙輝。

花下

未必春工一夕移，（元好問「丁香詩」）一樹百枝千萬結更，應熏染費春工。杏花清減夜來姿。可知顏色關人處，（王逸詩）形容減少顏色虧。正在紅消欲白時。（黃庚「暮春詩」）花臉紅消蝶懶飛。

旦旦（「詩・衞風」）信誓旦旦。

一寸丹心皦日同，（庾信賦）誰知一寸心，乃有萬斛愁？（謝朓詩）既秉丹石心。（「詩」）謂予不信，有如皦日。薄情猶自認朦朧。（「潛夫論」）情實薄而詞稱厚。

無由披膈教郎一作君見，（蘇軾詩）清徹見肝膈。想殺秦宮照膽銅。（「西京雜記」）高祖入咸陽宮，見方鏡，高五尺九寸，表裏通明，人來照之，影則倒見，以手捫心，則見腸胃五臟。

晴日偕同人有見

風暄日冷正佳辰，（杜甫「小寒食舟中作」）佳辰強飲食猶寒。綠淨園南韭葉春。（「南史・周顒傳」）春初早韭。狂社乍閑浮白手，（「說苑」）魏文侯與大夫飲酒使公乘不仁爲觴政，曰：「飲不盡釂者浮以大白。」文侯飲不盡釂，公乘不仁擧白浮君。嚴閨初放踏靑人。（鄭谷詩）雨後江頭且踏靑。（唐彥謙詩）微微潑火雨，草草踏靑人。（「千金月令」）三月三日，上踏靑鞋襪。佯一作故嗔平視遮生客，（「魏略」）世子丕宴諸文學，酒酣，命甄姬出拜，衆皆俯，劉楨獨平視。（韓琮詩）佯嗔阿母留賓客。

暗記微詞識近鄰。（宋玉「好色賦」）口多微詞。（又）臣里之美者，莫若臣東家之子。臨去更憐低樹好，（秦韜玉詩）誰家促席臨低樹？遶枝閒看兩三巡。（「左傳」）三巡齊師。

踏春詞偕雲客孝先韜仲作

女伴相呼早，春寒嬾下床。（趙抃詩）一般情緒怕春寒。（「會眞記」）萬轉千回嬾下床。檀郎侍梳洗，檀郎爲潘岳小字，後人假以稱所歡之男子。（李賀詩）檀郎謝女眠何處？（韓偓詩）曉來梳洗更相宜。阿母檢衣裳。愛影頻看鏡，（杜甫詩）勳業頻看鏡。廻身蹔進房。偶因裙帶換，忘卻紫羅囊。（「世說」）謝遏好着紫羅香囊。

何必花堪賞？平蕪綠可憐。（杜牧詩）回首是平蕪。香輪逢鄭袖，或作褎。（鄭谷「春草詩」）香輪莫碾青青破。（「史記·楚世家」）楚王幸姬鄭袖。金彈逐韓嫣。（「西京雜記」）韓嫣好彈，常以金爲丸，所失者日有十餘。長安爲之語曰：「苦饑寒，逐金丸。」船近桃根泊，（王獻之詩）桃樹連桃根。裙來柳下湔。（「玉燭寶典」）元日至晦且爲餔食。士女湔裙。（張昱詩）綠香溢峯好湔裙。自緣愁緒亂，（賈至詩）舞蝶縈愁緒。風景惡相牽？（杜甫詩）正是江南好風景。

小徑橫斜去，（蘇轍詩）小徑縈廻長抱溪。經過綠水園。（杜甫詩）名園依綠水。園丁勞指點，（陸游詩）園丁報花折。隣女喜寒暄。（「世說」）王獻之詣謝安，言寒暄而已。薄雪凝陰樹，低花一作枝壓短垣。（「左傳」）子有短垣而自踰之。同行莫攀折，贏得糝衣繁。（歐陽修詩）羣芳爛不收，東風落如糝。

何處堪攜手？南塘碧樹邊。（李商隱詩）南塘漸暖蒲堪結。有心同皎日，（趙孟頫詩）公心如皎日。無膽似非煙。（唐皇甫汸「步非煙傳」）臨淮武公業愛妾曰非煙，姓步氏。暗影烏龍覺，（「搜神後記」）會稽民張然，滯役在都，養一狗，甚快，名曰烏龍。後其婦與奴私通，謀殺然。然拍膝大呼：「烏龍何在？」狗應聲傷奴。乖音鴆鳥傳。（「楚辭」）吾命鴆爲媒兮，鴆告予以不好。匆匆陳不盡，（張籍詩）祗恐匆匆說不盡。當面付紅箋。（韓偓詩）小疊紅箋書恨字。

孀艷松根哭，（常建詩）旁倚枯松根。重泉聽得無？（白居易詩）重泉一念一傷神。野風吹縞袂，（蘇軾「於潛女詩」）青裙縞袂於潛女。墳草濺啼珠。（杜牧詩）墳草已芊緜。（元稹詩）柳誤啼珠密。出郭初迷路，（古詩）出郭門直視，但見邱與墳。（宋之問詩）迷路出花難。回房定向隅。（「漢書・刑法志」）一人向隅而悲泣，則滿堂爲之不歡。傷心螻蟻穴，命薄不前驅。（梁宣帝賦）嗟余命之殊薄。（「南史・王琨傳」）既不能先驅螻蟻，頻見此事，嗚咽不勝。

畫壁前朝寺，（「長安志」）嘉猷觀中精思院，王維、鄭虔、吳道子，皆有書壁。（耿湋詩）黃葉前朝寺。陰森夾徑松。（「梁書・張充傳」）松柏森陰。（溫庭筠詩）晝壁森陰九子堂。偶來雙騎白，時度一衫紅。（張祜詩）金絲戲霧紅衫薄。脫釧供香像，（「名山記」）五龍宮有沉香像一。懸旛繡毒龍。（王維詩）安禪制毒龍。那堪歌舞席？（李白詩）遲日明歌席。（梁元帝詩）樹交臨舞席。近在講堂東。（沈炯詩）鷲嶺三層塔，庵園一講堂。

風日薰南浦，（江淹「別賦」）送君南浦。魂銷瑟瑟波。（吳融詩）羅薦黯魂銷。（白居易詩）水面風驅瑟瑟波。被留青翰宿，（「說苑」）鄂君乘青翰之舟，越人擁楫而歌。鄂君舉繡被而覆之。香待博山過。（李商隱「柳枝詩」序）三日當去，濺裙水上，以博山香，待與郎俱過。幽意春前積，佳遊水上多。（張說詩）漢苑佳遊地。從來悲喜併，（石介詩）何事相逢悲喜幷？牛女在明河。（「齊諧記」）七月七日，織女渡河詣牽牛。
鸂鶒斜飛處，（「爾雅翼」）鸂鶒，亦鴛鴦之類，其色多紫。雲陰日半塘。（儲光羲詩）春朝烟雨散，猶帶浮雲陰。漁郎歌倚棹，（許渾詩）却伴漁郎把釣竿。（方干詩）月中倚棹吟漁浦。蠶妾笑提一作携筐。（「左傳」）晉公子將行，謀于桑下，蠶妾在其上，以告姜氏。（梁簡文帝詩）蠶妾始提筐。鬢濕篸花露，裙沾鬬草香。（韓偓詩）門草憐香蕙。同行暫猶好，歸路莫嫌長。
卸卻吳綾重，（朱有燉詩）越羅衫子換吳綾。寬衫奈瘦何。（李商隱詩）春衫瘦着寬。偶隨啼鳥聽，一作遠。（梅堯臣詩）坐竹聽啼鳥。竟踏落花過。（白居易詩）閒踏宮花獨自行。瑪瑙春雲寺，（「武林舊事」）瑪瑙坡在孤山路。（「輟耕錄」）杭州瑪瑙寺僧溫日能書。胭脂夕照坡。（蘇軾詩）貂裘夜走胭脂坡。
畫船何處去？（范成大詩）細雨垂楊繫畫船。煙外響吳歌。（袁凱詩）記得吳兒竹枝調。
鎖鑰嚴城早，（韋應物詩）嚴城動寒角。難拚是落一作夕暉。（方干詩）清峭關心惜歸去，他時夢到亦難拚。（劉長卿詩）回首川長共落暉。水心初瀲瀲，（蘇軾詩）瀲瀲水泊簷。樓角更依依。（杜甫詩）樓角臨風迥。蹋鞠爭先入，（劉向「別錄」）寒食蹋鞠，黃帝所造以練武士。胡琴落後歸。（李白詩）風流肯落他人後。不妨南市過，月下獨來稀。（李中詩）荒逕獨遊稀。

拾天寶遺事

（「唐書．明皇紀」）天寶元年，大赦改元。羣臣上尊號曰，開元天寶聖文神武皇帝。

忍笑含顰倚唾壺，(韓偓詩)舉袂佯羞忍笑時。(溫庭玉詩)楚女含情嬌翠顰。　筍香荑嫩捧芙蕖。(遼懿德后「十香詞」)纖纖春筍香。(「詩」)手如柔荑。

櫻桃樹下鸚哥畔，(「清異錄」)鸚鵡謂之辨哥。　一幅楊妃病齒圖。(自注)唐人有此圖，見「宣和畫譜」。

蠶眠金字跡輝煌，(「書斷」)魯秋胡翫蠶，作「蠶書」。(「封禪文」)上元細字如蠶眠。(李商隱詩)煥炳輝煌。　盥手臨池玉筍(一作細注)香。(陸龜蒙詩)盥手披靈編。(「晉書・王羲之傳」)臨池學書。

誰令女人偏好善？有情皇帝李三郎。(「貴耳集」)眞定大歷寺佛龕上，有塗金匣，藏「心經」一卷，字體婉麗，其後題曰：「善女人楊氏爲大唐皇帝李三郎書。」(唐鄭嵎「津陽門詩」注)內中皆以上爲三郎。

箇人之一

銅尊花露玉爐煙，(陸游詩)三升花露春壺滿。(「朝野僉載」)唐韓王元嘉有銅鶴尊。(李賀詩)玉爐炭火香鼕鼕。　長見飛瓊侍曉筵。(許渾詩)坐中惟有許飛瓊。(李賀「秦宮詩」)斫桂燒金侍曉筵。

覺我欲前微掩歛，(杜牧詩)掩歛下瑤階。　避人佯退定遷延。(宋玉「好色賦」)因遷延而辭避。　無聊脫釧紅箱畔，(韓愈詩)抽釵脫釧解環珮。　特地兜鞋碧檻邊。(秦觀詞)倚闌無緒更兜鞋。　喜殺未曾梳洗在，(韓偓詩)曉來梳洗更相宜。　翠鬟鬆壓睡容鮮。(李後主詞)無人整翠鬟。

追憶

萬疊傷心露淺顰。（趙秉文詩）皺作風前萬疊愁。（袁易詩）兹晨效淺顰。脣朱欲動更逡巡。（劉基詩）齒如編貝脣如朱。（「漢書」）逡巡有恥。休論笑眼生花處，（顧非熊「酬陳標評事詩」）笑眼對花生。一段愁光昵殺人。（李白詩）別作深宮一段愁。

代贈

絳樹休嗟結子遲，（「雲笈七籤」）上清紫精天中有樹，其葉似竹而赤，食其實卽飛仙。所謂絳樹丹實。色照五藏者也。（案）絳樹，亦美人名。魏文帝「答繁欽書」云：「今之妙舞，莫巧於絳樹。」庾肩吾「詠美人詩」：「絳樹及西施，俱是好容儀。」（劉禹錫詩）海中仙果子生遲。惜花人更惜空枝。（白居易詩）惜花不掃地。（王建詩）宿葉守空枝。紫薇得到重來日，唐開元間改中書省曰紫薇省，故世稱中書舍人爲紫薇郎。宛是深紅未落時。（「唐闕史」）杜舍人再捷之後，時譽益淸。自恃才名，亦頗縱聲色。聞湖郡有長眉纖腰，類神仙者，往觀之。見里婦攜幼女，曰：「此奇色也。」贈羅纈一篋爲質，曰：「待吾十年，不來，而後嫁。」別後十四載，出刺湖州，卽命求訪。女已適人三載，有二子矣。因贈詩曰：「自是尋春去較遲，不須惆悵怨芳時。狂風落盡深紅色，綠葉成陰子滿枝。」

悲遣十三章

神傷不哭媿前賢，（「晉陽秋」）荀奉倩婦病亡，未殯，傅嘏往唁之。荀不哭而神傷。（張詠文）無愧前賢。虛讀南華十八篇。（「莊子·至樂篇」）莊子妻死，惠子弔之。莊子方箕踞，而鼓盆而歌。（按）「至樂」爲「南華經」第十八篇。曾有達人難達處，（「鶡冠子」）達人大觀，乃見其符。風刀將斷喘絲懸。（王昌齡「塞下曲」）水寒風似刀。

青瞳枯澀漸無光，（劉基詩）看天淚眼枯。（又）眼澀燈暈繞。猶自瞢騰覓阿娘。（范成大詩）尋思斷夢半瞢騰。苦是舌根閑強後，（「世說」）殷仲堪每云，三日不讀「道德論」，便覺舌本閒強。模糊一作朦朧言句費猜詳。（自注）比時惟外父與予及兩兒女在榻前耳。予苟非入目刺心，亦安能驟寫至此！

兒拏婢捧藉重裀，（元稹詩）竹簟席重裀。半轉孱軀萬苦辛。（「詩」）輾轉反側。（疏）輾，半轉也。若使一靈還負痛，（韓偓詩）一靈今用戒香薰。泉途扶侍託何人？（謝莊文）悼泉途之已宮。

尋常痛楚苦呻吟，（于濆詩）痛楚難共諳。（杜甫詩）男呻女吟四壁靜。戶外遙聞便刺心。（「後漢書·馮衍傳」）聞此至言，必若刺心。今日進房都寂寞，一作寂不堪仍向舊床尋。

尸堂揭白寫形模，（「呂氏春秋」）荊王死，尸在堂上。（袁袞文）起形模於象外。幾遍端相未是他。（周邦彥詞）仔細端相。欲倩畫工追笑靨，（宋馮偉壽詞）盈盈笑靨、宮黃額。可堪連歲泣時多？（自注）亦吾兒有此語。

半月前還弄翦刀，（李商隱詩）新正未破剪刀閒。剩拋金線幾多條？（秦韜玉「貧女詩」）苦恨年年壓金線。病中改出裙花樣，

(白居易詩)連枝花樣繡羅襦。爲向靈筵掛幾朝。(「梁書・劉歊傳」)施靈筵，陳棺槨。
影堂燈火碧熒熒，(雍陶詩)影堂斜掩一燈深。(潘岳賦)入空室兮望靈座，帷飄飄兮燈熒熒。消息都無去杳冥。(于武陵詩)一別無消息。(「辨命論」)未達杳
冥之情。曾是向來行立處，紙錢灰燼滿中庭。(「法苑珠林」)翦白紙錢，鬼得銀用；翦黃紙錢，鬼得金用。
悼亡非爲愛緣牽，(晉潘岳有「悼亡詩」。(白居易詩)亦知恩愛緣，乃是憂惱資。儼敬如賓近十年。(「左傳」)臼季過冀，見冀缺耨，其妻饁之，敬，相待如賓。
疏濶較多歡洽少，(虞集詩)疎濶思良會。(「魏志・毋丘儉傳」)情好歡洽。倍添今日淚綿綿。(「家語」)綿綿不絕。
爲是妻言故未聽，(劉伶「酒德詞」)婦兒之言，愼不可聽。勞將麴蘗戒劉伶。(「晉書・劉伶傳」)嘗求酒于妻，妻諫曰：「君酒太過，非攝生之道。」(「書・說命」)
若作酒醴，爾惟麴蘖。今來醉也無人管，一度持觴一涕零。(皇甫松賦)悄持觴而未舉。(「詩」)念彼共人，涕零如雨。
醉時慟哭一作感慨醒茫然，一作來悶復吞。(杜甫詩)臨風欲慟哭，聲出已復吞。(「漢書」)茫然喪其所懷來。貧用奔波病卻眠。(韓愈文)老少奔波。白
日無聊更無暇，黃昏獨到繐帷前。(沈約「郊居賦」)繐帷一朝冥漠。
盂蘭香食散河津，曾看蓮燈出水新。(「帝京景物略」)中元節，諸寺建盂蘭盆會。夜，于水次放燈，曰放河燈。誰道滄桑一年事，(「神仙
傳」)麻姑云：「接待以來，已見東海三爲桑田。」(儲光羲詩)滄海成桑田。施燈人作受燈人？(自注)邑中檀信於中元節作盂蘭盆會，婦亦每捨微資。河燈千朵，燦爛中流，曾一寓目。今於終七
之期，將設此燈，追感昔遊，可勝悽惻！

幢幡收卷散花場，（「維摩經」）會中有一天女，以天花散諸菩薩。燒罷人間七七香。（「北史·胡國珍傳」）詔自始薨至七七，皆爲設千僧齋。（「隋書·外國傳」）林邑風俗，七七散花香。淨土天宮隨意住，（「法華論」）無煩惱衆生住處，名爲淨土。（「法華經」）緣是功德，轉身所生，得好上妙，車乘輦輿，及乘天宮。（朱熹詩）一春隨意住僧房。可知塵世獨淒涼？（元稹詩）塵世苦憧憧。（李白詩）覽古情悽涼。先行幾步諒無多，究竟同歸此逝波。（潘岳詩）白首同所歸。（李商隱詩）華筵俄歎逝波窮。吾已自知生趣短，暫停相待卻如何！

過婦家有感

謝家重見縞衣郎，（張泌詩）別夢依依到謝家。（「詩」）縞衣綦巾。羣婢相看掩淚光。（元稹詩）謝家諸婢笑扶行。（元稹詩）淚光凝炯炯。特送傷心小甥女，繞身啼喚覓姨娘。（「釋名」）母之姊妹爲姨。歸甯去日淚痕濃，（「詩·周南」）歸甯父母。（李白詩）但見淚痕濕，不知心恨誰。鎖卻粧樓第一重。（沈佺期詩）粧樓翠幌教春住。空剩一行遺墨在，（張蠙詩）歲月無情遺墨在。丙寅十月十三封。（自注）婦以丙寅六月歸甯，十月返舍，以望後三日爲慈人生日也。所居一閣，外母虛以待其再至，而遘疾日深，荏苒不起。今雙扉宛然，手封猶在，傷哉！

雜悲三首

舊碧羅衾舊茜衣，（李後主詞）羅衾不耐五更寒。（殷文珪詩）茜衣菱女書橈輕。藥痕和淚遍淋漓。開箱瞥見心如擣，（「詩・小雅」）我心憂傷，惄焉如擣。（「說文」）瞥，音匹，瞥見，瞥然暫見也。似見攢眉忍痛時。（李白「恨賦」）攢眉骨痛。

檢得遺一作殘箋兩幅餘，去年今日一作爲將醫藥餉離居。（崔護詩）去年今日此門中。（「楚辭・九歌」）折疎麻兮瑤華，將以遺兮離居。自言臂顫難成字，特爲關心力疾書。（「晉書」）創猶未合，力疾而戰。

淚寒鰥枕月來遲，（李白詩）月度霜閨遲。記得前秋夜半一作作伴時。痛疾自悲還自忍，一作痛劇夜分常隱忍。（「奇書」）樂頤常病，與母隔壁，忍痛不言，嚙被至碎，恐母之哀己也。愁聲一作呻吟不令醉人知。（溫庭筠詩）愁聲覺蟪蛄。（陶潛詩）君當恕醉人。

記永訣時語四首

（自注）俱出亡者口中，聊爲譜敍成句耳。（江淹「別賦」）誰能摹暫離之狀，寫永訣之情者乎?

病眠常自斷炊煙，曠廢蘋蘩十二年。（「詩」）「風」有「采蘋」「采蘩」兩篇，言大夫妻之能勤祭祀也。侍奉姑嫜多缺略，（陳琳「飲馬長城窟行」）善侍新姑嫜。敢勞捐賜飯含錢。（「戰國策」）死則不得飯含。

白苧秋衫自紡成，（苧同紵。（柳宗元詩）春衫裁白紵。）十年篸髻嫁時荆。（「列女傳」梁鴻妻孟光，荆釵布裙。）媿因買藥金珠盡，浪負人間俠女名。（自注）余內家素豪侈，而婦實儉約。居恆布衣，十年不製。病革之日，篋無金珠，惟典券數十紙，皆頻年藥債，及女伴戚屬困乏者所移貸耳。內外尊人咸咎其糜費及好施，而自窘乏，婦心寃之。于永詠時自白一二語，實不能達意也。

爺娘茶食福難消，（「木蘭詩」）朝辭爺娘去。（「大金國志」）舊俗壻納幣，戚屬偕行，以酒饌往。次進蜜餻，人各一盤，曰茶食。只剩靈筵一碗澆。（「南史・顧憲之傳」）不須常施靈筵。心性自甘貧薄慣，（顏延之文）若謂富貴在我，則宜貧薄可在人乎？不煩頻送紙錢燒。（王建「寒食行」）三日無火燒紙錢，紙錢那得到黃泉？

三年侍疾不辭勤，（王建詩）新婦上酒勿辭勤。藥碗薰爐仗阿雲。（自注）妾名見「北史」。（黃庭堅詩）茗碗對爐薰。（「北史・隋房陵王勇傳」）昭訓雲氏嬖幸，禮匹于嫡。獻皇后怒曰：「專寵阿雲，有如許豚犬。」（「梁簡文帝詩」）薰鑪滅復香。訣別贈言惟自愛，（「家語」）子路將行，孔子曰：「贈汝以車乎？贈汝以言乎？」子路曰：「請以言。」（古詩）贈子以自愛。開箱留賜一拖裙。（「舊唐書・輿服志」）宮人皆用帷帽，拖裙。到頸，漸為淺露。

重遣

手調虀橘奠夫文，曾向秋燈讀與君。（陳羽詩）秋燈點點淮陰市。今日是夫先設奠，一杯新茗薦青芹。（自注）劉令嫻奠夫徐敬業文，敬遵先嗜，手調虀橘。余婦病消渴日，引茗數十盃。垂歿思芹，竟不可得。亡後六日，而新茗至矣。（「禮」奠盎注）奠盎設盎，齊之奠也。（「爾雅疏」）水芹一名水英，可作菹及瀹食之。

想像幽魂萬一臨，(曹植「洛神賦」)遺情想像。(李商隱文)迴幽魂于再三。(「莊子」)其存之國也，無萬分之一。爐烟風定酒三斟。(眞山民詩)風定香烟直。

生前惜不加餐飯，(古詩)努力加餐飯。病壓愁侵直到今。

典君釵玦換香焚，賣我琴書爲買墳。旦暮此途行復卽，(一作：愁事促人朝夕去。(范曄詩)寄言生存子，此路行复卽。)更應(一作憂)荒略不如君。

午節外母仍賜一縑泫然賦謝(「禮記」孔子泫然流涕。)

念我無衣節旣添，(元稹詩)顧我無衣搜藎篋。感懷惟有淚痕淹。(杜牧詩)聊書感懷韵。羸形着慣當年素，(「世說・容止篇」)衛洗馬居然有羸形。虛賜精工一四縑。(古詩)新人工織縑，故人工織素。(「後漢書」)莫不精工堅密。

重過婦家

未嫁年時一架書，(高適詩)妾本邯鄲未嫁時。(王建詩)長著香薰一架書。年年秋曝滿庭除。(「四民月令」)七月七日曝經書。(劉兼詩)月移花影過庭除。如今總怕添悲淚，(陶潛詩)悲淚應心零。鎖向空樓任蠹魚。(徐積詩)趁日開箱曝蠹魚。

舅姑相送石屏南，(自注)禮稱婦母爲姑。(儲嗣宗詩)曲几焚香對石屏。悼死嗟生兩不堪。(陸龜蒙詩)相逢恨不堪。揮淚萬千叮囑遍，(陸機文)士女揮淚。只教珍重視遺男。

吳行舟中漫興

率爾東遊不裹糧，率爾，輕遽貌。(「魯論」)子路率爾而對。(「詩・大雅」)乃裹餱糧。雨斜風橫破一作斜風酒雨遍船涼。橫，去聲。(許衡詩)直到半途風雨橫。都無長物惟存硯，(「世說」)王恭曰：「恭作人，無長物。」淨掃閑心剩愛香。十載索居成嬾癖，(李咸用「謝友人遺端硯詩」)草顛終近旭，嬾癖必無嵇。一生多累爲柔腸。(張載詩)人間實多累。(張昱詩)藕絲終日繫柔腸。歡筵到處與悲感，(韋應物詩)歡筵慊未足，離燈悄已對。(陳琳詩)悲感激清音。羞聽狂時舊樂章。(「禮記・曲禮」疏)樂章，謂樂書之篇章，謂詩也。

睡足空船夕照黃，(白居易詩)睡足日高時。(尹廷高詩)宮墻夕照黃。水程三日酒爲糧。(杜甫詩)郵籤報水程。招讒宋玉因詞貌，(宋玉「好色賦」)登徒子短宋玉曰：「玉爲人，體貌閑麗，口多微詞。」助嬾嵇康是老莊。(嵇康「與山巨源絕交書」)老子、莊周，吾之師也。(又)縱逸來久，情意傲散。簡與禮相背，嬾與慢相成。又讀莊老，重增其放。好友僅能一作堪同筆硯，(孟浩然「送王昌齡詩」)數年同筆硯。美人難與共盃觴。(曹植樂府)別易會難，各盡盃觴。醉偕俗客無聊甚，(杜甫詩)莫怪兒童延俗客。聊當狂一作長歌哭幾場。(「國策」)長歌之哀，過於痛哭。

半塘（「吳地記後集」）半塘法華院，在長洲縣西北七里十步。遇邑人莊歛之，同遊虎邱山後。（「史記」）闔閭冢在吳縣閶門外，葬經三日，白虎據其上，故名虎邱山。方舟抵錫山，方舟，兩舟相並而行也。（「莊子」）方舟而濟于河。（「一統志」）錫山在慧山東，古諺云：「有錫爭無錫，甯遂以名縣。」甕汲而歸。（「後漢書」）提甕出汲。

偶聽清歌駐一作：幾怕歌聲在。（「世說」）桓子野每聞清歌，輒喚奈何。半塘，感君同載不嫌狂。（曾鞏詩）故人曾期此同載，捨櫂直抵雲山遊。里中可語人偏少，世上無情事卻忙。（自注）余里中人百許聚吳閶，而登山者僅一二。樹石那知山後好？（自注）遊人率至前山便止耳。茶泉端愛雨前香。（自注）至惠山，適雨後，泉濁，待之良久方清。惠施喜共一作欣與莊生語，一作對。（李善「文選注」）惠施，莊周，相知者也。不覺歸帆驛路一作玄言送日長。（王維詩）歸帆但信風。（「北山移文」）馳烟驛路。

余有湖濱舊寓，將往寄跡，（陶潛詩）寄跡風雲。友人陳旅食之艱，（杜甫詩」）旅食京華春。勗以歸計，（曹鄴詩）當春人盡歸，我獨無歸計。口占答之。

無聊蹤跡（一作身世）寄扁舟，（蘇軾「赤壁賦」）駕一葉之扁舟。感媿良朋阻浪游。（「晉書」）鄉隣感媿。（杜牧詩）迢迢爲浪游。休替行人憂桂玉，（「國策」）楚國之食貴于玉，薪貴于桂。在家愁似客中愁。

薄暮獨吟

煙墀搔首晚天青，（「詩・邶風」）搔首踟蹰。夕照牆根寫瘦形。（王逢詩）牆根朝日暄。（「文心雕龍」）白日垂其照，青眸寫其形。逝者命同風剪燭，（魏文帝「與吳質書」）既痛逝者，行自念也。（古詩）百年未幾時，有若風吹燭。行人心碎雨淋鈴。（「太眞外傳」）玄宗入斜谷口，霖雨連旬，于棧道中聞鈴聲，隔山相應。上悼念貴妃，因采其聲爲「雨淋鈴曲」。（方回詩）孤蓬酒醒三更雨，滴碎愁腸是此聲。酒鎗近日都調藥，（劉禹錫詩）雲網籠歌扇，流塵暗酒鎗。歌婢新來與誦經。（許渾詩）誦經焚晚香。明月滿城簫鼓夜，（梁元帝文）簫鼓騰空，烟霞相接。星辰奪彩，燈燭非明。閉（一作閑）門愁絕臥空庭。（自注）六月十九日，俗傳爲大士生辰。盛陳法會，夜張燈火，簫鼓鏗沸。雖靜坊曲巷，士女聯行，余獨以悼亡不出。（侯寘詞）怨深愁絕，瘦年時節。

仲父水部公世母焦孺人、余妻賀氏相繼奄逝。世母，伯母也。（「爾雅」）父之兄妻曰世母。七月之望，同諸父昆弟設薦于蘭盆道場。（「于蘭盆經」）目蓮母生餓鬼中，佛令作于蘭盆，供養十方大德，而後母得食，後世因之廣爲華飾。盂蘭，一云烏蘭，華言解倒懸也。卽事悽感，因申慧命，（「刊定記」）以慧爲命，故稱慧命。用遣悲懷。元稹喪妻，作「遣悲懷」三首。

兩月三喪哭不乾，（蔡琰「悲憤詩」）常流涕兮眥不乾。雁行相對雪衣冠。（「曲禮」）兄之齒雁行。（「詩・曹風」）麻衣如雪。紅燈照渡同千盞，翠竹揚旛各一竿。幾處舊家都夢影，（「維摩詰經」）是身如夢，爲虛妄見；是身如影，爲業緣見。（李商隱文）念國高之舊家。一叢新鬼暫盤桓。（「左氏傳」）新鬼大，故鬼小。（王粲賦）悵盤桓以反側。他生未必重相認，（李商隱詩）他生未卜此生休。（元稹詩）他生緣會更難期。但悟無生了不難。（「維摩詰經」）所願具足，得無生忍。（蘇軾詩）終了無生一大緣。（「莊子」）察其始而本無生，非徒無生也，而本無形。

箇人

（自注）合前一章共十三首。

覓箇柔鄉寄此生，（「飛燕外傳」）后進合德，帝大悅，以輔屬體，無所不靡，謂爲溫柔鄉，曰：「吾老是鄉矣，不能效武皇帝求白雲鄉也。」風流天付與卿卿。

(文同詩)佳景實天付。(元稹詩)媚子舞卿卿。直教眉眼能傳語，(「女紅餘志」)寵姐每嬌眼一轉，寧王即知其意，宮中謂之眼語。又能作眉語。可待詩篇爲定情。(漢繁欽有「定情詩」。)雙臉斷紅初卻坐，(「會眞記」)常服悴容，不加新飾。垂鬟接黛，雙臉斷紅而已。顏色艷異，光輝動人，張驚爲之禮，因坐鄭旁。亂頭粗服總傾城。(「世說」)裴令公有儁容儀，脫冠冕，粗服亂頭皆好，時人以爲玉人。(「漢書」)李延年歌曰：「北方有佳人，絕世而獨立；一顧傾人城，再顧傾人國。」高情不喜鉛華御，(「洛神賦」)芳澤無加，鉛華不御。未是全防妒眼驚。(張小山詞)須防他妒眼。(杜甫詩)不覺翠心妒，休牽衆眼驚。

命薄難將一願酬，(楊萬里詩)鬼妒天嗔教薄命。霎時知遇半生愁。霎，色狎切。霎時，極短之時也。吞針羅什非難事，(「晉書·鳩摩羅什傳」)姚興以妓女十人，逼使受之。自是不住僧房，別立廨舍。諸僧多效之。羅什乃聚針盈鉢，謂之曰：「若能食此者，方可畜室耳。」因擧七進針，與常食不別。諸僧愧服，乃止。抱柱微生是本謀。(「莊子」)尾生與女子期于梁下，女子不來，水至不去，抱橋柱而死。(古詩)安得抱柱信，皎日以爲期？(「史記·自序」)呂氏之事，平爲本謀，終安宗廟，定社稷。(案)尾生或謂卽微生高。天上會須鴛牒下，見卷一「憶着」題注。人間莫遣鴆媒求。見前「踏春詞」注。栽花徑路一作蕙蘭谿徑從來窄，燕妒鶯猜一作喧卒未休。(李商隱詩)猜意鵷雛竟未休。

撚帶無憀慘翠蛾，(溫庭筠詩)想凭闌干斂翠蛾。撚帶，見李商隱詩「柳枝」注。(陸龜蒙詩)悶尋鸚鵡說無憀。風波時刻淚痕多。(白居易詩)世路風波子細諳。(戎昱詩)紅衫裛淚痕。旁撓歡計人人險，(沈遼詩)佳賓適所好，歡計成金罍。飛語情蹤一作悰事事訛。(「漢書·灌夫傳」)有飛語爲惡言上聞。狂眼固難辭竊鈇，(賀鑄詩)酒半醉時眼更狂。鈇，坊本或作鉄，非是。(「列子·說符篇」)有亡鈇者，意其隣之子，視其行，竊鈇也。顏色，竊鈇也。言語，竊鈇也。動作態度，無爲而不竊鈇也。

俄而抯其谷而得其鈇。(「集韵」)鈇，音甫，斧也。吹毛原不恕投梭。(「漢書・景十三王傳」)有司吹毛求疵。(「晉書・謝鯤傳」)鄰有美女，鯤挑之。女投梭，折其兩齒。愁眞笑強終難諱，不覺人前喚奈何。(「世說」)桓子野每聞清歌，輒喚奈何。

隔院香來是水沉，藥房深靜愜幽尋。(徐賁詩)藥房因雨閉。(陸龜蒙詩)野園煙裏自幽尋。裙裾拂砌桐花滿，(沈約「麗人賦」)落花入領，微風動裾。鏡檻當窗木葉陰。(李商隱詩)鏡檻芙蓉入。謝女麈談林下氣，(「晉書・列女傳」)濟尼曰：「謝夫人神情散朗，故有林下風氣。」(林景熙詩)疑是神仙接麈談蕭娘針繡佛前心。(自注)呂溫有藥師如來繡像，讚序云，蘭陵蕭氏所繡也。幽奇不是人間世，(「莊子」有「人間世」篇。一滴瓊漿值萬金。(「雲笈七籤」)酌以八瓊之漿。(「楚辭」)華酌既陳，有瓊漿些。(劉兼詩)一筯鱸魚值萬金。

悵悵清光不共遊，(「史記」)悵恨久之。(歐陽修詩)可愛清光澄夜色。眼波肌雪正宜秋。(韓偓詩)媚霞橫接眼波來。桐花落處聞開鎖，柿葉明時見倚樓。幾度扇遮當面笑，(王建詞)團扇團扇，美人並來遮面。可應燈照下帷羞。(李商隱詩)固應留半燄。迴照下帷羞。無邊妬眼憎情眼，(張小山詞)須防他妬眼。(李漢老「上元詞」)這一雙情眼，怎生禁得許多胡覷？行過簾前莫轉頭。(韓偓詩)一手揭簾微轉頭。

低髻鬆梳出藥房，藥通葯。(韓偓詩)髻根鬆慢玉釵垂。(徐伯陽詩)鏡前新梳倭墮髻。(「楚詞」)辛夷楣兮葯房。曉風輕透藕絲裳。(陸游詩)細腰美人藕絲裳。芳姿偶喜擎團扇，謝芳姿有「團扇曲」。合德何勞帶異香。(「飛燕外傳」)帝私謂樊嫕曰：「后雖有異香，不若婕妤之體自香也。」淚臉濕侵眉尾綠，一作翠。(陳後主詩)落花同淚臉。(李賀詩)眼尾淚侵寒。(韓愈文)粉白黛綠者。睡容消褪額心黃。(王安石詩)漢宮嬌額半塗黃。不須冰雪爲消暑，姑射肌膚近自涼。（「莊子」）藐姑射之山有神人焉，肌膚若冰雪，綽約若處子。

花影幽窗掩獨眠，（張泌詩）幽窗漫結相思夢。（范雲詩）深閨人獨眠。　博山清晝起孤煙。（「考古圖」）博山香爐者，象海中之博山。　南朝弱態憨偏好，煬帝謂袁寶兒可方飛燕，惟多憨態，令虞世南嘲之。世南作詩，有「垂肩嚲袖太憨生」句。見「全唐詩話」。　西子愁眉忍更妍。（「莊子」）西子捧心而顰，其里之醜人見而美之。（「漢書」）梁冀妻孫壽，善爲愁眉。　來夢草香懷昔昔，一作夕夕。（「列子」）昔昔夢爲國君。（「洞冥記」）夢草似蒲，色紅。懷其草，則知夢之吉凶立見也。武帝思李夫人之容不可見。東方朔乃獻一枝，帝懷之，夜果夢夫人，因改名曰懷夢草。　斷腸書字袖年年。（楊巨源詩）風流才子多才思，腸斷蕭娘一紙書。　闌干一曲無多地，　才着思量便渺然。（僧齊已詩）舊游時入靜思量。（何劭詩）渺然心緜邈。

聲影遙聞淚已瀾，（汪藻「讓婚表」）聲影裁聞，少婢奔迸。（元稹詩）烏啼啄啄淚瀾瀾。　寒暄都付一長嘆。（「南唐書」）孫忌口吃，與人接，不能道寒暄。　承恩在一作有貌非因貌，（杜荀鶴詩）承恩不在貌。　觸緒無歡祇爲歡。（令孤楚文）心傷者觸緒成悲。　囑妾勉留顏色在，注見卷一「別緒」。　感君能諒笑啼難。（陳樂昌公主詩）笑啼俱不敢，始信作人難。　胡琴學得羞頻弄，（「元史・禮樂志」）胡琴，制如火不思。卷頸、龍首、二絃，用弓捩之，弓之絃以馬尾。　珍重郎來爲一彈。

濕淚熒熒眼尾寒，（韓愈詩）淚皆還雙熒。（李賀詩）眼尾淚侵寒。　鬐花欹一作低墜嬾重安。（庾信「鏡賦」）量鬐鬢之長短，度安花之相去。　良期屢被魚箋誤，（王勃賦）握象管，展魚箋。（黃昃詞）一淺顰，惆悵芳期誤。　幽悶難憑鵲語寬。（韓偓詩）無憑諳鵲語，猶得暫心寬。　多爲問津添險阻，

(陶潛「桃花源記」)後遂無問律者。(「左傳」)險阻艱難，備嘗之矣。反因迷路暫團圞。(龐居士偈)大家團圞期。相看只有悲愁分，虛被郎呼是所歡。(古樂詩)風吹窗簾動，疑是所歡來。

窗白鴉啼又曉鐘，幽歡光景易匆匆。(韓偓詩)背人撩鬢道匆匆。須防拂袖飄香氣，(上官儀詩)袖飄香入淺深。莫慮梳頭減繡工。(鄭谷詩)簷日暖梳頭。(歐陽修詞)等閒妨了繡工夫。眉鬢尚貪星下看，腰身甯耐午前慵。(段成式詩)及時裝束好腰身。情悰易被人猜料，(朱希眞詞)着甚情悰，你但忘了人詞。只恐矜持愈不同。(鮑照詩)放縱少矜持。

月下來過月下歸，銀燈照影着秋衣。(李白詩)玉露生秋衣。(又詞)時落銀燈香炧。裙腰賸得籌香煖，(王適詩)春着裙腰自無力。(應次蘧詞)韵遶香篝暖。掠鬢仍開匣鏡輝。(劉孝威詩)掠鬢即成絲。(庾信詩)玉匣聊開鏡。花裏送郎眞草草，(步非煙詩)嘗恨桃源諸女伴，等閒花裏送郎歸。(「五代史」)昨太草草耳。人前見妾莫依依。(元好問詩)依依如有意。鍾情不比閑情樣，蹤跡何妨一日稀。

古桂幽香曝晚一作晚晴，(長孫佐輔詩)古桂和雲攀。玉人風格照秋明。(周邦彥詞)燈前有箇人如玉。(李羣玉詞)風格只應天上有。恰宜重九當初度，(「楚詞」)皇覽揆余于初度兮。喜聽雙文是小名。(元稹「長慶集」)有「贈雙文詩」，陸龜蒙有「小名錄」，王銍有「侍兒小名錄」。好夢更徵裙帶解，(張建詩)月影曉窗留好夢。(王建「宮詞」)忽地下階裙帶解，非時應得見君王。私書合用佩囊盛。(韓偓詩)私書欲報難。粧成欲照一作自賞通身影，(馮小青詩)瘦影自臨春水照。秋水簾前有一泓。(龔詡詩)只隔天津一泓水。

昔人詩詞往往用謝娘字，相因已久，不知其何指也。余詩亦偶用之，致來唐勒之疑，戲占答客。（宋玉「諷賦」）楚襄王時，宋玉歸休，唐勒讒之於王。

梔子庭前柳外牆，（自注）唐彥謙詩：「庭前佳樹名梔子，試結同心贈謝娘。」（無名氏詩）柳條金嫩不勝鴉，青粉牆頭道蘊家。偶然風調入篇章。（白居易詩）依稀風調似文君。（吳質文）休息篇章之囿。也知散朗多情一作清思，（「世說」）王夫人神情散朗。（按）王夫人，謂王凝之妻謝道蘊。（韓愈詩）春風也是多情思。敢着微詞惱謝娘？（宋玉「登徒子好色賦」）登徒子短宋玉曰：「玉為人體貌閑麗，口多微辭。」

蘭幽雪白隔東牆，（宋人詩話）艷如白雪，靜若幽蘭。（李商隱詩）王昌只在牆東住。何事嫌疑到桂堂？（李商隱詩）畫樓西畔桂堂東。風絮淸才團扇曲，（「世說」）謝太傅問曰：「白雪紛紛何所似？」兄子朗曰：「撒鹽空中差可擬。」兄女道蘊曰：「未若柳絮因風起。」（班婕妤詩）新裂齊紈素，皎潔如霜雪。裁成合歡扇，團團如明月。莫應長合屬王郎。（「晉書・王凝之妻謝氏傳」）不意天壤之間乃有王郎。

殘粧

睡夕篸花曉未蔫，（蘇軾詩）深紅任早蔫。又尋幽朶露叢邊。（溫庭筠詩）娟娟照露叢。窗光映日來侵面，句用「雜事秘辛」。（王逢浦

（「東女詩」）曰：色照面蒼烟姿。衣影翔風欲泊肩。句用「飛燕外傳」。泊，止也。艷鬒澤同新沐夜，鬒，音軫。髮美也。（「詩」）鬒髮如雲。（「史記・屈平列傳」）新沐者必彈冠。羞顏頳似未笄年。（李白詩）十四爲君婦，羞顏不敢開。頳，音春，赤色。（朱德潤詩）臂環金彩嬌顏頳。（「禮」）女子十有五年而笄。殘粧最是難看見，（李白詩）曰：晚却理殘粧。緩住梳頭一細憐。（自注）第七句原作「殘粧更較嚴粧好」，似爲明穩，然意不盡於此，故改今句。（元稹詩）水晶簾下看梳頭。

示狂社諸君效劍南體

宋陸游，字務觀，山陰人，著有「劍南詩稿」。其詩清新刻露，而出以圓潤，能自闢一宗，故宋以後。詩有劍南一體。

狂心難按是今年，（張華詩）游放使心狂。花市湖隄早着鞭。（趙抃「成都古今記」）二月花市。（晉書・劉琨傳」）常恐祖生，先吾着鞭。笑倩客扶桃葉醉，（「古今樂錄」）「桃葉歌」，王子敬所作也。桃葉，子敬妾。（白居易詩）小妓攜桃葉，新歌踏柳枝。喜聽人鬨柘枝顛。（沈括「夢溪筆談」）寇萊公好柘枝舞，會客必舞柘枝。每舞必盡日，時人謂之柘枝顛。神仙枉被浮名誤，（「陶宏景內傳」）幽說云：「仙障有九，名居其一。我不白日登眞者，蓋三朝有浮名乎？」宰相何妨艷曲一作曲子傳？（「北夢瑣言」）和凝少年好爲小詞，契丹入寇，號爲曲子相公。（「纂要」）古艷曲有北里、靡靡、陽阿之曲。聖代獨能容放蕩，（「世說」注）「名士傳」曰：「劉伶肆意放蕩。」醉侯湯沐不敎鐫。（自注）今天子更化。昔時冒濫者多所削斥。明旨中往往用鐫字，新麗典貴，赫濯王言。（案）（「宋史・隱逸傳」）種放自號雲溪醉侯。（皮日休詩）請贈劉伶作醉侯。（「漢書・食貨志」）自天子以至封君，湯沐邑皆各爲私奉養，不領於天子之經費。鐫，削除也。（「揮麈後錄」）官曹混亂，宜從汰。

可嘆

（李商隱集）有「可嘆」詩。（杜集）亦有此題。

雙屧千金百萬釵，（「南史・臨川靜惠王宏傳」）所幸江無畏，服玩侔于潘妃，寶屧直千萬。（「南齊東昏侯紀」）潘氏服御，極選珍寶，虎魄釵一隻，直百七十萬。也須天與畫眉才。（孫舫詩）不知天意風流處，可與佳人學畫眉。能知細膩風光處，（元稹詩）詩篇態調人皆有，細膩風光我獨知。恰羨頑癡福分來。（「五代史・馮道傳」）無才無德，癡頑老子。（「後漢書」）容容多後福。浴態豈宜燃燭看？（「飛燕外傳」）昭儀夜入浴蘭室，膚體光發占燈燭，帝從幃中竊望之。笑顏甯爲裂繒開。（劉禹錫詩）高堂開笑顏。（「帝王世紀」）妹喜好聞裂繒之聲，桀爲發繒裂之，以順適其意。荆王夢境模糊甚，（宋元詩）夢境寒生翠被池。卻着詞臣子細猜。（宋玉「神女賦」）楚襄王與宋玉遊於雲夢之浦，使玉賦高唐之事。其夜，王寢夢與神女遇，明日以白玉，遂使爲賦。（謝㴱詩）白頭羞殺老詞臣。

空屋

（自注）元微之詩有「朝辭空屋去」句。（按）元稹「長慶集」有「空屋」詩，係悼亡後作，首句云：「朝從空屋裏。」

秋屋凝塵暗簟紋，（「晉書」）凝塵滿席。（蘇軾詩）簟紋如水帳如烟。冷風蕭瑟動靈裙。（魏文帝「燕歌行」）秋風蕭瑟天氣涼。（「雲笈七籤」）赤珠靈裙華蒨粲。牀頭剩藥求醫賣，（元稹詩）舊衣和篋施，殘藥滿甌傾。（羅鄴詩）牀頭殘藥鼠偷盡。篋底遺香任婢分。（陸機「弔魏武文」）魏武遺令，餘香可分于諸夫人。痛定更思貧婦嘆，（韓愈文）如痛定之人思當痛之時，不知何能自處也。才荒猶缺奠妻文。淒涼欲就魂筵醉，（朱熹詩）生芻一束人如玉，此日淒涼萬古心。（「南史」）宋孝武帝，殷淑儀薨後，上痛愛不已。每寢，先於靈床酌奠飲之，既而慟哭。 把酒相看一作呼 淚雨紛。（魏武帝「善哉行」）惋歎淚如雨。

九月初八出門日別婦柩作

此行誰更問歸期，（李商隱詩）君問歸期未有期。 十載窮棲耐別離。（「後漢書・宦者傳論」）志士窮棲。 脫釧爲供賓客醉，（韓愈詩）抽釵脫釧解環珮。 寄書不作女兒悲。（曹景宗詩）去時兒女悲，歸來笳鼓競。 豪場志業終遲就，（皮日休詩）展我此志業。 病榻羸姿已莫支。 悔不閉門同井臼，（「列女傳」）周南大夫之妻謂其夫曰：「親操井臼，不擇妻而娶。」 一生青案對元眉。（「列女傳」）梁鴻妻每進食，常舉案齊眉。（張衡詩）何以報之青玉案？（李善「文選注」）元眉，美人眉秀也。

泊舟晚興

篷窗燈火聽秋霖，（朱熹詩）夢破篷窗雨。（王禹偁詩）惟有鷺鷥知我意，時時翹足對篷窗。（賈島詩）孤獨坐秋霖。 脫帽搔頭嬾復簪。（陸游詩）新年脫帽始微霜。（杜甫詩）白頭搔更短，渾欲不勝簪。 衰病漸成因酒渴，（孟浩然詩）衰病恨無能。（杜甫詩）酒渴愛江清。 閒心難斷只書淫。（「晉書・皇甫謐傳」）耽玩典籍，忘寢與食，時人謂之書淫。 桃根翦燭纖纖手，（「古今樂录」）王獻之愛妾名桃葉，妹曰桃根。（「詩」）纖纖女手。（楊載詩）翡翠簾深翦燭頻。 小玉添香瑟瑟衾。

（白居易詩）吳妖小玉飛作烟。（注）小玉，夫差女名。（歐陽修詩）紅袖添香夜讀書。 此味近來殘嚼蠟，（「楞嚴經」）當橫陳時，味如嚼蠟。 不妨爲客自蕭森。（歐陽修詩）竹影涼蕭森。

煙林晚泊愜幽心，（溫庭筠詩）獨此臥烟林。（李華詩）心愜賞未足。 況有沿隄絡緯音。（「草木疏」）絡緯如蝗，班色，毛翅數重，其羽正赤。 溪雨送涼來枕簟，（陸游「雨詩」）清分枕簟涼。 瓶花橫影到衣襟。 燒殘敗葉茶初沸，（白居易詩）林間暖酒燒紅葉。 病倒羸僮酒自斟。（羅鄴詩）羸僮相對亦無眠。 潘岳遇秋多感慨，晉潘岳有「秋興賦」。 不堪重寫悼亡吟。潘岳有「悼亡詩」三首。

遺恨

返魂續命亦人謀，（「香譜」）返魂香煙直上，可見先靈。（「北史・后妃傳」）馮淑妃，大穆太后婢也。后愛衰，以五月五日進之，號曰續命。（「蜀志」）非惟天時，抑亦人謀也。 蹭蹬終令誤死休。蹭蹬，失勢貌。（「木華賦」）或乃蹭蹬窮波。（「晉書習鑿齒傳」）桓公謂星人曰：「鑿齒憂君誤死，君定是誤活。」 忍病尚防兒輩覺，（「世說」）王右軍曰：「年在桑榆，正賴絲竹陶寫，恒恐兒輩覺，損欣樂之趣。」 耐貧應慮老親憂。（岑參詩）高堂有老親。 參苓價賤猶一作迥多 難繼，（「禮・檀弓」）後難繼也。 絲絮年豐一作凶 亦不一作未 周。 更有一端遺恨在，（「後漢書・王常傳」）死無遺恨。 未一作不 申禳禱憚一作戒 屠牛。（「世說」）劉尹在郡，臨終綿惙。外請殺車中牛祭神。眞長答曰：「丘之禱久矣，勿復爲煩」。（「魏志」注）於是大修禳禱之術以厭焉。（「左傳」）畜老猶憚殺之。

客中苦寒作

更箇家書反覆看，(杜甫詩)家書抵萬金。了無人問客邊寒。(王駕「古意」詩)一行書信千行淚，寒到君邊衣到無？去年尚有庒羸婦，(溫庭筠文)建業庒羸。裹寄裙襦一兩端。

客被何人爲着綿？(「侯鯖錄」)「文選．古詩」注：被中着緜，謂之長相思，緜緜之意。敵寒沽酒已無錢。(「研北雜志」)貧者以酒爲衣。雖然困頓歸猶嬾，(「燕翼貽謀錄」)貢士司馬浦等，困頓風塵。未必家園勝客邊。(常建詩)家園好在尚留秦。

賓于席上徐霞話舊

重見徐娘未老時，(「南史．徐妃傳」)徐娘雖老，猶尚多情。蕙蘭心性玉丰一作風姿。(柳永詞)願奶奶蘭心蕙性。(孫元晏詩)麗華翹袖玉丰姿。不忘杜牧尋春約，(自注)虞元靜。(杜牧詩)自是尋春去較遲，不須惆悵怨芳時。事詳「麗情集」。猶誦元稹記事詩。(自注)端己、弢仲。時世妝梳濃淡改，(白居易詩)天寶末年時世妝。兒郎情境淺深知。(蘇軾詩)莫遣兒郎取次知。棲鸞會上桐花樹，(沈約「桐賦」)宿高枝於鸞暮。(范泰詩)神鸞栖高梧。俊眼詳看一穩枝。(范成大詩)巢穩林深寄一枝。(李義府詩)上林多少樹，可借一枝棲。

又爲賓于道意中語

朝霞和雪匽窗明，（「雜事秘辛」）時日晷薄辰，穿照匽窗，光送着瑩，面如朝霞，和雪艷射，不能正視。的的容輝稱小名。（「淮南子」注）的的，明也。（劉峻詩）籠籠隔淺紗，的的見粧華。（古詩）夢想見容輝。瘦燕本來膚肉暖，肥環元是骨軀輕。（蘇軾「墨妙亭詩」）短長肥瘦各有態，玉環飛燕誰敢憎?（「拾遺記」）石崇屑沉水香爲塵，布象席上，令所愛妾踐之，無跡則賜眞珠百琲。若有跡者，節其飲食，令體輕。故閨中相戲曰：「爾非細骨輕軀，那得百琲眞珠?」語時細領幽蘭氣，（「洞冥記」）麗娟吹氣勝蘭。曲罷猶疑脆管聲。（白居易詩）清絃脆管纖纖手。仙質未宜金屋貯，（「漢武故事」）帝爲膠東王，數歲，長公主抱問曰：「兒欲得婦否?」曰：「欲得。」指女阿嬌曰：「好否?」笑曰：「若得阿嬌，當作金屋貯之。」綠梅花下着卿卿。（范成大「梅譜」）綠蕚梅特爲清高。好事者比之九疑仙人蕚綠華。（溫庭筠詩）不將心事許卿卿。

爐節江邊燕集

（自注）宋時宮掖，以十月朔日，始設火爐，謂之爐節。宮中排當甚盛，貴游戚畹，亦咸有燕集于其家院。（按）（「賞心樂事」）十月孟多，旦日，開爐家宴。（「武林舊事」）開爐日，御前供進夾羅仙服。自此御爐日設火，至明年二月朔止。皇后殿設開爐排當。

喚得秋娘渡口船，（元稹詩）競添錢貫定秋娘。竹西歌吹傍江煙。（杜牧「禪智寺詩」）誰知竹西路，歌吹是揚州?欹斜帽影調鸚夜，（「北史・獨孤信傳」）信美風度。在秦州嘗因獵，日暮馳馬入城。其帽微側。詰旦，吏人有戴帽者，咸慕信而側帽焉。其爲士庶取重如此。（李賀「秦宮詩」）禿襟小袖調鸚鵡。清脆鈴聲放鴿天。

（「四朝聞見錄」）東南之俗，以鵓鴿爲樂。內侍蓄之尤甚，繫金鈴于腰，風力振鈴，如雲間之佩。香餅煖烘桃葉袖，（「歸田錄」）香餅用以焚香，火終日不滅。（白居易詩）燭淚夜粘桃葉袖。墨花狂汚薛濤箋。（梅堯臣詩）尚漬墨花碧。（「資暇錄」）薛濤尚松江箋，而好制小詩，惜其幅太大，乃命匠狹小爲之。蜀中才子以爲便，號曰薛濤箋。青舟莫負開爐節，繡被濃熏一夕眠。（「說苑」）鄂君乘青翰之舟，張翠華之蓋，越人擁檝而歌曰：「山有木兮木有枝，心悅君兮君不知。」於是鄂君擧繡被而覆之。

短別紀言

隔晨不見便悽悽，一作淒淒。（趙多曦詩）語別意悽悽。禁得拋辭一月啼。暗想箇人相佇慣，（「北史・徐子才傳」）箇人底諱。繡裙時復到屛西。

尋常意緒任郎猜，（王融詩）絲中傳意緒，花裏寄春情。肯信全然笑臉口一作開。（邊元鼎詩）傾城笑臉千金樣，莫對閑人一例開。今夕客窗孤燭畔，（貢悅詩）隨風消雨恨，總在客窗前。（方干詩）孤燭和雲曉不明。取儂情味細嘗來。吳人自稱曰儂。

拖住征衫淚臉偎，（黃公紹詞）征衫着破誰針線？（黃機詞）淚臉香紅濕。（劉商詩）濃粧美笑面相偎。布帆無奈晚風催。（「晉書・顧愷之傳」）行人安穩，布帆無恙。（李白詩）蓮舟颺晚風。誰言暫別休悲愴，（陸游詩）撫事增悲愴。薄命能消暫幾回？（陸龜蒙「采藥賦」）不信人間之命薄。

爲郎愁絕爲郎癡，（侯寘詞）怨深愁絕。更怕郎愁不遣知。叮囑寄書人說向，玉兒歡笑似平時。（韓偓詩）分付東風與玉兒。

去信匆匆趁早船，（「東觀餘論」）古者謂使爲信。今之流俗遂以遺書餽物爲信，故謂之書信。（蘇軾詩）東行且趁船。奈無針指寄郎邊。（周賀詩）霜報征衣冷針指。親封幾葉秋茶去，（陸游詩）瓦鼎號蚓煎秋茶。好試南泠第一泉。（張又新「煎茶水記」）揚子江南，泠水第一。

勞生無地不愁嘆，（蘇軾詩）勞生苦晝短。酒薄江城客被寒。憶是那娘憐愛處，天涯猶爲強加餐。

臨行記得語依依，莫呢杯觴莫睡遲。（白居易詩）牙床角枕睡常遲。幸是不曾消費壞，謹持元樣付還伊。（錦氏「寄夫衣詩」）長短只依元式樣。

有謝

釵掛臣冠袖拂衣，（司馬相如「美人賦」）玉釵掛臣冠，羅袖拂臣衣。尊前元未露微詞。也知一顧情非淺，（李延年歌）一顧傾人城。若在前年詎敢辭？

羞向羅敷更贈珠，（張籍「節婦吟」）君知妾有夫，贈妾雙明珠。感君纏綿意，繫在紅羅襦。（古樂府「陌上桑」）使君自有婦，羅敷自有夫。彥回甘被笑非夫。（「南史・褚淵傳」）字彥回。山陰公主謂曰：「君鬚髯如戟，何無丈夫氣？」（「左傳」）成師以出，聞敵強而退，非夫也。此身自屬人勾管，（范仲淹「慶朔堂詩」）祇託春風勾管來。

不擬今生負得渠。渠，猶人言伊也，蓋粱陳以來語。

索居漫興

（「禮記・檀弓」）吾離羣而索居。（注）索，散也。

菊黃時節蟹堪持，（「晉書・畢卓傳」）右手持酒杯，左手持蟹螯。誰到蕭齋共酒巵？（「國史補」）梁武帝令蕭子雲飛白書蕭字，至今猶存。李約竭產買歸，匾于小亭，號曰蕭齋。映戶花開搴幔早，熏衣香慢下床遲。（薛逢詩）羅衣欲換更添香。屏間笑倩人搔背，（「後漢書・袁安傳」）安負暄晴簷，令人搔背，曰：「甚快人意。」鏡側閑看婢埽眉。（司空圖詩）剪得燈花自埽眉。寂寞又添堪賀事，一編抄出劍南詩。（「直齋書錄解題」）「劍南詩稿」「續稿」八十七卷，山陰陸游務觀撰。

獨酌有懷

酒熱燈明悶又新，同柈安得意中人？柈卽盤。（「魏書・楊播傳」）播弟椿誡子孫曰：「吾兄弟若在家，必同盤而食。」（「詞話」）有客謂子野曰：「人皆謂公張三中，卽心中事、眼中景、意中人也。」抽來書傳情都淺，（朱德潤詩）歸來白屋書漫抽。折得瓶梅韻最頗一作眞。（「梅譜序」）梅以韻勝，以格高。每夕盃觴求好夢，（范仲淹「感舊詞」）夜夜除非，好夢留人住。半生詞賦屬傷神。隋煬帝有「傷神賦」。狂歌爛醉更闌後，（陸游詩）要醉狂歌坐賓床。（方干詩）晨鷄兩遍報更闌。 此意誰人識苦辛？

雨後路軟有女郎一隊前行鞋蹤可玩

知是同家是各家，樣痕端正不多差。分行細整如飛燕，（一作雁。）（謝偃賦）燕姬齊列，絳樹分行。 散點輕勻似落花。（李羣玉詩）田田八九葉，散點綠池初。 怕滑更添腰綽約，（綽一作婥。）（揚雄「反離騷」）閨中容競婥約兮，相態以麗佳。（注）師古曰：婥約，善容止也。 扶牆時趁步欹斜。（「墨子」）扶牆然後起。（李商隱詩）依稀履迹斜。 懸知連臂行歸晚，（「隋書・五行志」）周宣帝與宮人，夜中連臂蹋地而歌。 一路風香笑語譁。（庾信詩）春風滿路香。

獨居有懷端己弢仲

窮愁端賴客盤桓，（「史記」）虞卿窮愁著書。（任昉詩）上客強盤桓。 妙友難同似所歡。（劉楨詩）能不懷所歡？ 任達嘯歌猶未廢，（「晉書・謝鯤傳」）鄰女有色，鯤嘗挑之。女投梭，折其兩齒。人爲之語曰：「任達不已，幼輿折齒。」鯤，聞之，傲然長嘯曰：「猶不廢吾嘯歌。」 風流餔歠尚堪觀。（「南史・王或傳」）美風姿。袁粲見之，歎曰：「景文非但風流可悅，乃餔歠亦復可觀。」 酬春不惜淋漓飲，（方干「吳江二親携酒詩」）亦與花朝報答春。（蘇軾詩）詩酒淋漓出狂怪。 駐月能禁料峭寒。（韓偓詩）探索花枝料峭寒。　更有一般同病在，（「南史・任昉傳」）同病相憐，綴河上之悲曲。　狂名隨地一作處　惹波瀾。（柳宗元文）以是得狂名。（陸機詩）休咎相乘躡，翻覆若波瀾。

記言

寒宵挨㛹瘦身材，（成彥雄詩）洞房脈脈寒宵永。（唐無名氏詩）況伊如燕這身材。　情語丁寧有百回。（「後漢書・郎顗傳」）丁寧再三。　更請檀郎語端的，（趙嘏詩）謝家聯句待檀郎。（「朱子語類」）此其所見，必有端的處。　可君心處爲何來？（王建詩）此時但願可君意。

無題

㛹語閑兜冷語挑，（「荀子」）與人善言，暖於布帛。（「通俗編」）「晉語」：「在列者獻詩，使勿兜。」注云：兜，惑也。此作兜搭解。（「十國春秋」）潘在庭以財結權要，或戒之，乃曰：「非是求援，不欲以冷語氷人耳」。（沈際飛詞）別有暖香幽送，冷句深挑。　感卿親賜與無聊。　歌筵歘拍偷回眼，（李商隱詩）出雲清梵想歌筵。（溫庭筠詞）偷眼暗形相，不如從嫁與作鴛鴦。（楊基詩）意將回眼送，嬌逐點頭通。　花徑前行細轉腰。（庾信詩）狹石分花徑。（戴復古詩）細轉柳腰花十八。　羅襪只教曹植見，（曹植「洛神賦」）淩波微步，羅襪生塵。　香囊留待謝元邀。（「晉書・謝元傳」）少好佩紫羅香囊。　勞分避惡來青瑣，（按）此暗用賈午私以西域奇香貽韓壽事，見「晉書・

賈充傳」。（梁簡文帝「箏賦」）彩入着衣鏡，裙含避惡香。（何晏「景福殿賦」）青瑣銀鋪，是爲閨閤。尙怯人聞未敢燒。

遙見

屧響盈盈下砌磚，屧，履中薦也。吳宮有屧響廊。（崔顥詩）盈盈入書堂。迎風衣鬢影翩然。（「詩・小雅」）翩然來思。睡中喚起眉梢重，（林鴻詩）堤柳欲眠鶯喚起。（元稹詩）綠誤眉心重。意外逢歡笑靨圓。（羅虬「比紅兒詩」）爭奈紅兒笑靨圓。長自淺顰看更好，（袁易詩）妶長效淺顰。有人深妬見猶憐。（「續晉陽秋」）桓溫尙明帝女，南康長公主。（「世說」）溫平蜀，以李勢妹爲妾，甚有寵，常着齋後。主始不知，既聞，與數十婢拔白刃襲之。正値李梳頭，髮委藉地，膚色玉曜，不爲動容。徐曰：「國破家亡，無心至此，今日若能見殺，乃是本懷。」主慚而退。（「世說」注引「妬記」）神色閑正，辭甚悽惋，主於是趣前抱之曰：「阿子，我見汝亦憐，何況老奴。」遂善之。懸知青雀朝來過，青雀，猶云青鳥。（「漢書故事」）七月七日王母至，三青鳥夾侍王母旁。遞得新花到鬢邊。（何子朗詩）新花弄玉手。

妄想

晝視如花更灼然，（「詩・周南」）桃之夭夭，灼灼其華。那堪惟許暗中憐？（「飛燕外傳」）帝曰：「吾晝視后，不若夜視之美。」隔窗低語疑爲夢，（李白詩）碧紗如烟隔窗語。登閣明粧望若仙。注見卷一 薄福儘消銀燭下，（「北史・李諧傳」）我薄福，託劉氏爲女。（顧野王「舞影賦」）列銀燭兮蘭房。疏狂難到玉臺前。（白居易詩）疏狂屬年少。（李白詩）明明金鵲鏡，了了玉臺前。思量卻被歡情誤，（白居易詩）閒坐思量小來事。（「神女賦」）歡情未接。花下迷藏憶往年。（元稹詩）憶得雙文朧月下，小樓前後捉迷藏。

再賦箇人 韓偓「香奩集」有此題。

朱戶銅鋪倚碧潭，（王安石詩）朱戶欹斜見畫樓。（李賀詩）屈戌銅鋪鎖阿甄。（王勃「北亭宴序」）斜枕碧潭。小樓清絕壓城南。（蘇軾詩）空階夜雨自清絕。明姿喜向花梢見，（李德潤詩）明姿照人隔寒水。幽怨宜來竹下談。（李白詩）嬌來竹下歌。竊藥素娥偏耐冷，（「淮南子」）羿請不死之藥於西王母，姮娥竊以奔月。（李商隱詩）青女素娥俱耐冷。仙家合住煙霞外，（「十洲記」）元洲上多仙家。（「裴硎傳奇」）舉趾煙霞外人，不與塵俗爲偶。司花嬌女半緣憨。（「大業拾遺記」）御車女袁寶兒，年十五，騃憨多態。時洛陽進合蔕花，帝令寶兒持之，號曰司花女。金屋藏渠也不堪。注見前。料峭新寒快雪晴，（蘇軾詩）漸覺東風料峭寒。（「宣和書譜」）王右軍有「快雪時晴帖」。紅綿香袜製初成。（隋煬帝詩）寶袜楚宮腰。爐熏那及郎心煖？（李商隱詩）未抵爐熏一夕間。蠟照偏知妾影清。（李商隱詩）蠟照半籠金翡翠。（杜甫詩）月杯散清影。風雨不磨金石契，（蘇軾詩）願爲金石契，凜凜貫華皓。黃昏頻候翦刀聲。（白居易詩）紫藤花下漸黃昏。（唐蔣維翰「古歌」）頻放剪刀聲，夜寒知未寢。庭梅開否親來探，（楊萬里詩）城中忙失探梅期。又得身前一度行。

狂眼蕭郎愛亂頭，(崔郊詩)從此蕭郎是路人。(「世說」)亂頭、粗服皆好。　妮人雙照鏡中羞。妮同泥。(韓偓詩)嬌嬈欲泥人。(杜甫詩)雙照淚痕乾。　窗間忽度何人影？壁後難遮好客留。(「晉書・謝安傳」)何須壁後置人。　商略僅完雙鬢樣，(「晉書・阮籍傳」)與商略終古及栖神道氣之術。　端相一作詳未竟兩眉修。(「洛神賦」)修眉連娟。　無由粧罷還教見，試傍牆東一倚樓。(李商隱詩)王昌且在牆東住。　淺嘗滋味透嘗愁。(杜甫詩)清談見滋味。　作計如炊在劍頭，(陸游詩)作計未全疎。(「晉書・顧愷之傳」)桓元時，愷在殷仲堪坐，共作危語。元曰：「矛頭淅米劍頭炊。」　讒唇激浪稽千尺，稽至也。(「莊子」)大浸稽天。　妬眼成城遶一周。(張小山詞)須防他妬眼。　歡態每來驚處好，奇功端合險時收。(劉長卿詩)周郎少小立奇功。　閑情定屬英雄事，(杜甫詩)去矣英雄事。　未許凡才畫一籌。(楊巨源詩)欲題風韻愧凡才。(「宋書・蔡幼學傳」)多士盈庭，一籌莫展。

昨夜香迷畫燭樓，(李商隱詩)昨夜星辰昨夜風，畫樓西畔桂堂東。　並頭雙影在銀甌。(駱賓王詩)簷前歸燕並頭棲。(「顏氏家訓」)銀甌貯山陰甜酒。　枕梭墜髻欹郎絹，(韓偓詩)展轉不能起，玉釵垂枕稜。(李賀詩)香鬟墮髻半沉檀。　衣鈕零珠倩姊收。(「通俗文」)俗以衣鈕爲鈕。　酒暈暗騰烘玉頰，(蘇軾詩)卯酒暈玉頰。　睡情纔上濺星眸。(唐崔生詩)明璫玉女動星眸。　曉堂重見矜嚴甚，(韓偓詩)矜嚴標格絕嫌猜。　回憶狂歡似夢遊。(「列子」)黃帝夢遊華胥氏之國。

經過聲影自沉潛，(吳融詩)想得沉潛水府時。　何意金堂驟有嫌？(李商隱詩)王昌且在牆東住，未必金堂得免嫌。　忍淚笑言終脈脈，

(杜甫詩)忍淚獨含情。(古詩)盈盈一水間，脈脈不得語。　低眉羞恨只懨懨。(「周秦行記」)昭君不對，低眉羞恨。(韓偓詩)年年三月病懨懨。　情迷那喚江郎覺，(「世說」)諸葛令女庾氏婦，既寡，誓云不復重出。恢既許江思玄婚，乃移家近之。初誑女云：「宜徙。」于是家人一時去，獨留女在後。比其覺，已不復得出。江郎暮來，女哭詈彌甚。積日漸歇，江虨暝入宿，恒在對床上。後觀其意轉帖，虨乃詐魘。良久不悟，聲氣轉急。女乃呼婢云：「喚江郎覺。」江于是躍來就之，情義遂篤。　酒政何堪石尉嚴？(「貴耳集」)袁彥純尹京，專留意酒政。(「世說」)石崇每邀客燕集，常令美人行酒，客飲不盡，便斬美人。(「周秦行記」)綠珠曰：「石尉性嚴忌。」　私幸向來幽寂慣，(錢起詩)物華對幽寂。　瑣窗應未厭一作自耐　拘箝。(鮑照詩)玉鉤隔瑣窗。

漏洩幽歡異國香，(「世說」)賈充辟韓壽爲掾，充女窺而悅之，遂與通。是時外國進異香，襲衣經月不散，帝以賜充。女竊與壽，充覺而秘之，以女妻壽。　含悽重過一作再　暫商量。(徐堅詩)水銜悽而黯然。　嬌癡迸淚猶遮掩，(張以甯詩)小姑十二方嬌癡。(杜甫詩)迸淚幽吟事如昨。(李商隱詩)遮掩春山滯上才。　哽咽陳詞未細詳。(古焦仲卿詩)哽咽不能語。(「離騷」)就重華以陳辭。　自信丹誠終不沒，(「會眞記」)骨化形消，丹誠不沒。　忍言風月兩相忘。一作風雨但相望。(唐人「神女傳」)張女郎贈沈警詩：「若存金石契，風月兩相忘。」　韓憑死遂雙飛願，(「搜神記」)宋康王舍人韓憑妻何氏美，王奪之。憑怨自殺，何氏乃陰縫其衣，投臺下死，遺書于帶曰：「願與憑合葬。」王勿聽，使里人埋之，冢相望也。宿昔之間，有梓生于二冢。旬日盈抱，屈體相就，根交于下，枝錯于上。又有鴛鴦，雌雄各一，恒棲樹上，交頸悲鳴。(「九國志」)韓憑妻何氏作「烏鵲歌」以見志，曰：「烏鵲雙飛，不樂鳳凰。妾是庶人，不樂宋王。」　妾羞學偷生說斷腸。(「卜居」)將從俗富貴以偷生乎？

心期舊矣合歡新，(「南史・向柳傳」)吾與士遜心期久矣。(古詩)文采雙鴛鴦，裁爲合歡被。　蔗尾纔嘗味已珍。(「世說」)顧愷之每食蔗，自尾至本。或問之，曰：「漸入佳境。」膽小易驚還易喜，（常理詩）空房怯小膽。眉彎宜笑更宜顰。（宋鄭域詞）蹙損眉彎。（張昱詩）西施宜笑復宜顰。未形猜妬恩一作思猶淺，（白居易詩）竟以恩信待，豈止猜妬忘？肯露嬌嗔愛始眞。作計惱伊嘗試看，自悳終近薄情人。（崔融道「長門怨」）錯把黃金買詞賦，相如自是薄情人。

爲伊冢落爲伊忙，（任昉文）以臣況之，一何冢落！風雨憂愁一半妨。（蘇軾詞）思量能幾許？憂愁風雨，一半相妨。夢後枕衾攤落月，（「龍城錄」）趙師雄游羅浮，日暮，因憩于酒肆。舍傍見一女人，因與叩酒家共飲。醉寐久之，東方已白，乃在大梅樹下。月落參橫，惆悵而已。歸來衣袖糝繁霜。（曹植「洛神賦」）夜耿耿而不寐，沾繁霜而至曙。黃昏作客佯推一作辭醉，（張蘊詩）從他花鳥笑，佯醉臥樓臺。白日逢歡痛忍狂。一任茹荼甘若薺，（駱賓王詩）茹荼空有嘆。（「詩」）誰謂荼苦？其甘如薺。不煩傳訴與蕭郎。一作娘。（「唐書·蕭瑀傳」）帝呼曰蕭郎。

瓊枝何必問根芽，（「吳都賦」）瓊枝抗莖而敷榮。織席寒門產麗華。（「陳書」）張貴妃，名麗華，兵家女也。家貧，父兄以織席爲業。（「南史」）並出寒門。寂寞巖阿輝夜玉，（「晉書」）養粹巖阿。（陸機「文賦」）石蘊玉而山輝。幽荒籬落燦仙葩。（張協詩）行行入幽荒。（蘇軾「梅詩」）水邊籬落影橫枝。（蘇軾詩）仙葩發茗椀。雪天宜主會同被，宜主，飛燕名。（「飛燕外傳」）飛燕貧，與合德共被，雪夜期射鳥者於舍旁。溪水夷光舊浣紗。（「拾遺記」）越有美女二人，一名夷光。（注）卽西施。（「會稽志」）西子浣紗石，在若耶溪。一笑會登歡掌上，（「拾遺記」）飛燕身輕，能爲掌上舞。乘風珠唾落煙霞。（李白詩）咳唾落九天，隨風生珠玉。

續寒詞

連旬風雨蠟梅遲，(范成大「梅譜」)蠟梅本非梅種，以其與梅同時，而香又近之，人言臘時開，故以名，非也，爲色正似黃蠟耳。去歲今辰插一作簇髻時。(陳後主「梅花落」樂府)佳人早插髻，試立且裴回。特爲託一作情人分覓去，城南折得未開枝。

新團獸炭淨無煙，(孫棨詩)新團獸炭不禁燒。雪壓茶芽雪水煎。(陸游詩)晚來思茗飲，自取雪芽煎。(「事文類聚」)陶穀學士買得黨太尉家妓。遇雪，陶使取雪煎團茶。一幅畫簾遮不住，(晏幾道詞)畫簾遮燕泥。(陸游詩)重簾不捲留香久。爐香香到一作出角門邊。(蘇軾詩)浥浥爐香初泛夜。(「樂府新編」)無名氏詞：「關上角門兒。」

侍兒簇得滿爐紅，(白居易詩)扶行一侍兒。(曹唐詩)滿竈無烟玉炭紅。繡袜羅襦徹底烘。(「史記」)羅襦襟解。欲起怕寒還又臥，再添宮餅在熏籠。(王建詩)銀熏籠底火霏霏。

今朝且戴一作不戴軟花冠，(張說詩)繡裝帕額寶花冠。非謂一作爲梳頭怯手一作怕曉寒。(古樂府)自惜袖短，納手知寒。(項斯詩)手冷怕梳頭。最是稱心清絕事，(陶潛詩)人亦有言，稱心易足。(陸雲文)頃日觀之，實自清絕。幅巾風度雪中一作天看。(白居易詩)烏紗獨幅巾。(元好問詩)素月淡相映，蕭然見風度。(「晉書・王恭傳」)常被鶴氅裘，涉雪而行。孟昶見之，嘆曰：「此眞神仙中人也。」

紅柑玉手擘初嘗，(陳師道詩)纖柔玉手破霜柑。(曹伯啓詩)紫霞斂艷堆紅柑。齼齒微酸蹙黛長。(楊萬里詩)梅子留酸濺齒牙。非爲夜闌消酒渴，(梅堯臣詩)藕味初能消酒渴。夢回贏得枕前香。

香暖柔荑耐剪刀，(薩都刺詩)衲衣香暖留春麝。(王建詩)紅燈一夜翦刀寒。(「詩・衞風」)手如柔荑。平安勝字候一作情，又作喚郞描。(陳與義詩)細讀平安字。(「荊楚歲時記」)人日翦綵爲勝。未完一對紅如意，尙費來宵燭半條。

何處辭枝到小樓？(杜甫詩)花落辭故枝。膽瓶深護替花憂。(陳傅良詩)折花置膽瓶。(范成大詩)滿插瓶花罷出遊，莫將攀折爲花愁。生憎女伴一作同袍自是風情淺，(蘇軾詩)消磨未盡只風情。忍折瓶梅更插頭。

何夕

幾年無路望容輝，(古詩)獨宿累長夜，夢想見容輝。一笑尊前淚濺衣。惆悵不知今夕是，(「楚詞・九辯」)惆悵兮而私自憐。(「詩・唐風」)今夕何夕，見此粲者。歡娛一作相憐中罷阿誰非？(白居易詩)遊花宴月絕歡娛。(「三國志・龐統傳」)向者之論，阿誰爲失？傳聞怨句吟千遍？(韓愈詩)頻蒙怨句刺遺棄。試看愁腰瘦幾圍。(梁元帝「蕩婦秋思賦」)轉看腰瘦。同出向來盟誓看，(蘇軾詩)草草臨盟誓。袖香濃蝕字依微。依微猶依稀。(朱熹詩)林坰回首更依微。

破鏡清光又一規，(古樂府)何當大刀頭，破鏡飛上天。(常建詩)松際露微月，清光猶爲君。(梁簡文帝詩)一規寒月挂樓角。 眼前人是一作似 舊人希。(崔鶯鶯詩)還將舊來意，憐取眼前人。(劉禹錫詩)舊人唯有何戡在。 畫圖點染王嬙一作明妃 去，(「樂府古題要解」)漢元帝後宮既多，乃使畫工圖其形，案圖召幸。宮人皆賂畫工，昭君獨不肯與。工人乃醜圖之，遂不得見。後匈奴入朝，選美人配之。昭君當行，及入辭，光彩動人，天子重失信外國，悔恨不及。(杜甫詩)畫圖省識春風面。(「顏氏家訓」)隨宜點染，即成數人。 書籍飄零蔡琰歸。(「後漢書・列女傳」)蔡邕之女，名琰，興平中爲胡騎所獲。曹操痛邕無嗣，以金幣贖之，重嫁于董祀。操問曰：「聞夫人家先多墳籍，猶能記否?」文姬曰：「亡父賜書四千許卷，流離塗炭，罔有存者。今所誦憶，裁四百餘篇。」 煙徑宛然雙碧樹，(張喬詩)謝家烟徑長莓苔。(許渾詩)千里同書碧樹秋。 月痕依舊半紅扉。(陸游詩)寂寂中庭伴月痕。(溫庭筠詩)小苑有門紅扉開。 當年踪跡一作光景 當年語，歷歷重尋露滿衣。(杜甫詩)歷歷開元事，分明在眼前。

香風吹至一作去 又吹還，(梁元帝「烏栖曲」)蘭房椒閣夜方開，那知步步香風逐? 一摺銀屏萬疊山。(薩都剌詩)銀屏甲帳圍春風。(元曲中)間一層紅紙，幾眼疎櫺，不是雲山幾萬重。 別院易耽千日悶，(高道素賦)接吹簫於別院。 並房難耐半宵閒。(張九齡詩)凉月復閒宵。(曹植詩)閒房何寂寞。 頻看昨夜新圓鏡，(杜甫詩)昨夜月清圓。 更贈嬰年舊弄環。(「會眞記」)崔氏報張生書曰：「玉環一枚，是兒嬰年所弄。」 白晝未堪同笑在，隔窗貪聽佩珊珊。(杜甫詩)時聞雜佩聲珊珊。

氈車轣轣送離鸞，(「南史・齊豫章王傳」)上賜以魏所送氈車。(「西京雜記」)慶安世年十五，爲成帝侍郎。善鼓瑟，能爲雙鳳離鸞之曲。 雨泣蕭郎路左看。(「詩」)泣涕如雨。(崔郊詩)從此蕭郎是路人。(「北史」)謁伏路左。 帶縛空篋歸去早，注見卷一。 手提金縷出來難。(李後主詞)剗襪下香階，手提金縷鞋。

寄書紅紙燒千幅，（「麗情集」）姚月英每得楊達書，有密語，皆伏讀數過，燒灰入酒飲之。（韓偓詩）夜深燒下燒紅紙。買路明珠用一簞。（「左傳」）與之一簞珠。

百計覓將方便在，（晉王獻之「桃葉歌」）與奴託方便。（案）桃葉，獻之妾名。勿辭良夜犯春寒。（蘇軾文）月白風清，如此良夜何！（沈約詩）春色犯寒來。

己巳年 崇禎二年 公元一六二九

即事

織女機邊月姊過，（李白詩）誤攀織女機。（李商隱詩）星娥一去後，月姊更來無。晚香心事定如何？（梁簡文帝詩）春閨散晚香。（謝邁詞）着些兒心底事。

畫眉才地兒郎少，（「漢書・張敞傳」）嘗爲婦畫眉。（張九齡文）妙簡才地。（徐陵「烏栖曲」）風流荀令好兒郎。（「霍小玉傳」）昨遣某求一好兒郎。擁背恩情姊妹多。（「飛燕外傳」）昭儀曰：「姊寧忘共被，夜長苦寒不成寐，使合德擁背時耶？」（吳少微詩）長夜泣恩情。

手爪互憐新舊似，（古詩）新人雖言好，未若故人姝，顏色雖相似，手爪不相如。腰肢難辨影形訛。（柳永詞）酥娘一搦腰肢。偶然先占桐花樹，（「湘煙錄」）桐花鳳，小于元鳥，春來集桐花，一名收香。願及鴛一作鴦雛並一窠。（楊巨源詩）桂林枝上得鵷雛。

逋客叔召聽新聲即事呈詠（喬知之詩）石家金谷重新聲。

聯經出版事業公司校印

燭珠紅淚滿銅荷，（「南史」）採蠟燭珠爲鳳凰。（徐彥伯詩）銅荷承蠟淚。玉盤紅淚滴。（庾信「燭賦」） 麝火香中一串歌。（傅宰「博山爐賦」）麝火埋朱。（陳樵詩）歌珠一串流鶯出。 綽約肌膚和雪似，注見前。 婢婷名字喚雲多。（羅鄴詩）一種鳥憐名字好。 焙笙月給千籠炭，（「齊東野語」）吳郡平原二王家，自十月至二月，日給焙笙炭五十斤。 掃黛晨供十斛螺。（李商隱詩）掃黛開宮額。（「南部烟花記」）煬帝宮人爭畫長眉，司宮吏日給螺子黛五斛。 風味獨教詩客占，（杜甫詩）溫溫昔風味。（周賀詩）詩客往來頻。 塡詞都到絳唇過。（鮑照「蕪城賦」）玉貌絳唇。

前詩意有未盡更賦一章

高齋絲竹侑玄文，（司馬光詩）綺席臨高齋。（「法言」）苗而不秀者，其吾家之童。烏乎！九齡而與吾玄文。 也許彭宣一度聞。（「漢書・張禹傳」）弟子尤著者彭宣、戴崇。禹心愛崇，崇每候禹，禹延入後堂飲食，優人管絃鏗鏘，極樂而罷。 江令未能兼傅粉，（杜甫詩）江令錦袍鮮。（「語林」）何平叔面純白，文帝疑其傅粉。 無方只可使持裙。（飛燕外傳）帝曰：「無方爲我持后。」無方持后履。他日宮姝幸者。或襞裙爲縐，號留仙裙。 婢侍康成熟典墳，（「世說」）鄭玄家，奴婢皆讀書。嘗使一婢，不稱旨，使曳着泥中。須臾有一婢來，問曰：「胡爲乎泥中？」答曰：「薄言往愬，逢彼之怒。」 奴依潁士知才藻，（「唐書・蕭潁士傳」）有奴事潁士十年，笞楚嚴慘，或勸其去。答曰：「非不能去，特愛其才耳。」（「魏志」）阮籍才藻艷逸。（陸機「文賦」）頤情志於典墳。 莫學羅敷更羞澀，（古樂府「陌上桑」）秦氏有好女，自名爲羅敷。羅敷年幾何，二十尚不足，十五頗有餘。（又）使君自有婦，羅敷自有夫。（韓偓詩）羞澀佯牽伴。 使君今日是夫君。（「楚詞」）思夫君兮太息。

燈夜記言

與郎歡笑隔新年，（朱慶餘詩）廻期已隔年。（駱賓王文）翫新年之淑景。阿姊傳呼聚夜筵。（杜甫詩）既夕應傳呼。羞近市橋燈燭走，畫船移傍後門前。（梁元帝文）畫船向浦。（李商隱詩）後門歸去蕙蘭叢。飄揚巾帔喜難禁，（韓偓「黃蜀葵賦」）蕣綠華喜逢張碩，巾帔飄揚。索袖教溫冷臂金。（蘇軾詩）壓扁佳人纏臂金。笑道去年微雪夜，隔街看見到如今。（白居易詩）隔街如隔山。（杜甫詩）飄泊到如今。

不道同心態也同，晚粧俱寫淡眉峯。（司空圖詩）晚粧留拜月。（康伯可詞）約略淡眉峯。繡一作綀裙文襪般般似，（「飛燕外傳」）合德衣故繡裙，小袖李文襪。更看雙尖一樣紅。

燈前狂眼驟開明，頓有同時兩玉人。（「南史・謝晦傳」）時謝混風華，爲江左第一。嘗與晦俱在武帝前，帝目之曰：「一時頓有兩玉人。」粲社未須三女並，（「國語」）三女爲粲。雲端喚出月娥身。（李白詩）美人如花隔雲端。（孟郊詩）月娥雙雙下。

嬌弱生來酒怕聞。一分嘗罷困氤氳。（韓愈詩）酒氣又氤氳。年來勉受蕭郎勸，（李羣玉詩）蓬萊才子卽蕭郎。旋旋推排到五分。旋旋，猶漸漸。（薛濤詩）託向風前旋旋開。

趙家纖瘦阿環肥，趙家，謂漢成帝后趙飛燕。阿環，謂唐玄宗時楊貴妃，妃小字玉環。（蘇軾詩）短長肥瘦各有態，玉環飛燕誰敢憎？長較西施短宓妃。（李商隱詩）敢言西子短，誰覺宓妃長？潤玉此人端可念，（韓愈文）眉目如畫，髮漆黑，肌肉玉雪可念。只慙顛倒沈元機。（唐人「神女傳」）沈警，字元機，遇張女郎姊妹。止一水閣，具酒肴，極歡。大女郎顧沈，謂小女郎曰：「潤玉此人，可念也。」（古樂府「情人碧玉歌」）碧玉破瓜時，郎為情顛倒。

翠蛾貞箇見郎開，（溫庭筠詩）想凭闌干斂翠蛾。赤鳳誰言為姊來？（李商隱詩）趙后樓中赤鳳來。（「飛燕外傳」）昭儀曰：「赤鳳自為姐來，寧為他人乎？」

莫更向儂拋隱語，（「史記・滑稽傳」）齊威王之時喜隱。（索隱）喜隱語。繡床羣伴易疑猜。（白居易詩）雖凭繡床終不繡，同床繡伴得知無？（韓偓詩）偶因翻語得深猜。

碧篠當門杏壓牆，（趙嘏詩）碧篠前頭曲水春。（葉適詩）春色滿園關不住，一枝紅杏出牆來。（白居易詩）枝擎重壓牆。牆陰細逕枕銀塘。（李昌符詩）細逕穿禾黍。（梁簡文帝詩）銀塘瀉清溜。潛來只許郎心一作知覺，莫學劉晨帶阮郎。（「列仙傳」）劉晨、阮肇，入天臺采藥。忽見二盃流出大溪。溪邊有二女子，色甚美，顧笑曰：「劉阮二郎，捉向所流盃來。」遂欣然如舊相識。

經過坊曲女成羣，（周美成詞）小曲幽坊月暗。（又）愔愔坊曲人家。獨掩金鋪坐憶君。（司馬相如「長門賦」）掩玉戶以撼金鋪兮，聲噌吰而似鐘音。滅燭休燈人寢後，（李商隱詩）分隔休燈滅燭時。隔墻猶有笑聲聞。（王建詩）宮中笑語隔牆聞。

銅綠春衫乍翦裁。（蘇軾詩）秀若銅生綠。（陸游詩）雨點春衫作碎班。稱心花樣稱身材。（陶潛詩）稱心易足。（唐韓常侍「織錦篇」）並他時下新花樣。（杜甫「麗人行」）背後何所見？珠壓腰衱穩稱身。迎春過後無心着，（「禮・月令」）立春之日，迎春于東郊。（劉庭芝詩）寄語同心伴，迎春且薄粧。道與西鄰一樣來。

病輟梳頭不看春，（劉禹錫詩）日晏未梳頭。（杜審言詩）愁思看春不當春。臥聞笳鼓咽城闉。（曹景宗詩）歸來笳鼓競。（「說文」）闉，城闕重門也。（蘇軾詩）煙火傍城闉。懸知戶外蕭郎過，着眼簾間浪覓人。（蘇軾詩）着眼細看君勿悞。

燈夕悼感

痛逝無心走月明，（魏文帝「與吳質書」）既痛逝者，行自念也。一編枯坐過三更。陸家詩句愁如我，也道城南路怕行。（自注）亡婦殯城南，正似放翁沈園之恨。（按）（「齊東野語」）陸務觀娶唐士閎之女爲妻，伉儷相得而弗獲于其姑。出之後，改適宗子士程。嘗春日出遊，相遇于禹跡寺之沈氏園。唐以語趙，遣致酒肴，陸悵然久之。未久，唐氏死，夜夢沈氏園，作兩絕句云：「路近城南已怕行，沈家園裏最傷情。」云云。

城隅草樹響悲風。（「詩・邶風」）俟我于城隅。（古詩）白楊多悲風。一點紗燈耿殯宮。（陸游詩）一點紗燈滿院明。（陸機「輓歌」）殯宮何嘈嘈。記得昔年煙月下，（李中詩）烟月昔年心。紅蓮雙引到園中。（劉克莊詩）紗燈幾點認紅蓮。

此夕燈前奠棗脩，（「左傳」）女贄，不過榛栗棗脩，以告虔也。縞衣羣婢下空樓。（「詩・鄭風」）縞衣綦巾。（韓偓詩）夜深無伴倚空樓。羨人粧束燈街走，（李白詩）渾成粧束皆綺羅。悶向靈筵泣不休。（李商隱文）扶引靈筵。

椒漿淺注勿盈卮，（「楚辭」）奠桂酒兮椒漿。（陸游詩）碧桃花下酒盈卮。　餦碗仍添蜜一匙。　曾是向來調藥慣，意中甘苦只儂知。

遺男婚娶最關懷，垂死叮嚀尙百回。（元稹詩）垂死病中驚坐起。（「後漢書」）叮嚀再三。　今夜香煙燈影裏，可知新婦點茶來。（「後漢書・周郁妻傳」）新婦賢者女。（「茶錄」）點茶，茶少湯多，則雲脚散。

濃熏小像炷牙香，（李賀詩）沉香熏小像。（王建詩）帳中長是炷牙香。　步月蹤娃過影堂。（薛道衡詩）空庭聊步月。（「說文」）吳楚之間，謂好曰娃。（陸龜蒙詩）鄰娃盡着綵襠襦。（鄭谷詩）未得重相見，千秋照影堂。　曾執繡鍼稱弟子，獨揩清淚兩三行。（鄭谷詩）兩行清淚語前緣。

雲母燈毯施佛前，（蘇頌「圖經」）雲母生土石間，作片成層，光明滑白。其片有絕大者，今人以飾燈籠。　前春買得映床懸。　羸姿側臥搴幃賞，（韓偓詩）海棠花在否，側臥卷簾看。（孟浩然詩）搴幃覽物華。　無分仍看第二年。

白山茶插髻甚可觀因書二絕

玉茗先生迥出塵，（孔稚圭文）蕭灑出塵之想。　語言無處不清新。（梁簡文帝詩）摛藻每清新。　瓊花風度釵頭見，（陸游「眉州郡譙」詩）釵頭玉茗妙天下，瓊花一樹眞虛名。（李德裕文）風度粹和。　更覺堂名絕可人。（「列朝詩集小傳」）湯義仍所居玉茗堂，文史狼藉，賓朋雜坐。（「臨川縣志」）玉茗堂，湯若士故居，在縣學後。

(蘇軾詩)雅竹眞可人。

第一人簪第一花，(杜甫詩)昭陽殿裏第一人。(趙秉文詩)猶是人間第一花。風吹花葉霧鬟斜。(杜甫詩)香霧雲鬟濕。看來姿韻超天下，當得臨川麗句誇。(溫庭筠詩)應爲臨川多麗句，故揚重艷向西風。

驪歌二疊送韜仲春往秣陵

驪歌，告別之歌。(虞溥「江表傳」)張紘謂孫權曰：「秣陵楚武王所置，名爲金陵。」

平居愁絕怕淸閒，(韓愈文)平居里巷相慕悅。(李彭詩)行人客子兩愁絕。卻到臨歧集百端。臨歧，見卷一注。(「晉書・衞玠傳」)玠初欲渡江，語左右云：「見此茫茫，不覺百端交集。」別後極知當作惡，(「晉書・王羲之傳」)謝安語羲之曰：「中年傷子哀樂，與親友別，輒作數日惡。」眼前猶冀一追歡。(韓偓詩)詔遣追歡綺幄間。

殷勤舟去迎桃葉，(李白詩)惜別空殷勤。(王獻之「桃葉歌」)桃葉復桃葉，渡江不用楫。但渡無所苦，我自來迎接。慷慨盃闌舞蔗竿。(「史記」)于是項王乃悲歌慷慨。(魏文帝「典論」)常與劉勳、郭展等共飲宿。聞展善手臂曉五兵，與論劍良久。余爲言將軍法非也。求與余對。酒酣耳熱，方食甘蔗，便以爲杖，下殿數交，三中其臂，左右大笑。從此故人疏筆硯，(「東軒筆錄」)晏殊謂苗振曰：「君久從吏事，必疏筆硯。」斷腸吟出阿誰看？(黃庭堅詩)解道江南斷腸句，只今惟有賀方回。(趙鼇「粲歌」)一旦緩急語阿誰？

憐君孤負曉衾寒，(劉長卿詩)憐君何事到天涯。(李商隱詩)孤負香衾事早朝。和暖和香上馬鞍。(李商隱詩)殘虹拂馬鞍。村落鶯花尋醉易，(「史記」注)聚謂村落也。(張翥詩)鶯花世界原如夢。(丘遲文)暮春三月，江南草長，雜花生樹，羣鶯亂飛。野橋風月減衣難。(李咸用詩)野橋寒樹亞。聯翩好句車中獲，（陸機「文賦」）浮藻連翩。（「六一詩話」）詩人貪求好句。澹宕晴山帽側看。澹宕猶駘蕩。（謝朓詩）春物方駘蕩。傳語冰心顧家婦，（白居易詩）惟憑遠傳語。（王昌齡詩）一片氷心在玉壺。（「世說」）濟尼曰：「顧家婦清心玉映。」（自注）謂亭亭也。（案）一本作孝亭。露葵烹好勸加餐。（宋玉「諷賦」）主人之女爲臣炊雕胡之飯，烹露葵之羹。（柳貫詩）重勞同館勸加餐。

春暮減衣

風泊一作汨殘陽雨拂簾，（羅隱詩）鳥噪殘陽草滿庭。晚春衣服減還添。難消素手爲縫綻。（古詩）纖纖出素手。（古詩「艷歌行」）故衣誰當補？新衣誰當綻？賴得賢主人，攬取爲余組。那得閒心問織縑？（古樂府）新人工織縑。病肺未能疏酒盞。（「史記」）相如常有消渴疾。（案）「漢書」作肺病。（蘇軾詩）病肺一春難白酒。（秦觀詞）飄零疏酒盞。詩腸無奈近香奩。（「世說補」）戴仲若曰：「此俗耳針砭，詩腸鼓吹」。（「玉臺新詠序」）麗兮香奩。（案）唐韓偓工爲艷體詩，著有「香奩集」一卷。孤吟贏得無聊在，（陸游詩）斷香殘夢兩無聊。試請南華下一砭。（「唐書・明皇紀」）天寶元年二月，封莊子爲南華眞人，所著書爲「南華眞經」。

無緒

（李白詩）所求竟無緒。

繁華白日怯登臨，（鮑照詩）繁華及春媚。（杜甫詩）白日放歌須縱酒。（賈彥璋詩）香閣晚登臨。宴坐焚香午院深。（李白詩）宴坐寂不動。中酒心情頻起臥，（或作臥起。（李白詩）意味如中酒。）釀花天氣亂晴陰。（（許渾詩）春寒爲釀花。（歐陽修詞）養花天氣半晴陰。）懷人瞥見難重覓，得句隨忘嬾更尋。（（李商隱詩）憶事懷人兼得句。）空寄石榴雙葉子，（（陳師道「榴花詞」）憑將雙葉寄相思。）隔簾消息正沉沉。（（李商隱詩）傾城消息隔重簾。（「上林賦」）沉沉隱隱。）

春來無伴與猖狂，（（「莊子」）猖狂妄行。）書卷聊支白日長。（（杜甫詩）床展書卷。）風寒盡蕙花猶幾箭，（（太上隱者詩）寒盡不知年。）雨前茶葉不多槍。（茶之采於穀雨前者曰雨前。（「學林新編」）茶之佳者造在社前，其次火前，其次雨前。（「宣和北苑貢茶錄」）一芽帶一葉者號一槍一旗，一芽帶兩葉者號一槍兩旗。（「茶譜」）黃團茶有一旗二槍之號，言一葉二芽也。）客呈便面題新句，（（「漢書・張敞傳」）走馬章臺街，使御吏驅，自以便面拊馬。（顏師古注）便面，所以障面，蓋扇之類也。不欲見人，以此自障面則得其便，故曰便面，亦曰屏面。）婢掣搔頭撥晚香。（（唐王昌齡詩）蜻蜓飛上玉搔頭。（司空圖詩）晚香延宿火。）偶憶洛神風度逸，粉箋臨得十三行。（（「集古錄」）法帖中「洛神賦」，後半殘缺，但存十三行。）

偶成

晚晴相喚浣羅衣，（（戴復古詩）溪清欲浣衣。）惆悵春波沒石磯。（（「楚詞」）惆悵兮而私自憐。（楊維楨「春波曲」）桃花新水長，應沒浣花磯。）忽覺風吹歌笑近，（（杜甫詩）歌笑輕波瀾。）南隣游女畫船歸。（（「詩・周南」）漢有游女。（陳襄詩）滿湖風月畫船歸。）

感事

幽棲不合在牆東，(杜甫詩)幽棲地僻經過少。(「後漢書」)避世牆東王君公。尚有塵喧到耳中。(劉孝儀詩)雖窮理游盛，終爲塵俗喧。濁酒價低春店滿，(陶潛詩)濁酒半壺。村伶技盡夜場空。(陸游詩)比鄰畢出觀夜場，老雅相呼作春社。染鬢耆艾窺隣艷，(蘇軾詩)膏面染鬢聊自欺。(「曲禮」)五十曰艾，六十曰耆。露肘儒酸炫族公。(陸游詩)程子久貧衣露肘。(蘇軾詩)豪氣一洗儒生酸。終是貴人能解事，(「北史・李元忠傳」)雖粗並解事。白樓亭院換青紅。(鄭谷詩)影外白樓微。

城樓暝望

魚鱗波面夕陽微，(溫庭筠詩)差差小浪吹魚鱗。(趙嘏詩)馬渡寒沙夕照微。旋見游船續續歸。(楊萬里詩)續續談諧眠不眠。酒後笙歌催急拍，(顧況詩)玉樓天半起笙歌。(「通典」)拍板長闊如手，重十餘枚，以韋連之，擊以代抃。(施肩吾「咏手詩」)喚人急拍臨前檻。城根燈火喚開扉。(李商隱詩)水打城根古堞摧。(白居易詩)笙歌歸院落，燈火下樓臺。孤楊傍水疑人立，(「北史」)孤楊獨聳。病葉臨風似蝶飛。(杜甫詩)病葉先秋墮。明旦出游晴得否。月輪添暈幾重圍。(王禹偁詩)圓似三秋皓月輪。(「廣韻」)暈，日月旁氣。月暈則多風。(「宋志」)月暈七日中有風雨。

龍山所見（「金壇縣志」）顧龍山在縣南五里。

滿山新葉綠初肥，（李清照「春晚」詞）應是綠肥紅瘦。三月羣鶯正亂飛。（邱遲「與陳伯之書」）暮春三月，江南草長，雜花生樹，羣鶯亂飛。花片總粘游子屐，（陸游詩）春風落花片。（韋莊詩）踏藓青粘屐。藤梢偏罥美人衣？（杜甫詩）石角鉤衣破，藤梢刺眼新。（裴迪詩）丹刺罥人衣（案）罥，繫也。毬場試馬盤三匝，（陸游詩）醉盤驕馬出毬場。（韋莊詩）宮官試馬遊三匝。（宋祁詩）草色引開盤馬路。毯席呼盧坐一圍。（李白詩）呼盧百萬終不惜。（「演繁露」）凡投子者，五皆現黑，則其名盧，為最高之彩。莫為酒酣嫌耳熱，（魏文帝「與吳質書」）酒酣耳熱，仰而賦詩。垂楊低路逆風歸。（劉驁詩）衣香隨逆風。

六叔以扇命書

男兒安在有家為？（「漢書‧霍去病傳」）上為治第，令視之，曰：「匈奴未滅，無以家為也。」一喝成盧頗自奇。（「晉書‧劉毅傳」）在東府聚，樗蒱大擲。劉裕挼五木，久之，四子俱黑，一子旋轉未定。裕厲聲喝之，即成盧。（元稹詩）潦倒慚相識，平生頗自奇。倒橐尚沽千里骨，（陸游詩）還家誰道無餘俸，倒橐猶堪買釣舟。（「戰國策」）郭隗曰：「古有以千金求千里馬者。涓人買其骨五百金，曰：死馬且買之五百，金，況生馬乎？」（蘇軾詩）喜見三少年，俱有千里骨。當壚猶看遠山眉。（「史記‧司馬相如傳」）相如與俱之臨邛，盡賣車騎，買酒舍，乃令文君當壚。（「西京雜記」）文君姣好，眉色如望遠山。嗣宗未許兒同調，（「晉書‧阮籍傳」）字嗣宗，子渾有父風，少慕通達，不拘小節。籍曰：「仲容已預此流，汝不得復爾。」（謝

聯經出版事業公司校印

（「晉書・王湛傳」）有隱德，人莫能知，兄弟宗族皆以爲癡。武帝見濟，輒調之曰：「君家癡叔死未？」濟曰：「臣叔殊不癡。」（案）武子，濟字。（靈運詩）誰謂古今殊，異代可同調。武子元知叔不癡。

留取紫羅香佩在，（「晉書・謝元傳」）少好佩紫羅香囊，叔父安患之，因戲賭取，即焚之。（又「謝安傳」）與元圍棋賭別墅。阿元日就賭圍棋。

窺處

窺郎眉眼任郎窺，似喜如羞又怕疑。巧笑正宜花掩映，（李商隱詩）章臺從掩映。狂心全被酒扶持。（張華詩）游放使心狂。辛勤袖我三年字，（韓愈詩）辛勤三十年。（古詩）置書懷袖中，三歲字不滅。取次酬卿十索詩。（梅堯臣詩）更約偸閒取次來。「樂府詩集」有丁六娘「十索」四首。遞與玉彄犀合子，用裴航藍橋乞漿事，見卷一注。阿娘當面不教知。（杜甫詩）當面輸心背面笑。

和端己韻

鬭茶庭院餵蠶天，（「茶錄」）建人以鬭茶爲茗戰。薄袖單衫似去年。（李商隱詩）輕衫薄袖當君意。（古歌）單衫杏子紅。未接語言當面笑，（韓偓詩）密跡未成當面笑，幾回擡眼又低頭。暫同行坐夙生緣。（姚合詩）還應有夙緣。狂生易得風流罪，（「後漢書・禰衡傳」）吏白：「外有狂生」。（「北史・郎基傳」）在官寫書，亦是風流罪過。好女難參月上禪。（樂府「陌上桑」）秦氏有好女。（「五色錄」）淨名，梵語維摩詰。此云淨名，般提之子，母名離垢，妻名金機，男名善思，女名月上。暗地憶人終靦腆，（楊西庵樂府）靦腆不擡頭。若爲呈露向君前。（曹植「洛神賦」）皓質呈露。

添助情歡是別離，雪泥花雨壞佳期。（李商隱詩）百里陰雲覆雪泥，行人祇在雪雲西。（李賀詩）桃花亂落如紅雨。（「楚辭」）與佳期兮夕張。釀成消渴那因酒？（李商隱詩）相如未是眞消渴。畫出娉婷賴有詩。（陳與義詩）春風永巷閉娉婷。浴室笑言樊嫕侍，（「水經注」）雉衡山有浴室，甚飾潔，相傳皇后浴室。（「飛燕外傳」）他日樊嫕侍后浴，語甚謔。閨房風格濟尼知。（「晉書・王凝之妻謝氏傳」）同郡張元妹亦有才質，適于顧氏。元每稱之，以敵道蘊。有濟尼者，游于二家。或問之，濟尼答曰：「王夫人神情散朗，故有林下風。顧家婦清心玉映，自是閨房之秀。」（「世說」）李元禮風格秀整。由來心醉傾城處，（「莊子」）鄭有神巫曰季咸，列子見之而心醉。（阮籍詩）傾城迷下蔡。早在微顰薄怒時。（范成大詩）月亦低微顰。（曹植「洛神賦」）頩薄怒以自持兮，曾不可乎犯干。

又次前韻

游絲搖曳燕飛翔，（沈約詩）游絲映空轉。漾絮浮花正滿塘。髻様翻新應愛短，（白居易詩）圓鬟無鬢堆髻様。（秦觀詩）錦中翻様織新篇。情函道舊不嫌長。（「舊唐書」）相與道舊，以爲笑樂。離魂路有雲千疊，（李白詩）離魂不散煙郊樹。（杜甫詩）雲山千萬疊。隔淚人如水一方。（柳宗元詩）隔淚數殘葩。（「詩・秦風」）所謂伊人，在水一方。最是不堪情味處，（唐彥謙詩）旅人情味悔思量。殘春時節更斜一作殘陽。（李嘉祐詩）山木暗殘春。（韓偓詩）西樓悵望芳菲節，處處斜陽草似苔。

寬衫鬆鬢態飛翔，（李商隱詩）春衫瘦着寬。（韓偓「鬆髻詩」）髻根鬆慢玉釵垂。（曹植「洛神賦」）竦輕軀以鶴立，若將飛而未翔。 綏踏春莎過柳塘。（「詩餘圖譜」）有「踏莎行」。（李建勛詩）細草春莎沒繡鞋。（嚴維詩）柳塘春水漫。 風惡倍憐宜主瘦，（杜佺詩）海棠正好東風惡。宜主，飛燕名。（「飛燕外傳」）中流歌酣，風大起。 波平誰辨宓妃長？（曹植「洛神賦」）淩波微步。（李商隱詩）誰覺宓妃長。 烏絲好贈蠅頭字，（李肇「唐國史補」）宋亳間，有織成界道絹素，謂之烏絲闌。（吳融詩）蠅頭學字眞。 素面何施獺髓方？（韋莊詩）素面凝香雪。（「拾遺記」）孫和悅鄧夫人，嘗置膝上。和于月下，舞水精如意，悞傷夫人頰，命太醫合藥。醫曰：「得白獺髓，雜玉與琥珀屑，當滅此痕。」 人去遠猶回望見，（劉秉忠詩）碧雲望斷佳人遠。 高樓西角立殘陽。

湘靈

（「楚辭」注）湘水之神也。

戲仿曹娥把筆初，（「會稽典錄」）「曹娥碑」，邯鄲子禮作。（黃庭堅詩）把筆學周鼓。 描花手法未生疏。（歐陽修詞）描花試手初。（「傳燈錄」）生疏處當令熱熟。 沉吟欲作鴛鴦字，（李白詩）沉吟黃絹語。（歐陽修詞）等閒妨了繡工夫，笑問鴛鴦兩字，怎生書？ 羞被郎窺不肯書。 玉指新傳小忽雷。（梁武帝「子夜歌」）玉指弄嬌絃。（「樂府雜錄」）內人鄭中丞善胡琴。內庫有二琵琶，號大小忽雷，鄭常彈小忽雷。 凌晨已按兩三回。（王褒詩）嚴駕早凌晨。 明知阿母嬌憐甚，（白居易「談氏小外孫詩」）才與不才爭料得，東牀空後且嬌憐。 頻喚梳頭不肯來。 粧成玉手卸金彄。（何子朗詩）清鏡對蛾眉，新花弄玉手。（「飛燕外傳」）合德上皇后二十六物。有精金彄環四枚。 女伴孜孜看不休。（張籍「古釵歌」）女伴傳看玉窗下。孜孜，勤也。一樣繡針花翦手，怪他偏自會梳頭。(元稹詩)取次梳頭雅淡妝。看鏡徘徊影自憐，(溫庭筠詩)香步獨徘徊。(陸機詩)顧影悽自憐。關心消息在今年。(鮑照詩)萬曲不關心，一曲動情多。(韓偓詩)消息佳期在此春。風情領略非容易，(白居易詩)一篇長恨有風情。(程垓詞)領略東風，能有幾人知？天付兒身若箇邊？(岑參詩)醉坐藏鉤紅燭前，不知鉤在若箇邊？記拍親抄新春初唱想夫憐。(司空圖詩)裁紅剪翠爲新春。(楊維楨詩)傳來馬上曲，猶唱想夫憐。(「樂苑」)「想夫憐」，羽調曲也。(按)「想夫憐」，爲「相府蓮」之語訛。在粉箋。難字幼年曾讀過，(杜甫詩)讀書難字過。班姬書內第三篇。(「後漢書・列女傳」)扶風曹世叔妻，班彪之女，名昭，一名姬，作「女誡」七篇。

夏日

幽人長夏倦梳頭，(「易・履卦」)幽人貞吉。(杜甫詩)長夏江村事事幽。(丘爲詩)終年不向郭，過午始梳頭。數紙南華足散愁。(「唐詩紀事」)令狐綯爲相，以舊事問溫庭筠，曰：「事出『南華』，非僻書也。」(李商隱詩)欲爲平生一散愁。善舞那如羊叔鶴？(「世說」)昔羊叔子有鶴善舞，嘗向客稱之。客試使驅來，氃氋而不肯舞。惡書纔似鄭家牛。(白居易詩)鄭牛識字吾常歎。(注)諺云：鄭元家牛，觸牆成八字。里兒自不知元亮，(「晉書・陶潛傳」)字元亮，爲彭澤令。郡遣督郵至縣，吏白應束帶見之。潛歎曰：「吾安能爲五斗米折腰，拳拳事鄉里小兒耶？」解印去縣。市女誰教識伯休？(「後漢書・韓康傳」)有女子從康買藥，康守價不二。女子怒曰：「公是韓伯休耶？乃不二價乎？」康歎曰：「我本欲逃名，今女子皆知有我，焉用藥爲？」乃遁入覇陵山中。　休問一生穿幾屐，（「晉書・阮孚傳」）未知一生，當着幾兩屐？　臥看圖畫當閒遊。（「宋書・宗炳傳」）名山恐難遍覩，惟當臥以遊之，凡所遊履，皆圖之于壁，坐臥向之。（李忠詩）閒遊恣逸情。

澄江客興

（「梁溪漫志」）古今多以江陰爲澄江，意取謝元暉「澄江靜如練」之句。然元暉作詩，初不指此地而言也。

匹練江光洗客愁，（蘇軾「橫湖詩」）從敎匹練寫秋光。（杜甫詩）已知出郭少塵事，更有澄江銷客愁。　杜康橋畔幾追遊？（「江陰縣志」）杜康橋，舊爲廣明橋，在南水關內。　吟餘落日過茶館，睡美涼風在竹樓。（杜甫詩）睡美不聞鐘鼓傳。（溫庭筠詩）涼風生竹樓。　違俗詩文從嫚罵，（「宋史」）乖則違俗。（謝翱詩）輒被溺冠仍嫚罵。　寄人書札任沈浮。（「晉書・殷浩傳」）父羨，字洪橋，爲豫章太守。搢紳多屬羨致書者，行次石頭渡，皆投之水中，曰：「沈者自沈，浮者自浮。殷洪喬不能爲人作致書郵。」　鄉園無屋歸心嬾，（韋莊詩）鄉園不可問。　擬借張融岸上舟。（「南史・張融傳」）融未有居止，權牽一小船于岸上住。

紀遇

曾向長陵小市行。（「漢書・孝景王皇后傳」）初皇太后微時，所爲金王孫生女俗，在民間，蓋諱之也。其家在長陵小市。　買花簾下見卿卿。（白居易詩）相隨買花去。（元稹詩）媚子舞卿卿。　嬌嗔不愛同心結，（梁武帝詩）腰間雙綺帶，化爲同心結。　痛惜那拚割臂盟。（「左傳」）公築臺臨黨氏，見孟任，從之，閟，而以夫人言，許之，割臂盟公。誤逐春風穿別院，（高道素賦）吹簫於別院。接悵逢佳月隔重城。（陸游「南唐書」）今夕佳月，能相過乎？含桃一咽尋常事，（韓偓詩）鬻豚含桃欲咽時。銷斷狂魂目乍成。（陸游詩）梅花欲動梦魂狂。（「楚詞」）滿堂兮美人，獨與予兮目成。

小集

水潔花寒院宇淸，（梁昭明太子詩）高宇旣淸，虛堂復靜。眼波簾下遠逢迎。（李遘詩）見人雙眼波。（唐太宗詩）春風狹邪道，含笑特逢迎。依微薌澤留髡飲，（「史記・淳于髡傳」）主人留髡而送客，羅襦襟解，微聞薌澤。依微，見前注。鄭重葵羹爲客烹。（宋玉「諷賦」）爲臣烹露葵之羹。靦腆故嫌移燭影，身輕猶怯下樓聲。（李商隱詩）趙后身輕欲倚風。筵前不盡端相意，更近殘燈一看明。

小試失意自遣

國士那爭月旦一作肉眼評？（「史記」）如韓信者國士無雙。（「後漢書・許劭傳」）好覈論鄉黨人物，每月輒更定其品題，故汝南俗有月旦評。未應蕭颯減歡情。（陳後主詩）寒氣尙蕭颯。有才輕艷眞爲累，（「梁書・簡文帝紀」）好題詩，然傷于輕艷，當時號曰宮體。（杜牧詩）且免才爲累，何妨拙有機。作計疏狂不近名。（「南史・任昉傳」）我當爲卿作計。（白居易詩）疏狂屬少年。（「莊子」）爲善無近名。酒肆不疑嗤阮籍，（「晉書・阮籍傳」）隣家少婦有美色，當鑪沽酒，籍嘗詣飲，醉，便臥其側。籍旣不自嫌，其夫察之，亦不疑也。（李商隱文）可使國人盡保展禽，酒肆不疑阮籍。春城無處憶韓翃。（孟棨「本事詩」）制誥闕人，中書兩進名。御筆批曰：「與韓翃。」時有與翃同姓名者，爲江淮刺史。又具二人同進，御筆復批曰：「春城無處不飛花，寒食東風御柳斜。日暮漢宮傳蠟燭，輕煙散入王侯家。與此韓翃。」浮榮本自關心淺，（李白詩）浮榮何足論。未息塵機爲夙盟。（杜甫詩）回首風塵甘息機。（白居易詩）臥覺塵機泯。

歸後有贈

消渴歸來倦長卿，（「史記・司馬相如傳」）長卿有消渴疾。（又）長卿故倦遊。東風吹鬢遠逢迎。（李賀「詠懷」詩）彈琴對文君，春風吹鬢影。低眉意緒愁難掩，（姚合「贈張太祝」詩）太祝獨低眉。（杜甫詩）聖朝文物盛，意緒日荒蕪。落魄風標瘦可驚。（「史記・酈生傳」）家貧落魄，無以爲衣食。（沈約文）風標秀舉。寧藉福緣酬密愛，（梁簡文帝「孌童詩」）密愛似前車。已甘歡分折才名。（杜甫詩）才名四十年。（陸游詩）折除厚祿爲看花。忍言妾面羞郎面，（「玉泉子」）杜羔妻劉善爲詩，羔累舉不中第，乃歸，將至家，妻寄詩與之，曰：「良人的的有奇才，何事年年被放回？如今妾面羞郎面，君到來時近夜來。」羔見詩，卽回去，竟登第。敢笑前人不及情。（「晉書・王衍傳」）聖人忘情，其下不及情。

櫟園姨翁幽棲久矣，（謝靈運詩）資此永幽栖。忽走京師，人咸以宦情疑之。（「晉書・阮裕傳」）吾少無宦情。予獨知其不然也。既而爲荊川先生請謚，（「武進縣志」）唐順之，字應德，學者稱爲荊川先生。朝奏疏，夕報可。客復有進議者曰：「此時陳乞一蔭，得旨如寄耳」。嘐然曰：（「孟子」）其志嘐嘐然，志大言大也。如寄，謂如寄物於人而往取之也。「吾馳走黃塵，（楊炯詩）千里暗黃塵。爲先公易名兩字耳。（「禮記・檀弓」篇）公叔文子卒，其子戍請謚于君，曰：「日月有時，將葬矣，請所以易其名者。」今幸邀主恩，歸報家廟，安能更貪羈紲，（「左傳」）臣負羈紲，從君巡於天下。爲故山猿鶴笑耶？」（謝靈運詩）故山日已遠。（「北山移文」）蕙帳空兮夜鶴怨，山人去兮曉猿驚。（又）南嶽獻嘲，北隴騰笑。飄然策騎歸，逍遙林下。（「列朝詩集小傳」）唐獻可，字君俞，荊川先生之曾孫。崇禎初，詣闕爲荊川先生請謚，不就蔭敍。（「詩」）于焉逍遙。（釋靈徹詩）相逢盡道休官去，林下何曾見一人？余竊怪向之疑者，眞以腐鼠意鵷雛也。（「莊子」）鴟得腐鼠，鵷雛過之，仰而視之，曰：「嚇！」記之以詩，得轉韻四十八句。

中丞駿譽馨蘭芷，漢置御史中丞，爲御史大夫之副，官掌察舉非違，亦名御史中執法。明代例以副都御史或僉都御史出任巡撫，故俗稱巡撫曰中丞。（「後漢書・馮衍傳」）播蘭芷于中庭兮。

一代文章推正始。（「晉書・衞玠傳」）不意永嘉之末，復聞正始之音。（「武陽合志・本傳」）順之，嘉靖己丑試禮部第一，選庶吉士，調兵部主事。久之，復改編修，文名益震，爲古文洸洋紆折，有大家風。　致身霄漢更夷猶，（杜甫詩）文章實致身。（王勃詩）鸞情極霄漢。（「楚辭」）君不行兮夷猶。　斂手經綸綜百史。（「明史・本傳」）請朝太子，復削籍歸，卜築陽羨山中，讀書十餘年。（又）順之於學無所不窺。自天文、樂律、地理、兵法、弧矢、勾股、壬奇、禽乙，莫不究極原委。（成公綏賦）甯子斂手而太息。（「易」）君子以經綸。（黃庭堅詩）發揮百代史。

晚掃鯨鯢靖海塵。（「左傳」）取其鯨鯢而封之，以爲京觀。（「神仙傳」）東海行復揚塵乎？　扶桑清晏豁疏襟。（「十州記」）扶桑在碧海之中。（阮籍詩）彎弓挂扶桑。（「魏志」）方隅清晏。（杜甫詩）飄颻散疏襟。

大星空件忠魂隕，（杜甫詩）前軍落大星。（「蜀志・諸葛亮傳」注）有星投于亮營，三投再還，往大還小，俄而亮卒。　光焰何曾敵鑠金？（韓愈詩）李杜文章在，光焰萬丈長。（「國語」）衆口鑠金。（「明史・本傳」）倭躪江南北。趙文華疏薦順之，尋命往南畿、浙江視師。順之以禦賊上策，當截之海外。倭泊崇明、三沙，督舟師邀之海外，斬馘一百二十，沉其舟十三。（又）與鳳陽巡撫李遂大破之姚家蕩。時盛暑，居海舟兩月，遂得疾。返太倉。李遂改官南京，即擢順之右僉都御史，代遂巡撫。順之疾甚，以兵事棘，不敢辭。渡江，賊已爲遂等所滅。三十九年春，汛期至。力疾泛海，度焦山，至通州卒。（又）晚由文華薦，順之遂出。然聞望頗由此損。

聖明曠世搜麟鳳，（「毛詩」疏）曠世之所罕聞。　蠹簡殘編百朋重。（蘇軾詩）故人歸天祿，古添窺蠹簡。（成廷珪詩）白首殘編萬古心。（「詩」）錫我百朋。

四部兼塵丙夜觀，（「晉書」）李充爲著作郎，分典籍爲四部。（「漢官儀」）省中黃門持五夜。五夜者，甲夜、乙夜、丙夜、丁夜、戊夜。（「杜陽雜編」）文宗視朝後，即閱羣書。謂左右曰：「若不甲夜視事，乙夜觀書，何以爲人君？」　六編特賞經時總。（「明史・本傳」）順之盡取古今載籍，剖裂補綴。區分部居，爲左、右、文、武、儒、稗、六編，傳於世。（江淹詩）風雪既經時。

李牧功名異代思，（「史記・馮唐傳」）文帝拊髀曰：「嗟乎！吾獨不得廉頗、李牧時爲吾將，吾豈憂匈奴哉！」（王維文）異代同符。　賈生籌策文孫用。（「史記・賈生傳」）數上疏，言諸侯或連數郡，非古之制，可稍削之。文帝不聽。孝武皇帝立，舉賈生之孫二人至郡守。（「書」）今文子文孫。日月昭回冥漠光，(「詩」)倬彼雲漢，昭回于天。(顏延之詩)衣冠終冥漠。風雲掩映縹緗動。(「後漢書」)咸能感會風雲，奮其智勇。(梁簡文帝樂府)勾陳掩映。(「隋書·經籍志」)荀勗分爲四部，總括羣書。盛以縹囊，書用緗素。落落名孫饒祖風，(「晉書·杜預傳論」)成功弗居，幅巾窮巷，落落焉其有風標者也。(「宋書·謝景仁傳」)與百寮同見高祖曰：「此名公孫也。」(「魏書·谷洪傳」)機敏有祖風。賜書千卷寄雍容。(「列女傳」)賜書四千餘卷。(「史記」)盡法孔氏之雍容。歌凝鸞鳳吹簫碧，(「晉書」)聞其聲若，鸞鳳之音。(李商隱詩)素娥弄碧簫。醉怨棠梨落薛紅。(庾信「小園賦」)有棠梨而無館。(孟淑卿詩)落盡棠梨水拍隄，淒淒芳草望中迷。奇文弱冠人傳誦，(陶潛詩)奇文共欣賞。(「禮記」)二十曰弱冠。俠窟騷臺爭引重。(李嶠文)風雲俠窟之遊。(杜牧詩)今代風騷將，誰登李杜臺？潘岳家風首述詩，(「晉書·夏侯湛傳」)湛作周詩成，示潘岳，岳遂作家風詩。陸機世德先成一作陳頌。(「詩」)世德作求。陸機集有「祖德」「述先」二賦。(庾信「哀江南賦」)潘岳之文采，始述家風；陸機之詞章，先陳祖德。千里孤裴觸雪行，(李白「鴻雁行」)凌霜觸雪毛體枯。不求身貴謁公卿。清評會向清時吐，(李陵「與蘇武書」)策名清時。名世貞儒佇易名。(「孟子」注)名世，謂其人德業、聞望，可名於一世者(「法言」)如用眞儒，無敵于天下。易名，見題註。聖主從前勞寤寐，(王融文)寤寐者嘉猷延佇忠實。覽書未半催宣賜。(杜甫詩)至尊含笑催賜金。不用詞林舊例沿，(「殿閣詞林記」)洪武初，建翰林院於皇城內，扁之曰「詞林」。雲章親定褒文字。(歐陽修「御飛白書記」)雲章爛然。(「明史·本傳」)崇禎中，追謚褒文。問俗方求樂毅孫，(「禮記」)入國而問俗。(「史記·樂毅傳」)高帝過趙，問：「樂毅有後世乎？」對曰：「有樂叔。」高帝封之樂卿，號華成君，毅之孫也。披文亟錄淵一作端明裔。(釋齊己詩)元文靜夜披。(「梁書」)蕭秀刺江州，聞前官取陶潛曾孫爲司里。歎曰：「陶潛之德，豈可不及後裔乎？」即日辟爲西曹。(按)潛字淵明。豈知骨性自煙霞，(「論衡」)丹朱、商均、堯、舜、之類也，骨性詭耳。(「唐書·田游巖傳」)烟霞痼疾。冥鴻早已飄然逝。(「法言」)鴻飛冥冥。松桂濃芬滿舊山，(「北山移文」)誘我松桂。(蘇軾詩)幽人先已醉濃芬。(白居易詩)玉峯葭水應惆悵，恐見新山望舊山。酒鎗茶臼掩柴關。鎗同鐺。(「梁書·何點傳」)竟陵王子良遺點嵇叔夜酒杯，徐景山酒鎗。(王維詩)山童隔竹敲茶臼。肯將馬鐙塵千斛，馬鐙，馬鞍，兩旁足所踏者也。(「南齊書·張敬兒傳」)沈攸之司馬劉攘兵，寄敬兒馬鐙一隻。換卻漁竿水一灣。(錢起詩)一灣斜照水。一幅巾東路秋蓴美，(白居易詩)烏紗獨幅巾。(「晉書·羊祜傳」)既定邊事，當角巾東路歸故里。(又「張翰傳」)因秋風起，思吳中菰菜，蓴羹，遂命駕歸。惟有狂吟頌天子。(白居易詩)醉笑狂吟氣最粗。傲骨難投世網中，(戴埴「鼠璞」)李白不能曲身，以腰間有傲骨。(張纘文)世網拘束。才名不藉家聲起。(「報任安書」)頹其家聲。家廟焚黃享禮成，(宋敏求「春明退朝錄」)唐日歷貞觀十年，詔始用黃麻紙寫詔敕。「宋濂學士集」有「焚黃祭文」。(「周禮」)以肆獻祼享先王，以饋食享先王，以祠春享先王，以禴夏享先王，以嘗秋享先王，以蒸冬享先王。(疏)此一經陳享宗廟之六禮也。不嫌野服拜明綸。(「禮·郊特牲」)草笠而至，尊野服也。(蘇軾詩)黃冠野服山家客。(「禮」)王言如絲，其出如綸。從來相業山中事，(「梁書·陶宏景傳」)時人謂之山中宰相。(「宋史」)周必大留正一時俱以相業稱。衣白何妨作散人。(「唐書·李泌傳」)肅宗欲授以官，固辭不受。出陪乘輿，衆指曰：「衣黃者聖人，衣白者山人也。」(陸龜蒙「江湖散人傳」)散人者，散誕之人也。

歲暮客懷

無父無妻百病身，（「維摩經」）是身為災，百一病惱。孤舟風雪阻銅墩。（陶潛文）或棹孤舟。（羅隱「投裴中郎啓」）毘陵則堰號銅墩。殘多欲盡歸猶懶，（楊萬里詩）將何功業過殘多？料是無人望倚門。（「國策」）王孫賈母曰：「汝朝出而晚歸，則吾倚門而望。」

金壇王彥泓次囘著
古吳　句漏後裔釋
鄭　清　茂　校

疑雨集註　卷三

庚午年（崇禎三年 公元一六三〇）

新正閉戶獨坐，端己屢許相尋不果。余惟與麴生作緣（「開元傳信記」：道士葉法善，居眞元觀。有朝士詣之，思酒，忽有人扣門云：「麴秀才。」法善以劍擊之，化爲瓶榼，盈瓶醲醞也。坐客醉而撫其瓶曰：「麴生風味不可忘也。」）（「世說」）小人都不可與作緣。因寄同人。（「易」）同人於門。

一樹梅花伴索居，（陸游詩）一樹梅花一放翁。東風時爲掃庭除。（方干詩）落葉憑風掃。清吟不喜安難字，（陸游詩）清吟和松聲。（米芾詩）何必識難字？適意聊因想誤書。（自注）邢子才云：「恆思誤書，亦是一適。」（案）語見「北史・邢邵傳」。（「晉書」）人生貴適意爾。衝雪客來仍返棹，（范成大詩）前年衝雪過雙溪。乘風仙過暫持裾。注見卷二。牀頭幾度消魂飲，（李白詩）牀頭一壺酒。剛費瓜犀一石餘。（「事物紺珠」）瓜肉曰瓤，瓜子曰犀。（一作味）

燒香曲（唐李商隱有「燒香曲」。）

閉戶留香計絕癡，（陸游詩）重簾不捲留香久。（陸游詩）赤脚踏層冰，此計又絕癡。微煙未動隔簾知。（何遜「七召」）香出帳而微煙。翦燈几榻寒相守，（陸游詩）剪燈院落晨猶冷。聽雨房櫳暗最宜。（陸游詩）小樓一夜聽春雨。（劉孝綽詩）日下房櫳暗。臥待衣篝熏未了，（陸游詩）不惜衣篝薰未了。坐看銀葉透還遲。（蘇軾詩）銀葉燒香見客邀。（施元之注）銀葉二字見「香譜」，卽燒香所用。謝娘袒服經三浣，謝娘，見卷三。袒服，婦人近身衣，見「左傳」宣公九年杜注。（「通鑑」）唐文宗對柳公權等於便殿上，舉衫示之，曰：「此衣已經三浣矣。」一味濃芬似舊時。（蘇軾詩）幽人先已醉濃芬。

新寒跨火小屏前，（馬臻詩）北風小雨戒新寒。（白居易詩）遮風展小屏。（「北史」）倭國婦入夫家，必先跨火。畫袴文綦絕可憐。（王建詩）畫袴朱衣四隊行。（劉楨賦）纖纖絲履，燦爛鮮新；表以文綦，綴以朱蠙。常恐不煩燒鵲腦，（「御覽・方術部」引「淮南子」萬畢術注）取雌雄鵲各一，燔之四道，與人共飲酒。置腦酒中，則相思也。病懷端合怕龍涎。（蘇軾詩）永日登臨慰病懷。（「宦游記聞」）香中龍涎最貴。鴨爐好與歡同誓，（毛滂詞）鴨爐長暖。（古樂府）歡為沉水香，儂作博山爐。犀合仍留字紀年。（「瑯嬛記」）藍橋驛乞玉漿黑犀合子，下款有「妙觀三十三年，周旋多慶，先音永寶」十四字。只有香煙與儂似，（庾信詩）香煙聚成塔。一條孤細直如絃。（「後漢書・五行志」）京都童謠云：「直如絃，死道邊。」

余舊詩悉已遺忘，而韜仲皆爲存錄，展閱一過，覺無端往事交集胸懷，（「世說」）不覺百端交集。悵然久之，因呈四韻。

不堪重對舊詩篇，潦倒歡場二十年。（嵇康「絕交書」）足下舊知吾潦倒粗疎，不切事情。多爲微辭猜宋玉，注見卷二。敢持才語傲非煙。（唐人「步非煙傳」）趙象託門媼贈煙詩。煙覽之，復贈象詩，封付門媼，仍令語象曰：「賴妾有小小篇咏，不然，君作幾許大才面目？」（「南史・彭城王義康傳」）身不讀書，無爲作才語相向。春風鬢影彈琴看，（李賀「詠懷詩」）彈琴看文君，春風吹鬢影。夜月歌聲隔巷憐。（「金姬別傳」）季嘉謨至元都，對月歌詩。夜聞鄰婦有倚樓泣者，明日訪之，此婦泣曰：「客非昨夜悲歌人乎？我亡宋宮人金德淑也。」今日掩門梅雪下，（劉說詩）梅雪三百頃。藥爐聲沸臥牀前。（張籍詩）藥爐香潤覆春衣。（李遠詩）客來皆到臥牀前。

訓婢

收書拂扇疊詩箋，（韓偓詩）香箋詠柳詩。（又）小叠紅箋書恨字。敵得靈光賦一篇。（「蜀志・劉琰傳」）侍婢數十，皆能爲聲樂。（又）悉教誦讀「魯靈光殿賦」。浴硯定須頻換水，（葉適詩）浴硯海光

（王延壽「魯靈光殿賦」序）蓋景帝程姬之子，恭王餘之所立也。自西京未央、建章之殿，皆見隳壞，而靈光巋然獨存。意者豈非神明依憑支持，以保漢室者也。

翻。炙香宜令慢生煙。未妨簾下窺侯白一作曲，（「隋書」）侯白，字君素，人多愛狎之。其所在之處，觀者如市。只莫泥中惱鄭玄。注見卷二。休厭酒闌親滌缶，卓文君也在鑪邊。（梁簡文帝詩）酒闌嘉宴罷。（「史記·司馬相如傳」）令文君當鑪，相如身自著犢鼻褌，與保傭雜作，滌器於市中。

獨居有懷

春袍方退一重綿，（李商隱詩）青草妬春袍。又是森寒釀雨天。酒後肌添銀粟冷，（蘇軾「雪詩」）凍合玉樓寒起粟。意中人似玉梅妍。意中人，見卷二。（蘇軾詩）暗香先返玉梅魂。麻姑肯借人搔背，（「神仙傳」）麻姑手爪似鳥，蔡經心念背大癢時，得此爪以爬背當佳。王方平已知經心中念，即使人牽經鞭之，謂曰：「麻姑，神人也，汝何忍謂其爪可爬背耶？」漢主羞看婢聳肩。（「飛燕外傳」）帝曰：「不學汝曹聳肩婢也。」花影一瓶香一榻，不妨清絕是孤眠。（蘇軾詩）空堦夜雨自清絕。（范仲淹詞）諳盡孤眠滋味。

病瘡作楚戲書自遣

湯沐無時類水淫，（「淮南子」）湯沐具而蟣蝨相弔。（「南史·何修之傳」）性好潔，一日之中，洗滌者十餘遍，時人稱爲水淫。蹣跚坐起笑還顰。蹣跚，跛行貌。（蘇軾詩）兩足幾蹣跚。佳人未怪肌生粟，（李延年歌）北方有佳人。（「飛燕外傳」）氣體溫舒，無疹粟。（劉時中詞）侵素體，漆肌粟。烈士何傷腹有鱗？（「魏武樂府」）

烈士暮年。(「蜀志・陳震傳」)諸葛亮與蔣琬、董允書曰：「孝起前臨至吳，為吾說正方腹中有鱗甲，鄉黨以為不可近，吾以為鱗甲者不當犯之耳。不圖復有張蘇之事。」 鬻技易售龜手藥，(「莊子」)一朝而鬻技百金。(又)宋人有善為不龜手之藥者，世世以洴澼絖為事。客聞之，買其方百金。 論交難得嗜痂人。(杜甫詩)論交入酒壚。(「宋書・劉穆之傳」)子邕嗜食瘡痂，以為味似鰒魚。 焉知小疾非佳事，(「南史・袁君正傳」)在郡小疾。(晁補之詩)得酒亦佳事。 養護(一作讀)疏慵又一春。(孟郊詩)舉趾多疏慵。

不善治生，(「史記・淮陰侯傳」)又不能治生商賈。 又最嬾於報謁，(謝莊賦)道臻乎報謁。 客有咎余疏放者，(向子期「思舊賦」序)嵇志遠而疏，呂心曠而放。 四韻答之。

莫笑書淫並水淫，(「南史・劉峻傳」)聞有異書，必往祈借，崔慰祖謂之書淫。水淫，見前。 生涯端的似蹄涔。(庾信文)非常之錫，有溢生涯。(宋元詩)端的屬誰家？(「淮南子」)牛蹄之涔，無尺之鯉。 男兒豈耐車中閉？(「南史・曹景宗傳」)閉置車中，如三日新婦。 病骨惟堪硯北吟。(范成大詩)春陰病骨知。(段成式「漢上題襟集序」)自號硯北生。 老後莫應消逸氣，(傅休奕賦)逸氣橫生。 貧來渾未改(一作減)狂心。 憑君覓箇當鑪處，(當鑪，見卷二注。) 斷送牀頭賣賦金。(韓愈詩)斷送一生惟有酒。(「長門賦」序)陳皇后奉黃金百斤，為相如、文君取酒，因於解悲愁之辭，而相如為文，以悟主上。

贈妙音尼(自注)本白下歌姬，新披薙於陽羨山中。

散朗高情迥不羣，（「世說」）王夫人神情散朗。（「漢書」）卓爾不羣。翠鬟判得一窩（一作緺）雲。（孫蕙蘭詩）坐對銀蟾整翠鬟。判，同拚拚。（陸游詩）梳髮金盤剩一窩。釵鈿脫奉旃檀座，（「新唐書」）懿宗成安國寺，賜寶座，構以沉檀。紈綺裁裝貝葉文。（「釋典」）西域以貝多樹葉寫經。茗椀近添禪悅味，（孫覿詩）茗椀酌雲腴。（「維摩詰經」）雖復飲食，而以禪悅爲味。舞衫新換戒香薰。（陰鏗詩）花落舞衫前。（韓偓「贈僧詩」）一鑪今用戒香薰。潮音梵唄聲清妙，（「首楞嚴經」）發四海潮音，徧告同會。（「異苑」）陳思王植嘗登魚山，忽聞誦經聲，清遒深亮，便效而則之。今之梵唄，皆植依擬所造。舊曲如今不耐聞。

代答

淨卻情根淨髮根，（「首楞嚴經」）六根會解脫。笑看刀下翠紛紛。辭家偶爾來青嶂，（「舊唐書・柳渾傳」）千里辭家。（沈約詩）峻嶒起青嶂。喜客猶能贈白雲。（「史記」）喜賓客以相傾。（陶宏景「答詔詩」）山中何所有？嶺上多白雲。只可自怡悅，不可持贈君。世上合離沙鳥跡，（「國策」）齊趙之交，一合一離。面前啼笑水風紋。（陸游詩）風生水蹙紋。春心久作寒灰死，（李商隱詩）春心莫共花爭發。（「語錄」）古禪詩：無心便是道，如寒灰死火。豔曲何妨一再聞。（李嶠詩）豔曲伴鶯嬌。

答平陵宋似濂

（「太平寰宇記」）平陵山，在溧陽縣北三十五里。

芳蘭竟體總堪憐，（「南史」）謝覽爲太子舍人。武帝目送久之，謂徐勉曰：「覺此生芳蘭竟體。」宋玉還饒賦幾篇。（「史記・屈原列傳」）楚有宋玉、唐勒、景差之徒，皆好詞，而以賦見稱。豪士未妨兼嫵媚，（「唐書」）太宗曰：「人言魏徵舉動疏慢，吾但覺其嫵媚耳。」（按）晉陸機有「豪士賦」。男兒安在負鬚髯？（「南史・褚淵傳」）鬚髯如戟，何無丈夫氣？高奇嗜酒嵇中散，（臧榮緒「晉書」）呂安才氣高奇。（「晉書・嵇康傳」）拜中散大夫。佻僿能歌沈下賢。（「詩・鄭風」）佻兮達兮。（「唐書」）沈亞之，字下賢。把臂自然風味合，（「世說」）謝公道豫章，若遇七賢，必自把臂入林。（杜甫詩）溫溫昔風味。不關家世是同年。（何遜詩）家世傳儒雅。（「摭言」）俱捷謂之同年。

示蓮社學人

（「名山記」）惠遠法師居廬山東林寺，謝靈運爲鑿池種蓮。師與隱者十八人，同修淨土，緇素咸在，謂之蓮社。

休恃蒲團坐幾春，（蘇軾詩）此身分付一蒲團。酒坊淫舍勘纔眞。（「維摩詰經」）誘開蒙童，入諸淫舍。示欲之過，入諸酒肆。（「東京夢華錄」敍）按管調絃于茶坊酒肆。吞針始耐調魔女，（「晉書・鳩摩羅什傳」）什聚針盈鉢，謂諸僧曰：「若能見效食此者，乃可畜室。」舉七進針，與常食不別。（「楞嚴經」）下品魔女。嚼飯無妨與解人。（「高僧傳」）羅什曰：「改梵爲秦，有似嚼飯與人。」（「世說」）非但能言人不可得，正索解人，亦不可得。香瓣價同千世界，（張翥詩）無緣香一瓣，同向佛堂中。（「華嚴經」）此香一丸，價值三千大千世界。蓮花輪廣百由旬。（「華嚴經」）座下蓮花輪，量廣無量，百千由旬。（按）由旬，里數名，有三種，大者八十里；中者六十里；下者四十里。空王彼岸莊嚴處，（「觀佛三昧經」）過去久遠，有佛出世，號曰空王。（「楞嚴經」）佛住南海濱楞伽山，種種寶華，以爲供養。（徐陵文）濟是沉舟，能升彼岸。（「法苑珠林」）當速莊嚴，致於遠處。未許枯禪得問津。(戴表元詩)亂雲堆裏訪枯禪。(蘇頲詩)問津窺彼岸。

有女郎(古「木蘭詩」)同行十二年，不知木蘭是女郎。手寫余詩數十首，筆跡柔媚，紙光潔滑，玩而味之。

筆硯精良映綺疏，(歐陽修「試筆」)蘇子美言，明窗淨几，筆硯紙墨，皆極精良，亦是人生一樂。(孫綽「天臺賦」)皎日炯晃於綺疏。瘦璚人作瘦金(一作筋)書。璚，同瓊。(蘇軾詩)三年化爲石，堅瘦敵瓊玖。(「書史會要」)宋徽宗書，筆勢勁逸，自號瘦金書。古釵妙跡看來似，(「法書苑」)懷素與鄔彤論書，以古釵脚對。(徐陵「玉臺新詠」序)三臺妙跡，龍伸蠖屈之書。黃絹妍詞愧未如。(「世說」)魏武嘗過曹娥碑下。楊修見碑背上題作「黃絹幼婦，外孫齏臼」。曰，「黃絹，色絲也，於字爲絕。幼婦，少女也，于字爲妙。外孫，女子也，于字爲好。齏臼，受辛也，于字爲辭。所謂絕妙好詞也。」(謝惠連「雪賦」)柚子秘思，騁子妍舞。疏懶未成投芍藥，(嵇康「絕交書」)性復疏懶。(「詩·鄭風」)伊其相謔，贈之以芍藥。清新先荷賞芙蕖。(杜甫詩)清新庾開府。(李商隱詩)霧夕詠芙蕖，何郎得意初。一時誰最賞？沈范兩尚書。從今詠到闌心句，(曹唐詩)正思碧樹闌心句。一望枝娘柳下居。(「李義山集」)柳枝，洛中里妓也，年十七。聞李義山「燕臺詩」，乃折柳枝結帶，贈義山乞詩。

無聊私詠隔天涯，不道吟哦到齒牙。(「南史·孔稚珪傳」)無惜齒牙餘論。江令詩才猶賸錦，(王惲詩)彤管夢傳江令筆。(「南史·江淹傳」)嘗夢張景陽，謂曰：「前以一匹錦相寄，今可見還。」淹探懷中，得數尺與之。此人大恚曰：「那得割截都盡？爾後爲詩，絕無美句。」時人謂之才盡。衞娘書格是簪花。(「書斷」)衞夫人從姊名恆，袁昂評其書法如插花美女。長將臉（一作睡）壓香濃染，怕被娘窺燭半遮。想得笑和桃葉語，羨伊根蒂屬王家。（「今樂錄」）王子敬愛妾名桃葉，其妹名桃根。（陶潛詩）人生無根蒂，飄如陌上塵。

賀生文戰不利，（「會眞記」）明年文戰不利。憤懣悲騷，託之好內，（「左傳」）齊侯好內，如夫人者六人。以自發攄，竟得疾不起。比余再過其居，凄涼觸目。（朱熹詩）生芻一束人如玉，此日凄涼萬古心。（「晉書・習鑿齒傳」）觸目悲感，略無歡情。卽所最歡昵者，亦不復在燕子樓矣。（「一統志」）燕子樓，在徐州府銅山縣城西北隅。唐張建封鎭徐州，築此樓以居愛妾關盼盼。建封卒，盼盼居此樓十年。因悵然書其壁上。

翔龍折翼性難馴，（顏延之「五君詠・嵇中散」詩）鸞翮有時鎩，龍性誰能馴？拚（一作判）向柔鄉頓此身。（「飛燕外傳」）后進合德，帝大悅，以輔屬體，無所不靡，謂為溫柔鄉，曰：「吾老是鄉矣，不能效武皇帝求白雲鄉也。」奇藥剩堪娛一夕，（「飛燕外傳」）帝病緩弱，求奇藥。嘗得沓卹膠，遺昭儀一丸一幸。一夕，昭儀醉，進七丸。帝昏夜擁昭儀九成帳，笑吃吃不絕。抵明帝起，陰精流輸不禁。有頃帝崩。同欄何止浴三人？（「莊子・則陽篇」）衞靈公有妻三人，同濫而浴。（注）濫，浴器也。此作欄，誤。當時縹帙香沾粉，（「玉臺新詠」序）方當開茲縹帙。（「粧樓記」）張尚書妓女多涉獵，人有借其書者，往往粉指痕印於青編。此日廡筵飯雜塵。（「家語」）孔子厄於陳蔡，七日不食，告糴於野人，得米一石。顏回、仲由炊之，有埃墨墮飯中。回取而食之，子貢望見，以為竊食，入告孔子。（「韓非子」）塵飯塗羹。欲覓窈娘重問訊，（「舊唐書・武承嗣傳」）喬知之侍婢窈娘，美麗善歌。

鳳窠飛散別枝春。(「雲仙散記」)姑臧太守號諸娼曰鳳窠羣女。(方干詩)蟬曳殘聲過別枝。

花間歌酒舊同羣，(李白詩)花間一壺酒。(魏武樂府)對酒當歌。(盧綸詩)同跡不同羣。爛熳風情獨數君。(王延壽賦)流離爛熳。(白居易詩)欲送殘春招酒伴，客中誰最有風情？寢次故持歡鏡照，(「南史・劉瑱傳」)妹爲齊鄱陽王妃。王爲明帝所誅，妃感傷成痼疾。瑱命殷蒨畫王形象，並圖王寵姬，共照鏡，如欲偶寢狀，密使媼嫗示妃。妃視畫，因罵曰：「故宜早死。」於是恩情即歇，病除差。病餘猶出異香分。用魏武事，注見前。誰知國士終埋玉，(「史記」)智伯以國士待我。(「晉書・庾亮傳」)亮將葬，何充會之，歎曰：「埋玉樹於土中，使人情何能已已？」早見神娥盡變雲。(李威用詩)神娥無跡莓苔新。(李白詩)只愁歌舞散，化作彩雲飛。今日席間誰認得，舊時家令沈休文。(「梁書・沈約傳」)侍武帝宴，有一妓師是齊文惠時宮人。帝問之曰：「識坐中客否？」妓曰：「惟識沈家令耳。」約伏地流涕。

無題

夜飲朝歌晝未眠，輕狂全是倚娘憐。(「廣韻」)娘，少女之號。妮他細語拋一作挑針線，妮同泥。(元稹詩)泥他沽酒拔金釵。(李端詩)細語人不聞，北風吹裙帶。替我排愁肆管絃。(周弘讓文)排愁破涕。夜月不移歡枕畔，(自注)借用不夜珠事。(按)(「飛燕外傳」)眞臘夷獻萬年蛤不夜珠，光彩皆若月。后以蛤粧五成金霞帳，帳中常若滿月。春山常坐酒鑪前。(李商隱詩)總把春山掃眉黛。(「西京雜記」)卓文君姣好，眉色如望遠山。(「漢書・司馬相如傳」)使文君當鑪。何當荑玉親磨墨，(「詩・衞風」)手如柔荑。(何子卿詩)新花弄玉手。立到琉璃硯匣邊。(徐陵文)琉璃硯匣，終日隨身。

感舊遊

迷藏鬭酒舊成羣，(元稹詩)小樓前後捉迷藏。(杜牧詩)游騎偶同人鬭酒。夜夜潛游抵夜分。(「中吳紀聞」)蠡塘在婁門東。范蠡破吳辭越，潛游於此。(「後漢書・光武帝紀」)夜分乃寐。(注)分，猶半也。罰盞任寃偏後醉，(「南史」)桑又在江總席上曰：「雖深盞百罰，吾亦不辭也。」奇香雖秘得先熏。(「晉書・賈充傳」)韓壽美姿貌，充女見而悅焉。潛通音好。時西域貢奇香，一着人則經月不歇。帝惟賜充。充女密盜以遺壽。箏娘乞句留鈿帶，(李商隱「柳枝」詩序)柳枝手斷長帶，結讓山為贈叔乞詩。(「夷堅志」)陳不矜夢見一仙女，自言善秦箏，母字曰箏娘。(張祜詩)鴛鴦鈿帶歸何處？蕭史求書展練裙。蕭史，見卷一。(陸龜蒙詩)書破羊欣白練裙。無限斷腸蹤跡處，壞牆風雨繡苔紋。(溫庭筠「經舊游」詩)壞牆經雨蒼苔徧。(常建詩)藥院滋苔紋。

和叔冽韻二首

掠面東風了不寒，(王炎詩)道上東風掠面輕。(宋小南上人詩)吹面不寒楊柳風。倚樓晴一作情望綠漫漫。(白居易詩)樹色綠漫漫。攜茶擬過聽鶯館，(杜牧「游林泉寺金碧洞」詩)攜茶臘月遊金碧。(戴叔倫詩)聽鶯憶舊遊。被酒留看鬭鴨闌。(「史記・高祖本紀」)被酒夜徑澤中。(「吳志・陸遜傳」)建昌侯孫慮于堂前作鬭鴨闌，頗施小巧。勾引黑甜開卷便，(蘇軾詩)一枕黑甜餘。(注)俗謂睡為黑甜。消磨白日戒詩難。(黃庚詩)書册消磨白日間。明朝決計湖橋畔，(陸游詩)歸途更愛湖橋月。春色拋人似走丸。(庾信詩)春色方盈野。(陶潛詩)日月擲人去。(「漢書」)猶如阪上走丸也。欲露相思未敢先，笑容含忍益嫣然。(「子夜歌」)動儂含笑容。(宋玉賦)嫣然一笑。看調石黛添眉翠，(徐陵文)南都石黛，最發雙蛾。(陸瓊詩)非愁眉翠揚。喜揷玫瑰濕鬢煙。玫瑰，似薔薇而莖較短，花紫萼綠，香氣清烈。(李賀詩)鬢濕杏花煙。障袖立時風冉冉，(李商隱「柳枝詩」序)柳枝丫鬟畢妝，抱立扇下，風障一袖。(李商隱詩)閣涼松冉冉。持裙浣處水濺濺。(沈約詩)出浦水濺濺。情深豈怨橫陳晚，(「禮記」)情深而文明。(李商隱詩)小憐玉體橫陳夜，已報周師入晉陽。領略魂迷眼角邊。(劉筠詩)宋玉有情終未識，蔗漿無奈楚魂迷。(元曲)休言眼角留情處。

再和叔列

梅花應恨舊盟寒，(陸游詩)我與梅花有舊盟。(「左傳」哀公十二年)盟可尋也，亦可寒也。路隔溪塘過雨漫。塵眼暫教書浣濯，(蘇舜欽詩)塵眼向誰明？閑愁全恃酒遮闌。(杜荀鶴詩)有底閑愁得到心。新詩韻險賡宜穩，(蘇軾詩)險韻新詩苦鬪吟。妙友神交晤轉難。(「吳志・江表傳」)孫權曰：「孤與子輿可謂神交矣。」賴有嘯歌生活在，(「世說」)謝鯤曰：「猶不廢我嘯歌。」(又)人問王長史，江虨兄弟羣從。王答曰：「諸江皆復足自生活。」不能馳驟逐金丸。一作丹(「西京雜記」)韓嫣好彈，常以金爲丸，所失者日有十餘。長安爲之語曰：「苦饑寒，逐金丸。」

重有感用叔冽韻

僅喜他人不我先，(自注)微之詩。(按)(元稹「古決絕詞」)幸他人之既不我先。此詩纔讀便愀然。(「上林賦」)愀然改容。素娥計險思奔月，(李商隱詩)素娥惟與月。(「後漢書·天文志」注)后羿請不死之藥於西王母，嫦娥竊之以奔月。紫玉愁深恐化煙。紫玉，見卷一。殘夜枕函香澤滿，(張喬詩)語別惜殘夜。(韓偓詩)玉釵敲着枕函聲。(「史記·淳于髡傳」)微聞香澤。隔年衣袖唾花濺。(「飛燕外傳」)后與婕妤坐，誤吐婕妤袖。婕妤曰:「姊唾染人紺碧，正似石上華。」一生長羨泥金或作金泥蝶，(韋氏子詩)惆悵金泥簇蝶裙。(宋徽宗詩)頭上宮花裝翡翠，寶蟬珍蝶勢如飛。顛向釵邊與鏡邊。

寄懷端己白門

(胡三省「通鑑注」)白門，建康城西門，西方色白，故以爲稱。

知君愁絕在都城，不向輕煙淡粉行。(「蓉塘詩話」)國初於金陵聚寶門外建輕煙、淡粉、梅妍、柳翠等十四樓，以聚四方賓客。觀揭孟圖詩，可知國初縉紳宴集，皆用官妓，與唐宋不異。後始有禁耳。周吉父「金陵瑣事」載，輕煙、淡粉二樓，在西關南街。淚點寄來悲灼灼，(自注)密寄軟綃三尺淚。灼灼事。(案)句係毛滂詞。(「麗情集」)灼灼，錦城官妓也。善舞柘枝，能歌水調。御史裴質與之善。裴召還，灼灼每遣人以軟紅綃聚泪爲寄。口脂封去慰鶯鶯。(「會眞記」)崔氏報生書云:「兼惠花勝一合，口脂五寸。」道衡署句歸來晚，(自注)叔自署雁後歸。(按)(薛道衡詩)人歸落雁後。徐淑題詩病甫輕。(「古詩紀」)漢秦嘉爲上郡椽。其妻徐淑寢疾不獲面別，贈詩三章。徐亦有詩報之。應到避風臺畔立，一作坐。（「拾遺記」）太液池畔有成帝避風臺、飛燕結裙處。薄施膏粉待逢迎。（羅虬詩）薄粉輕朱取次施。客懷難耐日初長，（朱淑眞詩）困人天氣日初長。馬影斜陽踏幾坊？花下玉杯嘗苦筍，燈前銀葉試甜香。（自注）皆南朝風物。（李乂詩）稱觴引玉杯。（韓偓詩）苦筍恐難同象七。（蘇軾詩）銀葉燒香見客邀。愁來但禱靑溪廟，（「續齊諧記」）趙文哲夜遇一女子。既明，至靑溪廟，見神像卽夜所見者。醉後無忘紫佩囊。（「世說」）謝幼度少好佩紫羅香囊。爲覓繡鞋金鏤樣，倒提纖手學南唐。（陸機詩）纖手淸且閑。（南唐後主詞）花明月暗籠輕霧，今宵好向郎邊去。剗襪步香堦，手提金縷鞋。難將密意囑飛鴻，（謝逸詩）密意無人寄。（秦觀詩）過盡飛鴻字字愁。寄盡相思不語中。枕上鵲聲渾未驗，（「西京雜記」）乾鵲噪而行人至。橋頭龜兆幾回同？（施肩吾詩）却恨橋頭賣卜人。（「左傳」）龜兆告吉。神方駐景仙家藥，（李商隱詩）檢與神方敎駐景。（「十洲記」）元洲有五芝玄澗，上多仙家。新嫩嬌黃病後容。（自注）用蜀葵詩。（按）（薛能「黃蜀葵詩」）嬌黃初綻欲題詩，盡日含毫有所思。記得玉人初病起，道家粧束厭濃時。更奉瓣香多寶塔，瓣香，見前「示蓮社學人」註。半天燈影照江紅。

寄懷唐雲客讀書陽羨山中

（「太平寰宇記」）宜興本秦陽羨縣。陽羨古城，在今縣南；一名蝦虎城。

鶴伴經行虎結鄰，古藤幽竹翳苔紋。（高適詩）深齋垂古藤。（韋應物詩）北鄰有幽竹，潛筠穿我廬。苔紋見前。朝憑水檻千峯雪，杜甫有「水檻詩」。畫鎖巖扉一屋雲。（楊億詩）石層懸瀑濺巖扉。（方干詩）雨後帷關滿屋雲。遠浦上燈高閣見，（權德輿詩）斷橋通遠浦。（陸游詩）綠樹村深已上燈。定有書聲達夜分。

下溪鳴櫓半山聞。（王安石詩）藜杖聽鳴艣。西崖木末孤亭上，（沈炯詩）木末風雲高。（朱熹詩）孤亭一月盡天涯。

（李白詩）匡坐至夜分。翠崖紅樹壓層層，（蘇軾詩）一聲吹裂翠崖岡。（元稹詩）紅樹蟬聲滿夕陽。精舍山腰喚卽譍。（「通鑑」永和六年胡注）精舍，佛廬也，僧徒專精修行，故曰精舍。（「文選」李善注）精舍，今讀書齋也。（孟浩然詩）山腰度石關。（蘇軾詩）隔岸人家喚欲譍。游屐暫逢挑菜女，（「南史・謝靈運傳」）靈運登躡着木屐，上山則去前齒，下山則去其後齒。（徐稚詩）雪消牆外逢挑菜。詩筒偶付採茶僧。（「唐語林」）長慶中，白居易爲杭州刺史，元微之鎭會稽，每以竹筒盛詩往來。（溫庭筠詩）采茶溪樹綠。風掀小艇長歌去，（趙嘏詩）斜溪小艇通。雨滑危梁倚醉登。（羅隱詩）危梁枕路歧。（李賀詩）陸郎倚醉牽羅袂。信步不憂歸逕黑，（范成大詩）信步隨芳草。水邊乞得罩魚燈。溫庭筠集有「罩魚曲」。

碧磴千盤白石梯，（吳鎭詩）繞山碧磴接丹梯。（朱熹詩）縈紆欲千盤。元卿碑板少霞題。（「集異記」）蔡少霞夢人召去，令書碑題曰：「蒼龍溪新宮銘，紫陽眞人山元卿撰。」晴分極浦毫芒見，（「楚詞」）望涔陽兮極浦。（班固文）銳思於毫芒之內。霧接層巒咫尺迷。（王勃文）層巒聳翠。（徐幹文）雖路在咫尺，難涉如九關。歌嘯直穿煙雨上，家園遙擲雪雲西。（李商隱詩）行人只在雪雲西。故人不慮難尋覓，（葉顒「懷湖山隱者」詩）邇來蹤跡難尋覓。劍氣橫空有白蜺。（任昉文）劍氣凌雲。（「楚辭」）白蜺嬰茀。（王逸注）蜺，雲之有色似龍者也。

無題

飲興闌珊月影移，（劉禹錫詩）樓中飲興因明月。（白居易詩）詩情酒興漸闌珊。侍兒出去罷矜持。（白居易詩）扶行一侍兒。（鮑照詩）放縱少矜持。燈前側立魂難定，細唾柔嘶慢視時。（「世說」）止能作吳語細唾。

可嘆

擣麝成塵到底香，（溫庭筠「達摩支曲」）擣麝成塵香不滅。焚蘭湼玉任披猖。（「後漢書・龔勝傳」）蘭以香自焚。（蘇軾詩）翠鬣自披猖。傳訛易惑人成虎，（吳師道詩）遂使世俗猶傳訛。（「韓非子」）魏龐恭謂魏王曰：「一人言市中有虎，信之乎？」曰：「否。」曰：「二人言虎，信之乎？」曰：「寡人疑矣。」「三人言虎，信之乎？」曰：「信之矣。」恭曰：「市無虎，明矣。三人言而成虎，願王察之。」負氣難甘父攘羊。（「五代史・周太祖記」）為人負氣好使酒。（「論語・子路」篇）葉公語孔子曰：「吾黨有直躬者。其父攘羊，而子證之。」孔子曰：「吾黨之直者異於是。父為子隱，子為父隱，直在其中矣。」薄命固當輸織室，（楊萬里）詩鬼妬天嗔敎薄命。（「拾遺記」）吳主潘夫人父坐法，輸入織室，容態少儔。有司聞於吳主，乃就織室，納於後宮。清言端合死排牆。（徐陵文）清言既吐，精義入神。（「晉書・王衍傳」）妙善元言，後官太尉，為石勒所敗，夜使人排牆塡殺之。東亭友愛風流盡，王珉與嫂婢謝芳姿有情，愛好甚篤，嫂捶撻過苦。王東亭聞而止之。每讀遺文泣數行。（吳邁遠詩）千載炳遺文。（「史記」）慷慨傷懷，泣數行下。

由來巧妬擅機鋒，（趙彥端詞）巧妬玉人粧髻。（蘇軾詩）機鋒不可觸。江斅描摹總未工。（「南史・王藻傳」）宋世諸主莫不嚴妬，明帝每疾之。江湛孫斅當尚孝武女，上乃使人為斅作表讓婚。帝以表遍示諸主以諷切，並為戲笑。閣後寂寥釵澤影，（「晉書・王敦傳」）嘗荒於色，左右諫之。敦曰：「此甚易耳。」乃開後閣，驅諸婢數十人，並放之。（宋之問詩）龍宮鎖寂寥。（馮衍「與婦弟任武達書」）惟一婢，武達所見，頭無釵澤，面無脂粉。津頭狂暴毀粧風。（「酉陽雜俎」）妬婦津，婦人渡者皆壞嘗毀粧，然後敢渡。不爾，風波暴發。端憂孰敢窺南戶？（謝莊「月賦」）陳王初喪應、劉，端憂多暇。（案）應劉，應瑒、劉楨也。（「漢書・景十三王傳」）昭信后譖陶望卿曰：「數出入南戶窺郎吏，疑有姦。」鎖閉仍教記守宮。（「博物志」）蜥蜴以器養之，食以朱砂。所食滿七斤，擣萬杵，點女人身體，終年不滅。惟房事則滅，故名守宮。得謗似緣詩作祟，（韓愈文）動而得謗。（陳與義詩）平生詩作祟。悔將吟筆教逢蒙。（劉昭詩）風月資吟筆。（「孟子」）逢蒙學射於羿，盡羿之道，思天下惟羿為愈己，於是殺羿。

消息難通問女巫，（李商隱詩）誰與王昌報消息。（白居易詩）事鬼女為巫。交無俠客信非夫。（陸機詩）俠客控絕景。（「左傳」）彘子曰：「遇敵強而退，非夫也。」

冠軍宅外能來否？（「洛陽伽藍記」）隴西李元謙樂雙聲語，嘗經郭文遠宅，曰：「是誰第宅？」遇佳婢春風出曰：「郭冠軍家。」謙曰：「此婢雙聲。」春風曰：「獰奴謾罵。」元謙服婢之能。團扇歌成肯赦無？（「古今樂錄」）晉王珉好捉白團扇，與嫂婢謝芳姿有情。芳姿善歌，嫂令歌一曲，當赦之。應聲歌曰：「白團扇，辛苦互流連，是郎眼所見。」與杖敢逃平子嫂，（「世說」）王平子，衍弟也。衍妻郭令婢路上擔糞，平子諫以為不可。郭大怒，捉其裾，將杖之，踰窗乃免。（「南史・齊東昏侯記」）帝小有得失，潘則與杖。報書堪念阮咸姑。（白居易詩）免惱嵇康索報書。（「阮孚別傳」）咸與姑書曰：「不意胡婢遂生胡兒。」姑答書曰：「『魯靈光殿賦』曰：『胡人遙集於上楹。』可字曰遙集。」襄陽幕後知音坐，（「唐宋遺史」）崔郊有婢，甚端麗，善音律，郊嘗私之。既貧，鬻婢於連帥于頔家。郊思慕無已。其婢因寒食來崔家，郊立於柳陰，馬上漣泣。贈詩云：「公子王孫逐後塵，綠珠垂淚濕羅巾。侯門一入深如海，從此蕭郎是路人。」于頔鎮襄陽，人稱于襄陽。（「雍陶英雄傳」于頔條）嫉郊者寫其詩于座。于覩詩，令召崔生。郊甚憂悔，及見，遂命婢同歸。（「史記」）彼傭乃知音。誰遞愁吟與綠珠？（戴復古詩）愁吟兩鬢絲。綠珠，見前注。

見人偶語暗心驚，（「史記・秦始皇紀」）有敢偶語詩書，棄市。（「漢書・張良傳」）諸將數偶語。（案）偶語，對語也。叵測風濤有變更。（「唐書」）尹子叵測也。（案）尹子，謂尹思貞也。（徐賁詩）數異測叵誠。着布小憐姿韻在，（「北史」）後主馮淑妃，名小憐。帝遇害後，隋文帝將賜李詢，令着布衣配春。啼粧孫壽病愁并。（「後漢書」）梁冀妻孫壽色美，而善爲妖態，作愁眉啼粧。（又「五行志」）啼粧者，薄拭目下若啼處。（元曲）我是多愁多病身。忍言憔悴羞相見，（謝芳姿「團扇歌」）憔悴無復理，羞與郎相見。喜耐危疑表至誠。奇禍不妨含笑受，（「文子」）外無奇禍。舊恩山重一身輕。（魏武帝「短歌行」）心念舊恩。（杜牧文）戴巨鼇之山，未知恩重。（楊炯詩）但令一顧重，不悋百身輕。

夢後聞雨

枕畔花香半解酲，（蘇舜欽詩）枕畔吟香通醉夢。（梁元帝詩）竹葉解朝酲。愔愔小雨濕簾旌。（韓偓詩）別緒靜愔愔。（陸游詩）尚餘紅濕在簾旌。自疑身在羅敷院，（「樂府古題要解」）羅敷出採桑，趙王見而悅之，欲奪也。羅敷善彈箏，作「陌上桑」以自明。臥聽春蠶食一作嚙葉聲。（歐陽修詩）下筆春蠶食葉聲。

無題

不合將才賦宓妃，(曹植「洛神賦」)御者曰：「臣聞洛水之神，名曰宓妃。」烹東(東一作烹)阿安敢怨燃萁？(「史記」有齊威王烹阿大夫事。「世說・文學篇」)文帝嘗令東阿王七步中作詩，不成者行大法。應聲成詩曰：「煮豆燃豆萁，豆在釜中泣。本是同根生，相煎何太急。」豢龍誰氏能燒燕？(薛瑩「龍女傳」)漁人茅公肶墮洞庭山洞中，旁行升降，至一龍宮，不得入。梁武帝召問杰公，公曰：「此洞蓋東海龍王第七女掌龍王珠，藏龍畏蠟而嗜炙燕，若遣使通問，可得寶珠。」帝乃召洛黎孫羅子春，齎燒燕五百入洞，獻龍女，得珠而還。畜鴨何人肯飯狸？(「飛燕外傳」)陽華李姑畜鬬鴨水上，苦獺嚙鴨。時芮姥者，求捕獺狸獻。姥謂姑曰：「是狸不他食，當飯以鴨。」姑怒絞其狸。豈憚讒唇工貝錦？(「唐書・武平一傳」)齎唇之伍，苟施譎計。(「詩・小雅」)萋兮斐兮，成是貝錦。尚甘詩骨墮泥犁。(孟郊詩)詩骨聳東野。(「禪林僧寶傳」)黃魯直作豔語，人爭傳之。法秀呵之曰：「汝以豔語動人淫心，正恐生泥犁中耳。」(按)泥犁，梵語，地獄也。明珠入海終探取，莫問驪龍有睡時。(「莊子」)：河上有緯蕭而食者，其子投淵得徑寸之珠。父謂之曰：「千金之珠必於九重之淵，驪龍頷下。子能得珠者，遭其睡耳。使驪龍寤，子尚奚有哉？」

不寐

惡抱千端集夜深，(古詩)令我懷抱惡。(徐陵「與楊遵彥書」)朝千端而掩泣。同眠人已睡沉沉。(陸游詩)竹院沉沉聞漏永。夢中驚問腮邊冷，卻是愁人淚濕衾。(庾肩吾詩)鄰鷄聲已傳，愁人竟不眠。

予懷

白日繁花獨向隅，(駱賓王詩)繁花明日柳。(「漢書・刑法志」)一人向隅悲而泣，則一堂爲之不樂。對人容色似專愚。(「史記」)憂喜在於容色。(「漢書・朱穆傳」)銳意討講，不預人事，其父目爲專愚。從來佳境同餐蔗，(「晉書・顧愷之傳」)每食甘蔗，恆自尾至本，或怪之。曰：「漸入佳境。」但是情人合茹荼。(張九齡詩)情人怨遙夜。(「詩」)誰謂荼苦？其甘如薺。「孤注尚拚邀萬一，(「宋史・寇準傳」)王欽若曰：「陛下聞博乎？博者輸錢欲盡，乃罄所有出之，謂之孤注。陛下寇準之孤注也。」(韓愈文)徼倖於萬一。累丸端復失錙銖。(「莊子」)累丸二而不墜，則失者錙銖。何由抵得雙姝價？(趙師秀詩)雙姝亦道情。自嘆無才未足奴。(自注)奴價倍婢，有愧昔賢。(按)(「晉書・祖納傳」)王敦遣其二婢，辟爲從事中郎。有戲之曰：「奴價倍婢。」

憔悴明妃似畫圖，晉人改稱昭君曰明妃，避文帝諱也。(杜甫詩)畫圖省識春風面。阿甄愁坐閉銅鋪。阿甄，魏文帝后甄氏也。(李賀詩)屈戍銅鋪鎖阿甄。也知此後風情減，(白居易傳)客中誰最有風情？只悔從前領略疎。一作麤。(昭明太子書)研尋物理，領略清言。頻囑詩詞宜蘊藉，(「漢書・薛廣德傳」)爲人溫雅有蘊藉。更教車服莫閑都。(「史記・司馬相如傳」)車騎容雍，閑雅甚都。何年卻話當年恨？擁髻燈邊侍子于。(伶元「飛燕外傳」自序)子于買妾樊通德，成帝宮婢也。頗能言飛燕姊妹故事。子于語通德曰：「當時疲精力以事蠱惑，今灰滅矣。」通德掩袖視燭影，以手擁髻，凄然泣下。

幾年百就與千闌，(宋陳誂詞)千闌百就。中道風波負所歡。(班婕妤詩)恩情中道絕。(白居易詩)世路風波子細諳。(古樂府)疑是所歡來。花徑裏言悲悄悄，（庾信詩）狹石分花徑。（「詩」）憂心悄悄。畫屏前事憶漫漫。（江淹賦）曲帳畫屏。無聊竟欲拚孤注，（「元史·伯顏傳」）猶賭博孤注，輸贏在此一擲耳。觸緒那堪集百端？（令狐楚文）心傷者觸緒成悲。料得似儂愁絕在，（杜甫詩）放歌頗愁絕。未容題札勸加餐。（柳貫詩）重勞同館勸加餐。（古詩）呼童烹鯉魚，中有尺素書；上言加餐飯，下言長相思。飲冰何計得心涼？（「莊子」）朝受命而夕飲水，我其內熱歟？」（趙抃詩）未見故人心已涼。中夜憂來似沸湯。（李約詩）相思起中夜。（「楚辭」）心踴躍兮如湯。度日悶拚無味睡，（「老子」）淡乎其無味。見人羞作不情粧。（「莊子」）不近人情焉。甘言妬女難憑恃，（「國策」）甘言，疾也。（宋之問詩）妬女猶憐鏡中髮。喜事媒娘拙覆藏。休信暫時歡計誤，（沈遼詩）歡計成金疊。怨猜鶯蝶正飛忙。（高啓詩）翠羽驚啼莫怨猜。

四月十七日作

（自注）「花間集」韋端己詞云：「四月十七，正是去年今日，別君時。」

記得西川韋相詞，去年今日事堪思。人間刻骨難忘處，（「孝經鉤命決」）削肌刻骨。李賀有「難忘曲」。最是佯羞忍淚時。（韓偓詩）斂袂佯羞忍淚時。

夜半分明到鏡臺，（蕭紀詩）屏風隱鏡臺。柳眉顰綠杏花腮。（梁元帝詩）柳葉生眉上。（周憲王詩）春衫女兒紅杏腮。半羞半喜依依處，

(吳師道詩)拂叙攬袖香依依。又是離人夢覺來。(張泌詩)別夢依依到謝家，小廊同合曲欄斜。無情最是春庭月，猶爲離人照落花。

席上

拾翠南湘有二姚，(「洛神賦」)或採明珠，或拾翠羽。從南湘之二妃，携漢濱之游女。(「離騷」)留有虞之二姚。風情天付眼眉腰。(文同詩)佳景實天付。翻成繡譜傳人畫，會得琴心允客挑。(「史記·司馬相如傳」)文君新寡，好音，相如以琴心挑之。合德何須分月彩？(「飛燕外傳」)眞臘獻萬年蛤不夜珠，光彩皆若月，帝以珠賜婕妤。婕妤即以珠號爲枕前不夜珠，以爲后壽。阿環那更怯風飄？(「太眞外傳」)貴妃，小字玉環，上因覽「漢成帝內傳」，爲飛燕製七寶避風臺。上曰：「爾則任吹多少？」蓋妃微有肌也。鳳頭踏草歸應晚，(蘇軾「方鳥詩」自注)晉永嘉中，有鳳頭鞋。(楊基詞)鳳頭新繡踏青鞋。已定逢歡第五橋。(杜甫詩)不識南塘路，今知第五橋。

簾前燭後暗追尋，薄怒佯羞笑自深。弄玉寄將充下體，(「會眞記」)崔氏報生書曰：「玉環一枚，是兒嬰年所弄，寄充君子下體之佩。」簸錢時已極關心。(歐陽修詞)堂上簸錢堂下走，恁時相見已留心。難投間隙猧當戶，(「後漢書」)投間而作。(「列子」)投隙抵時，應事無方，屬乎智。(案)句用崑崙奴盜紅綃事，見「裴鉶傳奇」。易淡嫌疑麝染襟。(「君子行」)君子防未然，不處嫌疑間。(案)句用韓壽偷香事，見「晉書·賈充傳」。早信箇人心更煖，若爲尫怯到如今。(宋祁文)禀生尫怯。

畫簾初軸異香敷，軸，卷也。（韓偓詩）清水簾開散異香。珮響徐來不待呼。（李商隱詩）已聞珮響知腰細。舞鬢溜（一作墜）釵鬆翡翠，（溫庭筠詩）理釵低舞鬢。（「摭遺」）江南李氏「宮中詩」：「紅錦地衣隨步縐，佳人舞徹金釵溜。」（宋玉「諷賦」）以翡翠之釵。挂臣冠纓。歌唇嘗酒濕珊瑚。（孟浩然詩）衫袖掩歌唇。（江總「宛轉歌」）盈盈扇掩珊瑚唇。嬌啼露滴千條筯，（江總詩）玉筯兩行垂。妙囀風搓一串珠。（元稹「善歌如貫珠賦」）而一一皆圓。（白居易詩）引妙囀。阿郎小妓歌喉好，嚴老呼為一串珠。薌澤乍聞心便醉，（李商隱詩）我為傷春心自醉，不勞君勸石榴花。況勞持爵勸淳于。（「史記・滑稽傳」）羅襦襟解，微聞香澤。當此之時，髡心最歡，能飲一石。

閨人禮佛詞

唵叭香薰掃象圖，（「本草」）膽八香出交趾、南番諸國，今名唵叭香。（「香箋」）唵叭香名黑香。（「宣和畫譜」）閻立本有掃象圖。拜容纖弱不禁扶。（白居易詩）頹玉不勝扶。輕粧淡服堪描畫，（梁簡文帝詩）輕粧薄粉光閭里。（張昱詩）情知此事堪描畫。鸚鵡籠前捻數珠。（陳造詩）南方誤佛古到今，人持數珠家梵音。

喉音嬝嬝齒泠泠，（蘇軾賦）餘音嬝嬝。（陸機「文賦」）音泠泠以盈耳。疑有清歌發後庭。（陶潛詩）清歌散新聲。（李義詩）後庭聯舞唱。聽到甚深微妙字，（「妙法蓮華經・開經偈」）甚深微妙法，我今具已聞。始知開卷是蓮經。

佛手霜柑奉佛前，（蘇軾詩）留客薦霜柑。錫（一作銀）瓶親注錫山泉。（「一統志」）慧山泉在無錫縣西，惠山東麓，陸羽品為天下第一。漳蘭乍折花三四，（漳蘭產福建之漳州，又名建蘭，實即蕙也。莖葉肥大，一幹數花。）未敢先教插鬢邊。

茉莉朝朝供幾枝，（「羣芳譜」）茉莉原出波斯，移植南海，北人名曰奈花。）漫教小玉摘來時。（唐人詩）頻呼小玉原無事，故使檀郎認得聲。）今朝卻喜花盈百，戲掐菩提暗得知。（槵木，一名無患子，亦名菩提子。其子可爲數珠，卽念珠，見「本草」。）

每晨一度到香臺，（「維摩詰經」）有國名衆香，悉以香作亭臺樓閣。）隔日疏慵女伴猜。（孟郊詩）舉止多疎慵。（劉禹錫「竹枝詞」）昭君坊裏女伴多。）窗外相邀低答應，（「後漢書」）求獲答應。）待人明日浣裙來。（王建「宮詞」）喚人相伴洗裙裾。）

閑教鸚哥念佛名，（明皇有白鸚鵡，名雪衣娘，使貴妃授以「多心經」，記誦頗精熟。見「明皇雜錄」。）狸奴也着戒魚羹。（陸游詩）狸奴氈暖夜相親。）愛將蓮子雞頭食，（徐凝詩）蓮子花邊迴竹岸，雞頭葉上蕩蘭舟。）換得兒童蝨放生。（「列子」）趙簡子曰：「正旦放生，示有恩也。」（「禁殺錄」）薛嵩性慈戒殺，卽微細如蝨，亦不害之。）

鳳頭弓樣改蠻鞾，（王珪詩）試穿金縷鳳頭鞋。（舒元輿詩）便脫蠻鞾出絳帷。（黃庭堅詞）隱隱似朝雲行雨。弓弓樣羅襪生塵。）巾覆雲鬟一幅羅。（元稹詩）芙蓉脂肉綠雲鬟。）只說道粧宜淺淡，（戴復古詩）只染鵝黃學道粧。）看來風致較前多。（「六帖」）崔遠風致整峻。）

楞嚴初讀面生紅，（古樂府）當時近前面發紅。）爲寫摩登技忘工。（「楞嚴經」第一卷）爾時，阿難因乞食經歷婬室，遭大幻術。摩登伽女以娑毘羅先梵天呪攝入婬席，婬躬撫摩，將毀戒體。）還是國風多蘊藉，（沈約詩）蘊藉含風雅。）房融端不及周公。（按）「首楞嚴經」，唐沙門彌伽釋迦譯語；同中書門下平章清和房融筆受。）

如花人在散花筵，（「維摩詰經」）會上有天女，以天花散諸菩薩。豔似天魔靜似禪。（蘇軾詩）外道天魔猶奏樂。若箇筆端能寫照，（「文賦」）挫萬物於筆端。（「晉書」）傳神寫照，正在阿堵中。濟尼親說與張玄。（「世說」）謝遏絕重其姊道蘊，張玄亦常稱其妹。有濟尼者常遊兩家，人問其優劣。尼曰：「王夫人神情散朗，故有林下風氣；顧家婦清心玉映，自是閨房之秀。」

即事

玉釵敲竹立旁皇，一作商量。（張適詩）自把玉釵敲砌竹，清歌一曲月如霜。旁皇，同彷徨。（「洛神賦」）於是洛靈感焉，徙倚彷徨。孤負樓心幾夜涼。（薩都刺詩）幾回明月到樓心。出戶會防中婦覺，（李賀詩）月明中婦覺，應笑畫堂空。作羹須倩小姑嘗。（自注）王建語。（按）（王建「新嫁娘詩」）三日入廚下，洗手作羹湯。未諳姑食性，先遣小姑嘗。先歸免盡三分酒，再晤遲來一寸香。最是北堂無意緒，（「詩毛傳」）背，北堂也。匆匆時節話偏長。

佳期卜夜晝關心，（武元衡詩）春風何處有佳期？（「左傳」）敬仲曰：「臣卜其晝，未卜其夜。」攏鬢斜陽換翠簪。（韓偓詩）再整魚犀換翠簪。姊意未容先罷繡，郎前何惜乍調琴？（自注）鶯鶯事。（按）（「會眞記」）崔氏謂生曰：「君嘗謂我善鼓琴，嚮時羞顏所不能及，今往矣，既君此誠。」因命拂琴，鼓「霓裳羽衣序」不數聲，哀音怨辭，不復知其是曲也。歡情豈係眠遲早？（「神女賦」）歡情未接，將辭而去。笑語能移意淺深。（秦觀詩）花氣侵人笑語香。好趁竹窗煙月色，(盧鴻詩)竹窗殘日酒醒時。吳江香雪爲君斟。香雪，酒名，卽梨花春也。於梨花開時熟。以李白有「梨花白雪香」之句，故又以香雪名。

柔鄉拚取葬愁身，柔鄉，見前注。併疊心情付所親。(李中詩)寒松肌骨鶴心情。嗜酒尙疑非韻事，能詩終礙作閒人。良期易誤經營久，密緒難諧忖料頻。(楊衡詩)密緒分離狀。底是半生消受處？一回歡一作歌劇一悲辛。(梅堯臣詩)巧笑承歡劇。(韓愈詩)吅嘯成悲辛。

輕裙綷縩近虛廊，(「前漢書·外戚傳」注)綷縩，衣聲也。(劉兼詩)竹聲敲玉近虛廊。未接音詞早接香。(「晉書」)音詞清暢，泠然若琴瑟。暗認巳知卿是姊，笑云姑讓妹爲郎。悲歡假訂歸先後，(崔羣詩)一旦悲歡見孟光。新舊難分話短長。不用怕羞吹燭滅，(「子夜四時歌」)開窗秋月光，滅燭解羅裳。月華如雪滿匡牀。(陳子昂詩)三五月華新。(「莊子」)與王同匡牀。

腰肢日笑麗華粗，(「陳書」)張貴妃，名麗華。細骨宜酬百琲珠。(「拾遺記」)石崇所愛婢數十人，屑沉水之香如塵末，布象牀上，使踐之，無跡者賜以眞珠百琲，有跡者，節其飲食，令體輕弱。故閨中相戲曰：「爾非細骨輕軀，那得百琲眞珠？」風度枕函聞暗麝，枕函，見前注。(「志林」)東坡居儋耳，見黎女夜簪茉莉，謂之暗麝。月穿衫縷見凝酥。(「天寶遺事」)帝捫貴妃乳曰：「嫩滑新剝雞頭肉。」祿山在旁曰：「滑膩初凝塞上酥。」含毫愛學簪花格，(「文賦」)或含毫而邈然。(「書斷」)魏夫人從姊名恆，袁昂評其書法如揷花美女。展畫慚看出浴圖。(李中詩)展畫看滄洲。(「宣和畫譜」)周昉有「楊妃出浴圖」。更是厭人當面問，鳳凰何日卻將雛？(應璩「百一詩」)言是鳳將雛。

歷遍情場灩澦灘，（「寰宇記」）灩澦堆在夔州府西南，蜀江中心，瞿塘峽口。近來心性耐波瀾。（王維詩）人情翻覆似波瀾。引將妬女瞋皆裂，（「史記．項羽本紀」）噲入，瞋目視項王，頭髮上指，目眥盡裂。博得歡娘笑齒寒。薛能有「歡娘詩」。（「南史．樂預傳」）人笑褚公，至今齒冷。心斷猜嫌從客謗，（李白「長干行」）兩小無猜嫌。貌無評泊一作隲（薛夢桂詞）尊前不用多評泊。恣人看。東隣一任持郎去，（李白詩）自古有秀色，西施與東隣。歡處無一作如儂定不歡。

絮語難終夜漸徂，（梁劉孝標書）丁寧絮語。（元稹詩）但恐清夜徂。素馨花氣透紗幮。（「羣芳譜」）素馨出西域，枝嫚娜似茉莉。（林鴻詩）素馨花發暗香飄。（陸游詩）紗幮睡起角巾欹。人如甘后幃中玉，（「拾遺記」）蜀先主甘后，玉質柔肌，態媚容冶。先主召入綃帳中，於戶外望者，如月下聚雪。河間獻玉人，高三尺。乃取玉人置后側。夕則擁后玩玉人。后與玉人潔白齊潤，觀者殆相亂惑。月作昭儀枕畔珠。（「飛燕外傳」）眞臘夷獻萬年蛤不夜珠，光彩皆若月，帝以珠賜婕妤。（又）婕妤益貴幸，號昭儀。瞑色未分雲雨貌，（皇甫冉詩）瞑色赴春愁。（「高唐賦」）朝爲行雲，暮爲行雨。秋涼先到雪霜膚。（「莊子」）肌膚若霜雪。曉來睡味初濃美，（陸游詩）睡味着人如中酒。薄倖貪看未忍呼。（蘇軾詩）薄倖郎如露草晞。

嫠姊無端住隔河，（杜甫詩）隔河憶長眺。近來青鳥半傳訛。（「大荒西經」）沃之野有三青鳥。（郭璞注）皆西王母所使也。（吳師道詩）遂使世俗猶傳訛。狂辭撰出風聞遠，（白居易詩）走筆操狂辭。（「漢書」）尉佗上書曰：「風聞老夫父母墓已削壞。」艷質行來耳目多。（「陳後主傳」）新粧艷質本傾城。聊以濶疏知鄭重，（蘇舜欽詩）千里成濶疎。（李商隱詩）錦長書鄭重。悔因詳愼得蹉跎。（李頎詩）空令歲月易蹉跎。秋淸更憶人如畫，（杜甫詩）

露下天高秋氣清。（「後漢書」）眉目如畫。可奈愁黏病縛何！

雨下春泥月下霜，（蘇軾詩）陌上春泥未濺裙。幾年辛苦做蕭郎？（溫庭筠詩）門外蕭郎白馬嘶。休論犯雪邀宜主，（「飛燕外傳」）雪夜期射鳥者於舍旁。（又）飛燕本名宜主。只憶藏花遇妥娘。（「古今詩話」）煬帝幸月觀，中夜獨與蕭妃，起臨前軒。適有小黃門映薔薇叢，調宮婢自往擒之，乃雅娘也。蕭妃哂然不止，帝曰：「往年幸妥娘，情態正如此。」獺髓易求非玉杵，（「酉陽雜俎」）吳孫和寵鄧夫人，醉舞如意，誤傷鄧頰，命太醫合藥，言得白獺髓、合玉與琥珀屑，當滅此痕。和以百金購得白獺，乃合膏琥珀，太多，差痕不滅，左頰有赤點如痣。玉杵，用裴航事，見前。鴆媒輕浼似胡香。用賈充女事，注見前。（「楚辭」）吾令鴆爲媒兮，鴆告余以不好。（庾信「鴛鴦賦」）韓壽欲婚，溫嶠顧婦。玉臺不送，胡香未有。天台再許劉晨到，肯惜千回度石梁。唐曹唐有「劉阮再到天臺不復見仙子」詩。（「啓蒙記」注）天臺山去天不遠，前有石橋，徑不盈尺，長數十丈，下臨絕澗。

崖蜜含桃易得嘗，（「太平廣記」）崖蜜，含桃也。玉人性格費猜量。初逢薄怒偏嬌倩，暫露輕一作微顰已諱藏。（元好問詩）欲語不語時。飛燕風情疑遠近，或作近遠。（「飛燕外傳」）豐若有餘，柔若無骨，遷延畏謙，若遠若近。驚鴻神彩乍陰陽。（曹植「洛神賦」）其形也翩若驚鴻，婉若游龍。（又）神光離合，乍陰乍陽。（「南史・張貴妃傳」）聰慧有神彩。關心正此堪淹一作研賞，（李嶠詩）淹賞玩芳菲。似較橫陳味頗長。（司馬相如「美人賦」）花容自獻，玉體橫陳。（「楞嚴經」）視橫陳時，味如嚼蠟。

逋客叔菊筵

幾拍吳歈日漸曛，（「楚詞」）吳歈蔡謳奏大呂些。後堂香發卷簾聞。（「齊東野語」）王簡卿侍郎嘗赴張功甫牡丹會，云：「衆賓既集一堂，寂無所聞。」俄問左右曰：「香發未？」答已發，命卷簾，香氣郁然滿坐。登牆雪貌東家子，（宋玉「好色賦」）臣里之美者，莫若臣東家之子。然此女登牆窺臣三年矣，至今未許也。（黃滔詩）雪貌潛凋雪鬢生。映燭明姿左阿君。（朱德潤詩）明姿照人隔寒水。（「漢書．陳遵傳」）過寡婦左阿君，置酒，暮，因留宿。花氣與人渾不辨，（元稹詩）不辨花與人，空驚香若霧。（杜甫詩）花氣渾如百和香。竹聲如肉驟難分。（「世說」）桓溫問孟嘉：「聽妓絲不如竹，竹不如肉，何也？」答曰：「漸近自然。」分明玉樹尊前坐，（「世說」）明帝使毛會與夏侯元同坐，時人謂之蒹葭倚玉樹。（杜甫詩）皎若玉樹臨風前。知是何人夢裏雲？

似夢

似夢濃歡復似眞，細看元是擲梭人。（「晉書．謝鯤傳」）鯤字幼輿，鄰家高氏女有美色，鯤嘗挑之。女投梭折其兩齒，時人為之語曰：「任達不已，幼輿折齒。」鯤聞之，傲然長嘯曰：「猶不廢我嘯歌。」當初薄怒尤嬌絕，笑倩如花更一嗔。

讀樊川集

(「全唐詩錄」)杜牧，宰相佑之孫。佑有別墅在樊川，牧葺治之，因以名其集。

分司非爲紫雲留，(「古今詩話」)杜牧自御史分司洛陽時，李原罷鎭閒居，聲伎豪華，爲當時第一。嘗宴客，女伎百餘人，皆殊色。牧瞪目注視，問李曰：「聞有紫雲者，孰是？」李指視之。牧復凝睇，良久曰：「名不虛傳，宜以見惠。」李俯而笑，諸妓亦皆回首破顏。牧自飲三酹，朗吟而起曰：「華堂今日綺筵開，誰遣分司御史來？忽發狂吟驚滿座，兩行紅粉一時回。」三絹一作館銀符只醉游。(「文獻通考」)隋義寧二年，罷竹使符，頒銀菟符於諸郡太守。(眞山民詩)花前日醉遊。飽看花叢意寥落，(元曲)要看箇十分飽。(張易之詩)蝶舞萬花叢。(王勃文)琴臺寥落。晚投箋記乞湖州。(于鄴「揚州夢記」)太和末，杜牧自御史出佐宣州幕。雖所至輒游，終無屬意，因游湖州，得鵶頭女，十餘歲，驚爲國色，因語其母，將接至舟中。母女皆懼，牧曰：「且不卽納，當爲後期。吾不十年，必守此郡。十年不來，乃從爾所適。」母許諾爲盟而別。故牧歸朝，頗以湖州爲念。尋拜黃州、池州、睦州，皆非意也。牧與周墀善，會墀爲相，乃並以三箋求守湖州。大中三年，始授湖州刺史，則已十四年矣。所約者已從人三載，而生三子。(歐陽修文)吏以私自達於其屬長，而有所問候請謝者，則曰箋記書啓。

密緯兄侍姬，名曰秋雪，長齋事佛，(杜甫詩)蘇晉長齋繡佛前。詩以記之。

嫁得才人百自由，(梁簡文帝文)歷方古之才人。(「後漢書．五行志」)百事自由。豈須佛力散閒愁。(蘇軾詩)感荷佛祖力。(歐陽修詞)閒愁閒悶日初長。(李商隱詩)欲爲平生一散愁。機鋒夙世同靈照，(蘇軾詩)機鋒不可觸。(「宣和畫譜」)道士李得柔，丹青之技，不學而能，益驗其夙世之餘習焉。(「傳燈錄」)襄陽龐居士有女靈照。龐後謁馬宗，頓悟元要。將度入滅，令靈照視日午否。照曰：「日中矣，而有蝕也。」居士出看，照登父坐，合掌而逝。居士笑曰：「吾女鋒捷矣。」於是，更七日而化。福慧他年在阿侯。（隋煬帝「天臺建功德發願疏」）設以辯才千萬偈，讚師福慧，終不能盡。（梁武帝詩）河中之水向東流，洛陽女兒名莫愁。十五嫁爲盧家婦，十六生兒字阿侯。姑射仙人眞似雪，見「莊子」，詳前注。京江好女故名秋。（杜牧詩）京江水清滑，生女白如脂。其間杜秋娘，不勞朱粉施。西方定與郎同去，（「于部阿彌陀石像贊」）西方之樂，大會之地，鳥獸草木，皆爲梵聲。只願蓮開是並頭。（晉「青陽度」曲）下有並根藕，上有並頭蓮。

風搖旛帶拂釵梁，（段成式詩）金爲細鳥簇釵梁。手摘盆花供法王。（杜甫詩）摘花不插鬢。（庾信「五張寺經藏碑」）法王御世。佛號教將鸚鵡念，（韋臯「鸚鵡舍利塔記」）或教以持佛名號者，則仰首奮翼，若承若聽。仙容分與黛螺粧。（貫休詩）一家齋戒滅仙容。（「南部煙花記」）宮中日給螺子黛五斛。擎來茗椀俱禪味，（韓愈詩）茗椀纖纖捧。（溫庭筠詩）憂患慕禪味。熏徹羅衣是戒香。（韋莊詩）金鳳羅衣從麝熏。（虞荔「同泰寺銘」）戒香芬馥。敢笑玉環根器一作氣淺，（梁肅「維摩經略疏序」）原夫聖人有以見生生，根器之不齊也，故用四教五味，經而緯之。（「大日經」疏）略說法有四種：謂三乘及秘密乘，雖不應悋惜，然應觀衆生，量其根器，而後與之。寫經徒爲李三郎。注見卷二。

貧遺

愁中白日費消磨，酒畔棋邊是處過。杜牧看花當意少，（于鄴「揚州夢記」）杜牧雖所至輒游，終無屬意。（李白詩）看花飲美酒。（李商隱詩）輕衫薄袖當君意。元稹吟草斷腸多。（元稹「長慶集」有「古決絕」等詩。）誰知沉飲非荒宴？（顏延之詩）韜精日沉飲，誰知非荒宴？聊寄孤懷與嘯歌。（陸游詩）聊用散孤懷。安得暫酬心恨了，（「吳越春秋」）心恨不解。芒鞋挈鉢一頭陀。（陳師道詩）竹杖芒鞋取次行。（僧梵琦詩）挂肩如意服，挈鉢自然漿。（「王巾頭陀寺碑」）以法師景行大迦葉，故以頭陀爲稱首。

縱未能狂已勝癡，（「南史・沈昭略傳」）嘗晚醉過王約，張目示之曰：「汝何肥而癡？」約答曰：「汝何瘦而狂？」昭略撫掌大笑，曰：「瘦已勝肥，狂又勝癡。」與僧閒說與兒嬉。（蘇軾詩）棄去舊學從兒嬉。牽蘿豈有珠堪賣？（杜甫詩）侍婢賣珠回，牽蘿補茅屋。折一作析桂仍無玉可炊。（「國策」）楚國之食貴於玉，薪貴於桂。（庾信「謝趙王賚米啓」）異荆臺而炊玉。千載孰知回擇菜？（自注）夫子陳蔡時七日不火食，顏回擇菜。（按）語見「呂覽・愼人篇」。三年無復婦蒸梨。當作藜。（「家語」）曾參後母，遇之無恩，供養不衰。其妻以蒸藜不熟，因出之。（王維詩）蒸藜炊黍餉東菑。秋來始擬今宵醉，遠客還書有一鴟。（蘇軾詩）依依慰遠客。（「聞見錄」）古云，借書一瓻，還書一瓻。（「說文」）瓻，酒器。（「韻會」）通作鴟。（蘇軾詩）不持兩鴟酒，肯借一車書。

貧甚戲書示所近

塵情端不上嬌顰，（王勃賦）鄙塵情於春念。（李百藥詩）嬌顰眉際斂。瀹茗爲歡一笑眞。（李清照「金石錄」序）每飯罷，坐歸來堂烹茶。指堆積書史，言某事在某書某卷第幾頁第幾行，以中否勝負爲飲茶先後。中則擧杯大笑，至杯覆懷中，不得飲而起。（李洞詩）顧渚香浮瀹茗花。（「七啓」）爲歡未渫。（「漢書」）歸對妻子，設酒肴，請鄰里，一笑相樂。膏粉未饒宜主費，(自注)飛燕微時，於膏沐澡粉之費無所惜。琴書偏泥長卿貧。(「歸去來辭」)樂琴書以消憂。(「史記・司馬相如傳」)長卿雖貧，其人才足依也。風流不載錢愚論，(「南史・梁臨川王宏傳」)晉時有錢神論，豫章王綜以宏貪鄙，遂爲錢愚論，其文甚切。仙艷眞非火食人。(隋煬帝「望江南曲」)春殿晚仙，豔捧杯盤。(陸游詩)傑作疑非火食人。看待傾城無長物，(「晉書・王恭傳」)吾平生無長物。長去聲。卒簾煙月影秋篘。(楊萬里詩)獨對秋篘倒晚壺。

以詩得過復以詩解之

佳名詩字偶然同，(李商隱詩)佳名留渭川。(王安石「謝公墩」詩)我名公字偶然同。錦瑟蒙疑鎖閣東。李商隱有「錦瑟詩」。好遇未如厮養卒，謝朓、李白集，皆有「邯鄲才人嫁爲厮養卒婦」詩。微詞先累主人翁。(「好色賦」)口多微詞。(「諷賦」)主人翁出。篇章豈待風流接？(李商隱文)雖有涉于篇什，實不接于風流。慟哭仍無意緒通。(自注)阮家隣女。(按)(「晉書・阮籍傳」)兵家女有美色，未嫁而死。籍不識其父兄，竟往哭之，盡哀而返。何計解酲聊用酒？(「後漢書・第五倫傳」)猶解酲，當以酒也。再吟狂句獻司空。(白居易(「自序」)拙音狂句，亦已久矣。(劉禹錫「獻杜鴻漸」詩)司空見慣渾閑事，惱亂蘇州刺史腸。

擘蓮

露冷蓮房翠繭勻，(王褒詩)露冷蓮房採半空。(杜甫詩)露冷蓮房墜粉紅。玻璃指爪擘清芬。(陸游詩)搓橙指爪香。(韓琦詩)清芬踰衆芳。粉郎去傍車中擲，（「語林」）何晏美豐儀，人目爲傅粉何郎。（又）安仁至美，每行，老嫗以果擲之，滿車。嬌妹來從袖底分。名實偶同憐憶字，（自注）蓮薏。（魏武帝文）名實相副。（「爾雅・釋草」）荷，芙蕖，其實蓮，其中的，的中薏。（疏）薏，中心也。（陸機疏）蓮靑皮，裏白子爲的。的中有靑爲薏，味甚苦。身形生就合歡紋。（曹植詩）毛羽被身形。甘芳亦是尋常味，（晏殊賦）枳椇以甘芳見識。一點茶心剖贈君。（元好問詩）油點茶心雪蕊香。

感詠

別有琴心隔世塵，（「漢書・司馬相如傳」）卓王孫有女文君，新寡，好音。故相如謬與令相重，而以琴心挑之。淺顰輕怒總相親。創痕着面渾閑事，（「北里志」）牙娘性輕率，惟以傷人肌膚爲事。夏侯表中澤及第，中甲科，性疏猛。因醉戲之，爲牙娘批頰，傷其面。翌日集於師門，同年多竊視之。表中厲聲曰：「昨日妓女牙娘，抓破澤面。」同年皆駭然。齒折行歌亦可人。謝鯤事，見前「似夢」注。可人，謂其人有可取也。（蘇軾詩）始信淵明是可人。薄命生涯花底活，（杜甫詩）應須美酒送生涯。（李賀詩）秦宮一生花底活。無聊心膽醉時眞。（蕭穎士文）心膽戰越。生成骨相多愁料，（「北史・趙綽傳」）骨相不當貴。非爲狂名故效顰。（柳宗元文）以是得狂名。（韓偓詩）推誠鄙效顰。

代友人贈妓

綠水橋西住謫仙，（「鎮江府志」）綠水橋在千秋橋西，唐以來有之。唐杜牧之詩云：「綠水橋邊多酒樓。」明弘武初，更名鼎新橋。（「麗情集」）長安倡女工翰墨，爲關中第一，時號掌書仙。任生寄詩曰：「玉皇殿上掌書仙，一染塵心下九天。」（李商隱詩）上清淪滴得歸遲。麗華膚髮麗娟年。（「陳書・張貴妃傳」）貴妃髮長七尺，鬒黑如漆。（「拾遺記」）漢武所幸宮人，名曰麗娟，年十四。偸游乍識都知面，（李郢詩）東風柳絮輕如雪，應有偸遊曲水人。庇酒難忘錄事憐。（「爆笑錄」）錄事、都知，皆青樓中之稱也。（注）妓之頭角者爲都知，其能爲酒糾者，則稱錄事。窗下有時思夢笑，（羅隱詩）一笑有時堪解夢。（蔡確詩）睡起莞然成獨笑。燈前長不卸頭眠。（韓偓詩）宿酒猶酣嬾卸頭。一雙弱手宜絲管，（傅林奕樂府）儘弱手兮金環。（趙抃詩）絲管喧喧擁畫船。莫學河間但數錢。（「後漢書・五行志」）童謠曰：「車班班，入河間，河間姹女工數錢。」

此妓方圖落籍，有人恐其委身者非佳士也。（「論語」注）委致其身。（司空圖「詩品」）坐中佳士。復乞一詩以諷尼之。尼，乃禮切，止也。（「孟子・梁惠王」）止或尼之。

鶯舌吹蘭善笑談，（李賀「靜女春曉曲」）鶯舌分明呼婢子。（「拾遺記」）麗娟吹氣勝蘭。（陳造詩）笑談空谷春。客來端合帶雙柑。用戴安道聽鸝事，注見卷一。泥蓮漬染雖堪痛，（孫棨詩）泥中蓮子雖無染，移入家園未得無。金屋沉埋更不甘。（杜甫詩）沉埋日月奔。眼慧未妨身是女，（「無量壽經」）慧眼見眞，能渡彼岸。氣卑爭奈世無男。（花蕊夫人詩）竟無一個是男兒。眼前才士稱量徧，（「魏志」）才士並出。（「唐書・上官昭容傳」）母鄭方娠，夢巨人畀大稱，曰：「持此稱量天下。」婉兒生。踰日，母戲曰：「稱量者，豈爾耶？」輒啞然應。畢竟何人是子南。（「左傳」）鄭徐吾犯之妹美，公孫楚聘之矣。公孫黑又使強委禽焉。犯請於二子，請使女擇之，皆許之。女自房觀之，曰：「子晳洵美矣，抑子南，夫也。」適子南氏。

訪叔聞郊墅

（「金壇縣志」）王鐕，字叔聞。讀書尙志，不可一世。中年薄游荆湘，又依人至長安。歸里益不自聊。屛居郭外，沉飮自放而已。

幾度披蘿獨訪君，（劉基詩）披夢烟霞濃。醉吟醒讀隔籬聞。（「拾遺記」）賈逵年五歲，姊聞鄰家讀書，旦夕抱逵，隔籬聽之。白楊廢圃鴉千點，（隋煬帝詩）寒鴉千萬點。（蘇軾詩）荒涼廢圃秋。綠水閒門鴨一羣。（王維詩）閒門秋草色。肯屑漢宮金買賦？（「長門賦」序）孝武皇帝陳皇后，時得幸，頗妒。別在長門宮，愁悶悲思。聞蜀郡成都司馬相如，天下工爲文，奉黃金百斤，爲相如文君取酒。因于解悲愁之辭，而相如爲文，以悟主上。陳皇后復得親幸。擬尋蕭寺冢埋文。（許渾詩）月高蕭寺夜。（劉悅「文冢銘」序）文冢者，長洲劉悅復愚爲文，不忍棄其草，聚而封之也。聊堪自悅難持贈，淡宕新詩似白雲。（李白詩）春風正淡宕。（杜甫詩）新詩改罷自長吟。

筆工所售有名曰畫眉者戲爲題詠

寫對春山坐臥看，(李商隱詩)總把春山掃眉黛。男兒方不負毫端。誰知虎臥龍跳字，(梁武帝「書評」)王羲之書，如龍跳天門，虎臥鳳闕。不及愁蛾兩擨難？(溫庭筠詩)蛾彎不識愁。

有贈

國花第一數姚黃，(趙秉文「五月牡丹應制詩」)金盤薦瑞休嗟晚，猶是人間第一花。(「羣芳譜」)姚黃出民姚氏家，一年不過數朵。更共明珠字夜光。(「述異記」)南海有珠，夜可以鍛，謂之夜光。(「搜神記」)隨珠徑尺，夜有夜明。笑靨乍圓全似母，(自注)余弱冠時，猶及見其母，楚楚可人也。(羅虬詩)擬將心地學安禪，爭奈紅兒笑靨圓。病容尤好莫羞郎。(許渾詩)離憂滿病容。三年懷袖僭彌扇，(班姬「團扇詩」)出入君懷袖，動搖微風發。僭彌，王珉小字，注見前「可嘆」。十里流聞望子香。注見卷二。囑向桂堂休避客，(李商隱詩)畫樓西畔桂堂東。暫容圖畫看眞娘。注見前。矜嚴時已逗風情，(韓偓詩)矜嚴標格絕嫌猜。(趙彥昭詩)一篇長恨有風情。五字詩中目乍成。(許渾詩)南國爭傳五字詩。(「楚辭」)滿堂兮美人，獨與余兮目成。折齒幽人猶有我，(「易履卦」)幽人貞吉。掃眉才子更無卿。(韋臯詩)掃眉才子知多少，管領春風總不如。當筵心借調琴語，(司空圖詩)金釵擊節自當筵。入戶行防觸瑟聲。(「漢書·金日磾傳」)行觸寶瑟僵。何事膽娘偏小膽？(元稹詩)狗兒吹笛膽娘歌。(韋莊詩)小膽空房怯。略聞鸚鵡便心驚。

睡睫猶然怯曙暉，(岑參詩)西掖晴雲捧曙暉。芙蓉顏色慰朝饑。(「西京雜記」)卓文君臉際常若芙蓉。(「詩」)惄如調飢。(箋)如朝飢之思食。因留宋玉親炊飯，(宋玉「諷賦」)主人之女，爲臣炊雕胡之飯。卻賞王敦竟脫衣。(「晉書・王敦傳」)石崇廁上，有十餘婢侍列。如廁者皆易新衣而出。客多羞脫衣，敦脫故着新，意色無怍。婢曰：「此客必能作賊。」心許湔裙三日去，(李商隱「柳枝詩」序)後三日，鄰當去湔裙水上，以博山香待與郎俱。人知疊騎幾時歸？(「世說」)阮仲容先幸姑家鮮卑婢。姑當遠移，初云當留婢，既發定將去。仲容借客驢自追之，累騎而返。(李勉文)叠騎擊轂。還愁守到濃歡夜，瘦得蠻腰剩一圍。(白居易詩)楊柳小蠻腰。

秋風長簟恨三年，(潘岳「悼亡詩」)長簟竟床空。續命曾聞喚小憐。(「北史・后妃傳」)馮淑妃名小憐，大穆太后婢也。后愛衰，以五月五日進之，號曰續命。已向綠珠稱弟子，(「世說」)石崇婢綠珠，弟子名宋禕，有國色，善吹笛。倘容張碩伴神仙。(「太平廣記」)仙女杜蘭香降於洞庭包山張碩家，蓋修道者也。蘭香降之三年，授以擧形飛化之道。筵前笑顧櫻桃擲，(「埤雅」)櫻桃，一名荊桃。其顆大者如彈，小者如璣珠。燭下偷分茉莉穿。(「南方草木狀」)茉莉花，南人愛其芳香，競植之。女子以綵絲穿花心，以爲首飾。端似悼亡唐後主，見伊枝葉又情牽。(孫逖詩)幽泉忽悼亡。(馬令「南唐書・昭惠周后傳」)後主嘗與后移植梅花於瑤光殿之西。及花時，而后已殂。因成詩見意，有云：「失卻煙花主，東君自不知。清香更何用，猶發去年枝。」(陶潛文)感爲情牽。

長至前一日，（「禮・月令」）日長至，陰陽爭。霜月甚冷，飲於孝先齋頭。俄而醉矣，睡矣。端己、弢仲、孝先，頻呼不覺，繼以扶携擁掖，余竟頹然。其時僮僕無一人從者。弢仲卒倩一客，負余以歸，且行歌相送，（蘇軾文）行歌互答。直至余居。呼吾兒起，置余於所坐胡床，（「齊書・劉巘傳」）遊詣故人，惟一門生，持胡床隨後。覆以被衾而後去。四鼓始醒，兒云若此。因紀以一詩，誌友生之誼愛云。（「詩・小雅」）雖有兄弟，不如友生。

醒時相勸醉相扶，感謝朋歡念病夫。（白居易詩）篋輿一病夫。豈有僮奴堪荷鍤？（「晉書・劉伶傳」）嘗乘鹿車，攜酒一壺，使人荷插隨之，曰：「死便埋我。」固應兒子自肩輿。（自注）淵明事。（按）（昭明太子「陶淵明傳」）有脚疾，使一門生、二兒，舁籃輿。幽人偶遇馱黃蘗，（王維「山中與裴迪書」）因馱黃蘗人往。瞑坐仍容據槁梧。（「莊子」）據槁梧而瞑。純是鹿車風誼在，不容徒作酒狂呼。（自注）任末之友董奉德，病於洛陽。末躬推鹿車，送至其家。（按）任末事見「後漢書・儒林傳」。（「漢書・蓋寬饒傳」）我酒酒狂。

送弢仲叔之東昌

(「山東省志」)東昌府，禹貢兗州之域。元初隸東平路，後改曰東昌。明爲東昌府。

擲下離襟盡此觴，(韋莊詩)半年江上愴離襟。客游懷抱莫淒涼。(「新序」)鄒陽客遊於梁。(李商隱文)道路蘇邈，懷抱淒涼。里中兒每疵文雅，(李白詩)羞逐長安里中兒。(潘岳「夏侯湛誄」)俗疵文雅。天下人能諒酒狂。(「世說」)裴叔則曰：「季舒酒狂，四海皆知。」倦眼放開看海岱，(陸游詩)眼倦正昏花。羸形獨往度冰霜。(「世說」)王丞相見衞洗馬曰：「居然有羸形。雖復終日調暢，若不堪羅綺。」歸來詩格應奇進，(蘇軾詩)二公詩格老彌新。(「世說」)會稽王語奇進。提筆曾過古戰場。(王禹偁詩)提筆入廣場，辭氣干牛斗。(案)東昌府，秦爲東郡鉅鹿郡，爲項秦戰處。(李華文)亭長告余曰：「此古戰場也。」

征衫刀尺冷柔荑，(李遹詩)征衫八月風。(「詩」)手如柔荑。(杜甫詩)寒衣處處催刀尺。補綻無煩旅舍妻。(「樂府詩集・古豔歌行」)故衣誰當補？新衣誰當綻？賴得賢主人，攬取爲子紉。夫壻從門來，斜倚西北眄。臨水已應諳馬性，(「晉書・王濟傳」)善解馬性，嘗乘一馬，着連錦障泥。前有水，終不肯渡。濟云：「此必惜障泥。」解去之，便渡。度關休更誤雞啼。(「史記・孟嘗君傳」)關法：雞鳴出客。孟嘗君恐追及，客有能爲雞鳴者，而雞盡鳴，遂發傳出。心閒易得詩材夥，(韓愈文)心閒無事。(陸游詩)詩材滿路無人取。病渴難逢酒價低。(司空圖詩)不堪病渴仍多慮。(鄭谷詩)雪滿長安酒價高。正恐于郎侍親飲，乍嘗餘瀝竟如泥。(「史記・滑稽傳」)淳于髡曰：若親有嚴客，侍酒於前，時賜餘瀝，奉觴上壽，數起，飲不過二斗，徑醉矣。(杜甫詩)先拚一飲醉如泥。

望衡對宇互欣然，(「荊州記」)龐德公居漢之陰，司馬德操宅州之陽，望衡對宇，歡情自接。曳履相過只幾磚。(蘇軾詩)白葛烏紗曳履行。花下有甘須並剖，（「晉書・王羲之傳」）有一味之甘，剖而分之，以娛目前。卷中無句不同研。（「宋書・王微傳」）一句之文，無不研賞。身堆恨事襟懷共，社立狂名毀譽連。（白居易詩）城中多毀譽。別後不知誰是客，一般淒絕度殘年。（馮鼎位詞）長亭淒絕，去歲傷秋曾送客。（陸游詩）欲分茅舍度殘年。

有治具相邀者，（「史記・灌夫傳」）將軍昨幸許過魏，其夫妻治具，自旦至今，未敢嘗食。恐其未能脫略也。（「晉書・謝尚傳」）脫略細行，不爲流俗之事。先寄此詩以廣其意。

賓至愁君晝寢驚，（「國語」）賓至如歸。茶爐想已沸秋聲。（翟祐詩）煮茶湯沸風聲轉。無煩座客矜牛炙。（「晉書・王羲之傳」）年十三，嘗詣周顗，顗異之。時重牛心炙，坐客未啗。顗先割啗羲之，於是始知名。只倩厨娘點雉羹。（「西湖志餘」）於侯潮門外，陳宅厨娘處買得。（「楚辭」注）彭鏗善斟雉羹。歡極有人能一石，（「史記・滑稽傳」）淳于髡曰：「當此之時，髡心最歡，能飲一石。」狂來無飲不三更。何須鯖鮓方相授，（「齊書・虞琮傳」）上醉後，體不快。琮獻醒酒鯖鮓一方。明日重過覓解酲。（梁元帝詩）竹葉解朝酲。

珥村贈別（「金壇縣志」）有珥村堰。

細徑斜穿柿葉林，紅油車子去鬉鬉。（李賀「花遊曲」）烟濕愁車重，紅油覆畫衣。（「詩・小雅」）載驟鬉鬉。風前漫切持裙恨，（「飛燕外傳」）風大起，帝曰：「無方爲我持后裙。」雲外猶關墮珥心。（「史記・淳于髡傳」）前有墮珥，後有遺簪。誤喜乘槎春水舫，（李商隱詩）海客乘槎上紫氛。（杜甫詩）春水船如天上坐。如聞響珮夜村砧。（「後漢書・皇后紀」序）動有環珮響。（劉滄詩）月明遙聽夜村砧。何須更訂玄霜約？（「裴硎傳奇」）裴航遇雲翹夫人，與詩云：「一飲瓊漿百感生。元霜搗盡見雲英。藍橋自是神仙窟，何必崎嶇上玉京？」一夕鄰舟憶最深。（杜甫詩）鄰舟一聽多感傷，寒曲三更欻悲壯。

御君兄內子粧閣被火（「左傳」注）卿之嫡妻曰內子。敬唁以詩

夢回飛焰及雕梁，（「吳都賦」）飛燄浮烟。（江總詩）芙蓉作帳照雕梁。傅母來遲獨下堂。（「穀梁傳」）伯姬之舍失火。左右曰：「夫人少避火乎？」伯姬曰：「婦人之義，傅母不在，宵不下堂。」翠羽金膏無暇救，（「廣絕交論」）金膏翠羽將其意。牀頭抽得錦詩囊。（自注）雅好篇章，無時離手。（「唐書・王績傳」）以「周易」「老子」「莊子」置牀頭，他書罕讀也。（按）（「唐書・李賀傳」）每旦日出，騎弱馬，從小奚奴，背古錦囊，遇所得，書投囊中。丹樓夜半忽霞開，（「世說」）顧長康目江陵城曰：「遙望層城，丹樓如霞。」（韓愈詩）朱輝散射青霞開。氣雜沉香甲煎來。（自注）奩中饒有名香蘇合。（李商隱詩）沉香甲煎爲庭燎。疑是隋宮守除夕，故燒高燭照粧臺。（「柳氏記聞」）隋主每除夕，殿前諸院，設火山數十，盡沉香木根，每山焚沉香數車。火山暗，則以甲煎沃之。焰起數十丈，香聞數十里。（蘇軾詩）故燒高燭照紅粧。（盧照隣詩）雜粉向粧臺。

寫得梅花絕代姿，吳綾染遍翠虬枝。（「唐書」）大歷六年，禁吳綾爲龍鳳、麒麟、天馬者。（釋德洪詩）古木出虬枝。始知綺（一作鈿）閣灰（一作煙）飛夜，（王逢詩）後庭通綺閣。（「五燈會元」）灰飛火亂。妙畫通靈變化時。（自注）嫂夫人精工繪事，故用長康故事。（按）（「晉書・顧愷之傳」）以畫一厨，糊題其前，寄桓元。元發厨後，取其畫而還之。紿云未開。愷之見封題如故，但失其畫，了無怪色。直云：「妙畫通靈，變化而去。」

鸞鎞犀導總成塵，（李賀詩）鸞鎞奪得不還人。（「南史・褚澄傳」）澄以錢贖彥回介幘犀導。散朗高情一笑輕。（「世說」）濟尼曰：「謝夫人神情散朗。」（楊維楨詩）百鑑黃金一笑輕。侍女撥灰重拾得，（「搜神記」）見其燒爇了盡，乃撥灰中，擧而視之。瑤釵白鳳尚如生。（元稹詩）瑤釵行彩鳳。

明珠辟火語空傳，（「國語」）珠足以扞火災則寶之。多少江靡墮紫煙。（「上林賦」）明月珠子，的皪江靡。（李善注）靡，邊也。此誤以江靡爲珠。（李白詩）回祿睢盱揚紫煙。此夜枕前眞不夜，（「飛燕外傳」）眞臘夷獻不夜珠，光彩若月，照人無妍醜皆美麗。帝以珠賜婕妤；婕妤號爲枕前不夜珠，爲后壽。步生蓮似火中蓮。（「南史」）齊東昏侯鑿金爲蓮花帖地，令潘妃行其上，曰：「此步步生蓮花也。」（「維摩詰經」）火中生蓮花，是可謂希有。

炊薪已倂扊扅空，（陸游詩）婢愁爨冷拾炊薪。（又）自掩柴門上扊扅。（案）扊扅，戶牡，所以止扉也。（「風俗通」）百里奚妻歌曰：「百里奚，五羊皮。臨別時，烹伏雌，炊扊扅，今日富貴忘我爲？」一筯雕胡甚日同？（徐賁詩）晨炊一箸紅銀粒。（杜甫詩）滑憶雕胡飯。（姜夔詞）甚日歸來？話到不因人熱處，始知夫壻是梁鴻。（自注）時方歸寧苕上，御君元未之知。（「語林」）梁伯鸞少孤，獨止，不與人同食。比舍先炊，已呼伯鸞。及熱釜炊，伯鸞曰：「童子鴻不因人熱者也。」滅竈更燃之。

中郎墳籍痛飛灰，飛灰，注見上。賴有文姬憶誦來。（「後漢書・列女傳」）曹公問蔡文姬曰：「聞夫人家多典墳，猶能憶識否？」文姬曰：「昔亡父賜書四千餘卷，流離塗炭，罔有存者。今所誦裁四百餘篇耳。」（案）（「蔡邕傳」）初平元年，拜左中郎將。」更得賞心高韻事，（謝靈運詩）邂逅賞心人。（柳宗元詩）高韻收羲皇。爨桐（一作煙）聲裏辨琴材。（「後漢書・蔡邕傳」）吳人有燒桐以爨者，邕聞火烈之聲，知其良木，因請而裁爲琴。果有美音，而其尾焦，故人名曰焦尾琴也。

戒律精持事法王，（自注）此實錄也。（案）釋法顯「佛國記」：宏始二年，至天竺尋求戒律。（庾信文）法王御世。清心高出寶蓮香。（「世說」）顧家婦清心玉映，自是閨房之秀。（王勃文）寶座蓮花。但存冰雪孤標在，（「晉書・烈女傳」序）挺峻節而孤標。火宅何妨是道場。（「法苑珠林」）濟生靈於苦海，救愚迷於火宅。（「西域記」）菩提樹下金鋼座，澄聖道所，亦曰道場。（「維摩詰經」注）閑宴修道之處，謂之道場也。

柬訢逋者

獰鬚健僕遞郵筒，（范成大詩）健僕取將仍疾走。（貫休詩）尺書裁罷寄郵筒。叫喚何如此（一作比）醉翁。宋歐陽修自號醉翁。學得無愁天子法，（「北齊書」）後主緯盛爲「無愁」之曲，自彈琵琶唱之，人間謂之「無愁天子」。戰書雖急不開封。（「陳書・後主紀」）隋軍渡京口，告急啓至。後主爲飲酒不省，高熲至日，猶見啓在床，下未開封。

送阮逸儒之塞外，逸儒故諸生，忽有從軍之志。（儒，一本作孺。）

湖海元龍氣未除，（「魏志・張邈傳」）陳元龍，湖海之士，豪氣未除。悲歌寧為食無魚。（「七啓」）悲歌入雲。（「史記・孟嘗君傳」）馮煖彈鋏而歌曰：「食無魚。」厭看博士租驢劵，（「顏氏家訓」）鄴下諺云：「博士賣驢書劵三紙，不見驢字。」奮讀匈奴縛馬書。（「漢書・西域傳」）武帝詔：「軍候弘上書言，匈奴縛馬前後足，置城下，馳言『秦人，我匄若馬。』酒者以縛馬書遍視丞相等，皆以『虜自縛其馬，不祥甚哉！』」天子自欣栽苜蓿，（「史記・大宛傳」）馬嗜苜蓿，漢使取其實來，於是離宮別館盡種之。秀才何暇戀菰蘆？（「建康實錄」）殷禮與張溫使蜀，諸葛亮見而嘆曰：「不意江東菰蘆中，生此奇才！」毛錐不用輕投卻，（「後漢書・班超傳」）家貧，嘗為官傭書以供養。久勞苦，嘗輟業投筆嘆曰：「大丈夫當立功異域，以取封侯，安能久事筆硯間乎？」（「五代史」）史宏肇曰：「安朝廷定禍亂，直須長鎗大戟，毛錐子安用哉？」毛錐子，蓋言筆。會向燕然一展舒。（「後漢書・竇憲傳」）請兵北伐，大破單于。遂登燕然山，刻石勒功，紀漢盛德，令班固作銘。

殘歲即事

梅檐霜苦月來遲，（杜甫詩）巡檐索共梅花笑。（李中詩）霜苦雁聲殘。（李白詩）月度霜閨遲。又到停燈翦勝時。（王建「宮詞」）每夜停燈熨御衣。（溫庭筠詩）翦勝字裁春。出意自描新樣子，（蘇軾詩）顏公變法出新意。（張佑詩）新樣花紋配子釁。丁寧休報小姑知。（「困學記聞」）丁甯，出「詩・采薇」箋。（顧況詩）新婦初來時，小姑始扶床。

雪霽寒新臘八天。（貢奎詩）紅日當檐雪霽時。（「荊楚歲時記」）十二月八日為臘八日。侍兒擎燭過粧前。肉糜舊話重拈起，（「晉書・惠帝紀」）天下饑亂，帝聞之曰：「何不食肉糜？」（劉克莊詩）涉世昏昏忘舊話。引得紅腮一笑嫣。（楊基詩）素頰映紅腮。（宋玉「登徒子好色賦」）嫣然一笑。

紅箋桃符白板扉，（「白帖」）正月一日造桃符著戶，謂之仙木。（王維詩）鷄鳴白板扉。瓶梅寫影上牀幃。（陸游詩）月上忽看梅影出。蘆簾紙閣清相稱，（白居易詩）明年更葺東廂屋，紙閣蘆簾著孟光。不羨氍毹作地衣。（「杜陽雜編」）新羅國進五色氍毹以藉地。（王建詩）地衣簾額一時新。

滿城簫鼓嫁人天，（宋無名氏詞）簫鼓家家，正是嫁人天氣。裘馬郎君意氣鮮。（范雲詩）賓從皆珠玳，裘馬悉輕肥。（「史記」）意氣揚揚，甚自得也。獨有當年我惆悵，（杜甫詩）臨風默惆悵。逢新偏憶舊纏綿。（魏王肅妻謝氏詩）得路逐勝去，頗憶纏綿時。

亦有偸啼向鏡臺，（蘇軾詩）更有偸啼惜別人。（蕭紀詩）屏風隱鏡臺。合歡杯是斷腸杯。（張說詩）雙童連縷合歡杯。張郎畫筆無心試，眉。（「漢書·張敞傳」）敞爲婦畫眉。（陸龜蒙詩）試筆秋毫勁。暗捉王家扇子來。注見前「可嘆」。

手持金箸撥爐紅，（劉言史詩）手持金箸垂紅淚，亂撥寒灰不擧頭。暗數恩私一歲中。（「奩情集」）劉國容寄郭遠昭書云：「恩私來洽，歎馬足兮無情。」首憶驚心試燈夜，（陸游詩）餘寒不改試燈時。一聲輕嗽畫屏東。

玳襪珊彄一作文襪清彄手自緘，（班固「與竇憲箋」）將軍憐固，乃賜以玉躬所着玳瑁襪三具。（「西京雜記」）趙飛燕爲皇后，其女弟在昭陽殿，遺以珊瑚玦、瑪瑙彄。重臺絲履繡鶼鶼。（馬縞「中華古今注」）宋有重臺履。（「爾雅」）南方有比翼鳥焉，不比不飛，其名謂之鶼鶼。心知餉姊須珍重，（「因話錄」）庾倬撤已饌以餉其姊。別上菱花鏡一奩。（「飛燕外傳」）婕妤上皇后二十六物，有七出菱花鏡一奩。

解竈新添一瓣香，（「南史・蕭琛傳」）性通脫，嘗自解竈。（張翥詩）無緣香一瓣，同向佛堂中。終年歡賞費茶漿。（李嶠詩）承恩恣歡賞。天公定恕風流罪，（庾信詩）憒憒天公曉，精神殊乏少。（「北齊書・郎基傳」）在官寫書，亦是風流罪過。不藉君侯爲諱藏。（范成大「臘月村田樂府引」）臘月二十四日夜祀竈。其說謂竈神翌日朝天，白一歲事，故前期禱之。

拚取無眠守歲華，（李洞詩）無眠數縣更。（「東京夢華錄」）除夕士庶之家，圍爐團坐，達旦不寐，謂之守歲。（謝朓詩）歲華春有酒。聽殘竹炮幾千家。（「荊楚歲時記」）正月一日，鷄鳴而起，先於庭前炮竹，以避山魈惡鬼。雞鳴尚伴熏爐坐，（謝惠連賦）燎薰爐兮炳明燭。自褩同心柏子花。（董斯張「除夕詞」）柏子褩花新。

紗籠椽燭焰如幢，（姚燧詞）兩行紗籠，燭影搖紅。（李綱詩）夜觀燭如椽。（元稹詩）殘燈無焰影幢幢。火齊呈花喜一雙。（班固「西都賦」）翡翠火齊，流耀含英。（注）玫瑰，火齊珠也。（「異物志」）火齊如雲母，重沓而可開，色黃赤似金，出日南。爲惜輕風吹燼落，（歐陽修詩）臘雪消盡春風輕。（梁元帝「對燭賦」）燭燼落，燭花明。曉粧成後未開窗。（花蕊夫人詩）春風一面曉粧成。

金雀鴉鬟尚簇錢，（李紳詩）金雀鴉鬟年十七。（王建「宮詞」）簇錢贏得兩三籌。殘年猶是柳枝年。（徐陵詩）風光今且動，雪花故年殘。（李商隱「柳枝詩序」）柳枝生十七年。鬢多力弱春消息，（李賀詩）十八鬢多無氣力。漸到眉心眼角邊。（司馬光詞）眉稍眼角，無計相廻避。

辛未年 崇禎四年 西元一六三一

試筆

自笑猖狂浪得名，吟箋猶未破新正。(范成大詩)吟箋曷贊揚。(李商隱詩)新正未破剪刀閑。新歡到手身難暇，(朱淑眞詩)新歡到手愁忙裏。尤物當前命易輕。(「左傳」昭二十八年)叔向欲娶於巫臣氏。其母曰：「夫有尤物，足以移人。」(謝靈運詩)知深覺命輕。閨閣裙衫爭雪色，(杜甫詩)侵凌雪花還萱草。比隣絲管鬪春聲。(杜甫詩)絲管啁啾空翠來。詩家寞臼宜翻洗，(杜甫詩)吾人詩家秀。(黄庭堅詩)取意尋常沒臼寞。人日慵拈薛道衡。(「隋唐佳話」)薛道衡聘陳，爲「人日詩」云：「入春纔七日，離家已二年。」

感舊

收拾殘書剩幾篇？(歐陽修詩)殘章與斷稿，草草各收拾。輕狂踪跡廿年前。笑傾犀首花間盞，(「史記・陳軫傳」)軫問犀首曰：「公何好飲也？」曰：「無事也。」醉挾蛾眉月下船。(江淹文)蛾眉詎同貌，而俱動於魄。黄祖怒時偏自喜，(「後漢書・禰衡傳」)江夏太守黄祖性急。紅兒癡處絕堪憐。(「唐摭言」)鄜州籍中有紅兒，善爲音聲。如今興味消磨盡，(蘇軾詩)投紱歸來萬事輕，消磨未盡只風情。剩愛銅爐一炷煙。

一炷清香盡日留。（蘇軾詩）銅爐耀煙燧。

豪筵即事

語鳥名花粵海供，平泉歌舞甲城中。（唐康駢「劇談錄」）李德裕東都平泉莊，去洛陽城三里，卉木臺榭，有若仙府。遠方之人多以異物奉之，有題平泉詩曰：「隴右諸侯供語鳥，日南太守送名花。」何家食箸無黃領，（「晉書・何曾傳」）性奢豪，日食萬錢，猶曰無下箸處。（「南齊書・虞悰傳」）豫章王嶷盛饌享賓，謂悰曰：「今日肴羞，寧有所遺不？」悰曰：「恨無黃頷臛，何曾『食疏』所載也。」趙氏眠茵有綠熊。（「西京雜記」）飛燕女弟居昭陽殿中。中設玉床，白象牙簟，綠熊席，席毛長二尺餘，人眠而毛自擁蔽，望之不能見，坐則沒膝其中。燈燭亂如一作疑星隕雨，（「春秋」）莊公七年夏四月辛卯，夜恆星不見，夜中星隕如雨。椒蘭飄似霧從風。（杜牧「阿房宮賦」）煙斜霧橫，焚椒蘭也。迷樓別有堪迷處，（韓偓「迷樓記」）隋煬帝使項昇構宮室，玉欄朱楯，互相連屬。入者雖終日不能出，帝大喜，因目曰迷樓。螓首蛾眉院院同。（「詩・衞風」）螓首蛾眉。（白居易詩）花香院院聞。

問答詞（自注）阿姚。

雙睛點漆面凝酥，（「世說」）杜乂美姿容，面若凝脂，眼如點漆。（蘇軾詩）雙頰凝酥髮抹漆。笑靨愁蛾一世無。（蘇成大詩）淡淡粧成笑靨新。（溫庭筠詩）鳳低蟬薄愁雙蛾。(辛延年詩)兩鬟何窈窕，一世良所無。願作君家掃除隸。(「唐書·魏徵傳」)宮人止後宮掃除隸耳。一生長拜美人圖。

受郎珍重轉愁深，底樣酬郎一片心？一自讀郎詩一作書句後，去年消瘦到如今。(崔鶯鶯詩)自從消瘦減容光。

一句長遺十函書，勤向高堂問起居。(古樂府)挾瑟上高堂。(杜甫詩)起居八座太夫人。每就箇中銜數字，(鄧文原詩)悠悠箇中意。

暗傳心事與心奴。(韋嶠詩)更將心事問情人。(白居易詩)心奴已死胡容老。

見說王郎騎到門，(「世說」)不意天壤之中，乃有王郎！同袍先已暗窺人。(「詩·秦風」)與子同袍。無端臉暈無端笑，(楊基詩)臉暈微渦散春纈。逗得疑情漸漸眞。

情癡自信定非癡，(「世說」)此是有情癡。恩重眞拚命一絲。(劉孝綽啓)況玆恩重，彌見生輕。(「後漢書·劉茂傳」)命如絲髮。想殺昨宵燈暗後，滿身香霧近人時。(韋莊詞)滿身香霧簇朝霞。

相逢切莫徑遮闌，眼耳叢中一笑難。要識寸心相喻處，(何遜詩)相思不可寄，直在寸心中。明明如月任郎看。(魏武帝「短歌行」)明明如月，何時可掇？

坐繡嚴閨女伴稠，(張籍詩)女伴傳看玉窗下。笑談時頗涉風流。明知階底蕭郎立，(溫庭筠詩)門外蕭郎白馬嘶。度徹金針未轉頭。(元好問詩)鴛鴦繡出從君看，不把金針度與人。

眉梢眼尾自矜嚴，(司馬光詞)眉梢眼角，無計相迴避。(郝經詩)眼尾秋江剪翠綠。一顧愁君憶倍添。(元稹詩)顧世稱妍。一偏是熱腸翻似

冷，(「顏氏家訓」)墨翟之徒，世謂之熱腹。楊朱之侶，世謂之冷腸。莫云全爲避猜嫌。(韓偓詩)矜嚴標格絕猜嫌。

多謝雲英一碗漿，(「裴硎傳奇」)嫗曰：「雲英取一碗漿來。」詳見卷一「詠舊」注。(「漢書・趙廣漢傳」)至府爲我多謝問趙君。玉纖長沁瀹茶香。(韓偓「詠柳」詩)玉纖折得遙相贈。(楊萬里詩)其實迎賓例瀹茶。勞卿更爲先嘗着，暗度櫻桃味與郎。(白居易詩)櫻桃樊素口。

觀君猶自有童心，(「左傳」昭公十九年)猶有童心。無乃鍾情尙未深。若是果將奴鄭重，(白居易詩)千里故人心鄭重。莫相調笑路旁金。(辛延年「羽林郎」詩)調笑酒家胡。(「西京雜記」)魯人秋胡，娶妻三月而宦游三年。還家，其婦採桑於郊。胡至郊，而不識其妻也，見而悅之，乃遺黃金一鎰。妻曰：「妾有夫，游宦不返，其幽閨獨處，三年於玆，未有被辱於今日也。」採不顧。胡至家，問家人妻何在，曰：「行採桑於郊，未返。」既還，乃向所挑之婦也。夫妻並慚，妻赴沂水而死。

知音惱說是多情，情到多時處處輕。幸我生平頗情寡，(「詩疏」序)上皇道質，故諷諭之情寡。陡然迷惑爲卿卿。(宋玉「好色賦」)惑陽城，迷下蔡。卿卿，見前注。

意密形疏自幼聞，情深那更厭離羣？人間多少雙飛侶，(「烏鵲歌」)烏鵲雙飛，不樂鳳凰。未必如儂切念君。

紅箋燒過字千張，(韓偓詩)錦囊封了又重開，夜深窗下燒紅紙。箋紙千張言不盡，至誠無語傳心印。淚點牢收帕一方。(「瑯嬛記」)灼灼與河東人，神通目授。不復可見，以軟綃帕裹紅淚寄之。(「雲齋廣錄」)進士丁偓妻「寄外詩」云：「淚濕香羅帕，臨風不肯乾。欲憑西去雁，寄與薄情看。」(杜甫詩)淚點向來垂。無計徘徊歸去也，(白居易詩)欲去

復徘徊。一生贏得一思量。（元稹詩）閒坐思量小來事。

銀瓶酒盡不堪篩，（蘇軾「蜜酒歌」）快瀉銀瓶不須撥。（司空圖「詩品」）倒酒既盡。（「玉篇」）篩，所銜切。洒，平聲，義同釃。 妾淚如泉一作波 濺玉杯。（李白詩）憑厓淚如泉。（李乂詩）稱觴引玉杯。

莫恨此番孤負去，（李陵書）孤負陵心。 好尋方便為奴來。（晉王獻之妾桃葉「團扇歌」）搖動郎玉手，與奴託方便。

到死相尋意已堅，（韓偓詩）死誓相尋。 到 莫教齎恨下黃泉。（「後漢書・馮衍傳」）懷抱不報，齎恨入冥。（「左傳」隱公三年）不及黃泉，無相見也。 浮

盟浪約三年過，（「周禮・司盟」）會同則掌其盟約之載。 病喘還知剩幾年？

密緒還須對面論，（楊衡詩）密緒分離狀。 意中言語意中人。（陶潛詩）藥石有時間，念我意中人。 饒他青鳥殷勤訴，（李商隱詩）蓬山此去無多路，青鳥殷勤為探看。 不似郎詩道得眞。

歸自東遊至亡妻舊館

下弦征客上弦歸，（「羣芳譜」）弦，弓弦也，月半之名。望前，月之上半仰，故曰上弦，在初六七時。望後，月之下半覆，故曰下弦，在廿三四時。 狼藉梅花入戶飛。（曹唐詩）狼藉梨花滿城月。

柑果涉春都爛敗，（「晉書・王悅傳」）導性節儉，帳下甘果爛，命棄之，曰：「勿使大郎聞。」 蘭薰經月尚霏一本作緋微。（梁元帝詩）佳人坐椒屋，接卻對蘭薰。（徐鉉詩）江澄靄色霧霏微。

牀空潘令悲長簟，（潘岳「悼亡詩」）長簟竟牀空。（「晉書・潘岳傳」）出為河陽令，轉懷令。 浴罷桓郎念故

衣。（「世說」）桓沖不好着新衣，浴後其婦故送新衣。沖怒，催使持去。婦傳語曰：「衣不經新，何由得故？」桓笑着之。麈拂任從東壁挂，（「南史」）麈尾蠅拂，是王謝家物。（潘岳「悼亡詩」）遺挂猶在壁。塵筵鼠跡未煩揮。（「楚辭」）朱塵筵些。（「世說」）晉簡文爲撫軍時，見床上塵，不拂；見鼠行跡，視以爲佳。

代所思別後（自注）阿姚。

相逢羞澀怕猜嫌，（盧思道詩）便妍不羞澀，妖豔工言語。（劉長卿詩）猜嫌傷薏苡。別後去一作那知悵恨添？（支遁詩）悵恨孤思積。獨對鏡奩空怏怏，（蕭子顯詩）餘花落鏡奩。（「史記・周亞夫傳」）怏怏非少主之臣。乍拈針線復懨懨。（周邦彥詞）針線慵拈午夢長。（唐人「閨思」詩）春思懨懨與病兼。夢魂弱絮從風亂，（秦觀詩）娉娉弱絮墮。（蘇軾「同文詩」）多情妾似風花亂。心緒繁花被雨霑。（羅虬詩）倚檻繁華帶露開。悔不暫留歡且住，未妨長隔一重簾。手把鈿釵侍鏡臺，（「唐書・輿服志」）內外命婦，髮飾、寶鈿、花釵。鏡臺，見前注。銷魂人處尺書來。（方千詩）呵筆尺書遲。行間小印闗心看，摺後餘文背面開。迸淚欲揩猶未敢，（李商隱詩）玉盤迸淚傷心數。廋詞捷悟更防猜。（「國語」）有秦客廋詞於朝，卿大夫不知也。（注）廋，隱也。（「齊東野語」）古之所謂廋辭，即今之隱語，而俗所謂謎。長將袖卻從漫滅，（「後漢書・禰衡傳」）游許下，陰懷一刺，既而無所之，至於刺字漫滅。每至幽窗展一回。（韓偓詩）幽窗日勘歡。

剛剩殘梅幾片飛，全枝都似伴郎歸。風波狹路驚團扇，(李商隱詩)風波不信菱枝弱。(王勃「春思賦」)豈徒幽宮狹路、陌上桑間而已。花月空庭泣浣衣。(班婕妤詩)花月分窗進。(「三峯集」)鄭源令婢萱草浣衣。翠被半閒來夢晚，(元張小山詞)翠被夢鴛鴦。(李白詩)且留琥珀枕，或有夢來時。紅一作繡窗無暇報書稀。(蘇軾詩)紅窗小泣低聲怨。(徐儀詩)但令寸心密，隨意尺書稀。湔裙不為春韶出，(「玉燭寶典」)元日至晦日為酺食，士女湔裙度厄。(梁元帝「纂要」)春日韶景。貪過停船舊石磯。(殷遙詩)晴楊拂石磯。

隔窗姊妹喚朝眠，(岑參詩)中酒欲眠日色高。好夢關心記未全。(張建詩)月影曉窗留好夢。守定誓盟金鴨畔，(顧敻詞)金鴨炷香平。箋窮書信紙鳶邊。(「南史．侯景傳」)作紙鳶，繫以長繩，藏敕於中，因西北風放之，冀達援軍。文犀領扣新偏脆，(「國語」)奉文犀之渠。(「正字通」)俗謂衣鈕曰鈕。(案)扣通鈕。繡雀鞵幫舊更鮮。(元左山樂府)小小鞋兒連根繡，纏得幫兒瘦。每到百花生日日，一作月未曾淒悶似今年。(韓偓詩)每過百花生日日，未曾淒悶似今年。

牆頭金柳罩兒家，(聶夷中詩)花樹出牆頭。(李白詩)柳色黃金嫩。(蔣維翰詩)兒家門戶重重閉。窗掩輕寒六扇紗。(趙孟頫詩)六窗自玲瓏。(庾信賦)紗窗獨掩。(梁簡文帝文)輕寒近節。心病倦挑心字領，(「易」)坎為水。其於人也，為加憂，為心病。睡鬢鬆落睡香花。(梁簡文帝詩)眠鬢壓落花。(「復齋漫錄」)廬山瑞香花，張祠部強名佳客，以瑞為睡。(「清異錄」)一比丘夢中聞花香，既覺求得之，因名睡香。四方奇之，謂為花中祥瑞，遂以瑞易睡。園林靄爽初煎酒，(李華賦)天華爽靄。院落陰沉好鬭茶。(韓偓詩)陰沉天氣連翩醉。(「羣芳譜」)建安鬭茶，以水痕先沒者為負。莫負一川春水綠，(蘇軾詩)水竹遮藏自一川。(江淹「別賦」)春水綠波。支機人正望浮查。（「白帖」）昔有人尋河源，見婦人浣紗，問之，曰：「此天河也。」乃與一石而歸。問嚴君平，君平曰：「此織女支機石也。」（「博物志」）人有居海渚者，年年八月有浮查，去來不失期。人乘查而去，至一處，有城郭狀，屋舍甚嚴。遙望宮中，多織婦。見一丈夫牽牛，問此何處。答曰：「君訪嚴君平，則知之。」後問君平，曰：「某年月日，有客星犯牽牛宿。」計年月日，正此人到天河時也。」

訪孝先弢仲龍山精舍卽事（此指佛寺中之精室。）

蕭寂空山與性宜，（薛稷詩）伊余息人事，蕭寂無營欲。（「宋史・种放傳」）性嗜酒，嘗種秫自釀。每日空山清寂，聊以養和，因號雲溪醉侯。那知閨閣有調饑？（「詩」）未見君子，惄如調饑。（鄭箋）未見君子之時，如朝饑之思食。過從老衲花深處，（令狐楚詩）休澣許過從。（張正見詩）老衲供茶飯。（戴叔倫詩）芳杜雜花深。遞進羈孤月好時。（謝莊「月賦」）羈孤遞進。（蘇軾詩）月色隨處好。笑甚不妨杯沒幘，（「魏志・武帝紀」注）「曹瞞傳」曰：「歡悅大笑，至以頭沒杯。案中肴膳，皆沾巾幘。」談餘羸得飯成糜。（「世說」）陳太丘有客，使元方、季方炊。二子聽客議論，忘着箄，飯落釜中。皆成糜。太丘曰：「如此，但糜自可，何必飯也？」經書只辨三餘了，（「魏略」）董遇教從學者，讀書當以三餘：多者歲之餘，夜者日之餘，陰雨者晴之餘也。未礙春園乍一窺。（「漢書・董仲舒傳」）下帷講誦，蓋三年不窺園。翦取春山入草堂，窗櫺疏潔閉濃香。（方干詩）濃香熏叠葉。畫來丘壑纔相稱，（「世說」）顧長康畫謝幼輿在巖石裏，曰：「此子宜在丘壑中。」詠到襟情所獨長。（「世說」）許掾嘗詣簡文，爾夜風恬月朗，乃共作曲室中語。襟懷之詠，偏是許之所長，辭寄清婉，有逾平日。五夜煙煤疑佛臥，（「漢官儀」）黃門持五夜。（「世說」）庾公見臥佛。曰：「此子疲於津梁。」六時螺鼓笑僧忙。（「南史・庾詵傳」）宅內立道場，環繞禮懺，六時不輟。（「法華經」）吹大法螺，擊大法鼓。

下帷（一本作幃）不踏空庭月，（溫庭筠詩）折花兼踏月。（何遜詩）空庭秋月華。孤負瑤階似截肪。（山元卿「新宮銘」）瑤階肪截。

連日醉遊用孝先禊日韻

風情浪擬杜司勳，（「舊唐書・杜牧傳」）大和二年擢進士第，累官膳部、比部員外郎，出牧黃、池、睦三郡，遷司勳員外郎。瀾漫（一本作熳）狂蹤遠近聞。（張協「七命」）爛漫狼藉。潑翠巖巒三代器，（僧契嵩詩）晴嵐翠潑幾峯光。（張養浩「石鼓詩」）玉立儼然三代器。斬（一作豔）新花鳥六朝文。（杜甫詩）斬新花蘂未應飛。六朝謂吳、東晉、宋、齊、梁、陳。那辭蜀酒扶頭醉？（王禹偁詩）扶頭酒醲無辭醉。爲惜（一作件）湘蘭竟體芬。注見卷二。任是春城能禁火，一作火禁。（韓翃詩）春城無處不飛花，寒食東風御柳斜。（「荊楚歲時記」）冬至日後一百五日，謂之寒食，禁火三日。退紅香焙定須焚。（陸游「春日」詩）退紅衣焙熏香冷。閑看縞髻哭（一作笑）青楓，（杜甫詩）魂來楓林青。亦有紅氍坐藥叢。（揭奚斯詩）方瞳綠鬢紅氍毹。（杜甫詩）空花明藥叢。畫舫簾衣凭雪藕，（陸龜蒙詩）獨看斜月下簾衣。（「類苑」）太湖中有藕，名西子臂。玉箏絃索見春葱。（常建詩）開簾彈玉箏。（白居易詩）月高絃索鳴。（元稹詩）夜半十指剝春葱。才人履屐能俱妙，（「晉書・謝元傳」）郄超曰：「吾嘗與元共在桓公府，見其使才，雖履屐間，亦得其任。」貴客林亭惜未工。（自注）見顏延之傳。（案）（「南史」）延之見子竣起宅，謂曰：「善爲之，毋令後人笑汝拙也。」（宋之問詩）杯亭春未闌。自是昔賢情調淺，（杜牧詩）江南仲蔚多情調。風流爭肯受詩窮？（歐陽修「梅聖俞詩集序」）予聞世之詩人，少達而多窮。（又）非詩之能窮人，殆窮而後工也。

載送孝先往龍山，時殤玉樹（「晉書・謝幼度傳」）叔父安曰：「子弟何預人事而欲使其佳？」答曰：「譬如芝蘭玉樹，欲使生於庭階耳。」同人爲之悼絕，而孝先洒然也。

庭院松風類隱居，（「南史・陶宏景傳」）自號華陽隱居人間，書疏即以隱居代名。松風，注見卷一。晨昏鐘梵一作達遠精廬。（嚴武詩）亦知鐘梵報黃昏。（「後漢書・姜肱傳」）肱嘗與季江謁郡，夜於道遇盜，欲殺之。肱兄弟更相爭死，賊遂兩釋焉，但掠奪衣資而已。後盜感悔，乃就精廬，求見徵君。肱與相見，皆叩頭謝，而還所略物。肱不受，勞以酒食而遣之。自知靈運前成佛，（「南史・謝靈運傳」）靈運謂孟顗曰：「得道應須業文人，生天當在靈運先，成佛必在靈運後。」誰笑康成後挾書？（「世說」）王中郎與林公絕不相得，王謂林公詭辯，林公道王云：「着膩顏帢，緰布單衣，挾『左傳』，逐鄭康成車後。問是何物？塵垢囊。」浮世本無堪喜慍，一作恨。（「阮籍大人先生傳」）逍遙浮世。（「晉書・嵇康傳」）居陽山十年，未嘗見其喜慍之色。高人未易可親疏。（駱賓王詩）高人儻有訪，興盡詎須還？（新唐書・薛收傳」）小記室不可得而親，不可得而疏。情鍾我輩難忘處，（「晉書・王衍傳」）喪幼子，山簡弔之。衍悲不自勝，簡曰：「孩抱中物，何至於此？」衍曰：「聖人忘情，最下不及情。情之所鍾，正在吾輩。」簡服其言。悟卻楞伽盡掃除。（「郡齋讀書志」）「楞伽經」四卷：天竺僧求那跋陀羅譯。楞伽，爲師子國，即今錫蘭之山名也。

讀孝先禊日詩因贈

兩紙新詩禊日題，(蘇軾詩)投名入社有新詩。禊日，修禊之日，謂上巳也。莫愁哦諷露瓊犀。(梁武帝歌)洛陽女兒名莫愁。(「詩」)齒如瓠犀。通懷不作楊彪瘦，(「南史」)潔己節用，通懷期物。(「後漢書・楊彪傳」)子修爲曹操所殺，操見彪問曰：「公何瘦之甚？」對曰：「愧無日磾先見之明，猶懷老牛舐犢之愛。」典故那令束晳迷？(「晉書・束晳傳」)武帝問摯虞三日曲水之義。晳對曰：「昔周公卜洛，因流水以泛酒，故逸詩曰：『羽觴隨波。』又秦昭王置酒河曲，有金人自泉出，捧劍曰：『令君撫有西夏。』乃因立名曲水。後，漢沿爲盛事。」帝善之。(「隋書」)貽法後葉，永垂典故。道上客休歌薤露，(「後漢書・周舉傳」)上巳日，梁商大會賓客。酒闌倡罷，繼以「薤露」之歌。舉歎曰：「此所謂哀樂失時，非其所也。殃將及乎！」(案)「薤露」，亦謂之「挽歌」，喪歌也。詞云：「薤上露，何易晞？露晞明朝更復落，人死一去何時歸？」(「晉書・袁山松傳」)山松每出游，好令左右作挽歌，人謂山松道上行殯。座中吾愧讀雌蜺。(「南史」)沈約製「郊居賦」，示王筠。筠讀至「雌蜺連蜷」，約拊掌欣忭曰：「僕常恐人呼爲霓。」(按)雌蜺之蜺，五的反，雲霓之霓，五兮反。喜筠讀音不悞也。蘭亭尚遜君超絕，(魏文帝賦)邈超絕其無儔。爲說彭殤未易齊。(王羲之「蘭亭修禊集序」)因知一死生爲虛誕，齊彭殤爲妄作。

即事贈荊文始段礪如兩姊夫

杯水俄興灩澦波，(許棠詩)中夜懷吳夢，知驚灩澦波。鏡袍恩分近如何？(自注)苻堅語慕容沖：「朕與卿恩分如何？而於一朝忽爲此變。今送一錦袍，以明本懷。」(按)事見「晉書・前秦載記」休嫌張耳朋歡薄，(「漢書」)張耳、陳餘，相與爲刎頸交。後耳被圍於鉅鹿，餘不能救。後耳得出，與餘相見，責讓餘，怒脫印綬於耳。耳受之。由此有隙。(歐陽修詩)朋歡賴酒尊。止笑袁耽姊妹多。(自注)袁彥道二妹，一適殷淵源，一適謝仁祖。(案)袁耽，字彥道。事見「世說・任誕」篇。花底追游長作隊，(自注)二君同游極密。(白居易詩)所務在追遊。酒邊排調竟傳訛。(自注)近因口語妄傳致隙。(案)「世說」有「排調」篇。解圍安用聊城矢?(李嶠「詠箭」詩)燕城忽解圍。(「史記・魯仲連傳」)燕將懼誅，因保守聊城，不敢歸。田單攻聊城，歲餘，士卒多死而聊城不下。魯仲連乃爲書，約之矢以射城中，遺燕將。燕將見書，乃自殺。田單遂屠聊城。只倩胡笳一曲歌。(自注)二君同暱北里一姬，善燕歌，故用劉越石吹笳退虜事。(案)(「晉書・劉琨傳」)在晉陽爲胡騎所圍，琨中夜奏胡笳，賊流涕噓唏，有懷土之思。向曉復吹之，賊並棄圍而走。

礪如索書扇上

(「金壇縣志」)段鏷，字礪如，萬曆癸丑進士。

白皙專城略有鬚，(古樂府羅敷「陌上桑」)三十侍中郎，四十專城居。爲人潔白皙，鬑鬑微有鬚。凝之原不羨封胡。(「晉書・王凝之妻謝氏傳」)羣從兄弟復有封、胡、羯、末，不意天壤乃有王郎。封謂謝歆，胡謂謝朗。首(一作手)推自喜調家婢，(「世說」)劉道眞子婦始入門，遣婢虔，劉思之甚苦。婢不從，劉乃下地叩頭，婢懼而從。明日語人曰：「首推固是神物，一下而婢子服淫。」頭責能容詎姊夫。(「世說」注)張敏集載「頭責子羽文」，蓋戲其姊夫而作。書問敬通能寄否，(「後漢書・馮衍傳」注)「衍集」載有「與婦弟任武達書」。敬通，衍字。琴逢潘岳肯彈無?(「晉書・阮瞻傳」)善彈琴，內兄潘岳每令鼓琴，終日達夜，無倦色。衰門未有孫郎氣，(于濆詩)衰門少兄弟。(「吳志・孫策傳」)策時年少，士民皆呼爲孫郎。幸免人嫌將種粗。(「晉書・胡貴嬪傳」)帝嘗與之樗蒲，爭矢，遂傷上指。帝怒曰：「此固將種也。」

戲以鄉音用韻

幽谷花寒瘦影煢，（「易」）入於幽谷。東風偏爲發鮮榮。（宋玉「好色賦」）寤春風兮發鮮榮。腰身楚楚孫荆玉，（段成式詩）及時裝束好腰身。（「晉書・孫綽傳」）樹子非不楚楚可憐。（「南史・羊侃傳」）舞人孫荆玉，能反腰帖地，銜得席上玉簪。口齒泠泠郭語瓊。（宋玉賦）清清泠泠。（「飛燕外傳」）婕好奏書於后，謹上二十六物以賀，使侍兒郭語瓊拜上。合德性醇能事姊，（「飛燕外傳」）樊嫕言飛燕有女弟合德，性醇粹可信。（又）合德素卑事后。延年技賤愧稱兄。（「漢書」）李延年善歌，有妹絕色。延年侍上，作「絕代佳人歌」。武帝乃召見，實妙麗善舞，由是得幸。持裙尚恐仙乎去，（「飛燕外傳」）帝於太液池作千人舟，號合宮之舟。后歌舞「歸風送遠」之曲。侍郎馮無方吹笙，以倚后歌。中流歌酣，風大起。后持袖曰：「仙乎仙乎，去故而就新，寧忘懷乎?」帝令無方持后裙，風止，裾爲之縐。他日宮姝幸者或襞裙爲縐，號留仙裙。更倩紅鸞綬帶縈。（李商隱詩）願得化爲紅綬帶，許教雙鳳一時銜。（「拾遺錄」）成帝與飛燕游戲太液池。值輕風至，飛燕殆欲隨風入水。帝以翠纓結飛燕之裾，游倦乃返。

即事

行過一作近風香近繡叢，（庾信詩）春風滿路香。雪衫飛濺唾絨紅。（林寬詩）薄徒公子雪衫輕。（李後主詞）繡床斜凭嬌無那，爛嚼紅絨，笑向檀郎唾。橫波不待回頭見，（李善「文選」注）橫波，言目邪視如水之橫流也。莊語能傳暗喜通。（「莊子」）以天下爲沉濁，不可與莊語。（韓偓詩）襟懷暗喜多。曉閣平臨春色上，（文同詩）山桃一枝橫曉閣。（谷宏詩）對酒平臨百尺闌。夜燈遙映雨聲中。殘陽記得人行處，白石闌干折向東。

追和唐女冠魚玄機十二韻

唐魚玄機有「次光威裒三女子聯句」詩十二韻。

閨門文采羨袁眈，見前「即事贈荊段兩姊夫」詩自注。更有青溪妹第三。(「異苑」)青溪小姑，蔣侯第三妹也。生小不窺青瑣閣，(古詩)昔作女兒時，生小出野里。(「景福殿賦」)青瑣銀鋪，是爲閨闥。家常希換白單衫。(嵇康文)此家常而不變者也。(宋玉賦)被白縠之單衫。釵梁風定蟲猶顫，(段成式詩)金爲鈿鳥簇釵梁。(韓愈詩)釵頭綴玉蟲。裙衩花深蝶競銜。(李商隱詩)裙衩芙蓉小。(常建詩)石榴裙裾蛺蝶飛。雅謔引經推鄭婢，注見卷二。狂書送抱想吳男。(「梁書・張充與王儉書」)吳國男子張充，致書王君侯侍者：「舉世皆以充爲狂，充亦何能與諸君道哉？所以推襟送抱者，惟丈人而已。」紅兒詩裏歡兼恨，唐羅虬有「比紅兒詩」。素女圖前笑帶嘶。(張衡「同聲歌」)衣解巾粉御，列圖陳枕張。素女爲我師，儀態盈萬方。(「紅蕉詩話」)或解：列秘戲之圖也。儀態盈萬方，變態多也。想見隔屏聲吃吃，(「飛燕外傳」)笑吃吃不絕。(「集韻」)吃吃，笑貌。似聞昵枕訴喃喃。(謝惠連「雪賦」)顧低帷以昵枕。(「北史・房陵王勇傳」)喃喃細語。加餐意託琉璃匕，(「續齊諧記」)趙文韶夜與神女遇，讌寢脫金簪與趙。趙亦贈以銀盌及琉璃匕。寄札愁憑瑇瑁簪。(自注)古詩：「何計通音信？蓮花瑇瑁簪。」豈有鵲頭能助憶？(「御覽」羽族部引「淮南子・萬畢術」)取鵲一雄一雌頭中腦，燒之於道中，以與人酒中，飲則相思。願爲雞舌與君含。(應劭「漢官儀」)尚書郎口含雞舌香，伏奏事。(權德輿詩)芬芳鷄舌向南宮，伏對丹墀跡又同。(蘇軾詩)雞舌還應共賜香。(案)雞舌，香名也。遙猜蹤影心先妬，未接言辭性已諳。體自生香防姊覺，(「飛燕外傳」)帝曰：「后雖有異香，不若婕妤，體自香也。」眉能爲語任郎參。(劉孝威詩)窗疏眉語度。髮光可鑑千盤滑，(「雜事秘辛」)

仲髻度髮，如黝黑可鑑，閨手八盤，墜地加半。唇味如飴一嚙甘。（「柏梁聯句詩」）嚙妃女唇甘如飴。記得那時偷近處，唾絨紅點碧窗南。（楊孟載詩）笑嚼紅絨唾碧窗。（李白詩）竊聽琴聲碧窗裏。

箇人

（徐釚「本事詩」）云一本作「戲贈沙姬」。

睡破眉山不更描，（「西京雜記」）卓文君姣好，眉色如望遠山。鬟鴉堆上覆鮫綃。（程俱詩）歌筵遙想鬟堆鴉。（「博物志」）鮫人水居，不廢績織，時出入人家賣綃。

屏間記曲拈紅豆，（「樂府雜錄」）張紅紅於屏後聽樂工新聲，以小豆數合記其拍，一聲不失。窗下臨書染綠蕉。（「清異錄」）僧懷素居零陵庵，東郊植芭蕉數萬，取代紙而書，號所居曰綠天。

畫出鴛鴦娛獨自，（韓偓詩）有時間弄筆，亦畫兩鴛鴦。（江總「閨怨篇」）池上鴛鴦不獨自。教成鸚鵡伴無聊。（白居易詩）何處聞教葉鸚鵡語？

情悰一作踪暗被隣房覺，（朱希眞「風情詞」）着甚情悰？你但忘了人詞。（項斯詩）偕住有隣房。繡線逢春減幾條？（陳高詩）白髮頻添隨繡線。（「唐雜錄」）宮中以女工揆日之短長。冬至後，比常日增一線之功。

錯認

白縠單衫玉步搖，（宋玉「諷賦」）披白縠之單衫。（「採蘭雜志」）人謂步搖爲女髻，非也。蓋以銀絲宛轉屈曲，作花枝，挿髻後，隨步輒搖，以增娬媚，故曰步搖。香風相引見雲翹。（古詩）繡幙圍香風。（「列仙全傳」）裴航與雲英成婚，一女仙云是妻之姊。左右曰：「是雲翹夫人，劉綱仙之妻也。」燈前拋接迴波眼，（黃庭堅詞）秋浦廻波眼。帳底圍量束素腰。（宋玉「登徒子好色賦」）腰如束素。夜視可憐明似月，（「飛燕外傳」）后以萬年蛤粧五成金霞帳，帳中常若滿月。帝曰：「吾晝視后，不若夜視之美。」秋期只願信如潮。（「詩」）秋以爲期。（李益「江南詞」）早知潮有信，嫁與弄潮兒。情知不負周郎顧，莫問兒身第幾喬。（「吳志・周瑜傳」）從孫策攻皖，拔之，得喬公二女，皆國色也。策自納大喬，瑜納小喬。

詠所見

似燕身材稱着緋，（唐人詩）況伊如燕這身材。（李廓「少年行」）閒遊不着緋。琵琶弟子性靈希。（樂史「太眞外傳」）虢國以下，競爲妃琵琶弟子。（陶弘景文）任性靈而直往。戲拈上客題花筆，（李商隱詩）我是夢中傳彩筆，欲書花葉寄朝雲。學踏隣娥織素機。（古詩）十三能織素，十五學裁衣。桁下衣籠薰荳蔻，（「古今詩話」）霍小玉嘗言，養脂芙蓉粉，薰衣荳蔻香。鏡前香澤漬薔薇。（「通典」）諸王納妃，及上御六宮，依禮上棗栗腶脩，加以香澤花粉。（「本草經」）薔薇，花大如錢。何曾房老能勾管？（「嶺表異錄」）婢妾年長久者，退爲房老，使主羣少，亦曰房長。（范仲淹詩）祇託春風勾管來。日暮西池鬭草歸。（王筠詩）扁舟泛西池。（「歲時記」）三月三日，四民踏青草，因有鬭百草之戲。

無聊

風情退減久無詩，硯匣書箋罥網絲。(李白詩)莫捲龍鬚席，從他生網絲。魘語夢魂聞婢喚，惡愁懷抱恐兒知。(杜甫詩)盡醉攄懷抱。酒於痛飲非眞適，(「唐書・崔戚傳」)痛飲至夜分。(吳縝詩)茅茨得眞適。情向新歡未肯癡。(李白詩)愁顏發新歡。

惆悵舊游攜手處，木犀天氣獨來時。(張邦基「墨莊漫錄」)木犀花，湖南呼九里香。江東曰巖桂。浙人曰木犀，以木紋理如犀也。

把書移枕近牀稜，(陸游詩)客來苦勸摸牀稜。歎息觀濤病未能。(「文選」枚乘「七發」)太子曰：「僕病未能也。」又曰：「將以八月之望，往觀濤於廣陵之曲江。」

怯暑心情猶喘月，(李濤詩)杜翁今日沒心情。(「世說」)滿奮畏風，在武帝坐，北窗作琉璃屛風，實密似疏。奮有難色，帝笑之。奮曰：「臣猶吳牛見月而喘。」背時風調獨懷冰。(庾亮表)何事背時違上，自貽患責哉？(「隋書・楊素傳」)其才藝風調，優於高烱。(「南史・陸慧曉傳」)何點嘗稱王思遠，恆如懷氷，暑月亦有霜氣。

無勞天女持花散，(「維摩詰經」)會中有二天女，以天花散諸菩薩，悉皆墜落，至大弟子，便着不落。有愧高人選藥稱。(「世說」)王仲祖病，劉眞長爲稱藥。肯過小樓言笑否，不嫌同上第三層。(自注)用陶宏景事。(按)註詳卷一。

菰川紀游

(自注)用元白體。(按)(「唐書・元稹傳」)稹少與白居易唱和，當時言詩者，稱元白，號爲元和體。

一隊明粧擁碧油，(鮑照詩)明粧帶綺羅。(崔道融詩)江頭爭看碧油新。 羅衣風影照溪流。 郊原紫翠今秋早，(曾鞏詩)雲亂水光浮紫翠。
亭館青紅近日修。(陳基詩)西池亭館帶芙蓉。 謝女捉將團扇出，(「古今樂錄」)王珉之好捉白團扇，與謝芳姿有情。 潘郎扶得板輿
游。(潘岳「閒居賦」)太夫人乃御板輿，升輕軒。 司香侍女攜犀合，(「續通考」)朝儀殿上司香二人掌侍香。犀合，注見前。 卷袖厨娘用玉鉤。(「江行雜錄」)京都中下之戶，生女教以技藝，名目不一，厨娘最爲下色。(項斯詩)珠泊當空掛玉鉤。 綵勝蟲魚工翦刻，(「文昌雜錄」)立春日，賜三省官綵勝。 牙盤橙笋細雕
鎪。(「唐書・韋堅傳」)上百牙盤食。 緋桃布席苔侵襪，(唐寅詩)病對緋桃檢藥方。(「禮」)及庭布席。 銀鹿移琴柳拂頭。(「國史補」)顏魯公家童，名銀
鹿。 萍影波中拋果核，桐陰石上置茶甌。(白居易詩)僧待置茶甌。 縱橫一榻陳籌管，歷亂三巡送酒籌。
(沈頌詩)歷亂多秋音。(柳宗元序)飲酒溪石上，實觴而流之，當飲者舉籌。 捧硯久知黃玉冷，(「摭遺」)李白華陰縣供狀，力士脫靴，貴妃捧硯。 擎觴兼度眼波秋。
(黃庭堅詞)女兒浦口眼波秋。 唾花落點魚爭競，(蘇軾「同文詩」)衫碧唾花餘點亂。 髻蕊烘香蝶逗留。(晏珠詞)粉圓雙蕊髻中開。 臨水偶來同
倚檻，隔花何路可登樓。(貢性之詩)五雲深處隔花看。 殷勤子敬能持楫，(樂府王子敬「桃葉歌」)桃葉復桃葉，渡江不用楫。但渡無所苦，吾自來迎接。
佻僮齊姬欲蕩舟。(「詩」)佻兮達兮。(「左傳」僖三年)齊侯與蔡姬乘舟於囿，蕩公。 何處雪檐期射鳥？(「飛燕外傳」)飛燕通隣羽林射鳥者。夜雪，期射鳥者於舍旁。
此時河岸似牽牛。(杜甫詩)牽牛處河西，織女居其東。 青莎徑軟蹊蹤淺，(溫庭筠詩)青莎綠似裁。(賈島詩)岸印行蹤淺。 紫桂堂深浴室
幽。(杜牧詩)侵窗紫桂茂。 小院竹涼清枕簟，(許渾詩)小院秋歸枕簟涼。 疏窗松蔭暗棋楸。(唐彥謙詩)松拂疎窗竹映闌。 箋紈就手巾

箱取，（元稹詩）兒童拂巾箱。鈿翠隨身鏡匣收。（梅堯臣詩）鞦韆競打遺鈿翠。（「玉臺新詠」序）琉璃硯匣，終日隨身。（李商隱詩）舞鸞鏡匣收殘黛。歸路別穿紅葉徑，同袍猶隔白蘋洲。（「詩」）與子同袍。（柳惲詩）汀洲采白蘋。也知重向燈前見，難訴佳游一段愁。（陶潛詩）佳遊未斁。（李白「長門怨」）月光欲到長門殿，別作深宮一段愁。

咏東隣梔子花

露濕瓊姿映日鮮，（高啓「梅花詩」）瓊姿只合在瑤臺。離披弱態益嫣然。（宋玉「九辨」）白露既下降百草兮，奄離披此梧楸。香宜九子釵邊嗅，（「杜陽雜編」）同昌公主有九子鸞釵。蔕合同心帶上懸。（施肩吾詩）不如山梔子，猶能結同心。（雍陶「春風怨」）偏能飄散同心帶。織女淡粧傳縞素，（「晉書・成帝杜后傳」）三吳女子，忽相與簪白花，望之如素。乃傳言織女死，爲着服。（「梅妃傳」）淡粧雅服而姿態明秀。（元曲）穿一套縞素衣裳。徐娘私贈見詩篇。（「玉臺新詠」）有徐悱妻令嫺「摘同心梔子贈謝娘詩」。佳名更喜同之子，栽定東家倍可憐。（自注）第五句戲用「晉書」。（宋玉賦）「臣里之美者，莫若臣東家之子。」

和戈莊學自壽四韻

幾株幽樹寄婆娑，（杜甫詩）幽樹晚多花。（「世說」）殷仲文爲桓司馬參軍，廳前有一老槐，仲文視槐而歎曰：「此樹婆娑，生意盡矣。」盡意看雲弄水波。（王維詩）坐看雲起時。(蘇軾詩)布襪青鞋弄雲水。野衲每求名畫去，(成廷珪詩)野衲下堂留午齋。(溫庭筠詩)爲尋名畫來過寺。鄰牆時有濁醪通。(杜甫詩)牆頭過濁醪。吟成未出蘆花被，(「元史・小雲石海涯傳」)見漁父織蘆花被，欲易之以紬。漁父曰：「君欲吾被，當更賦詩。」遂援筆立成，竟持被去。釣罷猶披槲葉蓑。(許渾詩)槲葉滿山風。可許挐舟親問字，(李覯詩)挐舟古岸邊。(「漢書・揚雄傳」)時有好事者，載酒問奇字。相從日飲更無何。(「漢書・爰盎傳」)爰盎，字絲。兄子種謂盎曰：「南方卑濕，絲能日飲，亡何，說王毋反而已。」(注)無何，言更無餘事。

藤村舊游

重奠廡筵一束芻，(「後漢書・徐穉傳」)郭林宗有母喪，穉往弔，置生芻一束而去。往來曾此醉茱萸。(杜甫詩)明年此會知誰健，醉把茱萸子細看。未能默記書千篋，(自注)先舅琴書散亡都盡。(「漢書」)上幸河東，嘗亡書三篋。詔問莫能對，惟張安世悉識之，具述其事。後得書，相校，一無所遺。空憶通靈畫一廚。(鄭元祐)通靈，用晉顧愷之事，見前。座上琴亡悲子敬，(「晉書・王徽之傳」)獻之卒，徽之取琴，彈之久，而不調，曰：「子敬人琴俱亡。」冢中硯去弔林逋。(「遂昌雜錄」)和靖先生豈有頷珠者，而楊璉眞珈亦發其墓焉。聞棺中一無所有，獨有端硯一枚。銅臺淚盡猶西望，分得名香在也無？(「魏武遺令」)汝等時時登銅雀臺，望吾西陵墓田。諸舍中無事，學作織組賣也。(又)餘香可分與諸夫人。(章孝標詩)名香滿袖熏。金鎖橫銜廢苑門，(杜牧詩)銀箔卻收金鎖合，(迺賢詩)廢苑鶯花盡。水亭窗檻半沉淪。(張籍詩)看花多上水心亭。銅釘換醉供羣豎，

（吳萊詩）獸鬮紫金釘。（李商隱詩）十二玉樓無故釘。花藥爲樵給四隣。（「南史」）植以奇樹，雜以花藥。（韋莊詩）玉欄仙杏作春樵。碧甃晒餘高鳳麥，（盧照隣文）碧甃銅池。（「後漢書・高鳳傳」）妻嘗之田，曝麥於庭，令鳳護雞。時天暴雨，而鳳持竿誦經，不覺潦水漂麥。畫廊堆遍買臣薪。（羊士諤詩）十畝蒼苔繞畫廊。（「漢書・朱買臣傳」）家貧好讀書，嘗刈薪樵，賣以給食。羊曇哭罷無人問，（「晉書・謝安傳」）安素重羊曇，及卒，曇行不由西州路，爲與安所熟游處也。偶大醉，不覺至州門。左右曰：「此西州門也。」曇慟哭而返。（案）曇爲安外甥。涙墨難題滿壁塵。（孟郊詩）涙墨灑爲書。

遇舊青衣

古以青衣爲賤者服，故稱婢爲青衣。漢蔡邕有「青衣賦」。

掃眉才子女相如，（王建「贈薛濤詩」）掃眉才子知多少？管領春風總不如。（「山堂肆考」）隋煬帝御女吳絳仙，能畫長眉。嘗以紅箋進詩，帝曰：「絳仙眞女相如。」舊掌芸香四庫書。（楊炯文）坐芸香之秘閣。（蘇軾詩）堂上四庫書。一着練裙抛畫袴，（蘇軾詩）練裙溪女鬬清妍。（王建詩）畫袴朱衣四隊行。便辭金屋任茅廬。（駱賓王詩）椒房窈窕連金屋。（張九齡詩）舞雲堆裏結茅廬。桑麻僻處鶯花斷，（杜甫詩）鶯花隨世界。絲竹停來姊妹疎。還識擘箋江令否？（「南史・陳後主紀」）嘗使張貴妃、孔貴人等八人夾坐，江總、孔範等十人預宴，擘綵箋，製五言詩。（「陳書・江總傳」）加宣惠將軍，尋授尚書令。望仙回望一唏噓。望仙，閣名，陳後主建。詳下首三閣注。唏噓，同欷歔。（「韓詩外傳」）雍門周鼓琴，孟嘗君欷歔就之。

再用前韻酬孝先端己弢仲見和之作

霞姿雪豔映窗油，(李商隱詩)旦暮雲霞姿。(張說文)蘭薰雪豔，玉潤珠清。(李商隱詩)犀帖釘窗油。標格蓬山第一流。(楊無咎詞)出羣標格。(李商隱詩)劉郎已恨蓬山遠。佛慧不過文士業，用謝靈運「得道應須慧業」語，詳見前。神仙原是美人修。臥披畫障供清賞，(曹唐詩)粉堞彤軒畫障西。(謝朓詩)江垂得清賞。坐伴爐薰嬾出游。(黃庭堅詩)茗椀對爐薰。門靜不教青鎖鎖，簾開未上翠鉤鉤。(韋莊詩)印將青鎖鎖，簾用翠鉤鉤。紫珍照膽秦銅鑄，(王度「古鏡記」)鏡神名紫珍，秦宮有照膽鏡。朱篆鈐名漢玉鎪。學士忍寒停半臂，(「宋稗類抄」)宋子京多內寵。嘗宴於曲江，微寒，命取半臂。諸姬各送一枚，子京恐生厚薄之嫌，竟不敢服，遂忍凍而歸。(「唐書・玄宗王皇后傳」)陛下獨不念阿忠脫紫半臂，易斗麪爲生日湯餅也？(案)半臂，卽今之背心。書生中酒看梳頭，(「史記」注)中酒，飲酒之中也，不醉不醒，故謂之中。(杜牧詩)殘春杜陵客，中酒落花前。(案)中酒，中讀去聲，謂醉酒也。(元稹詩)水晶簾下看梳頭。鶯聲嚦嚦喉疑管，(元曲)似嚦嚦鶯聲花外囀。玉色森森手似甌。(李白詩)麗華秀玉色。(「裴硎傳奇」)雲英於葦箔下出雙玉手，奉瓷甌。待月清言虛丙篝，(杜審言詩)卷簾惟待月。(陶潛詩)交酧林下，清言究微。丙謂丙夜，注見前。游春佳夢敗寅籌。(杜牧詩)自是求佳夢。籌謂更籌。流光玉樹何曾夜？(陳後主樂府)妖姬臉似花含露，玉樹流光照後庭。駐景神方詎有秋？(「集仙錄」)舜以駐景丸授王妙想。(李商隱詩)檢與神方教駐景。士也尚甘偏袖斷，(「詩」)士也罔極。(「漢書・佞幸傳」)董賢嘗晝寢，偏藉上袖。上欲起，賢未覺，不欲動賢，乃斷袖而起。仙乎何惜襞裙留。注見前「戲以鄉音用韻」注。誰堪待闕鴛鴦社？(「雲仙雜記」)

朱子春未婚，先開房室，帷帳甚麗，以待其事，人謂之待闕鴛鴦社。自許單棲燕子樓。（羅虬詩）本心誰道欲單栖？（白居易詩）燕子樓中霜月夜，秋宵只爲一人長。燕子樓，見前。燈火照臺迎鳳輦，（「拾遺記」）魏文帝文車十乘，迎薛靈芸，膏燭相續不絕，又爲臺基三十丈，列燭置於臺下，曰燭臺。（隋煬帝詩）翠霞乘鳳輦。珠璣濺雨到龍舟。（楊萬里詩）濺作珠璣霏作雪。（「述異記」）吳王夫差作天池，造龍舟，日與西施爲水嬉。已知夙駕煩靈鵲，（「詩」）星言夙駕。（「淮南子」）烏鵲塡河成橋，而渡織女。別遣偏轅聘駿牛。（「晉書・石崇傳」）嘗與王愷爭入洛城，崇牛迅若飛禽，愷絕不能及。乃貨崇帳下，問所以，答曰：「牛奔不迅，良由御者。逐之不及而反制之，可聽偏轅，則駛矣。」從之，遂爭長。（「南史・劉瑀傳」）牛駿馭精，所以疾耳。香穟一本作燧碧縈低帳煖，穟與穗通。（蘇舜欽詩）香穗縈斜凝畫棟。燭輝紅款小屏幽。（鮑照詩）蘭膏明燭承夜輝。檀郎顧曲傾三爵，用周瑜事，見前。（曹植詩）樂飲過三爵。幼婦彈棋負九楸。（「集異記」）王積薪宿山中孤姥家，聞姑謂婦曰：「與子圍棋可乎？」婦曰：「諾。」堂內素無燈燭，聞婦曰：「起東五南九，置子。」姑應曰：「東五南十二，置子。」共下三十六，忽聞姑曰：「子已敗矣，吾止勝九枰耳。」婦亦甘也。後積薪布其所記婦姑對敵之勢，較其九枰之勝，終不得。合德香奩通德記，用伶元「飛燕外傳序」，注見前。上淸巾帔玉淸收。（李商隱「聖女廟詩」）上淸淪謫得歸遲。（韓偓文）杜蘭香蓍逢張碩，巾帔飄揚。（「獨異志」）秦幷六國，時太白星竊織女梁玉淸，逃入小仙洞，十六日不出。詩歌不斷疑三閣，（「南史・張貴妃傳」）至德二年，於光昭殿前，起臨春、結綺、望仙三閣，以宮人有文學者爲女學士。後主每引賓客對貴妃等游宴，使諸貴人及女學士與狎客，共賦新詩相贈答，采其尤麗者以爲曲調。風月常新祇十洲。（「史諱錄」）明皇開元初，被選進者自以「綢繆記」印之臂上曰：「風月常新。」漢東方朔有「十洲記」。但有是鄉堪不老，（「飛燕外傳」）后進合德，帝大悅，謂爲溫柔鄉，曰：「吾老是鄉矣。」更求何藥療塵愁？

侍疾

喚人廻枕墜瑤簪，(李商隱詩)繡檀廻枕玉雕鎝。(溫庭筠詩)瑤簪遺翡翠。被底爐薰未許探。(「開元遺事」)水中瀨鶩，何如被底鴛鴦？獺髓有痕留我舐，(「拾遺記」)孫和悅鄧夫人，常置膝上。月下舞水晶如意，誤傷鄧夫人頰，血流汚袴，嬌姹彌苦，和自舐其瘡。雞香微螫代伊含。(黃滔詩)雞香含處隔青天。愁看西子心長捧，注見卷一。冷透荀郎體自堪。注見卷二。病退只宜清減是，(元曲)清減了小腰圍。尚嫌雙頰似輕酣。(范成大詩)秀眉津津雙頰丹。

擬會眞詩三十韻

諸本作三十六韻，無夫、蛛二韻。今據陳檢討「篋衍集」增入。(元稹「會眞記」)河南元稹亦續生「會眞詩」三十韻。

少小嫺鍼黹，一本作繡。(白居易詩)嗟我少小日。生成儼畫圖。(杜甫詩)畫圖省識春風面。影形看鏡喜，名字揀香呼。玄鬢辭膏沐，(王粲「七釋」)鬒髮玄鬢。(「詩」)豈無膏沐？瓊姿厭粉汙。(高啓詩)瓊姿祇合在瑤臺。(張祜詩)却嫌脂粉汚顏色。怕聞燈氣息，(「南部煙花記」)一士人娶得隋宮人，夜炷火則嫌煤氣，易以燭則復惡其形蕩。士人詰之，「汝後宮何以照夜？」曰：「惟室中懸一珠耳。」不受浴沾濡。(「飛燕外傳」)合德膏滑，出浴不濡。曾見長陵市，(杜牧詩)小市長陵住。重逢狹路隅。(古詩)相逢狹路間，道隘不容車。未成窺宋玉，隨遺嫁秋胡。(「列女傳」)潔婦者，魯秋胡子婦也。

忍下鍼心棘，（「晉書・顧愷之傳」）嘗悅一隣女，挑之不從，乃圖其形於壁，以棘針釘其心。女遂患心痛，愷之因致其情，女從之，遂密去其釘而愈。難求役豆符。（「晉書・郭璞傳」）愛主人婢，無由而得，乃取小豆三升，繞宅散之。主人見赤衣人數千圍其宅，就視則滅，惡之，請璞爲卦，璞曰：「君家不宜畜此婢，可賣之，則此妖可除。」主從之。璞陰令人賤置此婢，爲符投井中，赤衣人皆反縛投井，主人大悅。尾 一作微 生甘作鬼，國士願爲奴。（「史記」）知伯以國士待我。（「霍小玉傳」）李生且拜且謝曰：「一生作奴，死亦不憚。」湖上羹魚嫂，（「楓窗小牘」）南遷湖上，魚羹宋五嫂。羊肉李七兒，皆當行不數者。宋五嫂，余家蒼頭嫂也。池西鬪鴨姑。（「飛燕外傳」）陽華李姑畜鬪鴨水池上。殷勤員好事，（「史記」）相如使人重賜文君侍者，通殷勤。（李山甫詩）長疑好事皆虛事。排調薄非夫。（「世說」有「排調」篇。）（李端詩）非夫長作客。錦字銜青雀，（李白詩）開魚得錦字。青雀，注見卷二「遙見」。羅巾縋蟢蛛。（韓翃詩）少婦北來多遠望，應知蟢子上羅巾。傳來通德語，伶元妾樊通德，能道飛燕姊妹事，已見前注。笑殺彥回愚。（「南史」）山陰公主謂褚彥回曰：「公鬚如戟，何無丈夫氣？」綺閣花間峙，（酒賢詩）綺閣春深笑語稀。修廊竹外紆。（杜牧詩）叢筠侍修廊。挂香明路逕，巵酒酹門樞。月暗欹鴛枕，（唐薛瓊詩）淒淒北風吹鴛枕。寒輕擁獸爐。（駱賓王詩）當爐獸炭然。夢回聞至矣，（「會眞記」）紅娘斂衾攜枕而至，撫張曰：「至矣！至矣！睡何爲哉？」喜極欲仙乎？巾帔俱飄動，一作忽 眉心乍展舒。（白居易詩）春入眉心兩點愁。逕貪因豔冶，（庾肩吾詩）少婦多豔冶。親炙覺清癯。（「孟子」注）親炙，親近而薰炙之也。（梅堯臣「梅詩」）天敎飛雪伴清癯。對袖籠雙釧，單衫卸五銖。（古歌）單衫杏子紅。（李商隱詩）不寒長着五銖衣。惟聞香蕩越，祇恨燭模糊。羞澀屏前視，（蔡襄詩）滿顏抱羞澀。摧頹帳外扶。（杜甫詩）庭鶴舞摧頹。還拚梭擲否？仍肯扇遮無？（「團扇歌」）團扇復團扇，持許自遮面。憔悴無復理，羞與郎相見。滑簟推腰褥，（劉光祖詞）胡床滑簟應無價。(元稹詩)小樓腰褥怕單寒。華裀妥髻珠。裀通茵。(謝靈運詩)連裀設華裀。(盧綸詩)君王賜髻珠。芳津甘齒頰，(韓偓詩)梅實引芳津。(蘇軾詩)待得微甘回齒頰。柔汗沁肌膚。怨嚙蝤蠐頸，(「詩」)領如蝤蠐。羸擎燕子軀。(楊維楨詩)燕子腰輕欲受風。斜眸終靦覥，(「容齋隨筆」)中心有愧，見諸顏面者，名曰靦覥。低黛忽愁吁。(謝逸詞)醉臥橫波翠黛低。膽悸金鈴犬，(郝經詩)坐久猶膽悸。(韋莊詩)金鈴犬吠梧桐月。心忪碧樹烏。(李賀詩)銀液鎮心忪。(溫庭筠詩)碧樹一聲天下白。乍嘗驚顫味，(陳孚詩)山童驚顫髮卓豎。陡墮愛迷途。青眼三生契，(王維詩)青眼望青蓮。(甘澤謠「牧豎歌」)三生石上舊精魂。丹誠一昔輸。一作孚。(「左傳」哀公四年)為一昔之期。(「博雅」)昔，夜也。隱腸憐我解，(孟郊詩)朗客無隱腸。絕色厭人諛。落魄驚傷悼，(何遜詩)清游乃落魄。微詞得厚誣。(「左傳」)鄭賈人曰：「吾小人，不可以厚誣君子。」年華潘岳老，(潘岳「秋興賦」序)余春秋三十有二，始見二毛。風調謝鯤龕。(「北史・崔昂傳」)昂有風調才識。謝鯤事，見前注。謬辱求詩帶，(李商隱「柳枝詩」序)手斷長帶結，讓山為贈叔乞詩。寧嫌賣酒罏。(「史記・司馬相如傳」)盡賣其車騎，買酒舍，而令文君當罏。狂襟終有托，(「北史・段榮傳」)雖草萊之士，粗嫺文藝，多引入賓館，與同興賞。慰勝登高第，(「漢書・鼂錯傳」)時對策者百餘人，惟錯為高第。歡踰讀異書。(「南史・劉峻傳」)聞有異書，必往祈借。鎮須行坐並，(喻見詩)照花明月影侵階。(李後主詞)剗襪下香階。準與笑啼俱。雪砌飄燈赴，(釋慕幽詩)蔭砌雪花殘。(李商隱詩)珠箔飄燈獨自歸。花階剗襪趨。百年今夕始，(蘇武詩)歡娛在今夕。(「詩」)自今以始。非乞暫時娛。

紀事

纔嘗歡味便分攜，(李商隱詩)洞中屐響省分攜。消瘦沉吟幾日疑？(元稹「鶯鶯傳」)自從消瘦減容光。(杜甫詩)感動一沉吟。祇恐愛迷猶有悞，莫因明慧更成癡。(「晉書・元夏侯太妃傳」)幼而明慧。拚教皓質君前露，(曹植「洛神賦」)皓質呈露。忍遣丹心妾自知。(「晉書・張華傳」)中心如丹。底事料伊非薄倖？(杜牧詩)贏得青樓薄倖名。百般遷就順人時。

驚喜蕭郎犯雪歸。(李羣玉詩)蓬萊才子卽蕭郎。(韓愈詩)犯雪過西華。歸期猶未是歡期。人前不敢迎門笑，(韓愈文)蔡之婦女，迎門笑語。燭後仍來映柱窺。(韓偓詩)映柱送橫波。始信夢魂原有準，(晏殊詞)夢魂慣得無拘束。已占心諾不輕移。(鮑照詩)服義久心諾。歸期悔不寬程限。(「左傳」)程土物。(注)為作程限。守到和風霽日時。(杜甫詩)吹面受和風。(張說詩)霽日懸高掌。

濃歡將到轉憂危，(「癸辛雜識・七夕詞」)尤雲殢雨正歡濃，但只怕來朝初八。響屧籠燈總未宜。(皮日休詩)響屧廊中金玉步。(孫覿詩)一點籠燈隱絳紗。花徑有心曾識記，(杜甫詩)花徑不曾緣客掃。月扉無膽便敲推。(「全唐詩話」)賈島作詩，「僧推月下門」，擬改敲字，不定，以手作推敲勢。狂癡愛我眞無謂，(蔡琰詩)恍惚生狂癡。(「漢書・高帝紀」)甚無謂也。放誕緣君勿浪猜。(「西京雜記」)卓文君放誕風流。恩分已深羞未滅，(「晉書・苻堅載紀」)朕與卿恩分如何，而一朝忽爲此變。惱他擎燭覷人時。

歇卻哦詩斂卻狂，（劉昻詩）哦詩無好句。洗空心地着歡娘。（「宋史」）必有眞實心地，刻苦工夫，而後可。（薛能「贈歡娘」詩注）歡娘八歲，善吹笛。醉來不敢忘團扇，團扇，用王珉事。夢去猶防泄異香。異香，用韓壽事。平日性情工戲謔，（「詩．衞風」）善戲謔兮，不爲虐兮。近來行止學矜莊。（東方朔文）儼然作矜莊之色。雖云見面無多刻，（隋煬帝詩）見面無多事。定用閒愁萬斛償。（杜荀鶴詩）有底閒愁得到心？（蘇軾詩）試問別來愁幾許？春江萬斛若爲量。

壬申年

（原注）無詩。

癸酉年

崇禎元年 公元一六三三

雲客新齋卽事

朱欄倒影入淪漣，（張籍詩）綵花廊下映朱闌。（劉孝綽詩）波動映淪漣。瘦一本作片石疏花位置妍。（杜甫詩）秋竹隱疏花。（葉夢得詩）瘦石聊吾伴。花外小樓堆燭淚，（「歸田錄」）寇萊公自少不點油燈，雖廁溷間，燭淚成堆。柳邊低舫載茶煙。（杜牧詩）茶煙輕颺落花風。綠窗鶯度幽堪畫，（蘇軾詩）綠窗朱戶春晝閉。綺閣人登望若仙。應榜睡一作臥軒爲六憶，（歐陽修詩）猶愛淸香入睡軒。劉孝威有「六憶詩」。粉一本作銀牆粘遍薛濤箋。（白居易詩）玲瓏映粉牆。（「資暇錄」）薛濤尙松花箋，惜其幅大，命匠狹小爲之，蜀中才子以爲便，名曰薛濤箋。

布几安窗物色新，（杜甫詩）登臨多物色。卷簾三面碧粼粼。（張炎詞）波暖碧粼粼。暫依泥水潛奇士，（「魏武令」）於譙東五十里築精舍，秋夏讀書，冬春射獵。求底下之地，以泥水自蔽，絕賓客往來之望。（「史記」）燕趙國多奇士。別置山堂望美人。（「庾開府集」）有「後堂望美人山銘」。元直交游誰是客？（「襄陽記」）龐德公，襄陽人，司馬德操嘗造德公，值其渡沔，上先人墓。德操逕入其室，呼德公妻子，使速作黍。徐元直向云：「有客當來就我。」與德公談，須臾，德公還，直入相就，不知何者是客。士衡兄弟自相憐。（「世說」）蔡司徒在洛，見陸機兄弟住參佐廨中，三間瓦屋，士龍住東頭，士衡住西頭。頻聞歌調干雲響，（「列子」）秦青善歌，能使聲振林木，響遏行雲。（孔德璋「北山移文」）干青雲而直上。鮮潔長梁未有塵。（劉向「別錄」）漢興以來，善雅歌者魯人虞公，發聲清哀，蓋動梁塵。

邀友人同游嶽寺以昨醉爲辭戲柬促之

禮佛無妨帶宿酲，（「楞嚴經」）合掌禮佛。（李中詩）鸞風解宿酲。定知開士不容嗔。（「一切經音義」）開士，謂以法開導之士也。儂耽早韭卿耽婦，等是周顒一輩人。（「南齊書·周顒傳」）文惠太子問：「菜食何味最勝？」顒曰：「春初早韭，秋末晚菘。」時何胤無妻妾，太子又問：「卿精進何如胤？」顒曰：「三途八難，共所未免，然各有所累。」太子曰：「所累伊何？」對曰：「何肉周妻。」（陸游詩）叔度顏回一輩人。

如意詞

佛珠歌拍與詩箋，（佛珠，卽念珠。（方干詩）舞蝶似隨歌拍轉。）纖手拈來定可憐。（古詩）纖纖擢素手。嬌靨乍看杯影裏，（盧仝詩）娥皇不語啓嬌靨。薄粧宜在燭花前。（杜牧詩）不語亭亭儼薄粧。（陸游詩）烏絲書罷燭花紅。三年惡夢供歡話，（桓譚「新論」）博士弟子譚生，連三夜有惡夢。幾夕清吟耐獨眠。（白居易詩）遙想清吟對綠觴。歷盡笑啼長作伴，（樂昌公主詩）笑啼俱不敢，方信作人難。熱心惟有博山煙。（王合詩）內作心肝熱。（「西京雜記」）丁緩作九層博山香爐。

繡佛詞

紺黛明金月面開，（鮑令暉樂府）紺黛羞春風。（王訓詩）麗水瑩明金。（「般若經」）如來面輪，猶如滿月。夜來鍼指繡如來。（「拾遺記」）薛夜來妙於針工。（「道院集」）本覺爲如，今覺爲來，故名如來。（楊奐詩）十三巧鍼指。持花可爲王摩詰，（「傳燈錄」）釋迦佛在靈山會上，手拈花示衆。（「國史補」）王維好釋氏，故字摩詰。度曲曾隨穆善才。（「漢書・元帝紀」）自度曲，被歌聲。（白居易「琵琶行」序）送客湓浦口，舟中有夜彈琵琶者，問其人，本長安倡女，嘗學琵琶於穆曹二善才。無數粉痕沾貝葉，（韓偓詩）帶粉猶存舊指痕。（「酉陽雜俎」）貝多是梵語，漢翻爲貝葉，西域書經，用此皮葉。幾重心字印香灰。（楊萬里詩）送以龍涎心字香。關情驀聽鸚哥語，（「本草」）鸚鵡大者爲鸚䳇，小者爲鸚哥。掣破經聲笑臉回。（白居易詩）胭脂含笑臉。（顏眞卿「多寶塔文」）香煙不斷，經聲遞續。

題贈陳元亮別業（「南史・謝靈運傳」）移籍會稽，修營別業。

貴遊誰解厭繁華？（「周禮・地官師氏」）以三德教國子，凡國之貴遊子弟學焉。獨傍煙林數暮鴉。（溫庭筠詩）獨此臥烟林。二頃松篁非負郭，（「史記・蘇秦傳」）使我有負郭田二頃，豈能佩六國相印乎？（昭明太子文）不從州縣之職，聊立松篁之間。一船書畫便爲一作浮家。（「宋史」）米芾喜畜書畫，揭牌行舸，曰米家書畫船。妻陪晚食親燒筍，（蘇軾「文與可書篔簹谷偃竹記」）與可是日與妻游谷中，燒筍晚食，發函得余詩，失笑噴飯滿案。客救朝酲代潑茶。（「漢書・禮樂志」）泰尊柘漿折朝酲。（蘇軾詩）想見新茶如潑乳。自是幽情清比玉，（吳猛詩）曠載暢幽懷。（「禮」）君子比德於玉。閑情一賦不爲瑕。（昭明太子「陶靖節集」序）白璧微瑕，惟在「閑情」一賦。

沈郎索贈

琴理幽元弈旨微，（王逢詩）漢女結珮窮幽玄。風流多藝沈元機。（唐人「神女傳」）沈警，字元機，美風調，善吟詠，名著當時，每公卿宴集，必騎邀之，語曰：「元機在席，顛倒賓客。」紅褌錦髻清言去，（「南史・周宏正傳」）藏法師於開善寺講說，宏正年少未知名，着紅褌錦絞髻，踞門而聽。（陸游詩）樂令善清言。散幘斜簪薄醉歸。（「南史・王儉傳」）容儀甚盛，作解散幘，斜插簪，朝野慕之。（耿湋詩）壺觴邀薄醉。石黛妾教呵凍筆，（「玉臺新詠」序）南都石黛，最發雙蛾。（「天寶遺事」）李太白於便殿對，明皇撰詔誥。時天寒筆凍，令宮嬪數人，執牙呵之，遂取而書詔。 金礓婢與淪春旗。（胡宿詩）茗園春嫩一旗開。 歌兒度盡親裁曲，按到關情色已飛。

休文臂瘦覺淸寒，（「南史・沈約傳」）約與王筠書曰：「以手握臂，率月小半分。」 影似垂楊氣比蘭，（「南史」）此楊柳風流可愛，似張緒當年。（「西京雜記」）吹氣勝蘭。 射雉頓令貞婦笑，（「左傳」）賈大夫娶妻而美，三年不言不笑。御以如皐射雉獲之，其妻始笑而言。 騎羊眞作壁人看。（「晉書・衞玠傳」）齠齔時，乘白羊入洛陽，市人咸曰：「誰家璧人？」 儘誇落筆言堪市，（李白詩）興酣落筆搖五岳。（「史記・呂不韋傳」）「呂氏春秋」布咸陽市門，懸千金其上，延諸侯游士賓客有能增損一字者，與千金。 爲伴當壚色可餐。（「史記・司馬相如傳」）使文君當壚。（陸機詩）秀色若可餐。 傳語太冲休挾彈，（「晉書」）左太冲，名思，造「三都賦」，十年乃成。 已憑三賦友潘安。（「世說」）潘岳妙有姿容，少時挾彈出洛陽道，婦人遇者莫不連手共縈之。左太冲絕醜，亦效潘岳遨遊，於是羣嫗亂箠之，委頓而返。

苦冗兼嘆失僕

春殘未有醉工夫，（鄭雲叟詩）芳時偸取醉工夫。 塵冗何曾半日無？（完顏璹詞）倦客更遭塵事冗。 伴客茶漿眞水厄，（「世說」）王濛好飮茶，人至輒命飮之。士大夫皆患之。每欲候，必曰：「今日有水厄。」 欠人書牘似金逋。 應門妄想林宗輩，（李密表）應門無五尺之童。（「世說」）何驃騎作會稽，虞存弟謇作郡主簿，以何見客勞損，欲白斷常客，作白事成，以見存。存題白事後云：「若得門庭長如郭林宗者，當如所白。汝何處得此人？」謇於是止。 戀主慙無頴士奴。（高適賦）戀主多情。

茗事親操差不惡，(黃庭堅詩)急呼賁鼎供茗事。(蘇軾詩)赤松共遊也不惡。蒲葵扇子竹根罏。(「晉書・謝安傳」)鄉人有罷縣，還至安。安問其歸，答曰：「有蒲葵扇五萬。」(陸游詩)紫藤香起竹根罏。

題尋夢圖爲雲谷賦

記得蕭郎注目初，一枝瓊樹上紅氍。(劉禹錫詩)從此期君比瓊樹，一枝吹折一枝生。(「海錄碎事」)紅氍毹，即今舞席上之紅氈也。游春夢不收羅薦，白居易有「和元稹夢遊春」。(李商隱詩)夢罷收羅薦。眞色人宜入畫圖。(蘇軾詩)丹青寫眞色。眾訝(一作家字)針神推手爪，(「拾遺記」)薛夜來妙於針工，宮中號曰針神。(古詩)顏色頗相似，手爪不相如。幼餐沉水透肌膚。(「杜陽雜編」)元載寵姬薛瑤英，幼時母以香啗之，故肌香。重來顧曲堂前過，試問如今技癢無？(「風俗通」)高漸離變姓易名，庸保于宋子之家。久作苦，聞其家堂上有客擊筑，技癢不能無出言也。房老傳詩自弱齡，(「拾遺記」)翔風年三十，妙年者爭嫉之，云胡女不可爲羣。石崇受譖潤之言，即退翔風爲房老，使主羣少。(任昉文)弱齡有志。檀郎開出巧心靈。(「文賦」)雖濬發於巧心，或受嗤於拙目。歌中度意當場笑，舞隙酬言隔座聽。(「詩」)無言不讎。讎、酬通。秋女自來神女夢，(蘇軾詩)喚船渡口逢秋女。(李商隱詩)神女生涯原是夢。薛王翻笑壽王醒。(李商隱詩)薛王沈醉壽王醒。難忘眼色初勻處，(吳融詩)眼色相當語不傳。盡譜前蹤到畫屏。(李商隱詩)舍生求道有前蹤。

第一妍詞第一姝，（謝惠連賦）騁子妍詞。如今都作案頭書。驪珠剩訓雕籠鳥，（「七啓」）綴以驪龍之珠。（禰衡「鸚鵡賦」）閉以雕籠。茜袖閑揮挿架魚。（李商隱詩）茜袖捧瓊姿。（黃庭堅詩）莫作白魚鑽蠹簡。（韓愈詩）鄴侯家多書，挿架三萬軸。眉翠略同詩點染，（王孝禮詩）分眉一等翠，對面兩邊紅。（吳鎮詩）一絲點染空青遠。脣紅微有墨沾濡。（于石詩）酒暈潮紅淺渥脣。生香活色天眞態，（薛能詩）活色生香第一流。尚恐龍眠畫未如。（「宋史・文苑傳」）李公麟雅善畫，號龍眠山人。（杜牧詩）溪山畫不如。

生辰曲

畫檐鵲語（一作響）報新晴，（杜牧詩）十二層樓敞畫檐。鬢朵初鐫玉葉成。（陸游「南唐書・后妃傳」）後主周后創爲首翹鬢朵之粧。（「列子」）宋人有刻玉爲楮葉者，三年而成。繡佛像前同下拜，（「唐書・蕭瑀傳」）太宗以瑀好佛，賜繡佛一軀。泥金經尾獨簽名。用楊妃寫經事。又（「元史・吳澄傳」）有旨集善書者，粉黃金爲泥，寫浮屠藏經。紅蛛縋鏡知添喜，（沈用詩）手擎粧鏡偸微笑，紅脚蛛絲在上頭。白鴿開籠看放生。（「西湖志餘」）宋時，杭州人四月八日放鴿，爲太守祈壽。（雍陶詩）自起開籠放白鷴。笑說口脂休更贈，（「會眞記」）崔氏報生書云：「兼惠口脂五寸。」十年年減是鶯鶯。弄環年紀早相憐，（「異苑」）北齊有公主，命乳母陳氏撫養，陳氏子與主日弄玉環。後以年長不許入宮，主約元旦祆廟相會。陳子先至，熟睡。主後至，以所弄玉環投之而去。（謝靈運賦）彌歷年紀。綠葉成陰色韻全。（杜牧詩）綠葉成陰子滿枝。休說蔗甘分首尾，（「世說」）顧愷之每食蔗，自尾至本，或問之，曰：「漸入佳境。」已知蜜味滿中邊。(「四十二章經」)譬如食蜜，中邊皆甜。單衫覆酒香難浣，低髻園花暑不蔫。(蘇軾詩)深紅任早蔫。蔫，於乾切，物不鮮也。應是慧根薰染久，(劉禹錫詩)宿習修來得慧根。(辛棄疾詞)幾許春風朝薰暮染。玉池吹氣比青蓮。(「黃庭經」)三十六咽玉池裏。(「潛確類書」)歐公知潁州，有官妓盧媚兒，姿貌端秀，口中常作芙蕖香。有老僧曰：「此女前生為尼，誦『法華經』二十年。」

一種濃芬與素姿，(蘇軾詩)幽人先已醉濃芬。(楊濤賦)躡彼素姿。漳蘭茉莉可同時。漳蘭，即建蘭，注見前。茉莉與素馨為同類，而瓣較圓，香味濃烈，閩廣間盛種之。(李商隱詩)春松秋菊不同時。茗梨瀹汁消紅唾，(戴復古詩)紅吐檳榔唾。蕉葛裁衫透雪肌。(「南方草木狀」)甘蕉大如藕，其莖解散如絲，以灰練之，可紡織為絺綌，謂之蕉葛。(韓偓詞)雪肌仍是玉琅玕。勝翦小桃煩女弟，(宋人詞)巧翦合歡羅勝子。(「儀禮」娣媵注)娣，女弟也。(「飛燕外傳」)有女弟合德。扇圍修竹贈隣姬。任一作無將湯餅何郎試，(「世說」)何晏美丰儀，面至白。帝疑其傅粉，夏月與熱湯餅，既噉，汗大出，以朱衣自拭，色轉皎然。但勿當筵喚餅師。(「本事詩」)甯王宅左有賣餅者妻，纖白明媚，王一見屬目，厚遺其夫取之。環歲，因問：「汝復憶餅師否？」默然不對。王召餅師，使見之，其妻注視，雙淚垂頰，若不勝情。

雲客堂中夜集

疎燭晶熒漏點長，(陸樹聲詩)蘭燭揚晶熒。(辛棄疾詞)莫向樓頭聽漏點。了無殘暑到虛堂。(昭明太子詩)高宇既清，虛堂復靜。檐前過雨聞清溜，(梁簡文帝詩)銀塘瀉清溜。幔後迴風出異香。(韓偓詩)清水簾開散異香。幾夕襟情留共醉，(「唐詩紀事」)雲散襟情。半年詩語待相商。（張籍詩）詩語入秋高。奚奴曉慣閑風味，（曹唐詩）靜街調馬任奚奴。先拂吳箋置筆牀。（陳師道詩）吳箋滿載紅猶濕。（「樹萱錄」）梁簡文製筆牀，以四管爲一牀。把臂欣逢舊飲徒，（「世說」）謝公道豫章若遇七賢，必自把臂入林。（元稹詩）二十年前舊飲徒。攜茶花底聽吳歈。（左思「吳都賦」）吳歈越吟。難甘茉莉爲蓮䕸，一作勝 暫署蘋婆作荔一作酪奴。（「羣芳譜」）蘋婆果，葉似林檎而大，果如梨而圓滑。（「格物論」）荔枝已過，龍眼方熟，故號荔枝奴。向月吹彈鏗碎玉，（王禹偁文）有碎玉聲。入雲歌字貫明珠。（「西京雜記」）齊首高唱，聲入雲霄。元稹有「善歌如貫珠賦」。簾間定有中丞按，（「樂府雜錄」）文宗朝有內人鄭中丞，善胡琴。布鼓雷門許過無？（「漢書・王尊傳」）毋持布鼓過雷門。（顏師古注）雷門，會稽城門也。有大鼓。越擊此鼓，聲聞洛陽，故尊引之也。布鼓謂以布爲鼓，故無聲。

澄江病瘧口占

茶瓜欲禁渴何能？（杜甫詩）茶瓜留客遲。問疾人來使疾增。醫技漸窮翻作態，（「荀子」）鼫鼠五技而窮。（阮籍賦）舉頭吻而作態兮。奴勞略効便相矜。（溫子昇文）論其始圖，非無勞効。殘詩迷罔何時續？（「列子」）有迷罔之疾。試牘粗狂豈暇謄？（蘇軾詩）醉後粗狂胆滿軀。歸去不妨繙本草，（白居易「臥病」詩）婢能尋「本草」。爇爐聲裏伴秋燈。（李昌符詩）秋燈照雨寒。

寫況

秋霖纔過市成渠，(賈島詩)孤獨坐秋霖。(「左傳」)凡雨三日以往爲霖。泥屐聲中掩戶居。搘枕靜聽宵齧鼠，(林逋詩)寥然獨搘枕。臨池頻放午餐魚。酒饒恕取能賒店，(戴復古詩)湖邊酒可賒。金盡慙逢易買書。恰一作幸有小船通榻下，免勞文筆券騎驢。(「南史・劉師知傳」)博涉書傳，工文筆。

晚涼卽事

金堂倦繡出花陰，(駱賓王詩)金堂迴架煙。(袁桷詩)美人倦繡態橫陳。殘線猶拖揷髻針。鴛枕浪紋侵粉頰，(柳永詞)爲盟誓今生斷不孤鴛枕。(陸游詩)睡臉餘痕印枕紋。(韓琦詩)醉粉勻花頰。鵲一作雀爐煙穗裊衣襟。(元好問詩)眞香幾向鵲爐焚。月窺衾簟秋初冷，(劉憲詩)珠簾隱映月華窺。露濕盤筵夜漸深。(白居易詩)幄幕侵隄布，盤筵占地施。歡笑語連悲咽語，卸頭忘卻換犀簪。(班固「與弟超書」)今遺仲卿玳瑁黑犀簪。

屏帷低護浴房涼，(白居易詩)隨事有屏帷。珍重爲卿治一湯。酒力不禁央侍女，(蘇軾詩)酒力漸消風力嫩。藥方新忌報厨娘。銀匙滑瀉雞頭肉，（白居易詩）銀匙封寄汝。（「方言」）葰芡，雞頭也。（唐元宗詩）嫩溫新剝雞頭肉。鎖帳濃氳佛手香。（「明皇雜錄」）楊國忠有鎖子帳。（「羣芳譜」）佛手柑，實如人手，有指，清芬襲人。爲愛月窗秋樹影，（黃庚詩）月窗挽竹影。不教持燭暗歸房。

寄贈孝先子巨鍾陵秋試

（「江南通志」）鍾山在江寧府東北，一田金陵山。羅隱有嘲鍾陵妓雲英詩。

遙想吟驢兀瘦尻，（「雜記」）鄭棨曰：「詩思在灞橋風雪中，驢子背上。」半山亭下竹鞭敲。（「輿地紀勝」）王安石故宅，由縣東門至蔣山，此爲半道，故以半山爲名。（文同詩）吟鞭搖嶺月。搜將險句天心破，（王建詩）鞭驅險句最先投。（皇甫湜「顧著作文集序」）穿天心，出月脅。讀遍閑書佛腳抛。（李建勳詩）掩門中酒覽閑書。（孟郊詩）垂老抱佛腳。酒得深情非屬量，（王羲之「深情帖」）有深情者，誰能不恨？士存神賞不因交。（江總詩）清晏留神賞。（杜甫詩）文章有道交有神。終軍自決西游事，（「漢書．終軍傳」）初，軍從濟南當詣博士，步入關，關吏與軍繻，曰：「爲復傳，還當以合符。」軍曰：「大丈夫西游，終不復傳還。」棄繻而去。肯向君平問卦爻。（李白詩）升沉應已定，不必問君平。（「漢書．王貢兩龔鮑傳」）嚴君平卜筮於成都市。畫船歌舞日西東，過眼雲煙過耳風。（蘇軾「寶繪堂記」）如煙雲之過眼。（「吳越春秋」）季札曰：「富貴與我，如秋風之過耳。」奇士劇談聊捫蝨，（「漢書」）趙堯年雖少，然奇士。（「蜀都賦」）劇談戲論，扼腕抵掌。（「晉書．王猛傳」）桓溫入關，猛披褐詣之，談當世之事，捫蝨而言，旁若無人。男兒低首暫雕蟲。（「法言」）或問：「吾子少而好賦？」曰：「然。童子雕蟲篆刻。」俄而曰：「壯夫不爲也。」投刀立見千牛解，（「莊子」）庖丁曰：「臣之刀十九年矣，所解數千牛矣，而刀若新發於硎。」(又)投刀而立。落筆眞令萬馬空。(杜甫「丹青引」)斯須九重眞龍出，一洗萬古凡馬空。靈運更推誰作佛，(「南史·謝靈運傳」)會稽太守孔顗，事佛精懇，而爲靈運所輕。嘗曰：「得道應須慧業，文人生天在靈運前，成佛必在靈運後。」一生惟許阿連同。(「宋書·謝惠連傳」)族兄靈運最愛之，每曰：「吾有篇章，但見阿連，即得佳句。」

巨生扇底繫一佛柑，似棗許大，頗訝其觸手太柔，迫視之，則閨人所製也。縫以黃絹，(「世說」)黃絹，色絲也。貯以麝塵，(溫庭筠詩)搗麝成塵香不滅。纖指扶疏，(「琴賦」)飛纖指以馳騖。(「韓非子」)木枝扶疎。屈伸多態，不啻酷肖而已。歡喜讚嘆，語見佛經。爲綴二詩。

指月拈花盡宛然，(「楞嚴經」)如人以手指月示人，彼人因指當應看月。猶嫌相好未完全。(自注)如來三十二相八十種好。(按)語出「本相經」。如今更覺針神巧，(「拾遺記」)薛靈芸妙於鍼工，雖處於深帷之內，不用燈燭之光，裁製立成，宮中號爲鍼神。軟似兜羅一樣綿。(自注)兜羅綿手，見「楞嚴經」。

線縷針鋒總法身，(杜甫詩)仰望垂線縷。(李商隱詩)小來兼可隱針鋒。(「涅盤經」)尖頭針鋒受無量衆。(「維摩詰經」)佛身者，即法身也。如來早已鑒精勤。(「道院集」)本覺爲如，今覺爲來，故曰如來。爲披千佛題名記，(「摭言」)張倬落第，奉登科記頂戴曰：「此千佛名經也。」屈指于郎第幾人？

試後歸舟雜興

出院身輕笑解絛，(陸游詩)頭風初愈喜身輕。(又)俊鷹解絛即萬里。茶坊書市獨遊遨。(「南宋市肆記」)諸處茶肆：清樂茶坊、八仙茶坊、珠子茶坊。(「後漢書·王充傳」)充家貧無書，常游洛陽市肆，閱所賣書。(「漢書·食貨志」)千里遊遨。童窺米盡慵逾甚，客覺瓶空飲不豪。摘去旋生新白髮，(杜甫詩)白髮如絲日日新。贖來重典舊藍袍。頻年自笑干時拙，(溫庭筠詩)未展干時策。博得江城就蟹螯。(李白詩)搖扇對酒樓，把袂持蟹螯。

移檣柳外避鳴蜩，(「詩」)鳴蜩嘒嘒。自課抄書日幾條。(蘇軾詩)白首尚抄書。地主贈行蝦與扇，(杜甫詩)清晨送菜把，常荷地主恩。

船丁炊具蚌爲瓢。頻煎瘧藥承新露，治瘧古方有露薑飲。(張正見詩)葉淺還承露。欲潑眞茶俟早潮。(「博物志」)飲眞茶，令人少眠睡。(劉琨「與兄子羣書」)吾患體中煩悶，恆仰眞茶。俗客不來幽事辦，(韓愈詩)俗客不曾來。(杜甫詩)稠疊多幽事。病夫無意動歸橈。(白居易詩)鷩輿一病夫。(李白詩)自可緩歸橈。

舟行書所見

一溪煙柳自陰森，(許棠詩)綠楊花撲一溪烟。(溫庭筠詩)畫壁陰森九子堂。落日斜明屋角金。(杜牧詩)日落水浮金。果實帶生趨曉市，(黃庭堅詩)桃葉柳花明曉市。禾苗忍死待秋霖。(賈島詩)孤獨坐秋霖。庸醫入座攤經訣，宦女離村換語音。(「周禮」奚之百人注)奚宦女。獨有客衣寒未贖，(祖詠詩)客衣今正薄。臨風愁聽晚來碪。(李頎詩)清切晚碪動。竟月愁眉始一伸。(「宋書・王元謨傳」)聊復爲笑，伸卿眉頭。(劉兼詩)強隨綠柳展愁眉。乍親煙水離囂塵。(「左傳」)湫隘囂塵，不可以居。柳橋日淡聞黃鳥，(溫庭筠詩)柳枝榮橋綠。黃鳥，鶯也。(「詩」)睍睆黃鳥。荻浦潮回舉白鱗。(李中詩)荻浦夜漁寒。(韋應物詩)松江舉白鱗。雲樹總爲詩送料，(楊萬里詩)松江是物皆詩料。溪山翻與畫傳神。此中可卜誅茅地，(「唐書・盧莊用傳」)指終南山曰：「此中大有嘉處。」(「左傳」)非宅是卜，惟鄰是卜。(庾信「哀江南賦」)誅茅宋玉之宅。那得張融與結隣？(自注)陸惠曉與張融比居，其間有池及柳，名交讓柳。(案)(「南史・陸慧曉傳」)慧曉與張融並宅，其間有池，池上有二株楊柳。何點嘆曰：「此池便是醴泉，此木便是交讓。」(吳融詩)東城去結隣。

予不預秋試，寓止荒僻。中秋前二日，孝先、仁令、叔冽，攜具過存，(「漢書・馬援傳」)援間至河內，過存伯春。飲談良久，卽事題贈。

一架藤花偃臥深，(白居易詩)前松後修竹，偃臥可終老。到門雙騎有鈴音。嬾爲薄俗牢騷面，喜見文人整暇心。

(自注)時諸君三試未畢。(「左傳」)曰臣之使於楚也，子重問晉國之勇。臣對曰：「好以衆整。」曰：「又何如？」臣對曰：「好以暇。」顧曲何曾妨快飲？(「論衡」)飽食快飲。窮經從未廢閒吟。(白居易詩)每逢月下一閒吟。諸君俗事駸駸迫，(溫庭筠詩)幾時抛俗事？(「詩」)載驟駸駸。未必茱萸得共簪。(「風土記」)九月九日，俗尚折茱萸房以插頭。

此日爲歡亦一奇，暫休文戰卽追隨。(羅鄴詩)文戰連輸未息機。窮途裹飯存風誼，(「莊子」)子輿與子桑交而淋雨十日，子輿曰：「子桑殆病矣。」裹飯而往飼之。令節題糕補舊詩。(宋之問「九日詩」)令節三秋晚。(「聞見後錄」)劉夢得作「九日詩」，欲用糕字，以五經中無之，輟不復爲。(宋子京詩)劉郎不敢題糕字。得士騷壇一作臺須互贈，(自註)予兄弟因孝先得交仁令。(宋旡詩)騷壇先佩印。論文狂社敢阿私？(「孟子」注)必不阿私所好而空譽之。知君器量汪汪者，(蕭統文)萬頃澄波，黃叔度之器量。(「後漢書・郭泰傳」)黃叔度汪汪若萬頃之波，澄之不清，擾之不濁，不可量也。不賦寒郊曠蕩詞。(蘇軾文)郊寒島瘦。(孟郊「登第後詩」)昔日齷齪不足嗟，今朝曠蕩恩無涯。

端己弢仲齋頭談詩聽曲，把酒焚香之樂，可計日待也。先成一詩以堅來約，並呈孝先，時秋試甫竣。

每坐高齋到夕陽，愁悰詩字互相商。(蘇舜欽詞)一段愁悰俱滴破。清歌聽久蛾投燭，(陶潛詩)清歌散新聲。(「南史・徐亮傳」)睹夜蛾投燭，作「感物賦」。家釀嘗新蟹就餔。（韓愈詩）爛熳倒家釀。（杜甫詩）嘗新破旅顏。（「南史・阿胤傳」）蟹之就餔，躁擾彌甚。鯖鮓秘傳醒酒訣，（王維詩）江鄉鯖鮓不寄來。荔松添撰和香方。（「壺中雜錄」）山中窮，四和香以荔枝殼、乾柏葉等和焚，加松毬、棗核等皆妙。（「宋書・范曄傳」）曄性精微，撰有「和香方」。如今喜弛文談禁，（「史記・秦本紀」）李斯請禁，偶語詩書者棄市。定許狂儔盡意狂。

病疝自遣

獨客秋閒病思孤，隔窗幽草覆啼蛄。（李賀詩）啼蛄弔月鉤欄下。詩書枕畔支欹一本作歌案，（劉孝綽「昭明太子集」序）隔書愧而不休，對欹案而忘倦。（「研北雜志」）曹公作欹案，臥視書。山水床前展畫圖。用宗炳臥遊事。頻視篆香知刻漏，（「周禮」）挈壺氏掌刻漏。偶敲方響代傳呼。（白居易詩）千聲方響敲相續。侍兒葉戲耽清晝，（「文獻通考」）「葉子戲格」一卷，不著撰人姓名。相傳晚唐時有婦人撰此戲。（王維詩）清晝猶未暄。擬買紅藤代汝扶。（白居易「紅藤杖詩」）惟有紅藤杖，相隨萬里來。（又「長恨歌」）侍兒扶起嬌無力。

卻笑癡姬問卜忙，（蘇軾詩）遊人多問卜。愛閒耽睡病無妨。（陸游詩）老令初來亦愛閒。（徐積詩）朝衣脫盡常耽睡。端詳實理非茶罪，（周邦彥詞）仔細端詳。（「世說」）茗柯有實理。冒濫虛名是色荒。（「宋史」）以革冒濫。（「漢書」）私竊虛名。（「書」）內作色荒。妙友清言如上藥，（岑參詩）見君勝服藥，清話病全除。（「養生經」）上藥養性。稗官閒讀得奇方。（「漢書・藝文志」）小說者流，蓋出於稗官。（曹植詩）羨門進奇方。風流未負重陽處，並采茱萸入飲湯。（「西京雜記」）賈佩蘭言宮中九月九日佩茱萸。

飲與游心與病爭，矮屏初摺看秋晴。瓶分花影看無厭，藥漬醇醪醉有名。（蘇軾賦）製中山之醇醪。豉法近從開士寫，（施元之「蘇詩注」）法豉出金山，僧每以小罌餽遺遠方。（李白「贈僧詩」）衡岳有開士。茶香先遣侍兒評。（韓偓詩）越甌犀液發茶香。（白居易詩）茶教纖手侍兒煎。青娥乍見蹣跚態，（韋應物詩）娟娟雙青娥。（黃公紹「古今韻會」）蹣跚，跛行貌。笑咏陶詩詭長卿。（「中興間氣集」）李季蘭與諸賢會於烏程開元寺，河間劉長卿有陰重之疾，謂曰：「山氣日夕佳。」劉應聲曰：「衆鳥欣有託。」擧座大笑。

孝先弢仲，過存病榻，携具爲歡，予於枕上勸酬，笑談彌日，樂而咏之。

不有朋歡眼尚青，（歐陽修詩）朋歡賴酒尊。（「晉書・阮籍傳」）籍能爲青白眼，見禮俗之士，以白眼對之。嵇康齎酒挾琴造焉，籍大悅，乃見青眼。寒棲誰念影竛竮？（陸機詩）寒棲野雀林。竛竮同伶俜。（「集韻」）竛竮，行不正也。藥從名士量泉煮，（「世說」）王仲祖病，劉眞長爲稱藥；荀令則爲量水。詩媿幽人裹飯聽。（「莊子」）子輿與子桑交，而淋雨十日，裹飯往飼之，至子桑之門，則若歌若哭，鼓琴曰：「父耶母耶？天乎人乎？」有不任其聲而趨擧其詩也。時近瓶笙砭俗耳，蘇軾有「瓶笙」詩。（「世說」）俗耳針砭，詩腸鼓吹。好依巖石畫羸形。（「世說」）顧長康畫謝幼輿在巖石裏。（「魏志」）稱疾困篤，示以羸形。病來翻喜游蹤密，臥席何妨已幾一作見經。(蘇軾詩)敗席展轉臥見經。

酒鎗藥臼氣相兼，(劉禹錫詩)流塵暗酒鎗。(白居易詩)石凹仙藥臼。醉國新移近黑甜。(唐庚詩)酒國有長春。(「冷齋夜話」)美睡謂之黑甜。(「斗室蔭濃蕉欲翦，(盧琦詩)欣然坐我斗室底。隱囊香澹菊堪添。(「顏氏家訓」)梁朝全盛之時，貴游子弟憑班絲隱囊。詩顏較比行吟瘦，(「史記・屈原列傳」)披髮行吟澤畔，顏色憔悴，形容枯槁。觴政翻因臥治嚴。(「說苑」)魏文侯與大夫飲酒。使公乘不仁爲觴政，曰：「飲不盡釂者，浮以大白。」(案)觴政猶云酒令也。(「史記・汲黯傳」)上曰：「淮陽吏民不相得，吾徒得君之重，臥而治之。」任客去來俱枕上，不求因醉恕陶潛。(昭明太子「陶淵明傳」)若先醉，便語客：「我醉欲眠，卿可去。」(淵明詩)但恨多謬誤，君當恕醉人。

閑述

一徑松聲幾菊叢，(陸游詩)幽居無一事，枕臂聽松聲。(王安石詩)院落深深數菊叢。窮棲風味未全窮。(杜甫詩)安辭且窮棲。買泉試點秋茶綠，(陸龜蒙詩)嘗泉欲試茶。(元好問詩)油點茶心雪蕊香。傲騎停看晚樹紅。(杜牧詩)停車坐愛楓林晚，霜葉紅於二月花。非睡卽游鉛槧少，(「西京雜記」)揚子雲好事，嘗懷鉛提槧，從諸吏訪殊方絕俗之語。弔歸兼醉錦囊空。(自注)是日赴世母喪事。(案)(李商隱「李賀小傳」)從小奚奴騎驢，背古錦囊，遇所得卽書，投囊中，暮歸促成之。非大醉及弔日，率如此。殘編更把東軒燭，(耶律楚材詩)幾帙殘編聊映眼。(任昉詩)烈景入東軒。牛背斜陽讀未終。(「唐書・李密傳」)以蒲韉乘牛，挂「漢書」一帙角上，且行且讀。（丁鶴年詩）夕陽牛背看青山。

補前雜遺三章

病骨眞成驗雨方，（李賀詩）病骨傷幽素。（范成大詩）春陰病骨知。　呻吟燈背和啼螿。（皮日休詩）啼螿衰葉共蕭蕭。　凝塵落葉無妻院，（「梁書・簡文帝紀」）凝塵滿席湛如。（李商隱詩）落葉人何在？　亂帙殘香獨客床。（陸龜蒙詩）抽書亂籤帙。（陸游詩）掩屛重撥欲殘香。　附贅不嫌如巨瓠，（「莊子」）彼以生爲附贅縣疣。（「後漢書・孔融傳」）巨瓠無竅，當以無用罪之。　徙瘟安忍累枯腸？（「南史・徐嗣伯傳」）薛伯宗善徙瘟。（朱熹詩）枯腸攪斷鬢絲華。　惟應三復南華語，（「魯論」）南容三復白圭。　鑑井跰𨇤是藥王。（「莊子」）其心閒而無事，跰𨇤而鑑於井。（錢起詩）何是沉痾久？含毫問藥王。

鈍根端不受鍼砭，（「因果經」）薄福鈍根。（范成大詩）時時苦語見鍼砭。　抛擲秋光病久淹。　晚葉倚風敲暗牖，（江爲詩）晚葉紅殘楚。（薛道衡詩）暗牖懸蛛網。　寒花依月寫空簾。（李商隱詩）寒花更不香。（李白詩）空簾閉幽情。　臥成小賦酬書架，（自注）楊炯。（案）「楊盈川集」有「臥讀書架賦」。　暗誦佳銘贈藥奩。（自注）鮑照。（按）鮑照有「藥奩銘」。　敢議登臨山水事，（「北史・王晞傳」）登臨山水，以談宴爲事。　幾時行散到茅檐？（王羲之「慰問帖」）且復服散行之。（陶潛詩）繿褸茅檐下。

旋起經行旋醉眠，已拚蕭瀋送餘年。（李密表）得保餘年。　留賓晚食蒸一作烹初韭，（「郭林宗列傳」）有友人夜冒雨而至，翦韭作炊餅食之。（「南史」）春初早韭。聽妾長齋讀妙蓮。（杜甫詩）蘇晉長齋繡佛前。釋藏有「妙法蓮花經」。法雨灑除瘡有祟，（自注）袁晁事。（案）事詳「神僧傳」。（謝靈運文）仰弘如來，宣揚法雨。塵情割盡病成仙。（自注）孫思邈「惡疾論」。（案）「惡疾論」見「舊唐書・孫思邈本傳」。（庾信詩）方遣六塵情。從今雲粉何須服？（白居易詩）井花雲粉一刀圭。（「神仙傳」）衛叔卿服雲母得仙。止學天台白骨禪。（「鶴林玉露」）禪家有觀白骨法。（唐寅詩）公案三生白骨禪。

疑雨集註　卷四

金壇王彥泓次回著
古吳　句漏後裔釋
鄭　清　茂　校

甲戌年 崇禎七年 公元一六三四

夢游十二首 (自注)小恙之後，勉復弄筆。

消魂路近（一作徑路）怕城南，(杜甫詩)北望若銷魂。(陸游詩)路近城南已怕行，沈家園裏更傷情。落拓微行倚半酣。(「史記集解」)若微賤之所爲，故曰微行。(「北史・楊素傳」)少落拓，有大志。(蘇軾詩)中流歌嘯倚半酣。門外春風雖謾罵，(「洛陽伽藍記」)李元謙經郭文遠宅，遇佳婢春風出。元謙曰：「此婢雙聲。」春風曰：「獰奴謾罵。」簾前道蘊許清談。(「晉書・王凝之妻謝氏傳」)太守劉柳聞其名，請與談議。道蘊素知柳名，亦不自阻。(李白詩)良宵宜清談。無妻奉倩身還冷，多妾哀駘分自慙。(「莊子」)衞有惡人曰哀駘它，婦人見之，請于父母，曰：「與爲人妻，寧爲夫子妾者，數十而未止也。」但請出爲粧閣隸，(杜安世詞)粧閣慵梳洗。炷香調黛事粗諳。

來時笑靨最堪憐，(韋莊詩)西子去時留笑靨。捧到銀臺蠟照邊。(李白詞)更被銀臺紅蠟燭，學妾淚珠相續。(李商隱詩)蠟照半籠金翡翠。桃葉久傳修褉約，桃葉，注見前。(獨孤及文)曲水修褉。菊花纔揷定情筵。漢繁欽有「定情篇」樂府。張衡有「定情賦」。狂心上眼抛盃筯，(張華詩)遊放使心狂。嬌語娛腸勝管絃。(孟郊詩)坐對吳語嬌。(「梁書・伏挺傳」)娛腸悅耳。女伴是歡還是妬，頻頻私聽小窗前。(「法言」)頻頻之黨。心中人放掌中憐，(徐幹詩)安得鴻鸞鴐，覩此心中人？(杜牧詩)楚腰纖細掌中輕。不羨微之得事先。(元稹「古決絕詞」)喜他人之旣不吾先。趙姊丰容工泥夜，(蘇軾詩)謝家夫人淡豐容。徐娘情味勝雛年。(「南史・梁元帝徐妃傳」)與帝左右暨季江淫通，季江每嘆曰：「徐娘雖老，猶尚多情。」(韋莊詩)主人年少多情味。清歡無睡非茶力，(歐陽修詩)尊前殊未減清歡。(「博物志」)飲眞茶，令人少眠。羞頰微赬似酒妍。(陸游詩)酒潮玉頰見微赬。韻勝不妨香略晚，(「梅譜序」)梅以韻勝。(韓琦詩)猶有黃花晚節香。故陪霜菊到尊前。

胡床移近矮窗橫，(「演繁露」)今之交床，制本自虜來，始名胡床。(釋惠洪詩)翠黛烟巒對矮窗。月色須安臉上明。連夕不來端負我，此時何可再無卿？眞同天上成三箇，(李白詩)擧杯邀明月，對影成三人。頓使人間有四幷。(謝靈運「擬鄴中詩」序)天下良辰、美景、賞心、樂事，四者難幷。相對只消香共茗，半宵殘福折書生。

諱言識字擬瞞人，(羅隱詩)漢帝後宮猶識字。卻見詩箋竊睍頻。春病已聞強半減，強半，大半也。(陳基詩)春光強半雨聲中。酒情應有數分眞。舞筵歡處慵擡眼，(杜甫詩)燕蹴飛花落舞筵。(馬成詩)擡眼盡成腸斷處。歌調悽時暗動唇。(薛能詩)不須歌調更含嚬。(「嘯賦」)動唇有曲。心事自溫顏自冷，始知嬌笑不如顰。(陳後主詩)小婦獨嬌笑。

惆悵雙螯不共持，(「晉書・畢卓傳」)左手持螯。每年今月是齋期。霜前白菊如卿淡，(自注)司空圖「詩品」：「夕陽無言，人淡如菊。」閏後黃楊類我癡。(自注)是年閏八月。(「本草綱目」)黃楊性難長，俗說歲長一寸，遇閏則退。(蘇軾詩)園中草木春無數，惟有黃楊厄閏年。幸有片時同笑賞，不堪長日獨愁思。(「長門賦」)奏愁思之不可長。餘觴更勸歡娘盡，(李白詩)懷古醉餘觴。要見紅潮上臉時。(蘇軾詞)玉顏醉裏紅潮。

何處堪藏物外姿？(「唐書・元德秀傳」)陶陶然遺身物外。水寒花潔始相宜。闌前戲為魚投餌，(白居易詩)投餌移輕楫。鏡裏閑看鳥度枝。(虞炎詩)黃鳥度青枝。雨後灸香吟字母，(「通志・藝文略」)「三十六字母圖」一卷，僧守溫撰。晴秋操贄禮琴師。(韓維詩)哀彈發琴師。鸞飄鳳泊知無恨，(韓愈「峋嶁山碑」詩)鸞飄鳳泊拏龍擲。換得幽棲勝往時。(杜甫詩)幽棲地僻經過少。

不是來追便往尋，(阮籍詩)世世相追尋。歡愁時刻報知音。新粧點染春遊早，(隋煬帝詩)新粧艷落梅點染。注見前。薄醉留連夜話深。(耿煒詩)壺觴邀薄醉。(「南史・江斅傳」)數與宴賞，留連日夜。但有玉人長照眼，(「拾遺記」)甘后玉質柔肌，河南獻玉人，高三尺，乃取玉人置后側。后與玉人潔白齊潤，觀者殆相惑亂。(杜甫詩)花枝照眼句還成。更無塵務暫經心。(「世說」)王夫人語謝遏曰：「汝何以都不復進？」為是塵務經心，天分有限。南塘漲水瀰瀰綠，(李商隱詩)南塘漸暖蒲堪結，兩兩鴛鴦護水紋。(「詩」)河水瀰瀰。與蕩蘭舟一快臨。(曹松詩)約開蓮葉上蘭舟。

曾下幽房窣地簾，(余靖詩)幽房寂寞時窣地。下垂至地也。(唐元宗詩)灞岸垂楊窣地新。繡筐香籠恣窺覘。(韓愈詩)恇怯頻窺覘。重臺蓮瓣弓三寸，(「國史補」)蘇州進藕，多重臺荷花，上復生一花，藕仍實中，亦一異也。(賈蓬萊詩)蓮瓣娟娟遠寄將。(朱有燉詩)簾前三寸弓鞋露。七出菱花鏡一奩。(「飛燕外傳」)

聯經出版事業公司校印

合德上后物，有七出菱花鏡一奩。曲本偶藏花樣小，(「國史補」)越俗大化，競添花樣。餅茶看剩嚙痕纖。(「歸田錄」)茶品莫貴於龍鳳團，凡八餅，重一斤。羅巾袖口葳蕤鑰，(「錄異傳」)河間太守婦亡，葬於後園。後太守至，夢見一婦遺雙鎖，不能名，婦人曰：「此葳蕤鎖也。」收拾情蹤自戒嚴。(歐陽修詩)草草各收拾。(「晉書・輿服志」)中外戒嚴。

曉日波紋漾鏡臺，(張說詩)珠簾挂戶水波紋。(徐彥伯詩)春風憶鏡臺。玲瓏窗戶壓池開。(陳羽詩)似見樓上人，玲瓏窗戶開。鉤簾遠見孤村樹，(蘇軾詩)鉤簾歸乳燕。掃葉全呈一砌苔。(曹鄴詩)掃葉剪茶摘葉書。姊寄錫瓶緘茗去，(徐照詩)昨來曾寄茗，應念苦吟心。婢攜銀合餉花來。(唐無名氏詩)銀合酒傾魚尾倒。歡邊事事供詩本，(蘇軾詩)天憐詩人窮，乞與供詩本。解味閑情不費才。陶潛有「閑情賦」。(李商隱詩)江令當年只費才。

青鳥心忙未敢催，青鳥注見前。頻頻猶自怕人疑。(杜甫詩)佳句莫頻頻。明知炙盞燒燈久，(元楊西庵樂府)炙盞燒燈，添香潑茗。無奈薰衣理鬢遲。(蘇軾詩)薰衣理鬢夜不眠。良夜不甘閑處醉，美人須看月中姿。來時東向歸西去，只有清光與面隨。(歐陽修詩)可愛清光澄夜色。

小闌干外上輕舟，(韓偓詩)碧闌干外繡簾垂。(「洛神賦」)御輕舟而上溯。比舍無人見出遊。(周必大詩)勿學比舍郎。香茗便攜粧篋去，(「桐君錄」)巴東別有眞香茗，煎飲令人不眠。餅鐺原屬榜人收。(張揖「漢書注」)榜人，船長也。霜郊縞素鮮清曉，(李貞詩)霜郊暢玄覽。(王勃文）屏翳清曉。木葉丹黃繪晚秋。（朱熹詩）風高木落晚秋時。繡被鄂君仍眺賞，（「說苑」）鄂君乃擧繡被而覆之。（李乂詩）開軒眺賞麥風和。篷窗新署遠山樓。（蘇軾詩）篷窗高枕雨如繩。

絕句四首

佳期無奈鎖嚴城，（張九齡詩）還寢夢佳期。（李甲詞）隱隱嚴城鐘鼓。燈火窗扉望裏明。（沈佺期詩）燈火灼爍九微映。（庾信詩）倚弓於玉女窗扉。難把玉人心事訴，（黃昃詩）心事難憑鶯語訴。監門不是古侯嬴。（「史記・信陵君傳」）魏有隱士曰侯嬴，年七十，家貧，爲大梁夷門監者。

池邊五嫂笑相呼，問要魚羹喫也無。（「西湖志餘」）宋五嫂者，汴酒家婦，善作魚羹。至是僑寓蘇隄，光堯召見之，詢舊淒然。令進魚羹，人競市之，遂成富媼。

便信船中有桃葉，只因持楫是官奴。（「列仙傳」）乃備員持楫。（王獻之「桃葉歌」）桃葉復桃葉，渡江不用楫。（案）桃葉，獻之妾。獻之有官奴帖，官奴，子敬小字也。

衞玠肌膚杜乂諸本作牧疑誤。神，（「晉書・衞玠傳」）杜乂膚清，叔寶神淸。謝娘諸弟各清眞。（自注）道蘊自言，羣從兄弟則有封、胡、羯、末。（陸游詩）熟觀風度愛清眞。肯緣綠幘庖人例，人主當筵問主人。（自注）用董偃事，實蔡攸對徽宗語。（案）（「漢書・東方朔傳」）館陶公主幸董偃，上以錢千萬從主飲。主自引董君，董君綠幘傅韝，隨主伏殿下。主乃贊：「館陶公主庖人臣偃，昧死拜謁。」上爲之起，稱爲「主人翁」。（「老學庵筆記」）蔡攸初以淮原節領相印，徽宗賜曲宴，因語之曰：「相公公相子。」蓋時京爲太師，號公相。攸即對曰：「人主主人翁。」

出沒狂踪數日迷，傳訛新事惑深閨。(吳師道詩)遂使世俗猶傳訛。(權德輿詩)百花如繡照深閨。三姨誤受君王寵，(「舊唐書・楊貴妃傳」)妃有姊三人，皆有才貌，並封國夫人之號。長曰大姨，封韓國；三姨封虢國；八姨封秦國，竝承恩澤。不道人間有達奚。(王銍「默記」)唐人達奚「盈盈傳」，言盈盈爲天寶中貴人之妾，姿艷冠絕一時。會貴人者病，同官之子爲千牛者，父遣往問，遂爲盈盈所私，匿于其室甚久。千牛父索之甚急。明皇聞之，詔且索貴人之室。盈盈謂千牛曰：「今勢不能自隱矣，出亦無甚害。」千牛懼得罪，盈盈因教曰：「第不可言在此。恐上問何往，但云所見人物如此，所見幣幕帷幃如此，所食物如此，決無患矣。」既出，明皇大怒，問之，對如盈盈言。上笑而不問。後數日虢國夫人入內，明皇戲謂曰：「何久藏少年不出耶？」夫人亦大笑而已。

續游十二首

又到尊前一笑同，履綦經月斷過從。(班婕妤詩)思君兮履綦。(令狐楚詩)休澣許過從。難憑妬女違心語，(「潛夫論」)家不乏妬女。便策良媒冒險功。(「詩」)子無良媒。(盧諭賦)冒險者忘於趨進。獨夜有時來好夢，(王粲詩)獨夜不成寐。(張建詩)月影曉窗留好夢。歡筵無暇訴愁衷。(韋應物詩)歡筵慊未足。火燈鑒妾丹誠在，(白居易詩)朱實表丹誠。一擲全呈六博紅。(「南唐近事」)劉信攻南昌，凱旋日，義祖命諸元勳爲六博之戲。信擲子入手，曰：「信如不負公，當全赤。」投之於盤，六子皆赤。

浪說鶬鶊療妬方，(楊夔「止妬論」)梁武帝郄后性妬，或言鶬鶊療妬，遂令食之，妬果減半。笑他邢尹互迷藏。(「史記・外戚世家」)尹夫人與邢夫人同時並幸，有詔不得相見。(高啓詩)避伴學迷藏。神仙祇(一作底)是私奇服，(自注)上元夫人。(按)(「漢武內傳」)上元夫人年可二十餘，服青霜之袍，雲彩亂色，非錦非繡，不可名字。(「洛神賦」)奇服曠世。

姊妹猶然忌體香。注見卷二。　團扇風流何預嫂，注見卷二。　綠翹寃抑況無郎。（「三水小牘」）西京咸宜觀女冠魚玄機女童曰綠翹，明慧有色，一日，機爲鄰院所邀，暮歸，綠翹迎門曰：「適某客來，知鍊師不在，不捨轡而去。」客乃機所暱者，意翹與之私，裸笞數百，委頓而絕。（東方朔「七諫」）獨寃抑而無極兮。（李商隱詩）小姑居處本無郎。　能將梔子連詩贈，只有徐娘與謝娘。（自注）見「玉臺新詠」。（案）詳卷三注。

斜背燈光笑眼拋，（裴思謙詩）銀釭斜背解鳴鐺。（劉孝威詩）紗輕笑眼來。　銅鑪酒響盪明膠。注見卷一。　柔腸拚與冠纓斷，（張昱詩）藕絲終日繫柔腸。（「說苑」）楚莊王宴羣臣，酒酣燭滅，有引美人衣者，美人絕其纓，趣火視之。王曰：「奈何顯婦人之節而辱士乎？」令羣臣盡絕纓而火，極歡乃罷。　密緒原先履舄交。（楊衡詩）密緒分離狀。（「史記・滑稽傳」）淳於髡曰：「男女同席，履舄交錯。」　傅母殷勤心勸進，（「史記・司馬相如傳」）重賜文君侍者通殷勤。（「晉書・何曾傳」）武帝襲王位，曾與裴秀、王沈等勸進。

侍兒佻㒓語含嘲。　此時何止看花宴，（「摭言」）新進士宴有九：一曰大相識，二曰次相識，三曰小相識，四曰聞喜勅下宴，五曰櫻桃，六曰月燈，七曰牡丹，八曰看佛牙，九曰關宴最大。　曠蕩情懷似孟郊。（孟郊詩）昔日齷齪不足嗟，今朝曠蕩恩無涯。春風得意馬蹄疾，一日看遍長安花。

銀牆朱戶碧銅鋪，（王安石詩）朱戶欹斜見畫樓。（李賀詩）麗人映月開銅鋪。　箇是清溪最小姑。（「古今樂府」）「神弦歌」十一曲，六曰「清溪小姑」。　紅豆數來誇記曲，注見卷三。　熏籠立上試輕軀。（「李鄴侯外傳」）身輕能屏風上立，熏籠上行。（「洛神賦」）竦輕軀以鶴立。　羞看董偃庖人服，見前「絕句四首」註。　笑許陳遵侍婢扶。（「漢書・陳遵傳」）乘藩車，入寡婦左阿君家留宿，爲侍婢扶臥。　清月照人香霧裏，（韓愈詩）清月出嶺光入扉。（杜甫詩）香霧雲鬟溼。　憑誰爲寫夜游圖？（「尚書故實」）「清夜游圖」，晉顧長康畫。

細吐（一作唾）微詞緩勸酬，口脂香暖涴銀甌。（「唐書・百官志」）臘日賜北門學士口脂。（「顏氏家訓」）銀甌貯山陰甜酒，時復進之。杯行醉按紅酥手，（陸游詞）紅酥手，黃藤酒，滿城春色宮牆柳。燭滅狂探軟玉鉤。（「十香詞」）誰將煖白玉，雕出軟鉤香？出浴慵容梳薄鬢，（「玉臺新詠」序）粧鳴蟬之薄鬢。下帷燈影照含羞。（李商隱詩）固應留半歛，迴照下帷羞。（梁武帝「子夜歌」）含羞未肯前。此身合屬書生未？記取金梭莫再投。投梭注見前。（「秘閣閒話」）蔡州蔡氏七夕禱天，忽流星墜筵中。明日瓜上得金梭。

獨赴非煙折簡招，非煙，姓步氏，為李公業愛妾。（案）唐皇甫枚有「步非煙傳」。（陸游詩）諸公誰能折簡招？房櫳楚楚徑蕭蕭。（班婕妤詩）房櫳虛兮風泠泠。（「詩」）衣裳楚楚。（許渾詩）無媒徑路草蕭蕭。茶爐活火添香炷，（蘇軾詩）活水須將活火煎。（何楫詩）獨臥消香炷。菊盎微泉上紙條。夜宴過秋方漸永，（杜荀鶴詩）夜宴江樓月滿身。（王勃「夜宴」詩）松亭涼夜永。卯酣經午未全消。（白居易詩）心頭卯酒未消時。傳卿月下為歡訣，（蘇軾詩）丹青細字口傳訣。（陸機「董逃行」）人生居世為安，豈若及時為歡？小憩黃昏坐徹宵。（許謙詩）小憩倚修竹。（徐鉉詩）興來何惜徹宵看。

華筵燭臭惱嬌嬈，（元稹詩）邀我上華筵。（歐陽修詩）婆娑弄影誇嬌嬈。茗椀持聽月底簫。（韓愈詩）茗椀纖纖捧。（杜牧詩）二十四橋明月夜，玉人何處教吹簫？清露壓衣沾暗麝，涼風吹頰散紅潮。（「禮・月令」）涼風至。（范成大詩）日長繡倦酒紅潮。佛珠久換金纏臂，佛珠見前。（繁欽「定情篇」）何以致拳拳？綰臂雙金環。鬬草新輸玉繫腰。（楊萬里詩）玉帶繫腰攬鏡初。（姚合詩）閒行嬾繫腰。鄰女近裁韈樣淺，月明相喚走紅橋。（「帝京景物略」）正月十六日，婦女着白綾衫，隊而宵行，謂無腰腿諸疾，曰走橋。

嚴城間阻夢魂通，小市門東更向東。（陸游詩）解纜初離小市門。剪燭寄聲書草草，（蘇軾詩）翡翠簾深剪燭頻。（韓愈詩）因風數寄聲。（「篇海」）荀簡曰草草。背燈彈淚去匆匆。（李商隱詩）背燈獨共餘香語。（韓偓詩）別易會難常自歎，轉身應取淚珠彈。（薩都剌詩）小船春雨去匆匆。花繁竹暗應迷路，（杜甫詩）迷路出花難。蝶趁鶯梢有便風。（杜甫詩）花妥鶯梢蝶。（楊烱詩）香逐便風來。梅蕊膽瓶看漸減，（陸游詩）清泉冷浸疎梅蕊。（張淳「玉響詩」）膽瓶秋水淡如無。每朝分插到釵叢。

秋扇輕將屈戌敲，今人家戶設鉸釘，即古金鋪遺意，北方曰屈戌，見「輟耕錄」。小樓窗檻在花梢。繡成枝上將雛鳥，（「晉書・樂志」）「鳳將雛」，歌者舊曲也。（「樂府詩集」引「古今樂錄」）吳聲十曲，三曰「鳳將雛」，古有歌，自漢至梁不改。今不傳。畫出花陰捕蝶貓。（陸游詩）魚餐曾薄眞無愧，不向花間捕蝶忙。（「注）道士李勝之畫「捕蝶貓兒圖」以譏世。餘語未終嗔姊到，艷詞新記妮人鈔。（羅虬詩）行唱菱歌著艷詞。偶因背癢閑相就，（「神仙傳」）王方平降蔡經家，遣人召麻姑。久之，姑至，是好女子，年可十八九許，手似鳥爪。經見其指爪，心中念背大癢時，得此爪爬背當佳。方平已知經心中所念，即鞭經曰：「麻姑神人，汝謂其爪可爬背耶？」願乞神仙手一搔。（杜牧詩）似請麻姑癢處搔。

矮榻幽窗一架書，（陸游詩）矮榻水紋簟。（于鵠詩）幽窗聞墜葉。（李咸用詩）草堂書一架。到來閑適似吾廬。（貫休詩）白鷗亦閑適。（陶潛詩）吾亦愛吾廬。銀瓶酒候一作後知寒暖，（杜甫詩）指點銀瓶索酒嘗。石鼎茶聲辨疾徐。（崔珏詩）石鼎水煎紅蟹眼。卻月暈眉看婢寫，（「妝樓記」）五代時，宮中畫眉十樣。六曰月稜，又名卻月。斜陽晞髮替郎梳。（「楚辭」）晞汝髮兮陽之阿。情蹤不似階前葉，肯到秋來日漸疏。

矜嚴入座暗心通，酒力難催雪艷紅。(韋應物詩)艷雪凌空舞。睡起髻鬟欹玉燕，(韓偓詩)歡餘玉燕欹。歡餘燈燼綻金蟲。(韓愈「燈花詩」)囊裏排金粟，釵頭綴玉蟲。來時夜色霜千瓦，(范成大詩)晶晶霜瓦寒生粟。歸路寒輝月一弓。(盧象詩)北澗隱寒輝。(白居易詩)露似珍珠月似弓。有約試香還再到，(自注)十月二日試香，見張功甫賞心樂事。(「詩」)抱衾與裯。抱衾先與覆薰籠。

清夜能游必慧人，(曹植詩)清夜游西園。淚垂紅燭意堪親。紙窗竹一本作窄檻通新月。(「東坡尺牘」)紙窗竹屋，燈火青熒。(許棠詩)竹檻匝回廊。細蕊疏花驗小春。(李端「看花」詩)分黃成細蕊。(杜甫詩)修竹隱疎花。(歐陽修詩)十月小春梅蕊綻。戲掐棗糕添麝永，(「宋書·范曄傳」)棗糕香鈍。暗拈瓜子記杯巡。(王建詩)記巡傳把一枝花。相思怨絕詩難寫，(侯寘詞)怨深愁絕。卻愛彈絲訴得眞。(江總詩)彈絲命琴瑟。(白居易「琵琶行」)弦弦掩抑聲聲思，似訴生平不得志。

賦得別夢依依到謝家

(按)題句係唐張泌「寄人」詩。

名花偏作障牆枝，(劉孝威)隔牆花半隱，猶見動花枝。愛影憐聲入手遲。(李商隱詩)對影聞聲已可憐。(白居易詩)且貴一年年入手。門地一本作第敢言非道蘊，(「晉書·王述傳」)司徒王導以門，地辟為中兵屬。才情端喜是芳姿。謝芳姿有「團扇歌」，注見卷二。桃邊未許裙題字，(自注)子敬事。(案)注見卷三。柳下曾將帶乞詩。注見卷三。今日眼波微動處，(韓偓「席上有贈」詩)媚霞橫接眼波來。半通商略半矜持。

（「晉書・阮籍傳」）商略終古及栖神道氣之術。（鮑照詩）放縱少矜持。

驚喜冰顏一笑開，（方岳詩）梅花面目冷於冰。投梭時節已憐才。（杜甫詩）吾意獨憐才。持裙暫肯臨風住，（「楚辭」）臨風怳兮浩歌。剗襪還期映月來。（李後主詞）花明月暗籠輕霧，今宵好向郎邊去，剗襪步香階，手提金縷鞋。沉水待烘歡夕座，（「南史・林邑傳」）沉水香者，置水中則沉，故名。眞茶留瀹到時盃。（歐陽修文）眞茶不多，其價遂貴。書生金石心腸在，（「韓非子」）守道者皆懷金石之心。不借裁詩十字媒。（李商隱詩）十歲裁詩走馬成。

月照幽期分外圓，（謝靈運詩）平生協幽期。無才愁賦定情篇。漢繁欽有「定情篇」。引開笑語歡初洽，逼出風情態轉妍。（劉遵詩）風情，注見前。廻腰覺態妍。略曉管絃嗔姊駡，一作罵乍廻燈影恣人憐。（戴昺詩）拂枕薰紅帊，廻燈復解衣。狂生浪說心如渴，卻到良宵不肯眠。

內家來看曉妝成，（遼懿德后「十香詞」）青絲七尺長，挽出內家妝。（花蕊夫人詩）春風一面曉妝成。坐次推排讓客卿。（陸游詩）推排冠一鄉。（「史記・樂毅傳」）燕趙以爲客卿。記到竹林曾識面，（「晉書・稽康傳」）所與交者，惟阮籍、山濤、向秀、劉伶、籍兄子咸、王戎，爲竹林之游，世所謂竹林七賢也。（蘇軾詩）花曾識面香仍好。爲翻花樣久知名。（迺賢詩）新翻花樣學宮坊。（李商隱詩）出水舊知名。語音略別東西宅，（蘇軾詩）贏得兒童語音好。梳掠無分內外城。（楊基詩）梳掠不待曉。（「後漢書・馬廖傳」）語曰：「城中好高髻，四方高一尺。」敢道向郎恩分淺，同羣女伴尙關情。（晏幾道詞）玉人團扇恩淺，一意怨西風。

天壤王郎嗜好奇，（韓愈詩）嗜好與俗殊酸鹹。能將野鶩作（一作壓）家雞。（「南史．王僧虔傳」）庾翼與人書曰：「小兒輩厭家雞而愛野鶩。」花前密呪添香火，（「高僧傳」）唐靈運寺寶達者，以持密呪爲務。（朱熹詩）晨興香火罷。酒後柔腸着絮泥。（張昱詩）藕絲終日繫柔腸。（僧參寥詩）禪心久作沾泥絮，肯逐春風上下狂？宋褘昔爲金谷女，（「世說」）宋褘是石崇妓綠珠弟子，有國色。絳仙曾是玉工妻。（「大業拾遺記」）煬帝幸江都，愛殿脚女吳絳仙，柔麗，將召拜婕妤，適絳仙下嫁玉工萬羣，故已之。無妨暫屬塵凡對，（蘇軾詩）山前雨水隔塵凡。（「隋書」）妙擇婚對。不遇才人定不迷。

珠（諸本作朱）箔紗空畫舫輕，（李白詩）美人一笑褰珠箔。（「後漢書」方空縠注）縠，紗也。方空者，紗薄如空也。月明波上載卿卿。尊前綽約身如燕，（「莊子」）綽約如處子。（「漢書．外戚傳」）趙后屬陽阿主家學歌舞，號曰飛燕。（師古注）以其體輕也。帳底矇矓語是鶯。（潘岳賦）月矇矓以含光兮。（元稹詩）醉聞花氣睡聞鶯。焠燭婢吹香未燼，賣花人喚夢初驚。頹鬟未攏憑（一本作凭）闌久，偶愛跳魚撥刺聲。（杜甫詩）船尾跳魚撥刺鳴。

爲有銜煙犯月郎，矜嚴標格漸成狂。（韓偓詩）矜嚴標格絕猜嫌。何當白玉蓮花盞，（自注）唐時戚里有令女人以手掬酒飲之，謂白玉蓮花盞，見「北夢瑣言」，因戲用之。更帶紅鸞冶袖香。（徐陵「玉臺新詠」序）驚鸞冶袖，時飄韓掾之香。慧絕眼波頻送語，（杜牧詩）爲報眼波須穩當。（「五代史」）天子與宮人眼語。喜來巾帔總飄揚。（韓偓賦）蕣綠華，喜逢張，碩巾帔飄揚。溫柔鄉裏留歡住，（蘇軾詩）溫柔何日聽還鄉？不放情人到醉鄉。（唐王績有「醉鄉記」。）

愛詠無題定有題，李商隱有「無題」詩。宋牆東畔謝樓西。(宋玉「登徒子好色賦」)臣里之美者，莫若臣東家之子。(又)此女登牆闚臣三年，至今未許也。(李商隱詩)畫樓西畔桂堂東。(姚合「楊柳枝詞」)遊客見時心自醉，無因得見謝家樓。封來淚點紅猶溼，注見卷一。翦後香絲綠未齊。(柳永詞)記得當初，翦香雲為約。(李賀詩)編香絲雲撒地。一共被擁將宜主煖，注見卷一。閑床拋得阿侯啼。(梁武帝詩)十六生兒字阿侯。風流韻事堪描處，卻到含毫思轉迷。(「文賦」)或含毫而邈然。

別有所贈一首用前迷字韻

握臂登樓去卻梯，(「蜀志·諸葛亮傳」)劉琦將亮共上高樓，飲宴之間，令人去梯。乍諳情事齒還低。(「莊子」)畢見情事，而行其所為。孀姝曲巷新名左，(自注)寡婦左阿君，見「漢書·陳遵傳」。(王庭珪詩)屆隣曲巷有朱扉，未許牆東宋玉窺。國艷扁舟舊姓西。(自注)他年一舸鴟夷去，應記儂家舊姓西。(案)此蘇軾「次韻代留別詩」。(韓琦詩)國艷天姿相照射。(「史記」)范蠡既雪會稽之恥，乃乘扁舟浮於江湖。髹鬢黑光全似鏡，(「雜事秘辛」)伸髻度髮，如黝髹可鑑。蓮鈎粉底不沾泥。(元楊伯成樂府)瘦怯怯，蓮鈎窄穩。端詳燭下分明甚，(白居易詩)端詳筮仕初。(薛能「吳姬」詩)內家叢裏獨分明。不是看花醉眼迷。(李涉詩)花下聽歌醉眼迷。

即席（一作夕）口占絕句十二首

裾飄屧響到堦墀，（韓愈文）飄輕裾。（「吳郡志」）響屧廊，相傳吳王建廊而虛其下，令西施與宮人步屧繞之則響。今靈岩寺圓照塔前小斜廊，即其址。便遣蕭郎不自持。（盧思道詩）輕盈不自持。天分未容人彷彿，（「世說」）天分有限。（仲長統「樂志論」）求玉人之彷彿。酒邊風味燭邊姿。（李中詩）誰愛落花風味處？

橄欖回甘沁齒牙，（王禹偁「食橄欖」詩）良久有回味，始覺甘如飴。（楊萬里詩）梅子留酸濺齒牙。酒闌頻嗅小梅花。（羅隱詩）樓上酒闌梅拆後。（葛長庚詩）酒惡頻將花嗅。懸知袖口羅巾上，剩卻龍團一餅茶。（「歸田錄」）慶曆中，蔡君謨始造小片龍茶以進，謂之小團，價直金二兩。每因南郊致齋，中書樞密院各賜一餅，四人分之，宮人往往鏤金花於上，以貴重之。（又）茶之品莫貴于龍鳳，謂之團茶。

鴛被寬裁繡越羅，（古詩）文彩雙鴛鴦，裁為合歡被。（杜甫詩）越羅與楚練。連枝花樣錦團窠。（白居易詩）連枝花樣繡羅襦。（陸游詩）閒將西蜀團窠錦。誤教侍女熏龍腦，（白居易詩）春風侍女護朝衣。（「飛燕外傳」）交阯進瑞龍腦香。搯向閒牀一月多。

睡情何處不相關？合度穠纖話等閑。（「洛神賦」）穠纖得中，修短合度。（朱熹詩）等閒識得東風面。枕上不妨頻轉側，（「詩」）輾轉反側。柔腰偏解逐人彎。（李咸用詩）舞腰困裊垂楊柔。

斗帳香篝不漏煙，（晉「長樂佳曲」）紅羅複斗帳。（辛棄疾詞）香篝漸覺水沉消。睡鞋煖窄困春眠。（「採蘭雜志」）徐月英臥履，謂之玉香獨見鞋。（陸游詩）綠窗百舌喚春眠。教郎被底摩挲遍，（唐夏侯審「詠被中繡鞋」詩）玉郎沉醉也摩挲。忽見紅幫露枕邊。（蔣捷詩）紅膩鞋幫。（「丹鉛錄」）鞋幫，女履牆也。

夢回酒渴擘一本作破溫一本作漳柑，（陸游詩）酒渴喜聞疏雨滴，夢回愁對一燈孤。（楊維楨詩）吳女多情夜擘柑。（案）溫柑，溫州之柑。梅堯臣有「和沈文通學士遺溫柑子詩」。十月霜輕尚帶酸。生受玉人綿樣手，生受，感謝詞。元人曲白中常有之。（崔珏詩）粉胸綿手白蓮香。為郎頻熨指尖寒。

夜靜鸚哥叫隔屏，（鮑溶詩）鸚鵡驚寒夜喚人。髮一作鬢香微嗅醉初醒。（「十香詞」）不知眠枕上，但覺綠雲香。偶然枕上哦詩就，（劉昂詩）哦詩無好句。喚覺如花念與聽。

青鳥丁甯辨色歸，（韓愈詩）浪憑青鳥通丁甯。（「會眞記」）張生辨色而興。為貪清一作情語夢來遲。朦朧倦睫開還閉，（李中詩）悠悠結夢遲。（陸游詩）日長倦睫惟思閉。已是紅窗日上一作照時。（蘇軾詩）紅窗小泣低聲怨。

攬衣初起髻鬟傾，（「長恨歌」）攬衣推枕起徘徊。（張來詞）髻墮鬟傾釵欲溜。翠鳳離披畫不成。（顧瑛詩）翠鳳常看破鏡差。（李商隱詩）紅渠何事亦離披。梳洗不妨停一刻，（元稹「連昌宮詞」）太眞梳洗樓上頭。亂頭時節最傾城。（古詩「子夜歌」）亂頭不敢理。（阮籍詩）傾城迷下蔡。

磬口黃梅餉內家，（「羣芳譜」）蠟梅一名黃梅，有三種。花常半合，名曰磬口。（李賀詩）柳花偏打內家香。明璽暗壓鬪橫斜。（蘇軾詩）弄妝影橫斜。水仙獨向釵頭顫，（「羣芳譜」）水仙花，朵大如簪頭，其花瑩韻幽香，不可缺水，故名。（韓偓詩）水精鸚鵡釵頭顫。第一人宜第一花。（李商隱詩）首按昭陽第一人。（許渾詩）落盡東風第一花。

鬢影鬆鬆髻影低，(李賀詩)春風吹鬢影。(王建詩)蜂鬢蝶翅薄鬆鬆。(謝朓詩)徘徊雲髻影。 鏡中看鏡掠初齊。 金蟬玉燕都嫌俗，(韓偓詩)醉後金蟬重，歡餘玉燕欹。 單插暹羅舊蜜犀。(「明史」)暹羅在占城西南。(段成式文)四枝一鬢，上插通犀。

細楷香囊畫睡鴛，一作鸞。(「止齋題跋」)徐夫人得唐人筆法，字畫亦細楷。(繁欽「定情詩」)香囊繫肘後。 來時曾記枕前安。 傳聲爲遣郎收拾，一作檢。(歐陽修詩)草草各收拾。 莫與蘭閨女伴看。(劉删詩)妝罷出蘭閨。(張籍詩)女伴傳看玉窗下。

杪冬卽事

曲讌偏宜素霰飄，(「琴賦」)華堂曲宴。(「說文」)霰，稷雪也。(何景明詩)素霰雰層城。 一觴冬暮慰無聊。(陶潛詩)揮玆一觴。(江淹賦)寂歷冬暮。 濃香衾枕寒偎鴨，(方干詩)濃香薰叠葉。(和凝詞)欲羡薰香小鴨，笑他常在圍屏。 熾炭房櫳暖卸貂。(崔顥詩)窈窕穿房櫳。(杜甫詩)煖客貂鼠裘。 謝女厭稱風柳絮，注見卷一。 玉郎眞見雪芭蕉。(自注)今年寒少，舊綠不凋，微雪染之，宛如右丞畫中風味。(按)(「筆談」)王摩詰畫多不問四時，如畫袁安臥雪圖，有雪中芭蕉。 垂簾盡日慵梳掠，(梅妃詩)長門盡日無梳洗。 預爲嚴妝怯歲朝。(花蕊夫人詩)曉鐘聲斷嚴妝罷。(「漢書」)歲之朝曰三朝。

乙亥年 崇禎八年 公元一六三五

戲和子荆春閨六韻

嬾得閑行嬾得眠，眼波心事暗相牽。慵來午繡還添線，(韓偓詩)媚霞橫接眼波來。(杜甫詩)刺繡五紋添弱線。瘦去春衫未減綿。(李商隱詩)春衫瘦着寬。(蘇轍詩)春寒漸欲減衣緜。纖手自知搔背好，(陸機詩)纖手清且閑。搔背，注見前「續游」。長眉誰見捧心妍？(「上林賦」)長眉連娟，捧心而顰。西子事，見前。(黃庭堅題跋)圖形於影，未盡捧心之妍。難憑尺素牆東約，(古詩)呼兒烹鯉魚，中有尺素書。牆東，見前注。愛守鑪薰硯北筵。(黃庭堅詩)茗椀對爐薰。(陸友仁「研北雜志」序)索居吳下，追記所欲言者，命小子錄藏焉，取段成式之語，名曰「研北雜志」。已是雨驚佳夢夜，(陳造詩)凍雨能妨夢。(陳琳賦)託佳夢以通情。更堪花落病酲天。(皮日休詩)一炷濃香養病酲。排愁只有郎詩卷，日課鸜哥念一篇。(陸游詩)獨揀詩章教鸜鵒。

子荆復倒壓前韻，亦復和之，即以奉贈，並贈端己、弢仲、子山諸叔及孝儀兄。

孫楚新裁得幾篇，(「晉書」)孫楚，字子荆。(孟郊詩)強起吐巧辭，委曲多新裁。倚樓吟斷夕陽天。(薛能詩)水蒲風絮夕陽天。遊裝書畫春風棹，（黃庭堅詩注）米芾喜蓄書畫，爲江淮發運使，揭牌於行舫，曰「米家書畫船」。（李嘉祐詩）春風倚棹闔閭城。飲令詩歌夜月筵。（李白文）開瓊筵以坐花，飛羽觴而醉月。庭卉客憐雙樹好，（朱熹詩）庭陰雙樹合。瓶花自選一枝妍。（陸游詩）瓶花力盡無風墮。爐煙細穟穿芸帙，（蘇軾詩）銅爐摧烟穟。（「說文」）帙，書衣也。（「博物志」）芸香避紙魚蠹。研沼微瀾墮柳綿。（葉采詩）點點楊花入硯池。（陸機詩）玉泉湧微瀾。（蘇軾詞）枝上柳綿吹又少。綺語難從開士戒，（自注）子荆昆季皆從印光上人游。（「楞嚴經」）十六開士悟圓通。（梁武帝「菩提樹頌」）手勅所言國美，皆非事實，不免綺語過也。朋歡不受內人牽。（朋歡，見前注。古稱宮女曰內人。李商隱有紀宜都內人事，此借用之，猶云室人也。（王建「宮詞」）寒食內人常白打。羨君兄弟皆同好，（曹植文）將以傳之於同好。願就連床聽雨眠。（韋應物詩）寧知風雨夜，復此對床眠？（蘇軾詩）對床室悠悠，夜雨空蕭瑟。（蘇轍詩）風雨對床聞曉鐘。（白居易詩）能來同宿店？聽雨對床眠。

舊事

一回經眼一回妍，數見何須慮不鮮。（自注）翻用陸生語。（「史記・陸賈傳」）數見不鮮，毋久溷，乃公爲也。目斷座隅呼小玉，（宋之問詩）目斷南浦雲。（白居易詩）吳妖小玉飛作煙。（注）小玉，夫差女名。又唐人有「霍小玉傳」。魂銷牆隙睹非煙。（何遜詩）魂銷形已去。（「步非煙傳」）趙象一日於南垣隙中，窺見非煙，神氣俱喪，廢食忘寢。伴推罰盞遮銀燭，（江總詩）挂纓銀燭下。笑映疎簾並畫船。（白居易詩）疎簾半上鉤。畫船，見前注。蜂蝶似同人鑒賞，一春追逐遍花前。（「天寶遺事」）都中有妓楚蓮香者，國色無雙，每出入，則蜂蝶相隨，蓋慕其香也。（黃庭堅詩）濬沖遭鑒賞。

乍製春衫避藁砧，(岑參詩)春衫縫已成。(吳兢「樂府古題要解」)古詩「藁砧今何在」。藁砧，鈇也，問鈇何處也。稱腰寬窄賞知音。(杜甫「麗人行」)珠壓腰衱穩稱身。題書遠餉膏唇藥，(「會眞記」)崔氏報生書曰：「兼惠花勝一合，口脂五寸，致耀首膏唇之飾。」賣賦聊儲瞷浴金。(元德明詩)剩破相如賣賦金。(「飛燕外傳」)昭儀夜入浴蘭室，帝從幃中竊視之。侍兒以白昭儀，昭儀覽巾撤燭。他日帝約賜侍兒金，使無得言。私婢不豫約，中出闌值帝，即白昭儀，昭儀遽隱避。自是帝窺昭儀浴，多袖金，逢侍兒私婢輒賜之。三具明璫觀妾意，(「魏書」)太祖嘗得名璫數具，令卞后自選一具，后取其中者。太祖問其故，后曰：「取其上者爲貪，取其下者爲僞，故取其中。」七枚佳珥試君心。(「國策」)齊王有七孺子者，皆近。薛公欲知王所欲立，乃獻七珥，美其一。明日視美珥所在，因勸王立爲夫人。隨郎十索尋常事，樂府有丁六娘「十索詩」四首。只有丁娘耐細吟。

題巾贈別

此際能無喚奈何？(「世說」)桓子野聞清歌，輒喚奈何！隔船斜見慘雙蛾。(古詩「子夜歌」)美目揚雙蛾。偷回怨臉詞難訴，(張泌詩)露滴花房怨臉明。(元稹詩)廻臉蓮初破。欲掩啼痕淚轉多。(岑參詩)紅粉濕啼痕。擁髻更誰憐好影？(「拾遺記」)伶玄買妾，樊通德談道趙飛燕姐妹事，以手擁髻，淒然泣下。(「晉書」)任育長少時，神明可愛，人謂育長影亦好。持觴何日覷橫波？(皇甫松賦)悄持觴而未擧。(傅毅「舞賦」)目流睇兮橫波。情知此別三年遠，欲乞題詩半幅羅。(韓維詩)新詩溢巾幅。

金縷曲四首

東歸青鳥報歡音，（李商隱詩）青鳥殷勤爲探看。（「湘山野錄」）得其報音。喜字回環寓意深。（「南史・廢帝鬱林王紀」）武帝疾，稍危，與妃何氏書，紙中央作一大喜字，旁作三十六小喜字繞之。（樓鑰詩）宗意或如許。桃葉棹歌還隔水，樂府有「桃葉歌」、「擢歌行」。靈芸輦路已標金。（「拾遺記」）薛靈芸容貌絕世。谷習守常山郡，以千金寶賂聘之，以獻魏文帝。帝以文車十乘迎之，駕青色之牛，道側燒石葉之香，京師數十里，高燭之光相繼不滅，又於大道旁一里置一銅表，高五尺以誌里數。（喬知之詩）花間輦路分。（「北齊書」）標金南海，勒石東山。新歡鄭重三薰沐，（李商隱詩）錦長書鄭重。（「齊語」）管仲至，三薰而三沐之。舊事迷藏七縱擒。迷藏，見前注。（「漢晉春秋」）諸葛亮南征，獲孟獲，縱使更戰，七擒七縱。此夜雲英應一笑，雲英，見前注。笑郎消渴到如今。（張正見詩）長卿病消渴，壁立還成都。

鴛鴦牒下喜難支，鴛鴦牒，見前注。馬角烏頭盡有私。（「史記・荊軻傳贊」注）索隱曰：「燕丹求歸，秦王曰：『烏頭白，馬生角，乃許爾。』丹乃仰天歎，烏卽頭白，馬卽生角，乃得歸。」湘浦佩珠雖贈早，（「列仙傳」）鄭交甫至漢皐臺下，見二女佩兩大珠，二女解與之。成都玉杵卻來遲。注見卷二。難忘一世孤眠語，忍負千攔百就時。陳詵詞，注見卷二。始信相思不無益，（自注）翻義山語。（李商隱「無題」詩）直道相思了無益。有情癡也未曾癡。（自注）「明知無益事，且作有情癡」，唐人語也。回首燕臺浪寄聞，（韓翃詩）匹馬夕燕臺。博山相約許湔裙。注見卷二。投符未辨驅紅豆，郭璞事，見卷三。倚醉猶能乞紫雲。（李賀詩）陸郎倚醉牽羅袂。（于鄴「揚州夢」）杜牧在李司徒席上，引滿三巵，問李曰：「聞有紫雲者孰是？」李指示之，牧凝睇良久，曰：「名不虛傳，宜以見惠。」 甘果擲來還並剖，（梁元帝文）潘岳事，注見前。（梁元帝文）饒甘果而足華卉。 名香竊去更同薰。 市門妬女重相羨，（「潛夫論」）國不乏於妬男也，猶家不乏於妬女也。 悔不從前刺繡文。（「史記・貨殖傳」）刺繡文不如倚市門。

鈿車初下思閒一本作安詳，（白居易詩）曲江碾草鈿車行。（「齊書・謝瀹傳」）擧動閒詳，應對合旨。 不似花階剗一作衩襪忙。（唐無名氏詞）剗襪下香階，冤家今夜醉。 界淚粉痕新別姊，（張文琮詩）玉痕垂粉淚。 卸頭燈影乍羞郎。（韓偓詩）猶自醺酣未卸頭。 誰云婢價輸奴價？注詳卷三。 自認柔鄉作壻鄉。（「水經注」）智水川有唐公祠。唐公仙昇之日，壻行未返，不獲同行，因名其鄉曰壻鄉。 多謝向來持薄怒，（辛延年「羽林郎」）多謝金吾子，私愛徒區區。（「神女賦」）頩薄怒以自持兮。 爲留歡味此宵嘗。（白居易詩）歡嘗有餘滋。

勸駕詞（漢高帝「求賢詔」）必身勸爲之駕。

小軒低向綠陰開，（蘇軾詩）小軒臨水爲花開。（白居易詩）眠松愛綠陰。 時有金衣啄翠苔。（「天寶遺事」）明皇於苑中見鶯，呼爲金衣公子。（楊基詩）誰惜柔香滿翠苔？ 但少玉人閑竚立，（吳均詩）竚立日將暮。 綠楊絲下等卿來。（溫庭筠詩）楊柳千條拂面絲。

紅羅小鳳踏青鞋，（李郢詩）紅羅先繡踏青鞋。（薩都剌詩）梭影穿花飛小鳳。 量窄書生愛此杯。（瞿宗吉「鞋杯詞」）笑書生量窄，愛渠儘小，主人情重，酌我休遲。

印出淺痕瓜子樣，（女郎紫竹詞）薛痕印得鞋痕小。軟苔香徑等卿來。（貫休詩）野花香徑鳥喃喃。曾抽釵玉撥香灰，（張祜詩）斜拔玉釵燈影畔。（許渾詩）香銷十炷灰。（「南唐書」）烈祖與宋齊丘議事，率至夜分。置灰爐而不設火，兩人終日擁爐畫灰爲字，旋卽平之。密笑初通媚眼回。（江總「簫史曲」）密笑開還歛。（盧思道詩）媚眼臨歌扇。一自暗傳心事後，熒燒心字等卿來。（「驂鸞錄」）番禺人作心字香，用素馨茉莉半開者，着淨器，薄劈沉香，層層相間，封之。日一易，不待花蔫，花過香成。

瓠犀輕齧兔毫開，（「詩」）齒如瓠犀。（「史記」）蒙恬取中山兔毫作筆。硯墨金彄照指皚。（「西京雜記」）戚姬以百鍊金爲彄環，照見指骨。要看衞娘遒媚字，（「翰墨志」）晉衞夫人，汝陰太守李矩妻也，善鍾繇法，王逸少嘗師事之，著「筆陣圖」。（何延之「蘭亭記」）遒媚勁健，絕代更無。琉璃匣畔等卿來。（「玉臺新詠」序）琉璃硏匣，終日隨身。

笑顏曾見鬪茶開，（劉禹錫詩）高堂開笑顏。（案）歐陽修有「鬪茶歌」。香染柔荑綠似苔。（「詩」）手如柔荑。恰有紫茸香一餅，（「蠻甌志」）覺林院僧志崇收茶有三等，待客以驚雷莢，自奉以萱草帶，供佛以紫茸香餅，見前注。餅笙聲裏等卿來。蘇軾有「餅笙詩」。

薄粧殘醉倚郎懷，（沈約「麗人賦」）來脫薄粧，去留餘膩。（元稹詩）甘蔗消殘醉。長看含葩一作花鬢上開。（獨孤及詩）含葩向新陽。堪稱色香俱第一，素馨花發等卿來。（陸賈「南中行記」）南中百花，惟素馨特酷烈。彼中女子，以綵絲穿花心，繞髻爲飾。

舊家花樹夾庭階，（孫覿詩）燕語窺簾憶舊家。新寄書題乞藥栽。（岑參詩）相憶在書題。（陸游詩）逢人乞藥栽。爲葺藥房幽徑裏，

(「楚辭」)辛夷楣兮藥房。(呂溫詩)幽徑靜香氛。竹窗梅檻等卿來。(王禹偁詩)竹窗無寐月嬋娟。

嚴閨無計散幽懷，(陶潛詩)幽懷不可寫。(王羲之文)聊奮藻以散懷。山水同游夢幾回？携取筆床茶竈去，(「唐書・陸龜蒙傳」)時乘一舟，設茶竈、筆床、釣具，往來。畫船煙雨等卿來。(范成大詩)細雨垂楊繫畫船。

風波貝錦浪疑猜，(「莊子」)言者風波也。(「詩」)萋兮斐兮，成是貝錦。(謝靈運詩)猶勞貝錦詩。一見須將怨臉偎。(張泌詩)露滴花房怨臉明。知有一番抵讕一作攔抵在，(「漢書・梁平王傳」)抵讕置詞。淺嗔低罵等卿來。

三年病渴愧無才，(張正見詩)長卿病消渴。未得瓊漿嚥一杯。(雲翹夫人贈裴航詩)一飲瓊漿百感生。(李商隱詩)侍臣最有相如渴，不賜金莖露一杯。崖蜜乍嘗今夜味，(蘇軾「橄欖」詩)待得微甘回齒頰，已輸崖蜜十分甜。濃香細唾等卿來。(韓偓詩)濃香染着洞中霞。(「世說」)眞長云：「丞相何奇？止能作吳語細唾。」

紅窗女伴互推排，(蘇軾詩)紅窗小泣低聲怨。(方干詩)今古推排盡不如。只要檀郎笑口開。檀郎，見前注。(「莊子」)一月之中開口而笑者，不過四五日。況是可兒能不愛？(「世說」)王敦經桓溫墓，望之曰：「可兒，可兒！」盡消猜一本作疑妬等卿來。(白居易詩)竟以恩信待，豈止猜妬忘？

誰教傾國更憐才？問答全憑七字媒。(李後主「書述」)書有七字法，謂之撥鐙。七法者，擫、壓、鉤、揭、抵、導、送，是也。所謂寄語高唐神女道，清詞吟遍等卿來。(「雲溪友議」)秭歸縣繁知一聞白居易過巫山，於神女祠粉壁大署曰：「蘇州刺史今才子，行到巫山必有詩。爲報高唐神女道，安排雲雨候淸詞。」

病訊四章

無端嬌病減瓊姿，正壓鈿車欲駕時。(白居易詩)曲江碾草鈿車行。欹枕避人窺玉鏡，(溫庭筠詩)欹枕情何苦？(郭鈺詩)曉窺玉鏡雙蛾眉。擎甌無力攬銀匙。(沈約詩)擎甌似無力。(白居易詩)銀匙封寄汝。啼多不損橫波俊，(李羣玉詩)二寸橫波回慢水。意熱偏令入手遲。(楊萬里詩)入手知價重。知剩別離還少許，(陶潛詩)少許便有餘。償完從此鎖追隨。(杜甫詩)從此數追隨。

繡被新鴛剩半床，(何遜「七召」)解鴛鴦之繡被。(李後主詩)床中被織兩鴛鴦。(元稹詩)月明還照半張床。怕拈卮酒怕聞香。能瘳別恨無靈藥，(李白詩)問余別恨知多少。(白居易詩)靈藥不可求，長生無達者。願駐華姿有禁方。(「史記・扁鵲傳」)長桑君語扁鵲曰：「吾有禁方，年老，欲傳與公。」背冷乍溫教女弟，注見卷二。面痕輕舐待蕭郎。舐面，用孫和事，見卷三，侍疾注。懸知乍起新粧淡，(「玉臺新詠」序)朱鳥窗前，新粧已竟。只有葵花似嫩黃。(王貞白詩)春深裛嫩黃。

浹旬音問阻銅墩，浹，周匝也。(韓愈詩)遠遣州人送音問。銅墩，注見卷二。絮語嬌啼入夢魂。如兒女之絮語，見陳造「秋蟲賦」。(李商隱詩)從教夢寄魂。蜂蠆又銜新妬口，(「左傳」)蜂蠆有毒，而況國乎？蝤蠐還留舊齧痕。(「詩・衞風」)領如蝤蠐。(「趙后遺事」)時帝齒痕猶在妾頸。生成合德宜金屋，趙飛燕女弟合德。肯放夷光住水村。(「十道志」)夷光姓施，居苧蘿山若耶村西，故名西施。(范成大詩)玉妃謫人世，乃在流水村。何日下車身似燕？

（羅虬詩）輕小休詩似燕身。帶香和笑到中門。原稿第三聯一作「未教通德陪書幌，肯放夷光老苧村。」

徐淑新題病起書，稍親膏沐下庭除。（「詩」）豈無膏沐？一株明玉溫泉裏，（「趙后遺事」）帝自屛覘昭儀浴，蘭湯灩灩，昭儀坐其中，若三尺寒泉浸明玉。（「長恨歌」）溫泉水滑洗凝脂。兩朵紅酥映日初。（元稹詩）須臾日上胭脂頰，一朵紅酥旋欲融。承露遠貽卿和藥，（「三輔黃圖」）神明臺上有承露盤，有銅仙人舒掌捧銅盤玉杯，以承雲表之露，以和玉屑服之，以求仙道。避風停喚我持裾。（「飛燕外傳」）飛燕身輕，不勝風，帝爲製七寶避風臺。持裾，見前卷二注。啼綃一幅先封寄，注見卷一 免用靈芸玉唾壺。（「拾遺記」）薛靈芸別父母，以玉唾壺承淚，壺中即如紅色，及至京，壺中淚凝如血。

阿姚之歸凡，同心皆爲予喜，而向來知其事者，端己韜仲叔也。於其來賀，賦謝一章。

狂朋探喜到窗紗，（元王伯成樂府）狂朋怪友。（蘇軾詩）漏聲透入碧窗紗。敢襲宏農樂府誇。（自注）樂府有「弘農得寶歌」，玄宗得太眞而作。（蘇軾詩）三郎官爵如泥土，聽唱弘農得寶歌。繡籠香煙荀令室，（白居易詩）薰籠亂搭繡衣裳。（「世說」）荀令君好薰香，每至人家，坐處常三日香。華燈髻影子于家。（溫庭筠詩）華燈對錦衾。（伶元「飛燕外傳」自序）通德覷燭影，以手擁髻。（按）子于，伶元字。讓山先識湔裙柳，（李商隱「柳枝詩」序）余從昆讓山，比柳枝居爲近。湔裙，見前注。白傅原知拂面花。（自注）微之自云：「牆花拂面枝。」惟樂天知其事耳。（按）（元稹「酬翰林白學士代書一百韻」詩）「牆花拂面枝」句注：「昔余賦詩云：『爲見牆頭拂面花。』時惟樂天知此。」慙愧月華詩思淺，（自注）唐女郎姚月華有詩，見「才調集」。（錢起詩）詩思竹間得。只堪烹點密雲茶。（自注）東坡有茶，名密雲龍，最所珍惜。惟黃魯直、秦太虛來，則使侍兒朝雲烹以飲之。（案）詳見鼂公武「郡齋讀書志」。

丙子年 崇禎九年 公元一六三六

悼歡

無才薄命不祥身，（「列子」）北宮子厚於德，薄於命。（「莊子」）夫造化者必以爲不祥之人。直遣凶災到玉人。花骨未知何處薄，（李賀詩）天遣裁詩花作骨。（陸游詩）骨相元知薄。蘭心長似小時醇。（王勃「采蓮賦」）心若蘭兮終不移。（李白詩）小時不識月。微酣不卻郎行酒，（楊巨源詩）酒座微酣諸客倒。（「吳志」）歡宴之末，自起行酒。半病還陪姊踏春。（孟郊詩）一日踏青一百廻。從此更難同一笑，（「北史・劉昶傳」）雖無足味，聊復一笑。泣看圖畫喚一作叫眞眞。注見卷一。（范成大詩）自憐無術喚眞眞。

春游絕句

春河曲曲柳絲絲，碧草如煙杏滿枝。（江淹「別賦」）春草碧色。橋邊平岸草如煙。（劉禹錫詩）（杜甫詩）花開滿故枝。開盡畫船天未午，游人猶悔上船遲。（邵亨貞詩）水花風動畫船開。（韓維詩）春湖水綠花爭發，好引紅粧上畫船。危欄低接水邊扉，（方岳詩）徑穿疎竹下危欄。暗竚嬋娟笑語微。（司空圖詩）蛾眉新畫覺嬋娟。也識愛他歌伎過，（杜甫詩）座從歌伎密。競推紅袖卷簾衣。（蘇軾詩）玉腕揎紅袖。（陸龜蒙詩）獨看斜月下簾衣。新蕪含綠占晴沙，（馬祖常詩）江南綠蕪春接天。（杜甫詩）鵁鶄鸂鶒滿晴沙。別舫笙歌不厭譁。笑倚船窗纔命酒，（陸游詩）岸幘倚船窗。（皇甫冉詩）命酒閒令酌。迴風一陣送飛花。（「爾雅」）迴風曰飄。涼篷艇子出城多，（「廣韻」）艇，小船也。滿載游閒酒榼過。（白居易詩）誰家游閒郎。（又）床頭殘酒榼。雜坐緩行花岸側，（「史記」）若乃州閭之會，男女雜坐，行酒稽留。數人絃管一人歌。（崔灝詩）翠幌珠簾鬪絃管。迴橈容易及黃昏，（李白詩）醉客迴橈去。（「淮南子」）日薄虞淵，是爲黃昏。窄港爭先水半渾。（蔣捷詞）蘆窠窄港。輿卒篙工相喚處，醉中知近小南門。

六叔歸自衡湘，屢同觴詠，（「蘭亭序」）一觴一詠。又有山陰之棹，（「晉書」）王徽之嘗居山陰，夜雪初霽，忽憶戴逵，便乘小船詣之。（李端詩）獨望徽之棹。詩以送之。（「水經注」）衡山東西二面，臨映湘川，自長沙至此，江湘七百里，中有九背，故漁者歌曰：「帆隨湘轉，望衡九面。」

休將無恙（一作啇，或作題。）問歸裝，（「禮記」）主人不問，客不先擧。（注）客自外來，宜問其安否無恙。（王勃賦）嚴歸裝而客曳。妙句先容探錦囊。（「宋書．謝靈運傳」論）至於高言妙句，音韻天成。（「唐書．李賀傳」）每出，騎弱馬，從小奚奴，背古錦囊，遇所得，書投囊中。暮歸，足成之。母使婢探囊中，見所書多，卽怒曰：「是欲嘔出心肝乃已耶！」杖履染靑從五嶽，（東方朔文）踐赤縣而遨五嶽。瓢樽分綠自三湘。（「寰宇記」）湘潭、湘鄕、湘陰，是爲三湘。深談不厭頻更燭，（束皙文）方下帷深談。苛政從教迭主觴。（政謂觴政，見前注。）聽徹名山登覽事，從今分得臥遊方。（「南史」）宗少文好山水，後有疾，還江陵，歎曰：「老病俱至，名山恐難遍至，惟當臥以游之。」凡所游歷，皆圖於室。

掩關多病獨吟身，（白居易詩）風竹烟松晝掩關。（白居易詩）詩成長作獨吟人。（杜甫詩）惟將遲暮供多病。驚喜敲門得酒人。（「史記」）荆軻雖遊於酒人乎？（案）徐廣曰：「飲酒之人。」世事熟看悲復笑，君詩頻讀舊逾新。燈殘小院連床冷，（朱熹詩）淸除小院幽。（又）妙語夜連床。露濕空階醉語眞。（李白詩）玉階生白露。（韓偓詩）醉語近天眞。如此相過堪白首，（鮑照詩）朋舊數相過。（潘岳詩）白首同所歸。煮茶烹韭不嫌貧。

濟勝如君具始兼，（「世說」）許掾喜游山水而體便登涉，時人語曰：「許非徒有勝情，實有濟勝之具。」布帆蠟屐味都諳。身閑不戀家園臥，老健彌深麴蘖耽。（方岳詩）一笻老健愜山行。（「晉書．孔羣傳」）性嗜酒，嘗與親友書曰：「今年田得七百石秫米，不足了麴蘖事。」姥嶺夕陽分紫翠，（「寰宇記」）天姥山在越州剡縣南八十里。（蘇軾詩）姥嶺行開新。（杜牧詩）千峯橫紫翠。娥江秋漲發靑藍。（「紹興府志」）曹娥江在府東九十里，亦名舜江。（辛棄疾詞）野漲挼藍。何須更說名山興？縱爲鱸魚亦美談。（「晉書・張翰傳」）因秋風起，思蓴羹鱸魚膾，歎曰：「人生貴適志，富貴何爲？」即引去。

送五叔父北上兼和來韻

狂瀾文運已多年，（韓愈文）迴狂瀾於既倒。（袁桷詩）清寧闡文運。正賴如椽力挽牽。（「晉書・王珣傳」）夢人以大筆如椽與之。金馬故爲家物舊，或作舊物。（自注）先太史己卯己丑，故祝家叔以丁卯丁丑。（按）（「晉書・王獻之傳」）有偷兒入其室，盜物都盡，獻之徐曰：「偷兒，青氈我家舊物，可置之。」（揚雄「解嘲」）今吾子幸得遭明盛之世，與羣賢同行，歷金門，上玉堂有日矣。（注）待詔金馬門。火牛頻遇聖朝憐。（自注）先高祖正德丁丑，先伯父萬曆丁丑。吾宗自愛詩傳鉢，（「左傳」）晉吾宗也。（「見聞錄」）范質舉進士，主司和凝愛其才，以第十三登第，謂質曰：「君文宜冠多士，屈居下乘者，欲傳君老夫衣鉢耳。」臣叔尤耽易絕編。（「晉書・王湛傳」）兄子濟嘗候之，見床頭有「周易」。濟請言，因剖析玄理，甚有妙趣。武帝每見濟，輒調之曰：「卿家癡叔死未？」濟曰：「臣叔不癡。」（「史記・孔子世家」）讀「易」，韋編三絕。堪報先公還一事，（陸雲詩）先公克構，乃崇斯堂。表章經學御筵前。（「漢書・武帝紀」贊）罷斥百家，表章六經。（杜甫詩）宮女開函近御筵。

送雲客赴春官

春官謂禮部。（劉禹錫詩）滿城桃李屬春官。

吟壇飲社共齠一本作髫年，（蘇軾詩）酒社我爲敵，詩壇子有功。（庾信文）結髮嶷然，齠年成德。互語閑情事幾聯？我已荷衣一作衫卸拘束，（許渾詩）應解製荷衣。（元稹詩）官家事拘束。君今芸閣荮摩編。（周朴「賀人除正字詩」）香從芸閣著衣裳。（袁桷詩）執簡淸且直，惜日勤編摩。才華淡寫宮眉嫵，（張說詩）才華乃天授。（元曲）宮樣眉兒新月偃。眉嫵，見前注。標格平趨國步妍。（揭奚斯詩）標格近神仙。（「莊子」）且汝獨未聞壽陵餘子之學步乎？未得國能，又失其故步矣。（案）二步字，「莊子」一作行。預想捷書春夜到，（杜甫詩）捷書夜報淸晝同。玉人喧笑畫屏前。

風光踪跡記當年，（司空圖詩）風光只在歌聲裏。偷和劉郎六憶篇。劉孝威有「雜憶詩」六首。只說朝雲貪夢楚，朝雲暮雨，見前注。（孟郊詩）夢楚波濤魂。那知暮雨迫一作逼游燕？（陳子昂詩）少學縱橫術，游楚復游燕。行箱手疊千重字，別路香分一袖煙。（陳子昂詩）別路繞山川。書就漢延鼂董策，（「漢書・鼂錯傳」）詔舉賢良文學士，對策者百餘人，惟錯爲高第。（又「董仲舒傳」）舒以賢良對策，對畢，天子以爲江都相。從今不負薛濤箋。

戲贈弢仲叔四十初度

（自注）時丁娘在坐。（「楚辭」）皇覽揆予於初度兮。

十樣生香十索篇，（蔡珪詩）畫手新翻十樣眉。（案）樂府有丁娘「十索詩」。（蘇軾詩）眞態生香誰畫得？裙裾妙悟有詩傳。（「十索詩」）從郎索裙裾。（黃庭堅文）苦節癯儒，晚悟裙裾之樂。（「楞嚴經」）縱得妙悟，皆是婬根。柔鄉永錫君難老，（「詩・魯頌」）永錫難老。惑溺纔當不惑年。（「魯論」）四十而不惑。

示晚內

磨耗雄心漸已空，（「五等諸侯論」）雄心挫於卑勢。十年醇酒婦人中。（「史記・魏公子無忌傳」）為長夜飲，飲醇酒，多近婦人。如今換卻看花眼，（陸游詩）折除厚祿為看花。一事纔堪學臥龍。（「蜀志・諸葛亮傳」注）黃承彥謂孔明曰：「聞君擇婦，身有醜女，黃頭黑色，而才堪相配。」孔明許，即載送之。鄉里為之諺曰：「莫作孔明擇婦，正得阿承醜女。」（又）徐庶曰：「諸葛孔明，臥龍也。」

醒即閑行醉不歸，看雲起早月眠遲。（王維詩）坐看雲起時。（杜荀鶴詩）愛月夜眠遲。狂蹤不待卿垂念，天下男兒睡魘時。（「世說」）江虨謂婦曰：「我自是天下男兒魘，何預卿事，而見喚若此?」

所乏惟容語意深，（「魏志・許允傳」注）允顧謂婦曰：「婦有四德，卿有其幾?」婦曰：「新婦所乏，惟容耳。」（朱熹文）語意眞實。（杜甫詩）意深陳苦辭。楊朱逆旅獲知音。（「莊子」）楊朱宿於逆旅，逆旅人有妾二人，惡者貴，美者賤。楊子問其故，逆旅小子對曰：「其美者吾不知其美，其惡者吾不知其惡。」楊子曰：「弟子志之，行賢而去自賢之行，安行而不愛哉?」知卿不費閑膏沐，掩卻男兒好德心。（「魏志・許允傳」注）婦問曰：「士有百行，君有其幾?」許曰：「皆備。」婦曰：「君好色不好德，何謂皆備?」允有慚色，遂雅相親重。

布裳椎髻即無妨，（「後漢書・梁鴻傳」）同縣孟氏有女，肥而黑醜，鴻聘之。始以粧飾入門，鴻不答。乃更為椎髻着布衣，操作而前。鴻喜曰：「此眞梁鴻妻也。」周姥傳詩莫記將。（「妬記」）謝太傅劉夫人不令公有別房，兄子等因方便言「關雎」、「螽斯」有不妬之德。夫人乃問：「誰撰此詩?」答曰：「周公。」夫人曰：「周公是男子相為耳，若使周姥撰詩，當無此也。」解道謝娘飛絮語，（「晉書・王凝之妻謝氏傳」）謝太傅安嘗內集。俄而雪驟下，安曰：「何所似也？」兄子朗曰：「散鹽空中，差可擬。」道韞曰：「未若柳絮因風起。」任教天壤有王郎。（「晉書」）謝道韞初適王凝之，還，甚不樂，謝安曰：「王朗逸少子，不惡，汝何恨也？」答曰：「一門叔父則有阿大中郎，羣從兄弟復有封、胡、羯、末，不意天壤之中，乃有王郎！」

無題

未見思量乍見羞，（齊己詩）舊遊時入靜思量。燭前低頸暗迴眸。（崔顒「七依」）迴眸百萬，一笑千金。難藏靨暈依微笑，（馬祖常詩）笑靨煩暈粉。已露眉彎黯澹愁。（吳融詩）不奈春烟籠黯澹。把酒預悲三月別，（韓偓詩）把酒送春惆悵在，年年三月病懨懨。着衣難慰五更留。（「湘山野錄」）韓熙載「客詩」：最是五更留不住，向人枕畔着衣裳。心知坐繡垂簾處，每過樓前一舉頭。

怯上蘭舟細步來，（李易安詞）輕解羅裳，獨上蘭舟。（古詩）纖纖作細步。笑看波影按金釵。（虞集詩）波影晝沄沄。陳王着眼先羅襪，（曹植「洛神賦」）凌波微步，羅襪生塵。（按）（「魏志」）植於黃初六年封陳王。（蘇軾詩）着眼細看君勿悞。溫尉關心到錦鞋。唐溫庭筠有「錦鞋賦」。（案）（「唐書」）溫為方城尉，遷隨縣尉。卒。把醆一作酒熨衣容旋學，（羅隱詩）所思誰把醆？（白居易詩）熨裳燈火映深房。摘花煮一作烹茗任頻差。（杜甫詩）摘花不插髮。（黃庭堅詩）欲買娉婷供煮茗。船娘為近窗紗泊，（白居易詩）絮撲窗紗燕拂簷。免踏前門月露街。（米芾詩）月露濕秋衣。

風懷得計是單棲，（「瀛奎律髓」）晏元獻「類要」有右風懷、左風懷二類，男為左，女為右。（李商隱詩）單棲應定分。不負齋前月照低。（程鉅夫詩）江月照人低。

卯飲甕開新若下，（白居易「卯飲詩」）卯飲一杯眠一覺。（張勃「吳錄」）長城若下酒有名，村南曰上若，村北曰下若。村人取下若水以釀酒。晚粧人喚小梁溪。（自注）因蛩仲梁鴻溪畔之句，戲附同好耳。（司空圖詩）晚粧留拜月。（「太湖志」）梁溪自慧泉導源，引而東至無錫城，北接運河。梁大同中，嘗浚治之，故曰梁溪。呼盧試遣舒荑玉，（白居易詩）骰盆思共采呼盧。（「詩」）手如柔荑。（「摭言」）張祜客淮南幕中，赴宴。杜牧同座，有所屬意，索骰子賭酒。酒後微吟曰：「骰子逡巡裹手拈，無因得見玉纖纖。」祜曰：「但知報道金釵落，髣髴還應露指尖。」射雉應還出瓠犀。（「左傳」）賈大夫惡，取妻而美，三年不言不笑，御以如臯，射雉獲之，其妻始笑而言。（「詩」）齒如瓠犀。雪艷照人清不寐，（唐崔生詩）應照瓊芝雪艷愁。未容今夕勸成泥。（「五色線」）南海有蟲，無骨，名曰泥，在水中則活，失水則醉，如一堆泥然。

羞重嬌多最惜名，（張羽「歌妓詩」）羞多時掩面，嬌重未成聲。月華明處怕微行。（謝宗可詩）章臺踏碎月華明。（「西征賦」）甘微行以遊盤。鄰娘瞥見移燈影，（李商隱詩）自攜明月移燈疾，欲就行雲散錦遙。侍女遙疑動釧聲。（高啓詩）臂動玉釧鳴相和。殘燭解衣教緩緩，（杜牧詩）月過樓西桂燭殘。（蘇軾「陌上花引」）吳越王妃每春必歸臨安，王以書遺妃曰：「陌上花開，可緩緩歸矣。」重幃低語囑輕輕。（孟浩然詩）就枕臥重幃。（李商隱詩）嫣薰蘭破輕輕語。要知珍重關心切，白日閑逢一暗驚。

重來絮語向西窗，（陳造「秋蟲賦」）如兒女之絮語。（李商隱詩）何當共剪西窗燭？奉墜羅衣淚一雙。（李賀詩）凭軒一雙淚，奉墜綠衣前。臂釧夜寒歸雪砌，（元稹詩）鍮石打臂釧。鬖鬖風亂過春江。（「異聞集」）柳毅謂洞庭君曰：「昨驅涇水右溪，見大王愛女牧羊於野，風鬟雨鬢，所不忍睹。」金堂地逼防言鳥，（李庾賦）金堂玉戶，人稠網密，地逼勢脅。（曹植「七啓」）絲鳴管語。（「禮記」）鸚鵡能言。茅舍雲深絕吠尨。（白居易詩）三間茅舍向山開。（「詩・召南」）

無使尨也吠。郎肯愛閑須一到，阿家（自注）讀作姑。新醱正開缸。（「北史·崔暹傳」）惟阿姑憎兒。（王僧儒詩）半飲杯中醱。（杜甫詩）擁爐開酒缸。勉爲蕭郎署酒監，（「詩」）凡此飲酒，或醉或否，既立之監，或佐之史。登盤海錯怕腥鹹。（自注）白居易詩有「海味腥鹹減聲氣。」（「書」）海物維錯。儂音耐聽荆梁異，（自注）座有荆溪，梁溪各一友。（鍾惺詩）奴子入吳學細唾，儂音傖舌字全生。密一作艷集羞逢少長咸。（「抱朴子」）或閒醮密集，管絃嘈雜。（王羲之「蘭亭集序」）少長咸集。悶擲花枝窺一作揩，或作鑑。曉鏡，（李商隱詩）曉鏡但愁雲鬢改。笑擎茶盌浣春衫。（庾信詩）春衫拭酒杯。狂生未望如飴蠶，先瀝餘杯一療饞。

花信風催到小桃，（「花木集考」）自小雪至穀雨，凡二十四候，每候五日，一花之風信應之。（「老學庵筆記」）歐陽公、梅宛陵，皆有「小桃詩」。瘦腰寬賸半圍絛。（鄭允端詩）朝來試把羅裳繫，瘦比今春又半圍。微寒自喜垂簾箔，（黃清老詩）落日帶微寒。（李商隱詩）洞房簾箔至今垂。深夜誰聞放翦刀。（唐無名氏詩）夜深聞放翦刀聲。鸚鵡語言猶帶詐，狸奴踪跡也偷逃。（高啓詩）許贈狸奴白雪毛。身輕卻羨雙飛燕，（鄭錫詩）那及輕身燕，雙飛上玉樓？竚立牆東目送勞。（「詩」）竚立以泣。（嵇康詩）目送歸鴻。

晨光催騎度城闉，（「歸去來辭」）恨晨光之熹微。（鮑照詩）驅駕越城闉。心記雲窩美睡人。（張來詩）雲影陰沉美睡天。索我搔頭抽髻玉，（「西京雜記」）武帝過李夫人，就取玉簪搔頭，自此宮人搔頭皆用玉。妮他摩癢卸彄銀。妮同泥。句合用王方平、戚夫人事。（張公藥詩）木皺虎摩癢。偶從鬢側低呼喚，隨教腰支緩欠伸。（蕭綸詩）軟媚着腰肢。（「曲禮」）君子欠伸。此刻半衾還暖否。（「會眞記」）雖半衾如暖，而思之甚遙。迴車猶及未翻身。(司馬相如賦)回車朅來兮。

北行留別

花時爲客最難捹，(馬濤詩)孤負好花時。莫教 恨葉情條滿故園。(元白仁甫樂府)恨葉情條隨波漾。 惜別倍貪歌宛轉，(李白詩)滿堂送客皆惜別。(溫庭筠詩)一曲艷歌留宛轉。 尋歡頻見涕潺湲。(「楚辭」)流涕兮潺湲。 橫 情深爲我留顏色，淚盡煩卿強笑言。(李白詩)空言不求歡，強笑惜日晚。 傳語同心眾閨閣，莫拈紅豆且栽萱。(「本草」)相思子，一名紅豆。(「說文」)萱，忘憂草也。

和同舟單兄韻

車騎敢閑都，(「史記・司馬相如傳」)車騎雍容，閑雅且都。 羸裝泣阮途。(賈至詩)同悲阮籍途。 茶香經雨歇，(許渾詩)茶香秋夢後。 花事過淮無。 削跡應疑虎，(「史記・孔子世家」)陽虎嘗暴於匡，匡人遂止孔子；孔子狀類陽虎故也。 能言實愧鮒。(自注)時糧旗奪舟，橫甚，余船幾不免。(按)(「左傳」)范宣子謂叔向曰：「子能歸季孫乎?」對曰：「不能，鮒也能。」乃使叔魚。叔魚見季孫曰：「昔鮒也，得罪於晉君。」(又按)(陸佃「埤雅」)鯽，魚旅行以相即也，故謂之鯽；以相附也，故謂之鮒。(又)(「故事成語考・鳥獸」)鮒魚困涸轍，難待西江水；比人之甚困。事出「莊子・外物」。 惟師嵇叔夜，痛飲爲筋駑。(杜甫詩)痛飲眞吾師。(嵇康「與山巨源絕交書」)性復疏嬾，筋駑肉緩。（又）濁酒一杯，彈琴一曲，志願畢矣。

客路逢君眼乍明，笑談差慰旅魂驚。（李商隱詩）投宿旅魂驚。 世情眞比黃河濁，（陶宏景文）倦世情之易擾。（王安石「黃河」詩）一支黃濁貫中州。 詩句偏同綠酒清。（梁武帝詩）綠酒助花色。 蘇季揣摩知欲就，（自注）單赴文宗科試。（按）（「國策」）蘇秦得陰符之謀，伏而誦之，簡練以爲揣摩。 韓非孤憤正難平。（「史記・韓非列傳」）作「孤憤」等十餘萬言。 男兒一上燕丹墓，（「長安客話」）太子念頭距昌平縣三十里，有太子冢在焉，相傳荊軻之變，燕王殺太子丹獻秦，此其葬地。 肯羨黃金買駿名。事見前注。（羅隱詩）浮世近來輕駿骨，高臺何處有黃金。（唐庚詩）千金駿骨買虛名。 旅愁鄉夢醉醒遲，（杜牧詩）蕭騷著旅愁。（柳宗元文）洛陽城下，思鄉之夢儻來。 名士爲隣愧未知。（「晉書・王湛傳」）家有名士，三十年未知。 袴褶材官多說劍，（「晉書・輿服志」）袴褶之制，未詳所起。近世凡車駕，親戎中外，戒嚴服之。（「漢書・申屠嘉傳」）以材官蹶張，從高帝擊項籍。（「莊子」）有「說劍」篇。 錦囊佳句一作自客攜詩。 吟哦悔不同燈火，（蘇軾詩）燈火青熒語夜深。 眺賞還須共酒巵。（張九齡詩）賓來話酒巵。 他日憶君雲路杳，（沈約詩）誰使雲路通？ 能無回念阻風時？

無題

花前誦賦響泠泠，（「文賦」）音泠泠而盈耳。 拋擲雙蛾畫未成。（白居易詩）宛轉雙蛾遠山色。 四韻細教分舌齒，（「南史・齊陸厥傳」）永明時盛爲文章，皆用四聲制韻。六書頻與辨形聲。（六書謂象形、諧聲、會意、指事、假借、轉注。）雛能蔡琰須名父，（「後漢書・列女傳」）陳留董祀妻者，同郡蔡邕女也，名琰，字文姬，博學有才辨，又妙於音律。（「晉書・王沈傳」）名父之子，不患無祿。妹有曹昭定哲兄。（「後漢書・列女傳」）扶風曹世叔妻者，班彪女也，名昭，博學高才。兄固著「漢書」，未及成而卒，和帝召昭踵成之。（谷永「謝王鳳書」）察父哲兄，覆育子弟。通德只從郎問字，（陸游詩）學經妻問生疏字。一編燈影伴閑評。

梅蘭簇髻斂頭新，（陸游詩）銀釵簇髻女妝新。蜂蝶追香繞畫輪。（「隋書」）畫輪停軔。（「開元遺事」）名妓楚蓮香，每出處之間，蜂蝶相隨。閨秀競師輕結束，（「世說」）顧家婦自是閨房之秀。（「異苑」）女於是每至將夕，輒結束去屋後。里娘難仿淡描勻。（李商隱「柳枝詩」序）洛中里娘。花蹊月沼閒吟伴，（杜甫詩）黃四娘家花滿蹊。（荀倫詩）數汎明月沼。（白居易詩）每逢月下一閒吟。碗茗爐香解事人。（陸游詩）醆分新作茗，爐潑欲殘香。（「南史・茹法亮傳」）法亮便辟解事。堪載五湖舟上去，（「吳地記」）引「越絕書」：「西子亡吳國後，復歸范蠡，同泛五湖而去。」坐看歡靨臥看顰。（傅休奕詩）巧笑露歡靨。

奏記妝閣六首

（「文心雕龍・奏啓」篇）奏，進也。（又「書記」篇）記之言志，進己志也。

蒻冰裁雪藐姑仙，注見卷一。綽約還同未嫁年。誰信探珠須赤水？（「莊子」）黃帝游於赤水之北，遺其玄珠，使象罔索之，乃得。只知生玉是藍田。（「漢書・地理志」）京兆藍田山出美玉。（李商隱詩）藍田日暖玉生煙。明明可愛人如月，（魏武樂府）明明如月。漠漠難尋路隔煙。（王建「夢梨花雲」詩）落落漠漠路不分。惟有細吟還暗想，日將心眼待嫣然。（葛長庚詩）故園心眼何時續？嫣然，見前注。

隨意梳頭與着衣，(杜甫詩)隨意數花鬚。橫看側視總相宜。(蘇軾詩)橫看成嶺側成峰。瑤釵巧賽三年葉，(元稹詩)瑤釵行彩鳳。(「列子」)宋人有以玉爲楮葉者，三年而成，亂之楮葉中，不可別也。黛筆重翻十樣眉。(唐庚詩)黛筆空描滿額顰。(「天寶遺事」)明皇幸蜀，令畫工作「十眉圖」。通國針神俱受譜，針神，見前注。閑窗繡佛自挑絲。繡佛，見前注。珊珊弱骨驚鴻影，(李鄴「侯家傳」)每導引骨節珊然。(「洛神賦」)翩若驚鴻。(王粲「七釋」)弱骨纖形。最想廻身答拜時。

憶昔騎羊弄玉年，(「史記」)兒能騎羊，引弓射鳥鼠。(「詩」)載弄之璋。挽娘衣袂繞娘肩。當初語笑渾閑事，向後思量盡可憐。(李商隱詩)此情可待成追憶，祇是當時已惘然。(元稹詩)閒坐思量小來事，祇應元是夢中遊。石竹怯寒秋已瘦，(「羣芳譜」)石竹，草品，纖細而青翠。(馬祖常詩)竹瘦愁露漙。瓊花映月晚猶妍。(「韻語陽秋」)瓊花惟揚州后土祠有之，其他皆聚八仙，近似而非。(杜牧詩)晚花紅艷靜。忍教悵望重簾外。不報監門不敢前。(「周禮」地官司門注)監門，門徒也。

此生幽願可能酬？(顏延之詩)幽願平生積。不敢將情訴蹇修。(「楚辭」)吾令蹇修而爲理。半刻沉吟曾露齒，露齒，謂笑也。一年消受幾回眸。(「長恨歌」)回眸一笑百媚生。微茫意緒心相印，(張九齡詩)微茫空裏烟。(王融詩)絲中傳意緒。(「高僧傳」)達摩曰：「我法一心，不立文字，法師以心契，故曰心印。」細膩風光夢借一作暫游。(元稹詩)細膩早春前。(司空圖詩)風光祇在歌聲裏。(李中詩)昨夜分明夢去遊。妄想自知端罪過，(「圓覺經」)展轉妄想，無有是處。(「周禮」)凡萬民之有罪過而未麗於法。泥犁甘墮未甘休。(「雲笈七籤」)泥犁者，地獄名也。

回首香風淚一泓，（古辭）繡幙圍香風。（李賀詩）清琴醉眼淚泓泓。斷腸消息命堪輕。（蔡琰「胡笳歌」）空斷腸兮思愔愔。（謝靈運詩）知深覺命輕。燒燈院落更衣影，（王建詩）院院燒燈如白日。（朱子詩）更衣適精舍。聽曲簾櫳點屐聲。（庾信詩）聽曲慙同顧。（張泌詞）燕飛鶯語隔簾櫳。（毛熙震詞）裙遮點屐聲。閑一作聞課侍兒抄樂府，（「漢書．禮樂志」）武帝立樂府采詩夜誦。（「文章緣始」）樂府，古詩也。定知名士悅傾城。梁劉緩有「敬和劉長史名士悅傾城詩」。求分半摺羅襟帶，（盧照隣詩）羅襦寶帶爲君解。欲嗅餘香度一生。

閨房林下譽難兼，注見卷二。色韻如娘兩占先。娘爲少女之貌。（陸游詩）尚占江梅一着先。間氣不鍾男子去，（「春秋演孔圖」）正氣爲帝，間氣爲臣。（「談藪」）謝希孟爲「陸氏妓鴛鴦樓記」，自遜抗機雲之死，而天地英靈之氣，不鍾於男子，而鍾於婦人。才情偏與內家專。（「世說」）才情過於所聞。（薛能詩）身是三千第一名，內家叢裏獨分明。曾陪曲宴吟風絮，（嵇康賦）若乃華堂曲宴，密友近賓。忍便長齋讀妙蓮。注均見前。龍女自然成佛早，（「法華經」）龍女言：「以汝神力，觀我成佛。」當時會中，皆見忽然之間變成男子，具菩薩行。未妨權領散花天。（白居易詩）方丈若能來問疾，不妨兼有散花天。

京寓有懷端己

長夏知君斷雜賓，（「南史」）謝朏子諼，不妄交接，門無雜賓。舊吟蘭水句清眞。（「本草」）蘭，一名水香。（李白詩）裴子含清眞。澆花曬藥都幽事，（杜甫詩）稠疊多幽事。索扇分箋幾麗人？杜甫有「麗人行」。硯席月移蕉影亂，絣笙風度茗香新。（許渾詩）山蔚焙茗香。絣笙，見前注。 寧知貰酒長安客，下馬旗亭一面塵？（「西京賦」）旗亭五里。（薛注）旗亭，市樓也。（吳澄詩）也愛京華半面塵。

寄懷弢仲

每共清言到夕曛，僮奴私訝不論文。（杜甫詩）重與細論文。 桐窗一作齋剪燭貪聽雨，（歐陽徹詩）桐窗拾得一枝秋。 柳岸維舟彌看雲。（徐鉉詩）烟生柳岸將垂縷。 客路有誰諳嘯詠？（文同詩）嘯咏相歡忻。 獨游無與話悲欣。（陶宏景詩）在理瀋悲欣。 偶逢燕市虬髭一作姿客，（「史記・刺客傳」）荊軻日與狗屠及高漸離飲於燕市。（徐陵文）虬髭瞋目。 醉向殘燈錯喚君。

左卿阿瑣

玉淨花明秀出羣，（「清異錄」）瑩姐，平康妓也。玉淨花明，尤善於梳掠。 左家重見舊時芬。（「晉書」）左貴嬪名芬，少好學，名亞於兄弟，帝聞而納之。 因披樂府吟嬌女，（樂府）左思有「嬌女篇」。 便上藩車訪阿君。（自注）見「陳遵傳」。（按）（「漢書・陳遵傳」）司直陳崇劾奏：「遵乘藩車入閭巷，過寡婦左阿君，置酒謌謳。遵起舞跳梁，頓仆坐上，暮因留宿，爲侍婢扶臥。」（注）車之有屏蔽者。（按）阿君，謂左阿君。見前注。 素艷乍看疑是月，（元好問詩）素艷來從月姊家。 清歡何暇想爲雲？（宋玉「高唐賦」）旦有朝雲，暮爲行雨。 那禁手炷薰籠罷，笑遣蕭郎覆畫裙。（杜牧詩）笑把花前出畫裙。

酒狂仍見漢陳遵，（「漢書・蓋寬饒傳」）字次公。曰：「無多酌我，我乃酒狂。」魏侯笑曰：「次公醒而狂，何必酒也？」　左女嫡名達至尊。（賈誼文）履至尊而制六合。知己一言令士死，（鄒陽書）士爲知己者死。　饒他兩字感皇恩。（自注）進士介松年惑之，爲邏騎發其事，奉旨：松年著吏部除名，遞解回籍，寓僧杖贖左大饒他。（岑文本詩）皇恩被九區。　驚心舊事休傳說，（朱淑眞詩）舊事驚心憶夢中。　握手新歡耐細論。（朱淑眞詩）新歡入手愁忙裏。　重點誓盟香一炷，（邵應詩）每日清晨一炷香。　從今開卻鎖眉痕。（李白詞）愁眉似鎖難開。

爲揀如花出鳳城，（白居易詩）揀得如花四五枝。（「事原」）秦繆公女弄玉好吹簫，鳳降其城，因號丹鳳城。其後言京都之城曰鳳城。　笑騎驕馬鬪輕身。（韋莊詩）馬驕風疾玉鞭長。（李商隱詩）趙后身輕欲倚風。　名姬有妹推桃葉，　艷母携雛定采春。（自注）阿母三十許有盛名。（案）（「雲溪友議」）劉采春自淮甸來，容華莫比。難倚麗詞酬巧笑，　戲將狂語試嬌嗔。（蘇軾詩）數詩狂語不須刪。　春鶯一曲當筵囀，（「敎坊記」）「春鶯囀」，高宗曉聲律，晨坐聞鶯聲，命樂工白明達寫之，遂有此曲。　今日新人是永新。（自注）明皇歌者。（案）（「樂府雜錄」）開元中內人許和子者，本吉州永新縣樂家女也。選入宮，即以永新名之，善歌，能變新聲。

再訪左卿（自注）居九條衚衕，門臨石井。（案）（楊愼「升庵外集」）今之巷道，名爲胡洞，或作衙衕，又作衙衕，皆無據也。「南齊書」注：弄，巷也。南方曰弄，北方曰衙衕。弄之反切爲衙衕，蓋方言耳。

歡筵散後剩無聊，（張蠙詩）歡筵每怨嫦娥醉。　淡日庭陰雪未消。　孤燭夜闌或作閑思酒伴，一作買笑敢云非措大。（江淹詩）孤燭映蘭幕。（杜甫詩）走覓南隣愛酒伴。（「賈氏說林」）麗娟取黃金百斤作買笑錢。（「五代東漢世家」）劉日文怒王得中曰：「老措大，毋妄阻我事。」 半衾春冷憶一作送愁無奈是。 茶嬌。（自注）宋時長安官妓有名茶嬌者，劉貢父作守，頗寵惑之，為長夜之飲，朝不能起，託言病酒。歐陽永叔戲之曰：「不惟酒能困人，茶亦能困人矣。」見范公偁「過庭錄」。 蕭疏客從纔三騎，（「北史・于謹傳」）名位雖重，愈存謙挹。每朝參往來，不過從兩三騎而已。 曲折衚衕到九條。 望見井床私悵惘，（古樂府）後園鑿井銀作床。 莫應愁減麗華腰。（自注）近有入井事，且微有肌，故戲之。（案）（「陳書」）後主張貴妃，名麗華。臺城陷，妃與後主同入於井。（庾信詩）纖腰減束素。

國客閑將國艷評。（「周禮」司儀）諸公之臣相為國客。（韓琦詩）國艷天姿相照射。（「新唐書」）李匡籌妻張國艷。 燕臺花史首題卿。（江奎詩）他年若得修花史，列作人間第一香。 只愁一作欲尋 延壽難為畫，注見前。 倘示焉支盡解兵。（「漢書・高祖本紀」）上至平城，為匈奴所圍，用陳平秘計得出。（案）應劭曰：陳平使畫工圖美女，間遣人遺閼氏，云漢有美女如此，今皇帝困厄，欲獻之。閼氏畏其奪己寵，因謂單于曰：「漢天子亦有神靈，得其土地，非能有也。」於是匈奴開一角，得突出。（按）閼氏，音焉支，如漢皇后。 幽性不貪金屋住，一作貯。（錢起詩）向山看霽色，步步豁幽性。 明姿如上玉山行。（「世說」）裴令公有儁容儀。見者曰：「裴叔則如玉山上行，光映照人。」 乍嘗情事雖年紀，（柳永詞）年紀方當笄歲。 風味何由便十成？（許月卿詩）花柳功勛已十成。

同阿大野臣齋中夜集圍爐

獸炭飄星上綺裘，（庾信啓）然獸炭而愈寒。（張文正詩）煸爛映綺裘。 銅盤光照兩蓮鈎。（杜甫詩）銅盤燒蠟光吐日。 春燈訂約晴難定，

(杜甫詩)風起春燈亂。夜燭留歡雪漸稠。(周賀詩)燈殘夜雪稠。問字金釵差拔俗，(白居易詩)金釵十二行。(「北山移文」)耿介拔俗之標。退朝玉勒乍偷游。(自注)時有省郎來預坐。(薛道衡詩)臥驅飛玉勒。(李郢詩)東風柳絮輕如雪，應有偷游曲水人。酒邊風味誰頻見？(章碣詩)蝶趁飛花到酒邊。看到顏酡第幾甌。(「楚辭」)美人既醉，朱顏酡些。

薌澤微聞履屧交，(「史記・滑稽列傳」)日暮酒闌，合尊促坐，男女同席，履舄交錯，杯盤狼藉，堂上燭滅。主人留髡而送客，羅襦襟解，微聞薌澤。羈懷頓爲減牢騷。(司空圖詩)謝眺羈懷方一聽。牢騷，不平也。牢，原作浶，見「漢書・楊雄傳」注。難辭腕藕擎犀斝，(「合璧類編」)藕凡數節，盈尺，徑二寸許，與臂相似，肉白。喜見唇櫻染麝毫。(薩都剌詞)如花人，櫻桃唇。罰盞迫人一作醉客任嘲。髯似戟，(「雲仙雜記」)山陰公主謂褚彥回曰：「君鬚髯如戟，何無丈夫氣？」回頭或作燈顧我一作愁余頻送。眼如刀。(「詩」)顧我則笑。(唐李宣古詩)能歌姹女顏如玉，解引蕭郎眼似刀。狂心於一作如此何能已？(宋玉「諷賦」)王曰：寡人于此，亦何能已也？

簾外瓊鋪尺許高。(李衢「雪詩」)遶砌封瓊屑。

阿瑣雪中下馬

跨馬人梳墮馬新，(「漢書・梁冀傳」)孫壽作墮馬髻。瓊花飄點舞衫勻。(歐陽修「奉和劉舍人初雪」詩)瓊花落處紫仙仗。(庾信詩)飛燕舞衫長。衝寒越顯凝酥面，(杜甫詩)山意衝寒欲放梅。(元曲)嬌滴滴越顯紅白。(白居易詩)東樓日出照凝酥。避雪微攲削玉身。(「洛神賦」)肩若削成。比擬須存林下氣，（注見卷二。）掃烹羞效里中羶。（李燾「長編」）陶穀得黨太尉家姬，遇雪，取雪水烹茶。效羶，見前注。）庭中一道纖纖印，散亂銀杯惑醉人。（韓愈「雪」詩）隨車翻縞帶，逐馬散銀杯。）

對雪有感和陸仲謌韻

白鳳飄翎到地輕，（蘇軾「中途雪後」詩）鵝毛垂馬騣，自怪騎白鳳。）晨窗輝映誤疑晴。身經（一作輕）載筆游梁苑，（「禮記」）史載筆。（謝莊「雪賦」）梁王不悅，游於兎園，俄而密雪下，王乃命相如賦之。（「一統志」）梁園在河南開封府，一名梁苑，是漢梁孝王游賞之所。）心憶銜枚入蔡城。（「秋聲賦」）如赴敵之兵，銜枚疾走。（「新唐書・李愬傳」）師夜起，會大雨雪，吏請所向，愬曰：「入蔡州取吳元濟。」夜半至懸瓠城，雪甚。于祐等坎墉先登，衆從之。）但以高寒增嶽色，可能嗚咽壯河聲。千倉玉屑東皇獻，（「詩」）乃求千斯倉。（白居易「雪詩」）密如飄玉屑。（「尚書緯」）春爲東皇。）似犒擒胡百萬兵。（按）時崇禎九年。）

壽曾太夫人（自注）職方母初度在卽，職方疏請歸省，不得，乞言爲壽。）

南天齧指仰尊慈，（元稹詩）雁又過南天。（「搜神記」）曾子從仲尼在楚，心動辭歸。問母，母曰：「我思爾齧指耳。」（沈約「讓封表」）及顧溫靖之館，懽結尊慈之懷。）喜逮曾參祿養時。（「韓詩外傳」）曾子曰：「吾嘗仕齊爲吏，祿不過鐘釜，尚猶欣欣而喜者，樂其逮親也。」）產玉已成清廟器，（梁簡文帝詩）羊田陋其產玉。（「唐書・崔渙傳」）嚴挺之施特榻試渙「彝尊銘」，謂曰：「子清廟器，故以題相命。」將雛先占上林枝。（李義府詩）言是鳳將雛。（應璩詩）上林多少樹，可借一枝棲？于今益信無投杼，（「國策」）費人有與曾子同名者，殺人。人告曾母，母曰：「吾子不殺人。」織自若，三告，母乃懼，投杼踰垣而走。自古何勞一作空誇有斷機。（「列女傳」）孟子學而歸，孟母方織，問孟學所至，孟子自若也。母以刀斷其機曰：「子之廢學，猶吾斷斯機也。」承命勉擒仁壽頌，（「論語」）仁者壽。（「周禮」）承命不違。南豐門下敢言詩？（「宋史」）曾鞏，字子固，南豐人。

當年玉粒散倉陳，（「拾遺記」）不周之粟穗三丈，粒皎若玉。（「史記・平準書」）太倉之粟，陳陳相因。活卻南州幾萬人？（「楚辭」）嘉南州之炎德兮。彤管定應題女俠，（「詩」）貽我彤管。（箋）彤管，赤管也。必以赤者，欲使女史以赤心正人。青蓮早已悟禪眞。（「翻譯名義集」）優鉢羅此云青蓮華。（唐太宗「戰陣處立寺詔」）法鼓所振，變炎火於青蓮。（張蠙詩）眞禪元喻色爲空。窮鄉野老傳歌頌，（蕭子顯文）所以屢上歌頌。通國閨娃識典型。眾祝自應一作然祥瑞集，（自注）夫人事佛好施，凶年所活甚衆。諸孫濟濟皆著才名，見乞言原序。（「唐書・崔琳傳」）琳長子㒞，諫議大夫，其羣從數十人，自興寧里謁大明宮，冠蓋騶哄相望，每歲時宴於家，以一榻置笏，猶重積其上。竚看紳笏滿階庭。

左姬閑話

江南花下綠窗明，（白居易詩）綠窗貧家女。有箇同伊一字名。祇爲嬌癡偏泥我，（張以寧詩）少姑十二方嬌癡。若論風調那如卿？(白居易詩)依稀風調似文君。爭差笑靨些些露，(范成大詩)淡淡妝成笑靨新。(白居易詩)笙歌隨分有些些。相似眉灣略略平。(「易林」)昭昭略略。新故兩俱拚不得，去留無計若爲情。

別語

行裝怕檢思紛紜，(「漢書·南越王傳」)飭治行裝。衫袖啼痕替爾薰。休恃嬌憐由阿母，便持心事語同羣。(薛能詩)獨院阻同羣。環釵細碎親收拾。(元鎭詩)環釵漫篸綠雲叢。收拾，見前注。香茗徐需好寄聞。牢記向他筵席上，莫誇知己解詩文。

但許重來不恨遲，閨房儀注已詳知。(「舊唐書·經籍志」)史類十三，八曰儀注，以紀吉凶行事。君家自慣迎桃葉，妾嫁何辭待牧之？雜坐不歡逃客酒，(唐彥謙詩)衆飲不歡逃客酒。閑時無事背郎詩。風塵欲脫心難一作雖久，拚爲同心耐幾時。

臨行，阿瑣欲盡寫前詩，凡十一首。既而色有未滿，曰：「斯語太文，妾不用此。可爲別製數章，取數月來情事蹤跡，歷歷於心者譜之，(杜甫詩)歷歷開元事，分明在眼前。勿詭勿艷，勿謦妾姿藝，如一語有犯，即罰君一盃。」余曰：「固然，但每詩成而卿以爲可，亦引滿賞此，(「漢書·敍傳」)皆引滿舉白。何如？」一笑許諾，遂口占爲下酒。(「漢書·陳遵傳」)憑几，口占書吏。(注)占，隱度也，口隱其辭以授吏也。(「宋史」)蘇舜欽在杜祁公館舍，每夜必求酒一斗。公密窺之，見方看「漢書」，曰：「有如此下酒物，一斗未足多也。」

笑將卮酒互相攙，(于濆詩)燕娥奉卮酒。瞞卻當筵石尉嚴。(「周秦行記」)綠珠曰：「石尉性嚴忌。」猶是(一作自)怕人腸未斷，(自注)「應如是否？」曰：「是矣，是矣！」引滿一杯。此後瑣飲，皆不贅書。臨行分付與鞋尖。(劉克莊詩)蹴踘鞵尖塵不涴。(韓偓詩)分付春風與玉兒。

豪客歡筵列畫堂，曲房低几暗留郎。頻頻刷鬢熏衣到，(陶潛「閑情賦」)刷玄鬢於頹肩。(韋莊詩)金鳳羅衣從麝熏。先付銷魂一段香。(遼懿德后「十香詞」)消魂別有香。

金魚池畔習琵琶，（「燕都游覽志」）魚藻池在崇文門外西南，俗呼金魚池，養朱魚以市易。公主親拈與翠花。（「却埽編」）帝者之女謂之公主，蓋因漢氏之舊，歷代循焉，未之有改。（溫庭筠詩）侍女低鬟落翠花。旋被諸姨分揷去，爲郎留住鳳團茶。（「畫墁錄」）有唐茶品，陽羨爲上。至本朝丁晉公爲轉運使，始製爲龍鳳團。

問郎燈市可曾游？（「燕都游覽志」）燈市在東華門王府街東。崇文門街西亘二里許，自正月初八起，至十八日罷。可買香絲與玉鈎？（李賀詩）一編香絲雲撒地。（李商隱詩）好好題詩詠玉鈎。可有繡簾樓上看？（陸游詩）繡簾銀燭看歸舟。打將瓜子到肩頭。

盤鴉未竟厭人催，（李賀「美人梳頭歌」）纖手卻盤老鴉色。推托侯家昨未回。忽報意中人下馬，（李賀詩）入門下馬氣如虹。笑持青綹出簾來。（自注）問余綹字義，余解以唐詩青絲一綹。意猶未慊，再解以方言，三綹梳頭，始巹然耳。

慣坐肩輿怯繡鞍，（蘇軾詩）肩輿任所適。（又）金羈玉勒繡羅鞍。棋盤幾步下街難。（「燕都游覽志」）棋盤街，在正陽門內直宮禁大明門之前。自誇簪上杭州髻，瞞過巡軍與內官。（自注）已上五盞，皆歡飲無辭。至此首云：「事跡雖眞，不關情好，且八寸三頭巾耳，何煩指念！」余爲受罰一大盃。

密訂歡期數日前，自將金釧治盤筵。（徐賢妃詩）腕搖金釧動。（白居易詩）盤筵占地施。心嫌阿母叨叨問，只說郎來是偶然。

飲社羣推粉步兵，（「魏志」）阮籍聞步兵廚營人善釀，有貯酒三百斛，乃求爲步兵校尉。談諧糾摘巧生情。（「北里志」）鄭舉舉善令章，與絳眞互爲席，糾巧談諧。偶因一盞蕭郎酒，賣卻從前錄事名。（自注）以次句頗涉誇譽，罰余一盞，而全首眞事，亦自引滿。（按）（「老學庵筆記」）前輩謂妓曰酒糾，蓋謂錄事也。

幾回席上錯稱呼，女伴知他碧作朱。(自注)不曉此語，余爲解則天「如意曲」。因問則天何處姊妹，令人失笑。(按)(則天「如意娘曲」)看朱成碧思紛紜，憔悴支離爲憶君。更迭一作迭詐傳郎語到，(「詩」)三五在東。(疏)列宿更迭而見。乍令歡喜乍愁吁。杜審言有「歡喜詩」。(杜甫詩)頻愁吁而蹭蹬。

受郎珍惜只儂知，(耶律楚材詩)英才可珍惜。難忘霞侵月滿時。(「南唐近事」)周世宗時，陶穀來聘，韓熙載使家姬奉盤匜。且得穀啓曰：「巫山之麗質初臨，霞侵鳥道，洛浦之妖姬自至，月滿鴻溝。」熙載訊之，曰：「是夕適浣濯焉。」最是將歸猶未忍，(自注)，聽罷淒然，取酒自斟，而淚已盈盈矣。阿娘傳語怪來遲。(漢武帝詩)何姍姍其來遲?

尋郎不遇意翛然，(白居易詩)竟夕遂不寐，心體俱翛然。炙盡龍涎幾餅煙。(「宋史・禮志」)紹興七年，三佛齊貢龍涎香。弄筆繙書閑坐久，(韓偓詩)有時閑弄筆。(范成大詩)眼明無用且繙書。已聞嘶馬到門前。(溫庭筠詩)門外蕭郎白馬嘶。

來時盡意洗鉛華，(蘇軾詩)洗盡鉛華見雪肌。(李商隱詩)鏡拂鉛華膩。自注爐香自潑茶。纖手特一作待操青鎖鑰，問郎堪否便當家。(自注)此二章是其最得意處，不拘原限，連舉數觴。(案)(范成大詩)村莊兒女各當家。

藕花飄紫水挼一作拖藍，(沈約「郊居賦」)紫蓮夜發。(白居易「池上詩」)直似挼藍新汁色。秋夜河燈淨業庵。(「燕都游覽志」)積水潭內，多植蓮花，名爲蓮花池。或因水陽有淨業寺，名爲淨業湖。中元夜寺僧於湖邊放水燈，雜入蓮花中，游人設水嬉，爲盂蘭會。此景卻疑身是夢，與卿攜手在江南。(自注)連飲至此，紅霞上頰，似不勝酒，因住觴事云。(杜甫詩)正是江南好風景。

酡顏斜睇目生瀾，（「楚辭」）美人既醉朱顏酡。（「禮」目容端疏）不邪睇而視之。飲與風騷正未闌。（高適詩）秋興引風騷。可記鬢邊花落下，半身涼月靠闌干？（自注）欲罰余第二句第四字，余分疏得免。見後二句，顏色忿然。余固無辭於罰，然非詆非譽，不犯初約，彼此各盡一觴。尚有餘語，不暇志錄。（張九齡詩）清秋發高興，涼月復閒宵。

嗔怒纔因半語訛，（韓偓詩）嗔怒難逢笑口開。臂彎零亂指痕多。明朝翻向人前諱，不許檀郎卷袖羅。（自注）為歡笑絕倒。（林藻「吳宮教戰詩」）揮戈羅袖卷。

身經秘事幾回癡，（「史記・孝武本紀」）其事秘世莫知。口噤心銜夢裏知。（「楚辭」）口噤閉而不宣。（林景熙詩）心銜覆載仁。（韋莊詩）錦帳佳人夢裏知。今日總來添別淚，（韓偓詩）別淚開泉脈。不能填入斷腸詩。（自注）見此掩面欷噓，擲盃而臥，僕夫促駕，余亦不能再飲以酒矣。（案）（韓偓詩）清歌早入斷腸詩。

車中再贈

坐郎兜裏淚相看，（梁簡文帝詩）脈脈兩相看。雙筯啼一作垂痕舐不乾。（劉孝威詩）誰憐雙玉筯，流面復流襟？橄欖味前偏耐等，（蘇軾「橄欖詩」）待得微甘回齒頰。蔗竿甜後卻輕拚。（王周詩）蔗竿閒倚碧。（「世說」）顧愷之每食蔗，自尾至本。或問之，曰：「漸入佳境。」拚，棄也。嬰年弄玉言猶在，嬰年弄玉，見前注。（「左傳」）言猶在耳。嫁日量珠事不難。（「綠珠傳」）綠珠本姓梁，石崇為交趾採訪，以珍珠一斛買之。歸到亂紅爭笑處，（秦觀詩）繁花堆亂紅。可能還念縞梅寒。（吳澄「叠葉梅詩」）縞袂怯單寒後襲。輿馬頻催日漸西，（張正見詩）良時不可再，騶馭鬱相催。猶貪一刻把柔荑。（詩）手如柔荑。愁顏幾日花欹雨，（吳萊詩）洞府寢遠多愁顏。歡緒從今絮墮泥。（韓愈詩）歡緒絕難承。（參寥詩）禪心已作沾泥絮。舉盞未歌先哽咽，（李勃詩）淚袖雙揮心哽咽。憑鞍欲語更淒迷。（郝經詩）缺壺歌罷意淒迷。無聊寄倩桃根姊，一喚離鸞夢裏啼。（李商隱詩）豈知孤鳳憶離鸞？

送陳蘭陔作令衡陽時方有弄璋之喜（「詩．小雅」）乃生男子，載寢之牀，載弄之璋。

銀艾初腰黛筆濃，（「後漢書．張奐傳」）前後仕進，十腰銀艾。（注）銀印綠綬也，以艾草染之，故曰艾也。黛筆，見前注。將雛新喜上眉峰。將雛，見前注。（陳師道詩）眉聳三峰秀。命名豈必同溫嶠，（「晉書．桓溫傳」）生未期，溫嶠聞其聲曰：「眞英物也。」父以嶠所賞，遂名之曰溫。贈字還須待蔡邕。（「吳志．顧雍傳」注）雍從蔡伯喈學，專一清靜，敏而易教，伯喈異之，謂曰：「卿必成名，今以吾名與卿。」故雍與伯喈同名，由此也。湘浪色搖文葆綠，（柳宗元詩）風起三湘浪。（「史記．趙世家」）取他嬰兒，衣以文葆，匿山中。嶽雲一本作霞光映錦繃紅。（蘇軾「潮州韓文公廟碑」）公之精誠，能開衡山之雲。（「安祿山事跡」）祿山生日後三日，貴妃以錦繡綳縛祿山，以綵輿舁之。知君心切疲氓處，（韓愈詩）疲民墜將拯。正與含飴膝上同。（「後漢書．明德馬皇后傳」）吾但當含飴弄孫。携將蘭玉向南天，（「晉書」）謝元與從兄朗爲叔父所器，曰：「子弟亦何預人事，而欲使其佳？」元曰：「譬如芝蘭玉樹，欲使生於階庭耳。」南岳夫人與駐年。

（「南岳魏夫人傳」）夫人名華存，幼而好道。晉咸和九年，太乙元仙遣飈車來迎夫人，乃託劍形化去，位爲紫虛元君上眞司命。南岳夫人秩比仙公。（嵇康「養生論」）邛疏以石髓駐年。賀版乍逢湯餅會，（喻鳧詩）歛版賀交親。（「唐書・明皇王皇后傳」）陛下獨不記阿忠脫新半臂，換斗麪爲生日湯餅耶？沉金兼犒洗兒錢。（「天寶遺事」）楊貴妃以安祿山爲子，生日，明皇賜貴妃洗兒錢。承家治譜須留讀，（「易」）開國承家。（「齊書・傅琰傳」）父子並著奇績，江左鮮有，治縣譜，子孫相傳，不以示人。訓士精心與細傳。官與正濃婚嫁始，愁君何日謝塵煙？（張說文）塵烟一色。

寄懷孝尼（自注）此下四首，皆去秋所作，近追憶錄此。

莫恨行人寄問疏，（陸龜蒙詩）知有姓名聊寄問。恐君無暇剖雙魚。（樂府）客從遠方來，遺我雙鯉魚；呼兒烹鯉魚，中有尺素書。深宵刻畫多奇句，（「世說」）何乃刻劃無鹽？（陸游詩）奇句入神聞鬼泣。長夏丹鉛必異書。（韓愈詩）丹鉛事點勘。（蘇軾詩）知君得異書。茗椀數分禪悅味，（陶宗儀詩）茗椀香清遣睡魔。（黃元之「維摩詰像碑」）禪悅爲味，詎假珍羞？文房剛並莫愁居。（竇臮述賦」）翰院文房。（古樂府「莫愁歌」）莫愁在何處？住在石城西。後庭梅蕊將舒白，（杜甫詩）梅蕊臘前破。一石醇醪爲我儲。（「史記」）能飲一石。（戴逵「酒讚」）醇醪之興，與理不乖。

旅況書寄雲客

倩人針線綻征衫，(李適詩)征衫八月風。強促隣僧使夜談。(馬戴詩)孤壁夜僧隣。書債僅能償闞澤，(「吳志·闞澤傳」)居貧無貲，常爲人傭書，以供紙筆，所寫已畢，誦讀亦遍。(韋莊詩)未酬闞澤傭書價。唱歌空想覓何戡。(劉禹錫詩)舊人惟有何戡在，更與殷勤唱渭城。歡叢去眼詩無料，(陸游詩)歸遲不是尋詩料。酒境違心醉不甘。(戴良詩)世間有眞樂，除是醉中境。(杜甫詩)歲晚寸心違。欲寫客愁難着句，(儲光羲詩)朝暮增客愁。(陸游詩)紅葉滿階秋着句。被君先占憶江南。白居易「長慶集」有「憶江南」三首。

獨吟獨一本作孤醉自支持，(崔塗詩)行人自笑不歸去，瘦馬獨吟眞可哀。(歐陽修詩)獨醒臥斜曛。朋舊官身可泥誰？(張說詩)朋舊少相過。(白居易詩)愁來欲泥誰？懷刺往酬無味客，移箋來乞不情詩。歡黴訛事偷游少，(自注)訛卽訛棍，如介松年所遭之類，是也。偷游，字見唐「北里志序」。飲冒虛名得散遲。非敢謂君同病此，(「廣絕交論」)同病相憐，綴河上之悲曲。料君相一作想憶寄君知。(劉禹錫詩)紗窗遙想春相憶。

在北有懷仲父叔器，時里中傳余陷敵。去年從父楚游，亦誤傳陷寇，何其相類也。

京塵無地可披襟，(陸機詩)京洛多風塵。(宋玉「風賦」)有風颯然而至，王乃披襟當之。悔別城南綠樹陰。(自注)叔所居也。(孟浩然詩)綠樹村邊合。把酒一作盞我推能盡量，評詩君許不違心。里兒自愛傳訛語，里兒，見前注。客子何曾輟醉吟？(盧照隣詩）關山客子路。（薛逢詩）王粲醉吟樓影移。 賴是與君俱誤活，百壺花露又同斟。（自注）誤活，戲用桓公語。（案）事見「晉書・習鑿齒傳」。（「野客叢書」）眞州郡齋，舊有酒名花露。

鄭超宗母七月七夕七旬初度 超宗，名元勳，揚州人。

巉巉白嶽英靈囿，（岑參詩）巉巉五丁迹。（「徽州府志」）白嶽山在休寧縣。（陳子昂詩）此地饒英靈。 不鍾男子鍾閨秀。（「世說」）顧家婦清心玉映，是閨房之秀。 天上光瀶婺女星，（「漢書」）北宮有婺女星，占曰：「婺女爲已嫁之女也。」 人間瑞啟康成後。（「後漢書」）鄭玄，字康成。 夫君早歲擅豪華，置驛邀賓家法奢。（「漢書・鄭當時傳」）每五日洗沐，常置驛馬長安諸郊，請謝賓客，夜以繼日，至明旦，常恐不遍。（權德輿詩）家法遙傳闕里訓。 肯爲無衣開藎篋，屢因沽酒拔金釵。（元稹「悼亡詩」）顧我無衣搜藎篋，泥他沽酒拔金釵。 森森玉樹盈階砌，（李白詩）碧樹森森迎。 機杼聲中課經藝。（「宋史・仁宗紀」）聞民舍機杼聲。 孫繞芝蘭七葉輿，（「南史・王筠傳」）未有七葉之中，名德重光，爵位相繼，如我門者也。 兒傳俎豆雙珠貴。（「史記・孔子世家」）爲兒嬉戲，常陳俎豆，設禮容。（「宋書・謝靈運傳」）孟覬衛將軍，昶弟也，覬昶並美丰姿，故時人謂之雙珠。 阿鴻指日去摩天，（蘇軾詩）塞鴻正欲摩天去。 阿母高懷自洒然。（杜甫詩）高懷見物理。（戴叔倫詩）灑然滌煩襟。 談塵故存林下氣，（陸游詩）客來拈起清談塵。林下氣，見前注。 板輿貞稱地行仙。板輿，注見前。（「楞嚴經」）衆生堅固，服餌草木，藥道員成，名曰地行仙。 高堂桐竹新涼早，（「蜀都賦」）置酒高堂，以御嘉賓。 瓜藕筵中陳火棗。（「荊楚歲時記」）七夕，婦女陳瓜果庭中，以乞巧。（秦觀詩）火棗交梨近可餐。斷機餘縷付穿針，斷機，注見前。（「西京雜記」）漢綵女常以七月七日，穿七孔針於開襟樓。

鳳毛麟角爭呈巧。（「南史・謝超宗傳」）帝賞之曰：「超宗殊有鳳毛。」（「詩」）麟之角，振振公族。曝衣樓上古型儀，（「西京雜記」）太液池西有曝衣樓，七月七日宮人出衣曝之。（「晉書」）儀型作範，旁訓四方。儉製俱堪士女師。（「詩」）以穀我士女。孟被未由參氣類，（「吳錄」）孟宗少從李肅宗學，其母為作大被，曰：「小兒無德致客，學者多貧，故為廣被，庶得與氣類相接。」班書終一作縱擬受文辭。（「後漢書・列女傳」）曹世叔妻名昭，兄固著「漢書」，未成而卒。和帝詔昭續成之，同郡馬融伏閣下，從昭受讀。尋一作雖或作鄒陽聲價陶公久，（李白文）聲價十倍。美譽寧因范逵有。要識薪蒭剉薦心，（「晉書・陶侃傳」）侃母湛氏少為尋陽縣吏，嘗監魚梁，以一坩鮓遺母。湛氏封鮓及書責之。孝廉范逵寓宿於侃，時大雪，湛氏撤所臥新薦，自剉以給其馬。又截髮賣人，以供肴饌。逵歎曰：「非此母不能生此子。」侃竟以功名顯。教成竹木匡時手。（「晉書・陶侃傳」）時造船木屑及竹頭。悉令舉掌之，咸不解所以。後正會積雪始晴，廳事前餘雪猶溼，於是以木屑布地。及桓溫伐蜀，又以侃所貯竹頭作釘裝船。其綜理微密，皆此類。」（王翰詩）廟堂早定匡時策。歲歲花前梵唄聲，（劉希夷詩）年年歲歲花相似。（「楞嚴經」）梵唄詠歌，自然敷奏。無生悟後即長生。（王維詩）欲知除老病，惟有學無生。（「莊子」）無勞汝形，無搖汝精，乃可以長生。（「聖教序」）無滅無生，歷千刼而不壞。頓令千古癡兒女，（元好問詞）就中更有痴兒女。一洗銀河悵望情。（「東京歲華記」）七夕人家設宴，兒女對銀河拜。

頗推獎名士，士亦以此附之。

龍友尊慈七十壽歌（「明史」）楊文驄，字龍友，貴陽人。浙江參政師孔子。萬曆末，舉於鄉。崇禎時，官江寧知縣。文驄善書，有文藻，好交遊。其爲人豪俠自喜，

金筑峰巒雙鳳翅，（「貴州通志」）鳳凰山在貴筑縣城南五里。茗蘭柯葉香風熾。（「漢書・敍傳」）形氣發於根柢兮，柯葉彙而靈茂。孕一本作拔秀鍾靈到碩人，（徐鉉文）孕靈資雨露，鍾秀自山川。（「詩」）碩人頎頎。閨閣典型林下氣。瑎源遙遡自塗山，（自注）越爲大禹之後。（梁簡文帝文）結慶瑎源。（「左傳」）禹會諸侯於塗山。拾得神螺贛水灣。（「太平廣記」）義興縣有鰥夫吳堪，於水濱得一白螺，拾歸以水養之。自縣歸家，見家中飲食已備，乃食之，如是十餘日。堪意疑白螺所爲，乃自隣家隙中窺之，見女自房出入厨。堪自門入，女遂歸房不得。堪拜之，女曰：「天帝勅余以奉媲，幸君垂悉無疑。」堪敬而謝之，自此彌將敬洽。（「水經注」）贛縣東有章水，西有貢水，二水合贛字，因以名江。國士當年楊萬里，楊萬里，南宋吉水人，仕至寶文閣待制。博學工詩，世稱誠齋先生，「宋史」有傳。才華獨步臥龍蟠。（李邴文）海內風流，江南獨步。良姻妙選高門簿，（劉長卿詩）垂老絕良姻。（梁元帝文）允膺妙選。（「舊唐書」）鼎族高門。婉嫕渾如出寒素。（「晉書・武悼楊后傳」）后婉嫕有婦德。（又「武帝紀」）拔寒素。薑橘親調奉舅姑，注見卷二。荆簪一洗鉛華御。（李山甫「貧女詩」）間把荆簪益自傷。（「洛神賦」）鉛華不御。同看淮南一縣花，（「白帖」）潘岳爲河陽令，多植桃李，號曰花縣。（庾信賦）河陽一縣併是花。懸魚拔薤在冰衙。（「後漢書・羊續傳」）續爲南陽太守，府丞嘗獻其生魚。續受而懸於庭。（又「龐參傳」）拔大本薤者，欲吾擊強宗也。橫經講席三年後，（謝承「後漢書」）董奉立精舍，門徒常數百人。每升講堂，橫經捧手，請問者百人。桐封驕僭消萌芽。（「史記・晉世家」）

成王與叔虞戲，削桐葉為珪，曰：「以此封汝。」史佚因請擇日立叔虞。成王曰：「吾與之戲耳。」史佚曰：「天子無戲言。」於是遂封叔虞於唐。 越東估客滇南士，謳吟是處題碑記。（「漢書・敍傳」）民皆謳吟思漢。 次第看山到永嘉，（「南史・謝靈運傳」）為永嘉太守，郡有名山水，素所愛好，尋山陟嶺，必造幽勝。 攜歸只有酬恩淚。（武元衡詩）感激酬恩淚。 鳳詔頻褒內助賢，（「鄴中記」）石虎詔書，以五色紙銜木鳳皇口，飛下端門。（宋史・孟后傳）宣仁太后語帝曰：「得賢內助，非細事也。」 翟珈耀映紫泥鮮。（「詩」）君子偕老，副笄六珈。（又）玼兮玼兮，其之翟也。（案）珈，以玉加於笄而為飾也。翟，王后六服之一，畫羽為飾之衣也。（「漢舊儀」）天子信璽，皆以武都紫泥封。 閨房風義相師友，（李商隱詩）平生風義兼詩友。 人羨齊眉鶴髮仙。（蕭子範詩）顧影笑齊眉。（杜甫詩）清秋鶴髮翁。 買得名姝曾勸進，（張何賦）卓氏名姝。 靚粧深夜持茶問。（「蜀都賦」）炫服靚粧。 整容拱手誦尚書， 溫公心感清河郡。（「清波別志」）司馬溫公未有子，清河郡君為置一妾，乘間俾入書室以覬一顧，妾取一帙，問曰：「中丞，此是何書？」公拱手莊色曰：「此是『尚書』。」 荀家龍種謝家雛，（「後漢書」）荀淑有子八人：儉、緄、靖、燾、汪、爽、肅、專，並有名稱，時人謂之八龍。謝家雛，見前「送陳蘭陔詩」蘭玉注。 和璧隨珠豈在多？（「韓非子」）楚人和氏得璞，使玉人理之，得寶焉，遂名曰和氏之璧。（「淮南子」注）隨侯見大蛇傷，以藥敷之，蛇於夜中銜大珠以報，因曰隨侯之珠。 片玉已成清廟器，（「晉書・郤詵傳」）臣對策為天下第一，猶桂林一枝，崑山片玉。（「唐書・李珏傳」）韋處厚目為清廟之器。 一鳴飛占上林柯。（「史記・滑稽傳」）不鳴則已，一鳴驚人。（李義府詩）上林如許樹，願借一枝棲。 鱣堂暫息鯤鵬駕，（「後漢書・楊震傳」）有冠雀銜三鱣，飛集講堂前。鯤鵬，見「莊子」。（陸游詩）時看雲海化鯤鵬。 聲誼文章動天下。 廣被頻招氣類游， 米車恐觸萱慈罵。（「唐書・列女傳」）李畬母有淵識，畬為監察御史，得稟米量之，三斛而贏，問於吏，曰：「御史米不概也。」又問車庸，曰：「御史不償也。」母怒，還餘米，償其庸。 鍾陵遙隔彩雲西，（李白詩）朝辭白帝彩雲間。（「唐書・狄仁傑傳」）授并州法曹參軍，親在河陽，仁傑登太行山，反顧，見白雲孤飛，謂左右曰：「吾親舍其下。」瞻悵久之，雲移乃得去。 夢裏時因齧指啼。用曾子事，詳見前。 于今益信無投杼，注見前。 自古何勞有斷機？壯游不用離腸繞，杜甫有「壯游」詩。 臚唱應偕鶴觴到。（宋旡詩）臚唱果丹墀。（「酒譜」）劉白墮善釀酒，朝士千里相饋，號曰鶴觴。 雷電催開夢筆花，（「天寶遺事」）李太白少時，夢所用之筆，頭上生花。 露華益茂忘憂草。 憶昔狂童犯順年，本溫庭筠「奉天西佛寺」詩。 腥風血雨暗蠻天。（韓愈詩）腥風遠更飄。（「西都賦」）風毛雨血，洒野蔽天。 訛言一本作傳。 怪夢日千變，（「詩」）民之訛言。（劉勰「新論」）怪夢者所以警庶人也。（李俊民詩）浮雲世事日千變。 心折骨驚一本作怪夢驚心 徒憂煎。（江淹賦）使人意奪神駭，心折骨驚。（高適詩）胡為輒憂煎？ 須臾風霽烟霾息，愛女門楣森鼎立。（「魏志：丁儀傳」）恐愛女不悅。（陳鴻「長恨歌傳」）當時謠曰：「男不封侯女作妃，君看女却為門楣。」 相逢一笑話團圞，（杜甫詩）一笑喜迎逢。（「傳燈錄」）龐居士偈曰：「有男不婚，有女不嫁，大家團圞期，共說無生話。」 不羡珠圓欽玉潔。（權德輿文）珠圓玉潔，焜耀盈升。 玉潔珠圓搶攘時，（范成大詩）搶攘塵土簿書裏。 造物疑於阿母私。（李昭玘「謝到任啓」）猥霑造物之私。 只今蘭玉盈階砌，（「世說」）子弟佳正如芝蘭玉樹，欲其生於庭階耳。 繞膝含飴還問字。（周霆震詩）兒戀母懷啼繞膝。含飴、問字，均見前注。 置笏終須滿一床，（「舊唐書・崔義元傳」）開元中，神慶子琳等，皆至大官，羣從數十人，趨走省闥，每歲家宴，以一榻置笏，重疊其上。 藏書近欲過千笥。 況復修心向鹿車，（「管子」）道也者，所以修心而正形也。（「法華經」）長者告諸子，言羊車、鹿車、牛車，今在門外，可以游戲，汝等於此火宅，宜速出來。（注）羊車喻聲聞乘，鹿車喻緣覺乘，牛車喻菩薩乘。 香臺時禮妙蓮華。（張說詩）香臺豈是世中情？「妙蓮華」，見前注。 故應不羨生天福，慧業文人聚一家。

寄孝尼第二首（自注）此亦乙亥年作。

燕市誰同擊筑歌？（「史記・刺客傳」）荊軻日與狗屠，及高漸離飲於燕市，酒酣，漸離擊筑，軻和之。君閑曾否訪巢窩？（孟浩然詩）燕訪舊巢窩。眞看香粉論車載，（「吳志」）車載斗量，不可勝數。何止琵琶似瓿多？（「北夢瑣言」）江陵在唐世，號衣冠藪，人言琵琶多於飲瓿，措大多於鯽魚。修竹淀園宜眺賞，（「一統志」）暢春園在京城西直門外十二里，地名海淀，明武淸侯李偉故園。偃松蕭寺幾婆娑。（「六研齋筆記」）報國寺古松二株，低枝曲幹，偃罩各十餘步。（許渾詩）月高蕭寺夜。（「爾雅」）婆娑，舞也。謫仙不敢重題詠，（「唐書・李白傳」）賀知章見其文，嘆曰：「子謫仙人也。」（「藝苑醍醐」）李白過武昌，見崔顥「黃鶴樓詩」，嘆服之，遂擱筆。知有詩人舊日過。

雲間物外人也，（「唐書・元德秀傳」）彈琴讀書，陶陶然遺身物外。其幽懷佳（一作玄）尙，（陶潛詩）幽懷不可寫。（蔡襄詩）之人務佳尙，意與賢豪傾。不可一世，而時混跡於聲酒，流賞於翰墨，直寄其牢騷焉耳。衣白先生贈句云：「無事到心頭。」豈徒然哉？敬演其意爲壽。

茶竈香篝自掩關，（陳陶詩）幽香入茶竈。（劉克莊詩）深炷香篝掃地眠。（羊士諤詩）園亭但掩關。小樓眠坐對春山。家居梓澤蘭亭側，（「晉書・石崇傳」）崇有別館，在河陽之金谷，一名梓澤。（又「王羲之傳」）嘗與同志，宴集於會稽山陰之蘭亭。人在林逋魏野間。（「宋史・隱逸傳」）林逋，字君復，杭州錢塘人，性恬淡好古，不趨榮利。魏野，字仲仙，陝州陝人，嗜吟咏，不求聞達。幽一作出谷青猶沾杖履，（「詩」）出自幽谷。（蘇軾詩）春在先生杖履中。飲池紅已駐容顏。（「史記・扁鵲傳」）飲以上池之水。（白居易詩）又無大藥駐朱顏。東南隱逸將成傳，（按）「晉書」有「隱逸傳」，自後各史多沿之。誰謂玄貞未易攀？唐張志和，號玄貞子。

吳歈按拍老彌精，（白居易詩）齊手拍吳歈。字字雕梁落細塵。（元稹「善歌如貫珠賦」）度雕梁而暗繞。（劉向「別錄」）魯人虞公發聲，清晨歌動梁塵。看竹賓朋王大令，（「晉書・王徽之傳」）時吳下一士大夫家有好竹，欲觀之，便出，坐輿看竹，諷咏良久。彈絲弟子李夫人。（「漢書・外戚傳」）孝武李夫人，本以倡進，妙麗善舞。奚囊字句一作書收千卷，曲檻煙波墜一綸。（竇庠詩）曲檻迴軒深且邃。（張祜詩）滄洲垂一綸。何物似君高逸處？錫峰窗外正嶙峋。（「常州府志」）錫山本慧山東峯，周秦間曾產錫，故名。（韓愈詩）丘壑皆嶙峋。

庚辰年 崇禎十三年 公元一六四〇

和司李李寶弓詠雪獅二首

李、理通。宋於諸州置司理參軍，專掌獄訟勘鞫之事，元明時，以司理稱推官。

築玉摶酥頃刻成，（蘇軾文）頃刻而成。雄蟲毛骨儼崢嶸。（「圖繪寶鑑」）毛骨隱起。（羅隱詩）寒氣轉崢嶸。迴身故作拋球勢，（王昌齡詩）一片冰心在玉壺。奮怒如聞抉石聲。（「書斷」）怒猊抉石。面帶霜稜眞可畏，（楊炯賦）霜刺刺兮稜稜。心同冰水一何清。故應仙吏眈吟賞，（儲光羲詩）道德同仙吏。照座寒芒奪月明。（蘇軾詩）疏星弄寒芒。多雷誤響阿香車，（「搜神記」）周永和出行田，日暮，道旁有女子，留宿。一更後，有呼阿香者云：「官喚汝推雷車。」女遂辭周去，俄而大雷。疑是狻猊作吼呼。（自注）冬未盡，二日有雷，立春後大雪。（案）（「說文」）獅一名狻猊。鹽虎僅堪充下陳，（李商隱「殘雪」詩）刻獸摧鹽虎。（班婕妤賦）充下陳於後庭。土牛已遣導前驅。（「月令」）孟春之月，出土牛以送寒氣。（杜甫詩）爲我作前驅。宜陪蜀殿瓊人看，似用蜀先主甘后事。注見前。（李商隱詩）蜀殿瓊人伴夜深。恰稱眉山掃象圖。（「宣和畫譜」）張僧繇有「掃象圖」。（「名畫記」）嵇康有「獅子擊象圖」，傳於代。聞道僧繇點睛後，晴空飛去不須臾。（「宣和畫譜」）張僧繇畫四龍於金陵樂安寺，不點睛，人問之，答曰：「點則飛去。」固請點之。頃刻，雷電交作，二龍乘雲騰上。其二不點者猶在。

閏元宵卽事和神超先生韻

怕問今宵月有無，落梅殘朵更清癯。（貫休詩）江月落殘梅。（梅堯臣「詠梅」詩）天敎飛雪伴清癯。華燈誰復張雲母？（古樂府）華燈何煌煌。（溫庭筠詩）兩重雲母空烘影。綺席重看蔗木奴。（沈君攸詩）絲繩玉壺傳綺席。（「荊州記」）李衡於龍陽洲種橘千株，臨死敕其子曰：「吾洲裏有千頭木奴，歲可得絹千匹。」

野馬日光纔掩映，（韓偓詩）窗裏日光飛野鳥。（權德輿詩）日斜門掩映。紙鳶風力已搏扶。（「續博物志」）今之紙鳶，乃引絲而上，令小兒張口望上，以洩內熱。（徐寅詩）春風却放紙爲鳶。（溫庭筠詩）鵬翼欲搏扶。兒童未盡嬉游意，怒畫僧虔蠵鳳珠。（「南史・王僧虔傳」）父曇首，與兄弟集會子孫，任其戲。適僧綽採蠟燭珠爲鳳凰。

嫩晴踏訪殘梅次蓮公韻（楊萬里詩）細草欣欣賀嫩晴。

屢欲尋梅過野塘，（李商隱詩）知訪寒梅過野塘。臥聞簷雨暗心傷。喜看淡日穿雲色，痛惜寒花委地香。（韋應物詩）寒花獨經雨。（陸游詩）委地落花新着雨。數朵僅存聊慰眼，（馮延登詩）瘦梅疏竹未慰眼。全枝若盡枉迴腸。（宋玉「高唐賦」）感心動耳，迴腸傷氣。春霜況作連陰兆，（庾信文）樹抱春霜。莫厭端相到夕陽。

絕世仙姝欲語難，（蘇軾詩）還訪仙姝款石闌。藏煙隔水靚粧殘。難留合德全身見，（「飛燕外傳」）女弟名合德。更覓徐妃半面看。（「南史・梁元帝徐妃傳」）妃以帝眇一目，每知帝將至，必爲半面粧以俟。夜雨洗教香漸淡，（岑參詩）昨夜秋雨洗。朝陽烘得淚初乾。（鮑照賦）承朝陽之麗景。假饒滿樹穠桃李，（「詩」）何彼穠矣，花如桃李。近在階庭懶去觀。

悼詞四章

惡夢訛音事果然，（桓譚「新論」）博士弟子譚生，連三夜有惡夢。（秦觀詩）婭姹足訛音。情歡踪跡未三年。纔聽謝館風吹絮，已報吳宮玉化煙。迸淚怕經椒戶外，斷腸難到藥爐邊。（謝朓文）迸泪失聲。懸知弱喘如絲日，萬結愁心莫與傳。

蘭幽雪白有誰如？（宋玉「諷賦」）臣嘗行至，主人獨有一女，置臣蘭房之中，臣援琴而鼓之，爲「幽蘭白雪」之曲。一笑那知獨與余？（「楚辭」）滿堂兮美人，獨與余兮目成。乍識春愁三十外，不禁離淚五更初。（韓熙載「客詩」）最是五更留不得。情根染後名猶惜，（俞琰「斑竹」詩）情根萬劫總難消。訴簡風前悶未舒。都是昨年添病處，恨無禪慧與消除。（「王巾頭陀寺碑」）禪慧攸託。（李善注）禪慧，禪定智慧也。

繐帳金爐久斷煙，（陸機「悼魏武文」）悼繐帳之冥。（李賀詩）金爐細炷通。扶床小女更誰憐？（焦仲卿妻詩）小姑始扶床。尋求藥杵空過蜀，封寄啼綃直到燕。註見卷一。膽小定難奔向月，（韋莊詩）小膽空房怯。（王充「論衡」）羿請不死之藥於西王母，其妻嫦娥竊以奔月。情多誠恐礙生天。（吳融詩）靜中相對覺情多。（「智度論」）上品生天。六如偈罷朝雲暝，賸寫或作寫賸金經數幅箋。（蘇軾「悼朝雲詩引」）朝雲從比丘義冲學佛，亦略聞大義，且死，誦「金剛經」四句偈而逝。（施元之注）朝雲墓前作六如亭，蓋取經中「如夢幻泡影，如露亦如電」之語。

不堪閑坐細思量，（元稹詩）閑坐思量小來事。凶短應令薄倖償。（「書」）六極，一曰凶短折。忍料汝非長命女，（「敎坊記」）有「長命女」曲。誤題儂是有情郎。（魚玄機「贈鄰女」詩）易求無價寶，難得有情郎。青楓根下年年紙，（杜甫詩）魂來楓林青。（「周世宗紀」）寒食野祭，而焚紙錢。繡佛幢前且且香。（殷文桂詩）破寺荆榛擁佛幢。（蘇軾詩）故人來炷影前香。底是可消寃痛處，（駱賓王詩）自憫秦寃痛。哭伊三萬六千場。（蘇軾詞）百年裏，渾敎是醉三萬六千場。

暫歸里門弢仲叔屢同觴咏卽事題贈（「蘭亭集序」）一觴一咏。

又到尊前喚奈何，（「世說」）桓子野聞清歌，輒喚奈何。旅愁偏傍故園多。期喪僅未妨絲竹，（「晉書・謝安傳」），性好音樂，及登臺輔，期喪不廢樂。任（諸本作作）達貞成廢嘯歌。（「晉書・謝鯤傳」）時人語曰：「任達不已，幼輿折齒。」鯤聞之，傲然長嘯曰：「猶不廢我嘯歌。」粲（一作燈）社悲歡多化石，（崔羣詩）一旦悲歡見孟光。（「幽明錄」）武昌有貞婦，其夫遠役，婦送之北山，立望夫而化爲石。窮途緩急盡監河。（杜甫詩）似欲慰窮途。（「史記」）且緩急人之所時有也。監河，見前注。知君同病關心甚，不厭頻頻犯夜過。（「晉書・王承傳」）遷東海太守，有犯夜者，爲吏所拘。

刪社再集次和張洮侯二十韻

積雪裏吾廬，(陶潛詩)吾亦愛吾廬。銅鋪忽誰叩？(「說文」)鋪，着門鋪首也。(「增韻」)所以銜環，作龜蛇之形，以銅爲之。云有古梅邊，(「梅譜」)古梅，會稽最多。(何景明賦)俯仰梅邊。集我素心友。(陶潛詩)聞多素心人。曳屐往從之，芬芳粲譚藪。(「晉書裴頠傳」)時人謂頠爲言談之林藪。張郎博物人，晉張華著「博物志」。風度靈和柳。(「唐書・張九齡傳」)罷相後，每荐公卿，上必問風度得如九齡乎？天遺畫眉才，更擅裁詩手。(杜甫詩)排悶強裁詩。銅鉢響嫌遲，(「南史」)竟陵王子良嘗夜集諸學士，刻燭爲詩，四韻者則刻一寸，以此爲率。共打銅鉢立韻，響滅則詩成，皆可觀覽。石鼎聯居首。韓昌黎有「石鼎聯句詩」。通篇二百字，的皪明珠走。(「上林賦」)明月珠子，的皪江靡。(蘇軾詩)的皪走明珠。格同秋月潔，韻比山泉劉。羣彥競賡酬，(韋應物詩)吳中盛文史，羣彥今汪洋。(張來詩)賡酬終日自忘饑。笙鏞間琴缶。(「書」)笙鏞以間。各取寫襟靈，(韓偓詩)瀟灑襟靈遺世慮。無煩限聲偶。(葉夢得「石林詩話」)晉魏間詩，尚未拘聲律對偶。嗟余才退減，(「南史・江淹傳」)淹少以文章顯，晚節才思微退云。硯匣塵凝厚。(林逋詩)硯匣留塵盡日封。何堪蘭桂叢，(蘇軾詩)稍理蘭桂叢。置此一株朽？未辦鼎解頤，(「西京雜記」)匡衡能說詩，時人語曰：「無說詩，匡鼎來。鼎說詩，解人頤。」鼎，衡小名也。互勸杯當口。有客筭元觴，(李善「文選注」)昔有人曰元石者，從飲千日酒，至家而醉。無篇傾白斗。(杜甫「飲中八仙歌」)李白斗酒詩百篇。放盞已摧頹，(韓偓詩)貪吟放醆遲。(蘇軾詩)一與蜑叟醉，蒼顏兩摧頹。閣筆何迂久，(「唐書・劉子玄傳」)每記一事，載一言，閣筆相視，含毫不斷。(「漢書・劉寬傳」注)迂久，猶良久也。取異將毋同，(「晉書」)王戎問阮瞻曰：「聖人貴名教，老莊明自然，其旨異同？」瞻曰：「將毋同。」應無莫須有。(「世說」)王長史道江道羣，人可應有，乃不必有；人可應無，已必無。(「宋史・岳飛傳」)韓世忠曰：「莫須有三字，何以服天下？」狂奴態復作，(「後漢書・嚴光傳」)帝笑曰：「此狂奴故態也。」老婢聲徒醜。（「晉書・顧愷之傳」）或請作洛生詠，答曰：「何至作老婢聲？」幸得捧盤盂，（「國語」）奉盤匜以隨諸御。敢云報瓊玖。（「詩・衞風」）投我以木李，報之以瓊玖。莫謂風流罪，相期歲寒守。（白居易詩）應能保歲寒。（「論語」）子曰：「歲寒，然後知松柏之後凋也。」古者石交人，（「史記・蘇秦傳」）此所謂棄仇讎而得石交也。定盟從杵臼。（「後漢書・吳祐傳」）公沙穆游太學，無資糧，乃變服客傭，爲祐賃舂。祐與語大驚，遂定交於杵臼之間。

用端己韻有贈

密訊紅箋日幾張，（韓偓詩）小叠紅箋書恨字。行期未敢報歡娘。嫌燈不放離筵散，（庾肩吾詩）念此離筵促。喜雨能令去棹妨。（張說詩）去棹歸軒兩相迫。欲別啼顏貪暫看，（「本事詩」）韓滉贈妓詩曰：「黃鶯久住渾相識，欲別頻啼四五聲。」再來情味勝初嘗。（「人物志」）發乎情味。題詩拚向尊姑乞，叠騎人須付阮郎。

又和

啼珠壓袖不堪張，（楊西庵樂府）留得啼珠滿羅袖。消息驚傳是里娘。（李商隱「柳枝詩」序）柳枝，洛中里娘也。隱語定知君有會，（「漢書・東方朔傳」）舍人因曰：「臣願復問朔隱語，不知，亦當榜。」深談誰謂姊無妨？（束皙文）下帷深談。方桃根幸未盈三竊，桃根，見前注。（「漢武故事」）東郡獻短人，帝呼東方朔至，短人指朔謂上曰：「王母種桃，三千歲一實。此兒不良，已三偸之矣。」 蕉尾那捹僅一嘗。用顧愷之事。 別路正由儂戶外，搴一作擘。 簾樓上重窺郎。

松郡迎春 注見前 遙憶故園諸女伴。仍用前韻。

明粧新寫黛如張，（鮑照詩）明妝帶綺羅。（班婕妤「擣素賦」）雙眉如張。 結伴銀娘並膽娘。（江總「妬人怨」樂府）霜雁多情恆結伴。（元稹詩）狗兒吹笛膽娘歌。 爲有幽懷須互語，（陶潛詩）幽懷不可寫。 肯教閒事得相妨。（元稹詩）經營閒事不曾閒。 簾邊綦屐防微露，榼內茶蔬勸遞嘗。 應念松江郡筵上，紅衫拘束勸蕭郎。（劉孝威詩）紅衫向後結。（杜甫詩）何能更拘束？

青蓮社翁題再詠閏元宵

月已重圓未快晴，（陳與義詩）兩鵲翻明月，孤松立快晴。 飲徒仍借節爲名。（白居易詩）飲徒歌伴今何在？ 橫斜燈影添疏杏，雜和笙聲是早鶯。（溫庭筠詩）早鶯隨彩仗。 載酒船乘春漲活，（「晉書・畢卓傳」）得酒滿數百斛船。（林逋詩）春漲岸痕深。 踏歌人喜夜寒輕。（「舊唐書・睿宗紀」）上元日夜，上皇御安福門觀燈，出內人連袂踏歌，縱百僚觀之。（韓偓詩）香侵蔽膝夜寒輕。 前朝預借無聊甚，（俞文豹「清夜錄」）宣和七年，預借元宵，時有謔詞云：

「奈我皇不待元宵景色來，只恐後夜陰晴未保。」 莫負閑身遇太平。（陸龜蒙詩）本來雲外寄閑身。

良宵已訂酒重携，補賞或作賞補。 從前困雪泥。（鄭谷詩）可惜雪成泥。 巧曆若爲添韻事，（「齊書・陸厥傳」）巧曆已不能盡。

能詩誰不快新題？（李商隱詩）府公能八詠，聊且続新題。 何當苦雨堅相妬？（「爾雅」）久雨曰苦雨。（楊萬里詩）雨妬風憎鬼神忌。 始信狂春誤見迷。（李商隱詩）不是春迷客自迷。 從此追歡幽興洽，一作須盡興，又作遣幽興。（韓愈詩）追歡罄繅缾。 莫憑風景浪推擠。（蘇軾詩）潦水輕推擠。

辛巳年 崇禎十四年 公元一六四一

爲楊子常題文水畫吳中山水

（「蘇州府志」）楊彝，字子常，常熟人，吳中名士與應社，彝爲眉目。（「圖繪寶鑑續纂」）文嘉，字休承，號文水，徵明仲子也，善山水。

身到山中幾十回？（蘇軾詩）不識廬山眞面目，只因身在此山中。（白居易詩）木落天晴山翠開。 如今山外看山裏，始覺玲瓏破碎來。（自注）右虎丘。（按）（「越絕書」）闔閭冢在閶門外，名虎丘。築三日而白虎居其上，故號虎丘。（戴復古詩）巖谷獨玲瓏。（陳師道詩）晚日搖光金破碎。

柳邊漁艇罾罶歇，（陸游詩）漁艇起菱唱。 洲上人家彴略斜，（陸游詩）濺濺石渠水，來往一略彴。（「說文」）彴水上橫木，所以渡者，謂之略彴。 落日雁行千片下，蒼蒼未見有蘆花。（自注）右長蕩。（案）（「蘇州府志」）長蕩在府西十里，周二十里，府西諸流多滙於此，瀦爲巨浸，後爲豪民遏水畜魚，河流漸狹。（「詩」）

蒹葭蒼蒼。（羅鄴詩）雁下蘆花猿正號。

殿夾深林幾岫青，（「漢書・嚴助傳」）夾以深林叢竹。（王勃詩）山長晚岫青。門臨流水兩橋橫。何時杖策尋明月，（左思詩）杖策招隱士。來聽蓮花塔下經？（自注）右半塘寺。（按）（「府志」）半塘壽聖寺，有稚兒塔，晉時有誦「法華經」童子，死葬此。義熙十一年，謝本夜泊此，聞岸上經聲，且跡之，見墳上青蓮花。郡以聞詔建塔，治號法華院。宋平間賜金額。

鐘響來孤艇，漁歌入短亘。（陸龜蒙詩）孤艇載漁歸。（張繼「楓橋夜泊」詩）夜半鐘聲到客船。（王維詩）漁歌入浦深。山光雜湖影，搖蕩畫闌干。（自注）右楓橋。（按）（「府志」）楓橋在閶門西十里。

牆裏雙碎傑揷霄，（「水經注」）遠望亭亭，若單楹揷霄。重門朱殿閉牢牢。（謝朓詩）重門猶未開。（梅堯臣詩）石樓朱殿藏林中。（李覯詩）天蓋空牢牢。憑誰啟鑰陳清醑？（白居易讚）清醑一酌。望見靈筵盞動搖。（自注）右伍大夫廟。（按）（「府志」）吳相伍大夫廟在胥口胥山上。子胥死後，吳人于此立祠。（「吳越春秋」）夫差設祭，杯動酒盡。

吳門山水天下無，（蘇軾詩）壯觀天下無。淡蕩更在城西隅。（李白詩）風正淡蕩。誰言此橋近闤闠？（「魏都賦」）設闤闠以襟帶。（「古今注」）闤者市牆也，闠者市門也。已是一幅桃源圖。（自注）右西虹橋。（按）（「府志」）西虹橋在外城吳縣界，韓愈有「桃源圖詩」。

門內喬林門外溪，（謝朓詩）庭際俯喬林。仰瞻纔見及堂基。（「詩」）自堂徂基。應知不是吳宗廟，得覩雍容端委儀。(自注)右太伯廟。(按)(「續吳郡圖經」)泰伯廟在閶門內，舊在門外。漢桓帝時太守麋豹所建。錢氏移之於內，蓋以避兵亂也。(「漢書」)車騎雍容甚都。(「左傳」)吳泰伯端委以治。

夏木千章厚影鋪，(杜甫詩)千章夏木清。澄灣樓閣雜芙蕖。(王勃詩)新月照澄灣。吳王魂魄應游此，(「晉書・羊祜傳」)如百歲後有知，魂魄猶應登此也。可惜西施在五湖。(自注)右夏駕灣。(按)(「府志」)夏駕湖在吳縣西城下，吳王壽夢避暑游於此，故名。(「吳錄」)五湖者，太湖之別名。

二公去後百年奇，廟貌蒸嘗繼有之。(「詩・清廟序箋」)廟之言貌也。(「詩」)絜爾牛羊，以往蒸嘗。爲國爲民誰與並？只應泚顙過斯祠。(自注)右夏周二公祠。(按)(「府志」)二尚書祠在胥門外懷胥橋，祀明工部尚書夏忠靖公原吉、工部尚書周文襄公忱。(「孟子」)其顙有泚。

縹緲空亭蓋石梁，(杜甫詩)獨立縹緲之飛樓。(張正見詩)石梁雲外立。壓村山色鬱青一作清蒼。(杜牧詩)松色鬱青蒼。煙波一折南流去，便是吳王走狗塘。(自注)右橫塘。(案)(「吳郡圖經續記」)走狗塘者田獵之所，皆吳王舊跡，並在郡界。(「府志」)橫塘在吳縣西南十三里，有橫塘橋，風景特勝。

百丈寒泉落寺門，(「詩」)爰有寒泉。琳宮迢遞桂松深。(「空洞靈章經」)衆聖集琳宮。鶴亭馬石依然在，欲喚清談支道林。(自注)右觀音山。(按)(「吳郡圖經續記」)天峰院在吳縣西二十五里，報恩山之南峯。東晉時高僧支遁嘗居於此，故有支硎之號。山中有支遁石室、馬跡石、放鶴亭，皆因之得名。(「府志」)支硎山，俗呼觀音山。

飛磴長梁入寺深，(蘇軾詩)雲外盤飛磴。(「西京賦」)亙雄虹之長梁。朱廊迢遞最高層。(劉滄「題古寺」詩)朱廊墮粉泥。(杜荀鶴詩)獨上最高層。游人曳杖尋何處？(蘇軾詩)曳杖不知巖谷深。水竹山茶並有名。(自注)右寶林寺。(按)(「府志」)寶林講寺在城西北隅，元至正間建，初爲庵。明洪武初，歸併廣化寺。宣德二年燬。正統十二年重建，賜寺額，有栟櫚逕、梧桐園、水竹亭、山茶塢諸景。

漁屋家家深莽，(杜甫詩)漁屋架泥塗。(儲光羲詩)網罟繞深莽。 斷洲處處平橋。(范成大詩)平橋綠一篙。 風飽一帆飛去，(方岳詩)風飽橫江十幅蒲。(李白詩)酒盡一帆飛。 頼墩鏤底非遙。(自注)右獨墅。(按)(「府志」)獨墅在元和縣北三十一都，亦作瀆墅。頼墩湖，一名蛟龍潭，鏤底潭，亦名車坊漾。

壁含雷雨氣成霞，流下青蓮幾瓣花。(王僧儒文)煥發青蓮。 絕壑樹深鴉噪處，(李白詩)攀崖渡絕壑。 兩間茅屋漢卿家。(自注)右天池。(案)(「吳郡志」)花山在吳縣西，相傳山頂有池，生千葉蓮，服之羽化，故名。山半有池，橫侵山腹，又名天池。

雪灘古木長橋外，(倪瓚詩)姑蘇城外短長橋。 煙嶺湖光短榻前。(顧壎詩)短榻能供臥。 鰕菜鱸蓴杞菊薦，(杜甫詩)鰕菜忘歸范蠡船。(「晉書・張翰傳」)翰因秋風起，思吳中蓴羹鱸魚膾，遂命駕而歸。(「唐書・陸龜蒙傳」)所居前後皆樹杞菊，以供杯案。 可憐風味得同筵。(自注)右三高祠。(按)(「吳郡志」)三高祠祀春秋時范蠡、晉張翰、唐陸龜蒙。(「一統志」)三高祠在吳江縣東。(劉眘詩)垂絲今日幸同筵。

棟宇都攢蒼壁根，(許渾詩)密樹分蒼壁。 湖光萬頃鏡光分。(范仲淹「岳陽樓記」)上下天光，一碧萬頃。 題詩恰憶前年事，茶米雞龍品白雲。(自注)右天平。(按)(「續吳郡圖經」)天平寺在天平山下，山有白雲泉，始見於白公詩。其寺建於寶歷二年，乃樂天爲蘇州刺史之歲。

半山已見太湖全，米囤蟲頭出沒邊。(陳子昂詩)出沒同洲島。 長想清秋明月夜，(殷仲文詩)獨有清秋日，能使高興盡。 攜筇直上萬峰巔。(自注)右玄墓。(按)(「吳地記」)玄墓在吳縣，吳之山惟玄墓最奇。相傳郁太玄葬於此，故名。(周必大詩)自攜七尺筇。

碧虹跨平湖，(張纘賦)平湖夷暢。遠岫參差映。(楊素詩)日出遠岫明。(「上林賦」)望南山之參差。門影入波圓，(周捨文)波圓月鏡。五十三明鏡。(自注)右寶帶橋。(按)(「府志」)寶帶橋去郡東南十五里，唐刺史王仲舒捐帶助費創建，故名。(明陳循「寶帶橋記」)橋長千二百丈，洞其下，可通舟楫者五十有三，而高其中之三，以通巨艦。

澗底松餘嶺殿簷，(左思詩)鬱鬱澗底松。梁隋碑沒草芊芊。(李羣玉詩)古碑無字草芊芊。北山尚有郊臺在，麋鹿雖游跡未湮。一作遷。(自注)右治平寺。(按)(「史記・淮南王列傳」)伍被曰：「臣聞子胥諫吳王，吳王不用，乃曰：『臣今見麋鹿游姑蘇之臺也。』」(「府志」)治平寺在吳縣西南十二里，臨石湖之北，上方山下，亦名楞伽寺。旁有巨井，井欄有隋人刻字，又北爲吳王郊臺。

煙巒數髻鏡中孤，(何景明詩)朝來鐘磬隔煙巒。(皮日休「縹緲峯」詩)似將青螺髻，撒在明鏡中。水畔帆檣一點無。錯道曲終人不見，(錢起「湘靈鼓瑟詩」)曲終人不見，江上數峯青。包山洞達洞庭湖。(自注)右包山。(按)(「府志」)包山在府城西一百三十里太湖中，以四面皆水包之，故名。一名林屋山，以山有林屋洞也。(「文選・江賦」李善注)吳縣南太湖中，有苞山，山下有洞庭穴道，潛行水底，云無所不通。

賀監當年一曲榮，(按)知章嘗官秘書監。(蘇軾詩)風流賀監常吳語。(「唐書・隱逸傳」)賀知章，天寶初請爲道士還鄉里，詔許之。又求周官湖數頃爲放生池，有詔賜鏡湖剡溪一曲。如今全震屬先生。(「爾雅」)吳越之間有具區。(注)今吳縣南太湖，卽震澤是也。夢中舟楫毫端露，一作路。(蘇軾詩)盡驅春色入毫端。幾度沿洄到洞庭。(自注)在太湖。(按)(「府志」)太湖在吳縣西五里。(柳宗元詩)汎舟絕沿洄。

隣女有自經者，不曉何因，而里媼述其光艷皎潔，閱日不變。且以中夜起自結束，(「雜事秘辛」)姁告瑩曰：「緩此結束。」選綵而衣，配花而戴，于綰髻塗妝，膏唇耀首，(李商隱「柳枝詩序」)柳枝生十七年，塗妝綰髻，未嘗竟，已復起去。(白居易「時世妝」樂府)烏膏注唇唇似泥。(謝偃賦)横寶釵而耀首。以至約縑迫袜，(「雜事秘辛」)足長八寸，踁跗豐妍。底平指斂，約縑迫袜。皆著意精好，盡態極妍，(杜牧賦)一肌一容，盡態極妍。而始畢命焉。其所懸之帶，以潤州(「唐書·地理志」)潤州，丹陽郡，武德三年置，取潤浦爲州名。(「江蘇通志」)鎭江府，隋置潤州。朱絲數百條，長九尺許，爲十股細辮，手自監製，逾月甫成。同伴以爲纏腰物也；而不知其用意至此。噫！亦可悲矣，爲詩以弔之。

明姿靚服嚴粧乍，(花蕊夫人詩)曉鐘聲斷嚴粧罷。垂手亭亭儼圖畫。(沈約「麗人賦」)亭亭似月。女伴當窗喚不譍，(韓偓詩)敲遍闌干喚不譍。還疑背面秋千下。(李商隱詩)十五泣春風，背面秋千下。嬌癡小妹忽驚啼，(張以寧詩)小姑十二方嬌癡。懊惱春宵睡似泥。(白居易詩)懊惱何人怨咽多？何刻停燈開鈿匣？幾時譻屧度樓梯？肌膚到此眞冰雪，頳玉峩峩扶不得。(白居易詩)顏玉不能扶。素頸何曾着齒痕？(「玉照新志」)鬒髮如雲，素頸燦玉。(「趙后遺事」)齒痕猶在妾頸。卻教反縛同心結。(劉禹錫詩)如今綰作同心結。紅絲交結爲誰容？(司馬遷書)女爲悅己者容。約髻安花次第工。應愛自看粧鏡裏，豈須人見影堂中？(鄭谷詩)燈照影堂。秋千一作春。秋不改凝酥面，(蘇軾詩)雙頰凝酥髮抹漆。媚眼微舒若流盼。(盧思道詩)媚眼臨歌扇。(張昱「美女篇」)流盼星光動。侯娘怨句鬼先知，(「迷樓記」)後宮侯夫人有美色，一日，自經於棟下，臂懸錦囊，中有文，左右取以進帝，乃詩也。帝見其詩，反覆感傷。(陸游詩)慘愴出怨句。玉兒艷質人猶羨？(「南史・王茂傳」)建康平時，東昏侯妃潘玉兒有國色，軍主田安啓求爲婦，玉兒泣曰：「昔者見遇時主，今豈下匹匪類？有死而已，義不受辱。」及見縊，潔美如生，輿出，尉吏俱行非禮。(杜牧詩)艷質已隨雲雨散。當時犀𧏊定沉埋，(「續齊諧記」)蔣潛條頭上着通天犀𧏊，揣其價可萬錢。繡襪何人拾馬嵬。(「太眞外傳」)妃子死之日，馬嵬媼得錦襪一隻。乞取卿家(自注)謂劉家也。通替樣，(「南史・殷淑儀傳」)殷淑妃薨，孝武思見之，遂爲通替棺。欲見，輒引替覩屍，如此積日，形色不異。(按)宋本姓劉，故自注云劉家。許盛銀液看千回。銀液，水銀也，漬尸其中，經久不壞。萬轉千回負此生，(崔鶯鶯詩)萬轉千回懶下床。枉將偸嫁占虛名。(自注)古樂府云：「誰知劉碧玉，偸嫁汝南王？」周郎已誤難重顧，哭殺牆東阮步兵。(「晉書・阮籍傳」)隣家處子有才色，未嫁而卒，籍逕往哭之，盡哀而返。(又)籍聞步兵廚營人善釀酒，乃求爲步兵校尉。

婢獎

肯爲刀環怨藁砧，（吳兢「樂府古題要解」）古詩「藁砧今何在」，藁砧，鈇也，問夫何處也。「山上復有山」，重山爲出，言夫不在也。「何當大刀頭」，刀頭有環，問夫何時還也。自燒香篆禮潮音。（洪芻「香譜」）以木範香塵爲篆紋，燃於飲席或佛前。（「法華經」）梵音海潮音，勝彼世間音。高低背癢搔如意，（「雲仙散錄」）虞世南以犀如意爬背癢。淺滿壺漿煖稱心。（陶潛詩）人亦有言，稱心易足。行過藥房須攬鏡，（自注）改「勸遍杯觴長按箸」。注云：長齋故也。（徐賁詩）藥房因雨閉。（沈佺期詩）攬鏡憐雙鬢。坐殘蘭燼（自注）改「燈燭」。尙拴鍼。愁中亂疊閑書尺，（韓駒詩）欲憑書尺問寒溫。不是兒家不解尋。

無題

聞說幽歡數日癡，（姜夔詞）歎幽歡未足，何事輕棄？人間方信有相思。斜門逼近推敲細，（李商隱詩）斜門穿戲蝶。袒服纏綿脫着遲。（「左傳」）袒服，近身衣。莫逆丹心纔是約，（「莊子」）相視而笑，莫逆於心。（謝朓詩）旣秉丹石心。偶關青眼一作鳥已非私。（王維詩）青眼望青蓮。斷腸聲息銷魂語，只許檀郎獨自知。

羞看青鳥寄來書，（薛道衡詩）願作王母三青鳥，飛去飛來傳消息。遵路何當便攬袪。（「詩・鄭風」）遵大路兮，摻執子之袪兮。悔妾向曾窺筆硯，（「魏志・甄后傳」注）后年九歲，喜書，數用諸兄筆硯。愁君今始悟裙裾。（黃庭堅文）苦節臞儒，晚悟裙裾之樂。小姑解笑朝粧嬾，（梁元帝詩）樓上起朝粧。（韓偓詩）粧嬾厭凌晨。中婦偏知夜閣虛。（李賀「惱公詩」）月明中婦覺，應笑夜堂空。等到走橋燈月夜，見前，續游十二首」注。不妨微步爲郎迂。（「洛神賦」）凌波微步，羅襪生塵。

靜掩秋窗雨思清，（杜甫詩）秋窗猶曙色。香煙側畔坐卿卿。（牛嶠詞）樓上望卿卿。釵頭白玉休頻嗅，（吳文英詞）白玉搔頭墜髻鬆。

袖底黃柑與試烹。（韓偓詩）黃苞柑正熟。睡起未塡眉黛破，（李賀詩）月分蛾黛破。茶來初放翦刀輕。（沈亞之詩）片片輕花落翦刀。

簾前新布紅油板，（李賀詩）紅油覆畫衣。時度琤琤響屧聲。（蘇軾詩）夢覺還驚響屧廊。

將返棹松江書懷留別弢仲

故園堆積幾多愁，倦向家山似倦遊。（錢起詩）柳岸向家山。（何遜詩）我本倦遊客。數日未償游女約，（「詩・周南」）漢有游女。

殘宵猶被酒人留。（「史記」）荆軻雖游於酒人乎？單棲香茗誰娛夜？（「禽經」）鶻必單棲。（黃庭堅詩）我無紅袖堪娛夜。久客衣裯漸怯秋。

見前注。（朱熹詩）更怯裳衣單。惟有感君珍重意，淺灘風雨再維舟。（「詩」）汎汎楊舟，紼纚維之。

挽同學楊子常乃郎定夫

（「蘇州府志」）楊彝，字子常，以歲貢爲松江訓導。子靜，字定夫，自少能詩文，爲諸生，年二十二病卒。

雀環名家淸白後，（「續齊諧記」）楊寶見一黃雀，爲鴟所搏逐，墜樹下。寶取歸，食黃花，百餘日，毛羽成，乃飛去。夜有黃衣童子，向寶再拜，以四玉環與之，曰：「令君子孫潔白，且登三事，如此環矣。」(「後漢書・楊震傳」)子孫常蔬食步行，故舊長者，或欲令為開產業，震不肯，曰：「使後世稱為清白吏子孫，以此遺之，不亦厚乎！」(「漢書」)徙豪傑名家實關中。才情德祖猶孤秀。(「後漢書・楊彪傳」)子修，字德祖，好學有俊才。見前注。(蘇軾詩)孤秀能自拔。石麟玉虎從天送。(「陳書・徐陵傳」)陵年數歲，家人攜以候沙門釋寶誌，寶誌摩其頂曰：「此天上石麒麟也。」(「河圖括地象」)令訾野中有玉虎，晨鳴雷聲，聖人感，期而興。(杜甫詩)孔子釋迦親抱送，並是天上麒麟兒。驥子龍駒墮地走。(「世說」)裴潁二子並有才，河東呼兒為驥子，弟為龍友。(「晉書・陸雲傳」)幼時，吳閔鴻見而奇之，曰：「此兒若非龍駒，當是鳳雛。」(蘇軾詩)驥子墮地走，萬里端可期。安仁弱冠文如江，潘岳，字安仁。(「禮」)二十曰弱冠。(鍾嶸「詩品」)潘才如江。百斛龍文力可扛。(韓愈詩)百斛龍文鼎，筆力可獨扛。揭來雲間一戰霸，(張衡賦)廻志揭來從玄謀。(注)揭，去也。舊松江府治，古為雲間。(「左傳」)一戰而伯，文之教也。盜竊名字紛紛降。(「後漢書・馬援傳」)盜名字者，不可勝數。幾人昏暮叩劇孟，(「孟子」)昏暮叩人之門戶求水火，無弗與者。(「史記・游俠傳」)雒陽有劇孟，以任俠顯諸侯。時復中分一囷贈。(「吳志・周瑜傳」)為居巢長，過魯肅，并告資糧。肅時有兩囷米，各三千斛，乃指一囷與之。老人留眼看昇平，(蘇軾詩)老人留眼看他日。(宋之問詩)相與樂昇平。饑溺非君誰請命？(「孟子」)禹思天下有溺者，猶己溺之也；稷思天下有饑者，猶己饑之也。(「書」)以與爾有衆請命。我以從游識阿戎，(「晉書・王渾傳」)子戎年十五，阮籍謂渾曰：「與卿言，不如與阿戎語。」君亦折節交孔融。(李白詩)擁篲折節無嫌猜。(「後漢書・孔融傳」)與陳羣父交，後復與羣交。文律周旋避鋒銳，(「晉書・文苑傳」)文律諧於六變。(「左傳」)左執鞭弭，右屬櫜鞬，以與君周旋。酒杯潦倒安疏慵。(杜甫詩)潦倒新停濁酒杯。心期已許盡千卷，(楊巨源詩)應將清淨結心期。(「三國志」)蔡邕聞王粲在門，倒履迎之。粲年既幼弱，容貌短小，一座盡驚，邕曰：「此王公孫，有異才，吾不如也，吾家書籍文章當盡與之。」腹痛仍要酹一鍾。(「後漢書・橋玄傳」)曹操祭玄文：「承從容約誓之言：『殂歿之後，路有經由，不以斗酒隻雞過相沃酹。車過三步，腹痛勿怨。』」

歸路方愁離別長，十日不見聞凶殃。見說燈前轉麈一作塵影，（「晉書・王濛傳」）疾篤，於燈下轉麈尾視之，歎曰：「如此人曾不得四十。」空無一念餘扁牀。深閨歡昵屏絕跡，獨乞黃面西方糧。（楊萬里詩）渠獨自參黃面老。眼暗西河十年痛，（沈烱詩）淚盡眼方暗。（「史記・仲尼弟子列傳」）卜商，字子夏，孔子既歿，子夏教授西河，其子死，哭之喪明。長將空抱縈一作啼清夢。（蘇軾「遲兒詩」）歸來懷抱空，老淚如瀉水。（許渾詩）樓前歸客怨清夢。自得先生爲弟昆，兩何一轂欣相共。（「南史・何敬容傳」）特爲從兄胤親愛。敬容惟一子，就兄求名，胤卽名曰轂，曰：「書云『兩玉爲轂』，吾與弟二家共此一子，所謂轂也。」（案）轂，同玨，亦作珏。「左傳」僖三十年注：「雙玉曰轂。」膝上摧龍掌碎珠，（庾信賦）膝下龍摧，掌中珠碎。翦芽一作茅採蕊芝蘭枯。文章氣誼掃地盡，（「唐書・祝欽明傳」）盧藏用曰：「是舉五經掃地盡矣。」曷禁宇宙成榛蕪？（杜甫詩）亦足慰榛蕪。莫怪兩翁相泣一作視血，（「漢書・鄒陽傳」）佛鬱泣血。女未亡人男嗣絕。零丁困苦巧相類，（李密「陳情表」）零丁孤苦，至於成立。求取何方相解脫？（白居易詩）吾聞浮屠教，中有解脫門。（「大般若經」）有三解脫門。

奉壽寒溪陸先生八旬初度二章，率用本家事，而末句乃放翁詩也。（「宋史・陸游傳」）范成大帥蜀，游爲參議官，以文字交，不拘禮法，人譏其頹放，因自號放翁。兩翁名德高懷，（「晉書・庾亮傳」）亮以名德流訓。（杜甫詩）高懷見物理。無不相似，又皆身歷六朝，若符節云。（「孟子」）得志行乎中國，若合符節。

蒲柳迎秋不待黃，飽霜松柏正蒼蒼。（「齊民要術」）收越瓜，欲飽霜。（「晉書・顧悅之傳」）松柏之姿，經霜猶茂；蒲柳之質，望秋先零。　歸朝譽自傾吳雋，（「晉書・陸機傳」）太康末，與弟雲俱入洛，張華見之曰：「伐吳之役，利獲二雋。」　遯世情終慕楚狂。（「論語」）賢者避世。（「論語疏」）楚狂接輿，楚人，（邢昺）姓陸，名通，字接輿。　操茗豈能趨長吏？（「唐書・陸羽傳」）御史大夫李季卿宣慰江南，召之，羽野服，持茗具而入。　擊鮮初不溷兒郎。（「漢書・陸賈傳」）謂其子曰：「與汝約：過汝，給人馬酒食極飲，十日而更。歲中以往來過它客，率不過再過，數擊鮮，無久溷汝爲也。」　何年小隱還城市，（王康琚詩）小隱隱林藪，大隱隱市朝。（「姓譜」）施德華結屋數椽於郡城，自號城南小隱。　蕭寂門庭日月長？

游舊烏衣幾俊人？（「六朝事迹」）烏衣巷，王導、紀瞻宅皆在此。（「中說」）或問蘇綽子，曰：「俊人也。」　忘年屬賞性情眞。（「南史・何遜傳」）范雲與遜結忘年交。（杜甫詩）由來意氣合，直取性情眞。　面城差適閒居樂，（庾信「小園賦」）潘岳面城，且適閒居之樂。　近市能安里舍塵。（「左傳」）齊景公謂晏子曰：「子之宅湫隘囂塵，不可以居，請更諸爽塏者。」對曰：「小人近市，朝夕得所求也。」　羈旅乍違蓴菜國，（蔣堂詩）一水蓴鱸國。　一覽揆欣遇菊花辰。（「楚辭」）皇覽揆余以初度兮，肇錫余以佳名。　君家佳句聊相贈，已是清朝六世民。（陸游「排悶」詩）不須頻起陳人歎，已是清朝六世民。

秋閨二首

蕙帳輕懸一榻煙，（許敬宗詩）蕙帳晨颷動。（蘇軾詩）簟紋如水帳如煙。　薰香深夜悅孤眠。（王維詩）粧成祇是薰香坐。（李白詩）孤眠愁錦衾。　螢辭曉閣燈濡露，（文同詩）山桃一枝橫曉閣。雁繫秋書字滿天。（「漢書・蘇武傳」）天子射上林中，得雁，足有繫帛書。（劉儗詩）八月書空雁字斜。短照易殘如夢暗，微情難掇似絲連。（「楚辭」）結微情以陳詞兮，矯以遺夫美人。（陳後主「長相思」）長相思，怨成悲，蝶縈草，樹連絲。紅蕖開了鬖鬖白，（杜甫詩）雨洗紅蕖冉冉香。剩有芳心向暮年。（溫庭筠詩）水中蓮子含芳心。

欄下啼蛄桂影深，（李賀詩）啼蛄弔月勾欄下。涼風吹夢彩雲沉。（李白詩）東風吹夢到長安。（白居易詩）彩雲易散琉璃碎。蛾爲蠟炬成灰淚，（李商隱詩）蠟炬成灰淚始乾。蜂作寒花到死心。（李商隱詩）寒花更不香。（又）芳根中斷香心死。階墮榴紅霜碎碎，（陸機詩）碎織細練。簾移蕉碧月鬖鬖。自知臥後清宵細，（李商隱詩）臥後清宵細細長。抱取瑤琴共錦衾。（朱熹詩）瑤琴清露後。（「詩」）錦衾爛兮。（又）抱衾與裯。

買妾詞

纔聞畫舫駐河邊，卽有官媒候驛前。便上筍輿微服去，（「公羊傳」注）筍輿竹箯，晉謂之籃輿。（「史記」）微服往觀。廿文分裹小紅箋。（韓翃詩）紅箋色奪風流座。

冰人多女復多男，（「孟子」媒妁之言注）男曰媒，女曰妁。（「晉書・索紞傳」）令狐策夢立冰上，與冰下人語。紞占：「君當爲人作媒，冰泮而成。」簇後趨前附耳談。呫囁，（「史記」）集解）附耳小語聲。李艷張嬌隨意看，（「杜甫詩」）隨意數花鬚。新街東北舊城南。

入門催喚兩巡茶，一室羅將幾俊娃。（揚雄「方言」）吳人呼美女爲娃。粉面香肩挨笑處，（孫覿詩）褚生粉面膚凝脂。（方千里詩）香肩婀娜許誰凭？隔簾偷看主人家。（蘇軾詩）玉筍纖纖揭繡簾，一心偷看綠蘿尖。湘裙短露雙鉤小，

蝶襪鸞絛結束新，還加半臂可兒身。（「後漢書．光武紀」注）繡镼，今之半臂也。可兒，猶云可人。見「世說」。（李羣玉詩）裙拖六幅瀟湘水。步出中廳不怕人。

小立當風度一作墮遠香，（虞世南「風詩」）吹花送遠香。眼波眉黛與端詳。（黃庭堅詩）新婦磯邊眉黛愁，女兒浦口眼波秋。（元曲）端詳可憎。如今不作揚州纂，蘇意新梳燕尾長。（「藝林伐山」）南渡後，妓女窄襪弓鞋，如良人，故當時有「蘇州頭，揚州脚」之諺。（枚乘「七發」）朵裾垂。（李善注）髾，燕尾也。

三三五五門輕盈，（施吾肩「襄陽曲」）大隄女兒莫相尋，三三五五結同心。（唐彥謙詩）世間誰敢鬬輕盈？素手纖腰子細評。（古詩）纖纖出素手。（陸雲詩）雅步擢纖腰。某月日時剛十六，女兒親口說年庚。（「路史」）年庚月甲，無一可合。

度曲彈棋技藝殊，（「漢書」注）自隱度作新曲，因持新曲以爲歌詩聲也。（「世說」）彈棊，魏宮內用裝奩戲也。女工精巧特其餘。（「墨子」）女工作文彩。還能默誦唐詩句，（蘇軾詩）不如默誦千萬首。當面拈毫作楷書。（劉克莊詩）腕弱暫能小楷書。

色韻詳看已醉心，（「北史．崔瞻傳」）見而心醉。任從行下許多金。相邀插帶留歡日，（張岱「陶菴夢憶」）揚州娶妾者，到瘦馬家，看中，用金簪或釵一股插其鬢，曰插帶。（杜甫詩）留歡一夜闌。郎爲親拴白玉簪。（羅隱詩）難買天孫白玉簪。

休論士宦與工商，不問身居第幾房。（「列子」）公孫穆之後庭，比房數十，皆擇稚齒婑媠者以盈之。一說語成三日去，別娘容易不思鄉。

花燭筵開吉禮成，（何遜「看新婦詩」）如何花燭夜，輕扇掩紅粧？（「宋史·禮志」）五禮之序，以吉禮爲首。阿爹得意外家名。（「南史·梁始興王傳」）荆土方言謂父爲爹。（「司馬法」）天子得意，則愷歌示喜也。（「漢書·田蚡竇嬰傳」）上曰：「俱外家，故廷辨之。」三朝茶果親攜至，（「侯鯖錄」）世之嫁女，三日送食，俗謂之煖女。（韋應物詩）茶果邀眞侶。紅帖翻題眷晚生。

壬午年

（原注）六月十八日戌時長逝矣，哀哉痛哉！廿二日聞訃後，記此，其青衣啓祥來說。（按）此廿九字當爲于洩仲所記。壬午爲崇禎十五年，公元一六四二年。

聘妾未回寄贈代書

不寄私書不弄琴，（韓偓詩）私書欲寄難。（「史記·司馬相如傳」）及飮卓氏，弄琴，文君竊從戶窺之，心悅而好之。未曾識面早情深。（「禮記」）情深而文明。

翻嫌青鳥傳言語，一句能關兩地心。

妙蹟收來着意藏，（宋玉「九辯」）惟着意而得之。洛神姿韻也尋常。細看閣帖王家字，第一風神陸女郎。（「輟耕錄」）劉後村評帖云：「閣帖爲祖，絳帖次之。」閣帖，「淳化閣帖」也。（張淮詩）南威不敢鬭風神。閣帖載晉康帝書『陸女郎間諍如此可籌量之』，凡十一字。」

一品堂前禮數寬，(杜甫詩)將軍禮數寬。自識 玉纖銀匕杏漿寒。見前注。(段成式「劍俠傳」)唐大歷中，有崔生者，父爲顯僚，與勳臣一品者熟。生是時爲千牛，其父使省一品疾。一品召生入室，命坐與語。時三妓人，艷皆絕代，以金甌貯緋桃而擘之，沃以甘酪而進。一品遂命一甌與生食，生赧不食，一品命妓女以匙進之。(「冷齋夜話」)蜀僧食蒸豚詩：「熟時兼用杏漿澆。」一品 檀郎覥腆今非昔，(李郢詩)好與檀郎寄花朵。(元曲)未語人前先覥腆。 錦瑟詩成任寄看。李商隱有「錦瑟」詩。

石家吹竹蔡家絲，(「晉書・石崇傳」)有妓綠珠，美而善吹笛。(「後漢書・列女傳」)蔡文姬妙於音律。(注)邕夜鼓琴，絃絕，琰曰：「第二絃。」邕曰：「偶得之耳。」故斷一絃，問之。曰：「第四絃。」並不差謬。(江總詩)彈絲命琴瑟，吹竹動笙簧。 鹿角彈箏若箇知。(「梁書・羊侃傳」)有彈箏人陸大喜，着鹿角爪，長七寸。 色藝果然推第一，那能不唱渙之詩？(「集異記」)詩人王昌齡、高適、王渙之齊名。一日天寒，共詣旗亭小飲。忽有梨園伶官十數人，登樓會讌。俄有妙妓四輩續至，旋卽奏樂，皆當時名部也。昌齡等私相約，詩人歌詞多者爲優。俄諸伶所唱，皆昌齡及適之詩。渙之因指諸妓中最佳者，曰：「待此子所唱，如非吾詩，卽終身不敢與子爭論矣，脫是吾詩，子等須列拜床下，奉我爲師。」因歡笑俟之。須臾，雙鬟發聲，則唱「黃河遠上」一絕，渙之卽揶揄二子曰：「田舍奴，我豈妄哉!」因大諧笑。

紅白梅花孰短長？同根異色一時芳。(唐太宗賦)草異色而同芳。 休猜賈午分香贈，女弟從來體自香。(「飛燕外傳」)帝語樊嫕曰：「后雖有異香，不如婕妤體自香也。」(按)后謂飛燕，婕妤謂飛燕女弟合德。

尊萱眞是美人圖，俗稱母曰萱堂，稱人母曰尊萱。 但問卿卿似母無。(「淮南子」)夜生者似母。 人道風前聞一曲，(韋應物詩)春風一曲杜來香。 鳳凰聲韻不如雛。(李商隱詩)雛鳳清於老鳳聲。(「晉書・王敦傳」)女伎吹笛，小失聲韻。

臨觴望見素顏酡，（陸機詩）置酒高堂，悲歌臨觴。（李白詩）青娥凋素顏。（「楚辭」）美人既醉，朱顏酡些。借問長齋意若何。（「南史」）劉虬禮佛長齋。一

緇香煙花數朶，正堪相伴病維摩。（「維摩詰經」）長者維摩詰有疾，人往問：「居士是疾何所？」因起曰：「一切衆生病，是故我病。」（黃庭堅詩）菩提坊裏病維摩。

易氏藏抄本李定序

金沙王次回先生，懷沈博絕麗之才，伊鬱不平之志；美人香艸，微詞寓意，生平所作，艷體爲多。先生當萬曆時，慨國政之凌夷，傷邊事之荆棘。久困場屋，司鐸終身。遭家多故，中年喪偶，益以喪明；人生厄境，兼而有之。因而效顰韓相，嗣響玉溪，蕩佚酣嬉，窮形盡態，其爲有託而逃，無疑矣。所撰〔疑雲〕〔疑雨〕兩集；〔疑雨〕已刻於梁溪侯氏，萬本萬遍，膾炙人口。惟〔疑雲〕則尚在若存若亡間。今春晤江右易肯構君，云有家藏抄本，係其先人以百金，估諸先生後裔名嗣原者。索閱一過，爲之狂喜。易君爲江右大賈，豪於貲，發潛闡幽，當所樂爲。他日得付剞劂，海內人士必有先睹爲快者，因作此以貽之。　泰興李定識

原刻本程文遠序

〔疑雨集〕爲于氏所搜輯，刻於梁溪侯氏。此則易氏藏本，而友人陳履之君借以轉鈔者也。魯魚亥豕，訛奪頗多。校勘一過，年代事迹，無不脗合。李「序」云，易氏得之先生後人。〔葆毊光雜誌〕有〔疑雲集〕「贈阿招」詩兩首，檢查此集，只差一字，當非贋本。因集貲付梓，以廣流傳云。

黃山程文遠識

疑雲集　卷一

金壇王彥泓次回著

壬申年 崇禎五年 公元一六三二年

遊仙

丹訣親傳錬乍成，踏雲來往一身輕。自從逃出修羅刼，便向蓬萊頂上行。
九點齊煙一笑看，芙蓉花下倚青鸞。不知子晉何心緒，手把瑤笙立夜寒。
銀河一水隔紅牆，惜別飛瓊夜未央。難得蕊珠宮畔路，伴人還有小蘭香。

春寒

雨雪霏霏一月寬，春風料峭不勝寒。東皇待勒羣花住，贏得韶光子細看。

閨詞 花朝，孝先、弢仲邀赴龍山精舍，作此辭之。

綠窗風雨鎭無聊，一縷愁魂黯欲銷。薄酒易醺寒未減，惱人春色又花朝。
塵滿鍼箱嬾未開，繡牀同伴莫相催。楝花風起鶯聲老，勾卻傷春事再來。

射覆　限侵韻

蠟燈春酒伴沉吟，才調風流忍不禁。從製新題緘玉盒，暗拈冷字秘金鍼。較如畫鵠難爲的，悟到靈犀別有心。應被當年臣朔笑，滑稽初不似而今。

投壺　限庚韻

酒邊忽聽矢錚錚，立馬何人技最精？花圃晝長分鼓節，竹樓春靜誤棋聲。百驍祇覺流星疾，一笑偏驚掣電明。今日籌邊名將滿，雅歌誰是祭遵營。

掃花　限肴韻

羣芳如蝶怯鶯捎，擁帚廻環路遍抄。香夢和煙成小別，玉顏絕代忍輕拋。碧雲無恙階留蘚，紅雨初收徑啟茅。爭似瑤池春色永，桃花千歲尙含苞。

品茗　限文韻

瓶笙宛轉隔簾聞，縷縷茶煙幻似雲。落日平臺徵雅集，東風禪榻溢清芬。一旗漫作庚辛判，三印從將甲乙分。嘗到中泠新汲水，瓊漿玉液任紛紛。

有所悼

罡風掀倒暮春天，紫玉無端化作煙。世界花花驚小刼，因緣草草怨華年。團將短夢都成幻，撇卻凡塵儻是仙。蓬島三山在何處？好憑方士問釵鈿。

懊憹唱徹怨東風，始識人間事總空。一現曇花開落後，三生恨石去來中。吟成錦瑟義山李，敲破瓦盆莊叟蒙。自古達人歌當哭，而今且作信天翁。

憶舊

妝樓窄窄夜迢迢，青鳥無端一再邀。明月滿窗人薄醉，碧蘭香裏坐吹簫。

記得

誤拋紅豆惹相思，一水盈盈打槳遲。記得畫樓人睡起，杏花簾外雨如絲。

偶成

寂寂閒庭十笏寬，雜栽花木傍闌干。嫣紅姹紫雙行列，權作金釵俠侍看。

自吹長笛倚新歌，宛轉聲中託意多。花漸闌珊春漸老，酒邊燈下奈卿何！

悼紅吟 有序

桂卿者，眞州人也。綠珠絕色，碧玉小家。室侍慈護，鄰依大樹。舍傍有大樹一株。擲梭客去，肯令白璧玷瑕；投轄人來，頓許黃金躍冶。紗將繫臂，錦與纏頭。月誓三生，雲行一度。豈料妒聞獅吼，釵竟輕分；更憐釁起狐疑，劍難終合。音塵隔矣，形影淒然。每當鵲噪嬉飛，猶穿望眼；無奈鸞飄鳳泊，欲碎迴腸。一病懨懨，遽醒梅花之夢；九原渺渺，莫招桃葉之魂。嗚呼！僕本狂人，生多恨事。弔桂林之黃土，別桂福於青樓。皆昔年事。芳字適同，悲懷何極！緣慳識面，早縈平子之愁；語出傷心，聊學步兵之哭。書之匀碧，悼此落紅。

銀潢不流蟾影缺，滿地瓊英落如雪。暗風颯颯吹鐙青，仿佛有人語嗚咽。女兒十七傾城姿，問名笑指丹桂枝。羅綺不華絃管賤，綠窗自惜駒光馳。悄駕鈿車遊陌上，珠輝玉映世無兩。頗疑昔日秦羅敷，行者坐者各惆悵。裘馬何處來少年？豪華意氣迥不羣。願指參昴作盟誓，蹇修一再通殷勤。黃金別起藏嬌屋，繡幕周圍燦花燭。盤龍光照新上頭，羞澀猶看翠蛾蹙。合歡酒熟瀲灩斟，定情詩成宛轉吟。雙飛雙宿鳥比翼，一話一言蘭同心。芙蓉帳暖春雲膩，一宿空桑豈初意！劉家婦人與風波，捐扇摧簪等兒戲。榴花五月紅易飄，蓮花六月香又銷。秋飈轉眼墜金粟，此人此樹同蕭條。深掩銅鋪病無力，海棠褪盡臙脂色。紫釵空費十萬錢，依舊井瓶斷消息。噩夢驚魂事事非，細腰甘逐輕煙飛。薄命不如紅淚點，瑩然留得在君衣。君去迢迢昌國衞，縮地長房更分袂。鳳簫聲咽秦樓傾，一慟歸來撫孤樹。黃土淒涼碧草封，夜臺應唱負情儂。不知與我干何事，也濕青衫一兩重。

秋花分詠同端己作

葉爲鳳尾舒，莖作龍鬚矯。丹英媚孤松，山阿夕陽悄。蔦蘿

風露黯牆陰，幽姿益增媚。今日斷腸花，當年思婦淚。海棠

景陽樓下井，秋芬裊其側。采采懷美人，貽之好顏色。燕支

忽忽西風起，漫天作絮飛。斷絃甘不續，生恐作兒衣。蘆花

葉浣波痕綠，花分草色青。永夜長相望，天邊織女星。牽牛

也呼抹麗名，一笑渾不似。衣白更衣黃，人但憐阿紫。紫茉莉

分得陶家種，居然並晚芳。大千秋世界，何處不遊方？僧鞋菊

涼月竹棚秋，三更露如水。離離花影垂，蟋蟀鳴不已。豆花

生長秋江上，容華自可憐。長紅還小白，一見一回鮮。芙蓉

綠陰滿窗紗，美人來不速。相伴更相憐，一雙紅蝙蝠。美人蕉

汀州淡無容，留得餘芳在。盪槳誰家娃，誤作菱花採。蘋

畫出蕭疏態，漁汀夕照留。忘機鷗鳥在，冷伴一枝秋。蓼

閨怨

少小紅窗負艷名，而今憔悴可憐生。傳來青鳥書偏誤，唬到黃鸝夢欲驚。別院簫聲空宛轉，隔簾花影自分明。閒中風月都無價，悔煞當時看太輕。

匆匆庚悉幾春秋？女伴相逢暗自羞。腰細空扶燈下醉，眉纖長鎖鏡中愁。能言鸚母呼無應，得意鷞雛舞未休。擬倩琵琶訴心事，恐敎腸斷白江洲。

稽首重霄繾綣司，鴛鴦牒下竟何時？袖依翠竹寒無奈，簾捲黃花瘦不支。賣笑安能同北里？效顰祇可讓東施。金錢頻擲猶難信，終日長吁自覺癡。

玉顏不屑炫明妝，孱褪殷紅額褪黃。柳絮光陰悲謝女，桃花消息問劉郎。亦知薄倖都成夢，不信溫柔別有鄉。寂寞深宵人獨坐，軟綃拭盡淚千行。

題荊文始姊夫紅樓絮別圖

江上春朝兩岸平，樓頭別酒一樽傾。何人打槳迎桃葉？唱到離鸞別有情。

回首巫雲夢已非，玉釵羅袖兩依依。春江水畔花如許，叮囑雙凫莫亂飛。

錦袜同心手自裁，離亭風笛漫相催。美人一寸憐才意，不是黃金買得來。
分明勞燕各西東，愁絕天涯一寓公。楊柳千絲樓一角，夕陽紅到畫圖中。

遇鄰媼

西鄰有媼鬢如絲，曾見儂家全盛時。四壁芸香書估集，一年花事酒人知。金箋滿座催詩早，玉笛深宵按曲遲。今日天涯共淪落，不堪回首更尋思。

偶成

愔愔細雨暗窗紗，鑪篆煙中靜不譁。自愛閒庭秋色好，西風開到射干花。

雨窗

雨窗枯坐太無聊，自擘濤箋譜六么。檀板一聲初入拍，惜無紅袖爲吹簫。

遊仙

蜃氣蒼茫裏，三山望不眞。可憐騎鶴客，誰是釣鼇人？瓊樹休論種，琪花易得春。似聞青鳥語，東海又揚塵。

偶作

山嶂疊復疊，江流灣更灣。扁舟從此去，倦鳥已先還。終古水無極，高空雲自閒。何時攜釣具，來住畫圖間？

有約爲文始作用尖叉韻

相攜素手玉纖纖，未許青衣啟繡簾。欲去還留曾有待，將言偏默爲防嫌。半沾淚點藏羅帕，雙鎖眉痕避鏡奩。珍重一聲歸也罷，泥人總在鳳頭尖。
隔牆開徧碧桃花，分得春光到妾家。蝴蝶弄晴來曬粉，鴟鵡坐晝學呼茶。閑繙繡譜門雙掩，怕露羞容扇半遮。私喜夕陽紅未了，爲伊計算路三叉。

閨憶疊前韻

窗前怕見月纖纖，詐說春寒不捲簾。隣女多心旁忍笑，侍兒饒舌小生嫌。遣愁偶或開香奩，療恨何妨檢藥奩。爲理琴絲獨自坐，東風冷損指頭尖。
長晝闌干春壓花，韶華偏滿阿儂家。畫眉舊倩郎顰黛，潤吻令教婢捧茶。帳外遊絲愁緒緒，袖邊羅帕淚痕遮。紅閨寂寞無聊賴，多少情懷付畫叉。

東鄰梔子花用上年韻

漫說頻頻見不鮮，隔牆宋玉自歡然。似尋人面桃還笑，試數天時艾並懸。五月猶花。繪素良工新畫本，諧聲之子舊詩篇。楊環體態肥如此，唐詩：「芭蕉葉大梔子肥。」不抹燕支劇可憐。

憶梅

又是同雲釀雪時，寒苞欲坼尚遲遲。遊蹤寥落青山在，夢影迷離翠羽知。驛使歸來應有信，美人別去最相思。何當策蹇清溪畔，領略春風第一枝。

尋梅

杖藜閒步趁蕭辰，鐵腳將無學道人。仙鶴從容如識路，蒼虬隱約慣迷津。暗香疏影知何處？流水空山別有春。覓得繁花親供養，膽瓶長伴歲寒身。

賞梅

一庭晴雪報花開，不負年前着意栽。縞袂相逢閒倚篴，隱囊小坐喜銜杯。傳神合仿蕭洲本，覓句終慚水部才。夜起巡檐還索笑，臨風擬上最高臺。

惜梅

風雨羅浮憶夢中，生憐香影一時空。金鈴但願春無恙，玉笛還愁曲易終。東閣吟情猶款款，西山遊興莫悤悤。和羹事業而今始，爲問羣芳孰與同。

十二月十七日招雲客孝先弢仲端己小飲成即事一首

緹室早報葭灰飛，滕六未放陽春回。踰冬至將一月，雨雪連綿，至今未已。消寒雅集視成例，一時壇坫爭先開。賦詩酌酒洵樂事，飯生何幸客追陪。今朝忝作東道主，前期掃徑除蒿萊。村庖安得備珍錯，家具聊復搜甸罍。相邀擬仿八仙飲，不速偏少三人來。文始、礪如、御君，均以疾，辭不至。吟箋堆案次第擘，雲中白鶴宜爲魁。橫空硬語力排奡，居然餘勇遊恢恢。龍山二子才頡頏，梁園角逐鄒偕枚。如聽湘靈鼓瑟聲，指湘雲調端己。江雲一曲翻新裁。琳瑯滿目歎觀止，手書口誦心低徊。譬若諸侯迭雄長，齊秦晉楚交相推。蒙也等之鄶以下，號寒祇覺蟲堪哀。悔不竟藏魏公拙，徒糜魚網磨松煤。北風穿窗氣凜冽，圍爐榾柮呼童煨。身御重裘尙瑟縮，且抛筆墨硯同持。儀文脫略酬酢簡，談鋒四起轟如雷。初爲拇戰繼射覆，明瓊一擲人環猜。風塵自憐俗士俗，糾觴自笑身無才。忽聞高歌發郢唱，梁間簌簌動塵埃。酣嬉淋漓莫可詰，盡醉那惜傾香醅？但惜年來量衰退，酡顏容易先人頹。朦朧勸客勿遽去，林端回耐歸鴉催！出門踏雪訂後約，良會還叩窗前梅。

再過藤邨

興廢何堪夢裏猜，更無麋鹿走荒臺。羊曇有淚難爲哭，閱盡桑田滄海來。舅家故物，蕩焉無存。

黃昏

閒倚西樓送夕陽，欲歸頻自怯空房。青禽獨坐憐雕檻，紫燕雙棲妒玳梁。池底月痕和水濕，簷前花氣挾風香。侍兒不識心頭事，籠燭相催卸晚妝。

題康元始詩集

新詞早聽唱玲瓏，又向詩壇拜下風。斗酒百篇齊太白，筆花五色擅文通。許身禹稷才何愧，託興湖山句更工。莫悵萍逢交太晚，十年前已應求同。癸亥有贈歸試雲間詩。

簾波 得香字

玲瓏犀押未禁颺，皺出湘文縷縷長。塵影不飛深障曲，煙痕欲活淺留香。輕捎燕剪風初定，低浸鸞鉤月自涼。擬倩通辭還隔面，由來銀漢是紅牆。

香篆 得簾字

霏霏煙靄繞芸籤，波磔分明乍啟奩。凝就一規仙解脫，熏成卍字佛莊嚴。迴文錦展濃芳襲，博古鑪開小印添。最是撥灰閒覓句，相留未擬捲重簾。

歲事

歲事闌珊病乍瘳，債臺高築避無由。不情最是長生庫，祗典衣裳不典愁。

壬申除夕

星斗滿天燈滿堂，開筵先覺椒花香。算一年事暫時了，合天下人今夜忙。且奮精神強飲食，每因節物話家鄉。鷄聲唱徹四更後，獨自開窗看曉光。

癸酉年 崇禎六年 公元一六三三

踏燈詞偕雲客作

玉梅花下寫宜春，彈指韶光又一句。且喜試燈今夜是，深閨忙煞掃眉人。

不搨脂粉不熏香，素服由來稱淡妝。笑說新年從俗例，出門先走喜神方。

凌波襪小步從容，邂逅同心與更濃。笑語半時剛別去，鼇山前面又相逢。

今年官府太多情，特許龍燈到處迎。會得與民同樂意，鼓鼙多作太平聲。

觀梅古社暫經過，手整花冠簇鬧蛾。說與檀郎應一笑，看儂人比看燈多。

雕鞍華轂儘喧闐，爭說花燈勝往年。袖底繡羅巾一幅，下逸

買燈詞

元夕東風遲玉漏，月波軟浸天街繡。萬家燈火燭霄紅，寶馬鈿車競馳驟。聽盡笙歌酒未消，金吾弛禁例三宵。綠章奏展繁華限，特許金錢進紫標。魚龍曼衍看無極，依舊雲霞輝五色。鳳闕重開不夜城，鼇山仍峙長春國。銀花樹樹燦光芒，雜遝香塵士子忙。點綴昇平本如此，識時何事空徬徨？

觀物四首

不分明處似分明，粉碎虛空結撰成。枕上迷離雲一片，燈前惝怳月三更。是眞是幻都無據，非想非因竟莫名。指點邯鄲舊時路，幾人到此悟浮生？夢

寸衷脈脈付低徊，入世原根至性來。一代倫常留正氣，千秋詞賦見眞才。吟風弄月天機暢，覆雨翻雲薄俗猜。笑我欲忘猶未得，蠶絲難盡炬難灰。情

眉間心上費支持，萬古難消酒一卮。落日關河征戰地，殘秋風雨別離時。茫茫此境偏相對，渺渺予懷祗自知。席帽年來最蕭瑟，抽簪贏得鬢如絲。愁

東風寂寞認闌干，雙袖龍鍾拭未乾。點點輕融冰影薄，盈盈長對燭光寒。三更雨共簷前滴，一種花留砌下看。聽到琵琶衫濕盡，憐他棖觸太無端。淚

偕孝先子巨萬束陂酒肆小飲成四絕句

陂在縣東，土宜稻，頃收萬束，故名。

翠微遙抹一痕煙，颯颯東風欲雨天。問訊酒家知不遠，呼童先數杖頭錢。

疏籬曲繞酒塲寬，小供盆梅雜飣盤。贏得癯仙終日醉，陶然無復雪霜寒。

王後盧前細品評，吟壇各自負才名。今朝賭盡旗亭壁，惜少雙鬟一發聲。

索居容易負韶光，難得良朋共舉觴。從此稻花陂下過，流涎休笑汝陽王。

妝閣

淡雲微雨好春天，妝閣深沉絕可憐。報道玉人慵不起，朝來空到杏花邊。

庭竹

笑看庭前竹一枝，年年長是綠參差。桃花儘逞嬌顏色，消受春風得幾時？

戲作

生平頗不畏風波，淮海江河閱歷多。只是慣聽檣燕語，道儂無奈石尤何！

懊惱

懊惱清明節，淋浪雨太多。春情空繾綣，好景易蹉跎。黯黯花無色，沉沉鳥不歌。欲思江上去，何處借魚蓑？

選佛詞 有序

昔人多作遊山詩，而獨不及於佛。偶繙內典，因摭得若干首，卽名之曰「選佛詞」云。

早從初地悟無生，拓鉢重來舍衞城。敷坐拈花迦葉笑，諸天齊放大光明。
初陽紅射講經臺，花雨繽紛錫路開。八部天龍齊俯首，達摩今日渡江來。
鈍根慚落箭鋒機，莫向風幡說是非。祇有此心泥絮似，天花散盡不沾衣。
誰將沙數問恆河？自涅盤來幾刹那？不信方壺員嶠地，主持偏是道人多。
伏虎降龍法力深，慈雲普蔭去來今。皈依已遍三千界，何事天魔不信心？

菩提非樹鏡非臺，歡喜園成絕點埃。特供伊蒲新樣饌，邀他鹿女踏花來。
割肉無難捨此身，袈裟着後早離塵。如何祇樹誇精舍，尚有黃金布地人。
三昧休教誤野狐，天龍一指出迷途。摩登伽亦風流甚，毀得阿難戒體無。
薝蔔花開鷲嶺秋，辟支說法集緇流。於今震旦多頑石，誰契眞如一點頭？
瓔珞莊嚴滿月容，自然卍字現當胸。三車高演無遮會，聽取靈山百八鐘。
煨芋中宵宿火深，泠然梵唄徹山林。十年宰相渾閒事，領取慈悲一片心。
石幢高樹戒壇寬，翠竹黃花取次看。頗與文人修慧業，莫嫌饒舌是豐干。

不寐

昨夜不成寐，旁皇到五更。雪融簷溜急，風墮壁泥輕。殘燭靜相對，遠鐘微作聲。天明翻欲睡，不覺午雞鳴。

蠅

爾是何蟲豸？趨炎亦苦辛。酒漿從果腹，藩溷且容身。擾擾揮難去，營營聽莫眞。霜風銛似劍，應不恕讒人。

牡丹 以天香二字爲韻

畫闌春信自年年，三日初過穀雨天。富貴聲華金谷客，淸平才調玉堂仙。一叢穩占風光麗，五色濃含露氣鮮。錦幄高張遊賞集，斜陽欲去尙流連。

異品由來重洛陽，鞓紅歐碧記難詳。映來珠箔層層艷，譜入銀箏字字香。早以盛名歸國色，並將全力絢春光。更尋芍藥豐臺路，後起繁華日正長。

赴鍾陵舟中晚眺

煙染山痕碧，雲連海氣黃。蒼茫分島嶼，隱約見帆檣。落葉遲歸鳥，疎鐘冷夕陽。推篷回首望，何處是家鄉？

新秋

風吹梧葉報秋還，蟋蟀聲中晝掩關。沽酒獨傾聊破寂，著書難竟且偸閒。畫屛遠拓雲千里，釣檻平臨水一灣。白露已交猶酷熱，人間莫怪重冰山。

仰天莫問首空搔，鏡裏分明見二毛。事到留心皆閱歷，分宜知足敢牢騷？焚香掃地神同曠，對酒當歌興尙豪。爲問菊花開也未，且伸左手快持螯。

答雲客見示三十六鴛鴦歌成四律

卅六鴛鴦絕妙詞，雅人深致想堪知。篷窗選勝湖山妒，綺閣徵歌風月癡。相約看花春檢屐，更番角酒夜傾卮。多君最是鍾情處，端的江頭笛一枝。

蓮漏無聲沸管絃，五雲樓閣斂瓊筵。搜尋艷迹花成譜，摹繪芳心玉作箋。名士慣遊行樂地，美人合住有情天。江州司馬渾無賴，何苦青衫怨暮年？

儘伊老大嫁商人，不問貞娘玉化塵。歌中謂有已嫁者，有已逝者。神女生涯原是夢，用句。韓郎麗句竟無倫。桃花合踐重來約，豆蔻常留二月春。聽罷箇人歌一曲，狂浮大白又何因？

品隲花枝細酌斟，紅閨從此有知音。曲中楊柳悲離合，眼底煙雲識昔今。鍾阜買春新長價，揚州載酒舊成吟。憑君檢點鴛鴦譜，莫讓他人屋作金。

紅指甲

金礌搗爛女兒花，容易秋風識歲華。指甲纖纖紅點點，要知不是守宮砂。

脈脈無言對鏡奩，一彎新月掛珠簾。阿儂贏得雛兒愛，分到紅雲上指尖。

有所寄疊辛未年韻　阿姚

雙棲梁燕劇生嫌，愁緒年來幾許添？文字無靈呼負負，病魔不去恨懨懨。推開繡枕夢初醒，掩卻羅襟淚已霑。怕看一彎新月上，夕陽西下定垂簾。

小詩題徧幾亭臺？緩步莓苔去復來。寫怨卻難雙管下，排愁聊復一尊開。墜歡那向前途拾？用意偏瞞近侍猜。三載浮盟成浪約，黃泉齎恨即今回。

身無健翼鳳雙飛，倦鳥而今悔早歸。衰鬢不堪今對鏡，餘香猶是乍熏衣。綺懷爭奈三年別，絮語難憑一紙書。記否同船停泊處，青蓑有約指魚磯？

多謝黃鶯喚曉眠，一徧原未兩周全。乖張勢比東西鰈，𠟭折情同上下鳶。篋裏醫方歸後用，備方待用。鬢邊花朵夢中鮮。嘗以花贈。春風二月年年有，寂寞如何年復年？

綠楊樹裏是卿家，省識文窗四面紗。青鳥尋將孤客夢，杜鵑啼否女兒花。無聊牙拍新敲句，有意銅鐺舊煮茶。漫道平安眞失報，牽牛心事玉河查。

即事

地僻塵難到，天寒酒共斟。飛鴻今日爪，歸鶴故園心。良會易成迹，長歌空好音。夕陽人散後，明月滿疎林。

晚眺

遠山疊疊環紅樹，淺水溶溶漾白沙。風起炊煙天欲晚，土牆茅屋兩三家。

偶成

一水溶溶碧似油，東風太緊怯呼舟。松寮閒試驚雷荚，也算金焦一度遊。

有感

莫怪孫楊倦眼開，風塵畢竟少龍媒。試看駑馬鹽車下，一樣長鳴得意來。

明妃

手把琵琶出漢宮，讓他桃李自春風。美人不是黃金盡，祇未甘心賂畫工。

餞菊

繁霜昨夜隕南山，惜別黃花淚暗潸。三徑曉風開祖帳，一籬殘月譜陽關。酈泉水逝杯空酹，彭澤人歸柳共攀。珍重臨岐留贈語，明年秋色早來還。

約梅

羅浮消息近如何？風雪曾邀共起居。作伴依依留一鶴，相思渺渺託雙魚。銅瓶可許春光到，紙帳應憐夢不虛。同醉玉壺原宿諾，後庭明月好携鋤。

一品鍋同戈莊學聯句

洞天留石交王，暇日歌洞酌。高張玳瑁筵戈，滿泛鸕鷀杓。割鮮命良庖王，鄰脯出鉅鑊。供乃刀匕俱戈，盛之筐筥若。光耀金叵羅王，品逾銀鑿落。其形圜以闊戈，厥量寬兮綽。舉異盌齊眉王，用殊鐺折腳。四時調滑甘戈，一器備珍錯。或有如鴨臛王，或有如雞臛。或有如膴胖戈，或有如脾臄。水火功相資王，醯醢味不薄。五侯膳合鯖戈，萬錢俸分鶴。羞豈藉櫻桃王，和惟需芍藥。無煩梁拱雉戈，奚須池鱠斫？晏想午莊陳王，製自辛盤拓。大烹同養賢戈，旅酬寧序爵。進匙艷紅綃王，列鼎崇黃閣。朶頤笑沾濡戈，炙手畏熏灼。覆餗且弗憂王，伴食斯堪作。爕理屬平章戈，陶鎔覘制作。正位中央宜王，榮名令公託。獨坐尊莫尊戈，老饕樂復樂。恰稱都堂餐王，絕勝屠門嚼。頭銜光祿誇戈，腹負將軍謔。郇厨未足多王，崔單尚嫌略。越俎謀空勞戈，轢釜聞應謣。愧我生菰蘆王，處世厭藜藿。值此饌初登戈，欣然箸先攫。何必羨駝羹王？庶幾敵羊酪。飽啖開心胸戈？餘芳溢齟齶王。

寒夜書懷

韶光畢竟去何之？朔雪催人鬢欲絲。斫地尙餘長劍在，問心好共短檠知。平章風月狂依舊，跌宕湖山醉不辭。莫訝寒梅寒徹骨，春來自有盛開時。

甲戌年　崇禎七年　公元一六三四

立春日作

家住江南春早來，牆頭忽見一枝梅。思鄉喜遂歸家計，入幕羞稱記室才。雀燕重輕渾不辨，雞蟲得失任相猜。英雄肝膽窮途淚，一併消磨付酒杯。

春秋列國宮詞

舞雩新樂奏雲和，導從宮車取次過。牆內花多牆外笑，揮鞭無奈闉人多！
別館新開汶水東，香車小隊駐春風。後宮齊唱南山曲，不在臺萊頌禱中。
驪戎二女恰齊肩，阿姊何緣寵愛偏？夜半深宮歌舞歇，有人掩袂泣君前。
攜手河梁淚滿巾，難拚二十五回春。可知永巷淒涼夜，尙有終身未嫁人。
青山曲抱杞城廻，版築登登阿監催。忽聽鶯鈴齊俯首，夫人親賜午餐來。
小院春歸燕子飛，寡人相送最依依。如何一樣房中曲，不賦關雎賦綠衣？
胡帝胡天世莫儔，鵲飛如報渡河秋。誰憐別院衣如雪，掩淚燈前矢柏舟？

玉輦經過小市頻，隔帷花颭一枝春。兒家也擬稱私淑，環佩璆然拜聖人。
薰風初見芰荷開，打槳池塘日幾回？明識君王心膽怯，笑舒玉腕弄船來。
雲物高唐豈夢中？年年無語向東風。三千宮女如花貌，不及夭桃一樹紅。
方城月落事酸辛，銅輦秋衾夢不眞。宮側忽然喧萬舞，關心祇有未亡人。
春風羅帳夢初回，忽報羊車入院來。手賜並頭蘭一朶，謝恩先進合歡盃。
鶴市香埋絕可憐，豈知金盌出重泉？傷心最是君王后，愛女重逢竟化煙。
採香人倦酒微醒，銷夏灣前鳳舸停。聽說青娥傳令旨，明朝同幸錦帆涇。
雪霜寒不到瓊臺，公主笄年下嫁纔。佳壻風流人共羨，玉簫聲裏鳳凰來。
倉皇兵火夜三更，誰負君王小妹行？他日香衾同夢穩，想提前事尚心驚。

楊花曲同孝先端己弢仲作

買棹金沙來，放棹龍山去。四顧綠濛濛，遍是垂楊樹。陽春二三月，正是花時節。東風着意吹，盡日飛如雪。風吹未得休，花飛難自由。殷勤雙燕子，銜上最高樓。樓頭香夢驚，樓外嚦黃鶯。黃鶯嚦不已，似惜春歸矣。春歸還復來，人去何時回？識此飄零意，瓊瑰落滿懷。羅巾纏繡領，生怯瓊瑰冷。偸揾向東風，攙入桃花影。夕陽花影低，珠箔望中迷。一番風信急，催過畫橋西。畫橋無限春，春水鴨頭新。浮萍儻相識，好與證前身。

暮春雨四絕 逸其二

春光無歲不悤悤，今歲春光更惱公。鶯燕風情花世界，消磨多在雨聲中。

近江城郭酒旗飄，水閣誰家倚玉簫。殘月曉風偏不唱，惱人祇唱雨瀟瀟。

石畫

誰抉雲根秀，如將粉本披？神情都逼肖，肌理抑何奇。自得精華蘊，何勞采色施？閒窺英德本，學步信堪嗤。

鐵畫

妙繪由良冶，居然奪化工。金銀三品外，筆墨一鑪中。竟得鉤摹意，憑收鍛鍊功。藤邨懷往事，惆悵畫欄空。先舅家中有欄鐵畫，極工。琴書散盡，欄亦無存。

繡畫

五色相輝映，丹青出繡牀。難尋針線迹，恰稱綺羅香。妙手追雙管，靈心擬七襄。伊誰珍絕技，祇許看鴛鴦？

烙畫

曹陸空揮灑，誰能策火攻？香留紅燄活，筆抵白描工。意得吹噓外，神傳刻畫中。小池夸水繪，應是匠心同。

玉茗花

琪花瑤草總尋常，別擅瓊姿壓眾芳。落日平臺留俊賞，春風曉鏡照新妝。種分寶相難爲品，夢入臨川舊有堂。供養祇宜梅作伴，愛他一樣耐冰霜。

即事

霧重山全失，風狂水欲飛。陰霾何太甚？三月尚寒衣。

偶步

偶出門前步，蒼然欲暮天。鐘聲流水外，帆影夕陽邊。野草碧無際，山花紅可憐。行歌誰與答？鶯語正纏綿。

貓

盧有於菟表，空傳白老名。魚香供飽啖，鼠竊任橫行。婉婉依人態，喃喃念佛聲。可憐小兒女，提抱若爲情。

雷雨後月色大皎

天意誠難測，偶然雨復晴。雷施新號令，月放大光明。遠岫看如沐，寒潮聽尙驚。舉杯邀影對，一笑又詩成。

偶成

愔愔細雨濕征衣，蠶豆花開燕麥肥。何處讀書聲忽送？一叢修竹隱雙扉。
沿溪一帶綠楊齊，茅屋間間俯水低。不識誰家小兒女，盪舟來泊小橋西。

有贈

一枝婁尾殿春光，大地繁華鬧洛陽。子細端詳渾不似，芳名還是說姚黃。其母可人也，余猶及見之。

夢辭十二首

天種情苗暗吐芽，溫存性格女兒家。同心繾綣鴛鴦鳥，並蒂芬芳姊妹花。促膝易傾妝閣酒，牽情牢繫故園車。春光滿眼渾閒事，羅綺叢中度歲華。

世外良緣別有情，錯疑仙女散瓊英。紫囊佩解親投贈，金盒香封共誓盟。未必傾城皆命薄，可知好事本天成。紅閨心迹曾何似？花樣芳菲玉樣清。

綺閣瓊樓思渺綿，臨風一笑亦嫣然。年華碧玉誇三五，心事紅綃寫萬千。斂袖倩人纏玉釧，兜鞋誑我拾金鈿。桃花紅上如花面，最好春光三月天。

落花窗外影披離，繡閣晴和亦自宜。紅豆情懷剛入手，黃梅風味欲攢眉。夢中得句題箋嬾，醉後彈棋夜刼遲。縱使如年天氣永，歡嬉又是夕陽時。

妝成一樣競時新，不抹胭脂要率眞。繡屧踏塵蓮瓣細，珠鈿貼額薛花勻。晴階鬬草輸羅帕，綺室熏香坐翠茵。近日柔情渾似水，肯因薄醉費逡巡。

抄過垂楊畫閣西，銅環親叩訪幽棲。記將前事瓊漿惠，緘得新愁錦字題。細索夢痕盟活蝶，暗通心曲透靈犀。幾回並立垂楊下，定許柔荑手並携。

五雲樓閣幾尋來，一種娉婷看不禁。乍促坐時猶意澀，瞥相逢處最情深。怕歌秋思憎團扇，似訴春心託綺琴。別有情懷無可說，一番歡笑一沉吟。

堂堂歲月去悠悠，底事經年事遠遊？嚙臂有盟商後約，留歡無計惱歸舟。天孫乞巧雙星夜，漢使乘槎八月秋。砧杵萬家聽不得，蕭蕭落葉惹人愁。

唱徹陽關字字嬌，歡場此際最魂銷。深情翻易成孤另，密約終難破寂寥。祖帳盤餐無賴酒，寒燈風雨可憐宵。百般慰藉都無當，分付愁懷與柳條。

銅壺聽罷漏丁多，咫尺巫山路萬重。容易吟笻扶夢去，斷難剩墨寫情濃。雲山到眼來時意，風月關心去後蹤。未必天台了無分，桃花紅滿最高峯。

莫將別淚任輕彈，相別時難見不難。月地評花雙影瘦，宵窗臥雨一燈殘。魚書緘恨尋庱語，犀管描愁拾墜歡。臨發開封成底事？尾聲兩字是加餐。

人生端底幾春光？回首前塵肯渺茫。遇合未容徒草草，情緣如此太堂堂。鴛衾冷落人何處？虬箭淒清夜未央。合把瑤觴追款別，莫敎常負杜蘭香。

續夢辭十二首

並肩人立畫樓東，芳訊風前款款通。雲髀鬢絲雙影綠，花分釵股兩邊紅。錦屏倚遍迴身疾，繡幕牽開避面工。不信驚鴻竟如此，釧聲餘向朧玲瓏。

黃姑渺渺隔天河，一種伶俜喚奈何。花放水流春淡蕩，柳搖風過影婆娑。信通鰜鰈難爲路，夢逐鴛鴦儻有魔。料得瓊樓高十二，雙飛新燕自傞傞。

一番凝盼一廻腸，油壁香車憶渺茫。消息靑鸞憑問訊，音書黃犬費猜詳。桃花艷隤眞妃面，柳色春捎宋玉牆。生小年年依阿姊，兩難相見劇心傷。

偶繙鴛牒暗矜持，瓊樹生成連理枝。天半玉簫吹短夢，江南紅豆種相思。黃蜂釀蜜心常醉，彩蝶迷花意總癡。裂卻舊題羅一幅，合歡留得半兒詞。

商量往事未全迷，小字如蠅信手題。淺逗芳心融粉麝，低撩春色露瓠犀。踏殘新月雙弓窄，覆住香雲一剪齊。始信相思不無益，飛鴻漫道雪邊泥。

華年碧玉已苗條，把袂溫言百囀嬌。細訴柔情蛛結網，密商佳會鵲塡橋。銀蠶慵整新條脫，金鳳愁拈舊步搖。恩分未能免羞怯，不堪良夜正迢迢。

口角聰明擅性靈，清談坐對鬱金屛。風懷況復諳文字，情節眞難判影形。一點蘭心偏宛轉，十分軟語付叮嚀。愛河新浪濃於酒，醉得柔腸未許醒。

緣深緣淺總前因，何事思量費苦辛？畫舫煙波來日路，紅樓燈火意中人。重幃羃䍥深藏艷，窄袖葳蕤暗鎖春。好在水晶簾子下，爲伊端合喚眞眞。

將離作合絕殷勤，頻把佳期細細論。絮語一般情鄭重，香閨五夜夢溫存。嫁衣燈下含羞製，別酒尊前帶淚吞。卻強歡顏解郎意，惱人風雨又黃昏。

漫將錦瑟問年華，艷福而今未可誇。月滿關山遊子意，雲藏樓閣女兒家。三春歸思離離草，一闋清歌緩緩花。會誇靑鸞問瑤島，乘風飛渡碧城霞。

金雀珠麟一色鮮，覼覶貼地錦纏綿。紅鸞報喜三生牒，青鳥銜書五色箋。寶鴨香和情共熱，銀蟾月共夢同圓。仙人若箇成孤另，修到雙飛卽是仙。

月華才調逈超羣，占得芳姿勝幾分。紺雪作膚融暖玉，碧羅倚酒帶春雲。迎來桃葉春深渡，拜倒石榴艷奪裙。探喜良朋狂不已，宏農樂府報云云。阿姚來歸，同人日來探喜。樂府有「宏農得寶歌」，爲玄宗得太眞而作。

子夜四時歌

灼灼桃花紅，羅幃吹東風。鬟低玉釵褪，墮入郎懷中。

蛺蝶探香回，交翅入儂室。如何纖纖蟲，也要兩成匹？

菱葉一根出，蓮花並頭香。持扇拍郎背，呼郎看鴛鴦。

冰簟長六尺，綃帳如籠煙。趁涼儂要浴，分付郎先眠。

金風飄梧桐，袷衣漸知薄。儂冷猶未禁，況郎體質弱。

倚郎聽蛩聲，聲比前宵多。東鄰蕩子婦，今夜當如何？

熏爐雖爇郎，不及儂體暖。人道寒夜長，儂嫌寒夜短。

有花儂且插，有酒郎且醉。明朝是立春，與郎長一歲。

中秋

典衣沽酒且澆愁，風雨瀟瀟倦出遊。不是敲門人索債，竟忘今日是中秋。

新聲

爨弄家門久失眞，秦箏燕筑競翻新。納書楹譜從收拾，風雅原難索解人。

釀酒

造酒宜冬月，料量莫後期。論才誰麴蘖？託興比糟醨。品到黃封貴，名先白墮知。百花勤採掇，應笑蜜官癡。

待雪

向晚雲陰重，北風吹更寒。漫夸詩筆健，先試酒杯寬。倚檻經時立，搴簾着意看。梅花如有約，香信透檐端。

打冰詞

大船行行行不去，小船尾之亦復住。船中貴人急赴官，怒問船停何以故。長年叉手前致詞，今歲天寒異往時。雨雪兼旬河路凍，雖有篙櫓將安施？屈指郵程驛難達，似此堅冰利用伐。得尺得寸且向前，三百役夫連夜發。鏦鏦錚錚金鐵鳴，登登憑憑版築聲。水晶宮殿一時豁，馮夷失色陽侯驚。一人邪許眾相和，撲面難禁北風大。手皸足裂姑勿論，最是朝來腹中餓。上命差遣那敢辭？隆多辛苦誰得知？頗聞貴人被酒臥，糢糊猶責冰開遲。

舟中偶成

雪威風力互相搏，身御重裘尚覺寒。卻看舟人牽百丈，敝衣跣足走江干。

疑雲集　卷一

金壇王彥泓次回著

乙亥年（崇禎八年　公元一六三五）

立春後三日，孝先招同子荆、弢仲、端己，飲於龍山精舍，分韻得人字。（青龍山在縣西南五十里，孝先築有精舍。）

旭日初開霽，春寒尚泥人。江山留勝槪，觴詠及良辰。帽影風高地，（借用孟嘉龍山落帽事。）梅花刼後身。騷壇多健將，何幸接淸塵！

春日偶成

東風吹水綠差差，簾蒜低垂日上遲。四面蘭花中一榻，自拈斑管譜新詞。

三月七日小㕧山修禊分韻得畢字（山在城南長蕩湖中，屹然孤秀，望之若浮，故名。）

韶景舒以長，姑洗應陽律。浹旬雨滂沱，將毋月離畢。旭日始開霽，高興挐舟出。攬勝南城南，孤嶼聳崔崒。湖光望濛茫，山色喜超逸。相期金閨彥，共造維摩室。露浥桃錦鮮，烟凝柳絲密。列坐泛羽觴，歡笑輒移日。蘭亭昔修禊，千秋豔稱述。今茲良宴會，風流殆其匹。酒酣發高詠，朱絃韻清瑟。願言作後序，愧無輿公筆。

三月十八夜席後記事用韓偓春盡韻

薄笨車來細雨昏，青山拂拭暮烟痕。新鱸作膾紫蒓饌，野鳥提壺紅杏村。戰拇一番誇酒力，酬春幾度動詩魂。年來不減看花興，蝴蝶莊周夢漆園。

遊長蕩湖偶作

大岆山又小岆山，長蕩湖中一往還。正是春風好天氣，桃花滿插美人鬟。名流從古嗜煙霞，小築幽棲近水涯。五百年來劉宰宅，高人何處問蒹葭？宋劉宰，字平國，紹熙進士，隱居於此二十年，著有「漫塘文集」。竟日登臨意未休，斜陽無奈促歸舟。良宵風景尤清絕，讓與姮娥獨自遊。

春曉擬李昌谷春畫詩體

芳漏欲斷楚宮曉，烟濕桐花醒么鳥。香魂乍蘇，綺夢猶抱。杲日暹檽，藍光膩昊。暗粉蝶褪，晴絲蛛裊。畫屏錦樹，麴塵芳草。弄帶喜閒，催盥嫌早。紅麩簟拭，綠蛾眉掃。

箏譜按奏，琵絃調趙。用倒芳樽，那歌儂惱！
巫山十二夢雲破，櫻桃花底背琴坐。湘波凝蠟弄啼眼，玉簪半斜綠鬢惰。纖蠶暗語，宿麝瀲涴。粉匳錦褥，紗窗絨唾。妝帶愁描，繡添吟課。雲甜枕膩，風悄簾篏。守病謝嬉，含困思臥。春歡有涯，古怨無那！

悼詞

每將緣分問三生，縱使無情也有情。素韈微波迎洛女，藍橋淺水識雲英。若甘薄倖全非我，不敢溫存恐誤卿。艷福何人消受得？紅閨心迹本來清。

最難得是玉無瑕，二八芳齡紀歲華。偸覷新愁嗔侍婢，端詳密約屬卿家。春風婪尾將離草，秋水芙蓉解語花。記得深宵攜手候，暗中偸搵淚橫斜。

別來猶自想瓊姿，小住瑤清境最宜。風暖珮環聲細細，宵深刀剪響遲遲。眉痕蹙黛螺紋澁，頰點凝酥獺髓醫。可奈柔情常脈脈，個中心事又誰知！

優曇一現總難堪，泡幻因緣夢裏參。卽色卽空觀佛諦，將疑將信證書函。腰肢楊柳先秋悴，淚點桃花着雨酣。回首前塵渺何處，英皇舊約盡空談。

爲伊摹仿貌伶俜，欲寫哀辭筆暫停。色自可人偏短命，魂能入夢始通靈。怕羞未肯裝憨態，諱病無端認弱齡。早識當時成永訣，汜旁亦足慰零丁。

楊花曲

年年風雨無佳緒，處處天涯有畫樓。試問羊家張靜婉，粉痕零落倩誰收？
欹枕屏山午夢迷，殘香一線裊金猊。玉階風定無人掃，糝上空梁燕子泥。
斜風故故拂雕鞍，嫋尾聲中春又殘。一例春人飄蕩盡，斜陽依舊滿闌干。
細雨輕煙白下門，好春如夢況黃昏。霏霏蘸入流波去，都是當年清淚痕。
爲誰輕薄爲誰狂？攪亂東風大道傍。又換三分塵土色，行人莫問永豐坊。

阿姚

暫時小別費相思，撚斷吟髭卻爲誰？飛絮漫天鶯自語，落花到地蝶愈癡。金錢預卜紅燈夜，黃絹新題白石詞。羞比當年蘇學士，密雲風趣尚能知。

記得

從頭往事說分明，道是無情轉有情。記得曉風簾幙裏，一聲嬌語妒春鶯。
不須密約費疑猜，月底花邊幾往還？記得深宵籠燭送，雙弓和露印莓苔。

池上偶成

一池新綠漲玻璃，瀟灑軒窗照影低。八月荷花開未了，三年修竹長都齊。眼中名士嗤龍尾，卷裏奇文愛馬蹄。留滯周南竟何事？廻文錦字有人題。

齋中偶作

門無俗客案無塵，小住山齋又十旬。行過竹林雙鬢綠，踏平芳草一鞋春。梧桐屹若來高士，蝴蝶翩如下美人。與我周旋皆妙境，要拈詩句替傳神。

嬌女

十五性猶孩，紅箋碎剪裁。閒愁眉葉蹙，濃笑眼花開。猛捉高飛蝶，酸抛乍熱梅。有時拜明月，羅帶倒拈來。

貧女

寂寞蓬門裏，桃花又一春。笑啼依阿母，衣食藉何人？鏡暗眉難畫，針寒手易皴。珍珠無十斛，可惜在風塵。

幼女

新月比年華，雙丫髻樣斜。尋爺問難字，學姊繡新花。海孕明珠影，田生白玉芽。客來桃頰暈，忽遽掩窗紗。

老女

摽梅實三七，老矣尚閨中。秋月殊難滿，春花漸褪紅。壻鄉漂海水，媒信斷東風，卻看鄰姬稺，雙眉畫未工。

閨情

明鏡對春山，長蛾綠一灣。硯摩鸜鵒眼，香炙鷓鴣斑。畫篋牢金鎖，衣箒鎖玉環。不知何意思，愛唱大刀環？

晚步

山禽飛過水禽飛，一帶人家綠四圍。忽轉長隄沙路亮，垂楊開處漏斜暉。

秋晚夜作

說餅題糕節總過，漸看寒色上庭柯。晚窗似讀秋聲賦，一片西風鬧薜蘿。幾枝殘菊尚多情，影落牆西上下橫。竟許白衣人送酒，翻嫌多事是淵明。

秋香

滿林商意覺蕭然，何處幽芬忽暗傳？撲鼻迥非蘭麝品，會心何但木犀禪？十分凉沁風懷爽，一縷清分露氣鮮。且莫興悲同宋玉，氤氳留結靜中緣。

秋色

溪山勝處好憑欄，評騭清華興未闌。籬菊佳含宵雨潤，井梧老逼暮烟寒。十分絢爛看無盡，一片蕭疎畫亦難。更上岍山高處望，西來風景滿長安。

秋影

洞庭木葉下西風，別有神傳恍惚中。四照欲迷蓉鏡幻，一層應訝菊屏空。白生虛室看難辨，紅入斜陽繪未工。最愛澄江如練淨，雁飛何事太悤悤！

秋聲

瑟瑟蕭蕭聽亦驚，淸商都作不平鳴。一燈孤館風初起，萬木空山月正明。刻意催人年欲老，幾番攪客夢難成。讀書卻笑歐陽子，千古偏留作賦名。

餞秋

商風遶樹作離聲，太白搖鞭問去程。傳驛恰逢梅有信，開筵應借菊爲名。一尊款款宵言別，萬象依依曉贈行。明歲重來須及早，西郊莫待遠相迎。

冬至前二日，子荆招飲，作消寒會，時菊花猶未殘也；因即以晚菊爲題。

小閣圍爐夜未央，菊花猶作錦屏張。風霜閱歷秋仍在，雨露從容壽正長。喜值韶光回一線，漫將高會認重陽。東籬何意行春令，先卻寒梅領眾芳。

登金山

樓臺突兀起風煙，萬里長江遠別天。南去山光迷禹穴，東來海色上秦船。眼前日月雙輪響，脚底魚龍一窟懸。更撥雲頭向空去，一枝笻杖挾飛仙。

雨歇

竹林雨歇晚生煙，挂起西窗綠滿天。忽聽好音飄耳過，一枝花瓣打琴絃。

過溪舍

蘆花世界柳絲鄉，溪上人家草屋涼。一箇釣船漂不去，夕陽粘入水中央。

懷六叔父衡湘

經年不共酒杯醺，遙望衡山指白雲。夢着梅花應見我，飛來明月忽思君。煙波竟去輕十里，風雅誰來張一軍？雪北香南頻悵望，寥天一雁正離羣。

閨中

騰騰香霧曉難開，十二屏山繞鏡臺。一朶梅花簪鬢角，美人頭上有香來。

讀香山詩集

一卷香山居士詩，嬌花寵柳費相思。於今世上黃金貴，那有雞林賈客知？

江上

水畔人家竹繞扉，月明江上掉船歸。一篙打得蘆花響，驚起沙鷗拍拍飛。

無題

秋煙漠漠雨疎疎，天外誰傳雁腳書。蕉葉夢迷難覆鹿，桃花水淺不藏魚。眼前泡幻三生似，心上波濤八月如。捲地罡風忽吹去，那能留住上仙裾！

茫茫此恨幾時消？跨鳳人偏不姓蕭。一紙烏闌銷作粉，三升紅淚湧成潮。心花那得靈臺放？眉葉何堪敗筆描？風景老顛眞裂殺，雷威琴意忍摧燒！

寂寂山谿短短扉，夕陽影裏亂鴉歸。一燈冷照猧兒榻，雙翦寒生燕子衣。已放紙鳶從遠去，難吹泥絮更高飛。憑誰檢取樓羅歷？張角參差願總違。

媧皇無力補情天，孤對簾櫳倍悵然。隔座星辰空出沒，到門風月枉便娟。銀瓶落井難探信，錦瑟拋絃莫問年。一尺腰圍三寸腕，定知憔悴過從前。

記得紅闌四面秋，芙蓉花底水西流。替燒石葉香三瓣，分照垂楊月一鈎。心事飛揚成野馬，行蹤澁縮似蝸牛。空中結就青紅色，大海騰波一蜃樓。

漫斟銀液鎭心驚，行到蓬山路不明。衣着鳥工飛已遠，書留蠆迹記難淸。籠來鸚䳇空千里，睡醒蝦蟆換六更。一種淒凉滋味在，不堪兀對讀書檠。

任教險路說瞿塘，欲借西風渡一航。玉可作人誰不妒？珠能記事久難忘。倘遺井水消中熱，願倚屛風護晚凉。製得九梁釵子在，爲卿重整舊時妝。

蹤迹難尋身外身，鶗啼燕睇枉傷神。慈悲佛不超重刼，縹渺仙疑隔兩塵。溫嶠貧來金那貯？卞和別後玉誰珍？今生恨願他生補，手爇名香祝上眞。

感懷

春鶗秋蟀太悤悤，意緒牽廻類轉蓬。伏櫪尙存千里志，讀書已負十年功。田園寥落多淪刼，文字荒蕪莫送窮。一笑自尋消遣法，酒杯無事不敎空。

捲簾喜見雪花飛，門巷蕭條晝掩扉。有蝶可招同入夢，與鷗相狎漸忘機。蹉跎歲月身將老，落拓風塵計總非。偏是歲華留我住，寒梅蠟柳共依依。

丙子年 崇禎九年 公元一六三六

元旦試筆

彈指光陰又一年，鏡中鬢髮笑華顚。英雄老去惟耽酒，文字貧來不値錢。且向江山舒嘯傲，喜看海國靖烽煙。何當踐我梅花約？回首歡場意惘然。

新正七日，同人集雲客齋中，分韻得種字，成五言三十二韻，並懷六叔父衡湘。

開歲甫四日，大雪欲沒踵。又三日始消，道路淤泥壅。尋常巷陌間，崎嶇比登隴。爲赴尋梅約，不憚駕屢䙥。迢遞見粉牆，巍然砧以鞏。高齋賦斯干，丹青輝斗拱。主人早出迎，歡喜勝曲踊。起居相慰勞，禮節刪繁冗。但爲士龍笑，無取季路拱。閒將低几憑，倦或隱囊擁。禪味契祇園，主人喜佛，壁懸古佛畫幅。異書探汲冢。花輪意惢新，茗助詞源湧。須臾弦月上，一室光溶溶。長筵妙接聯，盛饌極矜寵。得味膾銀鱗，先時羮玉蛹。巨觥絡繹飛，短袂殷勤捧。狂若阮步兵，豪如李供奉。奮臂當前茅，軒眉賈餘勇。高呼震屋瓦，自視四坐形神竦。鯫生本不才，拳曲兼臃腫。濫竽蓮社中，豈足爲輕重？羣賢況畢至，自視成闒茸。有客工揄揚，令人益惶恐。慚汗未暇拭，吟肩聊復聳。小技擅雕蟲，牢愁咽寒蛬。字莫定推敲，病奚殊微尰。徒竭心區區，渾忘髮種種。偶此作狡獪，初非由慫恿。因之思大阮，馬轡衡嶽駷。際斯天氣冷，寢興愼毛氄。烽煙日或驚，持籌頗憂悚。願言寄詩箋，遙答江潮洶。

郊外閑步

金沙西去無多路，早見�山在眼前。萬樹梅花香似雪，一江春水碧於煙。誰家高閣閒吹簫？有客長隄笑着鞭。如此風光堪一醉，宵來拚就酒壚眠。

偶成

一年最是春光好，無奈春來恨轉添。雨日苦多晴日少，閉門贏得病懨懨。

清明日同人讌集龍山得七律二首疊韻

有約龍山共探春，平明策騎向湖濱。已過上巳剛三日，小聚同朋祇四人。打槳中流桃葉遠，插簪一路柳條新。持杯笑看蒼鱗色，煙雨空濛畫入神。

記否當年共賞春？酒船風阻泊江濱。難從流水尋殘夢，應有垂楊識舊人。裙屐一時酬唱在，峯巒千古畫圖新。主張端屬于東海，萬卷羅胸筆有神。

北行

鳳城兩月寄吟身，榴火明時好返輪。辜負香衾作遊子，揚花滿路不勝春。

宿河西務和壁間韻

芳樹煙痕歛，遙山黛色皴。驅車來此地，翦燭憶閨人。客路風霜苦，畿疆景物新。勞勞殊未已，何日乞閑身？

河西務早發

殘夜催車發，和霜度板橋。樹遮燈影暗，風送鐸聲遙。岐徑昏難辨，寒威曙未消。遠遊殊失計，容易負良宵。

有思

歷碌迴腸有所思，桃花時節雨絲絲。江湖滿地生春水，門巷三春隔柳枝。作客心情飛燕慣，離愁滋味夜燈知。昨宵蝴蝶魂歸去，觸瑟聲中弄酒卮。

卽事

油窗十扇柳雙枝，明月來時一綫鋪。蝴蝶穩知花臭味，貍奴深解睡工夫。佛前掃地慈親喜，燈下穿針幼女劬。還就鏡奩安筆硯，新詩題出贈羅敷。

夜起

客睡殊難穩，開門看月生。禽魚皆夢境，蕉竹各離聲。膽爲詩能大，胸因酒不平。何當學太上，兒女總忘情？

有贈

娭光媚睩無纖塵，笑語玲瓏兩頰春。半面已教羞俗艷，一尊儻或是前因。眼波斜溜燈花妒，指甲輕籠絃索新。料得揚州風十里，珠簾不卷爲伊人。

有謂倒分前韻韻

寒食清明都未過，尋芳卻好是良辰。春風得意馬蹄疾，用句。油碧車兒穩載人。
紅樓十二誰家屋？捲起珠簾近水濱。姊妹同知春意好，晚妝一例鬬花新。
翻殘花譜評花品，瘦笑掌中肥太眞。嚦嚦鶯聲若相喚，花中歡笑豈無因？
無意憨癡有意恨，面人嘲笑背人嗔。東鄰豈比西鄰好，傖父自分兩樣春。
主持花事同推我，慣作羣芳國裏身。最愛一枝春色嫩，蓓蕾不許染纖塵。

寓齋雜詠

一綠中無縫，開窗萬竹枝。讀書燈火共，入夢雨風知。對爾成高隱，因之學瘦詩。月來眞影出，無葉不參差。竹

並蒂復連根，眞成姊妹親。嫁誰夫壻好，現此女郎身。影共一明月，香分眾美人。朝天非素面，不讓虢偕秦。姊妹花

映山紅不了，移就廣庭栽。蜀魄能啼血，春心不化灰。爲誰常躑躅？知爾絕塵埃。司馬夫人好，東風任意開。杜鵑花

一花開六出，瓣瓣白雲浮。之子名原好，美人來更幽。摘歸香半擷，翦出玉雙鈎。欲作同心結，徐娘爲爾愁。梔子

一枝紅杏老，疎朶尚欹斜。消息聽春雨，光陰似酒家。尙書詞婉麗，燕子語周遮。莫便嫌他鬧，東風得意花。杏花

一般紅紫艷，氣象獨堂皇。春力洩已盡，人間別有香。生來能富貴，絕大此文章。合受羣芳拜，花中奉一王。牡丹

寓齋雜詠成有贈故園所蒔各答一詩

窗南十尺黃梅樹，風雪初開幾瓣花？忽憶寒香魂魄動，醉騎蝴蝶去還家。蠟梅

手種芭蕉鳳尾長，炎天遮我讀書堂。年來不展風漪臥，孤負牆西好夕陽。芭蕉

不能富貴長爲客，杯酒何時醉絳紗？似此主人眞可笑，也因穀雨嬾開花。牡丹

百尺高梧罩曲廊，今年逢閏更清蒼。秋風萬里吹成海，待爾丹山引鳳凰。梧桐

杞實霜紅一寸長，仙家飽喫駐顏光。年來米似珍珠貴，好煮丹砂作飯嘗。杞枸

此間爛賤是蘭花，三百青錢買一車。比似故園香更好，他鄉雖好不如家。蘭

兩枝仙桂手親栽，笑看黃金世界開。幾見中秋明月過，今年須放異香來。桂

高燒紅燭賦新詩，記得牆陰照影時。說到女兒名更好，秋雲一葉一相思。秋海棠

有憶用斑般韻

連朝青鳥杳巫山，夢我心神往復還。曉起不堪風似剪，夜深無奈月如彎。輕盈掌上憐飛燕，瘦損腰支問小蠻。咫尺城闉隔南北，青衫知否淚痕斑。

夜深獨自倚闌干，無奈東皇風太寒。剔盡燭花憐淚濕，嘗餘梅子恨心酸。破眠鶯語驚調曲，僂指駒光怨轉丸。雪藕成泥絲不斷，拚將心事話千般。

前題疊前韻

那識蓬萊何處山？青鸞幾日不飛還。羅裳屢累燈前污，繡履頻窺簾下彎。香欲捎春蜂與蝶，爭難平妒觸鶼鸞。相思太苦偏難說，獨寫風情管弄斑。

漫言花事不相干，倚櫂東風更怕寒。移坐並肩防客罵，當筵使酒諱儒酸。久從香國居盟主，未肯情關塞彈丸。檀板金尊留後約，豪懷大好勝前般。

白秋海棠

幾叢涼影散幽芳，吹下西風一夕霜。秋士在山心寂寂，美人立月夜茫茫。難消粉面珠爲淚，自抱羅衣玉有香。寄語瑣窗諸女伴，不須燒燭照銀牆。

菊花

托根多半在山邱，九月花開氣味遒。百卉比之都讓瘦，一年無此不成秋。扶持螯酒邀青眼，崛強風霜到白頭。千古賞心雙絕調，淵明能樂屈原愁。

仲謣答我寓齋雜詠詩次韻爲報

我嗜與君同，佳卉羅不少。手自修治之，眠遲復起早。高潔若梅花，幽靜若蘭草。類殊品各分，接譜姿搜討。未覺歲華流，但愛顏色好。泥乾汲水澆，葉落携帚埽。小盆養金魚，生趣溢萍藻。中峙石玲瓏，匠劚亦頗巧。顧之舉一觴，欣然欲忘老。因念斯世人，甘苦異芹蓼。似聞玉關西，干戈時俶擾。又聞齊魯間，雨澤久已杳。睠彼將相臣，憂時坐枯槁。

歸來

出行孱病苦勾留，風雨歸來一敝裘。陋巷聲名慙馬糞，庸醫手段失牛溲。清癯骨相吟詩稱，鈍拙才能藉懶休。多少故人葭水外，有誰烹鯉問湖頭？

歸來見月偶作

幾年萍梗泛江湖，書劍歸來對酒爐。明月近人如欲語，梅花得我不嫌孤。消磨豪氣蜂腰瘦，掃蕩閒愁蝶夢無。自有名山能託業，而今方解覓眞吾。

湯婆

誰鎔蠟具煖宵衾？肇錫嘉名直至今。伴我黃昏容抵足，與卿白水共盟心。多烘差免他人笑，春夢偏宜此夜尋。珍重歲寒投分在，性情彌淡意彌深。

月夜梅花下同蘭陔作

明月出海飛上天，隨風吹上山人前。山人愛月抱月眠，天上不敢生雲煙。山人睡醒月何處？卻被梅花勾引去。呼月不來梅竟來，香風萬斛窗前度。山人吟詩詩本狂，字字中有梅花香。明日更邀明月下，留與梅花共一牀。

夢中

夢中驀地降娉婷，相對文窗酒悶醒。莫怪狂奴平視久，遠山愛煞雨餘青。
宜笑宜嗔百種妍，暫同茶話亦前緣。虞翻自愧多屯相，安得紅絲作比肩？

追悼

花殘月冷有餘哀，孤館悲悰撥不開。應是芳魂來伴我，幾回合眼見卿來！
春柳腰枝秋水神，眉山肌雪可憐人。早知至竟渾成夢，悔不終朝共飲醇。
簪花妙格仿歐陽，寄我書函字字香。堪恨鬱攸偏解虐，不教薑篋剩餘芳。
吹竹彈絲觸手工，妙明心地命何窮！浪遊竟誤盂蘭節，麥飯無人送殯宮。

詠物次端己韻

引得遊絲柳線無，拈來眞可飯僧雛。旁人莫怪成何用，補衮新功屬大夫。松針

何緣卯宿肯垂青？窺遍紅隄與翠屛。午倦乍舒如薄醉，和風吹暖勸惺惺。柳眼

雨餘遍地疊青蚨，劉寵當年入選無？欲買春光誰作主？鍁來攤去笑何須！楡錢

氍毹莫逞有奇溫，一片鋪來遍小園。醉臥底須携枕簟，滿身花影月黃昏。苔茵

歲暮有懷左卿

歡場歲月易經過，風雪漫天喚奈何！驕馬獨騎餘巧笑，春鶯百囀憶清歌。濃愁曷忍題斑管，豔醉曾教倒叵羅。檐底寒梅開滿樹，一身縞素讓卿多。

除夕

今歲賸今宵，梅花影動搖。功名難驥尾，詩卷自牛腰。秃落題橋筆，悲涼乞市簫。美人消息遠，誰與報瓊瑤？

丁丑年 崇禎十年 公元一六三七

春日郊行

東風一片散晴沙，款役閒騎路不差。二月鯉魚吹上水，千山杜宇叫開花。村姬賣酒紅如面，春草和煙綠到家。楊柳不知何意緒，撩人心事到天涯？

柳枝詞

靈和遺澤擅風流，掛月拖煙旁畫樓。春暖無能縈雪絮，卻舒青眼替人愁。
早起西飛有夜烏，香輪寶馬縱淸娛。空垂百尺黃金縷，綰得天涯蕩子無。

梅妻二首限題字爲韻同端己弢仲作

一段因緣付綺梅，當筵且舉合歡杯。佳春預占雙修福，香孕潛徵五月胎。細擷甜雲遮臥枕，暗招么鳳侍妝臺。同心暢寫樓東曲，未許楊花奪寵來。
處士何年娶豔妻？水邊籬下看媞媞。深情幾向花神誓，美眷全憑月老締。洛涘車停當挽鹿，羅家夢寐好聽雞。愛渠中饋調羹手，紅暈纖纖茁嫩荑。

集年來所作豔體詩，得二百五十餘首，錄成一册，賦此題之。

清狂不讓玉溪先，讀曲如彈錦瑟前。楊柳絲多難見性，鴛鴦夢煖已登仙。情根我亦蠶纏緊，詩骨誰眞玉琢圓？昨夜星辰看不定，桂堂東畔欲搖鞭。

有贈疊前韻

相逢記在二年先，龜骨屛間犀押前。蓮子心情如靜女，柳花蹤跡似飛仙。曲中紅豆聲聲漫，卷裏烏絲字字圓。門外斑騅催上路，龍鍾雙袖壓歸鞭。

有悼再疊前韻

一夢春回鏡檻先，窗紗紅暗落花前。他生莫作有情物，人世誰爲不死仙？幾葉芭蕉聲易碎，三更風雨夢難圓。稠桑路近如能訪，欲跨靑騾破曉鞭。

有憶三疊前韻

風光記得落花先，鏡檻詩奩繡榻前。使我飄零誰任過？有卿留戀那能仙？人間鶯燕親於友，天遠江湖夢不圓。鎭日垂簾了無事，經時不見驛亭鞭。

夢遊四疊前韻

一聲鷤鴂喚茶先，玉管銀笙碧樹前。石上聽談三世事，鏡中看照九人仙。酒酣喝月行能倒，鼓急催花放盡圓。忽地樓臺如蜃散，綠楊撩亂雨中鞭。

卽事五疊前韻

鴛鴦飛在鯉魚先，碧檻紅闌一水前。曲裏居然三婦豔，飲中何止八人仙？窺來鏡裏眉都細，圍住屏風肉竟圓。寸意丹心誰識得？閒愁一縷上絲鞭。

雜詠　逸存二首

故人尺素遠相將，三月無聞作報章。萬事不如古賢者，祗餘一嬾學嵇康。

可惜荒園地百弓，半堆瓦甕半蒿蓬。憑空結作樓臺想，都在王郎腹藁中。

賀人新婚　逸存二首

庚郎幕底捲青紗，萬柄紅開六月霞。難得美人家世好，生來性本愛蓮花。新人周氏。

海棠巢暖燕雙呼，玉鏡臺邊手共扶。努力加餐作夫壻，明年繡褓看於菟。

夏閨吟

夢斷榆關怨曉鴉，薰風驚又到天涯。珠簾不捲含顰坐，怕見庭前夜合花。

詠美人紅指甲

秋爽佳人巧思賒，纖纖閒染女兒花。朝勻粉面三分暈，晚托香腮幾點霞。掬水魚驚桃泛浪，倚簫鳳駭玉生瑕。巫山夢醒搴幃起，錯認腥紅染碧紗。

弢仲叠孏字韻分贈所歡郎次其韻

玉環體態本豐腴，脂粉輕施澹欲無。蓮步漫搖珠鳳窄，花鈿斜亸鬢鴉孏。清歌一曲春心透，絮語三生夜景迂。記取江頭楊柳綠，放船大好席懸蒲。（阿文，纖趾善歌。）

丰神非瘦亦非腴，淡處摹情有更無。斜墮玉釵憐髮滑，纖調銀甲悔弦孏。梢頭豆蔻華年少，帳底芙蓉春夢迂。最好雲裳低埽處，揭來輕穩比輪蒲。（小陶，年十四，可人也。）

酒痕上頰色逾腴，如此風光絕代無。指甲暗憐春後長，腰圍私喜夢回孏。瓶花緘恨怨郎遠，鑪藥醫愁罵婢迂。痞寐無爲心睠睠，詩成阪澤詠荷蒲。（祝卿，時有孕。）

二分春色卽清腴，情事如卿解得無？剪紙作花爭臉豔，調箏按曲放聲孏。妝成半面髻疑墮，樓隔一層路不迂。欲斬情絲斬不斷，終南何苦劍揮蒲！小祝，貌美多情。

小篠鐫名玉色腴，丰姿得似意中無。東皇留得韶華住，南國種成紅豆麤。洛浦微波一相見，蓬萊有路尚嫌迂。隔鄰姊妹稱顏色，願作附庸執轂蒲。阿玉，年稍長，有殊姿。

花自芬芳月自腴，問卿肯染一塵無？擎杯正好茶鑪沸，插鬢微嫌花朵麤。杜牧消魂偏愛小，周郎顧曲總成迂。江東移怒貞無賴，記否前宵薦筍蒲？紅君，年幼善歌。

尋常脂粉總嫌腴，潔癖如卿世所無。淪落煙花怨朝暮，平章風月辨精麤。黛螺不畫眉逾淡，青鳥飛回路太迂。脈脈含情無限意，獨拈裙帶展新蒲。甄子，好潔。

濃涴胭脂不道腴，鐙前一笑識曾無。朱顏商婦隨年老，玉體阿環合抱麤。按曲何嘗因拍誤，佯瞋略帶幾分迂。不堪濕盡春衫淚，共向秋風怨柳蒲。大金，年長體胖。

兩渦春色不嫌腴，除卻桃花比艷無。媚眼橫波秋水活，芳蹤貼地瓣蓮麤。佯羞帳底呼郎坐，雅謔鐙前笑客迂。贏得卿卿獨憐愛，不知修到幾團蒲？石三子，大脚。

蔡文姬

飛揚亂礫走驚濤，哀拍胡笳比雁號。知否玉關他日事，琵琶毳帳朔風高？

班倢伃

增成綺麗受恩深，燕子涎涎忽見侵。團扇秋風催太早，脫胎應是白頭吟。

燕子樓曲依長慶體

玉京影事如飄籜，鍛翮單雌中路泊。迢迢西北指高樓，寂寂東南沉孔雀。孔雀東南飛不迴，高樓西北亦傾頹。寒潮濰水飄花去，淒月香城照夢來。清河節度分唐鎭，流燧三州麾握定。幕府賓朋南郡豪，後房伎樂東山盛。就中闗女劇嬌柔，二八華年初上頭。輕幌珊釵環半閃，畫廊金鏤舄雙鉤。文姬一品蘿倡肆，轉轉東東作名字。細唾霏簧露洩芬，軟腰試舞霞舒娟。大彭子弟習狂佻，眼前誰許傾心事？十三郎既作通侯，棨戟高牙纛建油。江岸搶標看競渡，平場使馬學抛球。飄來繡陌煙心絮，忽遇回風扇底兜。意外目成歌得寶，滿堂羅綺一齊羞。公餘巾屐集翩躚，蓮炬通屏迓到筵。毳帳貔貅停篳篥，鈿籠鸚鵡促箏弦。叵羅滿注蒲萄酒，拜獻使君百千壽。抵牽駿馬易明珠，寵賜黃金高北斗。飛上枝頭變鳳凰，尙書御史擅專房。本殊京兆褒洪度，卻笑哥舒嬖六郎。井幹三層楣百尺，藏春別構春蛾宅。黛旭芒山射曉光，蔓雲碭阜橫秋碧。白雪遙分漢渚華，丹椒平奪江陵席。變徵旋翻薤露聲，玉津芳樹散流鶯。蒨桃辭閣携奩去，紅拂開關竊騎行。獨抱容華喬碧玉，忍爲冶蕩薛瑤英。漆鐙九地堪同葬，怨鱳凝鵜遂夙盟。轉念使君居顯職，勳名十載頏儀彍。書扉倘竟殉陰瑜，貶史奚逃臣好色？一難題從侍女梁，不言反類夫人息。春風樓外燕雙翔，暮雨樓中燕孤泣。藕裙謝御鬢蟬抛，撥斷龍香寂檀槽。莫諆前魚哀陸厥，枉思豪譙續王韶。合歡夢醒銀蟲灺，恨底蘼蕪壓霜赭。此日相思鳷鵲橋，昔年待闕鴛鴦社。情澥何時精衞閒？愁天終古姮蛾寡。元禽側頜又來飛，飛傍闌干認夕暉。瑤瑟靈蛛空結網，粉廊綵蝶久更衣。香都消盡紅都褪，門巷依然劍履非。金龜夫婿邯鄲醒，地角天涯萎荓梗。四五花叢一牡丹，可憐狼藉霓裳影。何來多事白江洲？手擘蠻箋互唱酬。二十八言翻捉搦，百千萬刼哭箜篌。潘毫妄想青泥污，卞璧安知素質留？北邙松柏涼颸戰，西堃曾招岳陽雁。蜀魄聲吞絕命辭，佛曇懺了殘生願。紇那腔已換馳馳，貞俠名眞逾燕燕。荒草湖陵土一坏，烏衣無恙尙徘徊。弗疑蒲坂崔徽宅，不是懷清巴婦臺。

瓜子

小盤裝出美人擎，纖手拈來倍有情。漫道邵平無意緒，箇中黑白自分明。

有贈

綽約池邊柳，晶瑩鏡裏花。香迷三里霧，豔簇九霄霞。笑臉凝紅粉，愁心漾碧紗。天臺何處所？仙飯飽胡麻。

莫漫涉江去，煙波畫不如。戲拋雙陸罷，猶憶十三餘。額覆垂垂髮，春圍淺淺裾。枇杷深巷裏，最好閉門居。

雜憶

玉影玲瓏稱小名，楊家有女長初成。花前一曲淋鈴雨，雛鳳清於老鳳聲。阿玉

生小風流陌上花，翻教美玉倚蒹葭。不知今夕誠何夕，夢到紅橋第幾家？小玉

飄茵落溷事爭差？狼藉高枝一朵花。今日回頭聲價減，可憐彩鳳已隨鴉。花鳳

彩雲吹散恨茫茫，留與詞人話斷腸。欲續宣和舊香譜，素香不是返生香。

中秋後一日偕端己弢仲閒步玩月

月是今宵月，圓從昨夜圓。閒攜詩酒伴，同向市橋邊。靜影團疎樹，長河淡遠天。一輪當此境，相對共悠然。

漫興

隨處堪行樂，何須傲五侯？檢書驚蠹走，洗硯共魚遊。笛引梅花落，樽開竹葉浮。性酣殊未已，清月伴西樓。

催妝詞

湘管題成卻扇篇，蕊宮佳處夢遊仙。帳中霞影匳中月，現出鬟雲第一天。
荀令篝熏鄂被紅，都梁裊篆引雕櫳。好將怨月瞋花意，收拾心香片語中。

詠鴛鴦

一片奇雲墜錦江，羽儀窈窕近軒窗。戲翻水面魚千尾，妒殺枝頭蝶一雙。芳草何年迷上苑？浣花幾度逐遊艭？平生綺語傷輕薄，相對文園意未降。
十里平蕪滿薜蘿，鴛鴦睡覺意如何？秋風吹綻葡萄錦，春雨霑濡杏子羅。悽盡水雲緣骨冷，擔將風月為情多。一聲欸乃驚飛起，為語漁人緩棹歌。

寫懷

無端幻出夢中身，悟徹浮生豈論貧？自有本來眞面目，何時別去舊頭巾？釣殘落日波間餌，伐破閒雲嶺上薪。三萬六千如一日，逍遙塵外問天津。

新嫁娘

日上剖玉奩，雲髻依肩妥。明鏡不能瞞，春酣夜來我。
新試縷金衣，風情自省揀。鄰娃隨母來，看儂不轉眼。

古意

爲見窗前花，故將青銅側。花影入鏡中，何如妾顏色？
楊柳臨池綠，芙蓉出水紅。刀環頻入夢，零落憶秋風。

弢仲有「未經惆悵不知愁」句，演其意作四時曲。

未經惆悵不知愁，楊柳依依拂翠樓。莫道鶯兒枝上囀，調筝還自和珠喉。
未經惆悵不知愁，碧玉年華似水流。花落亂紅成底事？思量殘夢嬾梳頭。
未經惆悵不知愁，天半銀河皎作秋。最是新涼生玉簟，夜深獨自看牽牛。
未經惆悵不知愁，鎮日垂簾不上鈎。榾柮燒殘香不散，北風寒不上重裘。

都門偶作 以下十一首，不記年分。

雨花臺下竹千竿，日日經過興未闌。獨立高峰忽長嘯，一時回首萬山寒。
閒來詩筆有餘清，不信窮愁累長卿。昨夜雨殘涼月上，一庭槐葉起秋聲。

送春

雨雨風風爭送春，春歸不管未歸人。荼蘼花下香成霧，楊柳亭邊玉作塵。慘淡一尊名士酒，殷勤尺素故鄉鱗。薄裝整頓書三篋，遲我歸期只兩旬。

春風行

三春燦燦光欲動，誰弄秦簫引雙鳳？繡幌銀屏不見人，巫峯十二深藏夢。素娥飛落明月光，隔花鶯燕催晨妝。試問春風情短長，海天不斷雲茫茫。

古詩

驅馬上長安，風霜涉遠道。一望皆榛棘，幽蘭互眾草。舌動毀譽生，江湖人易老。盈虛一轉轂，猶幸抽身早。靜以滌塵襟，默默當自考。安得天地間，不貪以爲寶？

詠美人風箏

眞箇消魂有粉兒，輕天岔末一絲絲，蓮舟可問黃姑渡，鼊臼應刊碧落碑。鴛塚雨霏防偶墮，燕樓風細恣頻窺。春寒高處偏能忍，未要豪家半臂□。缺一字。

不用明珠百琲量，溫柔新隸白雲鄉。偶從鏡水凌虛步，漫下㠂山叩眾香。花送秋千高影出，夢牽春半軟絲颺。忽聞杜鼓連聲打，誤道東東下看場。

贈別

讀畫敲詩事事工，芳心生小便玲瓏。繡窗也有芸窗趣，一樣疏燈照字紅。囊琴珍重待知音，姊妹花開色淺深。明月二分舟一葉，莫教孤負渡江心。

寄懷賀生

雞鳴風雨好相依，共惜庭前花影微。一自河橋千里別，幾番魂夢暫時歸。春禽着意來吾幌，夜月懷人到竹扉。惟爾新詩能寄遠，開緘不異覩光輝。

秋日懷人

玉露沾衣濕，金風入幕涼。天連秋水碧，山帶晚煙蒼。撫景嗟時序，懷人憶故鄉。倚闌凝佇久，心逐雁南翔。

疑雲集 卷三

金壇王彥泓次回著

戊寅年 崇禎十一年 公元一六三八

元旦立春

臘鼓送殘年，新聲到耳邊。欣當椒酒暖，恰稱菜盤鮮。佳節誠難遇，「百年難遇歲朝春」，諺語也。韶光倍可憐。憑闌閒覓句，且自學坡仙。東坡有「元旦立春」詩。

梅花

梅花羞媚世，自向冷中開。夜氣凝爲水，春心死不灰。千年飄古雪，一寸點疎苔。聞說羅浮頂，神仙手自栽。

曉起

殘月飄無迹，梅花凍一林。燈知今夜夢，劍識壯年心。魂魄偎寒鳥，生涯食字蟫。文章眞廢物，何處賣黃金。

夜起

夜睡殊難穩，開門看月生。禽魚皆夢境，風雨各春聲。膽爲詩能大，胸因酒不平。何當學太上，世事盡忘情？

豔意

綺閣春來試暖風，呼茶鸚䳇立琱櫳。碧紗乍啟慵無力，荀令籌熏鄂被紅。蕊珠宮裏夢遊仙，小玉新妝豔可憐。帳底霞光簾底月，奈他標格太嬋娟。

春陰

靄靄春陰釀雨天，望中山色黯空煙。桃腮故作宵酲態，柳眼如眈曉夢眠。何處鞦韆○缺一字。畫板？誰家絃管咽歌筵？芳時未逞韶華與，紙閣攤書意惘然。

畜貓

不惜裹鹽聘，來依四部書。策勳無慮薄，晚釣得溪魚。春晝永於年，花陰儘爾眠。巡更功不小，獎號錫烏圓。

舟過舅家藤邨宅

蠟屐頻遊集，重經幾愴神！筠簾空覆地，髹几但凝塵。談笑歸何處？琴樽憶故人。一吟華屋句，不覺淚霑巾。

有憶

不分明處卽分明，拌爲溫柔誤一生。隔院花容應笑我，當樓柳色甚干卿？客中夢裏酬前約，燈底風前證夙盟。猶憶紅閨私語夜，細聽蓮漏到三更。

色太嬌柔意太癡，有緣渾不避嫌疑。半簾明月同看夜，滿鏡春山替畫時。檀口細聽金縷曲，么絃慣拍玉谿詩。前塵回首都成夢，倘許重來豈礙遲？

擬田家詩

夏畦苦乏水，村村事桔槔。婦子共力作，俯仰何其勞！驕陽忽潛匿，老樹風蕭騷。陣雲從北來，急雨如奔濤。眼見溝澮盈，歡聲徧東皋。天心自仁愛，愼勿嗟屯膏。

畜牛使之耕，聊以紓人力。過勞恐不任，宜令暫休息。牽就水草處，時其飲與食。勿謂物無知，遂可恣胸臆。本此胞與心，仰體好生德。苛政猛於虎，談之輒變色。

清晨荷鋤去，歸來趁晚涼。陰陰桑柘樹，蟬聲噪斜陽。鄰家已夕炊，烟縷隨風翔。牧童橫短笛，叱犢過前崗。時和民氣靜，作息安其常。穆然見太古，何必懷羲皇？歲時具鷄黍，招我戚與鄰。家釀亦既熟，銜杯樂天眞。或言北地水，閭閻多苦辛。或言城市中，一筵需十緡。吾儕固無力，當代多仁人。何不節糜費，贈此流亡人？

神超宅中古柏一株數百年物也用杜工部韻並倣其體

工部詩歌武侯柏，漢唐末造一卵石。王壘無端變古今，殷鑒不遠驚咫尺。古廟巋然天爲存，大樹芘焉人猶惜。濃陰市地四季青，謫宦憂時兩鬢白。百川西流疇障東，唐室將傾慟漢宮。喬柯崛強閱千古，密葉紛披翳半空。戶牖森森肅秋雨，庭階鬱鬱生夕風。傷心奚翅夔州客，慨世獨懷丞相功。高堂未必雲生棟，淺翠深青壓檐重。秋風廣厦倏枯榮，滄海桑田迭迎送。云是荒坟曾叫鵂，（樹下有古塚。）敢向華門一題鳳。寶樹原來屬謝家，舟楫匡時佇大用。

曉鐘同弢仲作（限蹤、鐘、縫、鬆、茸韻。）

走徧雲遊萬里蹤，歸來還打自家鐘。一般清韻寒磓和，幾杵餘聞破衲縫。倦蝶催醒山枕冷，怒鯨逃出寺門鬆。禁除凡籟攙雙耳，滿樹朝陽映碧茸。

前題疊韻

空山卻好寄吟蹤，破曉時聞古寺鐘。風力徐催孤枕起，霜聲寒警舊衣縫。五更打得詩心碎，百杵撞殘凍手鬆。雲裏尋師不知處，芒鞵踏遍草茸茸。

宵柝同弢仲作 限挑、宵、描、么，消韻。

孤燈幾爲苦吟挑？寒柝相催又半宵。巷口聲來風暗遞，街心人過月微描。關防城市嚴中夜，偸曲宮牆禁六么。漏滴銅壺徐作和，除餘萬籟總全消。

前題疊韻

豈眞事業一肩挑？擊柝如何警半宵？曾是魯邾聲共應，羌無音節譜難描。令惟巡夜防之密，官可居卑䒱爾么。縱與抱關稱末吏，聞鷄壯志未全消。

爲文始悼亡

桃笙夢冷暗生塵，檻外飛花寂寂春。諦想鍾情荀奉倩，翠奩檢點獨傷神。比翼鶼鶼誓願長，淚痕幾度惜年芳？海枯石爛難消恨，望斷蓬壺水一方。

卽事

惱人蓮漏促人歸，風靜天街夜色微。記得當筵歌一曲，酒邊燈底盡珠璣。

戊寅仲冬二日雲客招賞菊花

東籬秋信重陽催，奇葩異萼紛紛開。爛斑五色炫雙目，妙鬘雲湧金銀臺。霜風漸緊延入室，油窗豁然迎曉日。彈指忽現蔚藍天，不信移山有奇術。坐看四辟青巉巉，下爲平岫高爲嵒。玲瓏竇穴不勝數，花枝一一凌空嵌。橫穿側出態各異，向背低昂若有意。神情高曠聲繁華，特爲柴桑一吐氣。燭龍夭矯霞彩騰，蚖膏分綴千明燈。燈光花光不可辨，一齊攝入琉璃屏。琉璃七尺開雙鏡，銀花火樹交輝映。一層化作三層看，光怪陸離勢相競。幾疑身作天外遊，蓬萊方丈兼瀛洲。光明世界耀珠貝，流霞一醉三千秋。賓主忘形多脫略，蕉盞蓮杯互酬酢。酒酣移席恣談諧，不管更魚凡幾躍。今夕何夕樂未央，金迷紙醉秋葩香。絲竹管絃屏俗樂，獨將吟詠鳴宮商。鯫生不才徒肉食，頻年忝侍高人側。願從壽客晉壽觴，搴簾笑看南山色。雲客初度在卽。

十一月初九日，同人小集齋中，分賦月夜龍山探梅。得探字。

不識梅開未，龍山舊路諳。冷惟蟾作伴，閒與鶴同探。四望夕煙合，一枝春意含。美人渺何處？空翠繞層嵐。

歲暮卽事

炙窗瘦日硯銷冰，瓶插梅花淡不勝。排遣殘年無別事，笑拈斑管畫春燈。

謝詞

雲層出岫鳥飛還，豔想繁思一例刪。尋夢詎容來洛水？拾歡渾不到巫山。酒痕燈影全無賴，竹笑蘭言兩不關。儘是纏綿了無益，問卿能有幾朱顏。

答詞

藍橋幾度誤雲英？底事甘居薄倖名？省得歡娛花有意，聽來消息雨多情。瑟膠未肯拋瑤柱，簧澁休須怨玉笙。雙宿鴛鴦同命鳥，堅如金石不爲盟。

小飲縱筆

歲偪青陽獨掩門，且將身世托金樽。補牢敢怨羊空失，說劍堪欣舌尙存。利戶名區齊幻夢，珠圍翠遶付吟魂。多情小雨添幽興，不礙梅邊淡月痕。

寒夜

小鼎香銷識夜殘，徘徊獨自倚闌干。幾回欲作懷人賦，雪下吟詩句恐寒。

十二月十九日，孝先招集同人，祝東坡生日於龍山，成七古一首。

峩嵋拔地三峯秀，鍾毓奇才信非偶。玉局風流蘇長公，氣節文章冠宇宙。平生宦遊半天下，一麾來作南邦守。涉江登山不憚勞，特為金山留戀久。長留玉帶鎮山門，僧居禪味從消受。龍山咫尺緬前型，歲寒羣祝仙人壽。浩然一氣耿長空，萬丈光芒燦奎宿。已閱星霜五百年，姓字猶然熟人口。自來不乏名公卿，爭仰遺徽若山斗。每從圖畫肖鬚眉，何異平原買絲繡？歲逢生日薦馨香，密雲龍茶眞一酒。晉昌老友（雲客）倡於前，東海詞人（弢仲）繼其後。一時詩卷並流傳，想見人文萃淵藪。青龍山人今叔重，高風欲出羣賢右。茲歲卜居來山中，笑循故事招賓友。肅供丹荔與黃橙，滿酌三蕉陳籩豆。瓊樓夢醒倘能來，應喜江山仍似舊。稱觴聚飲恣歡嬉，海錯紛羅酌清酎。夜色蒼茫醉歌歸，山頭雪霽重回首。（時大雪甫霽）好將韻事續年年，拚留餘墨翻新奏。（同人約余來歲作東道主。）

龍山精舍留題

門對流泉屋枕山，淸幽渾欲出人間。松濤半嶺供欹枕，梅雪當窗稱掩關。垂釣定知携玉友，夜吟應不負銀彎。誅茅我亦思來此，鷄黍他時共往還。

新建書樓自題

築得書樓俯小溪，崚嶒眞欲與雲齊。籠門且植先生柳，繕壁何須隱士泥？看雪休辭衝雪上，繞花能不爲花迷。落成底用良朋賀？一首新詩信筆題。

小遊仙

乘風閒駕五雲車，採藥尋芝儘可娛。仙鳥亦知芳景艷，枝頭格磔勸提壺。
特勅開將玉蕊宮，紛飛絳雪舞瑤空。數聲鶴背穿雲笛，又見曈曈海日紅。
琪花瑤草滿邑前，香雨纔過萬象妍。宴罷方壺看舞鳳，松陰磐石漱紅泉。
聞說蟠桃熟有時，招邀道侶過瑤池。小童竊得麻姑酒，笑指松陰試賭棊。

夢中

夢中驀地降娉婷，相對文窗悶忽醒。莫怪狂奴平視久，遠山受煞雨餘青。

己卯年 崇禎十二年 公元一六三九

人日同人小集，分咏昌黎人日詩韻。得開字。

靈辰美風景，梅蕊橫斜開。聯轡過山館，低徊步蒼苔。徑幽足閒趣，几淨絕俗埃。春早候鳥喜，冰泮寒魚猜。主人薦辛盤，山翠落酒杯。新詩抽乙乙，擊缽無煩催。

海棠詞

海棠壓屋春雲重，花底簾櫳紅入夢。二月東風不肯溫，吹上花梢猶着凍。簷牙一夜雨如絲，染濕南枝又北枝。縷縷濃烟拖到地，窗紗綠處無朝曦。畫眉人起輕衾薄，忍寒下堦看花蕚。願裁紅錦遮作幕，祇許花開不許落。

春思

往事如塵漫細論，紅閨鎮日掩重門。影翻楊柳春無際，香遶蘼蕪夢有痕。嚦徹鶯兒憐白晝，歸來燕子叩黃昏。小樓聽罷孤燈雨，一數更籌一斷魂。

四不愁詩

昔張平子詠「四愁詩」，美人玉案，寄托遙深。其中有難以顯言者。予半世棲貧，頻年飄寄，崎嶇扼塞，較平子殆有過之。然卽事可欣，隨方取樂。平客氣之悲涼；暢予懷之浩落，楚囚相對，又何爲者？因反其說以自廣焉。

我今作客殊不愁，此身已得逍遙遊。家況飢寒且莫問，不學王粲悲登樓。何必金多方作樂？隨處皆堪揷我腳。樊籠打破掣羈絲，海濶天空一黃鶴。

我今登山殊不愁，振衣千仞開雙眸。九點烟覺齊州小，一杯水看滄海浮。萬里空明無一障，祇有星斗在頭上。三年閣筆不吟詩，今日仰天發高唱。

我今讀書殊不愁，千百古人與我遊。南面百城且獨據，富貴不數東諸侯。風前坦此便便腹，享盡人間第一福。曹倉杜庫鄉嬛屋，試指此中無不足。

我今對月殊不愁，照人肝膽皆成秋。其光萬古能不死，此情一水與之流。仰天一望笑口哆，中有仙人曾識我。霓裳舊曲不足歌，欲奏新樂我詩可。

舟次

積雨釀輕寒，征途誰與歡？粘天汀草碧，逐露水珠攢。夜色將烟暝，鄉愁得酒寬。不緣歸未得，行路敢求安。

滯雨孤舟夜，何堪復抱痾？有書消客恨，無酒敵詩魔。江路風波惡，山城更漏訛。挑燈懷往事，抱膝一悲歌。

阻風

行旅多苦辛，天涯況阻風。病來愁有黨，寒峭酒無功。殘夢憐孤枕，浮蹤媿斷蓬。水窗殊寂寞，遣興藉詩筒。

有見

夾岸陰陰罩綠楊，小紅樓畔正纁黃。舵樓倚扇閒吟罷，風送珠簾笑語香。

聞鶯

何處鶯黃弄快情？間關百囀動嬌聲。誰知獨臥多愁客？夢斷因之百感生。

有悼

燕燕纔來忽又歸，伊誰爲我惜芳菲？情深似水流難盡，命薄如絲織更稀。寂寞房櫳低繡幌，清幽庭院掩瓊扉。當窗椸架依然在，贏得蠨蛸上舊衣。

漫言生小占歡場，婑媠何嘗列比房？緘濕紅冰詩一紙，燒乾綠蠟淚雙行。不堪鈿盒餘疏粉，爭奈銀箏賸膩香。誰與綢繆商後約？閒愁如水咽清觴。

擬左太沖「詠史」

長安多王侯，冠蓋盈通衢。區宇値清晏，徵逐相歡娛。開尊揖上客，彈絲出名姝。夜飲不知旦，此樂古所無。一朝匈奴入，失色同嗟吁。一謀遷貨賄，再謀徙妻孥。

賈生策治安，乃攖絳灌忌。出傅長沙王，鵩鳥同憔悴。禰衡負才名，辱之爲鼓吏。鸚鵡雖能言，適足爲身累。龍馬不輕出，所以世爲貴。鳳凰不輕見，所以世爲瑞。

風塵滿天地，鬱鬱我心憂。遭逢異時命，幾輩能封侯？著書老虞卿，未必垂千秋。何如驂鸞鶴，上與喬松儔？朝遊歷三島，暮歸遍九州。俯視世上人，憧擾皆蜉蝣。

我思班孟堅，洵稱記室才。著銘勒燕然，作吏登蘭臺。官職未云顯，聲名動九垓。嗟彼草茅士，不遇良可哀。騏驥困芻豆，誰知千里材？伯樂今已矣，鹽車空虺隤。

仗劍出門去，頗思立殊勳。十年不得志，歸來事耕耘。祇爲八口計，敢辭四體勤？歲時斗酒會，卽事多所欣。有客談朝市，掩耳不欲聞。俯視清流水，仰看寥天雲。

夏閨吟

夢斷榆關怨曉鴉，薰風驚又到天涯。珠簾不捲含顰生，怕見庭前夜合花。

悼詞

情好何堪話昔時？夢中相見又驚疑。招魂徒掩青綾袖，畫壁還懸黃絹詞。飛鳳繡成遺窄屧，春蠶繭縛累情絲。佯嗔巧笑都成迹，說與他人總不知。

哭叔聞

每謂君才晚必伸，那知天竟喪斯人！酒杯尚憶生前興，詩卷空餘篋裏春。白馬未能棺次哭，炙鷄終擬墓前陳。年來親串多乖忤，目斷江雲淚滿襟。

立秋

天涯秋又到，宋玉不勝悲。葉共鄉愁亂，河隨客櫂移。嫩涼生碧簟，幽恨托深卮。故里空遐思，刀環未有期。

雨夜

孤榜疲宵發，停橈旁水邨。涼琴無俗韻，旅簟有秋痕。雨濕還鄉夢，燈搖倦客魂。岸蛩休訴怨，心迹與誰論？

七夕偶成

雕陵有鵲慣塡橋，銀漢秋期話此宵。滿望洗車車不洗，可能別淚灑明朝。時旱甚，盼雨綦切，故云。

酒醒

橫江風雨正飄搖，堠鷺亭烏共寂寥。酒醒鄉關何處是？可憐秋鬢已蕭條。

咏雞冠花

風迴翠葉舞翩翩，宛似媒場得意旋。霜重五更啼不出，高冠猶聳綠窗前。

雨到雲間

破曉催篷起，雲間景物新。一簑牽犢客，雙槳賣鱸人。山翠濃堪挹，烟波濕未勻。征衫經雨浣，渾不洗煩塵。

喜雨

萬馬從天降，奔騰勢未休。試看檐溜湧，何異峽泉流？雲重昏如夜，風狂冷逼秋。農田歌既足，轉瞬喜豐收。

初到茸城感賦

年來旅食不勝愁，今日茸城又泊舟。風月漫從閒處醉，江山且作畫中遊。故人消息梅花遠，客舍光陰橘樹秋。得句有慙袁白燕，虛聲終自負名流。袁凱，字景文，華亭人，官御史。工詩，有盛名。嘗在楊維楨座賦「白燕詩」擅場，人呼之爲袁白燕。

落葉四首

空枝無復見巢鶯，一曲吹蓬聽最清。遶徑自尋秋外影，打窗猶怯夢中聲。山林枯槁成何用？天地蕭條太不情。獨向瓊臺高處去，居然列子御風行。

支竈烹茶亦復佳，石欄筆硯好安排。秋原憔悴難生色，人爲漂零易感懷。水驛欲隨帆共逝，泥途肯作劍長埋。只憐庭下清陰缺，且學王家自植槐。

春草池荒久未臨，亂飄烟翠滿牆陰。去如浪子蹤無定，盼得良媒信又沉。極浦秋殘紅樹老，空山路隔白雲深。青青祇有閒松柏，未負栽培一片心。

平原落日響馱鈴，踏遍長亭更短亭。畫意好從歸鳥寫，秋聲併入亂蛩聽。柳梢月冷窺無礙，蘋末風迴舞未停。莫向江關怨遲暮，大椿自有八千齡。

重九日舟中作

連宵風雨黯江城，且喜今朝竟放晴。曉日浴波遲未上，亂雲扶塔遠相迎。影疎紅蓼船初泊，香挹丹萸酒乍傾。三弄梅花吹鐵笛，秋高何處弔先生？楊維楨，山陰人，徙居松。嘗吹鐵笛，作「梅花弄」，見者以爲神仙中人也，稱鐵崖先生。

東坡生日，用小坡「斜川集」中「大人生日」韻五首，寄孝先，並示里中諸同人。上年十二月十九日，孝先招集同人，祝先生生日於龍山，余成七古一首。同人約余來歲作東道主。今年滯跡雲間，深以莫踐前約爲憾。青陽逼歲，旅感叢生，迴首鄉關，益增離索，因作此以寄焉。

追思汴宋當年事，閱歷滄桑迹已陳。千古風流惟內翰，一家文字並傳人。峩嵋拔地原鍾秀，陽羨移居且食貧。自負大瓢歌哨遍，夢中富貴畫中身。笠屐飄然望若仙，一時丰采世爭傳。謫居嶺海仍無恙，生與湖山夙有緣。水調歌成終戀闕，江神盟在遲歸田。妙高臺上三更月，樂事銷沉五百年。無端媒孽起毫纖，豈第何緣竟信讒？下吏不堪羅織酷，殺人欲試劍鋒銛。九重聖母偏能諒，兩字奇才可勿嫌。吟到獄中詩寄弟，墨痕應與淚痕兼。酒飲三蕉量不寬，醉紅彷彿見雙顴。斜川有集傳家學，生日成詩祝大年。禪味何妨參水月？宦遊畢竟負林泉。至今仙鶴南飛去，奎宿光芒尙滿天。流傳遺像好收藏，回首金山憶故鄉。冷淡叢林春漸轉，煇煌蓮炬夜相望。名高眞與山同仰，才大原非斗可量。爲譜神弦迎送曲，雲車風馬想方皇。

歲暮述懷

讀書二十年，作客二十載。矜心亦已平，傲骨猶然在。富貴苟無時，命也吾無悔。富貴苟有時，命也吾其待。梅花豈好寒？秉性不能改。謂吾言不信，萬樹香如海。

憶梅

歲闌作客影匆匆，盼斷梅花紙閣東。江水倘能流夢去，不辭煙浪不辭風。

庚辰年 崇禎十三年 公元一六四〇

弢仲有「日西初見下妝樓」句，不記其爲起句結句也。客居無俚，爲足成之，卽用爲起結語，各得十絕。

日西初見下妝樓，簾底丰神眼一偸。十級雲梯聲點點，最銷魂處是雙鈎。

日西初見下妝樓，粉黛勻成半點愁。未許劉楨作平視，玲瓏扇底不勝羞。

日西初見下妝樓，咳唾風生絮語柔。烏兔光陰渾一瞬，夕陽紅對玉搔頭。

日西初見下妝樓，未必天衢踏月遊。漫約紅閨諸姊妹，辛夷花下獨勾留。

日西初見下妝樓，爲底鶯啼暮未休？嬌笑佯嗔了無益，含情不語更風流。

日西初見下妝樓，鬢影娟娟迴不猶。賺得伊人一回首，方知不負紫纏騮。

日西初見下妝樓，四面房窗煊碧油。待月時光花影動，三星邂逅與心謀。

日西初見下妝樓，欲凭朱闌轉莫由。誰向玉臺傳近咏？低鬟親誦遜同儔。

日西初見下妝樓，故作矜莊亦嬌揉。覿面心期通一盼，良緣莫漫問牽牛。

日西初見下妝樓，無賴春風作意遒。欲乞瓊漿更無路，藍橋玉杵竟何求？

芳塵消歇咏三秋，路斷藍橋悵阻修。留得夕陽紅一角，日西初見下妝樓。
蝦鬚鎮日靜銀鉤，瓜字年華未解愁。長晝懨懨疑病起，日西初見下妝樓。
菱花鏡小自梳頭，貼翠勻鉛兩未休。洗罷玉纖還掠鬢，日西初見下妝樓。
東風楊柳爲誰柔？愁緒如絲乙乙抽。看取白頭青不了，日西初見下妝樓。
重門寂寂擁金彄，無數春禽話格輈。燕子飛來花落去，日西初見下妝樓。
芳年似水去難留，紅葉詩情託御溝。環珮珊珊微到耳，日西初見下妝樓。
豈眞雨散復雲收？夢語生嗔鸚䳇偸。幾點迴廊雙屧響，日西初見下妝樓。
輕羅紈扇不遮羞，蝴蝶飛來撲得不？爲妒雙雙花底宿，日西初見下妝樓。
縱教歲月去悠悠，不把金鍼反莫由。繡罷鴛鴦雙翼艷，日西初見下妝樓。
乍醒香夢啟星眸，新月窺人暮色浮。妒煞嫦娥雙影瘦，日西初見下妝樓。

花朝日，删社諸友招飲，予未赴也。翌日，蓮公以所作見示，並以不到爲訊，次韻報之。

兩載離鄉居異地，一椽湫隘同蝸寄。酒酣耳熱慷慨歌，往往敲殘鐵如意。三冬松柏三春花，松柏有心花有芽。我獨胡爲若柳絮，隨風飄泊天之涯？天涯喜有同心客，觴咏流連共晨夕。借書時過鄴侯家，問字頻經子雲宅。諸公亦恨識面遲，氣求聲應如連枝。每一相逢輒繾綣，心爲之曠神爲怡。百花生日邀杯酌，準擬花前恣談謔。呼車偶赴黃堂招，修禊竟失青蓮約。忽展湘靈鼓瑟篇，春風怳覩賓筵樂。和詩索我愁難償，筆墨疏嬾詞章荒。少不如人已可愧，況今鬢鬓將蒼蒼。名山事業成虛願，空惜光陰計分寸。銜杯且謝社中友，催租敗興應同論。流觴曲水集羣賢，修禊蘭亭名並傳。逃詩逃酒休相笑，雲間白鶴誇神仙。

茸城

兩載馳驅吳越路，茸城風景略能諳。人家到處多臨水，土俗從來不育蠶。草色已青黃耳塚，潮聲先到白龍潭。客居偏喜春常在，窗外梅花總西南。

上巳日，同人携酒修禊白龍潭上，次蓮公韻。

淡淡和風漾紙鳶，銜杯又逼夕陽天。殘霞倒影生紅浪，晚岫浮嵐罥碧烟。絮雪暖迷潭水路，蓴絲滑透蕩湖船。感時懷舊情難遣，痛飲聊爲暫洗湔。

戍婦嘆

結縭未浹辰，夫壻去天山。一別十寒暑，傷離凋朱顏。昨朝書札至，轉云戍榆關。刀環竟難期，坐感芳夕間。夫行妾當守，憔悴非所患。願保千金軀，功成獻凱旋。

苔錢

圓似池荷嫩葉浮，一番新雨一番幽。濟時利物渾不用，空向閒庭買得愁。

初夏

綺陌青春老，閒庭白日長。海榴紅刺眼，園篠綠過牆。壯志慙明鏡，幽情寄醉鄉。琵居無箇事，晞髮臥匡牀。

題羅敷彈箏圖爲仲父叔器作

高樓西北曉妝成，初日東南露陌行。二八瓜年憐晼晚，十三珠柱按分明。寒螿斷續桑根淚，別鵠淒涼指下聲。聞道使君家有婦，枉將千騎傲專城。

二陸讀書臺

天生才調冠江東，陵轢風騷一代雄。棨戟世傳家不替，塤篪迭奏曲同工。士衡慷爽士龍奇，骨肉飛流並可師。地下埋寃雙白璧，乞花場畔繫人思。

算來忠孝兩難全，空有文章富百篇。月黑遊魂何處去？至今空有草芊緜。
功名洛下逐浮漚，別後青山猿鳥愁。雲雉對催鳴鶴座，蒓鱸歸讓季鷹舟。
草堂今古幾斜陽，人去臺空薜荔荒。黃耳尙存青草墓，機雲遺塚轉茫茫。
千秋遺址五茸城，碎瓦頹垣委棘荆。典午輿圖今莫考，一臺猶署晉賢名。

和友人留別原韻

年來把酒快吟詩，豈意端居有別離？畫角聲從殘月聽，雕鞍影逐曉風馳。墨磨盾鼻君眞健，米淅矛頭我已癡。辛苦提刀前赴敵，沙場贏得鬢如絲。
滄海無端起陣雲，鯨鯢消息互傳聞。長江形勝猶如昔，幕府才華自不羣。五色毫揮心早折，一聲笛罷手先分。功名會待凌烟閣，祇論詩篇已冠軍。
風浪中閒穩泛鷗，壯遊豪興此堪酬。登車好攬澄清轡，載酒難留落拓舟。三徑漫爲松菊計，一枝且作稻粱謀。新詩傳遍銷魂句，賦別文通慣惹愁。

追悼爲某女自經作

休言判袂太匆匆，同是風吹陌上蓬。但有寒梅傳驛使，不須美酒憶郫筒。關心時事交春後，回首前遊記夢中。莫以遠行忘故舊，要知消息盼飛鴻。

名香何處買？得許返魂無？渺渺蘅蕪夢，明明薏苡誣。餘音沉綠綺，消息斷黃姑。往事成追悔，都無十斛珠。

暫歸里門同岐仲飲家釀戲詠

飲中何必數蘭英？醇味由來在至清。未送青州稱從事，聊供彭澤醉先生。金莖解渴徒聞說，石乳能仙枉得名。漉罷葛巾還自喜，破除愁陣息心兵。

有感

名場月旦本難憑，賦到閒居感不勝。澆我敢言胸壘塊，傲人祇賸骨崚嶒。圖書濫賣貧堪想，筆墨狂揮嬾尚能。自笑年來何所似？下場老妓在家僧。

歲暮歸家自述所懷

詩卷日摩挲，駒光冉冉過。行蹤覘雪柳，明春仍須出門 寒舍補烟蘿。心爲無求靜，顏從薄飲酡。閒來頻弄筆，樂事勝絃歌。

作客雲間住，心安卽是家。縱談疑被酒，選勝爲栽花。歲月休誇富，風塵獨自嗟。裁牋聊餞歲，應欲笑塗鴉。

冬閨

霜威乍勁剛逢九，桂魄初虧又過三。朱戶半扃垂翠幕，碧窗深掩襲紅衫。琴能撥悶絃難理，酒可驅寒盞數銜。蘭畹凍消呼侍女，榴房罅綻祝多男。紫姑堪卜應逢喜，素女爲師諒不慙。裙上鴛鴦眠穩穩，簾前鸚鵡語喃喃。圍爐嬾作翻荷髻，籠袖慵抽劃水簪。硯滴已冰呵始泮，瓶梅如玉凍還含。蛩䗀着意從來慣，蟬錦傳情素未諳。覽鏡有時愁黛減，焚香無事效禪參。嬌多宛轉春遊近，夢好纏綿夜寢甘。惆悵夜闌金鼎冷，山遙水遠憶江南。

臘八粥同端己弢仲聯句

歲序何崢嶸端，星紀忽已帀。八葉抽蓂蓂弢，五德重漢臘。吟社邀襪聯次，山館喜簪盍。浴佛東京遺端，設供西竺法。溉釜精作糜弢，析薪燎以蠟。果兼檜穀膚次，米概升龠合。釋之復揉之端，載剝還載掐。濾泉刀釜冰弢，蒸餾氣焚爇。汩汩醅汎缸次，濃濃乳傾榼。宿辦勝咄嗟端，早起占噬嗑。坐疑集旃林弢，圍如禮花塔。不許木魚呼次，何煩齋鼓鞳？素甌滿同盛端，淨饌齊一呷。甘芳滑流匙弢，磊塊利夾一字此句缺。羣喋訝水凫次，餘瀝施檐鴿。口香聞諸天端，腹果傲古衲。利用瞿曇云弢，家風靖師答。緬思烹穀初次，軒后澤溥洽。

玉井象昭垂端，槖饘紀職納。人皆依食住叝，俗始理生㥄。貴或粿元黃𠆤，三品侈和雜。
貧或點鹽端，七寶爭喍嗻。或詭名目奇叝，料斗說闠闠。或困眾指繁𠆤，餔歠沸吹欱。
㡿傳放翁詩端，膏載叔庠劄。寒持濟軍飢叝，晨炊恤僮乏。何如我輩閒𠆤，文史共歡狎。
蜡歓用上寅端，談議資某甲。嶺梅吐蕚纔叝，山茶破紅恰。駢辭筆粉飛𠆤，搜秘神有嗒。
節物鬪朋𢧐端，故事徵梵夾。流連至纁黃叝，新月照簾押𠆤。

辛巳年 崇禎十四年 公元一六四一

征婦怨

紫陌春始穠，楊花已飄素。寄語隴頭人，芳姿難久駐。

春日閒步

入春纔幾日，春色便撩人。散策行吟去，韶光刺眼新。

食鮮蕨菜因賦

采采春山蕨，筠筐幸見貽。團黃初作蕊，慘綠自成枝。嫩竟柔無骨，肥偏膩有脂。祇餘莖裊裊，併少葉離離。品擅鵽腸美，鵽腸，草名，可食。形摹雀足奇。「埤雅」：蕨初生，如雀足之拳。劇憐風味勝，端藉露華滋。玉版參尤妙，（筍與蕨同時，故昔人詩中多並稱之。）金釵喚不疑。（蕨成金釵，見「靈仙雜記」。）化蛇稗說幻，（蕨蛇事，見「續搜神記」。）呼鼈士音岐。（「爾雅」：「蕨鼈，亦作鼈。」又「詩疏」：蕨，鼈也。周秦曰蕨，齊魯曰鼈；以其初生時似鼈脚，故以爲名。）似葛堪澄粉，（「本草」載有澄取蕨，粉之法。）非蕁亦罥絲。苔階晴可曬，梅驛遠能馳。（曬乾收藏，可以寄達。）寒滑休論性，（蕨性寒滑，見「本草」。）甘芳在及時。烹調貧士慣，屬饜秀才宜。（「本草」云，亦可醋食，吳人呼醋爲秀才。）儘許分鮭菜，從教廢肉糜。空疏慙腹負，澹泊感心期。旅況歌薇迫，交情翦韭知。願符如意讖，（江南人呼蕨爲如意，菜象其形也。）聊以慰遐思。

有悼

客裏光陰寫夙因，素毫着紙淚霑巾。山溫水輭當年地，月滿花芳舊日人。門巷枇杷尋短夢，樓臺鸚鵡話殘春。鬢絲禪榻心情在，草草浮生總似塵。

漫把前塵問昔年，繁華過眼等雲烟。帳邊鈎影違心見，篝底衣香觸鼻憐。着手怕當紅豕曲，聞歌難續錦纏綿。不堪回首蓬山路，夢到天涯意惘然。

帶水盈盈別意長，陽關唱徹意倉皇。淒涼夜月蟾窺影，零落春花蝶抱香。簷溜滴空疑點屧，幃風掃地當拖裳。心虛膽怯渾閒事，鈿盒前盟豈竟忘！

紅粉飄零本可嗟，幾多清淚灑天涯。劇憐小字鐫苕玉，翻悔同車賦舜華。短景不堪參電石，情天終莫補笙媧。早知龍女真成佛，當日綢繆已自差。

初夏書齋獨坐

參差新竹映窗紗，默坐文窗日影斜。喚雨鳴鳩藏楝樹，欹風雛燕拂桐花。翩翩稚蝶翻閒慢，簇簇羣蜂鬧晚衙。自愛蕭疏有餘味，小爐親煑火煎茶。

卽事

曉起西窗坐，焚香淡世情。樹頭幽鳥過，相與說新晴。

別有所謂

風雨番番好護持，名花何事怪開遲？芳心含蓄誰知得？蜂蝶飛來不許癡。
無限心情一面中，片言未盡去匆匆。那容惆悵偏惆悵？祇恐重來路不通。

寄蘭陔衡陽

攜手河梁憶昔時，幾憑雙鯉寄相思。三秋風雨傾心久，千里雲山覿面遲。遺愛甘棠增蔽芾，美人香草好扶持。使君宦興今何似？蘭玉森然想可知。去時適賦弄璋。

反春閨怨

黃鶯啼上最高枝，恰好遼西夢轉時。莫說雙飛無鳳翼，天涯咫尺有誰知？
繡幃春曉半垂鈎，小婢擎花正上樓。打起鏡奩成底事？銀篦剔淨待梳頭。
楊花如雪捲飛埃，莫忘吟詩謝女才。爲凭翠樓頻得句，劈牋曾不負春來。
宵深也自卜燈花，蟢子飛來信不差。只道春聲空擾擾，門前畢竟有停車。

夏日曉起

牆外青山弄曉光，微吟閒步枕谿廊。市喧未起心源靜，消受南窗一味涼。
草含香露綠扶疏，翻樹幽禽哺子初。聊爾持頤看爽氣，病無心力賦枯魚。

獨酌

憂來聊命酒，獨酌庭松陰。清風弄疎影，候鳥流佳音。逕幽淡俗慮，池淨清塵襟。浮生無百歲，役役休勞心。何如素吾位，沉酣吐新吟？

客窗聽雨

塵氛牽客子，流轉到他鄉。事簡門常靜，交疏日覺長。檢書欹碧案，抱膝據交床。惟見瀟瀟雨，空期豔豔陽。竹林低婀娜，桐鴟響琅璫。潤已侵緹幕，載憐度繚牆。打蕉驚旅枕，織柳蔽修廊。屐響歸人急，簾開乳燕忙。滴階和午漏，跳瓦韻虛堂。李靖乘驄異，孤延繞塔狂。鴉愁棲睥睨，蟲恐躍堂皇。嫩蘚增嬌翠，殘英發故香。穿簾驅蜾蠃，飄牖走顛當。染出如茵草，磨成似劍菖。弄柔時裊裊，灑急也鏘鏘。高隴艱收麥，平疇好種秧。蜂疑悲趙后，蝶似試何郎。頹岸魚磯沒，卑原蟻穴傷。鳳琴絃欲懦，畫壁粉無光。窈窕商羊舞，翩躚石燕翔。漫勻隄柳碧，只益徑莎芳。綠水魚吹沫，高空雁斷行。泉流奔古澗，珠綴倒垂楊。撼竹驚元鶴，開萍躍赤魴。圓波浮荇沼，紅淚挹榴房。遠浦驅雲滯，隣庵塔影藏。汀蘆青漠漠，江荻白茫茫。屑玉敷蘭畹，鎔銀燦藕塘。眠鷗如霧隱，飢鷺學啼妝。獨引斕斑几，誰貽瀲灩觴？遣懷兼惜景，傾耳賦餘涼。

涼夜

蕭疏花影上窗紗，酒薄衾單夜景賒。露滴砌蛩通夕響，肯容歸夢到金沙。

秋夜

消渴誰憐病長卿？瑟居空感二毛生。客中入夜尤蕭寂，臥聽秋蛩雨後聲。

秋芍藥

不向三春鬭麗姝，卻於秋末伴清娛。嬌姿霜冷須加護，弱骨風嚴欲倩扶。晚節正堪籬菊並，幽香已覺海棠輸。奇葩到眼成嘉會，好付丹青繪作圖。

十願詞

不能如願偏多願，忠孝傳家樂若何？二老齊眉雙健在，塤篪吹出韻尤和。
不能如願偏多願，宜室宜家洵可誇。中饋有人稱內助，爲迎桃葉艷於花。
不能如願偏多願，蘭桂森森慶德門。弓冶克承多令子，堂前屢報竹生孫。
不能如願偏多願，艷羨功名嬾讀書。未識青燈黃卷苦，少年科第耀鄉閭。
不能如願偏多願，除卻寒酸作富豪。生性由來好揮霍，資財仍不損分毫。
不能如願偏多願，返老爲童竟不難。享得大年身轉健，那知導引有仙丹？
不能如願偏多願，鄰里親朋雅誼留。縱有原思分粟意，大家溫飽有奚求？
不能如願偏多願，曾取牛刀小試來。消受隱囊紗帽趣，盡人稱道是長才。
不能如願偏多願，鑒古居然辨贋眞。除卻法書名畫外，搜羅彝鼎到周秦。
不能如願偏多願，美宇良田亦自佳。無事石崇金谷富，竹林魚沼好安排。

秋夜謠

金風爽，玉露涼，如珠荷露傾銀塘。前軒愁臥冰簟滑，唧唧窗下嘶寒螿。侵床明月如霜白，撫枕相看動蕭索。美人何日得重逢？清謠永歎終遙昔。

秋宮怨

銅龍聲歇水淋盡，曉光淒戾霜風勁。西苑銀床動轆轤，錯訝羊車來欲近。鴛鴦輾轉不成眠，起拂多羅整翠鈿。無金難覓相如賦，紅淚闌干空自憐。

同人分詠古人七律得梁鴻梅福

人不非凡那得傳？伯鸞風節最超然。布衣處士眞高行，椎髻賢妻亦夙緣。皋氏廡前新眷屬，霸陵山裏小神仙。千秋吳下留佳話，還惜英雄困市廛。梁鴻

此事休言漢孝平，立朝袞袞笑公卿。神仙竟忍拋妻子，門卒無容問姓名。張禹佞臣空飲恨，嚴光快婿總關情。青鸞底事從何去？越水吳山兩不明。梅福

前題七絕各二首

吳下頻年作寓公，市廛溷跡困英雄。生平第一稱知己，能識非凡是伯通。

襟懷落落豈凡人？臯廡棲遲慣食貧。椎髻山妻偏解事，齊眉舉案敬如賓。以上梁鴻

漢室將傾孰與扶？保身明哲有良圖。壽春人作南昌尉，門卒何爲又入吳？

棄家遠去亦飄然，穩坐青鸞竟上天。問到飛鴻山下路，千年人說老梅仙。以上梅福

歲暮客松郡作

那怕寒天九九辰？眈吟忙似赴公旬。賣文今歲硯田熟，開卷終宵燈火親。涼薄世情窺冷眼，蕭條旅況賸閒身。天涯何處杜陵厦，來結窮儒未了因？

叠前韻

鼕鼕臘鼓起頭辰，月紀嘉平第一旬。白日堂堂如此去，青氈故故尙相親。功名莫道微於豆，著作誰誇富等身。有酒儘堪澆磈磊，悲酸何苦話前因？

再叠前韻

消寒薄飮正當辰，風雪陰陰過半旬。寫恨任教斑管禿，醫愁聊與藥鑪親。雁啣粱稻年年計，鷗狎江湖歲歲身。鸞鳳不棲枳棘上，鷦枝料是兩無因。

三疊前韻

歲偪青陽正及辰，上天雨澤總依旬。雨雪新霽。聚星戰白天眞冷，伏臘歌烏日漸新。開府清新傳妙句，時弢仲以詩見寄。司勳落拓賸孤身。玉尊來歲知何處？魯府還須舊貫因。

漫興

罡風吹我落人寰，一臥滄江鬢已斑。鹿女有緣來世外，鶴書無夢到雲間。模山範水情猶壯，黃紙紅旗興已刪。坐展㮰嚴閒自遣，眞成無往亦無還。

疑雲集　卷四

金壇王彥泓次回著

不記年　詞

高陽臺　夜泊江干

霽雪初融，尖風漸緩，江頭潮落還生。試拓孤篷，娟娟桂魄微明。客愁正是難消遣，恰鄰舟、送到歌聲。更琵琶、慢撚輕攏，巧趁啼鶯。無端忽憶當時事，記平安書記，曾賦閒情。二十年來，依然一水盈盈。青衫尚涴傷心淚，只微波、曾照傾城。悵今宵，酒冷香殘，夢也難成。

南浦　新柳和元甫韻

晴烟縷縷，裊東風，無處不消魂。回憶岸容待臘，早漏一分春。約略鵝黃淺染，笑柔荑無力絹斜曛。看綠波如鏡，幾回偷眼，還是舊丰神。屈指隋隄芳訊，算天涯多少別離人。驀覩尊前眉黛，嬌小不勝顰。巧趁啼鶯百囀，舞長條，故故拂香茵。怕成陰容易，畫樓深閉又黃昏。

甘州　再賦新柳

只疏疏幾抹淡烟痕，畫出一隄春。想剪刀初試，回黃轉綠，尚未全匀。喚醒章臺舊夢，作意逞腰身。憑仗東風力，舞破香塵。　我亦當年張緒，歎青衫憔悴，瘦減丰神。看陌頭光景，一換一番新。憶年時，翠眉新展，盼封侯，儘有倚樓人。爭知得、越凝妝處，越易沾巾？

浪淘沙

細雨掩重門，酒熟香溫，霜柑手擘佐離尊。楓葉蔽窗天欲雪，又早黃昏。　相對語溫存，無限消魂。休言春夢過無痕；他日思量今日事，都是愁根。

唐多令

斗帳怯新寒，羅衾憶舊歡。女牀山何處棲鸞。春水綠波人去也，空雁字訊平安。　飛絮撲闌干，飄零不忍看。是東風慣釀辛酸。眾裏殷勤伴笑語，誰覺得帶圍寬？

喝火令

曲徑環朱檻，疏櫺帶碧池。玉鞭重到悔儂遲。悵絕聲聲杜宇，喚向綠楊枝。夜冷鶯無語，春愁燕不知。紅牋何處寄相思？記得前年，記得杏花時。記得一簾明月，索和十香詞。

清平樂

飛花無定，畫出東風影。簷鐵丁東驚夢醒，十二曲欄閒凭。昨宵羅袖微涼，今宵翠被生香。願鑄黃金荷葉，年年長護鴛鴦。

買陂塘

算年光，春分過了，匆匆又是寒食。羅衣生恐吳棉薄，天氣陰晴，難測春信息。只廿四番風，已賸三分一。餳簫巷陌，看冷葉陶槐，柔條插柳，好景畫難得。尋芳去，細認裙腰草色。可憐天水同碧。桃花零落梨花瘦，飛到楊花無力。情脈脈，悵亭榭依然，楚潤都非昔。似曾相識，問簷下鸚哥、梁間燕子，可記舊蹤跡？

多麗

慣尋春，風流人似司勳。記良宵、橫鞭月底，桃花不鎖重門。儘流連、淺斟低唱，容消受、微笑輕顰。錦索纏頭，紗分繫臂，憐才偏是畫中人。莫辜負、鴛鴦衾暖，刻意與溫存。分明有、羅襟鉛點，綃帊脂痕。　悵江湖，年年載酒，巫峯遮斷行雲。紫鸞飛，瑤笙破夢，紅巃瘞、鈿盒棲塵。畫舫燈殘，歌臺月冷，思量何事不銷魂？直如此，絮漂萍泊，寂寞是江濱。空贏得、風前楊柳，相對眉顰。

南樓令　小闌閒凭，柳絮撲衣，春事將闌，黯然賦此。

垂柳破春眠，輕寒乍裌緜。甚東風、吹到簾前？細骨輕軀難自主，纔掠削，又迴旋。最是夕陽天，迷漫一片煙。蕩愁魂、知向誰邊？留得謝家蝴蝶影，飛舞處、自年年。

臺城路　送春

楝花開罷春風倦，年年最消魂處。繡轂塵黏，錦帆香凝，似勸東皇且住。怕聽杜宇，偏嗚咽枝頭，苦催歸去。驚起殘英，亂紅簌簌下如雨。　斜陽黯然欲暮，虛無憑指點，遙想征路。絃管聲中，綺羅影裏，留得繁華幾許？傷心莫賦，便明歲重逢，光陰迅羽。不盡思量，悶和雙燕語。

上陽春　芍藥

天留國色，不屬春風管。綠陰正濃時，又重見紅香爛漫。畫闌曲曲，有客獨尋芳，銅漏滴，日方長，更展繁華限。試繙花譜，豔說揚州產。夢憶少年遊，也曾到虹橋西畔。鬢絲禪榻，老矣舊樊川。看綽約、舞階前，莫負金尊滿。

河傳

春暮、飛絮、雨如烟，翠柳依依可憐。小窗有人愁不眠，燈前黯然思少年。少年走馬金閶渡，花滿路，容易勾留住。到如今，綠成陰，傷心、墜歡何處尋？

青玉案

東風吹得花無主，便抛卻繁華去。燕燕鶯鶯愁不語。畫欄干外，海棠一樹，亂落紅如雨。碧雲縹緲天涯路。宛轉犀心向誰訴？繡閣重來春又暮，帳前鏡匣，燈前箏柱，都是銷魂處。

浣溪紗

妝閣深沉隱碧梧，玉人曉起展流蘇。雕籠鸚鵡早傳呼。茶味空留春蘊藉，蘅香漸覺夢模糊。怕相逢，偏又一言無。

踏莎行

碧暈羞眉，紅回笑靨，姓名早注鴛鴦牒。相逢約在牡丹時，看看又到天中節。　縹緲巫雲，迷離湘月，何時打槳迎桃葉？東風吹徹護花鈴，幾回錯認弓弓屧？

十六字令

輕側耳，唐梯點屐聲。無人處，窗外月華明。

江城梅花引

殷轔鈿轂走輕雷，憶章臺、訪章臺。颯颯東風吹得畫簾開。燕子窺人妝鏡裏，梳洗罷，攏雲鬟、雙鳳釵。　鳳釵鳳釵音信乖。腸易迴，心易灰。盼也盼也，盼不到、鴛蝶飛來。約略卿卿、本來解憐才。去又不能留不可，生羨煞、御溝頭、紅葉媒。

金縷曲

幽絕荼蘼徑。怯春宵涼蟾似水，五銖衣冷。轉過小紅橋北去，珠箔銀屏輝映。恍身到紫虛仙境。恰好微風鳴屈戍，叩瑤扃鸚鴿嬌能應。珊枕夢，乍驚醒。　繡燈扶起桃花影。

倚熏籠，雲鬟低嚲，殘妝慵整。軟語向人蘭氣馥，舊日盟綃重證。更約指雙環分贈，笑試玉龍膏一七，仗靈方、醫可鴛鴦病。羅帳煖，漏聲靜。

卜算子

料峭五更風，枕上聞啼鳥。冷壓梨花一片雲，失卻紗窗曉。　癡絕細腰蜂，日向空欄繞。爲問春來有幾時？緣遍池塘草。

金縷曲

端己將赴吳中，於余扇頭書所作詞，畫蘭一枝，亦題小令，拈此爲謝。

斜日長亭路，甚周遭山重水複，留君不住。寥落天涯同作客，能醉花前幾度？偏玉笛無端催去。去去金閶尋舊夢，料麋臺鶴市都如故。應爲我、□雲樹。　篋中便面留毫素，儘低徊，銀鈎妙蹟，銅琶新句。更與騷人傳小影，空谷幽香欲吐。問三絕後塵誰步？展向西風添悵惘，只賓鴻嘹嚦情同訴。書一紙，倩傳與。

壽樓春

攀垂楊千條，記瑤樽餞席，鈿笛歌橈。祇覺淒然腸斷，黯然魂消。留不住車遙遙，有淚痕長凝鮫綃。賸把酒消憂，裁牋寄恨，尋夢向紅橋。　歸來燕過花朝，莫梨妝倦洗，孤負今宵。比似新歡、尤勝舊愁都拋。鑪篆熱，箏絃調，看鏡中春融眉梢。願雙宿雙飛，巫雲再休他處飄。

虞美人

護花鈴靜搖窗閉，風裊爐烟細。酒闌閒倚一枝簫，起看碧雲如水夜迢迢。　平生豔福知無分，付與新詞本。裁紅剪翠甚因緣？留得空中色相畫中禪。

高陽臺

窗曲花迷，簾深香裊，瑤階月靜無聲。鸚鵡低呼，鈿車迎到傾城。褰衣一笑勝常罷，酌金尊，纖手盈盈。遞芬芳，扇蝶雙飛、院本簽名。　分明豔竹哀絲外，有腰欹舞燕，喉轉啼鶯。木石吳兒，者番陡惹閒情。春風紅豆開還落，只相思、拚了今生，盼譙樓、鼓角休催，長是三更。

法駕導引

驂鸞去，驂鸞去，舞踏玉皇前。閶闔九天袍笏盛，世人遙望只雲烟。何處聽鳴鞭？

聲聲慢

花舒艷態，鳥弄晴聲，名園春色年年。刼火淒涼繁華、都不如前。亭臺僅存四五，早欹斜翠瓦丹椽。空認取、印舊時屐齒，芳草芊緜。那料風狂雨橫，驟驚回蝶夢，催起鴛眠？十畝荷池，波瀾蕩作雲烟。飄零千萬紅紫，更何人、絲管流連？愁望處，惹青衫、雙淚泫然！

踏莎行

銀箭初闌，金釭欲爐，綠窗幾度眠難穩。東風畢竟甚相干？梨渦瘦減雙紅暈。 嬾畫娥眉，慵梳蟬鬢，梅心酸透人誰問？休將薄命笑桃花，桃花還有仙緣分。

卜算子

雲帶夕陽還，風颭閒花落。傷心人在畫樓中，鎭日垂珠箔。 燈盡夢無聊，雁遠書難託。也知不是負情儂，珍重千金諾。

婆羅門令 重見河左

去時節、海棠開後，來時節、也海棠開後。小別經年，何曾展雙眉皺？猜不到今夜重攜手！　嬌模樣，還似舊。只梨渦略似前番瘦。喁喁細語家常事，街鼓動，已將曉時候。睡猶未忍，坐也難久。且盡燈前餘酒，笑挽鴛鴦袖。

最高樓 紀夢

烟霄路，彷彿是瑤池。相遇總仙姿。臂纏私贈金條脫，指纖閒弄玉參差。問塵寰，誰解得、步虛詞？　傳不到絳河邊消息，望不到碧城中顏色，能拔宅、竟何時？海雲千疊龍吟遠，天風萬里鶴歸遲。醒蘧然、還惝恍、費尋思。

聲聲慢 中元

旛幢霧列，鉦鼓雷鳴，盂蘭會啟中元。月冷銅街，香花遍供齋壇。平空海螺吹響，演瑜伽處處旃檀。分船去、放蓮燈萬盞，蕩作紅瀾。　笑煞緇衣高座，道咒施法食，甘露同餐。冥鏹灰飛，錯教蝴蝶同看。風飄碧燐四散，問泉臺、可更飢寒？歎世上、有哀鴻，來日大難。時南省水災。

洞仙歌

打窗風急，閃一燈紅穗。照見愁人夜無寐。更涼蟾影淡，哀雁聲酸，又添上、梧葉空階飄墜。晨光初辨色，欲起推簾，還怕驚他侍兒睡。擁被悄無言，萬種傷心，都付與羅巾雙淚。歎瘦骨伶俜，似香桃，能幾箇黃昏、供他憔悴？

浣溪紗　姚妹

邂逅花前見玉人，嫣然一笑歛紅巾。兜鞵欲去又回身。　閒理管絃防姊覺，倦拈針線怕娘嗔；近來消瘦太無因。

踏莎行

鑪撥殘香，燈偎孤影，玉容寂寞羞看鏡。年年壓線太無聊，繡牀禁得西風冷。　佩玉空要、斛珠誰贈？夢中蝴蝶呼難醒。自磨麝墨寫梨花，憐他瘦似渠儂病。

酷相思

街鼓鼕鼕天欲曙，留不得征驂住。最恨是落花城外路。山色也青如許，柳色也青如許。　生小未知離別苦，但握手無他語。只惹我輕衫橫淚雨，今日送人歸去，明日送春歸去。

滿江紅

有箇人人、記昨夜夢中曾見。依舊是、天然姿媚，輕衫小扇。花底匆匆留我住，酒邊故故將郎怨。怨萍蹤、幾載滯他鄉，音書斷。　心未罄，腸先軟。罷刀尺，調管絃。恰穿簾風細，窺牀月滿。集宿鴛鴦成例在，三生蝴蝶全身現。問醒來、衾枕尚餘香，眞卽幻。

醉太平　七夕

銀河界天，飛橋鵲塡。一年一年纏緜；算雙星可憐。涼蟾影偏，穿針未眠。徘徊茉莉花前，鄰家管絃。

昭君怨

一自衾鴛分後，笑問孤眠慣否？不奈汗珠何，濕金訶！　今夜蕉窗風雨，贏得秋涼如許。難道不關心？尙沉吟。

憶少年

窗前偸覷，帳前低喚，燈前私語。東風響簷鐵，莫驚他鸚鵡。　沉水香濃花欲舞，依依畫屏深處。千金此良夜，悔從前辜負。

憶秦娥

春消息，柳條乍染青青色。青青色，溟濛烟雨，畫樓東北。　曉風欲舞渾無力，飛花滿路、鶯嚦急。鶯嚦急，長亭酒醒，問誰攀得？

蝶戀花

旬日春風吹不歇，西舍東鄰，競寫深情帖。對鏡自看添笑靨，門闌喜氣人傳說。　女伴經過同作別。管絃聲中，早見香纓結。衹有小姑悽欲絕；年年獨宿青溪月。

臨江仙

金屑檀槽傳絕技，教坊第一琵琶。而今流落向天涯。傷心歌舞地，空憶舊繁華。　供奉侯門辭不得，霓裳一曲爭誇。背人揮淚濕窗紗。銀燈無賴甚，偏會結雙花。

滿宮花

漏初沉，窗欲曉，何處飛來青鳥？幾行珠字秘琅函，不值紅塵一笑。　樹陰陰，花悄悄，消得東風多少？生憐百舌太無端，看碧紗烟裊。

減蘭

珠簾畫棟，枕上巫雲初上夢。一片迷離，偏有黃鶯恰恰啼。瓊筵酒冷，四壁銀燈空照影。惆悵回波，換作丁娘十索歌。

采桑子

銅鋪寂寂人無寐，風動簾旌。月上窗櫺，彷彿譙樓已二更。攜杯笑酌葡萄酒，卿且彈箏，儂也吹笙，賭作新聲直到明。

浪淘沙

何處寄相思？紅豆枝枝，箇儂心事綠陰知。不恨桃花貪結子，祗恨來遲。扶醉更尋詩，小駐鞭絲。玉簫橋畔立多時。雙髻單衫誰氏女，閒弄參差。

鵲橋仙

鏡奩孏啟，笙囊倦倚，閒聽鄰家歡笑。重幃遮不住輕寒，知甚日春風吹到？歸鴻路遠，飛鴻信斷，贏得夢魂顛倒。桃花便有盛開時，已負了、劉郎年少。

祝英臺近

柳舒顰，蓮展步，花下暫相遇。把袂匆匆，心事未容訴。但看淚漬衫痕，腰移帶孔，料想得、箇中酸楚。奈何許、數到錦瑟華年，年年總虛度？不信蛾眉容易惹人妒。幾回殘夢迷離，天明夜半，也還是、非花非霧。

惜餘春慢

篝煥春濃，衾香夢穩，大好柔鄉風月。雁傳恨字，鶗促征程，不分者番離別。指點長亭短亭，楊柳依依、聽人攀折。總輸他、一路相隨去，也絮飛如雪。從此後，帳側笙簫，鐙前筆硯，料是無心收拾。光陰水逝，蹤跡雲飄，贏得清宵嗚咽。便有千言萬言，訴向流鶯，難教學舌。待歸來，置酒畫眉窗下，細和伊說。

滿庭芳

鶗促春歸，蛩催秋去，一彈指頃光陰。畫眉人遠，花落綺窗深。極目天涯芳草，魚和雁、消息都沉。東風嬾，巫雲一片、吹不到孤衾。鴛針拋未得，香桃骨瘦，寥寂難禁。

歎箏儔簫侶，無復相尋。賸有啼珠千點，銀鐙下暗認羅襟。知何日、芙蓉小院，兩字署回心？

浪淘沙

病臥無聊，抛書且睡，夢至二三同志，出旗亭小飲。有酒糾甚解人意，問其名，曰新新。問所居遠近，則曰居三十六樓。醒而追索，猶歷歷也。賦此紀之。

紫陌蹴香塵，簾捲斜曛。綺筵花炫一枝春。手勸觥船佯不飲，翻汚榴裙。短夢太無因，一晌逡巡。小名猶記喚新新。三十六樓何處愁？絕行雲。

念奴嬌

仙雲一朶，恨罡風無賴，驀然吹去。翠被香寒人不寐，搵得紅冰幾許？中酒心情，落花天氣，未易將愁訴。片帆渺渺，今宵知在何處？祇是斜日長亭，荒烟古驛，近接隋隄路。好疊巴牋書錦字，倫囑雙鱗寄與。萍跡同飄，蘭因莫證，生爲耶孃悞。問他雛燕，舊巢還肯來否？

鵲橋仙

並肩密坐，並頭私語，頃刻關河千里。蘭帆能作片時留，也勝似玉瑺緘寄。琴調怨曲，扇題恨句，未抵文通才思。今早不是送卿行，還不省銷魂兩字。

鷓鴣天

風雨瀟瀟入暮天，悶來獨抱錦衾眠。多情莫笑情無着，眉眼相關已一年。空繾綣，慢流連。鸞膠難續舊時絃。楊花飄蕩今何處？長笛聲猶繞耳邊。

生查子

無賴是東皇，刻意將花妒。不管斷人腸，只管風和雨。無賴是殘紅，葬送春如許。不管斷人腸，只管隨波去。

搗練子

從別後，到今朝，玉笛無聲酒不消。昨夜夜深窗下坐，背燈閒聽雨瀟瀟。

菩薩蠻

瞑烟遮斷長亭路，偏難遮得行人住。風笛一聲聲，垂楊慘不青。離愁千萬斛，來比春潮速。潮尚有平時，愁多沒了期。

清平樂

碧雲日暮，咫尺天涯路。落盡殘花飄盡絮，人在東風何處？　年來夢斷瑤京，玉釵已負前盟。記否牡丹時節，携尊同聽流鶯？

蝶戀花

碧宇秋高雲四捲，月子彎彎，暗逐繩河轉。獨倚畫闌誰是伴？流螢飛上釵梁顫。　屈指雙星期不遠，隔一重簾，也作紅牆看。知否昨宵蘭徑畔，弱魂險被風吹斷？

高陽臺

歷線光陰，浣紗身世，年年憔悴何堪？一縷情絲，儘教縛定紅蠶。自題落葉隨風去，悵飛鴻，信息難探。病懨懨，瘦怯春寒，嬾捲重簾。　江湖回首渾如夢，早牽蘿補屋，典盡妝奩。鸞鏡頻窺，幾曾暫展眉尖？梅酸李苦都嘗徧，問何時橄欖回甘？展纖纖、自爇心香，試叩瞿曇。

卜算子

梁燕慣呢喃，忽地移巢去。惆悵東風野草花，王謝知何處？　凝想卻飛回，還怕重簾誤。悶倚闌干一語無，盼斷斜陽暮。

玉蝴蝶　題湘雲百蝶圖册子

最好江南三月，萋萋烟草，一碧無痕。鳳子飛來，翩然舞徧香茵。怯尖風梨花同瘦，偎嫩日柳絮能溫。悵前身六朝豔迹，祇賸羅裙。　紛紜。畫闌干外，鶯捎膩粉。麝醉濃薰，莫是羅浮璘瑞，五色燦仙雲？曉探芳晴、邊弄影，宵入夢幻處留痕。更何人、爲傳媚態，別寫春魂？

浪淘沙

記泛木蘭舟，紅板橋頭，玉簫聲裏認妝樓。道怯新寒慵未起，猶倚香篝。　梁燕語啁啾，漫上簾鈎。楊花撩亂似春愁。花是東風吹得去，吹得愁不？

卜算子

柳外玉鞭喧，花下珠簾靜。香霧濛濛黯不銷，遮卻芙蓉鏡。蝴蝶一雙飛，紅入斜陽影。芳草閒庭夢已非，說與西風冷。

最高樓

翻書篋，忽睹舊紅牋。一讀一纏綿。鷓鴣斑嫩香仍漬，鴛鴦字小墨猶鮮。試回頭，駒隙影、十多年。過不盡匆匆鑪與筆，忘不了依依釵與合，風月夢、總前緣。傷心長在銀燈下，含毫空想王臺邊。願他生、環不斷、錦相連。

醉太平

春融綺疏，人來錦車。繡衫催上氍毹，舞雙雙鷓鴣。腰纖慣扶，鬟欹嬾梳。銀燈殘夢模糊，賸湘雲影無。

百字令

畫闌偶凭，歎飛龍骨出，病魔相趁。燕已辭歸簾不捲，漸覺晚風淒緊。過了中秋，纔無多日，又早重陽近。韶華易換，可堪來換青鬢？回憶三十年來，青衫落魄，裘敝黃金盡。倚竹有人垂翠袖，一樣峭寒難忍。雁叫荒雲，螿嘶暗雨，添與閒愁悶。碧空如拭，明蟾知我方寸。

減蘭

蓬山春靜，青鳥往來無定影。夢雨靈風，畢竟仙源有路通。丹成九轉，頃刻能教凡骨換。鶴馭飄飄，纔墮紅塵又碧霄。

歸國謠

秋漸冷，梧葉滿階明月影。夜半紫綃帷靜，燭槃紅淚凝。依約畫簾風定，一聲何處磬？鷃鵲夢中驚醒，喚人人不應。

夜天長

頒來官錦嬌顏色，選就機絲連夜織。鳥啾啾，蟲唧唧，似共金梭聲不息。月將沈，風轉急，寒逼葱纖無力。誰信夜筵、當值一歌酬一匹？

阮郎歸

畫簾波影漾春晴，斜陽花外明。煖簧何處弄瑤笙？依稀雙乳鶯。風乍起，玉鈎鳴。碧烟吹漸暝。落紅無數點迴汀，繡帷人未醒。

更漏子

罷銀箏，橫玉筯，驄馬驕嘶欲去。流水遠，暮雲平，青山前路迎。　芙蓉樹，薔薇架，明月依依昨夜。燈漸炧，漏頻催，單衾和夢偎。

卜算子

屈指數行期，把盞牽衣袂。一寸香心一寸灰，宛轉留教醉。　不自惜娉婷，爲感千金意。庭院深深翠幙垂，鸚鵡難迴避。

虞美人

桂堂昨日曾相見，依舊迴青眼。流黃織就贈人多，翻說嬌憨情性慣投梭。　碧桃花下春如海，中有仙源在。不爭狡獪學厤姑，祇賸憐才兩字哄檀奴。

采桑子 秋海棠

西風何處尋芳去？牆角籬根，細雨黃昏，一種嫣紅勝似春。可憐銀燭誰相照？前世啼痕，今世秋魂，合伴人間薄命人。

菩薩蠻

博山鑪靜雙烟裊，錦屏煖護春雲曉。夢醒楚臺空，衣香蘭麝濃。繡巾閒拂拭，兩兩飛鸂鶒。想得杏花殘，有人愁倚闌。

海棠嬌倚東風睡，畫屏雙燭凝紅淚。春燕已歸來，天涯人未回。越羅裁繡領，漏箭三更冷。寂寂掩重門，嬾將鴛被熏。

團欒明鏡盤雙鳳，芙蓉冷浸相思夢。十二玉闌干，夜長風露寒。五雲香縹緲，消息青鸞杳。何處下簾聲？佩環時一鳴。

木蘭艇子橫塘路，湔裙人怯凌波步。綽約度蘭叢，斷霞雙頰紅。綺窗羅袖倦，花外春山遠。極目草青青，愁聞鶗鴂鳴。

碧紗雙袂籠香霧，靈砂一點深深護。閒軸繡簾看，東風料峭寒。梁塵封寶瑟，玉指慵無力。宛轉錦衾窩，銷魂春夢多。

一絲風送荷塘雨，蜻蜓飛上鞦韆去。寶扇障齊紈，黃金縷合歡。曲瓊深夜響，烟影迷青帳。香氣透層紗，珠鬟茉莉花。

象牀寶帳春無賴，青山人在湘雲外。芳樹暖嚦鶯，紗窗曉夢驚。玲瓏金約指，連理渾相似。綃靶畫鴛鴦，濃熏沉水香。

銀潢一角搖空碧，月華冷鑄秋魂魄。夜靜瑣窗明，清輝畫不成。蘸波千柳線，憔悴無人見。愁織錦回文，抛殘金縷裙。

珍珠簾捲桃花片，畫梁雙燕長相見。曉鏡展屏山，春風墮馬鬟。流蘇搖瑟瑟，璀璨雲霞色。香徑蝶飛來，海棠遲未開。

紙鳶風定尋香去，碧苔夜濕簾纖雨。抛卻繡工夫，知他夢有無？龍鬚方錦褥，低亞鬟雲綠。梔子一雙拈，同心兩不嫌。

雙枝紅豆和愁種，冰蠶蛻影三生夢。微雨落花天，遊絲罥翠烟。龍文雕玉玦，五綵連環結。羅袂夜深涼，一重青粉牆。

琉璃盃酌蘭陵酒，羅襟淺摺香依舊。芳樹鷓鴣啼，夢中歸路迷。紫釵雙髻冷，魚鑰銅鋪靜。閒弄玉琴絲，斷腸人不知。

浣溪紗

向晚銀塘雨乍收，芙蓉花發又深秋；去年此際送行舟。鈿合金釵虛後約，錦鞍珠勒悞前遊。淡描雙黛不禁愁。

手拂羅巾出畫堂，滿鬟翠珠乍嚴妝。風情月意兩相忘。天上有方餐玉玻，人間無路乞瓊漿。一回相見一思量。早見春風吹紫陌，空教夜月照紅樓。瓣香心願幾時酬？兒女因緣留別淚，神仙蹤迹付一曲琵琶兩淚流，綺懷欲訴又還休；背燈無語祗低頭。月不長圓水易波，青天碧海奈愁何？瓊臺消息總蹉跎。漁歌。桃花畢竟悞人多！

壺中天 題端己別業

烟邨蕭寂，有護田一水，盈盈綠繞。茅屋兩三秋樹下，未許紅塵飛到。露滴琴徽，風飄鑪篆，消得閒襟抱。地偏心遠，堆階黃葉慵掃。且喜柳外風清，松邊月滿，夢醒邯鄲早。山色空濛簾不捲，十載著書人老。淡結鷗盟，冷邀鶴語，清瑟誰同調？問津許否，白雲休阻漁棹？

菩薩蠻

玉簫聲咽江波冷，柳枝不罥驚鴻影。衫袖酒痕濃，淚痕添一重。年年啼杜宇，寒食棠梨雨。錦字織相思，東風吹鬢絲。

浣溪紗

手撚花枝立晚風，眉兒淺淡髻兒鬆。櫻唇微褪一分紅。　可記那年寒食夜，滿身香霧到樓東？一鈎斜月照朦朧。

南歌子

蝶舞愁邊影，鵑啼夢裏聲。楊花原不解飄零，只是被風吹得可憐生。

清平樂

繁英滿地，悄逐香塵起。入戶穿簾飛不已，一樣東風得意。　傷春人，在平臺，酒邊星眼慵擡。迴避畫闌十二，怕他沾惹環釵。

祝英臺近

夜熏香，朝弄粉，生未解愁悶。多事垂楊，春色暗勾引。陡敎一寸靈心，都無是處，又何況雨淒風緊？　夢難穩，便是訴與相思，匆匆那能盡？羅帳雲空，雙淚墮還忍。可憐如許韶華，問他燕子，已過了幾番花信？

點絳脣 京口阻風

烟靄空濛，分明昨夜初過雨。垂楊亂舞，雙槳江邊阻。　笑擘箜篌，且唱公無渡。瓜州路，幽人何處，寂寞春如許？

減蘭

暖爐天氣，酒稱歡懷花稱意。絳蠟雙行，迎到瑤池郭密香。　依依參昴，明月西巇迴避早。一様房櫳，着箇妝臺便不同。

晨窗曉斂，商量畫眉深淺様。忍笑佯羞，可是今朝新上頭。　銀箏絃滑，綺歲嬌歌花十八。勸醉雙杯，蘭草和雲入夢來。

蝶戀花

寂寞黃昏香一炷，窗裏孤燈，窗外廉纖雨。芳草東風知幾許？年年綠遍江南路。　到耳鶯聲啼不住。檢點楊花，莫捲春光去。待拂蠻牋題秀句，遊蹤生怕鞭絲悞。

洞仙歌

箇人記否？是前年元夜。香霧朦朧，暗縈惹。有猩屏斜掩，貂褥平鋪，禁不住、四壁銀燈光射。柳條攀最苦，人去春歸，乞與鴛鴦半年假。門巷夕陽空，寸寸相思，偏不與桃花同謝。儘江北江南路迢遙，趁一片巫雲，夢中來也。

國學維持社重刻本王文濡跋

弱冠時，應試菰城，見舊書攤上有王氏〔疑雨集〕，以四百文市之。反復展誦，心以爲「國風」好色之遺，而無香奩家駢花儷葉、涂附堆砌之習。及讀〔研削齋日記〕，知王氏尙有〔疑雲集〕未梓。淸光緒間，辦學至蘇，與昭文黃摩西交，亦以曾聞〔疑雲集〕尙有抄本，在江西易氏之說。轉輾訪問，迄不可得。嗣創國學扶輪社於海上。一日晨起，忽有某君來訪，手攜此篇，余不覺驚喜過望。當以扶輪所出書，約二百金易之；卽黃山程氏刊本也。計共詩三卷、詞一卷。簡帙破碎，剝蝕漫漶處，頗爲不少。冥心苦索，點勘三月。其有可意會者，則塡補之；不可意會者，則姑闕之。曩時倉卒付梓，印以洋紙，友人輩嘖有煩言。今特重寫一過，用中紙石印，以廣流傳，而貽永久，亦猶程氏之志也。夏正戊午六月吳興王文濡識。

王次回詩集

1984年7月初版　　定價：新臺幣950元
2022年4月二版

著　者　王彥泓
校　對　鄭清茂

副總編輯　陳逸華
總編輯　涂豐恩
總經理　陳芝宇
社長　羅國俊
發行人　林載爵

出版者　聯經出版事業股份有限公司
地址　新北市汐止區大同路一段369號1樓
叢書主編電話　(02)86925588轉5305
台北聯經書房　台北市新生南路三段94號
電話　(02)23620308
台中分公司　台中市北區崇德路一段198號
暨門市電話　(04)22312023
台中電子信箱　e-mail：linking2@ms42.hinet.net
郵政劃撥帳戶第0100559-3號
郵撥電話　(02)23620308
印刷者　世和印製企業有限公司
總經銷　聯合發行股份有限公司
發行所　新北市新店區寶橋路235巷6弄6號2F
電話　(02)29178022

行政院新聞局出版事業登記證局版臺業字第0130號

本書如有缺頁，破損，倒裝請寄回台北聯經書房更換。　ISBN 978-957-08-5849-5 (精裝)
聯經網址 http://www.linkingbooks.com.tw
電子信箱 e-mail:linking@udngroup.com

國家圖書館出版品預行編目資料

王次回詩集 / (明)王彥泓著．鄭清茂校．二版．
新北市．聯經．2021.05．278面．14.8×21公分．
ISBN　978-957-08-5849-5（精裝）
[2022年4月二版]

1. CST: 詩

851.46　　110007275